suhrkamp taschenbuch 1083

Adolf Muschg wurde im Mai 1934 in Zollikon bei Zürich geboren. Er studierte Germanistik, Anglistik und Psychologie. 1959 promovierte Adolf Muschg mit einer Arbeit über Ernst Barlach. Danach lehrte er in Zürich, Tokio, Göttingen, Ithaka N. Y. und Genf. Seit 1970 ist Adolf Muschg Professor für Germanistik an der Eidgenössischen TH in Zürich. Prosa: *Im Sommer des Hasen*, 1965; *Gegenzauber*, 1967; *Fremdkörper*, 1968; *Mitgespielt*, 1969; *Papierwände*, 1970; *Liebesgeschichten*, 1972; *Albissers Grund*, 1974; *Entfernte Bekannte*, 1976; *Gottfried Keller*, 1977; *Noch ein Wunsch*, 1979; *Baiyun oder die Freundschaftsgesellschaft*, 1980; *Literatur als Therapie?*, 1981; *Leib und Leben*, 1982; *Das Licht und der Schlüssel*, 1984. Theaterstücke: *Rumpelstilz. Ein kleinbürgerliches Trauerspiel*, 1968; *Verkauft. Ein Monodram in einem Akt*, 1970; *Die Aufgeregten von Goethe*, 1971; *Kellers Abend. Ein Stück mit einem Nachspiel*, 1975; *Watussi oder ein Stück für zwei Botschafter*, 1977.

»Im dritten Roman von Adolf Muschg (erstmals erschienen 1969) spielen alle – sie spielen ›mit dem Feuer‹ oder einfach nur so: mit dem Flipper oder dem Tischfußballgerät, auf der Mundharmonika oder der Gitarre, mit Schachfiguren oder der Polizei. Man spielt Trauerfeier und Maskenball, mit Ideen, Theorien und Menschen, einer spielt einen Toten, ein anderer den Detektiv, ein dritter den Mörder. ... Das Hauptspiel wird von Andres in Gang gesetzt: wie man von der Bildfläche verschwindet, indem man einen Unfall inszeniert, um dem Ermordetwerden zuvorzukommen.« *FAZ*

Adolf Muschg

Mitgespielt

Roman

Suhrkamp

Umschlagfoto: Isolde Ohlbaum

suhrkamp taschenbuch 1083
Erste Auflage 1984

Satz und Druck: Ebner Ulm
Printed in Germany
Umschlag nach Entwürfen von
Willy Fleckhaus und Rolf Staudt

1 2 3 4 5 6 – 89 88 87 86 85 84

I heard of a saint who had loved you
So I studied all night in his school
He taught that the duty of lovers
Is to tarnish the golden rule
And just when I was sure that his teachings were pure
He drowned himself in the pool,
His body is gone, but back here on the lawn
His spirit continues to drool.

Leonard Cohen

Du selbst wärst in einer
Gesellschaft von Testamentsfälschern
ganz gewiß für die Unantastbarkeit
der rechtlichen Bestimmungen; bloß
in einer Gesellschaft von Gerechten
verwischt und verkehrt sich das.

Musil

Als ich 1959 die Klasse 3h der Zürcher Oberrealschule im Fach Deutsch unterrichtete, beschlossen wir, einen Deutschlehrer zu ermorden. Das Projekt, an dessen praktische Verwirklichung damals noch nicht zu denken war, erwies sich auf dem Papier als so zeitraubend, daß es mit Rücksicht auf den übrigen Lehrplan unterbrochen werden mußte. Der ›Gruppenroman‹ blieb liegen. Die zehn Jahre, die ich seither – meist in fremden Ländern und daher, was das eigene betraf, den Schönfärbereien der Entfernung ausgesetzt – an dem Fall weiterstrichelte, führte mir dessen Harmlosigkeit vor Augen: waren doch unterdessen mancherorts sogar die Lehrpläne unsicher geworden! Ich war deshalb oft versucht, unsere Geschichte, die höchstens als Vorgeschichte gelten konnte, à jour zu bringen (sie spielt jetzt 1965, im Jahr von HELP! und des ersten Verschwindens von Ché Guevara), mit diesem oder jenem kleinen Anspruch zu besetzen, damit ich mich vor meiner Klasse einmal nicht zu schämen brauchte. Schließlich lag es am Tage, daß die Frage nach dem Täter im Rahmen einer Kriminalgeschichte nicht einmal mehr zu stellen war, und eine scharfe Ansicht oder wenigstens eine offene Perspektive hätten uns weiter geholfen als ein toter Deutschlehrer. Aber ich hielt mich an meinen Auftrag. Vielleicht gibt es unter meinen Schülern von damals einige, die ihn heute zurückziehen würden, sei es, daß sie selber Kinder zu hüten haben oder gar in einer Schulpflege wirken –: ihnen sei die Geschichte von Dr. Hämmerli ganz besonders gewidmet.

Erstes Buch

Das Opfer

1

Türkisfarbene Sitzgruppe auf kobaltblauem Teppich: Fräulein Instetten würde das nicht billigen. Sie käme nicht auf die Idee, ein Kleid in diesen Farben zu tragen; wenn sie Verkäuferin wäre, sie würde einer Kundin entschieden davon abraten. Grün und blau zusammen tun den Augen weh, außer in der Natur; aber Geschmack ist etwas Höheres als die Natur. Nun ist Fräulein Instetten keine Verkäuferin, sondern Haushälterin bei Dr. Hämmerli, dessen atelierartiges Studio Teppich und Sitzgruppe zieren; täglich fährt sie mit dem Staubsauger über Türkis und Kobalt und übersieht keinen Aschenrest in den Polsterwinkeln; Türkis und Kobalt aber sieht sie nicht mehr und würde also nicht daran denken, die Geschmacksfrage zu stellen. Das hängt damit zusammen, daß der Besitzer von Grün und Blau Dr. Hämmerli ist, ein Mann also, dem sie ohnehin mit einer gewissen Bitterkeit das Recht zugesteht, zu tun und zu lassen, was er will – vermutlich, weil er in den Augen ihres verschütteten Herzens noch etwas höher steht als Natur und Geschmack miteinander; sie läßt sich weder von seiner Leibwäsche, die sie ja umdreht, bevor sie sie mitnimmt, vom Gegenteil überzeugen, noch von den Illustrationen, die sie manchmal auf seinem Pult aufgeschlagen findet und nicht einmal mit dem Staublappen anrühren würde. Ihre Treue verlangt, daß Dr. Hämmerli, Lehrer am Gymnasium, ein Herr sei, und sie verlangt es notfalls auch über seinen eigenen nichtsnutzigen Kopf hinweg; wenn diese Leistung ihr Gewissen zu überfordern droht, so denkt sie an das Gleichnis vom verlorenen Sohn, dessen Verlorenheit in Dr. Hämmerlis Fall ja eben darin besteht, daß er sie nicht wahrhaben und also auch der natürlichen Abhilfe nicht ins Gesicht blicken will. Ob es dann, in diesem leider fast hoffnungslosen Fall, bei dem kobaltblauen Teppich bleiben würde, ist eine andere Frage; für den Augenblick zieht Fräulein Instetten es vor, Grün und Blau, Sitzgruppe und Teppich auf sich beruhen zu lassen und in höherem Sinn nicht zu sehen – aus Selbstschutz und wohl auch ein bißchen aus Gewohnheit, denn es sind nun schon an die zehn Jahre, daß sie Dr. Hämmerli den Haushalt besorgt, am Tage, heißt das, um sich abends mit Betonung zurückzuziehen – eine Gewohnheit freilich, der Fräulein Instetten nicht erlaubt, flach zu werden, sondern mit kleinen Maßnahmen demonstrativen Charakters zu täglicher Würze verhilft.

Aber wie um alle Lustspielfiguren, so ist es auch um diese eher traurig bestellt. Traurig ist, daß sie in diesem Augenblick in Dr. Hämmerlis Sinn keine Rolle spielt, so wenig, daß wir uns die Beschreibung ihres Geschmacks und ihrer Zustände beinahe hätten schenken können; so wenig, daß Herr Doktor sie schon um vier Uhr nach Hause geschickt hat, denn er erwartet einen Gast, er will allein sein, aber nicht mit ihr. Nun, sie ist gegangen, wie Dr. Hämmerli mit Aufatmen feststellt; nichts erinnert mehr an sie als die glatte Ordnung, die sie, seine Studierecke wie immer aussparend, zurückgelassen hat; und um ihrem Verduften nachzuhelfen, entzündet er auch noch eins seiner Räucherstäbchen, worauf Tarzan, der Schäferhund, den Raum verläßt und sich draußen im Korridor umständlich wieder auf seine Pfoten legt. Dr. Hämmerli lächelt.

Er steht, zwischen Schreibtisch und Sitzgruppe, in der Mitte des Raumes und versucht sich vorzustellen, daß es nicht sein eigener sei – er benötigt wenig Phantasie dazu –, und wie er auf einen wirken muß, einen mit Andres' Augen, schwarzem Haar und verwaschenen Jeans, der zum erstenmal durch diese Tür tritt. Wohltuend, entscheidet Dr. Hämmerli und spricht das Wort beinahe mit den Lippen nach. Wohltuend. Fräulein Instetten mag Türkis auf Kobalt nicht mehr sehen: bei Andres kann man gewiß sein, daß er es sieht und sich seine Gedanken dazu macht. Welche wohl? Dr. Hämmerli, immer noch stehend, entzündet eine Zigarette. Wie denn aber, mein Phaidros, meinen wir nicht, alle Farben seien gleichgültig, nämlich nichts für sich, sondern nur Schweigen der Musik und Schatten des Lichtes, die zu sehen und zu hören uns nicht gegeben ist; und kommt es da nicht darauf an, unter allen Farben diejenigen aufeinander stoßen zu lassen, die den Einklang des Ursprungs am wenigsten vortäuschen und das Auge zärtlich zu reizen geeignet sind, nämlich auf die skandinavische Weise? Wie denn auch anders, o mein Sokrates, gewiß doch ja fürwahr. –

Dr. Hämmerli hat mit »ihnen« den »Tod in Venedig« gelesen. »Sie«, das sind die Schüler, das ist, um das »sie« etwas plastischer zu fassen, die Klasse, das einzige Weibliche in Dr. Hämmerlis Leben, wenn man von Fräulein Instetten absieht, was man wohl leider tun muß; das ist in diesem Fall die Klasse 4h, mit der er wöchentlich vier Nummern zu produzieren verpflichtet ist. Daß es aber Nummern werden, daß Dr. Hämmerli, ohne sich durch eine Miene zu verraten, der Klasse jedesmal wie ein nervöser Artist gegenübertritt, liegt wieder nicht an »ihr«, der Klasse als solcher, sondern an der vereinzelten edlen Jugend innerhalb der Klasse, die er mit seinen Nummern zugleich zu fesseln und freizusetzen wünscht und für die der Rest nur als Folie dient, als braves, flaches Stütz- und Bindegewebe; die anderen sind, bei aller Treuherzigkeit, Gespenster, nur diese vereinzelten sind wirklich. Manchmal stoßen sie in seinem Schlaf auf, dem schwankenden, wenig festen Schlaf eines bald fünfzigjährigen Junggesellen, und manchmal erwacht er mit feuchtem Gesicht davon. Man kann, wenn man durchaus will, diese vereinzelte Jugend noch genauer bezeichnen, denn sie hat einen Namen, sie heißt Andres Platten und gibt ihm jedes Quartal einmal Gelegenheit, sich im Konvent schützend vor sie zu stellen, denn er ist der Klassenlehrer, und die vereinzelte Jugend hängt, statt der Schularbeit, revolutionären Hirngespinsten nach, woran, wie er sich ausrechnet, ihre Vereinzelung schuld ist; Andres ist seit zwei Jahren mutterlos, sein Vater ist ein kleinkarierter Beamter mit einem trüben, auf der Hintertreppe aufgelesenen Privatleben; sein Sohn aber ist ein Tier auf dem Sprung, dem grober Hafer sofort in die Nase gerät, unzähmbar und einsam und scharf auf Strenge; eine Strenge, zu der sein schmaler Bau, seine delikate Physiognomie in so rührendem – Dr. Hämmerli korrigiert sich: erfrischendem Widerspruch steht. Damit Andres um fünf Uhr komme, hat Dr. Hämmerli Fräulein Instetten um vier nach Hause geschickt, nicht ohne das kalte Buffet aufs peinlichste zu inspizieren, das sie auf seine Anweisung vorher aufgebaut hat – die Crevetten, der Tintenfisch hätten mit mehr Liebe dressiert sein können, er legte noch selber Hand an, und der Johannisberg, den sie kaltgestellt hatte, paßte nicht genau und mußte gewechselt werden. Und dabei durfte er sich immer sagen und sagt es sich auch jetzt, daß nicht er, Dr. Hämmerli, diesen Besuch herbeigeführt hat, sondern Andres selbst, und zwar in drei Anläufen. Das erstemal, am Telefon, war es Dr. Hämmerli nicht schwergefallen, abwesend zu wirken, denn er steckte mitten in der Redaktion eines schöngeistigen Aufsatzes und vertröstete Andres auf die Pause nach der nächsten Deutschstunde; und Andres, der in der Stunde selbst kaum den Mund geöffnet hatte, kam tatsächlich ans Pult, eher dringend bat er um eine private Unterredung und wurde wiederum von Dr. Hämmerli, der Eile vorschützte, gebeten, ihn in den nächsten Tagen nochmals anzurufen, damit man einen genauen Termin vereinbaren könne. Andres hatte nicht in den nächsten Tagen, sondern noch am selben Abend angerufen, und zwar um Viertel nach zehn Uhr, zu einem privaten Zeitpunkt also, der als solcher schon alle Förmlichkeit wegschob – und da hatte ihn Dr. Hämmerli also eingeladen, seinerseits nicht schon auf den nächsten Tag, sondern auf den übernächsten, auf heute um fünf Uhr. Und er sah schon kommen, was dann auch eintraf: der nächste Tag verging langsam, und die Nacht, die Nacht von gestern auf heute, wollte überhaupt nicht vergehen und mußte mit einer massiven Dosis Barbiturat undurchdringlich gemacht werden. Als er sich heute morgen im Spiegel betrachtete, hingen seine Augensäcke tief; er mußte einige Pickel ausdrücken und seiner Farbe durch fünf Minuten Höhensonne aufhelfen, während ihm, bei geschlossenen Augen, das Herz schlug. Die kleinen Aufregungen des Tages durchbluteten sein Gesicht wieder; trügerisch oder nicht – für einen Abend wird es vorhalten, und dem Druck hinter der Stirn kann man mit einer Tablette begegnen.

Dr. Hämmerli blickte auf die Uhr: es ist zehn Minuten vor fünf. Einen Augenblick zuckt seine Hand nach einem Buch, aber noch in der Luft zuckt sie wieder zurück: die Feststellung, daß er darin nicht wird lesen können, wäre zu demütigend. Er mag sich nicht mehr verhehlen, daß er wartet; und um es auch noch deutlich zu machen, geht er ans Fenster, an dessen Ecke er sich aufstellt, etwas im Mull verborgen: es gibt nur noch eine Fabrik in der Schweiz, die auf besonderen Wunsch Mull fabriziert, und nun legt er seine Stirn daran. Das geht nicht mehr: Stirn gegen Mull; er zieht die Stirn zurück; dann legt er sie erst recht dagegen. Aber auch damit sind kaum mehr als zehn Sekunden totzuschlagen. Dr. Hämmerli dreht den Kopf ins Zimmer zurück – das sind weitere zehn Sekunden, Gelegenheit für Andres, drüben auf der Straßenkreuzung sichtbar zu werden. Dr. Hämmerli dreht den Kopf wieder zum Fenster; es bereitet Mühe, es nicht überstürzt zu tun, aber es wäre verlorene Mühe: Andres denkt nicht daran, sich zu zeigen. Dr. Hämmerli blickt wieder auf die Uhr: er hat, wenn Andres pünktlich ist, noch viereinhalb Minuten Zeit, den Anweg von Andres durch dessen Augen zu betrachten, probeweise zu sehen, was er sieht, wenn er den Blick über das Haus gleiten läßt, in dem sein Lehrer wohnt. Insgeheim wünscht er, daß die viereinhalb, jetzt nur noch vier Minuten verstreichen, ohne daß Andres kommt, damit er ihm grollen kann. Er macht sich klar, daß er ein beinahe körperliches

Bedürfnis empfindet, auf Andres wütend zu sein, auch ohne daß der ihm Gelegenheit dazu gibt: es ist das wenigste, daß er ihm jetzt diese Gelegenheit verschafft, denn wie lange hat er ihn schon warten lassen, auch wenn er jetzt pünktlich kommen sollte, was immer weniger zu befürchten ist: wenn einer jetzt dort bei den Ampeln erscheint, dann braucht er immer noch eine Minute, bis er die Straße überqueren kann, mindestens zwei, bis er den Lagerplatz entlang zur Haustüre gelangt, und eine weitere – denn Dr. Hämmerli wird ihm nicht auf der Stelle öffnen –, bis er das Treppenhaus erstiegen hat. Je ausführlicher Dr. Hämmerli sich das ausmalt, je später Andres Miene macht, aus dem Fußgängerstrom dort drüben hervorzutreten, desto größer sind die Aussichten, daß Dr. Hämmerli zu seiner bitter erwünschten Kränkung kommt. Aber sie werden rasch von der Sorge überschattet, daß Andres überhaupt ausbleiben oder beim Anblick des Hauses umkehren könnte, vielleicht weil er, trotz Hämmerlis Vorsicht, seinen Umriß am Fenster errät. Was will ich denn? Doch nur ein Gespräch, sagt sich Hämmerli, und Andres hat es selbst gewünscht. Der Gedanke kühlt ein wenig; Hämmerli atmet jetzt besser und versucht sich vorzustellen, wie er wohnt und was Andres sehen kann, wenn er kommt. Wenn er kommt.

Dr. Hämmerlis Haus steht in Zürich, wenige Autominuten vom Zentrum, wenn die Verkehrssituation es erlaubt; er sieht, wenn er etwas schräg über seinen Mull blickt, einige der Stadttürme und andererseits (bei gutem Wetter wie heute) über einer Ecke See zweieinhalb Schneeberge – an all dem ist kein Zweifel. Oder doch? Liegt es daran, daß Dr. Hämmerlis Haus, trotz Zentrumsnähe, nicht das genießt, was man eine Wohnlage nennt? Es steht allein, ein fünfstöckiger grünlicher Block aus den letzten Jahren des Ersten Weltkriegs, und seine Bauart läßt darauf schließen, daß er als Eckstein einer größeren gleichmäßigen Siedlung geplant war; auf der einen, der südlichen Seite, bricht er in einer Brandmauer ab und blieb das Dach ohne Schräge. Sei es, daß die Genossenschaft, die hinter dem Projekt steckte, den Mut verlor, sei es durch den Einbruch einer der damals häufigen Wirtschaftskrisen – das Haus fand keine Fortsetzung, der Anschluß, dessen es bedurft hätte, blieb aus, der verwachsene Baukörper wurde zu einer unbehaglichen Einsamkeit verurteilt. Merkwürdig war, daß der weite Raum, in dem er stand, sich nicht füllte; die stürmische Entwicklung der nächsten Jahrzehnte schien jeden verfügbaren Fleck der Nachbarschaft zu überziehen außer diesem, als wäre er mit einem alle

Unternehmungslust lähmenden Fluch besetzt; er blieb bei unklaren Besitzverhältnissen eingezäunt, sich selbst überlassen – genauer: er wurde einem Bauunternehmer als Lagerplatz verpachtet, und so breiteten sich zwischen Aufschüttungen von Kies und Aufbauten aus Granitplatten und Backstein Felder von Nesseln und Wermut aus, über die da und dort ein feister Holunder hinwuchs. Manchmal knirschte ein Lastwagen durch die Verwilderung, wurde eilig beladen und ließ im Boden eine gerippte Spur zurück, die sich bei Regen mit Wasser füllte; das Wasser blieb hier länger liegen als anderswo. Auch den Unternehmungen des Baumeisters schien an dieser Stelle kein Glück beschieden, wie hätte er es sonst unterlassen, sie voll auszunützen: Tatsache war, daß hier, umringt von einem höllischen und täglich zunehmenden Verkehr, Wermut und Holunder die Oberhand gewannen und aus den Ecken immer unverschämter herauswilderten. Vor einigen Jahren hatte die Stadt eine Italienerkolonie angesiedelt, aber eines Tages waren die Baracken wieder verschwunden, und das harte, von Geziefer belebte Grün behauptete allein das Feld. Häufig rauchte es aus dem Geviert; sei es, daß ein Landstreicher – ja, es gibt wieder Landstreicher in Zürich – sich am Dachpappefeuer eine Katze briet, sei es, daß jemand heimlich eine Fuhre Müll entladen und in mühsamen Brand gesteckt hatte; oft schmorte das Feuer tagelang und hauchte Pest über das ganze Quartier. Wären die Kinder nicht gewesen, Dr. Hämmerli hätte, von seinem Schreibtisch aufblickend, nichts Buntes oder Heiteres gesehen; aber auch die Kinder kamen, von ihren Eltern verwarnt, seltener, seit ein kleines Mädchen in einer Grube verunglückt war, die sich inmitten mannshoher Goldruten geöffnet hatte; wer über den Zaun stieg, lief Gefahr, in Glasscherben, Bettfedern oder gar Exkremente zu treten, deren tierische Herkunft nicht feststand. Die Nächte freilich waren still, gemessen an der zentralen Lage des Platzes; aber der Atem, den sie aus seiner schimmelnden Tiefe, zumal jetzt im Sommer, heranführten, war nicht nach jedermanns Geschmack.

Dr. Hämmerli hofft gerade, daß Andres sich nicht aufhält, wenn er den Draht- und Bretterzaun entlang geht – da sieht er ihn kommen, unzweifelhafter mit jedem Schritt, den Andres mit seinen Turnschuhfüßen tut; manchmal schert ein Fuß etwas aus und hat noch Zeit zum Spiel mit einem Stein. »Mit deinem Kommunismus«, flüsterte Hämmerli und kann schon Andres' suchende, nicht ganz sichere Augen erkennen, »mit deinem Kommunismus.« Dann blickt er auf die Uhr. Es ist ein Viertel nach fünf. Augenblicklich steigt eine Wut in ihm hoch, deren Kälte ihn zittern macht.

»Tarzan«, ruft er.

Der Schäferhund huscht sofort durch die Tür und bleibt zwei Schritte vor Hämmerli stehen. Seine Augen blicken unsicher; ab und zu hechelt er, unterbricht sich aber bei der kleinsten Bewegung seines Herrn.

»Hier!« befiehlt Hämmerli.

Tarzan wedelt hart und kommt näher. Hämmerli versetzt ihm einen Schlag auf die Nase; der Hund weicht etwas zur Seite; Dr. Hämmerli packt ihn an der Schnauze, dreht den Kopf an der Schnauze hin und her und schleudert den Hund an der Schnauze von sich weg. Der Hund bäumt sich auf und will wieder herbeitauchen; in diesem Augenblick tönt die Hausglocke. Tarzan stellt den Hals und bricht in Gebell aus.

»Hier«, zischt Hämmerli. Der Hund unterdrückt sein Gebell und gehorcht, aber als ihn Hämmerli wieder an der Schnauze packt, merkt er, daß der Hundekopf nicht bei der Sache ist, er knurrt zwar, aber nur aus Folgsamkeit, um den Schein des Spiels zu wahren. Mit einem Schwung hievt ihn Hämmerli zum zweiten Mal von sich weg, diesmal so heftig, daß der Hund gegen die Bücher prallt und jault; es hat ihn geschmerzt, er schüttelt sich und steht verdonnert in der Ecke.

»Hier!« schreit Hämmerli. Tarzan kommt; er wedelt nicht, diesmal hat er Angst. Hämmerli packt ihn an der Schnauze und dreht den Kopf an der Schnauze; Tarzan knurrt nicht, aber Hämmerli spürt ihm an, daß sein Hals sofort bereit ist, sich zu versteifen, um den endgültigen Stoß abzufangen; Hämmerli verzögert ihn, hebelt den Kopf des Tieres hin und her, dreht ihn ins Genick, so daß der ganze Leib des Tieres nachfolgen und herumlaufen muß, dreht ihn brüsk zurück; der Hund winselt mit geschlossenen Lefzen, das Spiel, wenn es noch eines ist, wird unerträglich. In diesem Augenblick läutet es zum zweiten Mal, und Hämmerli läßt die Schnauze los, faßt den Hund unter dem Bauch, spürt noch rasch die feuchte, um Schonung bittende Nase an seine Wange fahren und wirft dann das Tier gegen den schwarzen Fauteuil, so daß der Fauteuil, der nicht wackeln kann, sich ein Stück verschiebt; Tarzan heult kurz auf und schleppt sich, das schmerzende Bein nachziehend, unter den Schreibtisch. Sein Herr aber ist schon an ihm vorbei und im Korridor und drückt den Türöffner.

2

Dr. Hämmerli blickt ihn kaum an, zieht ihn nur an der Hand in den Korridor und läßt die Hand erst unter dem Türrahmen des Wohnzimmers los, als wollte er Andres keiner Beeinflussung aussetzen, wenn er sich nun im Wohnzimmer umsieht. Die Tür ist eine Schiebetür; rechts führt eine weitere, nur angelehnte Tür offenbar zu Hämmerlis Schlafkoje; Andres sieht etwas Rotes, Gebrauchtes mit gelben Schlitzen. Das Wohnzimmer wirkt schattig unter der Glasziegeldecke, die das Oberlicht filtert und über die ein unaufhörliches Netz von Wasser zu spielen scheint, was nicht sein kann, denn die Häuser, die durch die nahe, das Oberlicht fortsetzende Fensterwand jenseits der Trümmerflora zu sehen sind, haben buttergelbe Fassaden im Abendlicht. Aber wer an diesem Schreibtisch sitzt, wird trotzdem das Gefühl haben, daß er aus dem Schatten operiert, daß das, was Licht hat, immer auf der anderen Seite ist. Gestochen scharf sieht Andres Möbel in dieser Schattenhelligkeit stehen, strenge gepolsterte Klötze um einen durchsichtigen Tisch, auf dem Rauchzeug steht und durchsichtige Gläser und Flaschen.

»Da ist ja Ihr Hund«, sagt Andres, »er hat gar nicht gebellt.«

»Es ist in letzter Zeit nichts mit ihm anzufangen«, sagt Dr. Hämmerli, »ich muß ihn gelegentlich dem Tierarzt vorführen.«

Die Wände sind mit Büchern bewehrt, aus denen in verschiedener Höhe die Zungen von Druckfahnen lecken. Für Bilder ist kein Raum mehr; da und dort lehnt eine Postkarte gegen Klassiker, und außerdem stehen auf der freien Kante allerlei Gegenstände des täglichen Gebrauchs: eine Nachfüllpatrone für das Gasfeuerzeug, ein Spray gegen Insekten, etwas Wechselgeld, Manschettenknöpfe, ein Fleckenreiniger, eine offene Todesanzeige und ein illuminiertes, Pergament vortäuschendes Kärtchen, wie man es in frommen Buchhandlungen kauft. Andres tritt näher und liest:

I will not go out of my way to avoid such things, when avoidable,
no I simply will not go out of my way, through I have never in my
life been on my way anywhere, but simply on my way.

Andres spürt Dr. Hämmerlis Blick und hütet sich zu reagieren. Er nickt erst, als er Dr. Hämmerlis Stereo-Anlage betrachtet. Im übrigen riecht es nach etwas Süßlichem wie Kräutertee.

»Haben Sie da draußen etwas verbrannt?« fragt Andres und deutet mit dem Kopf zum Fenster, das einen Spalt offen ist.

»Ich habe da drinnen etwas verbrannt«, sagt Hämmerli. Er sieht Andres an.

»Setzen Sie sich, Andres«, sagt Dr. Hämmerli, »bitte. Was nehmen Sie? Wodka oder Whisky, oder ist das keine Frage?«

Andres hat in einer der Sitzmaschinen Platz genommen. Sie dreht sich.

»Whisky, gern«, sagt Andres.

Während der Whisky das Eis abtaut, reden sie von der Schulreise, die nächste Woche, noch vor den Sommerferien, stattfinden soll, und hoffen, daß das Wetter sich hält. »Mit dem Nair ist nicht zu spaßen«, sagt Dr. Hämmerli. Der Nair ist ein Dreitausender; da kommen die Unwetter rasch und ohne Anmeldung. Jetzt, wo sie reden, ist Andres in der Lage, Dr. Hämmerli anzusehen. Er trägt einen weißen Pullover mit Schiffchenausschnitt und grünliche enge Hosen aus samtartigem Leder; da der Tisch durchsichtig ist, sieht Andres auch die schwarzen Mokassins an Dr. Hämmerlis bloßen Füßen. Er schlägt die Beine übereinander und stellt sie dann wieder zurück. Einer muß jetzt anfangen. Aber es müßte knistern, und es knistert nicht.

»Herr Doktor«, sagt er und fixiert die Eiswürfel im Whiskyglas, die beim Schmelzen Unruhe stiften und bald nur noch Plättchen sind, »Herr Doktor, Sie kennen meine Ideen – das heißt, Sie kennen nicht alle, und es sind auch nicht mehr bloß Ideen.« Verdammt, denkt er, was mache ich, wenn er nicht einhakt.

»Kurz gesagt, wir bilden eine kleine Zelle. Ich treffe mich dreimal wöchentlich mit einigen Kollegen. Lehrlinge, ein Student und ein Redaktor. Wir meinen, daß die Zustände bei uns unbefriedigend sind. Ich erinnere Sie nur an folgendes: 3 % der Bevölkerung verfügen über mehr als die Hälfte allen privaten Vermögens. 1 % aller schweizerischen Aktiengesellschaften verfügt über mehr als die Hälfte des gesamten schweizerischen Aktienkapitals. Das sind feudale Zustände. Die Freiheit, die den Nichtbesitzenden übrig bleibt, ist nur noch ein Schwindel, Narrenfreiheit, die man kündigen kann. Und die 97 % durchschauen das nicht, sie arrangieren sich, nein, sie identifizieren sich damit . . . das ist das Elend. Nicht der Ausbeuter ist der Böse, sondern der Ruhestörer. Wir sind entschlossen, die Partei des Bewußtseins zu ergreifen. Gegen seine Entfremdung. Auch wenn es Stunk gibt. Wir wollen das Arrangement stören. Wir sind dafür, daß der Unfreie von der einzigen Freiheit, die er noch besitzt, Gebrauch macht: der Gewalt. Aber dazu ist erst Aufklärung nötig. Wir sind keine Revolutionäre aus Emotion, keine Anarchisten: so leicht werden wir den Herrschenden das Spiel nicht machen. Wir gehen wissenschaftlich vor. Der erste Schritt ist das Studium der Klassiker. Und wir meinen nicht Goethe.«

»Sie sind also Maoisten«, sagt Dr. Hämmerli. In den scharfen Kanten seines gepflegten Kopfes lächelte es.

»Das ist nur ein Wort«, sagt Andres. »Das erledigt nichts. Die Verhältnisse, der Stand der Produktionsmittel sind überall andere, und also sind auch die Mittel andere, die Methoden.«

Er nimmt endlich einen Schluck Whisky. Seine Hand zittert nur leicht.

»Richtig, Andres«, sagt Dr. Hämmerli. »Und was möchten Sie jetzt von mir?«

»Wir hätten Sie gerne dabei, Herr Doktor.« Andres trinkt den nächsten Schluck.

Dr. Hämmerli erhebt sich; einen Augenblick sieht es so aus, als wolle er sich auf den Armstützen des Sessels gegen Andres schwingen, aber dann schlendert er an sein Fenster und betrachtet die Trümmergegend. Seine eine Schulter ist etwas höher als die andere.

»Andres«, sagt er, »Andres.« Er macht versonnene Augen und schlendert wieder herbei, und dann wieder zum Fenster. »Ich weiß nicht, warum ich Ihnen das jetzt erzähle, aber vor ein paar Jahren, es muß noch vor de Gaulle gewesen sein, sah ich im Hafen von Marseille einen Jungen, der mit nackten Füßen über die Steine turnte und dabei sehr vorsichtig sein mußte, nicht wegen der Steine, sondern weil er einen Kübel Farbe in der Hand trug. Und dann stellte er sich vor einem besonders großen Brocken auf, setzte den Kübel ab, zog einen Pinsel heraus und malte AMI GO HOME auf die Mitte des Brockens. Sie hätten sehen sollen, wie er malte, Andres: Mit ganzem Arm, auf die Zehen gestellt, warf er die weißen Lettern an den Stein, daß sie troffen, und mußte sich manchmal mit der freien Hand abstützen, damit ihn seine eigene Bewegung nicht zu Fall brachte: er malte über alle Widerstände des Steins hinweg, und am Ende stand es da, und er trat drei Schritte zurück und betrachtete es. Ein lustbetonter Akt, Andres, *action painting,* wenn es je welches gab.«

Andres schweigt und kaut seinen Whisky.

»Sie können mir sagen: Der Satz hatte einen politischen Gehalt. Und wenn es nur derjenige war, die amerikanischen Touristen zu kränken, die nun den Leuchtturm draußen nicht mehr fotografieren konnten, ohne ihre eigene Schand mit auf dem Bild zu haben. Vielleicht. Aber es war romantische Politik, und vor allem, Andres: es war schön. Der Junge war verdammt überzeugend, als er seinen dummen Satz hinknallte.«

»Das ist wichtig«, sagt Andres mit undurchdringlichem Gesicht.

»Ja, es ist wichtig«, sagt Hämmerli heftig und geht sogar ein bißchen in die Knie dazu, indem er sie spreizt, »sehen Sie die Sache einmal andersherum, dann ist es wichtig. Nehmen wir an – ich glaube es nicht –, das Bürschchen habe sich viel dabei gedacht, als er seinen Vers an den Stein schmierte; unterstellen wir ihm eine ernsthafte politische Absicht. Glauben Sie, die habe den langen Weg vom Kopf bis zum Pinsel überlebt? Am Anfang mag eine Überzeugung stehen – am Ende steht der Plausch, eine Arabeske, eine großartige Schmiererei. Alle Geburten der Idee sind befleckt, es braucht ja nicht immer Ölfarbe zu sein. Jeder Akt kompromittiert seinen Ursprung. Das haben schon die alten Ritter gewußt. Hören Sie nur:

ez ist dechein gedanc sô snel,
ê er vom herzen für dez vel
küm, ern sî versuochet.

Jeder wird versucht, Andres, und keiner geht ungeschoren aus der Versuchung hervor. Zwischen Herz und Haut gähnt ein Abgrund, kein guter Wille kann ihn überspringen, und in der Tiefe faulen unsere Hoffnungen. Es stinkt, Andres, zwischen Theorie und Praxis, und es sind nicht bloß Hoffnungen, die da unten verwesen. Der Sudeljunge im Hafen von Marseille ist noch ein harmloser Fall: da sitzen Kopf und Arm noch am selben Fleisch. Aber wenn sich das teilt, Andres, und das teilt sich in dieser arbeitsteiligen Welt, dann haben wir auf einmal keinen hübschen Akt mehr, sondern eine Kette von Befehlsempfängern, und jeder reicht dem andern das Heil der Menschheit weiter, bis es so recht schmuddelig oder sogar ein Verwaltungsakt geworden ist, und der letzte, Andres, der das Ding dann mit seinen schmutzigen Händen drehen muß, der sieht zwar aus wie ein Mensch, aber was ist das noch für ein Mensch, Andres; ein kleiner Parteibürokrat, ein Apparatschik, ein Spießbürger der Macht: im ganzen gesehen ist er ein Organ, nichts weiter. Die Physiologie der Macht stinkt, Andres; und der traurigste Witz davon ist, daß dieses Organ, dieser große Pinsel sein Geschmier im Namen der Sauberkeit verrichtet; daß er, der am jämmerlichsten Entfremdete, mit seinen Verwaltungsakten allen Ernstes gegen die Entfremdung zu arbeiten glaubt; daß er das System reproduziert, gegen das er anstinken möchte und dessen Opfer er selbst ist... Alles ist eitel, Andres: was bleibt, ist der Gestank.«

»Schön«, sagt Andres anerkennend, ohne Spott. »Solche Einzelheiten machen sich meine Freunde vielleicht nicht genügend klar. Sie müssen bei uns einen Vortrag halten.«

Dr. Hämmerli schwingt ein Bein über die Polsterstütze und sitzt rittlings darauf. »Einzelheiten«, lacht er anmutig, »Sie sind ein Schalk, Andres. Da Sie dichten, müssen Sie wissen, wovon ich die ganze Zeit geredet habe. Und was den Vortrag betrifft: danke für Obst. Ich halte ohnehin zuviele Vorträge per Woche: 24, davon 4 allein in der Klasse 4h. Oder finden Sie nicht, daß ich ausreichend rede?«

»Das kommt darauf an«, sagt Andres und nimmt wieder einen Schluck.

Dr. Hämmerli klappt eine Holzschachtel mit terrassenförmig vortretenden Zigarettentreppen auf und schiebt sie Andres entgegen. »Rauchen?« fragt er. Die Zigaretten kommen Andres etwas unförmig vor, aber Dr. Hämmerli wird es wissen; er zieht auch selbst eine heraus. Dann hält er brüsk inne, legt sie zurück und zieht Andres die Zigarette aus dem Mund. Die Bewegung, stellt Andres verdutzt fest, ist vollkommen echt. So spontan war Hämmerli lange nicht. Und sogleich wird klar: er ist erschrocken.

»Nicht diese«, sagt Dr. Hämmerli, und dann fügt er, das stimmt schon nicht mehr, hinzu: »Das nächste Mal, Andres. Wenn Sie wiederkommen.«

Auf dem Tisch, in einer Schale aus mittelmeerblauem Glasfluß, liegen Zigarettenpackungen jede Menge. Andres steckt sich eine Gauloise an, Hämmerli greift nach dem grünen Zeug: KOOL.

»Sans capotte«, sagt Hämmerli anerkennend. Nein, jetzt stimmt es wirklich nicht mehr.

Hämmerli erhebt sich wieder; er spürt selbst, daß es nicht stimmt. »Andres«, sagt er, »ich habe eine neue Theorie. Was meinen Sie zu folgendem.« Und geht an sein Büchergestell, um verschiedenen Bänden Staub abzublasen. Wenn er nicht bläst, spricht er. »Meine Worte haben Sie nicht überzeugt. Der hübsche Marseiller Junge hat umsonst gemalt. Ich frage mich, warum. Ich wäre so gern fortgefahren: werden Sie Mönch, Andres. Ich habe, als ich in Ihrem Alter war, besonders viel für Mönche übrig gehabt. Ich schrieb sogar ein Gedicht, das fing an: ›In meiner Seele weiß ich einen, der ist Mönch.‹ Schön, was? Wenn man brodelt, sehnt man sich vermutlich nach Hygiene, und die sucht man hinter der Kutte. Der Mönch enthält sich des Pinsels. Bei ihm kommt es nicht zum Akt. Er bleibt an der Quelle sitzen. Und das wollen Sie nicht, Andres.«

»Nein«, sagt Andres.

»Schade«, sagt Dr. Hämmerli und lehnt jetzt sogar die Stirn gegen seine Bücher. »Aber nur ästhetisch schade. Natürlich haben Sie recht. Der Mönch ist ein Asket aus Bequemlichkeit. Er mißt alles am Unmöglichen, d. h. an Gott. Aber stößt er damit an? Im Gegenteil. Vom Unmöglichen haben die Leute nichts zu fürchten. Wir reservieren ihm sogar den Sonntag. Die Arbeitsteilung funktioniert: ihre Leerstellen nennen sie menschliche Schwächen oder Sünden; dafür ist der Gottesmann zuständig; er tauscht Gnade, die er angeblich hat, gegen Sünde, die die andern haben und er nicht haben darf. Ein fiktives Geschäft, aber es floriert, es hat den Vorteil, daß die Sünde nicht auszugehen braucht, der Himmel selbst garantiert die Nachfrage. Der Mönch bleibt rein um den Preis seiner vollkommenen Immobilität; mit der Folge – realpolitischer gesagt: mit dem Ziel, daß die Gesellschaft immobil bleibt. Als Diener Gottes wird ihm nahe gelegt, daß er zu hoch stehe, um sich herabzulassen und mitzumischen im Erdengeschäft, dessen Coupons er nur als Rentner schneiden darf. Sie aber, Andres, Sie wollen nicht rein bleiben, nicht um diesen Preis.«

»Sie sollten Ihre Zigarette rauchen«, sagt Andres. Die Kühle wolkt auf dem Aschenbecherrand vor sich hin: die weiße Hälfte ist schon kürzer als die graue, die sich zu krümmen beginnt. Dr. Hämmerli kommt an den Tisch und drückt sie tot. Dann setzt er sich ziemlich dicht bei Andres auf den Rand des Tisches. Andres' Hände fassen unwillkürlich die Glaskante; aber der Tisch kippt nicht.

»Der Mönch stellt zweierlei nicht in Frage, Andres«, sagt Dr. Hämmerli auf seiner Kippe und blickt auf sein grünliches Lederknie, »das Unmögliche und das Mögliche. Das Unmögliche bleibt für immer absolut: er ist dazu da, es mit seiner Kutte auf Dauerglanz zu polieren. Das Mögliche bleibt für immer relativ: der Mensch ist schwach, es bleibt dabei, und die Versorger der Schwächen sind daran interessiert, daß es so bleibt. Sie aber, Andres, kümmern sich um das Unmögliche nicht: das könnte noch angehn, man braucht neuerdings keinen Glauben mehr zu haben. Aber Sie, Andres, Maoist, setzen dem schlechteren Möglichen das bessere Mögliche entgegen: das ist die Sünde, die nicht verziehen werden kann, und die Interessenverbände werden Sie dafür steinigen. Sie stören den Frieden mit der Behauptung, daß es der falsche Friede sei: die Wenigen, denen dieser Friede recht ist, und, Andres, auch die Vielen, denen er lange recht sein muß, werden darauf nur eine Antwort wissen, lösen Sie Peking Einfach. Man wird nicht sehen wollen, *was* Sie angegriffen haben; man wird nur Ihre schmutzigen Hände sehen; Sie werden nicht dazu kommen zu sagen, wessen Schmutz es ist. Es wird feinen und völlig wirkungslosen Menschen wie dem Dr. Hämmerli vorbehalten sein, zu würdigen, wie schön Sie sind mit Ihren schmutzigen Händen, Andres.«

Andres räuspert sich. Dr. Hämmerli erhebt sich und tritt hinter Andres' Stuhl. Andres kann sich nicht rühren; es wäre lächerlich, sich im Drehstuhl umzuwenden. Dr. Hämmerli wäre zu nah, Andres würde vor seinen Knien landen.

»Das Opfer«, sagt Dr. Hämmerli mit nicht ganz sicherer Stimme. »Sie wollen das größere Opfer bringen, Andres. Ich möchte immer sagen: nehmen Sie es leichter. Sie vergeben sich nichts, wenn Sie lockerer leben. Aber Sie sind ja nicht zu halten, Sie Unmensch.«

Dr. Hämmerli stößt sich von Andres' Stuhl ab; Andres spürt den kurzen Druck am Kreuz, wie er sich vorbeugt, um sich noch eine Zigarette herauszunehmen. Dr. Hämmerli gibt ihm sofort Feuer. Dann wandert er ab und wieder ans Fenster, durch das er verloren hinaussieht.

»Mao«, sagt er, »Mao-Tse-Tung«, mit kostender Betonung, »was für ein Kerl, was für ein Kaliber von einem alten Mann. Stößt seine eigene Konstruktion um, weil er den Geruch der verdienten und verschwitzten Leute nicht erträgt, die sich darin eingerichtet haben. Und alles mit Hilfe entflammter Kinder. Der Fünfzehnjährigen. Was für ein alter Feinschmecker der Revolution.«

Er dreht sich um. Er scheint keinen Versuch mehr zu machen, seine Konversation zusammenhängend zu gestalten. Sein Gesicht ist stark belebt und zugleich blaß; er geht im Bogen, soweit der Raum es erlaubt; um Andres' Sitz herum, jeden Schritt markierend, als müßte er eine Spur eindrücken, und als er wieder vorn ist, sagt er:

»Schicken Sie mir einmal Ihre Gedichte? Haben Sie mir das nicht versprochen?«

»Nein«, sagt Andres.

»Dann versprechen Sie es mir jetzt?«

Andres sieht nicht auf, nickt immerhin etwas. Dann sagt er: »Und Sie kommen an unsere Versammlung.«

»Nein«, sagt Dr. Hämmerli sofort und beobachtet Andres boshaft. Aber Andres hebt den Kopf immer noch nicht. Er drückt nur umständlich seine halb gerauchte Zigarette in den Aschenbecher. Immer bleibt noch ein Funke übrig.

»Ich will Ihnen sagen, warum nicht. Ich kann nicht Ihr Meister sein.«

»Sollen Sie doch gar nicht«, sagt Andres jetzt erstaunt und blickt Hämmerli an, aber nicht lange.

»Ich kann nicht Ihr Meister sein«, sagt Hämmerli, »weil ich etwas anderes bin. Sehen Sie: ein Weg, den ich Ihnen vorangehe, mag ein Weg sein, aber es ist nicht Ihr Weg. Irrweg – Ihr Weg, das ist die Hauptsache. Ich habe kein Recht, Ihr Opfer zu schwächen, indem ich versuche, Ihnen etwas zu ersparen. Wir kennen uns lange genug, daß Sie wissen dürften: ich möchte es wohl – liebend gerne; aber ich darf nicht, um Ihretwillen, um Ihrer besonderen schönen Unreinlichkeit willen, um das Ihnen Mögliche nicht zu beleidigen. Darin besteht, mit Verlaub, mein Opfer. Sie müssen allein auf Ihr Seil, es ist Ihr Akt, und wenn Sie fallen – Sie gehen Ihren Weg im Schatten meiner Zuneigung, mehr darf ich nicht tun.«

Andres setzt sich auf die vorderste Kante des Fauteuils. »Ich muß jetzt gehen«, sagt er.

Dr. Hämmerli bleibt stehen. »Nein!« flüstert er. Es ist der zweite echte Moment. Dann dreht er sich sofort gegen seine Bücher. »Ich dachte, Sie würden noch mit mir zu Abend essen.« Seine Stimme ist erzogen leise. Der Rücken verrät, daß Dr. Hämmerli bereits aufgegeben hat.

»Ich werde erwartet«, sagt Andres und erhebt sich vorsichtshalber. Sofort erhebt sich auch der Hund und rüttelt sein Fell.

»Meine Haushälterin hat einen kleinen Imbiß vorbereitet. Wollen Sie mir nicht den Gefallen tun? Es ist manchmal mühsam, allein zu essen.«

»Ich habe noch Aufgaben«, sagt Andres rasch und trotzig. »Eine Biologie-Klausur für morgen, und zwei Lektionen Französisch, und etwa 30 lateinische Vokabeln, und –«

Dr. Hämmerli hat sich wieder umgedreht. Er lächelt fein und verächtlich. »Da sind Sie längst zu spät«, sagt er, »dann sind Sie zu lange hier sitzen geblieben, Sie Musterschüler, Sie Revolutionär. Ich habe Sie ja noch nie so atemlos gesehen. Gehen Sie um Gotteswillen.«

Er hält ihm nicht die Hand hin, aber er begleitet ihn in den Korridor. Draußen greift sich Andres an den Hosenhintern und tastet die Taschen ab. »Entschuldigen Sie«, sagt er flüchtig und schießt, über Tarzan stolpernd, in Dr. Hämmerlis Wohnzimmer zurück. Mit fliegenden Händen öffnet er die hölzerne Schachtel, zieht eine Zigarette heraus und steckt sie in die Hintertasche, während er die Schachtel zuklappt. Als Dr. Hämmerli in der Türöffnung erscheint, hebt Andres triumphierend sein Portemonnaie hoch. »Gefunden«, lacht er. Dann geht er an Dr. Hämmerli vorbei hinaus. »Haben Sie herzlichen Dank«, sagt er noch. »Sie haben mir sehr geholfen.« Dr. Hämmerli verzieht keine Miene und drückt die Tür hinter ihm zu.

Er geht langsam durch den Korridor zurück und blickt in sein Zimmer hinein, wo sich Tarzan wieder gelegt hat. Dann kehrt er um, betritt seine Küche und dreht das Licht an. Auf dem blanken Küchentisch stehen: Teller, Gläser, Besteck, von allem zwei, und zwei bedruckte Papierservietten. Eine Platte mit Fächern: Lachsschinken, Crevetten, Oliven, Russischer Salat, Hummer, ein Körbchen mit Toast, über das ein feines Tuch geschlagen ist. Alles deutlich wie gestochen und hohl wie eine Imitation: ein Fleisch- und Fischopfer für ein Gespenst. Dr. Hämmerli betrachtet es lange. Er berührt nichts.

»Komm«, sagt er halblaut nach einer Weile.

Tarzan denkt, daß das nur ihm gelten kann. Man hört seine zögernden Pfoten auf dem Korridor. Dann erscheint er in der Tür. Er wedelt, aber nur versuchsweise; seinen Augen ist anzusehen, daß er damit Schlimmeres zu verhüten hofft.

»Komm«, sagt Dr. Hämmerli.

Der Hund setzt sich vor ihn hin.

Dr. Hämmerli nimmt eines der beiden Messer und streicht Butter auf den nachgiebigen Toast; sie läßt sich streichen. Dann bricht er das Brot in vier Teile und belegt jedes mit Crevetten. Stück um Stück hält er dem Hund hin, der es mit dem Maul ergreift und inbrünstig kaut. Die Crevetten verschwinden, dann der Hummer, dann der Lachsschinken. Auch die Sardellen frißt Tarzan. Die Kalbfleischwurst. Den Kaviar. Jetzt ist das Körbchen leer. Auf der Platte bleiben noch Oliven, Russischer Salat und Rübensalat. Dr. Hämmerli nimmt eine der Papierservietten und wischt die Sachen von der Platte in den Kehrrichteimer; dann läßt er Wasser über die

Fächer laufen; die Mayonnaisespuren schwimmen ab. Dr. Hämmerli überläßt es dem Hund, ob er ihm folgen will. Er geht ins Wohnzimmer zurück und greift sich ein Buch heraus. Er weiß lange nicht, daß er liest. Aber dann merkt er es, und seine Augen trüben sich. Draußen ist es dunkel geworden.

3

Andres stößt die Tür zu seinem Zimmer auf. Der Alte ist nicht zu Hause. So what? Er blickt auf die Uhr: es ist halb elf. Er hat einen langen, sinnlosen Weg gemacht, von Hämmerli hinüber zum See, wo es feierabendlich war, alte Männer unter ihren Lidern auf das Wasser blickten, Mädchen sich mit schwingender Weite an den Händen irgendeines jungen Mannes, der nicht Andres war, auf das gemietete Boot schwangen; zwei Hunde trieben es, aus unbekanntem Grunde läuteten die Glocken aus dem Abendrot, und darunter hörte man das Zirpen einer Gartenmusik. Andres hat eine Stunde am See vertrödelt, den Hunden zugeschaut, bis sie Hintern gegen Hintern standen und auf Trennung warteten; dann ist er in einen Spielsalon gegangen und hat sich erst fiebrig und dann öde geflippert, hat die Öde in Hunger übersetzt und ist durch baumlose Quartiere nach Hause gegangen. Jetzt hat er keinen Hunger mehr; aber es läutet immer noch in seinen Ohren. Er stellt sich vor, daß die Haushälterin unterdessen ein paarmal angerufen hat, und er hört sie: Schau Andres, wir haben uns etwas verspätet aber öffne bloß den Eisschrank da drin sind Makkaroni vom Mittag her du brauchst sie nur in Fett anzubraten und der Salat liegt im Salzwasser bereit abschwenken und anrichten, wie du es gern hast gelt mit deinem italienischen Essig. Die Liebe hat ihren Spruch nicht anbringen können, sondern immer wieder aufhängen müssen, und Andres hofft, daß es ihr den Abend verdorben hat. Andres' Hand hat den Schalter nicht gleich gefaßt, auch daran gibt er der Haushälterin schuld: jedem seine Haushälterin, wird es einmal in der Hölle heißen, die Andres nichts Neues zu bieten hat. Die Hölle ist das Haus Pfingstanger Nr. 16, ein ockergelbes Reihenhaus mit angeklebtem Vorgarten, zwei Kaminen und billiger Akustik, ein Scheißhaus, in dem die Toilette die Hauptsache ist, denn ein Badezimmer, denkt Andres mit heftigem Ekel, ein Badezimmer gibt es nicht. Was ist das für ein Haus, in dem man sich schämt, die Toilette zu benützen. Oh, sie ist sauber, alles ist sauber in seiner Art, die nicht die Art von Zuhause ist, das mürbe Haarröllchen im Abfluß läßt sich übersehen, der Schimmelfleck unter dem Becken auch, es ist wirklich Schimmel, sonst hätte es die Haushälterin weggekriegt mit dem Lappen, der übrigens eins von Mamas alten Hemden ist, es läßt sich auch über die Zahnpastareste wegsehen, die in den Winkeln von Frau Gegaufs Zahnbürste nisten, der Geruch, den das Vertreterwässerchen betäuben soll, läßt sich ignorieren, aber Andres hat den bösen Blick und die böse Nase, er sieht nur das Schamhaarröllchen und Mamas ermordetes Hemd, er riecht bloß den Geruch von altem, nicht rostendem Fleisch unter dem Vertreterdüftchen, und wenn er in einer Stunde noch wach liegt, wird er über seinem Kopf die Filzpantoffeln über die Dielen auf die Toilette schlurfen hören, und wieder zurück, und ächzend wieder hinaus, und er wird den Filz schweigen hören, und die angewiderte Erwartung wird ihn wachhalten, und danach wird er erst recht nicht schlafen. So ist es in diesem Haus: die Gerüche lügen, und lügen schlecht, und die Treppen stöhnen, und in jedem Glas sieht er eine Prothese, und die Wände sind bestochen und keine Wände, und die Blumen lassen schon nach einer Stunde die Köpfe hängen, denn das Wasser steht ab, und die Vase ist geschmacklos, und die Tapeten schwitzen Flecken, und die Teppiche lassen Flusen, und wenn einmal Sonnenlicht in den Flur fällt, so gerinnt es zu Balken, in denen es stäubt, denn ein Haushalt mit Kohleheizung atmet Staub, er rieselt sogar unter den Wänden, die keine Wände sind. Sauber, blank bis zur Giftigkeit bleiben nur Frau Gegaufs Porzellanmöpse und die katholischen Kringel unter den Glasstürzen, auf denen kein Staub haftet, und die Sommerwärme, wenn sie kommt, riecht wie Ofenwärme, faul, und das Licht in diesem Haus ist kein Licht, und die Vögel singen draußen, bloß Filz ist Filz und Kringel ist Kringel, im Ablauf wie unter dem Glassturz, im Himmel wie auf Erden, sogar der Himmel ist staubig, und Andres wird heute keinen Kühlschrank mehr öffnen.

Er steht an seinem Fenster und sieht über die starren Ziergestrüppe hinweg auf den Großen Bären: der wenigstens ist weit genug entfernt. Er steht nicht ganz aufrecht, den Bauch eingezogen, als friere er, die Hände schweben vor seinen Schenkeln, er kommt sich rasch wie ein Affe vor; der Verdacht meldet sich, daß er nur einmal richtig durchatmen müßte, um ein Glücksgefühl zu empfinden, also dreht er sich um und probiert nur ein wenig die Fußgelenke aus.

Dazu betrachtet er den Ofen, den Knick des Ofenrohrs, dessen Kante blank ist wie ein Messer: dort wird bald einmal etwas passieren, denkt er grausam und hoffnungslos. Der Wind, es gibt jetzt Wind im Zimmer, spielt mit den Blättern des Kalenders, 24–25–24–25; Andres schlendert hin und reißt das oberste Blatt ab, die letzte Stunde gilt nicht mehr, der Tag muß weg. Dann erscheint es ihm sinnlos, so nahe mit dem Bauch zur Wand zu stehen, aber das Fenster sehen mag er auch nicht wieder; also dreht er sich nur halb um, schiebt beide Hände in die Hintertaschen, findet Halt in den Ritzen, in der beweglichen Wärme seines Fleisches; er fühlt ein paar Gegenstände durch, die seine Fingerspitzen erreichen, das Portemonnaie, Streichholzreste, Apothekercoupons, Trambilletts, ein Stück Biscuit, das er sich unter den Nagel schabt, und dazu mustert er die Reihe, auf der zwanzigmal »Lenin« steht, seine letzte, starke, grüne, dem Filz entzogene, von keiner Haushälterin einzunehmende Front. Plötzlich werden seine Finger weich. Von allen Seiten umfangen sie, was sie finden, eine Zigarette, gebogen wie eine Banane, an den Enden matt, aber nicht gebrochen. Er zieht sein Hinterfleisch ein, um die Zigarette nicht zu zerstören, wenn er sie herauszieht; dann liegt sie ihm in der Hand, und er mustert sie mit matter Neugier.

Gut, daß sie in der Tasche so fest saß: man kann sie nicht senkrecht halten, so krümelig ist der Inhalt. Andres legt sich auf seine Couch; sie ist ein ehemaliges Nußbaumbett, das er auf den harten Kern reduziert hat, auf eine schmale Leiste um die gefederte Einlage und eine dünne Seegrasmatratze, über die eine Decke gebreitet ist; da sie von der Mutter her ist, darf sie auch rosa sein. Er steckt die Zigarette in den Mund. Er muß sie steil halten; dann zieht er Feuer in den oberen Papierkranz. Verdammt, brennt die schnell. Wie schmeckt sie? Nach Herbarium. Meister Hämmerli, du Vorsänger, du Meistersinger, denkt er mit plötzlicher Belustigung, ist das deine Silber-, deine Nachtigallenweis? Diese bürgerlichen Musenknechte waren doch dran bei dir, gestern oder vorgestern, Gott weiß wann; du hast uns zu verstehen gegeben, daß wir über sie lächeln sollen, diese brotessenden Schuster und Pfannenflicker mit Drang nach Höherem. Aber was ist mit dir? Ißt du etwa kein Brot? Könntest du hingegen eine Pfanne so flicken, daß ich Mamsells Makkaroni darin aufwärmen könnte? Hast du keinen Drang nach Höherem? Da steigt er doch auf vor mir, es ist derselbe blaue Dunst, den du uns in der Klasse vormachst, den ich dir hiemit nachmache, nachblase in

Gestalt eines Kringels, der nach Teufels Küche riecht. Soll ich dir einmal etwas vorblasen? Soll ich dir etwas Neues in den blauen Dunst mischen, etwas Unerhörtes? Etwas anderes als die Nachtigallenweis? Einen Hauch von Internationale, nur ganz zart und zivil, auf dein bürgerliches Ohr getrimmt, erstens aus Höflichkeit, Meistersinger-Hämmerli, zweitens aus Taktik? Kommunismus ist Taktik, mein Lieber – denn würde ich die Internationale aus voller Lunge blasen, wie sich das gehört, das Filzhaus da stöbe in die Luft, die Feuerwehr liefe zusammen, und die Gesellschaft behielte wieder einmal recht! Nur kein Eklat, Dr. Hämmerli, fein stille, fein leise, schau: mit leiser Stirn hebe ich da die Filzdecke weg, daß sie meint, sie sei Kaisers Pastete, da klappt sie auf, und die Feuerwehr bleibt beim Bier sitzen, eine friedlich saugende Fliegenkolonie, bis die Klappe über sie kommt. Komm mal her, Hämmerli, du lyrischer Tarzan, trau dich mal und flüstere mir, was du siehst! Nicht wahr? Die Wände klappen nach allen Seiten herunter, geht wie geölt, nachdem die Decke weg ist, das Zimmer blättert auf, als wärs ein alter Hut, ist ja auch einer, der bürgerliche Leim ist morsch geworden, ihr haltet nicht mehr zusammen, ihr Zusammenhalter, die Wände, die ihr um euch gebaut habt, senken sich nach allen vier Seiten und werden unsere Fallbrücken, unsere Aufmarschrampen – sind das Perspektiven oder nicht, Herr Pfannenflicker? Hat sich aber ausgeflickt und ausgesungen, mein Lieber. Soll ich dir Augen machen, zu sehen, wo wir sind, wo die armen Möbel stehen, an denen ich Hausaufsätze für dich geschrieben habe und ein paar Gedichte, auf die es nun nicht mehr ankommt ... Wollen wir das eine Wüste nennen? Hörst du die Sandkörner schwirren in der Luft? Nein, das sind keine Fliegen, die Fliegen sitzen noch bei ihrem blauen Bier; das sind die Scherben des Spiegels, in dem ich mir einmal beim Weinen zugeschaut habe und der in Krümel zerfällt, weil ich ihn nicht ganz senkrecht halte, ein Kristallsturm ist das, ein Geprickel aus Sternen, aber es tut nicht weh, nichts tut mehr weh, weil wir stehen, wo wir stehen, und wo wir stehen, ist der Rote Platz: hättest du gedacht, daß er so rot ist, und weißt du endlich, wer ich bin, nebenbei gefragt? Siehst du es kommen, Sängerlein, ich lege vorsichtshalber den Arm um dich – siehst du es kommen aus der Tiefe der Perspektive, siehst du es kommen, das Meerwunder, das Gebirge verwandelter Tränen? Machst du Augen und siehst es kommen? Tränen in Uniform, im Overall, in der Arbeiterkluft, es sind die Brüder, mein Freund, siehst du was aufgehen über ihren

Fahnen, siehst du die eiserne Sonne der Güte fliegen durch Fahnen aus steifem Dampf, und weißt du jetzt, einmal für immer, was Kommen heißt? Auf den Sieben Erden wandern sie heran, Dünen der Freude, unter den Sieben Meeren strömen sie, und unter der Erde, die zu klingen beginnt wie ein Kessel, und am Himmel ziehen sie als Wolken heran, siehst du sie kommen, es ist Freitag, die Erde ist frei! Sie marschieren nicht mehr, wozu, sie sind aus dem Marschieren hinausgetreten, das sind zu schwere Schuh, keine Sprüche mehr auf den Transparenten, keine Devisen auf ihren Fahnen, alles ist weiß, eine langsame Sturzsee, eine stumme Brandung, nur die Augen züngeln aus der Brandung hervor, und die Lippen, Mann, so farbige Lippen! Fort mit den Möbeln da, fort mit Bett, Schreibtisch und Stuhl! Näher, Brüder, Freimarsch, allons enfants! Ich winke, sieh mich nur an, ich winke nur noch, da schwenken sie schon, da flicht sich schon Hand in Hand, da siehst du schon die schwingende Weite der Mädchen, ein Arm zieht den nächsten heran, du spürst es am eigenen Fleisch, die Ecken glätten sich schon und schmelzen zum Kreis, was für ein Turm von einem Kreis, sie gehen an Ort, Kamerad, ein lachender, atmender, immer höher gestauter Katarakt von Brüdern, die Fahnen lösen sich schon von den Stangen und mischen sich unter die Vögel, sieh bloß, wie riesig die Vögel geworden sind, wie sie im Tiefflug herüberdonnern, Formationsflug zur Feier des Aufstands! Aufgestanden sind wir, Mann, ein Tempel, wo wir knien, ein Glück, für das wir glühen, glaubst du's nicht, so sieh mich an, ich seh dich an, wir sehen in unser Gesicht! *Ein* Mann sind wir geworden, Kamerad, daß deine Haare apfelgrün sind und meine eisvogelblau, ist nur ein Witz, ist nur ein Schmerz. Du darfst deine Brauen nicht so zusammenziehen; deine Augen tropfen ja heraus. Mühsam hebt Andres den Kopf. Auch deine Kleider sind falsch. Warum sitzen sie so knapp, und woher kommt der Belag, dieser goldene Schimmel auf Brust und Oberschenkel. Andres springt mit einem linkischen Satz auf die Füße, während sich von seiner Seite ein Stier löst, unter dem Arm hervor, und schwer auf die vorderen Beine fällt, die kurz einknicken, dann stemmt er sich wieder hoch, Andres spürt den Schmerz unter dem Brustbein, dabei hat der Stier die ganze Zeit dort gestanden; seine Augen pulsieren heftig silbern, eins der Hörner hängt schlaff herab, oder ist es die Zunge. Dr. Hämmerli zieht einen langen Degen aus seiner Leber hervor, die wie eine Degenscheide geformt ist, und tänzelt, die Augen immer in die Augen Andres' gerichtet, auf den Stier zu; jetzt zieht er den Degen an seine Schulter wie einen Pfeil gegen eine Sehne, die Andres manchmal zu sehen meint; er schließt die Augen, aber hinter geschlossenen Augen geht die Verfolgung weiter, glühen Dr. Hämmerlis Augen eigelb statt schwarzgrün; das Gebirge ringsum ist noch da, aber im Negativ, es rieselt in ihm, es ist zur Kraterkulisse verfinstert, zur Arena; durch ein paar römische Mauerlücken fliegt der Mond von Phase zu Phase und hechelt dabei, und aus den Gängen im Parterre, die zu den Zwingern der Raubtiere führen, werden Andres' Möbel herausgepreßt, langsam und stoßweise wie Exkremente, sie verstopfen die Arena, aber Dr. Hämmerlis Tanz geht weiter, oft sind nur die maurischen Kleiderbesätze zu sehen, der haltlos pendelnde Degen, das brennende Tuch, dann wieder nur die gehäutete Brustpartie des Stiers; der Muskelsaft glänzt bei jeder Bewegung, an einigen Stellen geliert er. In der Mitte der Luft schraubt sich der kahle Schädel mit den Hörnern langsam in die Höhe, in riesige Höhe, aber ohne kleiner zu werden. Andres schwindelt es, er stürzt zum Fenster und versucht mit wilden Zügen die Kühle zu atmen, die Kühle will nicht heran, Andres muß doch noch sterben, aber jetzt taut etwas ab, klärt sich etwas, während er mit beiden Händen die Augenhöhlen massiert, die Bilder werden schwächer, langsame Überblendung: die nachtgrünen Sträucher vor dem Fenster. Andres berührt mit dem Finger ein Blatt, ja das Blatt ist da, er atmet heftig, seine Augen pulsieren, verdüstern sich, aber immer sind die Blätter wieder da. Endlich steht er an seinem Fenster. Nichts weiter.

Nach längerer Zeit wagt er es, auf die Uhr zu sehen. Es ist Viertel vor zwei. Ich weiß, was geschehen ist, sagt er laut, ich weiß, was geschehen ist. Er geht ins Zimmer zurück, löscht das Licht und zieht sich mit wackligen Händen aus. Das Dunkel ist wieder bekannt, es ist sein Dunkel, er ist wieder da, das Fensterloch ist nur aus Müdigkeit schlecht zu erkennen. Er windet den Wecker auf, ohne hinzusehen, und kriecht unter die Decken. Morgen, denkt er, morgen. Er wird auch morgen erst wissen, was er damit gemeint hat.

4

Andres liegt im Strandbad und stellt sich vor, er müsse es beschreiben. Soll es in einem Roman vorkommen? Das wäre ja Arbeit, und so weitläufige, daß er gar nicht erst anfangen mag, von der Hitze ganz abgesehen. Und anfangen will er ja; so lange es ein Spiel bleibt, hat er Lust dazu. Also: er beschreibt das Strandbad jemandem, der noch nie ein Strandbad gesehen hat. Einem Eisländer, oder noch besser: einem Marsmenschen. Marsmensch, hör zu.

Was da herumliegt, sind Menschen wie du und ich – ich meine: Menschen wie ich. Das liegt nicht immer. Das steht auch. Dort drüben siehst du ein Beispiel: das hat Beine, knotige, fette Beine, was auf ein gewisses Alter schließen läßt; Alter hat mit Zeit zu tun, aber das führt uns schon zu weit. Was da steht auf diesen knotigen, fetten Beinen, ist weiblich. Bei uns unterscheidet man männlich und weiblich; im Strandbad tritt dieser Unterschied besonders hervor. Was er zu bedeuten hat, weiß man nicht. Er wird mit dem Gefühl wahrgenommen. Unser Gefühl irrt ganz selten. Wollen wir das, was da steht, eine Dame nennen? Sie selbst würde es tun. Die Dame sieht sich matt lockend nach ihrem kleinen Mädchen um. Das ist ein poetischer Satz, aber das kannst du nicht abschätzen: du hast viele Wörter noch nicht gehabt. Das kleine Mädchen ist das, was sich bewegt. Es soll sich aber nicht bewegen, sondern zu der Dame kommen. Diese Dame hat es geboren, darum darf sie ihm befehlen. Das Ding, dem das Mädchen nachläuft, ist ein Ball, ein blauer Ball. Der Ball gehört jemand anderem. Der Ball gehört nicht dem kleinen Mädchen. Du wirst das Wort gut üben müssen, Marsmensch, wenn du länger unter uns bleibst. Die meisten Bälle gehören bei uns anderen Leuten.

Siehst du, das kleine Mädchen ist artig, es kommt. Die Dame weiß nämlich, was gut für es ist. Es kommt nicht gern, aber es muß. Die Dame ist stärker, auch wenn sie sich nicht bewegt. Sie faßt das kleine Mädchen bei der Hand, denn es gehört ihr. Sie wird sagen: wir gehören zueinander, aber das läuft auf eins hinaus, weil die Frau stärker ist. Nein, das kleine Mädchen ist noch keine Dame. Aber es soll eine werden, darum wird es an die Hand genommen. Daß das kleine Mädchen eine Dame wird, geht aus seinem Badeanzug hervor. Vielleicht bekommt das Mädchen jetzt ein Eis, weil es gekommen ist. Vielleicht geht es deshalb schneller als die Dame, die es geboren hat. Sicher ist das mit dem Eis aber nicht, und du wirst nicht verlangen, daß ich mich erhebe, um es festzustellen. Eis für ein kleines Mädchen ist keine Hauptsache, außer für das kleine Mädchen.

Willst du einen Mann sehen? Dann sieh dir das dort auf dem

Sprungbrett an. Das ist mein Klassenkamerad Raoul. Ist Raoul ein Mann? Er glaubt es. Er wippt auf dem Brett. Was er tut, heißt Wippen; er wippt sogar sehr stark. Ist das nicht gefährlich? Nein, Marsmensch. Es spritzt dann, aber wenn man schwimmen kann, ist das nicht gefährlich. Einige Leute, die hier liegen, sind sogar wegen des Wassers gekommen. Es sind nicht viele. Die meisten sind gekommen, weil sie hier liegen wollen. Können sie nicht zu Hause liegen? Marsmensch, wenn man hier liegt, wird man braun und kann sich zeigen. Kann man nicht auch zu Hause liegen und sich zeigen? Nicht so gut, Marsmensch.

Raoul wippt immer noch. Ob er nicht springen will? Marsmensch, er tut nur so. Warum wippt er denn? Jetzt wird es kompliziert, Marsmensch. Raoul wippt, weil er nicht braun genug ist und weil er doch etwas zeigen möchte. Was will er denn zeigen? Daß er ein Mann ist. Wem will er etwas zeigen? Marsmensch, jetzt mußt du scharf hinsehen. Siehst du den Menschen, der dort auf dem Mäuerchen sitzt, zwei dunkle Gläser vor den Augen hat und mit der Hand in einer Tasche wühlt, die eine Badetasche ist? Du findest vielleicht, daß das eine Dame ist. Wir haben da feine Unterscheidungen: wir würden eher von einem Mädchen sprechen. Ein Mädchen ist noch keine Dame, denn es hat noch keine knorrigen Beine. Es hat bloß braune Beine. Das Mädchen ist noch keine Dame, es benimmt sich nur so. Es ist aber auch kein Kind mehr, wie das kleine Mädchen, es benimmt sich nur so. Jetzt benimmt es sich eher wie eine Dame. Es heißt Esther und ist nicht meine Klassenkameradin. Bei uns werden junge Damen und junge Männer in getrennten Klassen behandelt. Wäre es anders, brauchte Raoul vielleicht nicht so zu wippen.

Raoul wippt immer noch. Er wippt, um sich Esther zu zeigen. Das hättest du nicht gedacht! Sie blickt ihn ja gar nicht an. Aber er blickt sie an, schau nur, wenn er wippt. Marsmensch: Raoul möchte, daß ihn Esther bei der Hand nimmt. Viele Männer nehmen bei uns viele Damen bei der Hand, aber das geht nur, wenn die Damen diesen Männern gehören. Raoul möchte, daß ihm Esther gehört. Sie gehört ihm nicht, und darum wippt er; vielleicht gehört sie ihm dann. Vielleicht hört sie auf, in der Tasche zu kramen, und blickt ihn an. Blickt sie ihn jetzt an? Nein? Marsmensch, vielleicht blickt sie doch. Unter den Wimpern durch. Die langen seidenen Fäden, die an ihren Augen stecken, nennen wir Wimpern. Damen sind bei uns hoch entwickelt.

Vielleicht hast du recht. Es ist nicht wahrscheinlich, daß sie Raoul wippen sieht, oder daß sie sehen will, daß er wippt, oder daß es ihr Spaß macht, ihm zu gehören. Sie gehört lieber ihrer Sonnenbrille und ihrer bunten Badetasche und dem Buch, das sie jetzt herauszieht. Was soll ein so braunes Mädchen mit einem so weißen Mann? Sie liest, siehst du. Sie mag seine Hand nicht fassen. Er sieht es und kommt vom Sprungbrett herunter. Er meint nämlich, daß sie ihm gehört. Wahrscheinlich hat er sie hierher gebracht und wird sie wieder nach Hause bringen. Sie liest, und er sitzt bei ihr und schaut auf das Wasser, in das er nicht gesprungen ist.

Wer kommt denn da übers Gras? Da kommt ein brauner Mann mit einem braunen Mädchen. Den Mann kenne ich, Marsmensch. Er ist auch mein Klassenkamerad. Ulrich heißt er. Klasse: das ist ein seltsames Wort. Ulrich ist aus einer besseren Klasse als ich. Sein Vater hat eine Villa, und in der Villa eine Dame ganz für sich, und wenn er anderswo hinfährt, dann hat er da wieder Damen, die gehören ihm zwar nicht, aber er hat sie auch, wenn er will. Er fährt drei Wagen, die sind fast so groß wie ein Raumschiff und fast so geräuschlos. Das ist die Klasse von Ulrichs Vater, und also ist es auch die Klasse Ulrichs, denn die meisten Väter haben Söhne, die werden wie sie oder noch besser. Aber trotz Ulrichs Klasse ist er auch mein Klassenkamerad. Dabei habe ich keinen solchen Vater, und der Vater keine Dame, bloß eine Haushälterin, und wir alle zusammen kein Raumschiff, sondern ein Haus im Pfingstanger, das durch ein Zusammentreffen unglücklicher Umstände die Hölle ist. Merkwürdigerweise ist Ulrich nicht nur Klasse, er ist auch ein Kamerad, man kann sich sozusagen auf ihn verlassen. Das irritiert mich. Und jetzt haben sie mich auch noch gesehen.

Ich kann mich nicht länger um dich kümmern, Marsmensch. Ich verabschiede dich hiermit, fahr ab auf deinen Stern und berichte, du habest uns hier liegen gesehn, wie die Sonnenschutzwerbung es empfahl, denn, Marsmensch, ich muß gleich Worte machen.

»Tschau, Andres«, sagt Ulrich. »Dichtest du?«

Am Arsch, möchte Andres sagen, aber er unterdrückt es; er kennt ja das Mädchen noch nicht.

»Danke, ich weiß auch sonst weiter«, sagt er.

»Andres dichtet nämlich«, sagt Ulrich und läßt nicht locker. Andres möchte sich ärgern, aber er kann hören, daß Ulrich stolz auf ihn ist; offenbar glaubt er, das zieht bei seiner Frau, wenn er einen Freund hat, der dichtet.

»Ihr könnt auch stehen bleiben«, sagt Andres und pflückt Händchen von einem japanischen Zierahorn. Er hat »ihr« gesagt. Damit fängt es immer an bei ihm. Er isoliert sich unnötig. Er setzt voraus, daß die andern zusammengehören. Ulrich breitet ein dunkelblaues Frottiertuch aus.

»Das ist Yvonne«, sagt er.

Yvonne setzt sich auf das Tuch und nimmt beide Knie mit den Armen zusammen. Dann legt sie das Kinn auf die Spitze der Knie und mustert das Wasser. Andres, der vom Händchenpflücken aufsieht, findet sie gut, aber nicht bedeutend. Er streckt sich flach mit gespreizten Ellbogen und legt den Kopf nieder. Dann dreht er das Gesicht zu Ulrich hinüber und spürt die Härte des Handrückens an seiner Wange.

»Alle Achtung«, sagt er.

Ulrich sitzt auf der anderen Seite von Yvonne, streckt die Beine und läßt den Oberkörper in den aufgestützten Armen hängen. Jetzt zuckt er eine Schulter und grinst über diese angezogene Schulter zu Andres herüber. Zwischen Wange und Kinn bildet sich eine Falte. Es ist ein gutes Grinsen, kein angeberisches; es ist auf verwöhnte Art bescheiden. Es drückt aus, daß jetzt ein Fremdkörper zwischen ihnen sitzt, auf den es ankommt, aber nicht sehr. Was mag der Fremdkörper empfinden? Er dreht jetzt den Kopf zu Ulrich hinüber und plaudert. Andres sieht nur das blanke gestraffte Schild ihres Schulterblattes und darüber eine flache Haarwelle über seitlich gelegtem Kopf, die vielfarbig in der Sonne spielt. Ulrich antwortet, aber nicht ausschließlich; der Kontakt mit Andres bleibt immer wach und herstellbar. Das ist Freundschaft. Natürlich ist es auch schlau. Der Fremdkörper muß merken, daß er Ulrich nicht in der Tasche hat.

Kleiner Umschwung in Andres' Gehirn: Andres hat Mitleid mit dem Fremdkörper. Er verschiebt sich, immer liegend, so, daß er Yvonne sehen kann, ohne den Kopf zu drehen; dazu muß er leider in die Sonne blinzeln. Seine Augenritzen spielen mit der sitzenden Gestalt; beim Flattern schneiden sie bestimmte Partien heraus, die dann besonders deutlich werden, reines Fleisch, wie auf dem Operationstisch. Oder: Yvonne als Statue. Wie müßte sie erhalten sein, wenn man sie nach zweitausend Jahren aus dem Boden grübe? Kopf ab, entscheidet er; auch ohne Arme; die Arme könnte man für sich allein gelten lassen. Die Beine? Nur ein Bein, aber dieses intakt, bis zu den Zehenspitzen. Das wäre es: der Rumpf und dieses eine Bein;

vielleicht noch den Hals und ein Stück vom Kinn, nicht viel; dann die harte Bruchstelle, dann könnte man über Yvonne reden.

Ulrich bringt es fertig, falsch zu liegen und Andres trotzdem Eindruck zu machen. Er vertritt die Ansichten der großbürgerlichen Partei, der sein Vater angehört, mit Geschick und einer Art parlamentarischer Ironie, die Andres bei jedem andern als widerwärtig empfunden hätte. Aber es gibt da gewisse Dinge, die sie, gegen Andres' Einverständnis, verbinden. Zum Beispiel: beim letzten Teen-meet hat Ulrich auf Flirt verzichtet – er tanzt schlecht, kriegt aber trotzdem, was er will – und mit Andres diskutiert: das war wichtiger als die Verschiedenheit ihrer Standpunkte. Aber es ging noch weiter. Andres, an diesem Abend offenbar aufgeweicht, hat Ulrich erzählt, daß er beim letzten Volkskonzert mit Annegret die Füße auf den Vordersitz gestellt hat; in der Pause natürlich. Annegret hat es ihm verboten, und er – Andres erzählte es mit Nasenschnauben – habe die Füße zurückgenommen. Und Ulrich hat gesagt: das hättest du nicht getan, wenn du noch eine Mutter hättest. – Ulrich ist geschickt. Ulrich ist ein Kitschbruder.

Neuer Umschwung bei Andres: Ulrich ist zu geschickt. Daß er ein Auge auf Andres behält, statt mit Yvonne zu flirten, braucht keine Freundschaft zu sein, braucht gar nichts mit Andres zu tun zu haben. Ulrich benützt ihn nur dazu, Yvonne zappeln zu lassen und dadurch schärfer zu machen. Andres wüßte ihr einen Zug, um Ulrichs Taktik zu durchkreuzen; sie brauchte jetzt nur mit Andres zu flirten. Offenbar kommt sie nicht auf die Idee.

Umschwung: Andres haßt Yvonne. Bildet die Gans sich ein, er würde zurückflirten, wenn sie auf den Gedanken käme? Er würde Ulrich zeigen, was ein Freund ist.

Schnitt: er hat ja keine Veranlassung, Ulrich in die Hand zu spielen. Es ist ja gar nicht so sicher, daß er Ulrich mag.

Neuer Schnitt: neue Welle der Anerkennung für Ulrich, den Glückspilz. Solidarität im Amazonenkrieg. Andres, du bist ein Hysteriker. Sensibel, Andres, immer noch sensibel. Und jetzt sieht Andres, über Ulrichs verwöhnten Kopf hinweg, den andern, dem er die letzten Worte unterschoben hat, ohne es recht zu wissen.

Dr. Hämmerli sitzt an ein Sonnenmäuerchen gelehnt, an der Stelle, wo es niedrig genug ist, daß er seinen Kopf auflegen kann. Er hält die Augen geschlossen; sein sehniger Hals tritt hervor. Er ist so braun wie Leder. Lächerlich scharf sieht man den dichten, goldenen Flaum auf seinen ausgestreckten Beinen, den überlangen Beinen eines Gliedermanns; das Kopfhaar ist grau und leuchtet wie eine Schilfrispe. Andres hat sich etwas zur Seite verlegt und ist unter dem Ahorngebüsch in Deckung gegangen. Aus dem Schatten blickend, brennen sich seine Augen, die er jetzt öffnen kann, den Umriß des Sonnenanbeters ein. Am kühlen Hauch, der über seinen Rücken streicht, hätte Andres merken können, daß er schwitzt; er merkt es nicht. Drei Männer kommen vor eine Stadt, und die Sonne ist untergegangen, und sie wollen in die Stadt, die mit Minaretten unter dunkelgrünem Himmel liegt. Drei Männer suchen Ruhe, und das Tor ist zu. Drei Berauschte suchen Ruhe, und kein Wächter kommt zu öffnen. Und der eine, trunken von Wein, schwingt seinen krummen Säbel und lärmt: schlagen wir das Tor da kurz und klein, Brüder, wir haben Kraft für zehn. Und der zweite, Opiumtrinker, sagt: Brüder, wozu denn, sanft ist die Nacht, lagern wir uns doch hier in der Nacht, warten wir auf den Morgen und das goldene Öffnen der Tore. Aber der dritte, Haschisch im Mund, sagt: Brüder, sehet die Ritze im Tor, ein Zuck und ein Wink, Tag oder Nacht, drinnen sind wir in der bunten, bunten Stadt. Bloß, Dr. Hämmerli: leichter kriecht ein Deutschlehrer durch ein Nadelöhr, als daß er wieder hinauskriecht. Deine Poesie ist verhaftet. Du wolltest meine Gedichte sehen: du sollst meine Gedichte haben. Ich weiß, durch welche Spiegel du schreitest; deine Reisen sind mir bekannt. Ich weiß jetzt, warum du zu müde bist, an unsere Versammlungen zu kommen. Deine Stadt, Dr. Hämmerli, ist mir ein wenig zu bunt geworden. Ich will dir eine Poesie kochen, die dich ernüchtern soll. Wir werden dir wieder Beine machen, du Beflügelter.

»Hast du Zahnweh, Andres?« fragt Ulrich.

»Ganz verfluchtes«, sagt Andres und stellt fest, daß er vergnügt ist. »Yvonne«, fährt er fort, um im Zug zu bleiben, »hau mich aufs Bein.«

Yvonne, das Paket, taut verwundert auf und dreht sich nach ihm um; sie tut es schön gedehnt, obwohl sie nur den Kopf bewegt, aber auf den Schultern ist dabei viel los; ihre Augen blinzeln.

»Warum?« fragt sie.

»Weiß nicht«, grinst Andres, »weil ich etwas Häßliches denke.«

Er hat Esther und Raoul über den Rasen näherkommen sehen; jetzt wäre der Moment für einen Klaps von Yvonne. Sie ziert sich und blendet bloß kokett pikierte Augen auf. Es geht auch so. Täuscht er sich, oder zieht ein Schatten Neugier über Esthers näher kommendes Gesicht?

»Die Sonne geht«, sagt Esther, »kommt ihr auch nach Hause?«

Esther will also nicht allein mit Raoul nach Hause gehen. Die Sonne ist wirklich weg. Dr. Hämmerli hat sich aufgerichtet und die Augen geöffnet.

»Dann kann man ja endlich baden«, sagt Andres.

Esther blickt Andres an. So ist das richtig.

»Bleibt ihr noch?« fragt Raoul mit seiner ewigen Bruchstimme.

Ulrich zuckt die Schultern. Die Mädchen sehen einander an.

»Du bist aus dem 3b?« fragt Esther. Yvonne nickt. Sie lächeln beide.

»Habt ihr auch beim Pimpf Französisch?«

»Nein, bei der Vetterli, leider.«

Esther setzt sich. Gut, denkt Andres. Sie wollte gar nicht nach Hause. Sie wollte nur zu den andern – sagen wir: sie wollte von Raoul weg.

Raoul steht immer noch. Das macht er ja tapfer. Er lächelt, aber Andres merkt: er ist sauer.

Andres springt auf. »Du kannst hier sitzen«, sagt er zu Raoul. »Ich geh ins Wasser.«

Raoul setzt sich tatsächlich da, wo Andres mit dem Finger hingezeigt hat: weit von Esther weg. Andres stellt das über die Schulter fest. Dann geht er über die Wiese. Er hat ein durchdringendes Gefühl in den Fußknöcheln, wenn er sie hebt; sie werden ihm nachsehen. Andres geht unter der Dusche durch. Sie ist ein Schlag auf die heiße Haut, aber er tut keine überflüssige Bewegung. Dann steigt er auf das Sprungbrett. Er wippt nicht. Mit einer gewissen Beiläufigkeit, die erst im letzten Augenblick Kraft einsetzt, schnellt er sich von der Kante ab. Er springt aufgerichtet, dann klappt er ein, sticht seinen Beinen entlang in die Tiefe und schlüpft unter Wasser, ohne, hofft er, viel Geräusch zu machen. Was für ein wunderbarer Schock: Andres sinkend, dann wieder steigend, wühlt mit allen vieren in den Blasenströmen, die ihn umquirlen, taucht dann auf, wirft das Haar weg, atmet und verschwindet wieder. Unter Wasser ist ihm eine erste Zeile eingefallen; wieder unter Wasser überprüft er sie. In weiten Stößen schwimmt er in der Richtung, wo er das Floß vermutet. Die Zeile kann man stehen lassen. Den Titel hat er schon: Mary Juana. Seine Gehirntentakel tasten die Leere ab, die sich um diese erste Zeile zu bilden anfängt; einige Wörter, Wortblasen versuchen Antwort, werden geprüft und verworfen oder schwimmen von selbst ab; mittlerweile wird seine Luft knapp, krampft sich

Enge im Kehlkopf, süßliche Enge in den Flanken, Andres stößt heftig empor, happt Luft, schleudert wieder sein Haar weg. Er ist noch fünf Meter vom Floß entfernt und erreicht es mit ein paar Crawl-Bewegungen: sanft kommt das nasse Holz in seine Hand. Er hängt einige Zeit an der Kante, gerät in Versuchung, zu urinieren; aber dann schwingt er sich hinauf, legt sich auf die Latten, auf denen breite Sitz- und Fußflecken trocknen, und legt die Arme rund um den Kopf, als müßte er die Worte mit ihnen zusammenhalten. Herz und Hirn hämmern nicht unangenehm; unter den Armen und an den Brustseiten, die hell sind wie Fischbauch und pulsieren, bilden sich Felder von Hühnerhaut. Sie hungern nach der Sonne, die Andres nicht vermißt. Das Wasser schmatzt ihm durch die Latten zu, er könnte hören, daß der Ton nicht mehr unbeschwert ist; er hört es nicht. Da er sich auf den Rücken dreht, könnte er den erloschenen Himmel sehen und seine Zeichen lesen; er sieht nichts, er schreibt. Trotzdem, etwas beginnt ihm zu fehlen, Notizpapier; er rollt sich vom Floß, stellt unter Wasser fest, daß er sich wehgetan hat, geschürft, er verliert Blut unter Wasser, rote Regensträhnen, die die Haie anlocken; dann verliert er den Kitzel und den Schmerz und fühlt wieder nichts als Worte im Gehirn, scheue Fische, die sich von den Haien nicht stören lassen, aber auch nicht zu packen sind. Andres ist wieder oben, schwimmt jetzt auf dem Rücken, mit kräftigen, gedankenlosen Beinschlägen; jetzt muß er sie ja sehen, die erstaunlichen Veranstaltungen eines Gewitters, und er sieht auch so etwas, aber was geht's ihn an, er schreibt. Er wäre, als er aus dem Wasser steigt, an ihnen vorbeigelaufen, er sieht sie nicht einmal, aber sie halten ihn an.

»Hallo Andres, wo sind Sie?« fragt es mit belegter Stimme, und Andres, die Lippen bewegend, schaut der Störung ins Gesicht; da ihm jetzt aufgeht, in welches Gesicht, ist ihm die gehütete Zeile augenblicklich entfallen und wird es zu Andres' Qual unvermeidlich, selbst ein Gesicht aufzusetzen, denn das andere gehört Dr. Hämmerli. Was gehst du mich an, denkt er, ich mache gerade ein Gedicht auf dich. Aber er denkt es nur noch hinten, wo sich die Verse verkrümeln; vorne grinst er, oder so ähnlich. Wirr und wäßrig.

Dr. Hämmerli steht mit Raoul, Ulrich, Esther und Wie heißt schon die andere in einer Gruppe zusammen und streckt die Hand aus, Rücken nach oben, wie ein Imperator. Es gibt nicht mehr viele Gruppen im Strandbad.

»Der erste Tropfen«, sagt Dr. Hämmerli. Das Frottiertuch hängt lose um seine Schultern.

Sie betrachten folgsam die Gewitterwand, die vor dem Uetliberg, ihn mehr und mehr einspinnend, aufgestiegen ist; genauer: es ist ein gekippter Gewittertrichter, ein ungeheures graues Dreieck, das, Spitze nach oben, schwach schwankt und in sichtbare Regensträhnen ausfasert. Während es sich seeaufwärts verschiebt und die Sonne immer dichter verpuppt, während das Gestirn zur leeren Münze ermattet, die Hügelkulisse weißgrau ertrinkt und ein wilder lauer Stoß, der immer stetiger und schon tropfenhaltig wird, durch Haare und Zweige fährt, während die kluge Wie heißt sie schon den Namen eines englisches Malers sagt und Dr. Hämmerli von Aufbruch redet, während all dieser Entwicklungen sieht Andres das Naturding nicht: er sieht ein Röntgenbild, eine pathetische Operation, bei der ein einzelnes rundes Organ um sich schlägt und Stoß um Stoß in seinem eigenen frei werdenden Blutstrom ertrinkt. Das Gedicht ist hin.

Auf dem Weg zum Restaurant silbern die Zierbirken hysterisch und raufen die fetten Büsche ihre Häupter. Dr. Hämmerli redet von der nahen Schulreise und rühmt, was er sich dabei ausgedacht hat: eine Grenzwanderung, wenn Andres recht versteht, bei der man ins Italienische hinübersieht, einen Berg mit hartem Namen, den er schon einmal gehört hat, ein Kirchlein aus karolingischer Zeit. Drinnen im Restaurant hat der Ärger Andres so weit geweckt, daß er mitreden will. Er teilt Dr. Hämmerli mit, daß er nicht an Schulreisen glaube und sich frage, was er mehr zum Kotzen finde: das Kameradschaftserlebnis oder die Leistungsneurose, der jenes zum Alibi dienen müsse und die sich in Marschzeiten und Gipfelhöhen ausdrücke. Gelockert werde bei solchen Unternehmungen nichts als die Intelligenz, und der Eskapismus in die angeblich unberührte Natur sei um nichts respektabler als zum Beispiel derjenige in die Poesie oder den LSD-trip. Freilich, man schwitze auf Schulreisen, aber die Poesie schwitze meistens auch, und Schweiß sei nur unter Barbaren ein Argument. Hämmerli löffelt sein Eis, während draußen das Gewitter zu tänzeln anfängt und seinen Blitzen betäubende Zusammenstürze folgen läßt; Raoul, offenbar durch den Schweiß angeregt, erzählt die lustige Geschichte vom Unterschied zwischen einem preußischen Stabsarzt und einem preußischen Oberstabsarzt. Esther kichert einzig, weil sie Andres nicht das Feld überlassen will, was dieser wohlgefällig vermerkt;

wenigstens ist es gelungen, das verlorene Gedicht in ein paar giftige Formulierungen zu übersetzen. Ulrich, würdig wie meistens, weist nach, daß man die Schulreise vielmehr als Bummelei ansehen muß, aber Andres läßt sich seine Formulierungen nicht nehmen und schmollt, worauf ihm Dr. Hämmerli, Eislöffel noch in der Hand, einen Arm um die Schulter legt. Andres überwindet den Abschüttelungsreflex, es ist zu bedenken, daß Esther zusieht; Dr. Hämmerli, der den Zusammenhang zu erraten scheint, nimmt den Arm wieder an sich. Andres beginnt von einer Tante zu reden; er hat eine Tante in Trostau, die Romane schreibt und es ihm nie verzeihen würde, wenn er in Trostau vorbeikäme und sie nicht besuchte. Sie wohnt übrigens nicht in Trostau, sondern hat ein Chalet auf Buffalora.

Trostau, sagt Ulrich und kneift die Augen zusammen, da kommen wir doch schon gegen vier Uhr an, das gibt dir jede Zeit. Dr. Hämmerli nickt und lächelt.

»Buffalora – das sind zwei gute Stunden zu Fuß«, sagt er, »aber da Sie dem Marschieren so viel abgewinnen ...«

Andres hört nicht mehr zu. Plötzlich ist das Gedicht wieder da.

»Esther«, sagt er hastig, »gib mir den Bleistift, du hast doch einen Bleistift in der Tasche.« Er kümmert sich nicht um den erstaunten Blick Esthers, er kümmert sich wirklich nicht darum. Er dreht einen Bierteller in den Händen; dabei starrt er ins Gewitter, das seinen Tumult fortsetzt, aber mit kaum wahrnehmbaren Symptomen des Nachlassens; auf den Büschen liegt wieder eine Ahnung Helle. Er bekommt den Bleistift; einen Augenblick überlegt er sich, ob er den Bierteller unter Hämmerlis Augen vollkritzeln soll. Aber dann klemmt er ihn zwischen Finger und Handgelenk. »Augenblick«, sagt er. Sie haben wieder angefangen, sich miteinander zu unterhalten, sein Abgang macht kein übertriebenes Aufsehen; wenn Esther ihn bemerkt und sich fragt, was das zu bedeuten hat, schadet es ja auch nichts.

Draußen auf der Toilette drückt er den Teller gegen die Wand und gräbt, indem er ihn langsam dreht, mit scharfem Graphit Zeichen um Zeichen in die Pappe; die Spirale kriecht über die rote Reklameschrift und das gelbe Bierglas allmählich der Mitte zu; die Linke, die den Teller dreht, bekommt mehr Arbeit; das muß alles auf kleinstem Raum geschehen und hat darum etwas Geheimnistuerisches. Die Bierseite ist voll; auf der Bierpferdchenseite benötigt er nur noch den äußersten Rand. Zweimal im ganzen bricht die Spitze des Druckstifts, und dauernd sträuben sich Fasern; der Graphit hat nicht viel hergegeben, Esther schreibt spitzes Blei, aber wenn man die Bierteller schief zum Licht hält, kann man es lesen.

Andres wiegt den Bierteller in der Hand. Dann steckt er ihn in die Badehose, nicht gerade vorn, aber seitlich, und schlendert, den Stift wägend, ins Restaurant zurück. Mögen sich die andern etwas dabei denken. Er hat sein Gold im Strumpf.

5

Die große Pause ist vorbei, der Lärm wandert aus den Korridoren wieder in die Klassenzimmer zurück, ohne sich stark zu dämpfen; es wird ja nochmals läuten, für den Lehrer. Inzwischen kaut man zu Ende, gruppiert sich affenartig in den drei Bankreihen, vor allem an den Fenstern, durch die eine schon gewaltsame Juni-Neunuhr-Sonne scheint; man spricht laut, ohne viel zu sagen, haut Papiersäkke zusammen, gähnt, getragen von der faden Gemeinsamkeit einer verflossenen Schulstunde, befohlener Erlebnisse. Andres, das Kinn auf die Arme gestützt, sitzt breit in der vordersten Bank. Die Physik-Klausur der ersten Stunde ist verraucht, wie ist es gewesen: man hat mit gedämpfter Nervosität, Andres als letzter, die Aufgabenzettel entgegengenommen, sich halb abwesend, halb brütend über ihnen zurechtgesetzt, mit den Nachbarn ein Wort getauscht, dessen Unverfänglichkeit schon nicht mehr ganz gewiß war, aber eben noch den Schutz der Präliminarien genoß. Dann ist man in rückendes, schnaufendes Schweigen versunken, versponnen im leisen Mahlen der Kugelschreiberspitzen, immer wieder stockend, ausbruchbereit, Zunge im Mundwinkel, Jacke ausziehend, Vorwand wofür? während ein Streifen Morgensonne über die niedergebeugten Haarbälge rückte und ihre gewöhnliche Farbe in etwas Vieldeutiges verwandelte. Der Lehrer, grauhaarig, im weißen Arbeitsmantel, undurchschaubar und deshalb gefürchtet, stapfte von Bank zu Bank, ließ auf jeder den Handrücken nachschleifen, eine Art barbarischer Liebkosung, die es Andres, wenn sie an ihn kam, einen Augenblick unmöglich machte, weiterzurechnen; die gebannte Aufmerksamkeit, mit der er aufs Heft starrte, wurde so lange zur Maske, bereit, sich wieder in Arbeit aufzulösen, in Gehorsam, den die Klasse als eine Art bösartige Wohltat empfand. Andres suchte, ein erschlichenes Resultat mit flüsternden Lippen wiederholend, zwischen Diebstahl und Aufschreiben mit seinem noch lauernden

Blick den Blick des Lehrers, natürlich zur Kontrolle; dabei stahl sich etwas treuherzig-Zutrauliches in seine Augen. Betrug auf den Lippen, strahlte er den Lehrer mit dem Licht kindlichen Einverständnisses an, in dem der Betrug weiterglomm, zugleich eingeschlossen und vernichtet war, ehe ihn Andres aufs Papier setzte und seine Note verbesserte. Es scheint Andres natürlich, daß man sich in der großen Beliebigkeit einer Schule einrichtet, wie man kann; von manchem zynisch gewordenen Lehrer wird man dazu ermutigt. Es gibt verschiedene Spiele an einer Schule; die Klausur ist eins für die Schüler, der Konvent eins für die Lehrer; es kommt auf sie nicht an, solange man sich nicht einfallen läßt, ihre Wichtigkeit in Frage zu stellen; tut man's, dann freilich hat man den Apparat gegen sich, dann kommt man unter die Räder. Andres denkt an Busch, der vor den Sommerferien geflogen war, nicht aus Mangel an Intelligenz, sondern an Psychologie. Er hatte auf der Post gearbeitet, nebenbei gemalt, einem unmöglichen tauben Vater den Haushalt besorgt und sich dabei eine Art Selbstgefühl aufgebaut, das sich, meinte er, mit den Forderungen der Schule nicht mehr vertrug, dies natürlich bei jeder Gelegenheit gezeigt, ein drahtiger, schweigsamer Bursche in Blue Jeans. Die Lehrer spielten lange das Spiel der Langmut, der Menschlichkeit, das Geduld-Spiel, zu dem sie als Pädagogen verpflichtet waren; eines Tages erklärten sie ihre Geduld für erschöpft, und Busch flog, eine Spielverlängerung war nicht zu erreichen, man wußte nur, daß Dr. Hämmerli sie angestrebt hatte. Das war *sein* Spiel, denkt Andres: den längeren Schnauf haben als die Kollegen und sie dadurch ins Unrecht setzen, in die Rolle der Kleinbürger drängen, der Oberlehrer; was kostet es ihn? Und Busch ist trotzdem weg. Hätte er sich vor und nach der Stunde ein bißchen mehr bei ihnen gezeigt, hätte er das Spiel Mühe-Geben gespielt, sie hätten ihn nochmals behalten, aber nein, er glaubte sich die sture Tour schuldig zu sein, war doch nur Selbstschutz in seiner Lage, aber er gab ihnen damit die Handhabe, auch noch an seinem Charakter zu zweifeln, daran hängte man ihn auf. Soll mir nicht passieren, ich mausere mich schon durch ihre Spiele, Charakter werde ich haben, wenn ich mir einen leisten kann.

Nach der Physik-Klausur hat man sich um die zusammengedrängt, die ohnehin alles richtig hatten, um Ulrich; nervös entflammt, ist man als diskutierender Knäuel durch die Tür gequollen und hat sich im Korridor, auf den Granittreppen, wieder aufgelöst. Die letzten Ungewißheiten waren so oder so behoben, der Würfel zeigte die genaue Zahl, man sprach plötzlich mit halbem Stimmaufwand, unterließ laute Zurufe, die Geschlagenen aus Erschütterung, die Glückspilze aus Klugheit, nichts isoliert stärker als gute Leistung. Andres hat sich Erkundigungen erspart; den andern weit voraus, verdrossen, hat er das neue Klassenzimmer betreten, Fenster um Fenster aufgerissen, hinübergestarrt in die gleich hohen Fenster der Gerichtsmedizin, wo weiße Figuren vage hantierten; unten vor der Tür, gegenüber der Bildhauerbude mit den überlebensgroßen, grau verhüllten Lehmstücken, parkt das Krematoriumsauto, die eifrig hereindringende Morgenluft hat etwas Naives und Giftiges.

Seine Augen sind heute wieder unfest, wie immer, wenn er spät aufsteht und zur Schule hetzen muß, die ersten Tageseindrücke sich nicht setzen können. Die Kameraden füllen den Raum, und er drückt sich zu seinem Platz; sie schauen ihn an, ob er nicht beim Physik-Ex gewesen sei, doch, doch. Matt wie ein Reptil verschiebt Andres die Arme, zuckt, als die Glocke zum zweiten Mal kräht, in einen höhnischen Lärm hinein, der um Raoul versammelt ist; die Pause hat die Gemüter wieder gelockert, der Name Esther liegt in der Luft. Brüsk zieht sich Andres aus seiner Bank, steht am Brunnenkasten vorn an der Ecke, läßt einen Strahl gelblichen Wassers über den Schwamm rieseln, der sich in der Handfläche vollsaugt, und beginnt mit großen Anstreicherbewegungen, Bahn neben Bahn, die Tafel zu reinigen. Aus den Augenwinkeln sieht er den kleinen John neben sich auf die nasse Fläche Kreidestücke kleben, ein Hakenkreuz, während unter den regelmäßigen Stößen des Schwamms irgendeine kleine Geschichtslehrerschrift verschwindet, ein Kaiserstammbaum, in dem hie und da ein Name gewellt unterstrichen ist. Stärkere Kreidepunkte überstehen die Überschwemmung, leuchten aus der Lacknässe, Andres kommt nicht auf sie zurück, greift mit Dunkelheit und grauem Kreideschlamm auf die rechte Tafel über. Sie ist kaum angefangen, so geht die Tür auf. John schnellt zurück; Andres, mit leichtem Zittern weiterstreichend, seines Rückens in der plötzlichen Stille sehr bewußt, sieht über die Schulter das Profil Dr. Hämmerlis wippen und Höhe gewinnen, ziemlich genau die Höhe von Andres' Augen, sich abdrehen, »Setzen Sie sich«, Andres setzt sich nicht, unter diesen Umständen hat es seinen Reiz, die Pflichterfüllung noch etwas auszudehnen. Mit inniger Sorgfalt kommt der Schwamm auf zweifelhafte Stellen, wieder hervorgetretene Kreidewolken zurück, die Klasse grinst, wie er Hämmerli kennt, grinst der auch, Andres grinst, legt den Schwamm auf den zu schmalen Tafelsims, er fällt nicht, zwei Schritte, da fällt er, Andres kommt zurück, bettet den Schwamm sicherer, grinst ohne hinzusehen, klopft sich die Hände und schwingt sich in seinen Platz.

Dr. Hämmerli hat sich umgedreht: »Das nehme ich Ihnen übel, meine Herren, hier vertrage ich keine Gedankenlosigkeit.« Er geht zur Tafel und wischt das Hakenkreuz herunter. Andres mustert ihn zum ersten Mal.

Dr. Hämmerli sammelt seine Züge wieder; es sieht aus, als streiche eine Hand darüber hin. Auf der Tafel bleibt das Hakenkreuz noch eine Weile stehen, dunklere Schwärze auf rasch erblindender.

Lange denkt Andres nichts; dann denkt er an ein Gedicht Brechts, das mit Lenins Namen, auf eine Gefängnismauer geritzt, zu tun hat. Er bringt es nicht mehr zusammen, er erinnert sich nur, daß er es mag. Er nimmt an, daß es ein zum Tode Verurteilter war, der die Schrift eingrub; wie waren nur die einzelnen Schritte beim Versuch, sie wieder auszulöschen? Tünche spielte eine Rolle, dann grub man die Schrift aus und machte sie dadurch deutlicher; nun, auf Einzelheiten, so gut sie waren, kam es nicht an. Entscheidend war, daß man die Schrift erst wegbrachte, als man die Gefängnismauer niederriß: damit aber war das erfüllt, wofür Lenins Name stand. Andres schaut auf die Tafel. Keine Spur ist darauf zurückgeblieben. Andres darf wieder aufhören zu denken.

»Andres«, hat es gesagt. Wie unangenehm. Wie wunderbar, wenn es noch einen andern Andres in diesem Raum gäbe. Er beschließt, noch drei Sekunden an dieser Fiktion festzuhalten. Im übrigen heißt er Platten.

»Andres«, wiederholt Hämmerli, »Sie müssen jetzt wohl unbedingt zeichnen?«

Andres blickt vor sich nieder und auf seine Hand, die den Stift ablegt. Er hat eine Heftrückseite mit Strichen bedeckt, feingliedrig verhakten Strichen, stilisiertem Schilf, das, nach unten immer länger gezogen, einem unbekannten Fluß entgegenwächst; oder sind es Wimpel, von einem einheitlichen Wind gestrichen, Masten über einer versunkenen Flotte?

»Gerade von Ihnen hätte ich gern etwas über Hamlet gehört«, sagt Hämmerli, »mir scheint, der Typ müsse Ihnen liegen.«

Zuerst will Andres sich mit einem dummen Spruch aus der Affäre ziehen. Ich kann mich Müllers Meinung nur anschließen, will er sagen, denn, so scheint ihm, Müller hat sich eben zu Hamlet geäußert. Andres hat noch ein paar Sprachfetzen im Ohr, die sich zu irgendeiner Puppe von Meinung ausstopfen lassen.

Aber jetzt sagt er plötzlich etwas ganz anderes.

»Es stinkt ihm«, sagt er, blickt Dr. Hämmerli an und räuspert sich.

Dr. Hämmerli schweigt eine Weile und mahlt kaum sichtbar mit den Kiefern.

»Ein originelles Votum«, sagt er dann, »möchten Sie es ausführen?«

»Eigentlich nicht«, sagt Andres.

»Das ist wider die Abrede, Andres«, sagt Dr. Hämmerli.

Andres hält eine Rede. Er glaubt es selbst nicht, aber er hält sie fortwährend; sie geht immer weiter. Dazu sieht er den Ausdruck in Dr. Hämmerlis Gesicht wechseln, von abwartendem Wohlwollen zu stillem Lauern, in dem es zu flackern beginnt: Dr. Hämmerli nimmt auf. Das Tonbandgerät registriert. Es hört sich heiß. Andres sagt:

»Es stinkt ihm, wie verhängt er ist, wie ihm alles anklebt, und daß es Menschen sind, die ihm ankleben und bei allem, was sie tun, die Ausrede haben, daß sie Menschen sind. Der Onkel ist auch nur ein Mensch, darum will er an die Macht. Die Mutter geht mit dem Onkel ins Bett, denn sie ist auch nur ein Mensch, und weil auch Ophelia nur ein Mensch ist, träumt sie von ihm. Alle haben ihre Gründe, und das stinkt ihm ganz gottverlassen, und am meisten stinkt ihm, daß er auch nur ein Mensch ist. Wie soll ein so fetter Mensch wie er die Welt einrenken? Jetzt hat ihm die Geistergeschichte die Isolation abgekratzt: er beschließt, Kurzschluß zu machen. Mit allen Körpern, die ihm in den Weg laufen. Weil er selbst den Weg nicht weiß, stören sie ihn so. Er entdeckt, daß er elektrisch geladen ist, daß er Schläge austeilen kann. Weil er verzweifelt ist. Er hört nämlich nicht auf, die Leute mit seinen toten Hoffnungen zu vergleichen; da fallen sie um, denn seine toten Hoffnungen sind immer noch stärker als sie. Was hat er auf der Zinne gesehen? Er hat ein Gespenst gesehen, aber nicht das seines toten Vaters, sondern sich. Hamlet ist tot, und von da an erscheint er den Menschen – er *erscheint* ihnen. Er braucht sie nur zu berühren, dann geht ihnen die Luft aus. Aber als Toter kann er das nicht besonders ernst nehmen. Wenn er mit dem Degen durch die Wand stößt, so steckt eben eine Ratte dran; daß sie Polonius heißt und Sprüche reißt, macht ihm keinen Eindruck. Wenn er ihnen einen

Brief gibt und es richtig macht, ersaufen sie im Meer. Wenn ihnen Blut über das Gesicht läuft, so ist das einer ihrer menschlichen Gags; es kann bloß Konfitüre sein, dasselbe eklige Zeug, das an ihren Betten klebt. Sie brauchen ihm das Weiße ihrer Augen nicht zu zeigen; er sieht nur eine Glasscherbe. Nein, er kann die Welt nicht einrenken. Aber er kann sie ins Schwingen bringen, wenn er den rechten Tritt hat, so wie ein einzelner Mensch eine Brücke zum Einsturz bringt, das ist eine Frage der Resonanz. Und da steht er und wiegt sich und wiegt sich immer stärker, und das verdammte Ding, das er nicht einrenken kann, ächzt, und dann –«

Andres hört auf. Bei Hämmerli hat es an allen möglichen Stellen zu flackern begonnen, besonders um die Brauen und um die Mundwinkel, die ein häßliches Lächeln festzuhalten versuchen; auch die Wangen, die jetzt hohl sind, zittern, als führe er Eisenbahn billigste Klasse; wenn er nicht lächelt, leckt er die Lippen, leckt immer wieder. Seine Augen starren auf Andres, aber nicht in Andres' Augen, sie hängen auf Lippenhöhe fest, wie diejenigen eines Jesuiten, aber unverschämt. Andres spürt, daß seine Lippen sich nervös weiterbewegen, ohne den Satz zu Ende zu bringen. Er senkt die Augen, das bringt keine Erleichterung; im Gegenteil, erst jetzt schießt ihm die Hitze ins Gesicht. Und dann hört er Hämmerli sagen, mit einer Stimme, die zu wenig Speichel hat, Gaumen- und Zungenfleisch hörbar spaltet: »Nu, nu«, sagt er. »Ich dachte immer, ihr Kommunisten seid so prüde.«

Die Klasse sitzt starr, auf finstere Weise wach. Das geht nicht, denkt Ulrich, alles was recht ist, aber so geht das nicht, das geht nicht mehr. Raoul hat in seiner Tasche geklaubt, wenn er es mit der linken Hand faßt, scheint es ihm größer, als wenn er es mit der rechten Hand faßt, aber jetzt hört er auf; er mag Andres wenig, aber das geht nicht. Der rote Blatter, den das Fach Deutsch nicht betrifft, hat Andres eher gleichgültig als höhnisch zugehört; aber jetzt unterbricht er sich beim Nagen am Handgelenk, beim Abschreiben der Chemieformel, denn was Hämmerli da bietet, das geht nicht. Auch der kleine John ist kopfscheu geworden, darf man denn das, das darf er doch nicht, das geht nicht. Bonert, der seinen Kopf auf die Arme gelegt hat, hebt den Kopf mit einem mühsam gebremsten Ruck, sein Hals ist plötzlich steif geworden, aber er blickt Hämmerli nicht an. Müller ist errötet und blickt zum Fenster hinaus; in der Gerichtsmedizin lassen sie die Rolläden herunter. Andres bückt sich, wieder ruhig, um in seiner Mappe zu kramen. Man hört das Klappern seiner Sachen wie in einem Amphitheater.

Hämmerli hält sein eigenes Zittern lange aus. »Meine Herren«, sagt er dann, und seine Stimme wirkt erschöpft, »wissen Sie was: jetzt stinkt es mir auch.« Und mit einer leichten Bewegung wendet er sich zum Fenster, während er seine Hand unter das Jackett ins Kreuz schiebt und in der Hose festklemmt, so daß die Jacke sich einseitig aufbauscht. Am Fenster, den Mund fast an der Scheibe, sagt er: »Sie haben doch alle gezeichnet, meine Herren, nicht wahr. Jetzt drehen Sie Ihr Blatt mal um und assoziieren mir auf der Rückseite was Schönes zu diesem Mann Hamlet. Was der Andres kann, das müssen Sie alle können. Sprechen Sie sich aus, und dann vergessen Sie den Namen nicht. Sie haben noch zwanzig Minuten Zeit, und wenn es läutet, dann bringt mir der Klassenchef die Blätter ins Lehrerzimmer.«

Nochmals dreht er sich, behutsam federnd, auf dem Absatz um und geht fast auf den Zehen zur Tür. Der Klasse gibt er keinen Blick mehr. Die Tür sinkt ins Schloß.

Die Klasse rührt sich erst gar nicht; dann wird sie besonders laut. Blatter boxt Müller aus der Bank und dann immer wieder gegen den Schrank, bis Müller an der Stirn blutet; dann fährt Blatter mit den Chemieformeln fort und will nicht mehr gestört sein. Ulrich zieht ein Taschenbuch hervor und liest »Alexis Sorbas«. John beweist, daß ein Handstand ohne Anlauf möglich ist und geht auf den Händen dem Podestrand entlang zum Pult; Hinderling hat seine Füße gefaßt und läßt sie nicht mehr los, bis ihm der Zappelnde mit dem Fuß die Brille vom Ohr gekickt hat, sie fliegt weit, aber bleibt ganz; John geht wieder auf die Füße. Raoul schreibt einen Brief; wenn einer hersieht, schirmt er das Blatt mit dem Arm ab. Andres liegt über seinem Pult und hat die Augen geschlossen. Als es läutet, läßt Ulrich sein Buch sinken und blickt sich um. Er ist Klassenchef. Natürlich gibt es keine Blätter einzusammeln. Die Zeit ist abgesessen. Ohne Lärm verzieht sich die Klasse.

6

Wie war es denn gekommen? Er hatte die Auslage der Pfauen-Buchhandlung betrachtet, weiter nichts. Taschenbücher lagen offen aus. Man drehte sie mehr aus Langeweile um, wollte den Titel sehen, der sich unter einem andern halb verbarg, als habe er Gründe, sich zu verbergen; es war gar nichts damit, ein Traktat über Ikonen, man kam doch auf den ersten Titel zurück, und weil man so lange stehen geblieben war und das Ding gewogen hatte, wollte es einem nicht mehr aus der Hand, Trägheit oder falsche Höflichkeit verboten, es einfach zurückzulegen, man behielt es, und also mußte man es bezahlen. Andres fand Bücherstehlen nicht lustig. Der Eingang war offen, sommerlich luftig; Andres hätte sie gleich sehen können, hatte sie wohl auch gesehen, er hätte sich noch verdrücken können, aber jetzt hatte er's nicht getan, also stellte er sich in die Nähe des Ladentischs, nicht ganz in ihre Nähe. Die Müdigkeit, die so bequem gewesen war, ließ ihn natürlich im Stich, die Signale standen auf Sturm, was läppisch war, aber bei ihm leider die Regel. Esther kaufte etwas Gebundenes und Feines, Pascals Gedanken; sie duftete ganz überflüssig, Andres fand es schwach, daß er sich davon beirren ließ, er hatte ein Buch zu bezahlen und damit fertig, im übrigen hatte sie ein kleines Muttermal am Nacken, wie er mit Erleichterung feststellte; daß an keiner Frau alles stimmte, war ein Grund zur Erleichterung. Sie hatte keinen Badeanzug an, sondern ein kurzes, so oder so gemustertes Kleid, also empfahl es sich nicht, sie wieder mit den Lidern zu zerschneiden, außerdem war sie zu groß. Der Jüngling hinterm Tisch hatte sie mit seinen Brillenaugen längst ausgesucht. Aber erst mußte er noch die fette Alte bedienen, die Kapitalistin. Während Esther ihre Pensées hinüberreichte, erwischte sie Andres mit den Augenwinkeln; sie hatte natürlich die Geistesgegenwart, ihn kurz zu mustern und dann erst mit den Augen zu grüßen; er war wieder mit seinem Mund zuvorderst, und merkte gleich, daß er errötete: »Tschau Esther«. Esther erwiderte nichts darauf, glaubte offenbar, die Äffin, daß sie schon mit den Augen bar bezahlt hatte; umso besser, seine Nervosität durfte ihn hiemit verlassen, die Erleichterung aber, die darunter zum Vorschein kam, schmeckte enttäuschend. Wieder ein Beispiel, daß Frauen nur dazu gut sind, Sachlagen zu komplizieren; mochte sie jetzt ihre eingewickelten Pensées entgegennehmen und sich duftend sputen, in drei Sekunden konnte sie draußen sein. Nein, sie war nicht. Sie drehte am Taschenbuchkarussell und ließ Andres drankommen, seine »Kunst und Künstler im Sowjetstaat« bezahlen, was nun wortlos sein mußte, aber dennoch zu Schwierigkeiten führte: ein Stück Wechselgeld entfiel ihm, und der Teufel rollte es gemächlich gegen ihren Fuß. Sie stoppte den Zehner, nicht ganz sauber, aber immerhin; und indem sie zögerte, sich danach zu bücken, zögerte er auch, worauf sie beide tauchten und zwar nicht die Köpfe zusammenschlugen, dazu hatte Andres zuviel Reaktion, aber Haare gegen Stirn streiften, unsicher wessen gegen welche, sicher war nur, es duftete heftig; und weil beide zurückfuhren, blieb der Zehner liegen. Zwischen ihren auftauchenden Köpfen aber, stieß der Ladenschwengel in die Tiefe, machte sein Glück und drückte es Andres in die noch fassungslose Hand. Man war rot; das machte diesmal nichts, denn man hatte sich gebückt, und sie war auch rot so ungefähr; wenn man es nur nicht zu lange blieb. Ließ sich wohl nicht vermeiden, daß man mit dem Ladenschwengel gemeinsam dankbar war, und mit kupplerischem Lächeln stieg der wieder hinter seine Theke und ließ einen abschwimmen.

Esther machte es einem schwer: sie wedelte mit Luftverdrängung nebenher und wollte wissen, was er im Strandbad gedichtet habe. Jetzt mußte ihm etwas einfallen, aber er war entschlossen, vorher länger zu schweigen und sie dabei sarkastisch anzusehen. Fast gelang es; bloß der Verkehr lenkte stark ab, und einmal mußte er den Arm vorhalten, damit sie nicht in einen grauen Opel hineinlief. Sie lief dann nicht einmal in den Arm; der Arm stand nutzlos. Auf der Insel sagte er: ich übersetze das kommunistische Manifest in freie Verse. Er war jetzt wütend. Denn erstens verdankte er den Hinweis Dr. Hämmerli, der Brecht etwas dergleichen nachgesagt hatte, zweitens trieb er Mißbrauch mit dem Manifest, und drittens mußte er lernen, seinen Kommunismus in der Tasche zu behalten, damit er etwas wert blieb. Du bist also wirklich ein Kommunist? fragte sie, nur damit sie ihn voll ansehen konnte; das war auf der Insel, und dann kam die Acht. Man kann mit jedem Tram in dieser Richtung zum Bellevue fahren, aber am Bellevue, wo er hätte aussteigen müssen, stieg er nicht aus, denn nach dem Kommunismusgeplänkel, auf das er nicht eingegangen war, fragte Esther, und tändelte mit der Sichtkarte, aber ohne daß er ihr Foto zu sehen bekam: wie er eigentlich zu Raoul stehe. Das war vor dem Café Odeon, das Tram hielt vorübergehend, um den Querverkehr durchzulassen, und das ließ sich natürlich nicht in einem Satz beantworten, also blieb er in der Acht; und am Parade schien die Frage, wie er zu Raoul stehe, für sie so wichtig geworden, daß er aus Fairness auch noch in Nummer 13 umstieg; gleich darauf entdeckte er, daß er »Kunst und Künstler im Sowjetstaat« in Nummer 8 hatte liegen lassen. Sie spielte die Erschrockene, sprudelte Vorschläge, wie man das Fundbüro verständigen könne, oder die Acht noch telephonisch erreichen, über den Kiosk an der Endstation, aber er winkte ab; sie mochte jetzt gefälligst beim Thema bleiben, es drehte sich jetzt um Raoul, oder sollte er sich da getäuscht haben? Sie zuckte die Achseln. Drei Stationen lang blickten sie zum Fenster hinaus; das Stadtbild war ihm hier herum ziemlich unbekannt, aber er kam nicht dazu, es sich einzuprägen. Von Raoul war nicht mehr die Rede. Andres sah in seinem Augenwinkel morgenländische Gärten, die eine unbekannte Hand in Abständen zusammenkrampfte, als wären sie Buntpapier. Die Schlagschatten der Häuser stürzten durch die Tramscheibe auf sein Gesicht und ließen es nicht zur Ruhe kommen. Wenn sie ihn ansah, mußte sie sehen: die Iris bald grün bald braun, die Pupillen bald klein bald groß; so blendet man Katzen. Aber es war unwahrscheinlich, daß sie ihn ansah; seine Einbildung war nervös, gaukelte ihm Blicke von allen Seiten vor. Jetzt prallte die Sonne wieder hitziger durchs Glas, unterbrach sich nicht mehr, Andres' Augen blieben grün und blinzelten, die freie Fläche draußen war gewachsen, die Häuser wichen in die Weite; die Sonne übertrieb immer noch, aber ihre Anstrengung war schon merklich, es gab Spuren abendlicher Erschöpfung auf den Wiesen. Wie ein Segel näherte sich der Schatten des Uetlibergs; die Baumbehaarung des Bergfirstes brannte an einer Stelle lichterloh; schon kreideweiß lagen die Schützenhäuser des Albisgüetlis im Halblicht, in einiger Distanz, 300 Meter genau, waren zwei silberne Scheiben aufgezogen und tauchten sparsam in die Knie, aber Andres hörte keine Schüsse. Das Tram war zu schrill. Er sagte: »Weißt du, wohin wir fahren?« Sie hielt sich mit beiden Händen an der Stange, die Fliehkraft des Trams, das gellend seine Endschlaufe zog, drückte sie von ihm weg, drehte sie aber halb um und ihm zu; er spürte, wie ihr Bauch dem Druck Widerstand leistete, das Kleid über den Knien etwas anhob. Sie zuckte mit den Achseln.

»Du wohnst doch gar nicht da draußen«, sagte er. Während sie vom Trittbrett stiegen, sie voraus, ihr Duft war jetzt etwas feucht, packte ihn eine Art Grimm von Ritterlichkeit: du brauchst es ihr auch nicht unnötig schwer zu machen. Er empfand es als Erleichterung, ihre Gedanken zu denken; aber waren es ihre Gedanken? Es knisterte neben ihm, während die Straße unter ihren Füßen Schritt für Schritt zurückwanderte; manchmal geschah es, daß sie in denselben Tritt fielen, was Komplikationen in Andres' Gefühl zur Folge hatte. Beim Versuch, wieder aus dem Gleichtritt hinauszukommen, was bei ihrem Vogelgetrippel leicht sein mußte, verwirrten sich seine Schritte und trieben unnützen Muskelaufwand; plötzlich klopfte der Asphalt wieder im Takt. Gut, daß über kurz oder lang, wenn man zuging, Naturbelag kam und es einem nicht mehr auffiel, daß man die Beine bewegte; beim Steigen stellt sich dann eine natürliche Ökonomie ein. Andres wartete auf die Abwechslung des Anstiegs, er brauchte jetzt eine Anstrengung; es war wieder einmal geschehen, daß er, neben dem Geschwebe da Tritte suchend, sich entglitten war, er war wieder niemand, das geschah ihm zu oft, es war ein Nachteil, denn man verlor dabei die Übersicht; weiß der Himmel, wo sich der Lenin gerade herumtrieb. Er war nie da, wenn man ihn brauchte. Nennen wir das Ganze einen Spaziergang, auf Zusehen hin. Zusehen? Er sah nichts. Bäume, nochmals Bäume, weiter nichts; es setzte sich nicht zum Wald zusammen. Und gleich neben ihm das Geschwebe; war es möglich, daß auch das Geschwebe nicht aus noch ein wußte? Das würde den Fall etwas vereinfachen. Oder nicht?

»Laß mich das Buch tragen«, sagte er.

»Damit du es auch wieder liegen läßt?«

Natürlich: das Geschwebe wußte aus und ein. Weiß der Himmel, woher ihre Biologie den Vorwitz nimmt, immer auf der Höhe der Lage zu sein. Es half nichts, sich daran zu erinnern, wieviel unter Umständen mit einem los war.

»Wo sollte ich es jetzt noch liegen lassen?« fragte er verbissener, als er wollte. Der Gedanke, daß sie sich irgendwo setzen könnten, um dann das Buch zu vergessen, schoß ungerufen herbei und belastete seinen Haushalt. Er dachte daran, ihr das Buch einfach wegzunehmen; aber für eine solche Geste muß man überlegen sein, man muß sie durchhalten können; er fürchtete, die Hand, die er in der Tasche ballte, könnte ihn im Stich lassen und zittern, dann würde alles offenbar. Was überhaupt? Nur kein häßlicher kleiner Kampf, ein Gezerre, bei dem man sich alles vergab und das zu nichts führte als zu verbissener Aufgabe und klanglosem Weitergehen. Ich habe Überdruck, dachte Andres. Und schon hörte er sich reden. Im Zweifelsfall half nichts als reden. Etwas abliefern, und dadurch eine Erschöpfung herbeiführen; wenn man erschöpft ist, zittert die Hand nicht mehr, oder man fühlt irgendwas dabei, kann das Zittern deuten. Er redete; die Steigung machte seinen Atem kürzer als nötig dabei, aber es war die Steigung.

Er redete von Dr. Hämmerli, viel zu zudringlich; er konnte sich jetzt nicht darum kümmern, ob Dr. Hämmerli für Esther von Interesse war. Dringend war die nächste Formulierung, und ob die übernächste den Dreh fand, aus ihr hervorzugehen, und so immer weiter, Schritt für Schritt. Dazwischen fiel ein Stück Wald ein, eine Zusammenstellung von Gebüsch, ein wippender Zweig, angespannt deutlich, unter anderen Umständen vielleicht wunderbar. Andres hatte keine Zeit; er mußte eine halbe Stunde Anstieg hinter sich reden, ganz allein, denn von ihr kam kaum ein Zwischenwort. Es war eine Tanznummer auf dünnem Eis. Manchmal stahl sich eine Strecke Verlegenheit unter ihre Füße, aber Esther ging weich und gleichmäßig darüber hin, blieb nicht höhnisch oder durchbohrt stehen; er konnte sich weiter produzieren. Es gelang ihm, den Kommunismus auszusparen, gelang ihm auffällig leicht; es war schäbig, daß ihm der jetzt nicht nahe lag, aber so war es. Andres redete von seinen Gedichten. Er hatte sie Dr. Hämmerli geschickt, natürlich auf dessen Drängen, fünfzig Stück. Hämmerli hatte Beziehungen zu Verlegern, aber Andres war verdammt gespannt, ob er Lust hatte, sie drucken zu lassen. Ganz verdammt gespannt war er. Da waren nämlich ein paar Scherze dabei, die Dr. Hämmerli zu schaffen geben würden, weil mit Feuer gespielt wurde, nämlich mit Pott, wenn Esther wußte, was das war. Sie wußte es nicht; also: man könne es auch Rauschgift nennen, vielleicht finde sie sich jetzt in seinen Worten zurecht. Esther sagte: nein, und ob er sich mit Rauschgift eingelassen habe? Man könne so sagen, wenn man wolle, antwortete er, und abgesehen davon, wer raucht heute keinen Pott.

Andres war es übel vor Angeberei, zugleich war er dankbar, daß sie ihn überhaupt unterbrochen hatte, schadenfroh, daß ihm ihre Neugier, die jetzt ungeheuchelt klang, erlaubte, nicht weiter zu reden, eine Grenze zu ziehen, nicht alles zu Geschwätz zu machen. Da war wieder er; da war er wieder. Es ist ja dann doch alles ziemlich einfach. Man stürzt sich immer in übertriebene Unkosten. An sich halten, Platten, an sich halten. Gewöhn dir ab, immer gleich fertig zu sein.

Sie waren oben; wenigstens ging jetzt der Weg über Wurzeln eben aus. Rechts stand ein Stein zum Andenken eines Mannes, der hier botanisierend abgestürzt war, tödlich auch noch: was für ein Unglücksmann an dieser nicht weiter erheblichen Stelle, einem nur mäßig schlüpfrigen Tobel; hier muß einer schon findig sein, um den Tod zu finden. Andres stellte sich den Mann in Gamaschen vor. Er beschäftigte sich einige Schritte mit dem Mann; vielleicht machte das ihr Schweigen unverfänglicher. Bei dem Lebkuchenwegweiser sahen sie endlich auf die andere Seite nieder. Weiche Waldwellen senkten sich gegen Bremgarten hin, sie sahen so aus, als ob sie von Wanderwegen durchzogen wären. Sie bogen links, gegen die Annaburg; am Hang, von dem sie herkamen, standen kopfige Bäume gepflanzt, die Andres im Verdacht hatte, beschnitten zu sein, eine Heinzelmännchenversammlung neben natürlichem Wuchs, der seine blattgrüne Schwere regte; dahinter Zürich, tief, bläulich, verdämmernd, das kannte man schon. Es war Zeit, sich zu räuspern und wieder von Raoul anzufangen.

Raoul hat den Krampf, sagte er. Du müßtest ihn auf dem Feld sehen. Ich meine das Fußballfeld. Eigentlich ist er linksfüßig, er könnte auf dem linken Flügel spielen, wenn er spielen könnte. Aber er kann nicht warten. Er kann auf keine Flanke warten. Er hat den Drang zur Mitte, und da ist er überflüssig. Da läuft er dem Ulrich zwischen die Beine, oder fängt ihm womöglich den Ball ab und weiß dann doch nichts damit anzufangen. Sein Fehler ist, daß er am Ball bleiben will um jeden Preis. Dadurch verliert er ihn regelmäßig, denn ein Dribbler ist leicht zu decken, besonders wenn er schlecht dribbelt. Aber du hörst nur ihn; hier! schreit er, und dann schüttelt er den Kopf oder stöhnt, oder zeigt auf die Leute, sie sind es gewesen, er hätte es ganz anders gemacht.

Du magst Raoul also nicht, sagte Esther und blickte geradeaus.

Er macht uns müde, sagte er.

Du kommst gar nicht auf den Gedanken, daß du die Menschen falsch sehen könntest ... lieblos, sagte sie.

Der Weg war hell geworden. Die Enge der Stämme hatte sich aufgetan; vor ihnen lag eine Wiese im staubigen Abendlicht. Der Weg floß bequem, leicht steigend, um einige zittrig bewachsene Buckel herum, an die, in verschiedene Richtungen blickend, Bänke gelehnt waren; eine komische Spaziergängerlandschaft, über die, flimmernd unsichtbar, Erinnerungen an Feuerpfannen schwebten und verflogene Falkenjagden; die Behandlung durch Verschönerungsvereine machte die Wiese grüner als nötig. Dennoch gab sie einem das Gefühl, in der Höhe zu sein; die Aussicht beidseits war hinter dünne Stammgitter zurückgewichen, aber blinzelte, wenigstens auf der Zürichseeseite, kräftig hervor; auf der anderen schummerte sie westlich. Jeder Wind stand still. Andres stopfte die Hände in die Tasche. Er hatte Lust zu reisen; als er spürte, daß die Lust einen Augenblick stärker gewesen war als das Ding neben ihm, hielt er sie fest; da verschwand sie. Nur die ruhige Wärme blieb. Sie war unverfänglich, sie gehörte zum Sommer. Der Himmel ließ an dieser Stelle viel Raum. Man konnte über alles Mögliche reden.

Andres stand still. Er knitterte an einem Halm, der ihm weit entgegenkam, einer vom Sommer versengten Rispe. Er brauchte sich nicht einmal zu bücken. Esther war drei Schritte weiter gegangen. Jetzt drehte sie sich nach ihm um. Stillstand. Weit weg, vom fernen Waldausgang her, näherte sich eine Gruppe Leute, zwei Frauen und ein Kind, das ungenau lief, rot in die Wiese gaukelte; die Truppe hielt wie gemalt inne, immer wieder, schon viel näher. Eine feindliche Patrouille, sie mahnte zur Eile. Andres' Herz lief langsam, holte zu jedem Schlag aus, als wollte es ihn erschlagen, ein kaltes Gedröhn. Esther hatte die Hand über die Stirn gelegt, gegen die Sonne, gegen ihn; sie stand von keinem Hauch berührt, scharf ausgeschnitten gegen keinerlei Hintergrund; nur bei den Ärmeln und über dem Knie hatte die Schere etwas gezittert; der Rock wehte dünn nach vom letzten Schritt und beruhigte sich langsam.

»Du gibst dir so viel Mühe, Andres«, sagte sie.

Andres legte das Buch ab. Die Distanz war nicht zu schätzen: aber mit zwei Handgriffen war er da. Wenn die Spaziergänger nicht gewesen wären, hätte er bei den Hüften gefaßt; so faßte er an den Schultern, das war sofort eine Schwierigkeit, denn ihre Arme waren da oben gleich zur Hand, wollten sperrig werden, seine Unsicherheit erpressen. Seine Hände sagten nichts, aber sie faßten. Es war fremder Stoff, zwei- oder dreischichtig, die obersten Schichten sehr dünn, schwer zu bearbeiten, aber darunter der Muskel. Unter Gespinst der klare Muskel. Andres spürte seinen Widerstand; Esthers Schulter kugelte sich in seinen Händen, die erst hielten, dann doch locker zu lassen begannen, beschämt locker ließen; da blieb die Schulter trotzdem liegen. Ihr Zögern war nicht gleichzeitig gewesen, dadurch blieben sie einander im Arm hängen; Esthers Hand, die ziemlich blöd gegen seine Brust gedrückt hatte, blieb erst bloß liegen, dann *legte* sie sich auch, an ungeschicktem Ort, wie ein kleiner Hund, legte sich, wo sie sich mehr oder weniger festhalten mußte; wirklich, um nicht abzurutschen, und ihm doch nicht in die Brust zu greifen, hängten ihre Finger seiner Hemdtasche an, zogen vorsichtig den Füllhalter, und was dort hing, herunter; erst mit der Zeit streckten sie sich und drückten den Füllhalter gegen sein Herz, rieselten bald von Ungewißheit, bald von Bereitschaft, sich abzustemmen. Ein Paar waren sie nicht, aber sie hielten sich; wenn man sich nicht anstrengte, nicht kämpfte, war es genußvoll, so kein Paar zu sein. Andres hielt sich daran fest wie an Esther; sie spürte es und gab etwas nach. Er mißbrauchte es nicht, sondern legte nur, indem er einen langen Hals machen mußte – das korrigierte er, indem er die Arme mit ihren Schultern etwas festzog, nicht üppig, sondern wie ein Werkstück – legte also seinen nun nicht mehr so langen Hals über ihren Hals und scheuerte leise daran, wobei er stellenweise etwas Haar mitnahm; seines oder ihres, es fühlte sich ähnlich an. Das war gut, das war ganz gut, es war richtig gewesen, es zu tun. Unten spürte er gar nichts, da war Leere, höchstens eine Neigung zum Ungleichgewicht, die er fortwährend ausglich; unten waren seine Beine allein, und es war fad. Aber einmal unterwegs, über seinen Hüften, da tauchte in den unmerklichsten Übergängen Fremde auf, atmete sich heran, atmete voller, eine schwach fliehende und stärker wieder landende Genauigkeit, die Druck übertrug gegen sein Herz; bei den Schultern unterlag wieder alles mehr dem Zufall, gab es feine Pannen im Überbau, aber dann zog sich die Fremde wieder in eine einzige nachgiebige, dehnbare Stelle zusammen, gegen die er scheuerte und ab und zu und vollkommen passend den Kopf legte, mit seinem Haar die leisen Zeichen der Unruhe löschend. Er hob den Kopf bald wieder; es war gut, mit dem eigenen Kopf allein zu sein, ihn übers Ziel hinauszuheben, ins Jenseits der glücklichen Stelle, zu den gut gemalten Buchenkronen hinüber, das war nicht mehr fad; wenn er reden wollte, hatte er seine Stimme für sich, brauchte sie nicht mit seinem Atem zu behelligen. Nur nicht zulassen, daß ihm ihr Ohr naheging, das kühl-warme Ohr, dessen Rand seinen Nacken versuchte, bitte nicht näher, nicht mehr rücken jetzt, oder dann gleich anpressen, das Ohr ersticken, die Brennessel, aber lieber nicht, Esther, es geht doch so. Ich presse dich auch zu nichts. Seine Hände drückten ihre Schulterblätter nicht, diese gebrechlichen Griffe, verrieten nur ganz ungefähr, daß sie lebendig waren und auf etwas Lebendigem lagen, redeten mit der Unbeholfenheit dieses Skeletteils, der nichts von Zärtlichkeit verstand, sich nur manchmal in Rucken zusammenzog, was man ihm gestattete, etwas spöttisch nachfaßte. Aber der Hals, diese pulsende Straffheit, dieses Landungsgefühl in flacher Bucht, das war ganz ungeheuer. Sie stand nicht eingesunken, überhaupt nicht; aber sogar wenn sie sich sperrig machte, was sie in länger werdenden Abständen tat, obwohl er ihr keinen Anlaß gab, überragte er sie mühelos Richtung Buchenkronen; er fühlte die Wölbung seiner Schultern über ihr wie die eines Boxers, an dieser Rundung sah sie vorbei in die Sonne auf ihrer Seite. Sie sahen sehr wenig voneinander, hatten eigentlich nur diese Stelle Hals gemeinsam, er spürte, wie sie darauf aufmerksam wurde, kleine Widerstände beruhigten sich, die Stelle wurde schmiegsam, ergiebig, bekam Einzugsgebiet. Sie konnte die Spaziergänger nicht sehen, die nun bessere Fahrt hatten, denn das Kind rannte auf dem Weg gerade voran, auf sie zu; er mußte das baldige Knirschen des Wegs übertönen, und er sagte über sie hinweg:

»Ich möchte weg, Esther. Kennst du Ché? Keiner weiß, wo er ist, seine Frau trug Schwarz bei der Parade, aber keiner weiß, wo er ist. Bei uns stand in den Zeitungen, er sei auf die Seite gebracht worden, das könnte denen so passen, aber Ché kann nicht sterben. Du wirst jetzt lachen, aber ich weiß: solange ich lebe, stirbt er nicht. Ich vertrödle meine Zeit hier, sage ich dir, du hast mich wegen meiner Gedichte gefragt, meine Gedichte können andere schreiben, wahrscheinlich schreibt Raoul auch Gedichte, gib's doch zu. Sie können ruhig besser sein als meine, was liegt daran. Ich gebe sie dir gratis, meine Gedichte. Soll ich dir eins schreiben? Nichts leichter als das. Schreibst du mir mal einen Brief? Ich möchte gern einen Brief von dir, schreib mir einen Brief. Aber nicht nach Hause, Esther, da gibt's nämlich eine Haushälterin, die öffnet meine Briefe, wenn sie nicht mit meinem Vater schläft. Schreib mir postlagernd, Esther.«

Esther zuckte, drückte den Hals weg und wollte sich losreißen, denn das Kind rasselte hinten auf dem Weg vorbei. Andres hielt sie rechts fester, löste die linke Hand von ihrem rechten Schulterblatt, zog die Hand unter ihrem Arm nach vorn und führte sie an die Seite ihres Gesichts. Zwei-, dreimal tastete er; er bekam die Kinnecke zu fassen, dann eine weiche Kante, dann eine sanfte Fläche; dann suchte er ihr rechtes Ohr, schob Haar vom Ohr zurück und preßte ihr das Ohr zu, preßte ihren knisternden Kopf gegen seinen. Mit den Augen musterte er die beiden Frauen; die eine, die noch jung war und steif und trotz bunter Fahnen zugeknöpft, blickte geradeaus und gab dem Paar keinen Blick; die mittelalterliche trippelte etwas geniert und ließ ihre Augen aus den Winkeln wildern. Andres sah ihnen nach; sie hatten wichtige Ärsche beim Wandern, aber die Ärsche wurden kleiner. Andres sagte:

»Das sind nur Leute, Esther, die sind nämlich egal. Die sind hierzulande ganz besonders egal. Raoul gehört auch zu den Leuten, er ist nichts für dich. Oder willst du auch zu den Leuten gehören? Ich fände das schade. Man sollte sich anstrengen, was Schlechteres zu sein. Ich will dir was von den Leuten erzählen. Ulrich hat eine neue Freundin, haha, ist das aufregend. Oder Dr. Hämmerli denkt sich einen feinen Übergang aus, und dann gibt es einen feinen Übergang in der Deutschstunde. Oder Raoul wippt auf dem Sprungbrett. Oder du läßt dir von ihm Sonnenöl auf den Rücken reiben. Findest du das alles besonders spannend? Und ein kluger Redaktor, der für Leute schreibt, saugt sich einen Artikel über Ché aus den Fingern, und damit der Artikel eine Pointe hat, findet er, Ché müsse liquidiert sein. Es ist nicht wahr, Esther, aber wahr ist, daß die Leute schlechter schlafen, seit sie Ché aus den Augen verloren haben. Die Wochenschauen finden ihn nicht und fangen an zu flimmern, und die Akten, in denen er geführt wird, schließen sich nicht mehr. Ché ist weg; jetzt liegt er unter den Betten der Bürger. Hab keine Angst, Esther, hinter jenem Baum steht er nicht. In diesem Lande hat er nichts zu tun, noch nicht. Ich möchte ihn finden, Ché, in seinem Land. Die Sonne wird stärker brennen, denn Chés Land ist da, wo die Leute nichts zu trinken haben. Die Wege sind da nicht so gepflegt, denn in Chés Land haben die Leute Angst, auf offenen Wegen zu gehen. Ché ist im Versteck, man muß untertauchen, um ihn zu finden. Ich möchte weg, Esther, und es ist schade, daß ich dich nicht brauchen kann, weil du so ein schönes Minikleid anhast. Fürs Untertauchen ist das viel zu schade.«

Esther dehnte sich ein wenig weg oder näher, wer weiß das immer genau. Vielleicht wollte sie ihm nur das Untertauchen vormachen. Andres drückte ihren Kopf fester an, erlaubte dem Haar nicht zu streifen; so hart knisternd erledigte es sich besser, schmorte zusammen, beruhigte auf eine Art. Dann ließ er los, mit einem Ruck. Esther drehte sich nach ihm um und lockerte das Haar wieder, mit kurzen schiebenden Bewegungen; ihre Lippen schienen ein wenig durcheinander. Mit diesen Lippen sagte sie:

»Du hast die ganze Zeit geredet, aber ich habe dich leider nicht gehört. Du hast von mir weg geredet. War es etwas Wichtiges?«

»Nein«, sagte er. »Aber daß Leute vorbeigingen, das hast du gehört.«

Sie betrachteten einander boshaft. Dann drehte sich Esther um und sprang sieben Schritte fort. Andres zählte sie. Er schob die Hände in die Taschen, fühlte sich behaglich und folgte ihr. Die Sonne hing tief und schwankte über großem Land mit seinen

Schritten. Andres liebte den Ausdruck »großes Land«. Er hieß nichts, er war auch kitschig, aber er liebte ihn. Le grand Valais. Le vieux Léman. Kurprospektworte, aber sie rührten etwas an, die Freiheit eines möglichen schönen Landes.

Auf dem Heimweg redeten sie von Andres' Schulreise; sie dachten nicht daran, daß es auch Raouls Schulreise war. Manchmal hielten sie sich bei der Hand, aber nur auf Zusehen hin; ein Wort konnte sie trennen, oder eine scharfe Wegkurve. Wo der Weg abschüssig war, hielten sie einander nicht bei der Hand. Manchmal rutschte Esther, und dann sagte sie: »Hoppla.«

Andres redete von der Schulreise. Er hatte seinen Atem wieder beisammen; es lief ihm, etwas fiebrig vielleicht, die Bremsen faßten nicht, aber die meisten Kurven erwischte er.

»Es ist eine gute Gegend«, sagte er, »und gutes Lauftraining, mit einer vernünftigen Steigerung. Am ersten Tag machen wir nur vier Stunden, von Fatans zur Donnerlücke, das sind, wart mal, neunhundert Meter Höhendifferenz, am Anfang geradeaus, man kann sich einlaufen. Am zweiten Tag verlieren wir wieder ungefähr elfhundert Meter nach Trostau hinunter, das sind dann fünf Stunden, weil sich das Tal streckt, immerhin, am früheren Nachmittag sollten wir ankommen. In Trostau abstrahier ich mich wahrscheinlich und geh auf einen Sprung zu meiner Tante hinauf, ich hab da eine Tante, die schreibt, mütterlicherseits natürlich, in der Familie meines Vaters schreiben die Leute nicht. Die wohnt ein paar hundert Meter den Berg hinauf gegen Buffalora zu, in einem Kastanienwald, ich ess mit ihr zu Abend, dann stoß ich wieder zum Harst; ich muß sehen, daß ich mir in Trostau ein Fahrrad beschaffe, denn es ist natürlich witzlos, da nachts wieder hinunterzufußen. Es gibt da unterwegs übrigens eine Brücke, die gar nicht von schlechten Eltern ist, die Salgina-Brücke, die erste aus vorgespanntem Beton, die es in der Schweiz gab, soviel ich weiß. Maillard hat sie in den zwanziger Jahren gebaut, frag mich nicht, warum er sie dahinten verlocht hat, wahrscheinlich traute man der Konstruktion nicht; wenn sie einmal unter einem Bergbauern zusammenbrach, machte das nicht so viel Lärm. Am dritten Tag machen wir den Nair, das sind 3200 Meter, oder 2200 Höhendifferenz, als Aufstieg nicht besonders sensationell, die wollen natürlich nicht, daß einer verlorengeht, das ist ihnen vorletztes Jahr passiert, und man wollte die Viertägige abschaffen. Hämmerli hätte wohl nichts dagegen gehabt, der ist nämlich ein schwacher Alpinist, wir werden ihn in den vier Tagen lässig auseinandernehmen. Wenn er die Dreitausend schafft, wird er geduzt; ich finde das zwar witzlos, aber sein Gesicht möchte ich sehen. Dann steigen wir zur Übernachtung in die Nairhütte ab, und der vierte Tag ist dann keine Sache mehr. Nur noch der Auslauf nach Roßbach hinunter, vier Stunden, schätze ich, zwölfhundert Höhenunterschied, und dann in den Zug. Der nächste Tag ist frei, ich schätze, Hämmerli wird das nötig haben.«

Esther kannte Hämmerli von einem Klassenfest, wo er eingeladen werden mußte, um der Ausartung vorzubeugen.

»Kommt nur Herr Dr. Hämmerli mit euch?« fragte Esther. Esther machte immer schöne ganze Sätzchen und ließ nicht einmal den Titel weg. Andres mochte das. Esther war eigentlich ganz schön ironisch.

»Briner«, sagte Andres. »Briner ist gut. Der hält das Tempo mit. Er hat überhaupt keine Autorität, weißt du, aber bei ihm schadet das nichts. Er läßt sich einfach nicht ärgern. Ein Hilfslehrer. Der erste Geographielehrer, den man zeigen kann.«

Esther kannte Briner nicht. Andres schilderte ihn. Er machte den Brillenträger Briner zu einem freundlichen, ungeleckten Tier, jung und schon ein bißchen ausgestorben. »Strohtrocken«, sagte Andres, »weißt du: strohtrocken.« Wenn der Umsturz stattfindet, wäre Briner gar kein schlechter Genosse, aber er gehörte zu denen, die von sich aus nicht auf den Gedanken kommen.

Als sie im Albisgüetli auf das Tram warteten, sagte Esther:

»Wo hast du mein Buch?«

»Liegen lassen«, sagte Andres.

Sie sahen einander an. Sie brauchten sich nicht zu berühren.

Sie lachten etwas später, im Tram. Aber bis zum Bahnhof Enge sagten sie nicht mehr viel. Das Tram schaukelte sein Licht durch den hellen Abend. Beim Bahnhof Enge stieg Esther aus.

»Du schreibst mir natürlich nicht«, sagte Andres, als er ihr die Hand gab. »Aber bitte postlagernd.«

»Natürlich nicht«, sagte sie und ging mit vielen Leuten hinaus. Auf der Straße konnte er sie sofort nicht mehr unterscheiden.

7

Es kam immer wieder vor, daß Andres Cafard hatte, besonders nach der Schule: dann überfiel ihn das Vakuum, er konnte nicht nach Hause und hing noch irgendwo herum. Was sollte diese Traurigkeit im Juni: das Münster stand an seinem Ort und glänzte, die kupfernen Zinnen der Altstadt hatten Sommerabendlicht, vom See her wehte jenes Gefühl, das er wiedererkannte: man fing es ein, wenn man ihm erlaubte, den Atem stocken zu lassen. Aber Andres' Brustkasten ging abwesend, während er die Rämistraße hinunterlief, sein Herz klopfte mit falscher Luft, hatte falsche Ruhe; seine Augen, obwohl nicht mehr unfest wie am Morgen, blieben an keiner Auslage haften. War es heute nötig, in den Spielsalon zu gehen, die Daumen auf das schmierige Holz zu stützen und auf den Knopf zu drücken, bis seine Finger ein bißchen flatterten, er Augenblicke lang die Aufregung um nichts verspürte, an der man sich festhalten mußte, schmieriges Holz hin oder her, weil dahinter die Öde ins Unermeßliche wuchs? War es nötig, die Augen aufzuputschen, bis sie dem Kurs des Kügelchens folgten, als wäre es der Kurs des Heils? Jene fade Bestürzung wieder und wieder zu erleben, die das Ding ins Loch begleitete, während die Flipper noch ohnmächtig nach ihm schnellten, hinten auf dem Schirm Gerappel stattfand und der Zähler auf dem Busen der Gangsterbraut einige neue Stellen vorbeijagte – nie genug, um das heilige Freispiel, den stumpfsinnig befreienden Klopfer auszulösen?

Während Andres weniger nachdachte, als sich bereits mit Reue quälte, blickte er, Reue und alles, schon gierig in die Schlafaugen der Schlampe, die ihm die Zwanziger einzeln herüberzählte, stand er auch schon an seinem Kasten, fütterte ihn auch schon mit vier Zwanzigern, hatte er auch schon die Zeigefinger auf dem Drücker und schnellte auch schon die erste Kugel. Nebenan klopfte es wild, scheffelte ein Italiener Freispiele; das Neonlicht verbreitete abgegriffene Gleichhelle, der Abend blieb draußen. Andres spielte gegen sich selbst; jede Kugel zog für eine neue Partei, rot, grün, blau, braun. Es war verrückt: Grün sammelte immer am meisten Punkte, aber zu gewinnen war mit Grün nie.

Heute war es schlimm: die Öde wuchs, und Ablenkung stellte sich nicht ein. Andres fühlte seine Augen hohl werden, seine Wangen hohl. Er erschöpfte seinen Vorrat, ließ sich nochmals zwei Franken wechseln, war vorübergehend wütend, dann eine Weile schlaff, dann wütend auf eine neue, weiße Art: er fühlte, wie sich die Wut durch sein Zwerchfell herantastete. Als, ohne ersichtlichen Grund, das Freispiel sich einstellte, wie aus Erbarmen schon in der Nähe der 600, dabei schuldbewußt leise anklopfend, explodierte er ebenso leise, ließ das Freispiel in Wildwestlicht stehen, wischte den Schnurvorhang zur Seite und stand auf der Straße.

Hier war die Luft weich, abendflaumig, von den Christbaumeffekten der Autolichter geschmückt, die träge Streifen in seinen Augen zurückließen. Leute. Leute mit Mappen. Grinser und Schwätzer und Ernste. Leute einfach so, andere mit Röcken, diese in Gruppen. Es war das Übliche: er hatte den Kontakt verloren. Die Stunde, um die er sich gedrückt hatte, rächte sich: sie hatte ihn fallen lassen. Er versuchte, in einer Gruppe von Leuten unauffällig mitzugehen. Aber sie nahmen seinen Tritt nicht an; bei der Anlage gab er es wieder auf. In seiner Hand schwitzten noch zwei Zwanziger. Er schleuderte sie unter die Buchsbäumchen. Ein Straßenarbeiter hatte ihn betrachtet: das merkte er. Er drehte sich nicht um. Der Blick in seinem Rücken war beinahe eine Wohltat; einem Ochsnerkübel oder einem Baum würde der Mann nicht nachsehen. Er war also ein Mensch. Wohin ging der Mensch eigentlich? Immer nach Hause, hatte Dr. Hämmerli gesagt, denn so stand es in dem Buch, das so fahrig geschrieben war, mit soviel studierter Einfachheit, daß man es nicht lesen konnte. Immer nach Hause, zur Haushälterin.

Indem Andres an Dr. Hämmerli dachte, spürte er wieder Füße unter sich und daß es seine eigenen waren, bis er auch das vergaß; er kam wieder zu sich, der Anschein, daß er mithalten konnte unter Passanten, verdichtete sich, er sah wieder Ladenfenster, Ananas, Artischocken, Aubergines in der typischen Helle vor Ladenschluß. In einem Laden, der mit Deutlichkeiten überfüllt war, reihte er sich an und kaufte ein Eis. Wieder auf der Straße, sog er an der Kälte; der kleine Lärm, den seine Zunge dazu machte, tröstete ihn. Mit dem Trost kehrte der Cafard zurück, aber er war nicht mehr weißlich, sondern von redlichem Grau, fast schmackhaft, eher vertraut. Andres ging langsam, immer nach Hause, über saftig glänzende Zebrastreifen, auf den Wink des Polizisten, unter bekannten Alleen, bis die Alleen aufhörten. Unterwegs wunderte er sich, daß er kaum gespannt war. Morgen war Schulreise. Ohne Dr. Hämmerli; Dr. Hämmerli war erkrankt. War Andres enttäuscht? Nicht auszumachen. Sicher war nur, daß er jetzt erst recht auf nichts mehr gespannt war. Wenn Dr. Hämmerli mitgekommen wäre, hätte er es schwer vermeiden können, mit Andres über seine Gedichte zu reden. Andres war es egal, ob er sie gut fand; nein, natürlich war ihm das nicht egal, nicht einmal im Cafard. Aber das, was zählte, war die Mary-Juana-Sequenz. Da hatte Andres scharf geschossen, wenn auch nur für den Schuldigen spürbar. Mein Engagement, grinste Andres vor sich hin. Das sind engagierte Gedichte. Sie müssen ihm unter die Haut gegangen sein.

Ein interessanter Gedanke schoß Andres durch den Kopf: wenn Hämmerli simulierte? Wenn er sich wegen dieser Gedichte gedrückt hatte? Das war leider unwahrscheinlich. Er mußte sie längst angesehen haben. Für nichts und wieder nichts wäre er kaum die ganze letzte Woche so lächerlich korrekt gewesen. Nur noch selten Aug in Auge, und wenn, dann distanziert, keim- und anspielungsfrei. Sogar Ulrich war es aufgefallen. Was ist denn mit dir und Hämmerli los? hatte er nach der Novalis-Stunde gefragt. Habt ihr euch gestritten? Und jetzt scherte Hämmerli also aus und legte sich ins Bett.

Hatte ihn Andres niedergeschlagen? Schmeckte ihm sein Pott nicht mehr? Andres wußte, daß er sich zuviel einbildete, aber er war bereit, sich etwas nachzusehen: der Abend war ohne Größenwahn nicht zu überleben. Immer nach Hause. Noch hundert Schritt, da würde ihm das Gesicht der Haushälterin unter der Tür aufgehen, die liebe Sonne. Komm herein, Andres, du mußt müde sein. Ich komme auch so herein, Verehrte, das ist nämlich mein Haus. Ich bin bereit, Sie zu dulden, wenn ich Sie heut abend nicht mehr sehen muß. Wenn wir ein Badezimmer hätten, brauchten Sie sich auch nicht so zu parfümieren. Sollte ich müde sein, so ist das hauptsächlich Ihrem Parfüm zuzuschreiben. Ihr Parfüm macht mich zum Kotzen müde. Gut, daß man heute packen konnte, auch wenn die Schulreise keinen Spaß versprach. Packen war immer gut. Und morgen war es möglich, früh aus dem Haus zu gehen, ohne mit Herzlichkeiten angefochten zu werden. Andres stand vor der Post seines Stadtkreises. Die elektrische Uhr, unter der man sich mit jemand hätte treffen können, zeigte Normalzeit: halb acht. Hinter dem mondenen Zifferblatt war die Helligkeit schon etwas dunkler; genau besehen, leckte eine Gewitterwolke pompös in die Fluchten gewöhnlichen Abendrots. Dann muß es ja schwül sein, sagte sich Andres, und ich habe endlich einen Grund für den Cafard. Ein Abendgewitter würde alles aufklären. Die Postfenster waren noch hell. Andres ging durch den Vorraum und klingelte am Dringlichschalter. Er wurde aufgeriegelt. Leos blasses randloses Bürogesicht zeigte sich im Quadrat.

»Abend Leo«, sagte Andres. »Ich habe ganz vergessen zu sagen, ich kann morgen nicht dabei sein. Wir haben Schulreise.«

»Und ihr schämt euch nicht einmal«, sagte Leo, »wo ehrliche Leute arbeiten müssen.«

»Ich höre immer: ehrliche Leute«, sagte Andres. »Hör, Leo. Es ist nicht zufällig ein Brief für mich da. Postlagernd.«

Leo kniff ein Auge zu. »Du Unersättlicher«, sagte er.

Andres wartete. Nach einer Weile kehrte Leo mit einem gelben Umschlag in der Hand zurück.

»Dicke Post«, sagte er. Andres betrachtete den Absender. Er kannte das Gewicht in seiner Hand. Dr. Hämmerli schickte seine Gedichte zurück. Was mochte ihm dazu eingefallen sein?

»Solltest du erst morgen bekommen«, sagte Leo. »Es ist nämlich das Allerneueste. Nach Ladenschluß eingetroffen.« Er streckte levantinisch fies eine hohle Hand über den Schalter.

»Könnte dir so passen, du Kommunist«, sagte Andres.

»Selber Kommunist«, lachte Leo und machte die Faust neben dem linken Auge, Finger nach außen. Der Gruß der spanischen Republikaner. Seit ihn Andres' Gruppe in einem Godard-Film gesehen hatte, verwendeten sie ihn auch. Auf der Straße stand Andres still.

»Natürlich nicht«, hatte Esther gesagt. Was hatte ihn dazu verführt, anzunehmen, daß sie es ironisch meinen könnte, also ernst? Man weiß doch, Frauen sind nicht beim Wort zu nehmen, man soll nicht darauf zählen, daß sie einen einmal wirklich überraschen. So eine weiche Stelle am Hals hält nicht lange vor.

Dafür kriegte er jetzt seine Gedichte zurück. Mit welchem Vers? Andres suchte ein paar mögliche Sätze zusammen. ›Lieber Andres ...‹, nun, hoffentlich. Aber treiben wir die Liebe nicht zu weit. Denn was muß jetzt kommen? ›Sie wissen, Sie machen es mir nicht immer leicht, Sie zu verstehen.‹ Nein, nein, Herr Professor, geben Sie sich keine Mühe. ›Aber diesmal habe ich Sie verstanden.‹ – Flott. Je vous ai compris. Und dann wurden die pieds noirs verkauft, nach Strich und Faden. ›Ich bin lange mit Ihren Versen umgegangen.‹ – »Umgegangen« – das war ein Wort, das Hämmerli verwendete. Mit Dichtung »geht man um«. Umgehen mit. Sie haben da einen schönen Umgang. Was Sie meinen ist wohl: Umgang nehmen von. Oder: Umg*e*hen: Also lassen Sie hören: wie haben Sie meine Gedichte umgangen? Wie die Katze den heißen Brei? – ›Sie haben mich betroffen gemacht.‹ Also betroffen. Wen's juckt, der kratzt sich. Schade, daß die Frage Sie nicht *ge*troffen hat. Aber das muß doch der Fall sein. Sonst hätten Sie nicht beizufügen brauchen: ›betroffen und gerührt.‹ Gerührt, fein, Herr Professor. Tun Sie Ihrer

Rührung keinen Zwang an. Nicht jeden Tag tritt Ihnen so edle Jugend entgegen. Jugend mit Idealen. Apropos Ideale, Herr Professor, ich habe Ihnen doch zufällig von Leo erzählt? Leo ist ein Junge, dessen Familie sich weißblutet, weil der Vater sich keine Krankenversicherung leisten kann. Für Wohlfahrt sind die grade nicht arm genug. Ich finde es eine gute Pointe, daß Ihr wertes Schreiben an mich durch Leos Hand gegangen ist. Wissen Sie, daß Leos Monatslohn bei der Post für sieben Monate voraus verpfändet ist, weil die Operation seines Vaters hierzulande leider etwas kostet? Freilich, da müssen schon starke Ideale her, um dieses Leben zu ertragen. Sie finden es reifer und eleganter, von Idealen zu sprechen als von Marihuana. Gewiß doch, Herr Dr. Hämmerli. Auch meine Rauschgiftgedichte sind streng metaphorisch zu verstehn. Wie käme ich zu Rauschgift? Ich bin doch kein Deutschlehrer. Aber Sie bedürfen der Schonung, denn Sie sind krank. Natürlich sind Sie krank, Herr Doktor, das weiß ich schon lange. Komisch, daß Sie das erst jetzt merken. Sie sind eine einzige wandelnde Seuche.

Andres strahlte der Haushälterin, die ihm geöffnet hatte, seine rote Wut ins Gesicht. Er war also inzwischen nach Hause gekommen, immer nach Hause. Es traf sich hübsch, daß auch die Haushälterin wütend war.

»Wir haben nicht warten können, Andres«, sagte sie. »Du mußt dir dein Essen selber holen.«

Andres genoß es, nicht zu antworten. Er schob sich seitlich abgewendet an ihr vorbei, die Schulter gestreckt, wie man im Theater an Sitzenden vorbei seinen Platz sucht. Mit einer leicht abschüttelnden Bewegung. Er hatte noch ein halbes Weißbrot auf seinem Zimmer und eine Büchse Orangenschnitze aus Israel. Er hatte es unterlassen, von der Schulreise zu reden; nichts deutete darauf hin, daß die Haushälterin sich darauf eingerichtet hatte. Morgen sehr früh würde er einfach fort sein. Wenn ein Hahn danach krähte, konnte der Hahn ja die Schule anrufen, oder die Polizei, wenn er sich blamieren wollte: wieder so ein Besorger, der über seinen Sohn nicht im Bild war. Ach was, er würde einen Zettel hinterlassen.

Der Briefumschlag knitterte unter seinem angepreßten Arm, als er die Tür hinter sich zuzog. Heute abend sollte ihm keiner mehr kommen.

Er liebte es, beim Lesen zu essen, oder hieß es: beim Essen zu lesen? Er holte eine violette Bastmatte aus seinem Schrank, einen dunkelgrünen Teller und ein sehr zerbrechliches Glas. Es war eins von Mutters Gläsern. Andres gebrauchte es häufig, aber es war noch nicht zerbrochen. Gelb und zögernd füllte es der Holunderblütensaft, der selbstgebraute. Er drehte die Büchse einmal um den Öffner und klimperte mit dem gefransten Deckel. Dann überlegte er, ob er seine Kerze anzünden sollte. Pro: sie verzehrte den Rauch der Zigarette. Kontra: es wurde feierlich. Andres verzichtete, strich nur über die geschmeidige Glätte des Kerzenstockes, der von alten Wachsströmen überwuchert war. Dann legte er die Zigarette, die blaue Kringel entließ, ab, riß den Brief auf – seitlich – und biß schräg in sein Brotende. Während Rinde und Krume mit der Zunge safteten, spröde und würzig, überlas er Dr. Hämmerlis erste Zeilen.

›Lieber Andres, ich danke Ihnen für Ihr Vertrauen. Ich betone jedes Wort, wenn ich sage: Ihre Verse sind mir nahegegangen; nicht nur, weil es gute Verse sind – ich glaube sie sind es, Sie haben sie so trainiert, daß sie auf kargem Grund, am Rand des Schweigens bestehen können. Das ist rar in Ihrem Alter. Die meisten Gedichte, die von jungen Menschen geschrieben werden, wollen bloß reden. Es hat mich froh gemacht, und stolz auf Sie, daß Ihre Verse über das, was Ihnen wichtig ist, so zu schweigen verstehen. Das erfüllt mich mit Hoffnung für Sie, die ich nach unserer letzten Unterredung nicht zu schöpfen wagte.

Sie werden mich jetzt nicht mehr mißverstehen, wenn ich sehr ernst werde. Es soll nicht zum Lächeln sein, wenn ich nicht nur Ihr dankbarer Leser, sondern – entschuldigen Sie – Ihr Lehrer zu sein versuche, oder einfach ein Mitmensch, der ein paar Jahre mehr – nicht alle in Ehren – hinter sich gebracht hat als Sie. Ihre Verse sind mir nahegegangen, nicht nur, weil Sie Talent haben – das wußte ich schon, als Sie noch nichts davon wissen wollten – sondern weil es *diese* Verse sind.‹

Aha, dachte Andres. Endlich. Und dann stand ihm der Brocken im Mund still.

›Sie schreiben, daß Sie sich töten wollen. Gewiß, Sie schreiben es poetisch – aber Sie kennen mich lange genug, um zu wissen, daß ich Poesie ernst nehme, weil ich sie für das Erschreckendste halte, was es gibt, auch wenn sie leise und verschlüsselt auftritt, wie bei Ihnen. Ich bin es nicht gewohnt, Gedichte als Spiel zu betrachten – aber ich bete beinahe darum, daß ich die Verse auf den Seiten 26 bis 30 als Spiel, als reines Placet experiri, betrachten darf. Denn müßte ich sie biographisch verstehen – und beinahe will der erpresserische und seltsam lüsterne Ton mich dazu drängen –, so hätte ich keine dringendere Pflicht, als von diesem Siechbett hinabzusteigen, zu Ihnen zu fahren und Ihnen eins hinter die Ohren zu geben, und dann für jeden Ihrer Verse noch eins. Unsere Disziplinarvorschriften untersagen es dem Lehrer, tätlich zu werden. Ich bin nicht sicher, ob das in unserem besonderen Falle eine humane Regelung ist. Andres, wenn Sie meinen, was Sie schreiben, dann sind Sie ein dummer junger Hund; und wenn Sie Lust haben sollten, auf Ihre eigenen Rezepte im Ernst hereinzufallen, so wäre das schlimmer als eine Sünde, es wäre ein Fehler, und ich werde keine Träne an Ihrem Grabe vergießen. Selbst wenn Sie Ihr Leben keinem Menschen schuldeten: Sie schulden es der Hoffnung, die Sie in meinen Augen sehr deutlich verkörpern. Sie sind dem Menschen verantwortlich, der Sie werden können.

Lieber Andres, da es mir unangenehm ist, mit Ihnen melodramatische Vorstellungen zu verbinden, da ich offensichtlich höher von Ihrem Stil denke als Sie, sparen Sie sich künftig die Mühe solcher Verse. Sie haben mich zum Ästheten gestempelt; mögen Sie recht haben, ich will tatsächlich angesichts solcher Verse nicht daran erinnert werden, daß Verse einen bestimmten Sinn haben. Es wäre ein zu großer Unsinn. Es wäre so unbeträchtlich, wie Sie nicht sein dürfen. Es ist ein Jammer, daß mir die Schulreise durch höhere Gewalt verdorben ist; da hätte sich wohl Gelegenheit zu einem vernünftigen Wort ergeben. Andres, jetzt schreibe ich kursiv: keine Dummheiten!

Hände weg von Ihnen selbst! Zum ersten und zum letzten Mal: ich habe Sie gern, Andres. Und wenn Sie glauben, in Ihrem Kommunismus Verwendung für mich zu haben, so können wir nochmals darüber reden, sobald ich wieder im Besitz meiner Beine bin. Oder wenn Sie es vorziehen, daß wir, von unseren gemeinsamen Pflichtstunden abgesehen, schriftlich verkehren: sorgen Sie dafür, daß ich das nächste Mal ungemischt in den Genuß komme, Ihr Rezensent zu sein. Diesmal war es nur haarscharf ein Genuß. Dies bittet Sie aufrichtig und in anhaltender Freundschaft

Ihr H. P. Hämmerli‹

8

Was? sagte Andres lautlos, mit buchstäblich offenem Mund. Wovon redet der Mensch die ganze Zeit? »Sie schreiben, daß Sie sich töten wollen« – wo soll ich das geschrieben haben? Kann Hämmerli nicht mehr lesen?

Die Zigarette hatte sich fast zu Ende gebrannt; nur noch knapp hielt der gekrümmte Aschenstengel sie an der Aschenbecherkante im Gleichgewicht. Andres drückte sie aus. Das Brot im Mund war ihm vergangen und ließ fade Süße zurück. Mechanisch glitt Andres' Daumen durch die Gedichtblätter. Plötzlich stockte der Daumen, und Andres' Augen sahen, was sie lasen. Etwa in der Mitte des Bündels – Andres legte es plötzlich zitternd auseinander – fand sich folgendes Gedicht:

Andacht.
Ich falte deine
Brüste in meiner einen Hand
Und bete für mich
Während mir meine andere Hand
An den Hals greift.

Es war seine Type: Olivetti Lettera 22. Der Anschlag vielleicht eine Spur weniger hart. Andres prüfte das Papier. Es war sein Papier; sogar das Wasserzeichen am Rand war richtig. Aber es war nicht sein Gedicht. Er hatte das Gedicht niemals geschrieben.

Während er das Blatt umdrehte, knitterte es in seiner Hand. Vor ihm lag das nächste Gedicht.

Die Wettertanne spricht:
Dies ist die Stelle,
Wo du den Dienstweg umgehen kannst.
An mir vorbei,
Fällst du günstig.
Hier werden Abmeldungen
Unverzüglich angenommen,
Hier ist es einsam.
Hier kommt keiner,
Obwohl jeder kommen kann.
Hier geht es,
Obwohl hier kein Fuß mehr gehen kann,
Hier werden Flügel
Für dreieinhalb Sekunden verliehen.

Ich kann dir meine Stelle empfehlen.

Andres' Augen flimmerten; er spürte seinen Puls in den Augen. Dann geschah ein Ruck, und er sah scharf – zugleich überscharf und verschwommen, wie man beim Tauchen die Steine auf dem Grund eines klaren Gewässers sieht. Vorsichtig, als käme es darauf an, keinen Lärm zu machen, schob er sich aus seinem Stuhl und öffnete den Schrank. Seine Hände brauchten lange, bis sie gefunden hatten, was sie suchten. Andres sah ihnen zu, wie sie sich mit einem Paar gestrickter Handschuhe abrackerten, zappelten wie zwei Tiere, die sich nicht lieben konnten. Dann kehrte er an den Tisch zurück und blätterte mit Handschuhen weiter; es war nicht leicht, die Blätter hafteten. Er las:

Gut berechnete Brücke
meines Landsmanns Maillard:
wie sicher wird ein Sprung
von dir sein!

Andres fixierte die Buchstaben; sie machten Sprünge. Er legte auch dieses Blatt um. Wieder ein Gedicht:

Kleine Veränderungen

hieß die Überschrift. Dieses Gedicht war von ihm. Andres las es mit merkwürdiger Spannung:

Als du gestern abend fortgingst,
Betrachtete ich deine Fußspuren im Schnee.
Das linke Profil war klar abgezeichnet.
Ich freue mich:
Es ist dir möglich gewesen,
Deinen linken Schuh sohlen zu lassen.
Ich kann dein Lächeln von gestern
Jetzt besser lesen.

Ja, das war von ihm. Auch die nächsten Gedichte waren alle von ihm. Er blätterte zurück. ›Unbeträchtliches Ende einer Umwälzung‹ – auch das war von ihm. Ein Gedicht an Esther, schlecht, aber von ihm. Das folgende, mit den Brüsten, war nicht von ihm. Andres zählte, während seine Finger in den Handschuhen sandig wurden vor Vorsicht: im ganzen sechs Gedichte waren nicht von ihm. Sie waren dort eingelegt, wo die Marihuana-Gedichte gewesen waren. Die Marihuana-Gedichte waren verschwunden, ersetzt. An ihrer Stelle zeigte jemand seinen nahen Selbstmord an. An ihrer Stelle sprach jemand mit seiner, Andres' Stimme, von Andres' Tod. Dieser Jemand war Dr. Hämmerli. Sein Deutschlehrer hatte seinen Tod im

Sinn; zugleich sprach er ihn in seinem rührend besorgten Begleitbrief darauf an. Wer sollte das lesen?

Plötzlich sah Andres Leos breite gute Visage vor sich: »Solltest du erst morgen bekommen!« sagte die Visage.

Morgen wäre Andres weggewesen.

Leo, Bruder, dachte er.

Er, Andres, sollte es nicht mehr lesen. Es war ein Brief an Andres' Nachwelt. Andres war in den Besitz eines Dokuments gelangt, das erst nach seinem Tod geöffnet werden sollte. Der Mann, der ihn so beweglich vor seinem Tod warnte, und derjenige, der diesen Tod plante, waren ein – und dieselbe Person: die Warnung hatte die Aufgabe, zu spät zu kommen. Sie war dazu bestimmt, einen Selbstmörder zu überführen und einen Mörder in menschlichem Licht zu zeigen. Kein Makel traf Dr. Hämmerli als der entschuldbare: daß er zu krank gewesen war, ein Unglück zu verhindern, dessen Nähe er aus Andres' Gedichten herausgelesen hatte. Er war ja so sensibel. Er hatte das Menschenmögliche getan.

Andres nahm sich Hämmerlis Brief zum zweiten Mal vor. Seine Hände zitterten nicht mehr. Mit Interesse las er den Nachruf an die Adresse eines Toten – an seine eigene Adresse. Gut gesponnen, Hämmerli, dachte er, viel besser als deine Verse. Denen fehlt es da und dort an Wahrscheinlichkeit. Ich habe es nämlich nicht mit Brüsten zu tun. Aber ich weiß es zu schätzen, daß ich durch deine Gedichte erfahre, welchen Tatort du dir ausgesucht hast. Auch diesen Zug möchte ich nicht originell nennen. Die Brücke lag nahe, Dr. Hämmerli.

Andres reckte sich zum Büchergestell hinüber und zupfte das Blatt *Milvers* der Schweizerischen Nationalkarte heraus. Gut, daß er sich mit Karten eingedeckt hatte. Diese Blätter waren ein hervorragendes Werk, anschaulich, von stimmungsvoller Nüchternheit erhellt. Das Licht fiel von Norden ein; Andres liebte diese irreale Beleuchtung. Die Plastik, die sie bewirkte, war ein reines Darstellungsprinzip; jener weich schimmernde Hang würde nie tatsächlich im Licht liegen. Immer noch in Handschuhen tastete Andres' Finger die Route ab, als wäre es eine Zündschnur. Von Fatans bis zur Donnerlücke war die Luft rein; der Mörder konnte nicht damit rechnen, daß Andres sich von den andern entfernte. Dann der zweite Tag, der Abstieg ins Erchtal. Andres versuchte sich an die Worte zu erinnern, die Hämmerli gebraucht hatte, um die Schönheit jener schon halb südlichen Abstürze zu charakterisieren. Rötlich waren sie, nicht wahr; aber auch über sie sollte sein Blut nicht fließen, diese Schönheit durfte er noch als Lebender genießen. Dann kam Trostau, der Kurort zu Füßen des mit Recht so beliebten Nair, der letzte deutschsprachige Ort, bevor der Erch die Grenze überschritt und zum Arcio wurde. Bis nach Trostau war sein Mörder, der treu besorgte, um *opportunity* verlegen gewesen; Andres' Galgenfrist mußte verlängert werden. Aber dann, am späten Nachmittag, absentierte er sich ja, das war Hämmerli bekannt, das hatte er liebenswürdigerweise bewilligt; dann stieg Andres ja nach Buffalora zur Tante Gabriele hinauf, der Schriftstellerin, dann überschritt er ja die Brücke des Landsmanns Maillard. Würde ihn Dr. Hämmerli schon beim Aufstieg erwarten, über der praktischen Tiefe, hinter Beton versteckt, den Dolch im Gewande? Das war doch etwas riskant für ihn. Dann war es noch heller Tag, und das Sträßchen nach Buffalora hinauf konnte belebt sein. Nein, Andres entschied, daß er auf dem Rückweg umgebracht werden sollte. Mörder lieben den Schutz der Dunkelheit, und Andres mußte sich an den Gedanken gewöhnen, daß Hämmerli nichts weiter als ein Mörder war, sein Mörder. Ein humaner Mörder: er hatte auch Andres' Henkersmahl bei Tante Gabriele – kalten Aufschnitt, zuviel Mortadella – noch eingeplant. Andres musterte die Karte. Diese Kurven also würde er herunterkommen, wenn es klappte: auf dem Fahrrad; diese letzte Haarnadelkurve herunter, die weit in den Wald ausholte, um das tiefere Niveau der Brücke zu gewinnen, auf die sie dann nach kurzer Gegengeraden auslief. Hier, an dieser nicht ganz übersichtlichen Einmündung beim östlichen Brückenkopf, durfte er seinen lieben Lehrer hinter einem Baum erwarten; hier sollte die Zündschnur Mord zischen, die Explosion stattfinden. Andres blickte verloren auf den genauen Punkt. Er hatte topographischen Halbschatten; das war Vorspiegelung, denn normalerweise lag der Platz in starker Helle; Andres glaubte sich an Weidenrosengebirge zu erinnern, in denen das Licht taumelte, an ausgeruhtes Gesumm, stark duftende Harzbäume, einen Ansatz Brückenbeton. Andres spürte etwas wie Eisen in der Abendluft, einen scharfen Stoß ans Zwerchfell; langsam schütterte er im Rückenmark aus. An dieser Stelle sollte er den Stoß erhalten. Oder wollte Hämmerli auf ihn schießen? Das empfahl sich nicht. Andres' Leiche, wenn man sie unten aus der Gischt grub, sollte zerschmettert wirken, aber nicht erschossen. Sonst gab es Fragen. Und Hämmerli hätte am Ende umsonst gedichtet.

Andres erhob sich rasch, zu rasch; einen Augenblick war ihm schwarz vor den Augen. Dann faßte er die Konservenbüchse und trat ans Fenster. Der kleine Vorgarten stand metallisch schwarz: eherner Kirschlorbeer, verschimmelter Oleander. Der Himmel war schwarz geteert, ungewöhnlich nahe. Das Staccato einiger Tritte auf dem Trottoir kam nicht gegen den Himmel an; Stöckelschuhe trippelten scheu vorbei.

Andres biß sich die Handschuhe von den Fingern; dann grub er Orangenschnitze aus der Büchse. Manchmal kam der Löffel unbeladen zum Mund, hatte auch den Saft verloren, schmeckte nach nichts als klebrigem Metall; dann fraß Andres auch gesüßte Leere, lutschte lange an der hohlen Löffelform.

Als die Büchse erschöpft war, behielt Andres den Löffel im Mund. Löffel im Mund begann er zu packen; seine Bewegungen, erst hastig, begannen sorgfältig zu werden. Er hätte den mittleren Rucksack nehmen können; er wählte den großen. Den Boden legte er mit zwei Bänden aus, dem Rimbaud und einem kleinen roten mit biegsamen Deckeln. Der weit geöffnete Schrank gab hintereinander zwei Pullover her, zwei Stücke Unterwäsche, von jeder Art – dann besann sich Andres und nahm noch zwei Stück besonders leichtes Zeug mit. Drei Hemden, eins rostrot, zwei khaki. Zwei Paar Jeans. Zwei Paar Socken? Drei waren besser. Man kann sich nicht an das Vorbild der Arche halten: Tiere pflanzen sich fort, aber Socken verschleißen sich. Der graue Sommeranzug? Wozu brauche ich einen Anzug? Andres packte auch den Anzug ein. Aber dann keine Krawatte. Andres packte die grünseidene ein; sie reute ihn, und sie paßte zu den Khakisachen. Ein grauer Schal, um die Krawatte zu bedecken. Die gelbe Ölhaut. Sie stammt aus amerikanischen Armeebeständen; Andres zögerte einen Augenblick. Dann stopfte er sie dazu. Sie konnte ja auch Beutegut sein. Leichte Schuhe waren wichtig: ein Paar Espadrillos. Warum nicht auch die Handballschuhe. Einmal Zeitungspapier darum, warum nicht. Ausgerechnet der Liegenschaftsanzeiger drehte sich nach außen, hatte Attikawohnungen anzubieten, Monatsmiete 1200 Franken. Das war falsch; noch falscher war, daß sie alle auf den Anzug zu liegen kamen; er grub in der Tiefe ein Nest für die Schuhe aus. Dann stopfte er ihnen doch noch ein Paar Halbschuhe nach (ich kann zum grauen Anzug keine Espadrillos tragen), aber er tat ihnen nicht den Gefallen, sie zu putzen. Erst als ihm der Gedanke kam, daß es unsozial war, Schuhputzer zu bemühen, fischte er einen Halbschuh wieder heraus und pferchte ihn voll mit einer Bürste, einem Lappen, einer Dose voll Schuhcreme. Und die Strecker, Lieber? hörte er die Haushälterin sagen. Schadenfroh warf Andres den Schuh zurück und vergrub ihn wieder in den unteren Lagen.

Der Löffel im Mund hatte mittlerweile jede Spur von Süße verloren, schmeckte nur noch nach Metall und angestrengtem Speichel; Andres nahm ihn aus dem Mund. So packte es sich leichter. Andres wurde inspiriert: das Bowiemesser. Das Kombi-Werkzeug. Draht und Schnur, eine Flasche Jod, man weiß nie; nur nicht gerade zuoberst. Andres buddelte wieder. Auch nicht auf den Rimbaud. Ohne hinzusehen, legte er ein Foto dazu; es zeigte Andres' Mutter in der Mitte eines Parkwegs, sehr klein. Verbandzeug: ach was, man konnte Taschentücher zerreißen. Gut, daß er noch daran dachte: also Taschentücher. Den Stift gegen Achselschweiß; man wußte nicht, ob man oft dazu kam, sich zu waschen. Der Stift zog ein Stück Seife nach sich, dann einige Hand- und Frotteetücher; in Gottes Namen, man war ja kein Schwein aus Ideologie. Rasierzeug? No Sir. Jetzt war Gelegenheit, sich einen Bart stehen zu lassen. Andres rückte noch eine Weile an den Aufbauten in seinem Schrank herum. Er dachte nach und verwarf fast immer. Er wurde strenger. Am Schluß legte er sogar dies und das wieder aus dem Rucksack in den Schrank zurück. Man konnte so vieles entbehren. Der Rucksack war noch immer bereit zu schlucken, aber etwas Reserve konnte nicht schaden. Das Beret, weil zerknüllbar. Die Sonnenbrille, kein Luxus. Sonnenschutz? Die Haut würde sich gewöhnen. Ein Bart gibt bald Schatten.

Andres schloß die Augen und musterte sich selbst in den verschiedenen Kostümen, die der Rucksack geschluckt hatte. Komplett? Komplett. Man muß wechseln können; man muß also gelegentlich waschen. Ein Paket Waschpulver ließ sich aus der Küche organisieren, wenn die Belegschaft im Nest war. Andres begann zu pfeifen. Pfeifend war es leichter, die paar Dinge herauszukramen: eine Brosche mit Steinen, eine Bernsteinkette, eine goldene Damenarmbanduhr, eine Perle zum Anstecken. Er legte alles miteinander in die Uhrschachtel und schob sie zwischen Rimbaud und Mao. Der Geldbeutel aus falschem Krokodil – der Vater hatte ihr kein echtes gekauft – enthielt noch fünfhundert Franken. Die Mutter hatte es in den Jahren vor ihrem Tod erspart. Jetzt mußte es angetastet werden. Schwach pfeifend bat Andres um Erlaubnis. Einmal drehte er sich um. Es krachte prächtig. Das Gewitter hatte sich endlich herbeigelassen. Bei jedem Krachen hielt es einen Augenblick den Atem an; dann toste es stärker. Die Dolen kamen nicht nach und schmatzten. Andres spürte Hunger und Durst. Er lächelte und steckte sich wieder eine Zigarette an.

Versuchsweise hob Andres den Rucksack an einem Riemen; das ließ sich tragen. Die schweren Marschschuhe hatte er morgen an den Füßen; sie waren neu, hielten etwas aus, waren sehr geeignet, die Espadrillos nach Bedarf zu schonen. Einen Augenblick hielt Andres seine Gedichte in der Hand. Dann erinnerte er sich an die Wechselbälge und wog das Paket wie etwas Vergiftetes. Ach nein: warum so große Worte. Mochten die Gedichte vergiftet sein, sie waren nicht mehr wichtig. Ruhig bündelte er sie, strich mit den Daumen alle vier Kanten glatt, knickte sie und legte sie im Umschlag auf das Bücherbrett zurück, Lenin nicht zu nahe, an den Platz, wo das Foto gestanden hatte. Dann entfaltete er Hämmerlis Brief, las ihn noch einmal genau durch und steckte ihn, zusammen mit der Generalstabskarte, in die Innentasche der Jacke, die er morgen tragen wollte. Karten hat man übrigens nie genug. Andres suchte noch einige Blätter hervor und klemmte sie in den Shell-Straßenatlas für Europa. Das alles hatte in der Außenseite des Rucksacks Platz. Wenn ihm der Kompaß nicht aus der Hand wollte, mochte er mitkommen. Im Nebel weiß man nie. Schreibzeug? Warum nicht. Viel Papier war nicht nötig. Ein zusammenlegbares Metermaß konnte nützlicher sein. Andres strich kurz über den Schutzdeckel der Olivetti Lettera. Sie hätte sich verkaufen lassen, aber dafür war es jetzt zu spät.

Andres räumte auf, bis der Rucksack allein stand. Er beherrschte das Zimmer; Andres zog sich an das Fenster zurück, um das Zimmer zu betrachten. Der Regen im Rücken war leiser geworden, aber anhaltend. Andres kam eine Idee. Er sah auf die Uhr: die Zeiger gingen gegen halb zehn Uhr. In so kurzer Zeit war eine solche Entdeckung zu machen gewesen, und ein solcher Entschluß zu fassen, und ein solcher Rucksack zu packen. Er fühlte einen mehrtägigen Hunger; es wurde mühsam, darüber zu lächeln. Aber den Brotrest, der auf dem Tisch lag, benötigte er für das Frühstück. In die Küche ging er nicht mehr. Das Waschpulver mochte bleiben, wo es war. Andres' Uhr schimmerte zart. Solange ich mich bewegen kann, wird sie laufen, und noch eine Weile darüber hinaus. Sie ist stoßsicher.

Welche Idee war das eben gewesen? Sie wollte sich nicht verdrängen lassen. Sie prickelte; er nahm ihr das Maß. Nur, wenn in der Wohnung alles still war. Es war still. Mochte die Stille bedeuten, was sie wollte. Nur, wenn er einen Zwanziger hatte. Er suchte das Portemonnaie hervor und konnte den Zwanziger nicht übersehen. Er klaubte ihn heraus und noch zwei Zehner dazu, falls der Zwanziger nicht ging. Jetzt gab es keinen Grund mehr dagegen.

Andres nahm die Schlüssel vom Regal und zog vorsichtig die Tür auf. Die Stille war so dicht, als belauere sie ihn. Mit vier Schritten war er bei der Wohnungstür; auch diese gehorchte geräuschlos. Es war gut, daß er sie geölt hatte – für andere Gelegenheiten. Es war genug, wenn man ihn heimkommen hörte, um zu fragen, nicht: wo er gewesen sei, sondern: was er »getrieben« habe. Es war nötig, daß sie wenigstens seinen Abgang verpaßten. Draußen fand er, daß er den Regen unterschätzt hatte, aber um keinen Preis ging er ins Haus zurück, um sich einen Schirm zu holen. Man gewöhnte sich an das Geprickel. Beim schnellen Gehen war es sogar wohltätig. Die Telefonkabine bei der Post leuchtete wie ein Windlicht; zögernd setzte die Pfütze ihr Spiegelbild zusammen, immer wieder zersprang es unter einer Bö, vibrierte unter größeren Regentropfen nach; die Uhr dagegen schwamm genau und ruhig durch den treibenden Himmel.

Bevor Andres in die Kabine trat, atmete er einmal durch und suchte einen Stern, vielleicht Arkturus oder Rigel; er fand keinen.

Der Zwanziger paßte. Andres glaubte die Nummer auswendig zu wissen, aber er wollte nichts riskieren. In der einsamen Akustik der Zelle klang der Summton wie in einem Raumschiff. Er verstummte, als Andres mit nicht ganz festem Zeigefinger die Zahlen wählte. Unmittelbar, als hätte es gewartet, sprang nach der letzten Zahl drüben das Telefon an. Andres räusperte sich blitzschnell. Aber er mußte warten. Die Telefonzelle wurde zum Zerspringen aufgeladen. Andres, abwesend vor Spannung, hörte den Laut wie im Fieber; er hörte ihn lange, mit scheinbar ermattendem Impetus. Andres schlotterte, der Moment war verpaßt, wo er die Kraft gehabt hätte, sich zu melden. Wenn die Stimme kam, würde er einfach wieder aufhängen. Aber das ging nicht; die Stimme würde den Anruf richtig deuten, aus dem Schweigen am andern Ende Verdacht schöpfen. Hier war die Arena. Es gab nichts, als den Matador auf die Hörner zu nehmen. Der Klingelton kehrte immer träger zurück; unendlich vorsichtig begann sich Andres unter seiner Furcht wegzurekeln. Es war nun schon beinahe wahrscheinlich, daß Dr. Hämmerli nicht zu Hause war: bloß, wo war er dann? Unterwegs zum Tatort? Stand er nicht dort, vor der Kabine, im Regen?

Kalt vor Panik schob Andres die Tür etwas auf; in diesem Augenblick wurde drüben abgenommen.

»Ja?« fragte eine halblaute Stimme. Es war die Stimme Hämmerlis. Die Gestalt, die Andres am Rand der Pfütze gesehen hatte, verblaßte. Er schloß die Augen. Er hoffte, sein Atem sei nicht hörbar. Kurze Sätze machen.

»Guten Abend, Herr Doktor«, sagte er. »Hier ist Andres Platten.« Die Pause zwischen diesem Satz und dem nächsten war fast unhörbar. Aber Andres hatte gehört: drüben wurde Atem angehalten. Man konnte sich, wenn man in Andres' Verfassung war, nicht getäuscht haben. Andres erkaltete in diesem Sekundenbruchteil.

»Ich entschuldige mich, daß ich so spät noch störe. Es geht um folgendes: ich hatte den Eindruck, Herr Briner sehe es nicht gern, wenn ich auf der Schulreise meine Tante besuche. Er macht es von der Erlaubnis des Klassenlehrers abhängig. Ich möchte nochmals fragen.«

»Muß es denn sein, daß diese Tante besucht wird?« fragte die Stimme am anderen Ende.

»Was muß schon sein auf der Welt, Herr Doktor«, sagte Andres. »Ich weiß nur, daß es mir Tante Gabriele nie verzeihen würde, wenn ich übermorgen nach Trostau käme, und nicht bis zu ihr hinauf. Ich habe mich auch schon angemeldet.«

»Wenn es nicht zu spät wird, Andres«, sagte die Stimme. »Wie spät wird es denn?«

»Auf keinen Fall später als zehn Uhr, Herr Doktor. Ich will sehen, daß ich ein Fahrrad bekomme«, sagte Andres. Seine Stimme zitterte plötzlich. Er half sich mit starkem Räuspern. Als es nicht glaubhaft klang, ließ er es in einen Hustenanfall übergehen. Die Stimme am andern Ende wartete.

»Unter dieser Bedingung bewilligt«, sagte sie dann. »Auf keinen Fall später als zehn Uhr.«

Andres war froh, jetzt einen Grund für seine Heiserkeit zu haben. »War es zufällig noch möglich, in meine Gedichte hineinzusehen? Es würde mich interessieren.«

»Ich habe sie doch schon zurückgeschickt«, sagte die Stimme. »Ist nichts angekommen?«

Andres schluckte. »Nein«, sagte er.

»Dann eben nach der Schulreise«, sagte die Stimme.

Andres stach der prickelnde Teufel: er mußte sich noch weiter über die Brückenkante beugen. »Schade«, sagte er, »ich hatte solche Bedenken. Ich bin sicher, ein strenger Richter hatte noch größere.«

»Es steht alles in meinem Brief«, sagte die Stimme. »Aber nein, das Gegenteil von Bedenken.«

Jetzt zitterten Andres auch die Beine. Bis dahin konnte alles ein Mißverständnis gewesen sein, ein Spiel zu dunklem, aber vielleicht nicht höllischem Zweck. Jetzt hatte Hämmerlis Lüge alle Zweifel zerrissen. Andres' Todesurteil schwebte im Draht.

Andres sagte leise: »Die Schulreise findet doch statt? Es regnet.«

»Findet statt«, sagte die Stimme.

»Dann noch gute Besserung, und entschuldigen Sie die Störung.«

»Bitte«, sagte die Stimme und hängte auf. Er hat mir nicht viel Vergnügen oder gute Reise gewünscht, dachte Andres. So weit ist er nicht gegangen.

Andres hängte den Hörer auf, als könnte er ihn beschädigen. Gleich darauf hatte er ihn wieder in der Hand. Hastig drückte er die Zehner in den Schlitz und wählte eine zweite Nummer.

»Ulrich Gautschi«, tönte es aus dem Hörer.

»Guten Abend Ulrich«, sagte Andres. »Ich bin's bloß. Andres.«

»Du tönst weit weg«, sagte Ulrich. »Bist du krank?«

Andres lachte durch die Nase. »Nein«, sagte er, »ich habe Hunger.«

Ulrich schwieg einen Augenblick, dann sagte er:

»Komm noch rasch vorbei.«

»Nein«, sagte Andres, »ich muß ins Nest. Aber packst du noch ein paar Brote für mich ein? Ich bin heute zu faul, bei mir den Kühlschrank zu öffnen.«

»Klar«, sagte Ulrich. »Noch etwas?«

»Nein«, sagte Andres.

»Witzbold. Mach's nicht mehr spannend heute«, sagte Ulrich.

»Du auch nicht«, sagte Andres und hängte auf.

Als Andres aus der Kabine in den nassen Wind trat, versuchte er den Atemzug, den er lange aufgespart hatte. Das Glücksgefühl funktionierte. Das Leben war wieder aufregend. Wie er Ulrich kannte, würden die Brote hervorragend belegt sein.

9

Eine Schulklasse im Marsch:

Es fängt an, steiler bergauf zu gehen; der Druck der Steigung löst die Gruppen, die Gespräche auf, die sich auf flachem Glacis gebildet hatten, beharrliche Gespräche übrigens, zusammenhängender als solche in der Stadt; vielleicht, weil man sie gegen den Takt der Füße durchsetzen mußte oder eine zunehmend autoritäre Hochgebirgslandschaft, vielleicht wegen der Luftveränderung, auch der sozialen. Bald nach Fatans hatte sich die Spitzengruppe gebildet. Raoul war dabei, trieb seine zu dicken Beine auf dem Weg voran, ohne sich im Gespräch mit Herrn Weil, dem Medizinstudenten, dämpfen zu lassen, dem er intensiv wie ein Vogel den Kopf zuwandte. Herr Weil, ein dürrer Jüngling mit gefalteter Stirne und grauen Augen, deren Brauen mit Ironie drohten, gehörte zu denen, die mühelos schnell gehen können, auf ihren Beinen fortgeweht werden; man mußte den Kraftaufwand am Zappeln Raouls ablesen. Dann folgte, mit Abstand, die Gruppe um den roten Blatter, die sich abgerissener unterhielt und gelegentlich nach rechts oder links ausbrach, um Zweige zu knicken und einander um die Knie zu wetzen; höher oben gab es Enzianstauden zu köpfen. Bonert und Ulrich schlossen sich an, sie redeten nicht viel; Bonert war gedrückt, denn sein Notenniveau ließ ihm wenig Aussicht. Dann der große Haufe mit Briner, der Berggängertempo demonstrierte; ganz am Schluß Andres und der kleine John. Unsichtbar marschierte die Fußball-Nationalliga mit, die der kleine John, etwas keuchend, vorbeiziehen ließ. Andres konnte mitreden, half auch in der Verteidigung des FC Bellinzona mit, in der Kritik des Halbprofessionalismus, um Johns Keuchen zu entlasten. »Wenn schon, denn schon!« sagte der kleine John. »Sie sollen Geld nehmen, aber dazu stehen! Wenn wir nicht mehr siegen wollen, können wir ja aufhören zu tschutten, aber wenn wir wieder einmal siegen wollen, dann als ehrliche Profi. Meinst du, daß wir sonst in fünf Jahren gegen Luxemburg noch eine Chance haben, oder gegen die Äußere Mongolei? Ich sage dir, die Entwicklung ist unaufhaltsam!«

Andres nickte. Es bereitete eine Art Vergnügen, am Schluß der Kolonne zu gehen, ohne Deckung, im Rücken den dichter werdenden Bergwald, an gewissen Stellen, etwa bei Wegbiegungen, plötzlich allein mit dem kleinen John, der nur Fußball im Kopf hatte, auf den in keiner möglichen Lage Verlaß war; allein mit dem Tosen eines seitwärts tief eingefressenen Gewässers. Was wußten die Tannen, nach denen er sich manchmal halb umblickte? Auf welcher Seite standen sie?

Wege zu einer Paßhöhe pflegen dreistufig zu sein. Sie beginnen etwa mit einer flachen Partie, wie der eben beschriebenen, einigen Kilometern Talwanderung von Fatans, der letzten Postautostation, durch lockere Baumbestände, in denen der Wettertannentyp überhandnimmt, bergwärts, eingedunsteten Massiven entgegen, die aus der Tiefe verbieterisch wirken; Birken, Erlen, spärliche Eschen und Ahorn machen die Wanderung lange mit. Dann kommt die steile Partie; da geht der Laubwald aus. Die Tannen bleiben unter sich, das Sträßchen wird zum Weg und muß sich winden, erst über Wurzeln, dann zwischen Blöcken, stellenweise auch über flache Blöcke, die rot-weiße Markierungen tragen, jüngst aufgefrischt, in der Höhennässe glänzend. Die lose Gruppierung wird, wie beschrieben, zur Kolonne, oder, wenn das zu militärisch klingt, zum Gänsemarsch; der Tritt paßt sich an, wird mühsam, für den stadtgängigen Organismus kommt der Augenblick der Wahrheit, der mit Schweiß bezahlt werden muß, bis man mit dem richtigen Dampf geht. Die Tannen werden Tännchen. Legföhren und Wacholder breiten ihre Stolperzweige aus, aber die Bergschuhe sind bereits routiniert geworden. So weit der Steilhang; setzen wir eineinhalb Stunden dafür ein. Und jetzt die dritte Etappe. Sie verspricht wieder flacheren Weg, man hat den Steilhang hinter sich, hinter sich den Wald. Eine matt grüne, von dürftigen Alpenblumen punktierte Hochebene, örtlich vermoort, steigt ohne viel Aufhebens der Donnerlücke zu, die als Ziel eindeutig geworden ist; wenn nicht alles täuscht, kann man schon die Hütte sehen, einen regelmäßig behauenen Klotz. Ein Wildwasser rauscht vorschriftsgemäß vorbei, voll Überschüssigkeit und Ausbruchsgetänzel. Die Berge, näher gerückt, werden zerlegbar, lassen sich als Zusammenrottungen von Gefelse sehen, die sich pompös und den Sinn für Größenverhältnisse narrend aus dem Wiesengrün aufwerfen; merkwürdig, denkt Andres, daß niemand die Komik dieses Schauspiels sehen will. Trotz ihrer Grausamkeiten sind die Alpen doch eigentlich nicht ernst zu nehmen: eine humoristische Landschaft. Einige anspruchsvollere Gesteinsbildungen haben sich eingewölkt, aus der Tiefe des Taus klingeln unsichtbare Herden herüber. Es fehlt wahrhaftig nichts. Die Sonne könnte sich ein bißchen mehr anstrengen; sporadisch erzielt sie Fleckenbildung, helle Irrlichter, verscheuchbar und rasch aufgesogen, gedeckt mit kühleren Tinten.

Es wäre nicht mehr weit zur Donnerlücke, eine Stunde Anstieg vielleicht, die Füße hätten sich eingelaufen. Aber Stundenhalt muß sein. Keine Schulreise ohne Stundenhalt. Herr Weil ist es, der ihn veranlaßt. Der Medizinmann scheint gewohnt, an der Spitze zu gehen, eine Persönlichkeit; würde Raoul sich sonst an ihn halten? Unterwegs war von Herrn Weils Dissertation die Rede: er bearbeitet den Umstand, daß der Mensch am Morgen ein paar Millimeter größer ist als am Abend. Das ist eine Frage des Turgors, und es ist das wenigste, womit Herr Weil sich beschäftigt. Sein Feld ist die Parapsychologie; es kommt heraus, daß er selbst dies und das praktiziert, was Raoul den Atem stocken ließe, hätte er ihn zum Aufstieg nicht so nötig und läge ihm nicht noch etwas anderes schwer auf der Seele. Herr Weil schließt nicht aus, daß er in der Hütte Proben seiner Kunst ablegen wird. Vorläufig aber wirft er den Rucksack gegen einen Stein, läßt den Zug an seiner Gestalt auflaufen und bringt ihn so zum Stehen. Man verteilt sich ein wenig über die Blöcke hin. Nicht alle Blöcke eignen sich zum Sitzen, außerdem sind sie beschlagen, denn es ist eine sumpfige Stelle und nebelt gerade ein bißchen, was dem Eindruck von Herrn Weils Gestalt zustatten kommt. Der scheue Briner wirkt dagegen wie einer von den Schülern und benimmt sich auch so.

Andres schleppt seinen Sack noch ein paar Blöcke weiter zu einem Findling und läßt ihn dahinter ins Wollgras fallen. Ulrichs Brote liegen zuoberst; er hat sich nicht getäuscht, sie sind mit etwas leicht Ekligem beschmiert, das nur eine Delikatesse sein kann, Schnepfendreck oder Rebhuhnpastete; die Frischluft zwischen den Zähnen geht eine aparte Mischung damit ein. Andres hat Hunger. Er genießt es, ins Abseitige hinauszukauen, Brot mit Nebel abzubeißen; die Stimmen der andern Esser klingen nah, aber so ist das in den Bergen; sie könnten weit weg sein. Andres hört die Reden der Kameraden wie Stichworte eines absurden Theaters, zusammenhanglos, aber scharf herauspräpariert, von tröstlicher Gleichgültigkeit. Da tappt einer in der Nähe im Dunst herum; was will er? Pissen. Nein, er sucht etwas, er bleibt stehen, als er Andres hinter seinem Findling ausmacht, er kommt langsam herbei. Es ist Raoul.

»Entschuldige, Andres«, sagt Raoul und setzt sich. Es gibt, wenn man nicht an Andres lehnen will, keinen Platz mehr am Findling; Raoul muß sich ins nasse Gras setzen, unter Wollgrasfusseln; es sieht nett aus, wie eine Minnesangsminiatur, aber setzen muß sich Raoul offenbar.

»Du hast mich beschimpft«, sagt Raoul leise.

Andres weiß sofort Bescheid.

»Das ist dir also zu Ohren gekommen«, sagt er, es ist komisch, aber er flüstert auch.

»Ich fordere Genugtuung«, sagt Raoul. »Du mußt mir Genugtuung geben.«

»Aha«, sagt Andres. Und nach einer Weile: »Und wie hast du dir das gedacht?«

»So«, sagt Raoul, und seine Stimme schwankt unter dem Flüstern. »Du gehst doch morgen zu deiner Tante nach Buffalora hinauf.«

Andres antwortet nicht.

»Du mußt über eine Brücke«, fährt Raoul mit einer Art gepreßter Kopfstimme fort, »die Salgina-Brücke. Sie ist hundertfünfzig Meter hoch.«

»Sie hat ein Geländer«, sagt Andres.

»Ich weiß«, sagt Raoul. »Darauf komme ich gerade. Wenn du von deiner Tante zurückkommst, können wir uns auf diesem Geländer treffen.«

»Auf dem Geländer?« sagt Andres.

»Hör zu«, sagt Raoul, und es tönt fast bittend. »Wir stellen uns auf das Geländer, du am östlichen Ende und ich am westlichen. Auf ein verabredetes Zeichen gehen wir aufeinander zu, auf dem Geländer.«

»Was wäre das für ein Zeichen?« fragt Andres.

»Ich pfeife einmal«, sagt Raoul, »und du antwortest mir mit zwei Pfiffen. Gleichzeitig beginnen wir den Marsch.«

»Wie eine Bergbahn«, sagt Andres.

»Wer zuerst vom Geländer auf die Brücke springt, hat verloren«, sagt Raoul.

»Und wenn keiner abspringt?« fragt Andres.

»Dann müssen wir sehen, was passiert«, sagt Raoul.

Andres betrachtet Raoul, Raoul hat Angst, aber Andres kennt diese Angst. Sie ist erbittert über sich selbst; sie hat sich vorgenommen, vor nichts zurückzuschrecken. Raoul wird nicht abspringen; eher wird er sich auf die andere Seite werfen lassen. Hundertfünfzig Meter. Ein endgültiger Effekt.

»Das hast du dir also so ausgedacht«, sagt Andres spöttisch, nicht ohne Respekt.

»Bist du einverstanden?« fragt Raoul. Seine Stimme zittert ganz offen.

»Natürlich«, sagt Andres langsam.

Sie schweigen beide.

»Dann«, sagt Raoul. »Dann muß ich dich ersuchen, dieses Papier zu unterschreiben. Ich habe es dreifach ausgefertigt.«

Andres nimmt die Blätter in die Hand. Er liest; einige Sätze muß er zweimal lesen.

Erklärung:

Die Unterzeichneten, Andres Platten, wohnhaft Pfingstanger 16, 8091 Zürich, geboren am 31. Mai 1949, und Raoul de Dardel, wohnhaft Gregoriusstraße 41, 8042 Zürich, geboren am 20. September 1949, erklären hiermit und besiegeln durch ihre Unterschrift, was folgt.

1. Die Unterzeichneten stellen sich einander selbsttätig und aus vollkommen freien Stücken am 1. Juli 1965 auf der Salgina-Brücke zum Duell.

2. Der unterliegende Teil verzichtet durch seine Unterschrift in aller Form auf alle Vergeltungs- und Schadenersatzansprüche rechtlicher und finanzieller Art, die als Folge seines Unterliegens gegenüber dem siegenden Teil erhoben werden könnten, und spricht den siegenden Teil von Schuld in rechtlicher, moralischer und persönlicher Hinsicht völlig frei.

3. Die Unterzeichneten erkennen einander als satisfaktionsfähig an und bezeugen hiermit, daß sie die zwischen ihnen schwebende Sache durch einen ritterlichen Austrag des Duells, welches immer sein Ausgang und seine Folgen sein mögen, für bereinigt halten.

4. Die Unterzeichneten versichern, daß sie die Verpflichtung zum Duell im vollen Bewußtsein von dessen Lebensgefährlichkeit eingegangen sind.

5. Diese Erklärung existiert in drei Exemplaren. Je eines bleibt im Besitz jedes Duellanten und dient zu seiner Entlastung vor jeder irdischen Gerichtsbarkeit; das dritte geht in Gegenwart beider Zeugen von Trostau auf postalischem Weg eingeschrieben an den Klassenlehrer der Unterzeichneten, Herrn Dr. Hämmerli, der durch Krankheit verhindert ist, an der Schulreise teilzunehmen, und nach Austrag des Duells im Bedarfsfall als Entlastungszeuge zu wirken aufgefordert wird. Wir bezeugen

gleichzeitig, Herrn Dr. Hämmerli über unser Vorhaben in keiner Weise unterrichtet zu haben.

Andres liest auch die beiden Kopien sorgfältig durch. Dann sagt er: »Ich habe nur Kugelschreiber bei mir.«

»Kugelschreiber ist gültig«, sagt Raoul. Andres betrachtet ihn noch einmal.

»Gib deinen Buckel her«, sagt er.

Raoul erhebt sich und kauert halb abgewendet vor Andres nieder. Die Unterlage wackelt. Aber Andres kriegt seinen Namen dreimal hin. Es gibt nur ein Loch ins Papier. Dann streckt er Raoul Blätter und Kuli hin und beugt den Rücken. Raoul hält ihn an der Schulter fest, während er schreibt. Andres spürt die Spitze des Kulis durchs Hemd wie die Zuckungen eines Käfers. Dann stehen beide auf. Sie haben Mühe, die drei Blätter in vier Händen zu halten. Die Unterschriften sehen nicht stattlich aus. Schließlich finden zwei der Blätter ihren Weg in die Hemdentaschen; das dritte zögert. »Nimm du es«, sagt Andres. »Wir gehen dann miteinander zur Post.«

»Wann kannst du bei der Brücke sein?« fragt Raoul nach einer Weile.

»Etwas vor zehn Uhr«, sagt Andres. »Aber ich möchte dich um etwas bitten.«

»Ja?« sagt Raoul und schämt sich gleich, daß er es so beflissen tut.

»Versteck dich auf deiner Seite im Gebüsch«, sagt Andres. »Es muß da Gebüsch geben. Ich habe meine Gründe.«

»Machen wir«, sagt Raoul.

Andres blickt ihn von der Seite an. Dann gibt er Raoul die Hand.

»O. K.«, sagt Raoul und schüttelt die Hand. Andres zieht sie rasch wieder zurück. Raoul geht; die andern haben sich schon erhoben, stehen in schütteren Gruppen umher. Herr Weil reckt die Arme in seinem Fleck Sonne wie im Theater. Wie deutlich die Menschen sind.

Andres stopft rasch die Butterbrotpapiere in eine Ritze zu Steinbrech und Fetthenne und zieht sich den Sack über die Schulter. Die Scheuerstellen rebellieren. Nach ein paar Schritten sind sie wieder abgestumpft. Andres stellt sich neben Herrn Briner, um ihm zu zeigen, wer der Leiter ist: Andres wartet auf Briners Aufbruch.

10

Im Krieg hatte Trostau schwere Zeiten. Der Kurort liegt sieben Kilometer von der italienischen Grenze entfernt und besitzt im Winter keine offene Straßenverbindung ins Vaterland; auch im Sommer kann man den Lawiner Paß, östlich parallel zur Donnerlücke gelegen und nur wenig niedriger, nicht als gepflegten Verkehrsweg bezeichnen: er führt Staub und wird gern gemieden. Es war viel guter Wille nötig, die nördliche Anfahrt zum Lawiner Paß auch nur zu *finden*, dessen Name zudem so unerquickliche Gedankenverbindungen – Lawine oder Schlawiner – hervorruft; diesen patriotischen Aufwand trieb der Bürger erst, als ihm nichts anderes übrig blieb, weil erst der Duce, dann der Marschall Kesselring den natürlichen Zugang von unten, von Treppano (Trappen) her, behinderte. Aber Opfersinn jagt nicht in Rudeln; die Leutchen, die über die Donnerlücke stiegen, um das karolingische Kirchlein in Milvers schön zu finden, blieben zählbar, und die Autos, die den Lawiner Paß trotz Holzvergasung meisterten, brachten nicht viel mehr als schlechte Luft nach Trostau. Dieses schrumpfte; wäre nicht ein Bataillon Gebirgsinfanterie gewesen, die das exponierte Tal notfalls, wenn auch auf verlorenem Posten und nicht lange, gegen fremdstämmige Eroberer gehalten hätten, Trostau hätte in seinen Hotels Champignons züchten können. Die eingesessene Hotellerie, eine gelungene Mischung von folkloristischer Biederkeit, weltmännischer Diskretion und smarter Trinkgeldnehmerei, musterte die feldgrauen Gäste mit einem lachenden und einem weinenden Auge, denn man hatte noch kürzlich den Herrn Gulbenkian bewirtet, die Garbo und den König Leopold und war es nicht gewohnt, über *jeden* Gast froh zu sein. Aber bei längerem Nachdenken drückte man beide Augen zu, das lachende wie das weinende: diese arrivierten Walser Wirte waren, ihren kantigen Schädeln zum Trotz, nicht auf dieselben gefallen. Zweifellos war es die schleichende Romanisierung dieses versprengten Alemannenharstes, der ihm erlaubte, das Licht des Sozialtourismus zu sehen, als es in anderen Hirnen noch kaum zu dämmern anfing. Diese Abegglen, Taugwalder und Imesch ließen die Wehrmänner nicht fühlen, daß diese, ein Schreck aller Feinde, in zerklüfteten Filzuniformen und zu kurzen Hosen herumlaufen mußten, sondern sahen ein neues Kundenreservoir in ihnen, ermutigten sie, in Friedenszeiten mit Frau und Kinderchen wiederzukommen, und versprachen Meistbegünstigung. Trotz Kreditrestriktionen bauten die Abegglen usw. der Familieninvasion vor, indem sie, etwas abseits, aber landschaftlich ebenso schmuck, ein neues Dorf aus dem Boden stampften, aus achtstöckigen Chalets gebildet, ein wohnliches Ghetto für Kinderreiche, aus dem kein Flennen ins ältere Viertel der Reichen hinüberscholl: diese wollte man sich erhalten. Fast wäre die Rechnung nicht aufgegangen. Gulbenkian kam nicht wieder; niemand wußte, was ihn vergrämt hatte, ob der große Mann trotz allen Vorsichtsmaßnahmen Wind bekommen hatte von Trostaus sozial kompromittierter Exklusivität. Aber die Abegglen brauchten weder ihre Smokings noch ihre seidenbestickten Hirtenhemden im Schrank zu verschließen. Die Nisthöhlen des Luxus wurden wieder eingenommen, zögernd erst, dann zunehmend stürmisch, von der lombardischen EWG-Aristokratie, der Jeunesse dorée aus den reich gewordenen Provinzen Fiat, ENI, Feltrinelli und Cinecittà, die im anliegenden Ausland Trost suchten von den Verwirrungen des süßen Lebens am Po und Trostaus Höhenluft mit Millionen von Lire aufwogen. Die Abegglen usw. waren keinen Augenblick überfordert; biegsamer als ihre germanischen Brüder im südtirolischen Sauertopf wiegten sie sich in ihren Bergbauernhüften mit scheckzahlenden Superoxydstarlets, ließen ihre Zungen zu Balla-Balla spielen und möbelten getrennt lebende Millionenerbinnen mit Grappa und einigen würzigen Handreichungen wieder auf. Trostau gedieh in zwei Kreisen: einem mondänen und einem familiären; natürlich verdankte es die Schulreiseklasse 4h dem letzteren, daß sie zu Trostau, mitten in der Saison, überhaupt eine Bleibe fand: im Erdgeschoß eines Riesenchalets; und ebenso natürlich sehen wir sie jetzt, kaum sind sie leidlich gewaschen und gekämmt, gruppenweise in den mondänen Ortsteil hinübertrampeln, woran niemand sie hindern kann. Trostaus Kurverein bedauert das im stillen und sucht allzu ausschreitender Binnenwanderung seiner Völker wenigstens durch Krawattenzwang an sensitiven Orten vorzubeugen. Wohin käme man, wenn Herr Weil, Raoul, Ulrich und Andres – sie bilden eine der genannten Gruppen – sich drüben in der ›Casa Nair‹ ausbreiten könnten, praktisch mit nichts als genagelten Schuhen bekleidet, um am besten Eckplatz zu bestellen: ein Coca Cola mit vier Trinkhalmen!

Ulrichs Zeitrechnung hat also gestimmt; zum Afternoon Tea ist man in Trostau angekommen. Der Berghausabend in der Donnerlücke ist landesüblich verlaufen und im ganzen traulich. Blatter und der kleine John fanden ein Tischfußballgerät in einem Hinterraum, das sie bis nach Mitternacht unterhielt, zumal sie, um nicht nachzahlen zu müssen, die offenen Torlöcher mit Lappen stopften. Der kleine John, dessen fette Gelenke reflexschnell arbeiteten, war auch so nicht zu schlagen. Vergnügt nahm er es allein mit zwei bis drei Gegnern auf, deren mangelnde Synchronisierung er bis zur Neige ausschlachtete; selbst die Figuren, die er nicht bediente, standen richtig und töteten die Bälle aus dem Stand. Nur selten nahm er sich die Mühe, nach hinten zu eilen, um mit einem tödlichen harten Abschlag entweder gleich ein Tor zu schießen oder den Ball wieder seinen eigenen Sturmreihen zuzuspielen, die ihn fast beliebig lange in ihrem virtuos zuckenden Beinwerk hielten – nämlich genau so lange, bis ein Männchen gegen hilflos zappelnde Gegner seine Lücke gefunden hatte und der schmetternd helle und unfehlbare Anschlag im Torkasten folgte. John spielte Katz und Maus mit seinen Gegnern, er teilte sie ein, sie hatten nichts zu bestellen. Mit nervösem Knacken richtete sich so ein Fußklötzchen auf der Rundung des Balles ein, klemmte ihn fest, bearbeitete ihn mit zarter Härte am Ort, das Gegenüber deckte verbissen, konnte decken wie es wollte, – schneller, als ein Auge sieht, folgte die Entladung oder der tödliche Querpaß, und der Ball war ganz einfach nicht mehr da. Mit dem kleinen Finger schnellte dann der kleine John wieder eine der Zählkugeln auf seine Seite. Erst wenn er experimentierte, mit geschlossenen Augen spielte, knobelte der andere manchmal ein Gegentor heraus, und auch das erst nach beschämendem Aufwand. Im Aufenthaltsraum der Hütte spielte Briner mit wechselnden Partnern Karten, wobei seine Schläue zum Vorschein kam, für die er ein sympathisches Kichern hatte. Ulrich und Andres legten ein Schach, das immer nach demselben Muster ablief: Andres schaffte sich durch kühnes Opfern eine gute Stellung und übersah dann im entscheidenden Augenblick einen Zug oder tat einen erzdummen, den er sich zurückzunehmen weigerte, so daß Ulrich regelmäßig, fast bedauernd, die Oberhand behielt. Herr Weil zeichnete mit einer weiteren Gruppe Drudel; Raoul schielte gelegentlich hinüber, besonders wenn das Gelächter dick und verwegen wurde, aber hielt mit Betonung an seiner Lektüre fest, deren Umschlag er deutlich hervorkehrte: es handelte sich um ein französisches Werk der Existenzphilosophie. Er wurde nicht gestört; er litt darunter. Man ging zögernd auf die Pritschen. Die Nacht wurde kurz durch

Gespräch, durch faule Witze, durch unübersichtliches Gekicher. Herr Weil war nicht dazu zu bringen gewesen, parapsychologisch etwas zu bieten.

Der Morgen kam bald; er war von berauschender Nüchternheit, die Klasse empfand sie, auch wenn darüber nicht zu sprechen war. Die Füße waren selbsttätige Wesen; sie empfanden das Gewicht der Schuhe nicht mehr, die sich über die weichen Alpen tiefschwarz näßten, beim Abstieg durch Geröll südwärts sorgfältiger gesetzt werden mußten; die Knie zitterten etwas auf die Dauer. Die Landschaft nahm ins Weiche hinein zu, die Morgenbläue lichtete sich nach flimmernden Horizonten hin, denen man ansah, daß sie italienische waren; Kette um kahle Kette trat ins Auge und bekam Licht, das edle Licht der Ferne, ein schwer zu schlagender Effekt. Die Gehenden registrierten ihn, weil der Weg unter ihnen wieder anspruchsloser geworden war, ein Fußpfad, der hoch über dem Erchtal Alp um Alp verband; oben säumten ihn die roten Felsen, von denen Hämmerli gut gesprochen hatte, ein bedeutendes Mauerwerk der Natur, manchmal zögernd, in ein Wiesental abbröckelnd, oft überwildert von Gebüsch, in Abständen geschmückt mit einem einzelnen Wasserfall. Aus der Tiefe grüßte Milvers herauf mit karolingischem Weiß; im Zenit durfte der Adler nicht fehlen, nach dem man sich blinzelnd umsah: er stand still, der winzige Schülerzug war zu große Beute für ihn. Die blau und oliv gehauchte Länge des Erchtals, das sich mit dunstigen Kammern entfernte, zog Winde groß, die einzelne Stöße gegen die feuchten Stirnen und Arme scheuchten. Hie und da war einer laulich versetzt, ein gelber Wind aus Weingärten, Sonnenblumenwäldern, aus Italien. Andres ging eine gute Strecke allein. Häufig sah er zum Nair hinüber, der seinen Auftritt studiert hatte; bei ungünstigen Wegbiegungen zog er sich zurück, entblößte dann höchst allmählich, mit glänzender Verzögerung, seine Flanke, ein großmächtiges Profil, gab auch einmal eine ganze Wand preis, behielt aber den Gipfel immer noch einmal zurück; endlich gab die Talflanke nach, an der sie wanderten, und der Nair ließ sich nicht mehr halten: er rückte heraus, vollplastisch mit Schneebändern, kein Berg wie von gestern, ein prahlerischer Schneeträger, eine Vision. So sieht der Berg aus, sagte sich Andres, den ich nicht mehr besteigen werde.

Nach drei Stunden also war man angekommen, und um vier Uhr war man schon wieder unterwegs, aber mit leiseren Schuhen. Raoul und Andres, die getrennt marschiert waren, mußten sich jetzt verständigen; sie taten es unter der Riesen-Chalet-Tür, es geschah eigentlich nur mit den Augen; die Gruppe Weil-Ulrich brach ebenfalls auf, und sie schlossen sich an. Raoul war Andres übrigens eine Spur zu lustig. Er tänzelte wie ein gedoptes Pferd, aber seine Hände zitterten beim Reden. Nicht jeder Tag kann der letzte sein. Auch Andres fing an, es zu genießen.

Zwischen Trostau (Dorf) und Trostau (Platz) liegt Bergsturzgebiet, ein kupiertes Gelände von großer Leuchtkraft; schuld daran sind die Lärchen, die sich mit viel Sinn für Umstände um die Blöcke gruppieren, die ihrerseits begrünt sind, ihre gemilderten Brüche und Kanten aus lockerem Gras heben. Der Sturz ist schon lange her, zum Idyll geworden, der Talschutt hat sich angepaßt, auch sein Rot gedämpft; aber wenn man über die Lärchenwipfel hinaus sieht, zündet in der Höhe die Bruchstelle gleichbleibend wild herunter, ein Absturz von unbesänftigter Schönheit; mit brutaler Bläue zündet der Himmel herein, Andres' Großer Himmel. Rechnet man durch die höchsten Lärchenwedel den Nair hinzu, diese lichte Unglaublichkeit, so kann man schon, ja so kann man beinahe.

Und nun da unten: Trostau-Platz. Was für ein exotisches Kaff. Ein löchriger Kubus beim andern. Die ältesten noch im alpinen Zopfstil, als Laubsägearbeiten ausgeführt, mondän mit Erkerchen und Türmchen und, wo noch Platz ist, künstlichen Steinen auf dem Dach; die modernen reine Wabenmuster, aus Architekturzeitschriften ausgeschnitten; dazwischen einfach alles, Soldanellas, Bellavistas und Quisisanas, und alles in krasses Blau und Grün montiert, ein Alp-Traum, sentimental und geschäftstüchtig. Was hat da der Weil eben gesagt?

»Sie sind verliebt«, hat er gesagt, »und dummerweise in die gleiche Person.«

Andres' Augenwinkel, mit denen er Weil ansieht, trocknen plötzlich. Weil lächelt vor sich hin; es gefällt ihm, die Entgeisterung, die ihn von links und rechts mustert, abwesend zu genießen. Er hat ein Gesicht, das sieht aus, als sei es einmal nicht ganz weggeworfen, aber bereits zerknüllt worden.

»Augenblicklich hat sie ein crèmefarbenes Kleid an«, sagt er mit tropfender Stimme. »Herr de Dardel, eigentlich hätte ich Ihnen einen besseren Geschmack zugetraut. Aber Sie haben den Trost, nicht mehr in Frage zu kommen.«

Die Schritte der Gruppe sind jetzt besonders hörbar; das Knirschen der Steine geht durch Mark und Bein. »Sie ist gerade im Begriff, sich gut zu unterhalten«, fährt Herr Weil mit Stirnerunzeln fort. »Im Haus ihrer Eltern wird eine Party vorbereitet. Es scheint ihr gar nicht so ungelegen, daß die Klasse 4h aus dem Weg ist.« Ulrich räuspert sich.

»Ich wundere mich, daß sie Ihnen nichts davon gesagt hat, Herr Dardel«, sagt Herr Weil und hat das »de« weggelassen. »Zumal die Eltern heute nacht weggeschickt werden. Es gibt da viele vergnügte junge Leute, übrigens nicht mehr alle ganz jung; man benötigt viele Zimmer, und man möchte die Zimmer für sich haben. Auch den Garten kann man weitläufig nennen. Sie kennen ihn, Herr Dardel. Das Wetter ist dort ebenso einwandfrei, und es wird sich über Nacht halten.«

»Ich weiß Bescheid«, sagt Raoul mit rauher Stimme.

»Esther – –«

»Natürlich: Esther muß sie heißen«, sagt Herr Weil und bleibt sogar stehen. »Komisch, daß sich der Name nicht einstellen wollte. Im übrigen«, sagt er weitergehend, »im übrigen lügen Sie. Sie wissen nichts über die Party. Sie hören gerade zum ersten Mal davon. Das wäre ja alles nicht schlimm. Aber das crèmefarbene Kleid, das crèmefarbene Kleid ... unverzeihlich.«

Raoul bleibt stehen. »Ich ersuche Sie zum letzten Mal, den Mund zu halten, Herr Weil«, sagt er, und man hört die Anschläge seiner Zunge am Gaumen.

»Sie meinen: Sie ersuchen mich zum ersten Mal, Herr Dardel«, sagt Weil höhnisch. »Ihrem Gesuch wird stattgegeben: wir haben tatsächlich Wichtigeres zu reden. Oder können Sie sich die Merkwürdigkeit erklären, daß Sie eben im Begriffe sind, den Kurort Trostau in Ihren Socken zu betreten?«

Langsam sieht Raoul an sich nieder; Ulrich und Andres blicken auf Raouls Füße. Sie stecken in Wollsocken. Das Gewebe ist über und über bestaubt, an den Sohlen geschwärzt und mehrfach durchgelaufen. Ein Paar sehr vereinzelte Füße.

»Trostau ist keine Moschee«, sagt Herr Weil. »Sie werden laut lachen, aber in Trostau sind Schuhe obligatorisch.«

»Geh die Schuhe holen, Raul«, sagt Ulrich ruhig. »Andres und ich warten hier auf dich.«

»So etwas habe ich kommen sehen«, sagt Herr Weil. »Ich habe Ihre Schuhe natürlich mitgebracht. Ich trage sie die ganze Zeit in meiner Hand. Sie waren kaum zu übersehen.«

Mit einer Varieté-Geste reicht er Raoul seine genagelten Schuhe herüber. Raoul nimmt sie ihm aus der Hand. Er rührt sich nicht.

»Halt!« schreit Herr Weil und fährt herum. »Es kam Ihnen eben in den Sinn, mich zu schlagen, Herr Platten. Ich würde mir das nochmals überlegen.«

»O nein«, sagt Andres, holt mit der Rechten zum Schwingen aus und landet gleichzeitig einen linken Geraden auf Herrn Weils Brust; es dröhnt, und Weil taumelt zurück. Er hat die Finte bemerkt, aber die Deckung nicht mehr schließen können. Andres steigt nach und schlägt Herrn Weil mit der geballten Rechten ans Kinn. Auch dieser Schlag ist hörbar, wirft Herrn Weil an einen Findling, gegen den er seine beiden Arme stützen muß. Andres hätte den dritten Schlag in der Magengrube landen können. Aber er bleibt dicht vor Herrn Weil stehen. Der ist blaß, aber seine Augen leuchten fasziniert, und indem er seinen verrutschten Mund ordnet, sagt er: »Das hat wohlgetan. Oh, muß das wohlgetan haben.«

Nicht ganz mühelos federt er sich ab und geht an Andres vorbei, ohne ihn anzusehen. »Haben Sie Ihre Schuhe angezogen, Herr de Dardel? Dann hindert uns ja nichts mehr, Kaffe trinken zu gehen.«

Sie wundern sich selbst, aber sie gehen. Weil wirkt heiter; er spricht, ohne durch ihr Schweigen irre zu werden, von einem Menschen Mirin Dajo, der sich jahrelang ungestraft einen hohlen Degen durch den Leib gebohrt hatte, durch den zum Beweise Wasser floß; eines Tages war es Mirin Dajo vorbeigelungen, und er lag erstochen, aber das Wasser floß noch immer. Ulrich sieht ihn von der Seite an, dann sieht er Andres an. Raoul trampelt sehr laut, wie benommen, nebenher. Aber bei der Post nimmt er Andres beim Ärmel, und die beiden verschwinden.

Als sie hinauskommen, sehen sie die andern schon hinter Glas. Weil ist nicht zu bewegen gewesen, sich auf den Piazza-Stühlchen niederzulassen; er hat Ulrich ins Innere der Casa Nair gedrängt. »Je schöner draußen, desto schöner drinnen«, sagt er, und: »Habt ihr heute nicht genug von der edlen Freiluft bekommen?« Es ist vier Uhr gewesen; Andres bestellt zum Kaffee einen Schnaps, dann ohne Kaffee noch einen; dazwischen sieht er auf die Uhr. Der Nair glost hinter Tabakschwaden; das Lokal, skandinavisch möbliert, riecht nach heißem Staub. Manchmal streicht sich Andres mit der Hand über die Stirn. Als er sieht, daß Raoul dasselbe tut, läßt er seine Tropfen stehen. Langsam sammeln sie sich zu Lachen, unterwandern die Brauen und tropfen auf den Tisch. Kaffeeschweiß ist besonders lästig.

Weil bestellt für Andres noch einen Schnaps. »Wir müssen Ihren Schlag feiern, Herr Platten«, sagt er. »Trinken Sie. Sie werden es heute noch brauchen.« Andres schießt rasch einen Blick hinüber, aber den Schnaps trinkt er. Er hätte noch einen Schnaps getrunken. Da legt ihm Ulrich die Hand auf den Arm.

»Stop«, sagt er. »Wenn du nach Buffalora hinauf willst, solltest du allmählich gehen. Es ist fünf Uhr.«

Es ist tatsächlich fünf Uhr. Wo ist die letzte Stunde hingekommen? Hat Andres geschlafen?

»Ich geh mit«, sagt Ulrich. »Nicht alle aufbrechen«, sagt Weil. »Da kommt die Kapelle.«

Im skandinavischen Hintergrund, auf der Bühne aus Palisander, wirtschaftet eine Doppelreihe Kornblumenmännchen mit ihrem versilberten Messing. Der Pianist klimpert schon vor sich hin und spricht, mit den Händen an- und abschwellend, über den Flügelsarg zu einer sich pudernden Kundin hinüber. Die Vorbereitungen zur Paarung *alla romanese* beginnen, abendfüllend im Harzlicht, mit Odor-o-no in den Achselhöhlen und billigem Schmelz in den Augenwinkeln, bis man müde ist, des immer schwächer parfümierten Decolletés neben sich so überdrüssig, daß man ebenso gut noch mit ihm schlafen kann; hell ist erst wieder das Frühstück auf der Piazza. Wenn das Wetter bleibt. Andres sieht eine andere Nacht vor sich. Es ist fünf Uhr, und er kaffeeheiß. Er fröstelt.

»Ich gehe mit ihm«, sagt Ulrich.

Raoul bleibt sitzen und sucht Andres' Blick. Andres nickt. »Ich wünsche Ihnen ausgesprochenes Glück, Herr Platten«, sagt Weil und hat sich erhoben. Er ergreift Andres' Hand nicht, sondern verbeugt sich eine Spur. »Ich habe Ihnen zugemutet, mich zu schlagen. Vergessen Sie es. Kränken Sie sich nicht.« Und mit einer raschen und behutsamen Bewegung wedelt seine Hand kurz vor Andres' Gesicht hin und her und greift dann rasch in die Luft, als hätte sie eine Fliege gefangen. Wie die Hand sich öffnet, entschießt ihr eine Fliege und prallt gegen das Scheibenglas. Weil setzt sich mit einer Art Lächeln.

Es bleibt Andres noch ein paar Straßen lang in der Netzhaut hängen. Die Hitze über Trostau ist frisch, ein luftiges Abend- und Höhenlicht, intim ohne Zudringlichkeit: erst über der Baumgrenze verglast es blau. Andres blickt sich nicht nach dem Nair um; er will nicht sehen, was der Nair aus dem Licht macht. Das geht vorüber, denkt er, wie wunderbar. Er sagt:

»Wir müssen noch ein Fahrrad organisieren.«

Sie plaudern in einer Garage, in der Fahrräder an den fleckigen Wänden lehnen, über das Wetter, dann über die Chance, bei diesem Wetter den Nair zu besteigen. Ulrich gibt dem Garagisten Feuer; dann kann Andres ein Rad von der Wand nehmen. Der Raum riecht nach Bleizusatz; hier werden teure Wagen repariert. Andres nimmt das schlechtere Rad, ein altes Armeemodell.

»Das andere hätte eine Übersetzung«, mahnt Ulrich.

»Wozu, wenn man bergabfährt«, sagt Andres. Dann steigt er auf das schwarze Rad und zirkelt zwischen den Reparaturwagen herum. Versuchsweise steht er still; er kann es lange. Dann tritt er scharf an und bremst vor Ulrichs Bauch.

»Rücktritt«, lobt Andres.

»Sie bringen es morgen früh zurück«, sagt der Garagist, schon unter einer Giulietta-Sprint hervor, aber immer noch die Zigarette im Mund.

»Sie kriegen es wieder«, sagt Andres. Dann schlägt er Ulrich auf die Schulter, der ihn umsonst festzuhalten versucht, und sprintet in die Helle hinaus. Einen Augenblick steht er am Straßenrand still. Dann steigt er ab und legt das Rad auf den Asphalt. »Der Rucksack«, sagt Andres gerade so laut, daß ihn Ulrich verstehen kann. »Die eingemachten Zwetschgen.«

Eine Weile liegt das Rad mit abgedrehtem Vorderrad, ein sehr einzelner Gegenstand. Das Rad dreht sich noch, als Andres wieder im Bild der Garageöffnung erscheint, den gelben Rucksack umgehängt. Er bückt sich und rückt das Rad zurecht, bevor er aufsteigt; es geht nun nicht mehr so leicht. In den Pedalen aufgerichtet, fährt er aus dem beleuchteten Viereck.

Ulrich fällt auf, daß sich Andres nicht umsieht, nicht nach ihm, auch nicht nach der Straße. Die weiße Lancia, die heranpfeift, hätte ihn überfahren können. Sie hupt grell, aber Ulrich hört keinen Aufprall. Langsam steckt er sich eine Zigarette an. Draußen ist die Straße leer. Die Staubfahne hinter der Lancia legt sich langsam. Es ist Abend.

11

Bis elf Uhr kam keine Beunruhigung auf. Die meisten saßen in der Arvenstube des Riesenchalets und jaßten; Ulrich gewann, und so hatte er keine Zeit, an Andres zu denken. Viele kamen spät, obwohl Briner herzlich um einen »frühen Zapfenstreich« gebeten hatte. Die Lockungen Trostaus waren zu groß; einige waren in den Dancings hängengeblieben bei Dogen- und Olivettitöchtern, die sich von den Schülern auf den Arm nehmen ließen. Blatter kam spät, er wollte bedeutende Erfolge errungen haben; auch andere ließen auf sich warten, Raoul zum Beispiel. Aber als Briner um Mitternacht Appell machte, fehlte nur einer: Andres.

Briner schickte die Klasse ins Bett, auch den Herrn Weil, der sich damit belustigt hatte, die Nichttänzer in der Casa Nair mit dem Rorschachtest zu unterhalten. Man lachte, aber auf dem Heimweg war er allein, und ungegrüßt mußte er sich schlafen legen. Briner aber stieg nach Mitternacht, mit einer Taschenlampe und einer Trillerpfeife bewaffnet, allein die Straße nach Buffalora hinauf. Er verließ die letzten Chalets Trostaus, er ging über die Brücke, deren Beton im Mondlicht glomm; er sah die Tiefe darunter finsterer glimmen und ging weiter. Er bezwang Kehre um Kehre, verließ häufig die Straße, um ihre immer abschüssigen Ränder abzutasten, rief mit trockener Kehle Andres' Namen, trillerte auch und fackelte jedes dunkle Gebüsch ab. Es war zwei Uhr, als er in Buffalora ankam. Er dampfte, die Ferienhaussiedlung schlief nachdrücklich unter erweitertem Himmel, aber Briner war entschlossen zu stören: er klingelte einen der Ferienmacher aus dem Schlag, dann noch einen und drei weitere, bis er den Standort von Plattens Tante erkundet hatte. Auch hier oben kannte keiner den andern; wenn Briner nicht etwas von Schriftstellerin hätte läuten hören, die Tante wäre unauffindbar gewesen. Einer der Aufgescheuchten wußte endlich Bescheid. Er war auch Schriftsteller und kannte Frau Gabriele Schmutz, legte übrigens keinen Wert darauf, sie zu kennen. Briner hatte schon viel verkraftet, er verkraftete die Verachtung, mit der ihn der Mann auf den Weg schickte, auch die Spur neugieriger Unverschämtheit, die sich auf die Nachtstunde bezog. Briner, der Geograph, hörte nur die Information, Hauptsache, es war der richtige Weg, auch wenn es wieder der halbe Weg talwärts war: er rannte ihn teilweise. Endlich stand der Brillenträger, naß und mit verwildertem Haar, vor der aufgestörten Dame, die rasch aufhörte, Dame zu sein, als Briner seine letzte Kraft in Höflichkeit umsetzte und sich erkundigte, ob Andres noch bei ihr sei. Nein, er war kurz vor zehn abgefahren; er hatte häufig auf die Uhr gesehen, sie sogar zweimal nach der Zeit gefragt, so sehr war ihm daran gelegen gewesen, sich nicht zu verspäten. Briner, nach einigen Schluckern wieder bemüht, an das Positive in Buffalora zu glauben, verwehrte ihr, eine Mantilla umzulegen und ihm sogleich im Mondschein suchen zu helfen. Trillernd tastete er sich den Berg wieder hinunter, griff mit rasch blutenden Händen in Gebüsche, die ihm Andres' Gestalt vorgaukelten, zündete durch die Weidenrosen, die wie Visionen von Weidenrosen aufflammten, preßte der Funzel ihr immer geringeres Licht ab, bis es ohne Wirkung ins Bodenlose verrauchte und der Hang unter ihm ebenfalls Miene machte, nachzugeben. Von einer heillosen Bodengestalt zur andern stolperte der Geograph; schließlich landete er wieder auf der Brücke, auf deren Geländer er einen Augenblick den Kopf legte; der Nair schimmerte boshaft und in großer Reinheit herüber. Vom Beton gestärkt, nahm Briner den Weg in das Kurviertel unter die Füße; auf den Findlingen blakte schon die Nähe der Dämmerung. Zwei, drei mondäne Tingeltangel hatten noch offen, aber die Fröhlichkeit ging mit schwerem Puls. Es war vier Uhr, die meisten Gäste hatten sich schon mit ihren Partnerinnen schlafen gelegt. Briner wirkte exotisch unter den verglasten Helden und Heldinnen des Abends, die übermüdeten Sennen hinter der Theke gingen auf den Steckbrief, den er von Andres entwarf, nicht ein, die Serviererinnen konnten nur Italienisch, und Briner verstand sie nicht. Am Ende schleppte er seinen Schritt, der durch morgendliche Wiesen saftete, nach den oberen, preisgünstigen Regionen Trostaus zurück, fand kaum sein Chalet mehr vor Müdigkeit, der Tag stand wie Kristall hinter den östlichen Bergen, das Tal rauchte verheißungsvoll, in einer Viertelstunde sollte Tagwache sein. Briner legte sich nicht. Er machte Tagwache, aber sie war ganz und gar formlos. Als die Jungen die Gesichter, rieselnd von Schlaf, über die Pritschenbretter hoben, hörten sie Briner sagen, der sich mitten im Raum auf den Tisch stützte, daß Andres verschwunden sei. Der Nair galt nicht mehr. Allmählich kamen sie drauf, während sie, in zögernden, offenen Gruppen bergauf ins Helle schlurfend, zu sich selber kamen, aber auf Andres kamen sie nicht. Von Andres keine Spur.

Weil war es, der die Spur fand. In der äußersten Spitze der ersten Spitzkehre jenseits der Salgina-Brücke wies er auf ein paar gebrochene Zweige, ein Gebüsch hin, das seine Verwirrung über Nacht nicht ganz geordnet hatte. Briner beteuerte, hier gesucht zu haben, die gebrochenen Zweige stammten von ihm, aber Weils Finger blieb ausgereckt, ließ sich weder von Briner noch vom Gebüsch etwas vormachen, sondern zeigte auf Warm, verwandelte sich aber in eine warnende Hand, als Blatter, Müller und eine ganze Horde wie Eber einbrechen und hinter das Gebüsch kommen wollten. Briner mußte allein gehen. Weil wies ihn ein wie ein Schausteller, der seiner Sache sicher ist, und Briner verschwand ins Abschüssige. Es war eine Weile still; unten zischte die Salgina, Weil hatte den Finger sinken lassen und betrachtete den Nair; dann hörte man es hinter dem Gebüsch atmen.

Briner kam hervor. Er trug kein Gesicht mehr vorn am Kopf: das war eine Maske aus Kalk, etwas verrutscht und von irgendeinem Schnellschnitzer hinter dem Busch grob und tief ausgekerbt. Da gab es plötzlich Falten, wo eigentlich keine Falten sein können. Die Augen rollten unbeherrschbar in ihren Löchern. Sie hatten den Tod gesehen.

»Absperren«, sagte Briner. »Die Stelle absperren.« Mit Heftigkeit verlangte er Schnur; der kleine John grub sie aus der Tasche. Und während Briner den viel zu kurzen Faden in die Gebüsche und Sträucher hängte – Knoten gelangen seinen zitternden Händen nicht –, eine Art Weihnachtsflitter, murmelte er: »Es ist doch gar nicht wahr. Es ist doch gar nichts passiert. Es ist doch gar nicht wahr.« Briner konnte nicht einmal sagen, was er gesehen hatte. Er trug bloß seine Gipsmaske. Weil schickte zwei Mann nach Trostau zurück, zum Polizeiposten. Die übrigen warteten; der Morgen wurde größer. Mancher trug bereits Briners Gips im Gesicht. Sie froren. Die Stille unter dem Nair war groß.

Man hörte den Wagen schon von weitem kommen. Die Trostauer Polizei fuhr auf Porsche: Trostaus Gäste holt man nur in einem schnellen Wagen ein. Der Porsche parkte vor dem Schnürchen; zwei Männer wischten es beiseite und traten ins Gebüsch. Nach einiger Zeit kam einer mit Notizblock und umgehängter Kamera zurück und bat Briner, zu folgen. Briner senkte den Kopf und ging. Die abschüssigen Stämme ließen nur Bildfetzen durch; man hörte abgerissen reden, dann das metallische Klappern eines Geräts. Weil, der auf der Straße geblieben war, nickte. Sein Finger wies auf den Boden. Sie sahen jetzt: eine Spur, es war beinahe ein Schnitt, führte, wo der Asphalt der Straße aufhörte, durch die Randgewächse ins Unterholz hinein. Hier war einer heruntergefahren, hatte gebremst, was sich nicht bremsen ließ, und war, statt die Haarnadelkurve zu erwischen, geradeaus weitergeschossen. Noch fünf Schritt standen zwischen ihm und der Tiefe, ein knapper Besatz von Gebüsch und Tännchen, die sich schon mühsam gegen das Gefälle stemmten – dann war kein Halten mehr, dann begann die reine Luft, und in diese wurde der Fahrer über das Rad, das ein Stamm blockierte, weiterkatapultiert. Unten zischte es, weit unten. Man sah von der Brücke aus in jene Wand hinein: nicht umsonst war die Straße davor um hundertachtzig Grad umgekehrt, es war eine Wand ohne Zwischenhalt, und Andres war kein Vogel. Bald schwankten die Weidenrosen; der Polizist ohne Kamera trug das Rad heraus. Nach dem Rad kam nichts, auch das Gesicht des Beamten war leer, leer die Hände Briners und des andern Polizisten. Das Rad war fast unversehrt. Das Vorderrad etwas verbogen, vom Aufprall, aber das ließ sich hämmern.

12

Die Aula der Schule stammt aus der Zeit, da der »Souverän« – so heißt bei uns der stimmfähige Bürger – noch Kredite in jeder Höhe bewilligte. Zum Glück waren in den späten fünfziger Jahren in Zürich gute Innenarchitekten erhältlich. Man sparte nicht, aber man wirkte sparsam. Die Vorhänge hätten auch Rupfen sein können; man mußte sie anfassen, um zu entdecken, daß sie schwere Handweberei waren und die Unregelmäßigkeit der Bindung kunstgewerblich. Ihr Stahlblau hing da schon ein Jahr; es hatte sich nicht verschossen. Die Wandverkleidung sah nicht wie Palisander aus: sie war Palisander, rundum. Die Beleuchtungskörper, je zwei verschiedenfarbige Glaszylinder in Kopulation, sahen skandinavisch aus, denn sie kamen aus Skandinavien. Vom Spannteppich ist nur zu melden, daß er grau und fähig war, die Fußtritte von Generationen zu dämpfen. Die Bestuhlung bestand aus Palisanderstühlchen; sie waren mit Noppenblau bezogen, sahen auf großzügige Weise niedlich aus, wie eine Versammlung artiger und heller Kindergartenkinder, und ließen sich außerdem stapeln. Die Bühne – denn es gab eine Bühne – war derjenigen des japanischen Nō-Theaters nachempfunden. Sie kragte exzentrisch in den Raum hinaus, der sich seinerseits nach ihr orientierte; die Bühne machte zweimal

Front gegen die Stuhlreihen, die im rechten Winkel zu ihr aufschauten. Hinten rechts ging sie in ein schmales Podium über, das zur Hintertür führte. Wer die Bühne durch jene Tür betrat, mußte den Zuschauern etwas vormarschieren, wehe, wenn er kein Mannequin war: fünf Meter geradeaus über den Laufsteg, rechtsum über die Hauptbühne und ganz vorn zur Rednerkanzel, die auf der Bühnenkante ritt und verschiebbar war, man stand mit den Füßen sozusagen in der Luft. Aber noch betrat niemand die Bühne, die nur ihr schwarzes Holz spiegeln ließ; es war nicht bemalt oder gefirnißt, es war schwarzes Holz, ein exotischer Import. Ein Blumenarrangement hob die Schwärze: zwei Dutzend Kallas, in einer hohen Vase versammelt; die Blütentrichter wirkten geil in ihrer Askese. Daneben, auf einem grau (nicht schwarz) verhängten Hocker, lehnte das Bild eines Jungen. Fast hätte man seine Züge auch in der Bodenspiegelung erkannt. Andres' Bild lächelte nicht. Man hatte ein ernstes ausgewählt und vergrößert. Er blickte streng aus knapp geschnittenem dunklem Anzug, ein no-nonsense-Konfirmand, angestrengt erwachsen und dadurch sehr jung. Nein, ein Konfirmandenbild konnte es nicht sein; Andres hatte sich nicht konfirmieren lassen. Seine Mutter lebte ja nicht mehr. Es war das Konfirmandenbild eines ausdrücklich Nichtkonfirmierten. Sie würden nicht fehlen, besonders in den Reihen vorgerückter Schülermütter, die beim Anblick dieses Gesichtes dachten: zu gut für diese Welt.

Der Zuschauerraum begann sich, von den hinteren Reihen her, zu füllen. Eltern in Schwarz; sie hatten Andres nicht verloren, aber ihre eigenen Söhne behalten dürfen. Schülerklassen kamen herein; die gebrochenen Stimmen von den ungebrochenen zu trennen, war schwierig, denn sie schwiegen meist; nicht alle besaßen einen schwarzen Anzug. Andres' Klasse kam als geschlossene Gruppe; sie durfte auf den Querstühlchen Platz nehmen, aber nicht ganz vorn: dort saßen die Lehrer, begrüßten einander stumm mit kaum ausscherendem Arm und stellten ihre Intrigen zurück. Dort saßen auch die Behördenvertreter; viele hatten Lehrergesichter. Schließlich führte der Schulleiter Andres' Vater herein, einen nicht großen, von Natur gebeugten Mann; ferner ein vogelhaftes Grüppchen Anverwandter, meist Tanten; die schriftstellernde war nicht darunter.

Nun öffnete sich die Hintertür zur Bühne und blieb offen; jemand wollte aufs Podium und hatte Mühe; schließlich schwankte der Bauch eines Cellos in die Öffnung und ließ erst nach einigem Widerstreben auch den jungen Menschen durch, der es trug. Es war

Armin Müller, blaß durch den schwarzen Anzug; ohne aufzusehen, setzte er sich auf sein Stühlchen und pflanzte das Cello zwischen die Beine. Trauernde sind neugierig; da vorläufig ein anderer Blickfang fehlte, hielt man sich an den Cellobauch, den Müllers Bogen mit einigen Kippbewegungen versuchte. Die Türen wurden geschlossen; das Flüstern schwoll ab. Müller faßte seinen Bogen wie eine Waffe; und während seine Linke an der Schnecke zu beben begann, tat die Rechte den ersten Stoß.

Der festliche Anlaß war angeschnitten. Eine Gigue von Bach, vielleicht war es eine Allemande. Man lauschte den Tönen, die einzeln blieben, nicht gelernt hatten, die Technik ihrer Hervorbringung zu verschleiern. Allmählich gewann der Ton an Festigkeit; nur noch leise jammerte es dazwischen. Die Handgelenke der Zuschauer, die etwas von Musik verstanden, färbten sich wieder rosa. Die anderen lauschten von Anfang an ergriffen. Auch Müller bekam etwas Farbe; die heftigen Stöße seines Oberkörpers gegen das Cello erleichterten ihn. Endlich schien er vergessen zu haben, daß es Musik war, was er spielte.

Ulrich lehnte sich zurück. Er saß in der zweiten Reihe und sah am Pult vorbei über den Ebenholzspiegel, der aus dieser Sicht blaß schien, gegen die Fenster: die Fenster waren verhangen. Der Oktober, ein bleicher Regentag, war ausgesperrt; hier drinnen herrschte Asgeir Asgeirssons schwach gewärmtes Silberlicht. Der Himmel mußte seinen Föhn mit sich selbst ausmachen, die Bäume ihre ersten Blätter – eines klebte noch an Ulrichs Schuh – im Jenseits fallen lassen. Nichts deutete auf Vormittag.

Ulrich klaubte sich das Blatt vom Schuhabsatz. Er hatte Lampenfieber. Es ließ ihm wenig Zeit, zu beherzigen, daß Andres fehlte. Das Gefühl von Andres' Tod hatte in all der Zeit nicht recht aufkommen wollen. Angeschlichen hatte es sich wohl, dazu hatte es einige Wochen Zeit gehabt; es hatte angepocht, aber eingetreten war es nicht. Andres' Verlust war zu allmählich vor sich gegangen. Es ist natürlich, daß man einen Vermißten nicht gleich aufgibt.

Der Rektor stand auf dem Rednerpult. Er war ein Mann mit einem Kopf. Den Schülern imponierte der Kopf des Rektors nicht nur wegen seiner bäuerlichen Wucht, sondern auch, weil er nicht auf Kosten des Körpers ein Kopf war; der Rektor war gewachsen wie ein Schmied und hatte auch die tappenden Bewegungen eines solchen. Er hielt sich am Pultbrett, als wären es die Hörner eines Stieres; man mußte an seinen Händedruck denken, der mörderisch war. Auch jetzt sprach er das Falsche, beschränkte sich nicht auf die Fakten von Andres' Untergang, sondern garnierte sie mit massiver Bauernmalerei; auch die Klassikerzitate (jung stirbt, wen die Götter lieben) waren bäurisch aufgetragen und gingen dem gelernten Chemiker so prächtig daneben, daß sie wieder stimmten.

Hauptsache: ich stehe nicht dort oben, dachte Ulrich. Vor einigen Wochen nach der Deutschstunde hatte Hämmerli ihn beiseite genommen und gebeten, an Andres' Gedenkfeier zu sprechen, im Namen der Kameraden. Ulrich hatte sofort abgelehnt. Das könnte ich Andres nicht antun, hatte er gesagt, ich war sein Gegner, ich stand politisch im andern Lager. Darüber könnte man jetzt allenfalls wegsehen, sagte Hämmerli mit einem Viertelslächeln. Aber Ulrich war hart geblieben. Wenn schon eine Feier, dann in Andres' Masche, oder lieber gar nicht. Auf dem Nachhauseweg – sie fuhren in Hämmerlis Wagen – wollte der Lehrer wissen, was Andres' Masche für diesen Fall gewesen wäre. Kein Orchester, keine Klassikerandacht, sagte Ulrich. Vor allem: kein Pfarrer. Vielleicht jemand, der ein paar Verse liest. Am liebsten wäre Andres natürlich seine Gruppe. Ich glaube, die politisieren nicht nur, die machen auch Folksongs. Warum nicht? fragte Hämmerli, die Handschuhe auf dem Steuer, dann schaltete er locker den Gang, warum eigentlich nicht. Ulrich gab Hämmerli Leos Adresse. Er sei nämlich Maître de tristesse, sagte Hämmerli bei Rotlicht. Ulrich mochte den Ausdruck nicht und blickte Hämmerli an. Aber der war mit der Betrachtung des Rotlichts beschäftigt. Das Wichtigste ist: kein Pfarrer, sagte Ulrich, als sie wieder anfuhren.

Jetzt hatte Ulrich Lampenfieber. Er war gespannt, was aus dem Programm wurde. Daß Müller das Cello fegte, konnte man hinnehmen; Andres hätte es nicht gestört. Der Schulleiter – nun, der war wohl unvermeidlich, wenn der Pfarrer fehlte. Jemand mußte den Lebenslauf aufsagen, die Trauergäste offiziell begrüßen, ganz nebenbei auch die Schule von der Verantwortung entlasten. Außerdem wußte Ulrich, daß Andres diesen Mann gemocht hatte. Er ist ein Happening und weiß es nicht, hatte er einmal gesagt. Es ist Kunst nötig, so konsequent auf die falsche Scheibe zu schießen. – Der Rektor konnte nicht leise sprechen; dafür war er berühmt, und davon hatte er seinen Übernamen. Er mußte brüllen, aber heute brüllte er leise. Er wollte es nicht, aber er schüttelte das Pult; auch unter seiner halben Kraft drohte das Kunstgewerbe nachzugeben. Es war spannend zu sehen, wieviel Kraft er darauf verwendete,

Kraft zurückzunehmen, ruhig zu stehen. Seine Augen waren immer rot gerändert; heute waren sie blutunterlaufen. Was hatte Andres einmal gesagt: er ist ein Riese, er wird nicht lange leben.

Und nun hielt der Rektor Andres' Totenrede. Mit starken Worten, die wie Flüche klangen, wandte er sich immer wieder an Andres' Vater. Die Haushälterin darf nicht neben ihm sitzen, dachte Ulrich. Das hätte Andres Vergnügen gemacht. Er bemühte sich, dem Rektor zuzuhören.

Dann fielen seine Augen auf Briner. Eine Reihe vor Ulrich, schräg links, saß er noch kaum gefaßter, als er damals vor den Weidenrosen und dem Schnürchen gestanden hatte. Er hatte nie viel Rückgrat besessen, aber das bißchen, das er gehabt hatte, war in jener Morgenstunde geknickt worden; sein guter Wille baumelte jetzt als Last auf seiner Brust, war in zwei Zentner Schuldbewußtsein verkehrt, unter denen er sich nie mehr ganz würde aufrichten können; er hing in seinem formschönen Stühlchen wie der schlecht gestopfte Balg eines Geographielehrers. Ulrich tat er leid. Du hättest dir ein anderes Opfer wählen sollen, Andres, dachte er, wenn du schon verunglücken wolltest. Hämmerli hätte deinen Tod besser aufgefangen.

Hämmerli bestieg die Bühne. Der Rektor hatte mit seinem Gebrüll einige Augen genäßt, aber nur flüchtig; Hämmerli würde den Effekt verbessern. Er bestieg das Pult, bleich wie Milchkaffee und eine Schulter an die Wange gezogen; er ließ seine Hände zart auf dem Rand ruhen. Das Pult durfte sich jetzt erholen. Aber die Trauergemeinde mochte sich an ihre Tücher klammern. Jetzt wurden ihr geschliffene Splitter ins Auge gestreut.

Ulrich hörte nicht zu: er hatte Hämmerli zu Andres schon dies und jenes Einsame und elegant Versonnene sagen hören, oft mitten in der Stunde; den Schülern waren diese Klage-Improvisationen unangenehm. Sie hatten Andres genauer in Erinnerung. Ulrichs Augen wanderten wieder zu Briner zurück. Der rührte sich nicht; der konnte nichts artikulieren. Man ließ ihn in seiner Schuld schmoren, obwohl er es schriftlich hatte, daß ihn keine Schuld traf. Es war Briners Pech, daß er Hilfslehrer war.

»Rücktritt«, hörte Ulrich Andres sagen, mit trockener Garagenakustik, dicht neben seinem Ohr. Ulrich gab sich einen Ruck. Da war es besser, Hämmerli zuzuhören. Oder hatte er das schon lange getan? Kam seine Wut daher?

Hämmerli hielt jetzt das hübsche Pult mit beiden Händen umklammert, ein aufgeschlagenes Buch des Lebens, und las jauchzend daraus vor. Unsinn – Hämmerli phrasierte nur seine Sätze, wie die Feierlichkeit der Stunde es gebot und wie es einem Manne geziemt, der ein Verhältnis zur Sprache zu pflegen hat. Hämmerli redete Literatur; wenn Ulrich bereit war, sich auf den Inhalt zu konzentrieren, mußte die Wut verschwinden, denn es war schöne Literatur: »selbst wenn sie trauern und ein Totenfest begehn.« Aber Ulrich hörte zu deutlich immer wieder das Jauchzen, diesen hohen Ton, den die schönen Sätze nicht ganz unterdrückten, diesen falschen Ton gerade noch aufgefangener Hysterie, diesen einzig echten Ton. Was war in Hämmerli gefahren? Merkten die andern denn nichts? Ulrich sah sich, plötzlich vorsichtig geworden, um: nein; im Saal herrschte Respekt, die Mienen waren stumpf vor Konzentration.

Hämmerli ließ die Wochen nach Andres' Verschwinden vorbeiziehen; er schien davon auszugehen, daß auch zu einer Leichenrede Spannung gehört, selbst wenn der Ausgang nur allzu bekannt ist. Man konnte ihm dankbar sein, daß er erlaubte, der Geschichte mit jenem befriedigenden Schauder zu folgen, den das Eintreffen der schlimmsten aller Möglichkeiten auslöst; das Faktische durfte wieder als das Fatale erscheinen. Nochmals, qualvoll, lustvoll langsam, ließen sich die Zuhörer das Kissen der Hoffnung unter dem Hintern wegziehen, jener Hoffnung gegen die Hoffnung, die man sich nach dem Auffinden des Rades bewahrt hatte; die man fristete, als sich unten im Flußbett weder auf dem Kiesstreifen noch im Wasser eine Spur von Andres' Leichnam zeigte; leider wußte man, wie sehr das Wasser hier riß. Aber auch die Schleuse in der Erch, in welche sich die Salgina kurz hinter Trostau stürzte, fing keinen Andres in ihrem Rechen; die Verbauung lag schon im Italienischen, es war also kein rechter Verlaß auf sie, aber eine zerschmetterte Flußleiche kann auch in Italien nicht übersehen werden, und die Flußleiche trieb nicht an. Hatte die Salgina, der Wildbach in seiner schlecht kontrollierbaren Schlucht, den toten Jüngling verschluckt, in einem seiner Wirbel festgesogen? Zuzutrauen war es dem Gewässer, aber immer noch weigerte man sich, daran zu glauben. Man schickte einen Faltbootfahrer, mit technischen Sicherungen und Tröstungen seiner Kirche versehen, durch den milchigen Schrund, und der brachte dann freilich außer der Gänsehaut ein Beweisstück mit, das die Hoffnung aufs Herz schlug: einen gewässerten Bergschuh, gewaltsam entstrickt, geschwollen und verwildert im Leder, den einige Kameraden und dann die

Haushälterin als Andres' Eigentum identifizierten. Der Hoffnung blieb immer weniger Raum, streng genommen, nur noch in der Phantasie; merkwürdigerweise bestand sie darauf, sich nicht eher zu verflüchtigen, als bis wenigstens der zweite Schuh beigebracht war: sie war nicht bereit, Andres auf einem Bein hüpfend zu entlassen. Diese traurige Genugtuung wurde ihr bald zuteil. Die Stauwehrbelegschaft von Treppano, besser als ihr Ruf, kratzte nach vier weiteren Tagen auch Andres' linken Schuh aus ihrem Rechen. Man wartete, ob die Leiche selbst nachgeliefert würde, ohne Leiche dankt man keinen gern ab, man möchte vor Überraschungen gefeit sein, trauert nicht gern mit Vorbehalt. Aber Andres kam dem Ordnungsbedürfnis nicht entgegengeschwommen, reichte der Trauer keinen kleinen Finger, trieb unabgemeldet ferne; er vertagte seine Ländung im Rechen zu Treppano, es mußte dabei bleiben, daß ihn die Schlucht behalten habe: denn aus diesen Schuhen, das litt keinen Zweifel, war keiner lebend gestoßen worden. Hämmerli zog jetzt das Kissen der Hoffnung ganz weg; ein kleiner Ruck, und man saß im Leeren; es gab nicht nach, war ja gepolstert mit blauer Noppe, aber Ulrichs Rücken kribbelte wieder.

Es gibt schickliche Fristen; bei Andres betrugen sie fünfzehn Wochen, ehe er für den Geschmack aller verschwunden genug war, um als tot zu gelten, so daß die Abdankung, wenn auch ohne Mitwirkung der Leiche, über die Bühne gehen konnte. Man wählte unter diesen Umständen die neue Bühne der Schule dazu; man wählte statt der offiziellen Form die intimere einer Gedenkfeier: es war ein provisorisches Verdikt, aber es hatte die Wahrscheinlichkeit so überwältigend für sich, daß man das, was daran offen blieb, ästhetisch genießen und symbolisch finden durfte: Kein Wesen kann zu Nichts zerfallen, Hämmerli sagte es selbst.

Hämmerli sprach völlig passend, einige Strich über dem Horizont des Üblichen, aber das schickte sich für den Anlaß und für ihn selbst, der Stilgewinn kam der Ergriffenheit zustatten und wurde dankbar verbucht. Woher kam die Störung in Ulrichs Gehirn, die ihm Spottgelächter vorgaukelte, wo jede Falte in Hämmerlis Gesicht auf Volltrauer gezupft war? Was funkte da von Erleichterung, wo die Zeichen auf Mitgefühl standen? Ja, Erleichterung: der Hahn krähte erleichtert. Wie war es zu erklären, daß die liebevolle, literarisch durchglühte Art, mit der Hämmerli Andres' Namen formte, Ulrich widerwärtig war, wie Hohn klang, nein, wie Hohn nicht; aber wie was denn sonst? Da drüben saß Weil, zusammengesunken, die

Augen niedergeschlagen; aber einen Augenblick zuvor hatten sie Ulrich bestrichen, das war ihnen anzusehen, Weils Brauen senkten sich langsam wie Ertappte.

Ulrich zwang sich zuzuhören: Hämmerli sang. Er sang das Lied des entrückten Jünglings, Andres' Lied. Mythologische Epheben schwankten durcheinander, bis Hämmerlis klammernder Tenor sie über die Klippe stürzen ließ. Euphorion, Hyakinthos, Adonis, Hippolytos. Doch! – Und ein Flügelpaar / faltet sich los! / Dorthin! Ich muß! Ich muß! / Gönnt mir den Flug! / Ikarus! Ikarus! / Jammer genug. Doch erfrischet neue Lieder, steht nicht länger tief gebeugt: denn der Boden zeugt sie wieder, wie von je er sie gezeugt. Und Hämmerli wechselte die Spur, und das Krähen war herausgefiltert, schwer und trostgesättigt tropften die Bilder, ließen einen jungen Toten aus dem Berg hervortreten, über den eine alte Frau sich beugte, seine Braut, wohlbehalten er, vom Leben mitgenommen sie. Und Hämmerli sprach vom Vitriol des Angedenkens, in dem Andres, der junge Tote, sich frischhalten würde, unverzehrbar durch Erinnerung, während wir uns verzehrten.

Ulrich musterte Andres' Photogesicht. Nein, dachte er, nein. Das paßt nicht zu dir, dieses Befingern deines Körpers, dieses Geblök aus dem Busch der schönen Literatur. Dein Tod war Pech, aber du hättest gern gesehen, wenn man ihn sachlich behandelt hätte. Fünf Sitze weiter zur Linken saß Raoul. Auch Raoul blickte sofort weg; Blicke schienen heute empfindlich. Raoul war weiß im Gesicht; aber das war es nicht, was Ulrich störte. Auch Raouls *Augen* waren weiß gewesen, erstarrt wie die einer Statue. Und plötzlich hatte Ulrich das Gefühl, daß in diesem warm ausgeleuchteten Raum eine heimliche Handlung gesponnen wurde, zwischen Teilnehmern, die sich nur durch Wegsehen verrieten. An einigen Punkten war ein Netz aufgehängt, das quer zur Ordnung der Stühle verlief; einige Menschen in diesem Raum – Weil, Raoul, wer noch? – hielten es mit abgewendetem Blick fest. Saßen sie mit dem Rücken zur Bühne? Nein, sie verrieten sich nicht so grob; ihre Stühlchen blieben in der Reihe. Aber in Hämmerlis Rede, die zu ihrem Beschluß kam, war wieder deutlich das Krähen zu hören, oder genauer: ein hastiges Schnattern und Geflunker, als würde ein Tonband zurückgespult. Hämmerli stieg aus der Kanzel und eilte mit gesenktem Kopf zu seinem Platz.

13

Und auf einmal standen sie da. Ulrich kannte sie flüchtig vom Sehen, einen auch mit Namen: Leo, der in der Post arbeitete. Er hatte sein langes Gesicht und unter dem Arm einen Lautsprecherkasten; den stellte er auf die Bühne und schloß ihn im Bühnenhintergrund an einen Mehrfachstecker an. Auch die anderen arbeiteten, zwei Burschen und ein Mädchen; man sah ihre Gesichter wenig, aber es war erkennbar, daß sie sich auf Handwerkliches verstanden. Dann sammelten sie sich zu einer Gruppe um ein Mikrophon, in dem man ihren Atem hörte, wie bei der Heilsarmee. Die zwei andern jungen Männer trugen je eine Gitarre vor dem Bauch, eine blaue und eine violette; das Mädchen ließ nur seine Hände hangen. Es waren sehr schöne, deutliche Hände, aber nicht diejenigen einer höheren Tochter. Von der Gruppe weg wellten sich drei Kabel über die Bühne. Leo zog eine Mundharmonika aus der Tasche. Dann sahen sich die jungen Leute an; einer zuckte die Achsel. Dann zuckte er stärker, dann auch mit dem Brustkorb, die Beine kreisten langsam in den Knien mit, die Gitarre begann zu schwingen, er hielt sie mit den Händen fest, und seine Finger sprangen in die Saiten. Und jetzt spielten sie. Leo kaute seine Maulorgel, ein zweites Gebiß, hinter den Fäusten, als geniere er sich. Über seiner Stirn war das Haar bereits weit zurückgewichen, lockte dafür in zwei Lappen über die Backen herab und wurde bei gewissen Bewegungen gegen die Schulter geklemmt. Der Junge mit der blauen Gitarre stak in einem engen Lederfutteral, ein entsprungener Motorradfahrer, dem die Geschwindigkeit das Haar zu einem strähnigen, festen Paket zurückgepappt hatte; sein Gesicht war feist, sein Hals dick, echte Unterschicht; er hatte den Bauch mit der Gitarre nach vorn geworfen, während ihn sein Kumpan hinter dem violetten Instrument einzog, als wärmte er sich daran. Seine langen, gearbeiteten Hände schienen die Saiten mißtrauisch zu streifen, und sein trauriger Ganovenkopf mit der Haarkappe lauschte dazu, als striche er über seine eigene Haut, wäre einem Schaden seiner Eingeweide auf der Spur. Das Mädchen ließ seine Arme, an denen, etwas nach außen gedreht, die Fäuste balancierten, vor den Knien wiegen und sang, ohne laut zu werden:

Don't go it alone boy
there must be time
to talk it over with

the other guy
don't let us have it boy
we tried a lot of times
we rang the door-bell
you weren't home

Sie hatten keinen großen Ton, sie wippten ihn nicht hoch, sie wußten aus dem Saft, den sie aus ihren Steckdosen zogen, keinen rechten Schaum zu schlagen; sie übertönten nicht einmal das Räuspern der Selbstbeherrschung, mit der sich einige Leute in den vordern Reihen gegen die Nummer wappneten. Ulrich, der sich verantwortlich fühlte, blickte vorsichtig umher. Esthers Gesicht, zum Beispiel, gab zu erkennen, daß sie nicht betroffen war. Esther verlangte, wenn schon, mehr von einer Beat-Gruppe, wenn schon, dann war Esther immer noch für Miles Davis. Ulrich musterte sie mit vorsichtigem Argwohn, sie war, so etwas sprach sich herum, noch mit Andres auf dem Uetliberg spazieren gewesen, so sah ein Gesicht aus, mit dem Andres wahrscheinlich noch allerhand angestellt hatte. Ulrichs Gefühl, plötzlich gereizt, rahmte den kleinen hochnäsigen Umriß ein, packte ihn sozusagen bei seinem bißchen Jochbein und Wangenflach, und schüttelte ihn, schüttelte Esthers Genick, ohne daß es widerstand, und plötzlich konnte Ulrich nicht mehr ruhig sitzen; da nahm er den Blick weg und richtete ihn auf Leo: macht doch, daß etwas geht. Bietet doch etwas.

Sie waren nur noch leiser geworden; die Gitarren spielten allein, und Leo und das Mädchen standen dabei. Es war immer dieselbe kurze Tonfolge, welche die beiden Brüder, der lederne und der traurige, aus ihren Gitarren hervornestelten, ein paar zerlegte Akkorde, deren Wohllaut sich in einem chromatischen Abfall oder Schlenker brach und als trügerisch zu erkennen gab, einen Ruhepunkt erreichte, der, da systemfremd, vom Ohr nicht verdaut, keine Ruhe gab und einen neuen Anlauf ins Harmonische verlangte, der ebenso ungeschickt endete wie der erste. Die Klangfigur bildete, immer wieder, ein kleines Ereignis von hartnäckiger Frustration ab; sie suggerierte etwa den Versuch, einen steckengebliebenen Wagen durch Wiegen und rhythmisches Ho-Ruck vom Fleck zu schieben, mit dem einzigen Erfolg, daß die Räder jedesmal ein wenig tiefer sackten, auf einen Boden zu stehen kamen, der nicht der richtige Boden war.

Das Publikum wartete; man war ja erzogen. Wenn man »Help!«, das gerade herausgekommen war, im Ohr hatte, war man auch ein bißchen enttäuscht. Raffinesse ja nicht, aber wenigstens ein bißchen Bewegung hätte man diesen Burschen zugetraut. Schließlich: das da vorn war echte Unterklasse. Man war auf ihren Protest gefaßt, ein unberatenes, aber kultursoziologisch reizvolles Schauspiel. Wenigstens laut hätten sie sein dürfen; man wußte doch, was sich aus diesen Verstärkern herausholen ließ. Und jetzt? Das bißchen Zirpen auf der Gitarre, ein gelegentliches Blöken der Maulorgel? Das war keine Kunst – und Kunst hatte man ja auch nicht erwartet, aber doch etwas Authentisches, man hätte verstanden, wenn sich die jungen Leute bei Delikatessen nicht aufgehalten hätten, man hatte seine Nerven auf den Schock vorbereitet, die gute Miene zum bösen Spiel fest um die Ohren gebunden...

Und jetzt endlich sah es Ulrich. Das war es. Die da vorn sahen der Erwartung all dieser Leute zu, unter den Lidern hervor. Sie spielten ein wenig, zum Schein, damit die guten Mienen auch schön steif blieben, aber sie spielten nicht mit. Was hätten sie dem vorherrschenden, wohl präparierten Verständnis dieses Publikums auch entgegenzuhalten gehabt? Sie tanzten nicht auf dem Boden, den Hämmerlis Tenor geweiht hatte; sie hatten seiner feinen Trauer nichts beizufügen. Sie spielten es nicht, das Spiel: Wartet nur, wir werden euch! Nein, sie standen da vorn und sagten mit jeder Bewegung, die sie *nicht* machten: sieh einer an, wie fortgeschritten und aufgeklärt ihr schon warten könnt! Ihr wollt euch ja wirklich was bieten lassen von uns Proleten! Wie hübsch von euch! Seht zu, daß ihr recht profitiert! – Sie amüsierten sich über die Tüchtigkeit ihrer Zuschauer. Sie hatten in aller Stille (die sie mit ihrem Geklimper nur deutlicher machten) die Szene umgedreht: die Trauergemeinde saß auf der Bühne und produzierte sich, ohne es zu wissen, zeigte Nachsicht, Geduld und Toleranz, daß einem die Augen übergingen. Es gab Ausnahmen. Ulrichs Augen begegneten denjenigen Weils: die leuchteten gelb wie die Augen eines Katers im Gewitter. Aber um ihn herum reihte sich, von einem Ende des Saals zum andern, ein Fries von Gesichtern, finster und nahezu versteinert vor enttäuschter Aufmerksamkeit. Ja, es waren Visagen. Die da vorn hatten es fertiggebracht. Ein Gesicht, das nicht weiß, daß es sich produziert, wird eine Visage.

Leo und Co. ließen sich nicht in die Augen blicken. Welchen Spaß es machen mußte, das beleidigte Verständnis von ein paar hundert Leuten zu genießen, ohne auch nur hinzusehen. Ulrich spürte, wie er sauer wurde. Ihr macht es euch verdammt leicht, dachte er. (Aber warum sollten sie sich schwer tun, nur weil die andern Teilnahme loswerden wollten?) Hier gibt es den oder jenen, der euch durchschaut. Aber was half das? Es genügte nicht, sie zu durchschauen, um in ihre Nähe zu kommen. Sie waren von keinem witzigen Dreh zu bestechen. Er hatte den Preis nicht bezahlt, der ihnen erlaubte, die Verhältnisse umzukehren; er hatte genossen und genoß noch, was ihnen fehlte, und so würde ihm immer fehlen, was sie in diesem Augenblick genossen. Er würde ihnen nicht einmal guten Tag sagen können, ohne sich zu verraten ... sie würden sich nach ihm umblikken, wenn er es versuchte. Nein, sie würden sich nicht einmal nach ihm umblicken. Für sie war er ein Teil dieses Publikums, zum Leben auf blauen Noppenstühlchen verurteilt, zum Schweigen verurteilt, wenn sie sprachen, und zum Sprechen, wenn sie schwiegen. Das zweite war das Schlimmere. Ulrich hatte es zu spüren bekommen, als er mit Leo »Kontakt aufnahm«, wegen der Trauerfeier. Leo kannte es nicht, das Wort »Kontakt«, wenn es aus Ulrichs Mund kam. Jetzt waren sie zwar gekommen ... aber so. Ulrich preßte die Lippen zusammen. Jetzt hatte er auch eine Visage. Ich werde es euch noch zeigen, dachte er und hätte beinahe die Faust gemacht. Was Andres kann, das kann ich auch.

Ja, sie machten es sich leicht. Die bösartige Klangfigur war in einen einzigen Ton übergegangen, den die Gitarrenpulse mit regelmäßigen Schlägen nährten; Leo hatte wieder die Harmonika im Maul und begleitete ihn mit meckernden Schwellauten. Dazu möhnten sie, man sah es in ihren Kehlen arbeiten, wie ein unterdrücktes Gelächter, aber ihre Gesichter verrieten es nicht, ja, sie waren besonders ernst. Sie hielten ihn aus, diesen Ton, sie ließen ihn einfach nicht vorbei, obwohl das Gehör nach einem Wechsel, nach einem Übergang verlangte, immer dringlicher verlangte – aber der Übergang kam nicht, das Harmonikageräusch täuschte ihn nur vor, flimmerte, setzte dazu an, um ihn dann zu verweigern. Der Ton sagte in einem fort: Jetzt, Jetzt, Jetzt, aber es kam nichts nach, es blieb bei diesem quälerischen Jetzt, der Ton klemmte es fest und ließ es zappeln. (Es wird kommen, aber nicht wie ihr wollt, sondern wie wir wollen, und nicht, wenn ihr's denkt.) Viele Publikumsköpfe, die bisher zugesehen hatten, brachte der Ton aus der Fassung, und sie drehten sich zum Nachbarn; man hörte laut reden, ohne daß zum Stillschweigen gemahnt wurde, das war ja nur noch Katzenmusik, in einigen Reihen entstand Unruhe, Leute erhoben sich und drängten unter Entschuldigungen an ihren Nachbarn vorbei zu den

Durch- und Ausgängen. Man hörte die Entschuldigungen so laut, weil der Mißton endlich ausgesetzt hatte, aber das kam zu spät, die Geduld war verloren, der Aufbruch allgemein geworden; der Rektor persönlich leitete ihn ein, indem er, das Schülergeflügel beiseite kehrend, mit langen Schritten zur Tür strebte.

»Sauhunde«, sagte jemand ganz deutlich.

Darauf spielten Leo und seine Gruppe doch noch etwas Richtiges, und sie sangen sogar dazu, mit hohen, regelmäßigen Stimmen, die aber das Ende der Veranstaltung eher beschleunigten als aufhielten. Ulrich, der sitzen geblieben war, verstand:

You did it Byron
Byron de la Beckwith
You did it Byron
Byron de la Beckwith
We gotta find you
You gwinne pay

Um Ulrich herum leerten sich die Stühle; da stand er auch auf, er wollte nicht der letzte sein. Langsam rückte er zur Tür vor, immer kam noch eine Reihe blauer Stühlchen. Manchmal lag ein Papiertaschentuch darauf, oder am Boden eine Tasche, eine zertretene Baskenmütze. Als er über die Schulter zurückblickte, sah er Leo das Elektrozeug zusammenräumen. Das Mädchen hatte dem ledernen Gitarristen die Arme um den Hals gelegt und sah sich an seiner Schulter im Saal um. Der traurige Ganove wickelte das Kallabündel in ein Zeitungspapier. Andres' Bild war bereits weg.

Unter der Tür wurde Ulrich mit Esther zusammengepreßt.

»Wer war Byron de la ...?« fragte sie.

»Byron de la Beckwith«, sagte er. »Ein weißer Mann. Er hat den Negerführer Medgar Evers erschossen, aus dem Gebüsch, und wurde freigesprochen. Jetzt kandidiert er für den Posten des Vizegouverneurs.«

Sie gingen nebeneinander weiter; ein paar Schritte lang schien das natürlich. Dann waren sie im Park, der sich auffächerte, mit buntem Baumzeug gegen einen föhnblauen Himmel wolkte und ihre Schritte verschluckte. Es war nicht weit zur Tramstation.

»Wer ist Ché?« fragte sie mit kleiner Stimme. Ulrich atmete durch. Er war plötzlich ruhig.

»Ché?« und faßte sie beim Gelenk. »Paß auf, die Pfütze«, sagte er und steuerte ihren Arm von sich weg; als die Pfütze passiert war, ließ er den Arm wieder los. »Du meinst den kubanischen Wirtschaftsminister. Ernesto Guevara. Er wollte das Land auf chinesischen Kurs bringen. Da hat ihn Castro liquidiert.«

»Ist das sicher?« fragte Esther.

»Ganz klar«, sagte Ulrich. »Wie kommst du drauf?«

Vor ihnen lag ein Knäuel dichteren Zeugs, eine immergrüne Wucherung in gelichteten Stammkorridoren; hinter einem Tännchen rührte es sich. Da stand Raoul; über die Schulter blickend erschrak er und machte sich an seiner Hose zu schaffen. Die beiden gingen rasch weiter. Zwischen den Stämmen zeigte sich das Tram; es hatte Aufenthalt, weil dicke Scharen sich hineindrängten. Tschau, sagte Ulrich, trabte die letzten Schritte und erwischte das Trittbrett, als es schon aufklappen wollte.

14

Es war kein Ort zum Atmen; Ulrich kriegte Regenmanteldunst in die Nase, das Muffige feuchter Kleidungsstücke, manchmal, wenn das Tram anfuhr, eine Welle Motorenhitze. Die Kleider staken voller Menschen. Ohne daß der Druck nachließ, rückte Ulrich allmählich an die Spitze des Motorenwagens. Schülergesichter; er kannte keines. Gewöhnlich packte ihn Gehässigkeit, wenn er in einem Gedränge stand; heute schloß er aus seiner Geduld, daß er erschöpft sein mußte. Wenn er auf sich achtete, konnte er den Druck zwischen seinen Brauen spüren. Fuhr man so weiter, so landete man beim Zoo; Ulrich hatte noch eine Stunde Zeit bis zum Lunch. Möglicherweise hatte er jetzt ein Bedürfnis, Tiere zu sehen. Tiere, die sich bewegten; die nicht zu wissen brauchten, was sie taten, um es dann richtig zu tun. Ulrichs Klasse ging wöchentlich einmal in den Zoo, um Tiere zu zeichnen. Andres hatte immer Elefanten gezeichnet, Tiere in großen Zügen. Sie waren gut geraten, aber er mochte sie nicht zeigen. Und jetzt war Andres tot. Ulrich dachte über Esther nach.

Vor ihm war jetzt eine Schulter und ein bißchen Profil: das kannte er. Andres' Vater. Ulrich war höher; er konnte hinuntersehen auf das bißchen Profil, das nur an einigen Stellen den verlorenen Sohn kopierte, um die poröse Schläfe etwa und beim Kinn mit den Bartstoppeln; es war das Gesicht eines kleinen Hehlers, der nicht den Mut zum Stehlen aufbringen würde. Der Hals war ein wenig nach vorn gebeugt, ein Wirbel – man konnte ihn sehen, zum Greifen nahe – geknickt; da, in der Serviettenknotengegend, war dieses Rückgrat nach und nach durchgescheuert worden. Dieser Mann war es, der um Andres die größte Trauer trug. Wie dankbar muß er gewesen sein, daß er sie auf den Gesichtern der andern ablesen konnte; daß die Erwartung, er trauere, so verläßlich war. Denn das war ja ein Mensch, aus dem nichts mehr kam. Er muß die Buchstaben seines Lebens beim Nachbarn abgucken, nicht einmal die Trübsal, die er gewohnheitsmäßig trägt, ist seine eigene. Manchmal wird sie in Gereiztheit umschlagen, dachte Ulrich, in eine ums Argument verlegene Gereiztheit, die dadurch gemeiner wird, eine weiche Stelle sucht, wehtun will; es gibt gar keine Revanche mehr für den Schaden, von dem er annehmen will, daß andere ihn zugefügt haben; er kann nur noch hie und da um sich schlagen, aber selbst da wird er sich nicht trauen. Ein bißchen schlecht aufstehen, ein wenig nörgeln zum Kaffee, der Wunsch, der andere möchte einem den Tag verderben, damit es wenigstens ein Tag wird, das sind die Privilegien dieser Existenz. Woran wird er eingehen? dachte Ulrich, es muß beschämend sein für den Tod, dieses Leben zu kassieren; er wird wegsehen dabei, und die anderen werden auch wegsehen. Zu erben gibt es nichts.

Ulrich dachte an Andres' Sprung über die Wand: plötzlich kam es ihm wie ein Sprung vor. Aber aufschlagen konnte Ulrich seinen Freund nicht sehen; irgendwo in der Luft mußte er lässig die Schuhe ausgezogen und sie hinuntergeschleudert haben, als Souvenir fürs Gericht, damit die andern etwas hatten, an dem sie sich halten konnten. Aber dann hatte er sich in der Luft wieder aufgerichtet und war mit Hilfe eines kleinen gekonnten Seitenschrittes von ihr verschluckt worden; jetzt lebte er irgendwo auf der andern Seite der Luft. Ulrich sah ihn wieder auf dem Fußballfeld, seitlich durchpreschend ohne Ball, aber da kam der Ball, angelockt von Andres' Bewegung, stand einen Augenblick bewegungslos an der leeren Stelle von Andres' ausholendem Fuß und zappelte im nächsten Augenblick ohne jede Flugbahn im Netz – unhaltbar; und dabei hatte sich Andres schon wieder umgedreht und schlenderte zur Mitte zurück, unhaltbar. Andres hat etwas gehabt. Andres muß eine wunderbare Mutter gehabt haben.

Die Türe ließ Druckluft fahren und faltete sich auf; Andres' kleiner Vater stieg aus, vorsichtig und seitlich, indem er sich am Nickel hielt; seine Hand war rot marmoriert und glänzte, als hätte man ihr gerade die Haut abgezogen. Als Ulrich den dürftigen Lockenkopf unter sich sah, schon wieder Druckluft zischte, sprang er nach. Der Zwischenraum hatte ihn herausgefordert, er mußte auf der Fährte bleiben. Ulrich ließ den kleinen Trauermann mit seiner geknickten Schulter davonziehen; zehn Meter folgte er, dann verlangsamte er seinen Schritt und blieb stehen. Was wollte er eigentlich?

Er sah sich um. Komisch, wie seine Augen eingespurt waren; er kannte das von längeren Autobahnfahrten, auf denen er den Vater ablöste (es war noch ein Jahr zu früh, aber niemand schöpfte Verdacht, Ulrichs Gesicht wirkte hinter dem Steuer kompetent, wie zwanzig); dieses Scheuklappengefühl, wenn man auf einen Rastplatz nebenausfuhr, diese nicht leicht zu lockernde Verengung des Sichtfeldes; die Augen schnitten Zwanzig-Meter-Bahnen in den Raum, wo keine Bahnen mehr waren, nur noch harmlose Bäume, ein anonymes Geländestück. Man war auf Tempo angesetzt gewesen, auf vorgezeichnete Fluchtpunkte; jetzt weigerte sich das Gesicht, nach links oder rechts nachzugeben.

Das verlor sich. Ulrich hatte Zeit, den Himmel zu sehen. Er war schwarzblau, hauchte Föhnwärme aus; wäre da ein Horizont gewesen, der Horizont wäre zusammengerückt. Auch so waren die Häuser der Straßenkluft besonders zählbar, hatten Baukastenfarben, eine skandinavische Straße. Das Schaufenster vor ihm spiegelte sie komisch genau; merkwürdig, wie man die Dinge besser unterscheidet, wenn sie gerahmt sind. Man sieht mehr Einzelheiten. Der Fensterrahmen bewirkte eine Verteilung, die die wirkliche Straße nicht hatte; in diesem Fenster wäre sie einfach zu zeichnen gewesen. Mit einem kleinen Ruck sahen die Augen hinter den Spiegel. Es war das Schaufenster eines Friseurs. Über einem Aufbau pastellfarbener Badekristalle stand die Schwarz-Weiß-Aufnahme eines morbid-äugigen Lockengesichts von altertümlicher Schönheit, porös wirkend in der grobkörnigen Vergrößerung. Ulrich fielen dazu gestreifte Badehosen ein, ziselierte Epauletten, Schnauzbärte, zu patriotischen Kriegen aufbrechend. »Nach einem zeitgenössischen Stich.« Ob es Zeiten gibt, die nicht zeitgenössisch sind? Gegen den Kopf richteten sich von allen Seiten die Spitzen von Lippenstiften, eine zartbunte Belagerung; im Hintergrund eine Versammlung künstlichen Gelocks auf weißen Köpfen, die keine Gesichter hatten. Ulrich drehte sich um und begann, die wirkliche Straße hinabzugehen. Noch zwei Seitenstraßen; dann war da das Haus. Das Immergrün des Vorgartens war kürzlich beschnitten worden; man sah Lücken in der Thuja, staubiges Altweibergespinst, ein paar Zweigreste im Rinnstein, an denen einzelne, grau gewordene Blättchen hingen.

15

Ulrich zog die Klingel. Er hörte innen Lärm verstummen; es war, als ob ein Tumult vieler Gäste durch die Klingel unterbrochen würde. In der Türöffnung erschien eine erhitzte Frau mit starken Schultern. Sie hatte ein gleißend schwarzes Seidenkleid an.

»Herr Gautschi!« strahlte sie. »Kommen Sie nur herein!«

Man schien fast auf ihn gewartet zu haben. Ulrich sah auf seine Uhr. »Besten Dank, Frau Gegauf«, sagte er. »Ich störe nicht lange. Ich wollte Sie nur um ein Andenken bitten ... an Andres.«

»Erst kommen Sie herein und trinken Sie ein Glas!« befahl sie. »Wir sind gerade beim Apéritif!«

»Aha«, sagte Ulrich. Es war schwer, das Tempo dieser Frau zu halten, selbst in der knappen Wohnung. Sie hielt sich nicht damit auf, ihn aus dem Mantel zu bitten. Sie war schon durch eine Tür verschwunden; als Ulrich seine Augen gewöhnt hatte, sah er in einer fernen Ecke, auf dem geblümten Sofarand, wieder den kleinen Mann mit der gebrochenen Schulter sitzen. Das Zimmer war tadellos aufgeräumt, die guten Tassen hinter dem Buffetglas, die, halb aufgestellt, ihren Boden zur Prüfung darboten, spiegelten, und der kleine Mann sah nicht so aus, als ob er hier zu Hause wäre. Doch er erhob sich entschieden.

»Wie schön, Herr Ulrich«, sagte er und hatte Feuchtigkeit im Augenwinkel. Strahlend vor Mißbilligung musterte die Frau den Händedruck. Dann haftete ihr Blick auf Ulrichs Schuhen. Seine Füße wurden warm.

»Getränke sind deine Sache, Vico«, sagte sie.

»Gleich«, sagte er, »aber Herr Ulrich soll es sich doch erst bequem machen.«

Mit der Hand wischte er über die Sitzfläche eines massiven Fauteuils und warf der Frau dabei einen schnellen Blick zu. Ulrich, immer im Mantel, griff erschrocken nach den Armstützen, so tief sank er ein.

»Ziegenmilch«, sagte der kleine Mann und zwinkerte. Aus einer unbeschrifteten grünen Flasche schenkte er Flüssigkeit in ein Glas, gelbölige, klare, nicht viel mehr als ein Bodensatz. Dann schoß er aus einer blauen Siphonflasche den Rest nach, sorgsam röchelte die Düse, und während sich das Gelb im Sprudel trübte, überzog ein Schatten Heiterkeit das bekümmerte Gesicht; der kleine Mann schien sich lange auf den Schuß gefreut zu haben. »Man bekommt es nicht überall«, sagte er. Ulrich nahm das Glas aus seiner Hand. Der kleine Mann setzte sich auf die Kante zurück.

Ja, hier saß man gut. Hier war ein bißchen die Welt zu Ende, nicht sehr, nicht viel Welt, aber man spürte, wenn man noch frisch von draußen kam, wie sie fehlte. Man spürte es an der kleinen schäbigen Endgültigkeit, in der sich die paar Möbel befestigt hatten, an der gelblichen Helle, die aus dem Waffelgitter des Buffets fiel, ein Hauch falscher Abendsonne. Man spürte es an der Aufgeräumtheit der Luft, die täglich gewechselt wurde, ohne geatmet zu werden, als läge eine Leiche im Zimmer. Ja, das war es, das war es hier: gemütlich für Trauergäste und fette, kaffeetrinkende Gespenster, und die Stille zwischen den Worten so brüchig, so schlecht isoliert, daß man es dahinter summen hörte, eine verschwiegene Ventilation, die auch, dachte Ulrich, auf Knopfdruck in Orgelmusik übergehen konnte – das Radio in der Ecke sah ganz so aus, als wäre es nur für Orgelmusik zu gebrauchen. Die crèmefarben tapezierten Wände – nur eine hatte Blumenmuster, grobgeränderte Tulpenbuketts, dazwischen Tannengrün mit Zapfenkegeln, von dem Efeuschwänze hingen, immer derselbe erstarrte Kringel –, die Wände waren besetzt; wo sich für etwas Nettes Platz gefunden hatte, da hing oder stand oder klebte etwas Nettes, ein Kerzenleuchterchen mit Pergamentschirm, drei künstlich gealterte Stiche mit Heilpflanzen, ein größeres Bild, von dem nur die Spiegelung des Glases zu sehen war, ein Fenstersims voll beschrifteter Glocken, Eulen und Krüglein. Aber insgesamt blieb der Raum leer, wie auch die Sofafläche erst durch die Gegenwart des kleinen Mannes recht leer wurde, der da auf der Kante saß, ohne auch sein Gewicht hinzusetzen, ohne mit seinem Hintern an eine der Pfingstrosen des Pfingstrosenmusters zu stoßen. Ulrich hatte den Eindruck, daß das Sofa unter diesem Hintern wegrücken könnte, und der Mann würde immer noch sitzen, nicht zu verraten wagen, daß er jetzt in der Luft saß, nur mit zitternden Schenkeln, und indem er sich noch eine Spur weiter über seine »Ziegenmilch« beugte, das Gleichgewicht zu wahren trachten, ein verkümmertes Kind, das in der guten Stube seine immerwährende Notdurft verrichtete.

Frau Gegauf setzte sich auf das Armpolster von Ulrichs Fauteuil, das leise knirschte, wenn sie redete. Ihre eine Hand zog hinter seinem Kopf an der Lehne, mit der andern Hand hob sie das Glas. »Prost«, sagte sie und lächelte steil zu ihm hinunter, wobei sie zwischen Kiefer und Hals ein Faltenbündel herauspreßte und dahinter ein äffisch verkleinertes Gesicht sehen ließ. Als sie schluckte, arbeiteten die Falten, und man hörte es aus dem Innern des Fauteuils leise dröhnen. Ulrich im Mantel lag mehr als er saß; er konnte kaum das Glas heben, ohne die Gegauf zu berühren, und in den ersten Schluck mischte sich ein Hauch aus dem prallen Tuch vor seinem Gesicht, ein Stich von Küche, Moder, Körperwasser und Blut, grausame Erinnerung einer fremden Kindheit, über die keine Orangenblüte ausgegossen war, Kindheit der Armen, der Ausgelieferten, denen alles zustoßen konnte, oder auch gar nichts.

»Ich möchte«, sagte er und mußte sofort durchräuspern, weil seine Stimme zu klein herauskam, »ich möchte nur ein Andenken an Andres, ein Buch vielleicht, oder einen Stein.«

Der kleine Mann hatte sein Glas zum zweiten Mal leer und betrachtete es, indem er den Alkoholrest auf dem Boden hin und her schleichen ließ. »Andres«, sagte er. »Ja, gewiß, Herr Ulrich. Ein Buch oder einen Stein. So etwas. Sicher. Sie können sich etwas aussuchen. Das sollte von ihm übrigbleiben. Ein Buch oder ein Stein.«

Die Hinterwölbung rückte etwas von Ulrichs Gesicht ab, dafür kam mit einer Wendung, die nicht enden wollte, tausend kleine Vorkehrungen im Seidentuch traf, die Gegaufsche Obermasse herüber, eine Falte um die andere, das furchtbare Lächeln und endlich die Flasche, der geneigte Flaschenmund. »Kommen Sie«, sagte Frau Gegauf mit einem kuriosen Halbton in der Stimme, »kommen Sie.« Ulrich hielt das Glas hin: dann der zögernde gelbe Ausfluß, Rückzug der Obermasse, Spannung der Seide, Wiederkehr der Schulter, des Armes, der Siphonflasche am Ende des Armes, die ganze Gegaufsche Maschine kam wieder; dann zischte sie, und Ulrich hielt die ganze Zeit das Glas, sah wie es sich trübte, »Ziegenmilch« wurde; er trank, was sollte er sonst tun, sonst ging die Maschine nie mehr weg.

Andres hatte ihn nie in dieses Haus mitgenommen. Ulrich hatte gedacht: er geniere sich wegen Armseligkeit. Aber das war es nicht. Es war auch nicht diese Kombination von Zweitbilligstem, von Gelegenheitskäufen, die zusammen mit diesem oder jenem »echten Stück« erst recht ihre wirkliche Dürftigkeit preisgab. Sondern das war es: daß man hier zurückgenommen wurde. Daß man nicht wachsen konnte. Daß hier das Wachstum seine Würde verlor, weil es überall auf diesen lächelnden Hintern stieß, auf tausend kleine, geputzte Einladungen zur Verzweiflung. Zum Urinieren, zum Waschen und Gewaschenwerden, zum Kleinbleiben, zur frühen und lebenslänglichen Sorge um die Verdauung. Die Gegauf war nicht böse. Sie war nur ein Ungeheuer, sie war *ein Fleisch*, von dem das Männchen dort drüben abhing, baumelte, zappelte, aber nur noch schwach. Hier war aufgebrochen und abgedeckt, was Papas Glashaus versiegelt hatte: die Wunde, aus der man kam. Hier schimmelte sie offen im falschen Sonnenschein der Buffetfenster. Hier wurde einem alles zu Brei gemacht, die Hoffnung, die Zärtlichkeit, die Zukunft, weil sich immer ein Schuß Ziegenmilch und Schongewußthaben hineinmischte, ein Stück Unglauben dazuhockte, der spottende Unglaube dieses falschen Mutterhinterns. Und so lag man im Mantel in der gepolsterten Ecke und war versunken wie noch nie im Leben. Dort im Buffet kehrten die Täßchen ihre leeren, speckigen Böden heraus, ja, es stimmte alles zusammen, ja, jetzt wußte es Ulrich: Andres ist tot.

Der kleine Mann redete die ganze Zeit. »Herr Dr. Hämmerli«, sagte er. »Ohne ihn wäre es nicht dasselbe gewesen. Wem so die Gabe des Wortes geschenkt ist. Ein Buch oder ein Stein. An welche Art Erinnerungsstück haben Sie eigentlich gedacht?«

»Ulrich wird sich nehmen, was er will«, sagte Frau Gegauf und verfiel in sanftes Wiegen.

»Mein Sohn hat Bücher gesammelt, denen ich skeptisch gegenüberstehe«, fuhr der kleine Mann fort. »Ich würde mir ein Gewissen daraus machen, wenn sie in die Hände eines anderen jungen Menschen fielen. Oder was halten Sie von Lenins Schriften?«

»Ich habe sie nicht gelesen«, sagte Ulrich.

»Sehen Sie«, sagte der kleine Mann. »Freunde wie Sie hat Andres zu wenige besessen.«

»Denk an dein Herz Vico«, sagte Frau Gegauf und lächelte zu Ulrich herab.

»Sein Kern war gut«, sagte der kleine Mann stark zitternd. »Er war ein schwacher Mensch, und so ist er erlegen.«

»Da bist du auch nicht von selbst draufgekommen«, bemerkte Frau Gegauf vergnügt.

»Ein Buch oder ein Stein«, fuhr Andres' Vater fort, »Sie sagen es selbst.«

Frau Gegauf nahm die schwere blaue Siphonflasche in die Hand, wog sie mehrmals und schoß dann einen Strahl zu dem kleinen Mann hinüber, einen scharfen einzelnen Spritzer, der ihn neben dem Mund auf die Wange traf.

Der kleine Mann fuhr zurück und zwinkerte heftig.

»Aber, aber, Vico«, sagte sie. »Trockne dich ab.«

In diesem Augenblick erhob sich Ulrich, brüsk; er hatte das Gefühl, sich losreißen zu müssen, als hätte sich das Polster an der Wärme seines Rückens festgesogen. Ihm schwindelte; im schwarzen Flackern seiner Augen sah er den kleinen Mann schon wieder zurückfahren, zwinkernd und lächelnd: erwartete er, Ulrich würde ihn schlagen? Frau Gegauf blieb auf der Armlehne sitzen wie für ein altes Atelierphoto; ja, der Fauteuil selbst sah aus wie die fürchterliche Hohlform eines Protzen, eines *Stuhlmenschen*, an dessen Schulter sie sich klammerte, auf dessen abgespreiztem Knie sie hing.

»Sie müssen also«, sagte der kleine Mann, und während er seine Wange fertigwischte, trat schon wieder ein Tropfen auf sein Unterlid. Ulrich faßte ein plötzlicher Ekel von Mitleid. Du altes Schwein, dachte er, du armes altes Schwein. Warum muß ich dich ansehen. Warum gibt es dich überhaupt, wo du bloß alt und arm bist. Da kam Frau Gegauf herunter und nahm Ulrich beim Ellbogen. Sie beugte sich zu ihm und flüsterte, als könne der kleine Mann nichts hören: »Herr Platten kann nicht mehr, wissen Sie. Die Feier, das war zu viel. Es war auch nicht comme-il-faut. Aber kommen Sie, ich zeige Ihnen jetzt das Zimmer, und dann lasse ich Sie bei Andres allein. Nehmen Sie sich, was Sie brauchen, und wenn Sie fertig sind, rufen Sie.«

Während Ulrich aus der guten Stube geschoben wurde, drehte er nochmals den Kopf zurück. Der kleine Mann war auf seinem Sofa sitzengeblieben und bewegte, ohne ihnen nachzusehen, die Lippen. Dann hob er einen Finger. Ulrich wußte: jetzt fährt er in die Nase, mit zärtlicher, trauriger Ausführlichkeit, und dann in den Mund. Ja, hier war das Ende der Welt.

Dann stand Ulrich in Andres' Zimmer, übergangslos allein. Ein Hauch eisenfarbener Helle lag, merkwürdig wach, auf dem verbrauchten Parkett; die Sonne mußte gerade die Föhnwolkendecke zerrissen haben. Ulrich ging zum Fenster und öffnete es. Dann setzte er sich auf eine Ecke von Andres' Arbeitstisch. Es war ein gewöhnlicher Tisch, schwarz gestrichen. Wind kam durchs Fenster, löschte auf einmal die Sonnenflecke; hinter dem starren Blattwerk des

Lebhags gingen die Umrisse von Fußgängern durch den Fensterrahmen. »Wenn ich fertig bin«, sagte Ulrich mit fast geschlossenem Mund. Plötzlich wurde ihm deutlich, daß er eine Schulter einzog, als ducke er sich, sei bedroht. Über ihm war etwas, schon die ganze Zeit. Es war nur das Ofenrohr.

Ja, das war ein anderes Zimmer. So weit wie irgend möglich war es aus diesem Haus ausgebaut worden. Ein paar weiße Deckchen, ein naturholzfarbenes Schränklein, ein Wickeltisch, der Öldruck eines Mädchens mit Rose im Haar (die junge Gegauf?) – das war sofort als spätere Zutat zu erkennen. Wer hier aufgeräumt hatte, der hatte nicht genau gewußt, wie; die Bücher, die Papiere hatten sich seiner Ordnung nicht gebeugt, waren treu geblieben. Ulrich musterte die Bücher. Lenin. Büchner. Ernst Bloch. Francis Ponge. Flaubert. Etwas Salinger. Anti-Dühring. Beckett: Malone Dies. Mao Tse-Tung: Über den Widerspruch. Ein Bildband: Ex-voto-Bilder aus dem Bayrischen. Dazwischen immer wieder ein Band Brecht. Ein Kinderbuch von Hacks. Barthes: Mythologie. Barnes, Volponi, Borges. Beat in Liverpool. Ein dicker Briefumschlag. Ulrich entnahm ihm einen Papierstoß und blätterte ihn auf. Gedichte, maschinengeschrieben, Gedichte von Andres. Ulrich klemmte sie unter den Arm.

An den Wänden hingen, von der Rosenmaid abgesehen, keine richtigen Bilder, nur über dem Schreibtische ein Stadtplan Zürichs und eine Europa-Karte, von der, wie kleine Wimpel, ein paar gelbliche Zeitungsausschnitte flatterten: Rosa Luxemburg, vor einer Theaterkulisse aus Nichts und Fahnenwäldern, niedrigeren Fahnenwäldern predigend. Ein paar Zitate und Unfallmeldungen. Ja, und auch ein Bild. Zöllner Rousseaus Harlekinpaar, milchblau bekleidet, vor Baumgeäder unter einem mondenen Himmel, in dem drei kleine Wolken standen, zwei weiß- und eine schwarzgläserne. Die Europa-Karte hatte wahrheitsgemäße Ostgrenzen. Neben Island hing, vom Wind gelockert, ein riesiges ausgeschnittenes weibliches Wimpernauge im Meer. Ulrich betrachtete das Meer. Es hatte ein für Karten ungewöhnlich starkes Blau, vielleicht machte es das Föhnlicht so tief. Eisvogelblau. Hämmerli hatte von der »alkyonischen Zeit« gesprochen – oder waren es »Jahre«? – wo es ganz still war, wo etwas innehielt in der Luft der Welt, wo der Eisvogel brütete. Er brütete einen Sturm über alle Stürme, dafür war es so still. Ulrich hörte keinen Laut mehr in der Wohnung.

Das machte ihm Beine. Er sah auf die Uhr. Mit zwei Schritten war er hinter dem Wickeltisch an Andres' schwarzem Buffet. Er zog die Schubladen auf. Allerlei Ausweise lagen auf einem Haufen: die Legitimationskarte für Mittelschüler, der Ausweis einer gewerkschaftlichen Jugend, eine Bibliothekskarte. Kein Paß; Andres hatte ihn wohl auf die Schulreise mitgenommen. Der Nair lag teilweise im Italienischen. Kinderzeichnungen, Postkarten, nicht viele Briefe. Noch ein Stoß Gedichte, diesmal handschriftlich, offenbar geordnet. Ulrich legte sie neben die andern auf den Tisch. Die Kinderzeichnungen? Ulrich schob sie wieder in die Schublade. Nur die Gedichte.

Als er mit dem Bündel Papier durch die Tür trat, lag der Korridor still, still auch die Räume dahinter. Ulrich rief erst den einen Namen, dann den andern: nichts. Er klopfte an die Tür zur guten Stube: niemand bat herein. Ulrich drehte sich zweimal im Flur um. Dann ging er mit einer gewissen Hast zur Wohnungstür. Der Kettenmechanismus funktionierte. Hinaus. Draußen atmete er tief ein und drückte, indem er schnell weiterging, die Blätter gegen den beginnenden Regen an seinen Leib.

Zweites Buch

Der Detektiv

1

Ulrich, spät auf seinem Zimmer, immer noch an seinem Schreibtisch. Vor ihm zwei Stöße Papier, links ein handschriftlicher, I, rechts ein Typoskript, II, beide gleich stark und in parallelen Stößen abgelagert. Ganz oben am Schreibtisch je ein dicker Stoß: I, 1 und II, 1. In der Mitte ein schmaler: I, 2 und II, 2. Und unten, schon an Ulrichs Brust, nochmals ein dicker Stoß: I, 3 und II, 3. Die oberste und die unterste Zeile wirkten ordentlich, und Ulrichs Hände waren unaufhörlich damit beschäftigt, die ihm zunächst liegenden Kanten weiter zu glätten; aber die Unruhe, die aus dieser Glätterei sprach, galt gerade diesem Bündel nicht. Ulrich starrte vielmehr auf die dünne und verrutschte Mittelzeile I, 2 und II, 2; und als wäre die Konzentration seiner Augen allein nicht ausreichend, preßte er manchmal auch noch die Hände an die Schläfen.

Beide Stöße enthielten Andres' gesammelte Gedichte, Stoß I im handschriftlichen Original, Stoß II in getippter Abschrift, und zwar durch Andres' Maschine. Die Stöße I, 1 und I, 3 waren mit ihren Abschriften II, 1 und II, 3 identisch, von kleinen Retuschen abgesehen. Aber bei I, 2 und II, 2 hörte diese Übereinstimmung auf. Das waren, an gleicher Stelle des Stoßes, verschiedene Gedichte. Das Häufchen zur Linken sprach von »high«, »trip« und »stuff« – Ulrich kannte die Wörter aus LOOK. Das Häufchen zur Rechten sprach von einem alpinen Selbstmord, komplett mit Salgina-Brükke und Wettertannengarnitur. Stoß II hatte in einem gelben Umschlag gesteckt: Empfänger Andres, Absender Dr. Hämmerli, Poststempel Zürich, den 29. Juni 1965, 16 Uhr. Andres hatte Hämmerli seine Gedichte geschickt, und er hatte sie an besagtem Datum – dem Tag vor der Schulreise – zurückbekommen. Nicht bekommen, denn ein am 29. Juni 1965 eingeworfener Brief wird erst am nächsten Morgen ausgetragen – und da war Andres schon weg. Nota bene: weg für immer, bei der angegebenen Wettertanne verschwunden. (Wer hat den Brief geöffnet?) Die Wettertanne war in Andres' Originalen nicht vorgekommen: in der Abschrift stand sie. In der Abschrift stand eine Todesanzeige.

Ulrichs Kopf tickte. Er hatte nichts versäumt. Er hatte eine Schriftanalyse vorgenommen. Stöße II, 1 und II, 3 waren bestimmt von derselben Hand getippt, die etwas hart anschlug. II, 2 zeigte einen müheloseren Anschlag; oder lag es am Farbband? Aber warum sollte gerade an dieser Stelle das Farbband auf einmal abgenutzt sein? Außerdem war der Anschlag von 2 regelmäßig – bei Andres gab es einige schwächere Lettern, etwa das a und das ä, außerdem war das a nach oben verschoben – nichts dergleichen bei II, 2. Eine Häufigkeitsuntersuchung der Tippfehler bestätigte den Befund – das Bild von II, 1 entsprach demjenigen von II, 3 und differierte von demjenigen von II, 2, dessen Schreiber sich ohnehin kaum vergriffen hatte. Also: Salgina und Wettertanne stammten nicht von Andres' Hand. Sie waren eingefügt. Eingefügt von – –

Eingefügt von demselben Mann, der seinen Schülern beigebracht hatte, daß die Bedeutung von Gedichten schillern dürfe. Ulrich griff sich das Gedicht »Die Wettertanne spricht« heraus. Nein, es schillerte nicht. Ulrich war kein Star im Fach Deutsch. Aber er fand seine philologische Ader für diesen Fall vollkommen ausreichend. Darauf ließ sich nur ein Vers machen. Ulrichs Schläfen skandierten ihn heftig. Draußen war die Föhnlage zusammengebrochen. Die Aufregung dieses Abends ließ sich nicht mehr meteorologisch begründen. Es wäre kühl gewesen, aber Ulrichs Kopf fand keine Kühle. I, 1–3 und II, 1 und 3 stammten von Andres. II, 2 stammte von Andres' Mörder. Er hatte gedichtet, um sich zu decken. Es war ein Alibi in Gedichtsform. Jemand sollte es finden und sich die Gedanken dazu machen, die dem Mörder dienten: daß Andres den Tod gesucht habe. Der Mörder hatte übersehen, daß es die Gedichte doppelt gab, es war ihm nicht eingefallen, daß Andres Ordnung in seinen Versen hielt – so peinliche Ordnung, daß es möglich wurde, den Tausch zu bemerken.

Ulrich atmete schwer auf, ohne den Kopf zu heben. Wir haben noch telefoniert, Andres, an jenem Vorabend, am – Ulrich blätterte in der Agenda – am 29. Juni. Du hast noch gesagt, daß du Hunger hast. Damals war die Todesbotschaft unterwegs, die dich nicht mehr warnen konnte. Nicht mehr warnen sollte. Auf der Schulreise hast du dich abseits gehalten. Wir spielten Schach: das war nicht viel. Aber dann der Tag mit Weil in den Felstrümmern, daran erinnere ich mich gut. Die Fliege, die aus Weils Faust flog. Dein Antritt aus der Garage. Das gekrümmte Rad auf dem Asphalt, die vergessenen Zwetschgen. Das war das letzte Mal. Dann fuhrst du nachts den Berg hinunter. Hat er dich erschossen oder gestoßen? Hast du geschrien? Hast du ihn noch erkannt? Im Schatten bleiben, dachte Ulrich. Die Versuchung beschlich ihn, nichts zu wissen, alles auf sich beruhen zu lassen. Er schüttelte sie ab; er schüttelte sich wirklich. Dr. Hämmerli ging ihm etwas zu souverän mit dem Leben seiner Schüler um. Ein Mörder. Ein richtiger Mörder. Ein gewöhnlicher Mörder –

Als Ulrich auf dem Rücken lag, bereit, es mit Schlaf zu versuchen, ließ ihn der Schlaf im Stich. Heerzüge von Gedanken, schon in leicht fiebriger Beleuchtung, nahmen, während der Wecker Stunden tickte, die Züge von Menschen an, alle wohlbekannt und nun entgeistert vom Schlagschatten des Verdachts. Hämmerlis Briefumschlag mit den zurückgeschickten Gedichten war offen gewesen; wer hatte ihn geöffnet? Die fürchterliche Gegauf, als post mortem? Es war ihr zuzutrauen. Warum hatte sie dann aber das Dokument – sie mußte doch sehen, daß es ein Dokument war – liegen lassen, der Selbstbedienung durch Unbekannt preisgegeben? Vermutung: sie hatte nicht weitergelesen, als sie feststellte, daß es sich bloß um Gedichte handelte. Gedichte schützen sich selbst gegen die Neugier einer Frau Gegauf. Ulrich schrak auf: er hatte Dr. Hämmerli singen hören, hoch, mit viel Hall; nur langsam blendete in Ulrichs aufgerissenen Augen das Bild aus: Hämmerli hochgereckt, das Schwalbennestpodest unter sich tretend wie der Hahn die Henne. Apart, dachte Ulrich, morgen früh die erste Stunde bei einem Mörder zu haben. Hölderlins »Archipelagus« mit blühenden Betonungen aus dem Mund eines Mörders. Oder war das schon heute? Mit Anstrengung starrte Ulrich auf die Uhr am Arm; sie zeigte zwanzig nach zwölf Uhr. Wie fremd ihm sein eigenes Handgelenk geworden war.

Ulrich traf den Knopf der Nachttischlampe beim ersten Mal; mit einem giftigen Blitz blühte sie auf. Die Augen zugedrückt, schwang er sich aus dem Bett und sogleich an den Schreibtisch. Immer noch halbblind räumte er Andres' Papiere ab und tastete nach Block und Stift. Der Stift hatte zu gehorchen. Er schrieb:

I. *Zürich*

Dr. Hämmerlis Krankheit am 30. Juni (Schulreisetag): Alibi nachprüfen.

a) Interview mit Dr. Hämmerlis Haushälterin.

b) Behandelnder Arzt – wer? Wann hat er Dr. Hämmerli besucht?

c) Wo war Dr. Hämmerlis Wagen um die Tatzeit?

d) Besitzt H. eine Olivetti Lettera 22?

Erst jetzt legte sich Ulrich den Morgenrock über die Schulter. Er schrieb:

2. *Trostau und Umgebung*

a) Interview mit Andres' Tante, der Schriftstellerin.

b) Rekonstruktion der Talfahrt Andres'. Selbst fahren?

c) Wurde am 1. und 2. Juli ein Fremder in Buffalora konstatiert? (Möglicherweise Zeugen des Mordes an der Brücke?)

Ulrich schrieb größer und ganz langsam

3. *Reiztest* Dr. Hämmerli. Provoziere ihn; prüfe seine Reaktion.

Er grimassierte kurz, als er feststellte, daß er in der Du-Form schrieb. Kamerad Ulrich. Dann malte er ein Fragezeichen hinter Punkt 3, ein breitgetretenes wie in einem Comic Strip, und strichelte es sorgfältig aus.

Das Papier zeigte eine saubere Gliederung. Ulrichs Nerven beruhigten sich. Er riß das Blatt heraus, kniff es zusammen und steckte es in seine Rocktasche. Morgen – heute würde er mit diesem Polster in der Herzgegend zur Schule gehen. Jetzt hatte das Bett eine Chance. Während Ulrich sich streckte und das Licht abschaltete, nahm sein Körper zur Kenntnis, daß das Bett frisch bezogen war.

Einmal wurde Ulrich noch beinahe wach, als eine Stimme dicht an seinem Ohr fragte: Wer ist Ché? Ich nicht, flüsterte er unwirsch und drehte sich um. Kurz darauf, so schien es ihm, schrillte der Wecker in seinen endlich tiefen Schlaf.

2

Es ist kein Kinderspiel, die Haushälterin seines Deutschlehrers allein zu treffen.

Ulrich saß im Café und wartete. Als sie kam, war sie mit Paketen beladen und zurückhaltend, aber allmählich wurde sie vergnügt. Das Lokal sagte ihr zu. Hier trafen sich gehobene Nachmittagsdamen, denen anzusehen war, daß sie immer frei hatten, und gabelten Patisserie zu Hagebuttentee. Oben in der Wand waren Scheinfenster mit richtigen Gittern und künstlichen Geranien angebracht; sie bildeten die erhabenen Elemente eines gemalten Stadtbildes, das Seldwyla darstellte mit Ziehbrunnen, schwarzen Katzen, fensterreichen Spitzdachhäusern, einer gemalten Kirche mit richtig gehender Uhr; der gemalte Himmel drüber war traulich geraucht. Viele

Damen rauchten ebenfalls. Ulrich bot ihr eine Zigarette an. Sie zögerte, aber dann rauchte sie wie die andern Damen.

»Schon Weihnachtseinkäufe?« fragte Ulrich herzlich. »Wie klug von Ihnen, Frau Instetten. Ich spare sie immer auf den letzten Moment auf, und das rächt sich jedesmal, ich weiß es, und jedesmal verschlampe ich es wieder.«

Sie stellte ihre große, schwarze Ledertasche ab. Sie hatte ihre dicken Zöpfe um den Kopf genommen. Ohne Grund würde sie ein solches Lokal nicht betreten. Ein bißchen war sie geniert: mit ihren fünfundvierzig Jahren eine Art Rendezvous, und dann noch mit einem Gymnasiasten. Was konnte er von ihr wollen? Was wollte man noch von ihr? Ihr einen Sparvertrag andrehen, oder eine Lebensversicherung? Sie kannte die Vögel. Mit einem Vertreter hätte sie sich nicht an einen Tisch gesetzt. Aber der war ja bloß ein Gymnasiast. Ein verwöhnter Junge natürlich, man kannte das, aber wenigstens hatte er Manieren. Diese Playboys aus besseren Häusern. Es war besser, vorsichtig zu rauchen. Es ging bestimmt um Dr. Hämmerli. Es ging ja doch nicht um sie. Der Grünschnabel sollte aufpassen. Weder würde sie ihm bei seinem Lehrer zugute reden, noch ließ sie sich etwas entreißen. Der Schnösel. Gewiß hatte er zu flott gelebt, seine Aufgaben versäumt, und sie war jetzt gut genug dazu, ihm aus der Patsche zu helfen. Der würde sein Wunder erleben.

»Nehmen Sie Patisserie, Frau Instetten?« fragte er. »Ich kann Ihnen hier die Diplomats empfehlen. Es ist die einzige Möglichkeit, in diesem Lokal zu Alkohol zu kommen.«

Schandbar. Sie nahm einen Diplomat, und zur Strafe noch einen Mohrenkopf.

»Nehmen Sie noch eine Crèmeschnitte, Frau Instetten«, sagte er.

Nun, sie hatte auf keine Linie zu achten. Jetzt aber heraus mit der Sprache. Sie konnte nicht ihre ganze kostbare Zeit hier verschlemmen.

»Frau Instetten«, sagte er, »es geht um ein Geschenk zu Herrn Dr. Hämmerlis fünfzigstem Geburtstag. Wir wollten nicht etwas ins Blaue hinein kaufen und dachten uns gleich: Frau Instetten weiß am besten, was er braucht. Und sie ist vertrauenswürdig. Sie wird reinen Mund halten.«

Sie hatte es doch gleich gewußt. Natürlich ging es nicht um sie. Sie war nur Mittel zum Zweck.

»Wir haben an ein Bergseil gedacht, Frau Instetten«, sagte er.

»Eine Reeperschnur, Nylon doppelt verstärkt, sieben Millimeter stark. Wir kennen doch seine Liebe für die Berge. Gerade deswegen haben wir es so bedauert, daß er an der Schulreise nicht dabei sein konnte. Mit ihm zusammen hätten wir bestimmt den schwierigeren Aufstieg auf den Nair gewählt. Nun, wir gelangten ja überhaupt nicht auf den Nair, wie Sie wissen. Da kam doch der Unglücksfall dazwischen.«

Wer dem Kerl nur beigebracht hatte, daß Dr. Hämmerli in den Bergen kletterte. Das war doch schon lange her. Es war auch zu gefährlich. Ein Mann kommt einmal in die Jahre, wo er solche Dummheiten läßt.

»Sehen Sie: darum wollten wir ja erst Sie fragen«, sagte Ulrich. »Wie gut, daß ich es getan habe. Halb und halb habe ich mir so etwas gedacht. Herr Dr. Hämmerli war in letzter Zeit öfters unpäßlich. Ja, es geht das Gerücht, daß gerade seine letzte Krankheit nicht auf die leichte Schulter zu nehmen sei. Vielleicht würde es ihm unter diesen Umständen weh tun, ein Bergseil geschenkt zu bekommen. Es würde ihn an die Zeiten erinnern, wo er sich noch jede Strapaze gestatten durfte.«

Was jetzt das wieder heißen sollte. Diese Gerüchte. Sie würde dafür sorgen, daß es Dr. Hämmerli gar nicht fertigbrachte, ernstlich krank zu werden.

»Sie beruhigen mich, Frau Instetten«, sagte er. »Die Grippe ging ja in jenem Juni um. Sie hat auch manchen von uns erwischt. Sie war unangenehm, aber weiter hatte sie nichts zu bedeuten.«

Nun, so leicht zu machen brauchte es sich der Bursche wieder nicht. Eine gewöhnliche Grippe, das war es nun doch nicht gewesen. Ein Pfeiffer ist keine bloße Grippe.

»Aha, ein Pfeiffer«, sagte Ulrich. »Sagen Sie, Frau Instetten, da sind Sie wohl Tag und Nacht nicht vom Krankenbett gewichen. Kein Wunder, daß Herr Dr. Hämmerli so bald wieder auf den Beinen war.«

Nein, so war es nicht gewesen, diesmal eben nicht. Das pflegt sich selbst, hatte er fast drohend gesagt. Sie hatte sich schon ausgerechnet, warum. Er ertrug den Gedanken nicht, ihr so entstellt zu begegnen. Aber das brauchte sie dem Schnösel nicht unter die Nase zu reiben.

»Sagen Sie, Frau Instetten«, fuhr Ulrich unbefangen fort, »woran erkennt man ihn eigentlich, den Pfeiffer? Was sind das für – Symptome, so heißt es, nicht wahr. Verzeihen Sie meine Neugier; ich habe persönliche Gründe, zu fragen.«

Herr Doktor hatte sich rar gemacht, aber was sie gesehen hatte, wenn sie ihm den Tee brachte, hatte sie gesehen. Sprechen hatte Herr Doktor nicht mehr können, kaum noch flüstern, geschwollen war er gewesen, eingemummelt bis zum Hals; die Wickel um die Drüsen hatte er selbst erneuert. Er war fast nur noch an den Augen zu erkennen gewesen.

Ulrich war beinahe aufgesprungen.

»Frau Instetten«, sagte er aufgeregt, »sehen Sie, wie recht ich hatte, zu fragen. Genau diese Symptome haben sich auch bei mir gezeigt. Diesen Frühling im Maien. Mein Arzt war ratlos. Er spritzte aufs Geratewohl Sulfonamide, einige verschiedene Sorten hintereinander. Eines Tages muß er dann doch das Richtige getroffen haben, denn die Geschwulst ging beinahe über Nacht zurück... Ging sie bei Herrn Doktor auch so rasch zurück?«

Das konnte man wohl sagen. Eines Morgens blickte Herr Doktor sie plötzlich wieder wie ein Mensch an, wenn auch wie ein mitgenommener Mensch... Er redete wieder, redete sogar ganz viel, war gesprächig, sozusagen. Einige Flaschen standen auf seinem Nachttisch, aber keine Medizin. Haben Sie über Nacht gemümmelt, Herr Doktor? Die Frage war nur, ob sie das dem jungen Mann zu sagen brauchte. Nun, um eine Notenaufbesserung ging es ihm offenbar nicht, und der Diplomat war ganz genießbar gewesen.

Ulrich schlug sich auf den Schenkel, dann wurde er wieder ernsthaft und eindringlich.

»Frau Instetten«, sagte er, »ich spür nämlich wieder so etwas in den Drüsen. Sie müssen mir den Namen des behandelnden Arztes nennen. Meiner taugt nichts. Ich möchte es nicht drauf ankommen lassen, daß er diesmal wieder daneben spritzt.«

»Dr. Tegerloh«, sagte er, »der muß sich finden lassen, der Name ist ja nicht häufig. Aha, er ist ganz neu. Eine neue Praxis. Trinken Sie noch einen Kaffee, Frau Instetten?«

Nein, es war genug, genug des Scharwenzelns. Daß der Junge busper war, berechtigte ihn noch lange nicht, aufdringlich zu werden. Was er noch im Ärmel hatte? Der Pfeiffer war doch nur ein Vorwand gewesen. Aha, dachte Frau Instetten, aha, jetzt kommt es.

»Sagen Sie«, fragte Ulrich und bemühte sich, ein unauffälliges Gesicht zu machen. »Herr Dr. Hämmerli will sich wohl gar nicht verheiraten?«

»Wie kommen Sie darauf?« fragte Fräulein Instetten. »Wir in der Klasse wundern uns oft, sehen Sie«, sagte er und spielte mit der Gabel.

Fräulein Instetten schwieg.

»Wir sind vom Thema abgekommen«, sagte Ulrich und drückte seine Zigarette aus. »Wir müssen uns jetzt wohl etwas anderes einfallen lassen, wo Sie meinen, daß es mit dem Bergseil nichts ist.«

Das hatte sie nicht gesagt. Sie hatte darauf keinen Einfluß.

»Aber gehen Sie«, sagte Ulrich schelmisch.

Man mochte ihn doch selber fragen.

»Nein«, sagte Ulrich sehr bestimmt. »Und ich bitte Sie ernstlich, Frau Instetten, es auch nicht zu tun. Sonst ist die ganze Überraschung im Eimer.«

Was interessierte es sie schon, was Dr. Hämmerli von seinen Schülern geschenkt bekam. Geschenke waren an einer Schule wohl überhaupt verboten, aber das war seine Sache. Gut, sie würde schweigen, soviel war der Mohrenkopf ihr wert. Sie wunderte sich schon, was das Lini von Professor Hofackers zu dem Seil sagen würde.

»Herzlichen Dank, Frau Instetten«, sagte er, als er ihr in den Mantel half.

Für ihn hatte sich der Mohrenkopf jedenfalls nicht gelohnt, den Schnösel. Aber dem Lini konnte sie die Mohrenköpfe hier empfehlen, und die Diplomaten auch, da hatte der Schnösel nicht unrecht.

3

»Schwindelgefühle«, sagte der junge Arzt und zog sich langsam die Brille, die er zum Schreiben benützt hatte, von der Nase. »Beim Aufstehen? Wenn Sie sich legen. Merkwürdig, in Ihrem Alter. Machen Sie sich bitte frei.«

»Alles?« fragte Ulrich und erhob sich.

»Die Unterhose können Sie anbehalten.«

Ulrich legte sich auf den Schragen. Das Kunstleder übertrug nackte Kühle auf die Haut. Der Arzt maß seinen Blutdruck und murrte. Dann setzte er das Stethoskop an einigen Stellen der Brust an; zu flüchtig, schien es Ulrich. Dann der Rücken. Ulrich mußte atmen; jetzt schwindelte es ihn wieder.

Er sagte es. Der Arzt reagierte nicht. Ulrich hatte zu husten. Als er sich wieder legte, wurde er nach seinem Schwindel gefragt; er bestätigte, daß er Schwindel empfunden habe, und schloß zum Beweis die Augen. Der Hammer klopfte an verschiedene Stellen: unters Knie, an den Ellenbogen. Ulrich zuckte; als ihm eine Schneide zart über Bauchfell und Fußsohle fuhr, zuckte er hemmungslos.

»Auf der Durchreise, sagen Sie? Auslandschweizer?«

»So ist es«, antwortete Ulrich mit Akzent. »Mein Vater ist schweizerischer Konsul in Asunción.«

»Wer hat Sie hierher empfohlen?« fragte der Arzt und zündete ihm in die Augen.

»Professor Diego Ortiz von der Medizinischen Universitätsklinik Asunción«, sagte Ulrich. »Ein Freund unserer Familie.«

»Kenne ich nicht«, sagte der junge Arzt, stützte die Hände zwischen den Beinen auf seinen Metallhocker und nickte.

»Er kennt Sie«, sagte Ulrich ruhig. »Er hat Ihre Dissertation kommen lassen und mit Interesse gelesen.«

»Über die Polydaktylie?« fragte der junge Arzt, und eine leichte Röte flog über sein Gesicht.

»Genau«, sagte Ulrich.

»Wie war der Name?«

»Ortiz«, sagte Ulrich.

»Ich meine: Ihr Name.«

»Pfeiffer«, sagte Ulrich. »Mit Doppel-f.«

»Ein schöner Name«, sagte der junge Mann im weißen Kittel. »Ihnen fehlt nichts, die Reflexe sind normal. Kein Nystagmus. Ich kann nichts finden.«

Ulrich erhob sich, seinerseits leicht gerötet. »Ich kann mich anziehen?«

»Sie mögen etwas überanstrengt sein. Vermutlich leben Sie zu hektisch«, sagte der junge Arzt. »In Ihrem Alter braucht man Zeit, Eindrücke zu verarbeiten. Jachtparties, Schiffsbälle, ein bißchen viel süßes Leben, das ist in Ihrem Alter nicht der Weisheit letzter Schluß. In keinem Alter übrigens. Eines Tages kommt die Quittung.«

Ulrich nahm wieder vor dem Arzttresen Platz und setzte die Sonnenbrille auf. Er roch stark nach Lavendel.

»Sie haben meinen Namen schön genannt«, sagte er, »warum?« Er griff nach dem Zigarettenpaket in seiner Tasche, klopfte mit dem Finger daran und schwenkte den Manschettenarm hinüber. Der Arzt machte ein verständnisloses Gesicht. Ulrich schob die Packung lächelnd wieder in die Tasche zurück. Seine Augengläser blieben undurchdringlich.

»Soll ich Ihnen sagen, warum? Weil Sie mein Name an die gleichnamige Krankheit erinnert. Mit Professor Ortiz witzle ich oft darüber. Lehren Sie mich die Mediziner kennen.«

Ulrich stellte fest, wie so etwas wie Ingrimm in den schmalen Medizinerschläfen zu arbeiten begann.

»Die Pfeiffersche Krankheit«, sagte Ulrich. »Eine leicht kompromittierende, zum Glück nicht gefährliche Sache. Professor Ortiz ist überzeugt, daß sie in kußarmen Gegenden wie Mitteleuropa ausgestorben ist. In Paraguay dagegen...«

»Das ist Unsinn«, sagte der Arzt und zwang sich, ein Rezept zu schreiben.

»Sie haben recht«, sagte Ulrich, »ich habe Professor Ortiz' Meinung lückenhaft wiedergegeben. Er meinte: sie ist eine typische Proletarierkrankheit. Bessere Leute küssen doch nicht mehr auf den Mund. In gehobenen Kreisen ist sie heute nicht existent.«

»Das ist nochmals Unsinn«, sagte der Arzt. »Ganz kürzlich habe ich einen gehobenen Herrn Pfeiffer behandelt.«

»Einen Intellektuellen?« fragte Ulrich. »Einen Angehörigen der oberen Stände?«

»Einen Herrn Doktor«, sagte der Arzt höhnisch.

»Ausgeschlossen – sagt Professor Ortiz. Sie haben diesen Patienten selbst gesehen?«

»Ich habe ihn besucht. Das ist hierzulande so der Ärzte Brauch«, sagte der junge Arzt mit zartem Hohn.

»Sie haben das Haus eines Pfeiffer-Kranken betreten?« fragte Ulrich bestürzt. »Mehr als einmal?«

»Zweimal, wenn Sie es genau wissen wollen«, antwortete der Arzt. »Ich kann mir leider die Delikatesse Ihres Herrn Ortez seinen Patienten gegenüber nicht leisten.«

»Ortiz, mit i geschrieben«, sagte Ulrich gekränkt. »Aber bedenken Sie doch die Entstellung.«

»Auch dieser muß man als Arzt ins Gesicht zu blicken wissen«, sagte der Arzt. Es war deutlich, daß er seine Rolle zu genießen begann.

»Haben Sie Ihren Patienten denn überhaupt wiedererkannt?« fragte Ulrich mit gerümpfter Nase.

»Ich sah ihn zum ersten Mal«, sagte der Arzt.

»Ich höre, Sie sind neu hier«, berichtigte sich Ulrich väterlich. »War Ihr Patient bei Stimme?«

»Wie kommen Sie denn darauf?« fragte der Arzt.

»Bei komplizierten Pfeiffern werden die Stimmbänder in Mitleidenschaft gezogen«, sagte Ulrich. »Professor Ortiz hat es selbst gesagt.«

»Das ist Unsinn«, sagte der Arzt mokant. »Mein Patient war heiser aus anderen Gründen. Es wundert mich übrigens, daß Ihr Professore sich die Mühe zu seiner Entdeckung nahm. Er mußte dafür ja geradezu das Wort an seinen Patienten richten.«

»Manchmal werden auch bei uns die oberen Stände vom Pfeiffer befallen«, lächelte Ulrich delikat.

»Mir scheint, Sie haben sich der in Paraguay herrschenden Mentalität schon ganz schön angepaßt«, sagte der Arzt.

»Das ist kein Tadel«, sagte Ulrich mit Nachdruck. »Apropos, Herr Doktor, erlauben Sie mir, die finanzielle Verpflichtung, in der ich mich Ihnen gegenüber befinde, auf der Stelle zu regeln. Wie Sie wissen, ich bin auf der Durchreise.«

Damit tastete er nach seiner Brieftasche.

»Erledigen Sie das draußen mit meiner Praxishilfe«, sagte Dr. Tegerloh, »und wenn Sie einen Rat von mir annehmen wollen, reisen Sie vielleicht etwas langsamer durch. Das ist das Beste gegen Ihren Schwindel.« Damit reichte er Ulrich ein Rezept hinüber.

Ulrich verbeugte sich.

»Ich werde Herrn Professor Ortiz von Ihnen grüßen«, sagte er feierlich.

»Wie Sie meinen«, sagte Dr. Tegerloh, als er seinen Gast zur Tür begleitete. Dann betätigte er das Haustelefon und nannte seiner Praxishilfe eine stark aufgerundete Summe. (Auf Nimmerwiedersehen, Herr Pfeiffer.)

4

Am Tankwart schlurfte Ulrich vorbei, als gäbe es nichts anderes. Träge sah er sich im unordentlichen Hellblau der Garage um. Dort lag einer unter einem angehobenen Taxi. Ulrich öffnete den Schlag und setzte sich hinein. Mit einem Fuß probierte er ein Pedal nach dem andern. Nach kurzer Zeit erschien das Gesicht des Lehrlings im

Seitenfenster. Ulrich kurbelte es herunter. »Mensch«, sagte er, »wenn die Kupplung nicht am Ende ist.«

Der junge Mann hatte sein Haar unter einem Beutel versteckt. Vermutlich hatte er viel davon. Seine von Ölschmutz geränderten Augen blickten mißtrauisch und verblüfft.

»Steig ab«, sagte er leise.

»Langsam«, sagte Ulrich und rührte sich nicht. »Du hast etwas verloren. Vorgestern abend im ›Roxy‹.« Er reichte dem jungen Mann ein kleines Seidenpapierpaket durchs Fenster.

Der andere blickte groß, dann nahm er den Gegenstand und wickelte ihn aus. Es war eine feingoldene Kette mit einem Medaillon. Der schwarze Fingernagel klaubte es auf. Es zeigte auf der einen Seite ein Mädchengesicht mit strähnigem, schulterlangem Haar, auf der anderen den Ritter Georg.

Während Ulrich mit Gefühl an der Schaltung zog, spürte er den Blick des andern auf sich. Er blies ganz leicht die Backen auf. »Kannst du mir sagen, wann ihr im letzten Vierteljahr ZH 24638 hier gehabt habt«, sagte er.

»Den von Hämmerli?« fragte der andere.

»Den blauen 220«, sagte Ulrich und begann, sich im Rückspiegel zu kämmen.

»Ich baue keine Krämpfe«, sagte der andere. Ulrich gab ihm nur einen einzigen Blick. Dann kämmte er sich weiter.

»Schade«, sagte er. »Schade für dich, Jimmy.«

Ulrich rückte an seiner Krawatte und drückte heftig das Kinn dazu; dann löste er sie auf. Er hatte eine eigene Art, sie wieder zu binden. Jimmy schaute ihm zu.

»Es ist übrigens kein Krampf«, sagte er, »sondern eine private Sache, verstehst du.«

Jimmy beobachtete ihn zunehmend unsicher. Offenbar hatte er Mamas Orangenblüte in die Nase bekommen. Zugleich schien eine Art Verständnis in seinen Augen auf. Merkwürdig, wie genau man so etwas aus den Augenwinkeln sieht.

»Ich habe jetzt Büetz«, sagte der Lehrling. »Kann nicht weg.«

»Wenn du meinst«, sagte Ulrich schnippisch und stieg aus. Zwei Schritte war er vom Taxi weg, da holte ihn Jimmy ein.

»In einer halben Stunde drüben im ›Freihof‹«, sagte er, »aber fifty-fifty.«

Ulrich zuckte die Achsel und wiegte davon. –

Es war gegen zehn Uhr, als er das Innenlicht von Mamas Morris einschaltete. Er hatte den Zettel noch nicht geprüft; es schien im ›Freihof‹ besser, ihn Jimmy wortlos aus der Hand zu nehmen. Jetzt durchflog er die Lehrlingsschrift, die, obwohl sichtlich unter Druck, immer noch kindlich wirkte.

5. Juni: Ober- und Unterwäsche, Einsprühen, Schmieren.

26. Juni: Ölwechsel.

1. Juli: 40000-Service. Scheinwerfer eingestellt. Anlaßautomatik ersetzt etc. etc.

Vom 30. Juni bis 3. Juli war man auf der Schulreise gewesen. In dieser Zeit hatte Hämmerlis Wagen also in der Garage gestanden. Er kam als Tatfahrzeug nicht in Betracht.

Ulrich legte zögernd den ersten Gang ein und fuhr vom Trottoir hinunter.

Am 26. Juni war die letzte Deutschstunde gewesen.

Hämmerli war in Thomas Manns Zauberberg aufgetreten.

Am 28. vormittags erhielt die Klasse die Meldung von seiner Unpäßlichkeit – nachmittags wäre wieder Deutsch gewesen.

Am 29. früh wurde man informiert, die Unpäßlichkeit sei soweit fortgeschritten, daß Dr. Hämmerli von der Teilnahme an der Schulreise absehen müsse. Ulrich schloß: am 28. abends hatte ihn Dr. Tegerloh besucht und den Pfeiffer festgestellt.

Über diesen Punkt war, wenn man es geschickt anfing, bei der Haushälterin Klarheit zu erlangen.

Weiter im Text. Dr. Hämmerli hatte die Voraussicht gehabt, bevor er sich zu Bett legte, seinen Wagen in die Garage zu geben. Das bedeutete, daß er für die Fahrt ein anderes Transportmittel benützt hatte. Welches? Das wird man nur in Trostau eruieren können. Ulrich freute sich schon auf die Fahrt nach Trostau (aber nicht im Morris). Er wollte doch sehen, wie jene Wettertanne aussah. Ulrichs Augen hatten während der Fahrt Signallichter und Schaufensterhelle eingesammelt; jetzt stand der Wagen, und Ulrich war eben im Begriff, den Rückwärtsgang einzulegen. Da überfiel es ihn, und er ließ den Schalthebel sorgfältig wieder los.

Wer hatte den Brief mit den Gedichten geöffnet? Es konnte nur Frau Gegauf sein; Herr Platten sah nicht so aus, als kümmere er sich um die Post seines Sohnes. War sie eine Komplizin? Hatte sie ein Interesse daran, daß Andres verschwand? Stand er ihrer Verbindung mit Herrn Platten im Weg, die ja, so wenig erstrebenswert sie einem Unbeteiligten erschien, wenigstens ihre Machtergreifung sichergestellt hätte? War sie König Claudius, buchstäblich ein Mordsweib, und mit Hämmerli im Bunde? Quatsch, unterbrach sich Ulrich selbst. Hämmerlis Geschmack bewahrte ihn unter allen Umständen vor solchen Bundesgenossen. Außerdem – hätte sie dann die Gedichte so herumliegen und gar in fremde Hände kommen lassen? Oder gerade? Ulrich schüttelte den Kopf. Er verbiß sich in das falsche Detail. Das einzige, was feststand, war, daß er sich mit Frau Gegauf nochmals unterhalten mußte. Möglichst, wenn sie die Siphonflasche nicht bei der Hand hatte.

Wo war er stehengeblieben? Ulrich griff in seine Rocktasche: er hatte ja den Briefumschlag bei sich. Lange starrte er darauf nieder. Aufgabezeit: 14.00 Uhr. Das war ein Datum, das dem Absender die Ausrede ließ, er habe die Auslieferung am gleichen Tag noch für möglich gehalten – der Absender war ja ein weltfremder, um postalische Belange wenig bekümmerter Gelehrter –, das aber tatsächlich das Gegenteil verbürgte: nach allen Regeln der schweizerischen Postbetriebe kam ein solcher Brief erst am nächsten Morgen früh an, um neun Uhr zirka, also zu einem Zeitpunkt, da Andres bereits unterwegs war und mit Gewißheit keinen Gebrauch mehr davon machen konnte. Warum hatte Dr. Hämmerli diesen lebenswichtigen Brief nicht expreß geschickt? Auch daran, Herr Wachtmeister, hatte er als weltfremder etc. nicht gedacht. Warum hatte er nicht telefoniert? Dem stand das ärztliche Sprechverbot im Wege. Oh, das war ja alles ganz schön satanisch.

Aber: wer hatte diesen Brief zur Post gebracht, von dessen *timing* alles abhing, nämlich die Glaubwürdigkeit des Brief-Alibis, wenn der Wachtmeister es wissen wollte? Dr. Hämmerli selbst? Dagegen sprach, daß es sich für ihn kaum empfahl, als schulbekannter Patient in der Post gesehen zu werden. Dafür sprach, daß man ein so genaues Kalkül nicht in ungenaue Hände – etwa diejenigen der Haushälterin – legen darf...

Ulrich erschrak heftig. Ein weißer Handschuhfinger pochte an seinen Windschutz. Dahinter wurde ein Stadtpolizist sichtbar. »Wollen Sie hier stehenbleiben?« fragte der Beamte.

»Nein«, antwortete Ulrich und hatte die Fassung, sich dazu aus dem Fenster zu lehnen. »Dies ist mein Haus. Ich öffne die Garage.«

Der Polizist sah dem Manöver zu. Das Zittern von Ulrichs Händen sah man nicht so weit; es war zart helldunkel unter den stark entlaubten Bäumen. Der Zweitwagen verkroch sich über das Trottoir in das gähnende Loch und ließ die Scheinwerfer ersterben. Drinnen zog Ulrich das Tor zu, was im Angesicht des Polizisten ein besonderes Wohlgefühl war.

Aber dann kroch er in den Morris zurück. Einen Augenblick schaltete er das Innenlicht an, dann gleich wieder aus. Es war schwarz wie in einer Kuh. Nur der mürbe brackige Duft alternden Betons pirschte sich an den Rand seines Bewußtseins.

Wo waren wir stehengeblieben? fragte Ulrich nach der Art Dr. Hämmerlis, wenn der gleich deutlich machen wollte, daß ihn die Stunde anödete.

Ob sie droben schon den Lachsschinken auflegen, und einen gedämpften Beethoven dazu? Schöne Mama, ich sitze zehntausend Klafter unter deinen Orangenblüten und kann den Beethoven nicht hören. Ich dichte an einem Verdacht.

Also durch wen auch immer: der Brief kam an, zu spät, wie gewünscht, am 30. Juni, als Andres schon im Zug nach Süden saß. Weiter im Text. Am 1. Juli tut Andres seinen tiefen Fall. Am 2. nach Mitternacht wird Briner unruhig und macht sich auf den Weg. Briner wird bleich; um 8 Uhr morgens sind sie es alle. Im Verlauf des Freitagabends sind die Suchkommandos verschiedener Polizeien auf ihren Weißen Mäusen unterwegs. Die Weißen Mäuse bleiben ohne Resultat. Sie begnügen sich damit, die Schulreiseteilnehmer in ihre übers Radio aufgestörten Elternhäuser zurückzupfeifen. Die Hiobsbotschaft dürfte den Mörder bereits wieder im Bett getroffen haben, mit seinem Pfeiffer beschäftigt.

Wie lange war Dr. Hämmerli in seiner Eigenschaft als Mörder von zu Hause abwesend? Um zehn Uhr abends mußte er bei der Brücke sein. Ein Auto fährt die Strecke Zürich-Trostau, gleich zweihundertdreißig Kilometer, in vier Stunden, wenn es zügig fährt; der Paß dürfte bremsen. Also: zwischen fünf und sechs Uhr am 1. Juli müßte Herr Doktor spätestens aus dem Bett gekrochen und losgezittert sein. Womit? Sein Wagen stand in der Garage zum ›Guten Stern‹. Um zehn Uhr ein kleiner Mord; dann was gibst du was hast du nach Zürich zurück. Wieder vier Stunden Nachtfahrt, um frühestens um drei Uhr in der Früh für den wahrscheinlichen Telefonalarm wieder hübsch geschwollen zur Stelle und in guter Pfeifferscher Form zu sein.

Woraus folgt: Dr. Hämmerli war, wenn er einen Wagen benützt hatte, etwa zehn Stunden von zu Hause abwesend. Hatte, um ein Beispiel zu nennen, Fräulein Instetten diese ganze Zeit ihren lieben

Kranken nicht besucht und nicht vermißt? War sie mit keinem Tee an ein leeres Krankenbett getreten? Oder war sie doch mit in dem Ding?

Der Arzt war, nach eigener Aussage, nur zweimal bei seinem Patienten gewesen; einmal, um ihn zu der erwünschten Bettruhe zu verknurren; einmal, um ihn davon freizusprechen – was Dr. Hämmerli nach vollbrachter Tat und bei herrschender Hysterie um seinen lieben Andres besonders dringlich von ihm verlangt haben mochte. Dazwischen wohl nicht, wohl nicht gerade am 1. Juli abends. Nur Fräulein Instetten kam in Frage. Man mußte sie sich nochmals vorknöpfen.

Am 6. Juli hatte Dr. Hämmerli seine erste Deutschstunde mit der Klasse 4h gehalten. Er hatte die Stunde so gut wie allein bestritten. Man war in der Klasse allgemein stumm gewesen, oft unangenehm berührt. Dr. Hämmerli hatte sich auf Andres' leere Bankklappe gesetzt.

Aasgeier auf der leeren Bankklappe. Wenn Ulrich die Augen schloß, konnte er das Gesicht sehen: ein auf vielen Seelentheatern geübtes, nicht ganz glaubhaftes Gesicht, aber ein Menschengesicht. Das Gesicht eines Schöngeistes, aber nicht die Maske eines Mörders.

Ulrich öffnete die Augen wieder. Die Wendung war ihm unwillkommen.

Fest stand: Dr. Hämmerli war am 6. Juli wieder gesund gewesen; blaß, aber unterrichtsfähig. Und schon vorher – am 5. Juli, hatte er seinen Wagen wieder aus der Werkstatt geholt und seine Rechnung beglichen. Es wäre gar nicht schlecht, dachte Ulrich, jetzt ein Lachsschinkenbrot zu essen. Auch mit Beethovenbegleitung.

Entschlossen und plötzlich zitternd drückte er die Tür auf, kroch aus dem Morris und entzündete, während die Tür in ihren Gummi zurückschlug, das Garagenlicht. Er stieg die Hintertreppe zum Keller hinauf, langsam wie ein Shakespearescher König: einen automatischen Garagenöffner müssen wir noch haben. Er drehte sich um. Kindlich verkürzt, ein tomatenes Spielzeug, stand der Morris neben dem geballten Lack des väterlichen Citroën. Dieser Wagen ließ sich mit den Augen tätscheln.

Ein automatischer Garagenöffner, auf Pfeifsignal. Ulrich drehte oben den Schalter und öffnete die Tür zum Keller. Gleich hatte das ungleiche Autopaar wieder Finsternis.

5

Ulrich hatte den Sitz des Citroën zurückgestellt, so daß er das Steuer mit gestreckten Armen führte. Schön: das beherrschte Schleudern, das unterm Steuer die Hüfte mitzog und den Motor Ja-ha brüllen ließ, während der Körper Schlagseite annahm, Polsterdruck absorbierte; unterdessen blieb der überholte Wagen zurück, verkleinerte sich ein erstauntes Gesicht im Rückspiegel.

Paßfahrten finden in einer Modell-Landschaft statt. Die Berge spielten mit, obwohl sie schon auf winterlich und grandios machten, teerig gleißende Geröllhalden niedersandten und manchmal eine matt wirbelnde Nebelbank. Ulrich zog den Citroën Kurve um Kurve in das Felsgetümmel hinauf, wo nie ein Weg schien und doch immer wieder ein Weg war; im häufiger werdenden Nebeltreiben war das Stück Asphalt immer ein wenig schneller als die Räder, die es ergriffen, eilte ihnen beruhigende zehn Meter voraus. Die Geisterbahn führte höher und höher, oft über Bergwässer, die einen Teil ihres Gischts über den Asphalt treten ließen. Schneetreiben kam auf; die Scheibenwischer, die bisher nur Beschlag zu verstreichen gehabt hatten, sammelten pelzigen Schnee in ihren toten Winkeln. Mit angestrengtem Weißlicht krochen ihm Talfahrer entgegen; kurz und gleich gegenstandslos war die Begrüßung. Den Motor focht die Höhenluft nicht an, die farblos, kühl und sauerstoffreich durch die kleinen Fensterschrägen strich; er mummelte Ulrichs Füße mit mechanisch duftender Wärme ein, murrte ruhevoll, jetzt noch ruhiger. Ulrich lockerte den Fuß vom Gas; viel Gas war nicht mehr nötig, der Wagen war auf einem Boden angelangt, verlangte auch keinen Steuerdruck mehr, der weiß gestromte Asphalt führte zwischen unsichtbaren Bergen geradeaus, an geglätteten Felsformationen vorbei, Elefantenherden, die sich schütter einzuschneien begannen; dazwischen graute hie und da ein Fleck Wasser, zerrann im Nebel. Gleich mußte die Höhe des Lawinerpasses kommen.

Und da war sie auch. Ein Block Gestein, regelmäßiger als die erdgeschichtlichen, deutete sich durch den Dampf an, bekam einen Dachumriß; davor war jetzt auch die Parkfläche zu erkennen und ein halbes Dutzend Wagen, die hier schon Schutz gesucht hatten. Ulrich steuerte seinen Citroën in die Reihe, zeichnete parallele Geometrie in den Paßhöhenschnee und kam mit schwachem Wiegen zum Stehen.

Einen Augenblick blieb er noch sitzen. Er genoß die Aussicht, mit Manschetten und spitzen Halbschuhen im nächsten Augenblick auf zweitausendzweihundert Meter Höhe hinauszutreten, unverbindlich, als Hochgebirgszuschauer – nicht weit, die paar Schritte bis zum Hospizeingang, in dem schon ein Reisbesen zum Abstäuben der Schneeschuhe hing. Zärtlich strich Ulrich nochmals über das zartblaue Armaturenbrett des Citroën. Keine Panne, mein Freund, sagte er. Dann kramte er seinen Regenmantel hervor, legte ihn bloß über die Schultern und setzte sich einen mausgrauen Velours auf den Kopf. Der Wind benahm sich ja wie ein richtiger. Ulrich schloß mit zivilisiertem Druck den Schlag und schlenderte zum Reisbesen hinüber. Nur die Schuhspitzen wurden zart weiß.

In Bergrestaurants gibt es häufig gute Linzer Torte. Ulrich saß vor einem Stück, dem man ansehen konnte, daß es im Laufe der letzten Jahre kleiner geworden war; die Wülste zwischen Lachen von Konfitüre waren kein Naturereignis mehr. Ulrich war auch größer geworden. Er trank einen Kaffee dazu; auf dieser Höhe trinkt man den Kaffee im Glas, und er ist schlecht. Außer einigen Bergmundart sprechenden Arbeitern, die im Stauwerk, vielleicht auch schon mit dem neuen Schnee beschäftigt waren, siedelte Tieflandplebs an den Tischen, Automänner wie er, teilweise mit Familien, die zur Ruhe gemahnt werden mußten. Aus dem Lautsprecher in der Ecke jödelte es. Das Mobiliar war, im Rahmen des Urchigen, edel.

Ulrichs Hirn kochte noch eine Weile vor sich hin, dann erwärmte es sich und begann zu denken. Vieles an Ulrichs Lage war tief befriedigend. Er hatte einen praktischen Vater, der es sich leisten konnte, im Zug nach Ingelheim am Rhein zu fahren; der Zug hieß TEE, und in Ingelheim stand ein Wagen mit Chauffeur bereit. Er hatte eine edle Mutter, die nicht fragte, wo anderer Leute Mütter fragen. Sonst stände der Citroën nicht draußen im Schneetreiben, und er säße nicht vor dieser Linzer Torte; er hatte sich das zweite Stück vorlegen lassen, man hatte ihm Appetit dazu gewünscht. Und er wäre nicht, halb vier Uhr mitttags, unterwegs nach Trostau. Mama hat ihn lediglich gebeten, sich zu erholen. Er würde sehen. Ja, er würde genau sehen. Da er annahm, er würde in dem Etablissement, das er für Erholung ausgewählt hatte, auch seinerseits genau angesehen werden, hatte er sich um elf Uhr, gleich nach der Schule, in das Feinere geworfen, was in seinem Schrank hing, und die Hosenknie während der Fahrt zart hochgezogen. Mama, auf ihre liebenswürdige Art desorientiert, wußte nicht, daß er nicht ganz vollständige Wagenpapiere in seine Tasche steckte; sie bat ihn bloß nochmals, ›zu sich zu sehen‹. Pa, der aus Gründen seiner Abwesenheit nichts wußte, mußte eben vor ein fait accompli gestellt werden; vor Mittwoch war er kaum zurück, war keine Beichte fällig und der Beichtzwang überholt; andernfalls würde Ulrich Mittel finden, den Vaterzorn, der via Vaterstolz angreifbar war, federnd abzufangen; das lernte sich auf Citroën. Morgen nacht war er wieder zu Hause: was bleibt einem armen Schüler anderes übrig, den kein Gesetz vor Montagsarbeit schützt.

Ulrich freute sich immer noch über seine Telefone mit den Haushälterinnen.

»Fräulein Gegauf?« hatte er gefragt.

»*Frau* Gegauf«, hatte es scharf zurückgeklungen. »Wer spricht?«

»Ich bins nur, Ulrich Gautschi, Andres' Freund.«

»Herr Gautschi«, sagte das Weib genießerisch. »Kommen Sie wieder einmal zu uns?«

»Herzlich gern«, antwortete Ulrich. »Ich wollte mich bei Ihnen nochmals für den Besuch bedanken. Er war sehr lehrreich für mich. Leider hatte ich keine Gelegenheit, mich zu verabschieden.«

»Sie waren plötzlich weg«, sagte Frau Gegauf schmollend.

»Ich war in Andres' Zimmer.«

»Wie kamen Sie denn dorthin?«

»Sie gaben mir die gütige Erlaubnis, mir ein Andenken auszusuchen«, sagte er. »Danach habe ich gerufen, aber niemand antwortete.«

»Sie hätten stärker rufen sollen«, sagte Frau Gegauf. »Haben Sie etwas gefunden?«

»Ja«, sagte Ulrich, »seine Gedichte.«

»Schrieb er Gedichte?« fragte Frau Gegauf. »Nun ja, er war immer ein bißchen verloren. Warum sollte er keine Gedichte schreiben.«

»Nun ist die Sache die«, sagte er. »Ein gemeinsamer Freund von Andres und mir hatte Andres noch einen Brief geschrieben – vor der Schulreise –, den Andres ja dann nicht mehr bekommen hat. Dieser Freund läßt nun durch mich fragen, ob er den Brief zurückhaben könnte. Ich würde ihn abholen.«

»Eine Freundin, eh?« fragte Frau Gegauf lockend. Ulrich schaltete blitzschnell.

»Ja, eine Freundin, Frau Gegauf«, sagte Ulrich. Frau Gegauf schwieg eine Weile. Dann sagte sie:

»Ja, es kam noch Post für Andres, nicht viel, ein paar Briefe und so. Nichts von Belang. Ich habe sie durchflogen und dann abgeräumt. Es erinnerte mich zu sehr an den Jungen.«

»Abgeräumt?« fragte Ulrich entgeistert.

»Weggetan, fortgetan«, sagte Frau Gegauf. »Es waren übrigens meist Drucksachen.«

»Aha«, sagte Ulrich erschüttert. »Erinnern Sie sich vielleicht, was für Drucksachen?«

»Maschinengeschriebenes und vervielfältigtes Zeug«, sagte sie, »Sie können sich vorstellen, aus welcher Küche. Andres war politisch leider nicht stubenrein.«

»Und das haben Sie alles weggeworfen«, hatte er gesagt.

»Ich hoffe«, hatte Frau Gegauf geantwortet. Der Rest des Gesprächs hatte ihn nicht mehr interessiert. Das Weib hatte die Post ausgeweidet, das Persönliche berochen, das Unverdauliche weggeworfen. Andres' Gedichte hatte sie für Propaganda gehalten; sie waren durch Zufall liegengeblieben. –

Zweites Gespräch mit einer Haushälterin:

Er hatte von der Post aus angerufen, aus Stilgründen, in einer der Reihenkabinen hinten in der Halle, den Blick fest auf den nächsten Schalterbeamten gerichtet.

»Hier Podziewicz von der Hauptpost«, sagte er mit matter Stimme. »Spreche ich mit Frau Dr. Hämmerli?«

»Hier ist *bei* Dr. Hämmerli«, hatte die Frauenstimme wiederholt.

Ulrich hatte gegrinst, aber seine Stimme war matt geblieben. »Es ist ein Versehen unterlaufen«, sagte er. »Sie haben doch am 29. Juni einen gelben Briefumschlag, Format A 4, aufgegeben, adressiert an Herrn Platten, Herrn Andres Platten. Ist das richtig?«

»Ja, den habe ich aber aufgegeben«, sagte Fräulein Instetten nach einer Sekunde, in der Ulrich Schrecken zu hören meinte. »Den haben Sie also aufgegeben«, sagte Ulrich schläfrig. »Wissen Sie noch, wann Sie ihn aufgegeben haben?«

»Am 29. Juni natürlich«, sagte Fräulein Instetten verdutzt.

»Zu welcher Tageszeit?«

»Ich habe ihn doch um ein Uhr eingeworfen«, sagte sie fast beschwörend.

»Ich muß leider zu Ihrer Kenntnis bringen«, sagte Ulrich, »daß der Brief nicht befördert worden ist.«

»Wie ist das möglich?« fragte die Instetten kurzatmig.

»Er ist versehentlich unter unsere Akten geraten«, sagte Ulrich, »und gestern bei der Revision zu Tage getreten.«

»Aber«, sagte es am anderen Ende, »dann ist der Brief ja gar nicht bei Herrn Platten angekommen.«

»Das ist es ja«, sagte Ulrich. »Sie treffen den Kern der Sache.« Ulrich hörte drüben schlucken. »Was soll ich nun machen?« fragte es mit zitternder Stimme. »Herr Dr. Hämmerli war damals krank, und er hat mich extra mit dem Brief zur Hauptpost geschickt, die über die Mittagszeit offen ist, weil ihm der Brief so wichtig war. Was soll ich denn nun machen?«

Tief befriedigt, aber auch tief erschüttert lehnte sich Ulrich an die Wand zurück. Er schluckte auch, aber er hielt dabei die Muschel zu. Als seine Stimme wiederkam, war sie belegt, aber in aufgeregten Ohren konnte sie immer noch als ruhig gelten. »Wir bedauern«, sagte er, »so etwas kommt bei uns nur alle Schaltjahre vor, aber wenn es vorkommt, bedauern wir. Wünschen Sie, daß wir Herrn Dr. Hämmerli unser Bedauern noch schriftlich ausdrücken?«

»Bitte nicht«, sagte Fräulein Instetten hastig, »es ist ja jetzt ohnehin zu spät. Ich werde es ihm selber sagen.«

Das wirst du schwerlich, dachte Ulrich, und wenn, ist nicht viel verdorben. Herr Podziewicz wird auf keiner Post der Welt mehr zu erreichen sein... nachdem Herr Podziewicz nun weiß, was er braucht.

»Wie Sie meinen«, sagte er höflich. »Jedenfalls werde ich dafür sorgen, daß der Brief unverzüglich befördert wird.«

Drüben kam keine Antwort mehr. –

Ulrich rührte träumerisch in seinem Kaffee:

Halb zwei am 1. Juli; Dr. Hämmerli sprang aus dem Bett. Hatte er das Kissen dick geschüttelt, die Decke zum Patienten aufgebaut? Legte er eine Puppe hinein? Hatte er Fräulein Instetten verboten, an diesem Tag nochmals nach ihm zu sehen? Er geht – schleicht? – aus seinem Haus; verkleidet, unkenntlich? Was tut er dann? Er geht *nicht* zu seinem Wagen; der Wagen war vier Tage in der Garage gewesen, Jimmy hatte das bestätigt. Beweis: Jimmy war zweimal damit ausgefahren, angeblich zu Testzwecken, in Wahrheit, weil man einmal im Leben diesen Wagen gefahren haben muß. Wartete ein Komplizenwagen vor der Tür mit brummendem Motor? Wahrscheinlicher: ein Taxi. Dr. Hämmerli hat wenig Zeit. Er jagt, tief ins Polster gedrückt wie ein fotografenscheuer Filmstar, das Taxi zur Bahn. Dort steht ein Zug unter Dampf; tut er das? Das kann man im Fahrplan nachprüfen. Wohin der Zug, da er ja, mangels Geländegängigkeit, nicht geradewegs nach Trostau dampfen kann? Ulrich schloß die Augen, um sich die Landkarte vorzustellen, und rümpfte die Stirn: er landete im Italienischen. Dr. Hämmerli war im internationalen Zug, in nicht viel mehr als drei Stunden, durch den Oktavertunnel nach Treppano gefahren. Und von Treppano durch das Arcio-Tal wieder ins Schweizerische hinüber. Trostau war am raschesten von unten zu nehmen. Wie? Mit dem Postauto? Das wäre schlimm. Postautos führen nicht über ihre Passagiere Buch. Oder –

Ulrich wurde es heiß, nicht nur vom Kaffee. Er legte vier Franken neben den Coupon, der nur drei Franken fünfzig von ihm verlangte, griff nach dem Hut und erhob sich. Jetzt ein bißchen Paßluft. Die Elefanten begannen unkenntlich zu werden im Schnee; der stöberte wild und nahm alle Berge weg. Nachdenklich riegelte Ulrich seinen Citroën auf, der molligen Schnee auf der strengen Froschschnauze sammelte. Es war sehr zweifelhaft, dachte Ulrich, während er mit der Hand die Scheiben säuberte, ob ihn der Paß noch einmal durchlassen würde. Während Ulrich mit Sorgfalt die Citroënschnauze von einer Talkurve in die nächste steuerte, hellte sich der Himmel wieder auf. Das zarte Graublau war schon rauchig von Dämmerung, hob die wieder sichtbaren Schneehäupter, die Höhe gewannen, während er Höhe verlor, in nicht geheure Transparenz; im Westen sättigte sie sich lachsrosa und in der Tiefe, in die das Erchtal verrauchte, winterlich lila. Als der Wagen die letzte Paßkurve hinter sich hatte, war das Tal erloschen, die Buntheiten am Himmel im ganzen zaghafter, im einzelnen feuriger geworden; die Berghotels der ersten Siedlung, bekannt als Gletscherkurort, standen schon grau mit hellen Fenstern, Spielzeug der nahen Weihnacht. Ulrich ließ seine Standlichter brennen; der Zugwind, den er mit Pedaldruck herausforderte, fegte den Schnee in trockenen Schleiern von der Karosserie. Ulrichs Ohren sangen; die Konzentration wich dem Gefühl, mit achtzig Kilometern eine fremde Heimat anzusteuern. Lärchenwälder, erste Äckerchen am Hang, rührend in ihrer Struppigkeit. Stall-, Schoberformationen, wettergrau, dämmerungsgrau, stellten sich aus einem volkskundlichen Bilderbogen zusammen; wieder fiel ein Quertal aus dem Unwahrscheinlichen herab und staffelte die scheinbar kompakte Talwand in großzügige Einzelkulissen. Schon nach zehn Minuten Fahrt meldete eine Innerortstafel, die Ulrich im Scheinwerfer fluoreszieren ließ, den Ort Milvers; durch das Wettergrau blickte karolingisches Kirchenweiß herüber, das Dekorationsstück des Heimatschutzes. Vor einem halben Jahr hatte man es von oben blinken sehen, in einer Vormittagssonne, die für einen von ihnen zum letztenmal aufging... Ulrich tastete, indem er das Gaspedal lockerte, mit den Augen die rechte Bergwand ab. Wie erloschen das war. Die Außerortstafel zeigte an, daß Trostau nur noch zehn Kilometer entfernt lag, bei Ulrichs Fahrt keine zehn Minuten. Das Tal glättete sich; die Straße war das einzige Helle unter dem Himmel. Von weither kündeten sich die paar Stück Gegenverkehr an; die ersten Riesenchalets leuchteten milder zwischen Baumgruppen hervor, rotteten sich allmählich und säumten die Straße. Ulrichs Blick suchte die Fassade heraus, hinter der sie damals gewohnt hatten. Zimmer frei, und immer öfter: *Camere libere*. Espressomaschinen, die hinter durchsichtigem Hoteltüll schimmerten; Belcanto-Fetzen aus einer offenen Tür; Gruppenbildungen auf der Straße. Jetzt noch eine Dunkelstrecke, in der die Scheinwerfer zur Geltung kamen: Blöcke in mürbe gewordener Streu, das Bergsturzgebiet. Ein kurzer Engpaß, und dann der Blick auf das Kurdorf, ein sanftes Gewaber von Hotelstruktur, Lichtspuren ohne Saisonintensität, aber doch mit einem Schimmer von Luxusfreiheit und Urlaubsintrige, von Gulbenkian, von Las Vegas. Ulrich setzte sich noch im Fahren den Hut auf. Fünf Uhr vorbei.

6

Der Citroën hatte den richtigen Schwung für den Parkplatz vor der »Casa Nair«, der in der Tür stehende Portier mochte davon Kenntnis nehmen. Ulrich stieg aus dem Schlag, reckte sich und schlüpfte in seinen kurzen Mantel. Der Hut, das Aktenköfferchen. Der Piazzamäßige Belag spiegelte nicht, aber Ulrich hatte das Gefühl, daß er sich so sehen lassen konnte. Mit federnden Schritten nahm er die Treppenhöhe vor dem Hoteleingang, nickte dem Portier kaum zu und erkundigte sich am Teak-Corpus nach einem Zimmer. Er ließ offen, ob er seinen Aufenthalt über eine Nacht hinaus verlängern würde; er ließ erkennen, daß diese Chance (für das Hotel) von allerlei höheren Gewalten abhing, aber natürlich auch vom Service der »Casa Nair«. Der Portier wurde rührig, zog ihm das Köfferchen aus der Hand und führte ihn über zwei Treppen in ein Frontzimmer, das Gulbenkians würdig gewesen wäre. Ulrich betrat es doch eher prüfend als begeistert, ließ unbestimmt, ob die Aussicht auf die Piazza seinem Lebensgefühl entsprach, fertigte den Portier mit einem oberflächlichen Händedruck, in dem eine Münze steckte, ab und warf sich erst, als der andere die Tür vorsichtig zugezogen hatte, mit einem Gewieher lang und breit und mit allen Schuhen aufs Doppelbett. Geschafft.

Wo ein Badezimmer war – schwarz gekachelt –, war es nicht abwegig, erst ein Bad zu nehmen. Man mußte sich dazu nicht erst schmutzig fühlen. Das Wasser floß durch eine sanft gelappte Luke ein, geräuschlos von unten nach oben. Kavaliersnächte wusch man sich in dieser Hotelklasse geräuschlos vom Leib. Ulrich hüpfte aus seinen Hosen; da er dabei ins Stolpern geriet, baute er das Ausziehen zu einem Tanz aus und dachte dabei an das ältere Schweizer Ehepaar, das bei Besichtigung seines eleganten Pariser Badezimmers Bedauern geäußert hatte, daß nicht Samstag sei ... Nackt schnellte er auf dem diskret aufgeschlagenen Bett herum und umarmte dazu mindestens zwanzig Frauen, in jeder Ecke des Daunengefährts ein halbes Dutzend; erschöpft und leiser wiehernd zog er den goldbraunen Vorhang etwas beiseite, schlüpfte zwischen Fenster und Vorhang und zeichnete Esthers Namen in das leicht betaute Glas. Durch Esthers Namen, der rasch zerlief, musterte er die Piazza und die gegenüber aufgebauten Alpenwände. Dann drückte er seine Lippen aufs Glas und betrachtete den Doppelfleck. Dann fand er, es sei Zeit, nach dem Bad zu sehen.

Er badete ohne Seife, ohne sich zu waschen, bloß mit einer Zeitung, die an den Rändern Feuchtigkeit trank. Nach einer Viertelstunde stieg er hinaus, troff ab und las den Artikel fertig; er handelte von gelockerten Importrestriktionen für Schweizer Uhren in den USA. Als er trocken war, schlich er in sein Boudoir zurück und legte sich auf das Bett. Gegenüber hing, in der Reproduktion eines Luzerner Bilderzirkels, Rousseaus »Nach dem Karneval«. Ulrich dachte an Andres. Dann nahm er den Telefonhörer ab.

»*Si?*« fragte es sofort. Ulrich ging nicht darauf ein. »Verbinden Sie mich mit Frau Gabriele Schmutz in Buffalora«, gebot er.

Es machte Spaß, mit Andres' rasch redender Tante so kompetent und nackt zu verkehren. Auch ein bißchen zögernd, für alle Fälle.

Schließlich mußte man bedenken, daß hier eine Wunde zu berühren war. Frau Gabriele hatte, mitten aus ihrem jüngsten Gesellschaftsroman, einen Neffen verloren. Ja, Frau Schmutz. Eine Art Wallfahrt, zu Andres' letzten Orten. Er fand es merkwürdig, daß sie das charmant fand. Er möchte sie Wichtiges fragen. Als Andres' Freund. Nein, zum Tee, das war zu spät, dann mußte er schon wieder an Aufbruch denken. Am späten Vormittag, zum Apéro? Gut, wenn er dadurch kein schöpferisches Stündchen störe. Gern. Gern. Aha? Sehr gern. Wie? Postauto? Nicht nötig. Ich habe den Wagen. Bitte. Aber bitte: inkommodieren Sie sich nicht. Schluß. Ulrich grinste und dachte an Andres. Nein, der hätte seinen Stil wohl nicht gebilligt.

Ulrich wußte nicht recht, wohin mit seinem gebadeten Wohlgefühl. Er zog ein frisches Hemd über dem Rücken straff, dann zerrte er es über den Kopf zurück und schritt zu einer Rasur, elektrisch zwar, aber die zweite an diesem Tag. Sein Kopf über dem Unterhemdhälschen sah wieder ungenügend aus, nicht einmal römisch, mehr nach hungrigem Internatszögling. Ulrich betrachtete nur noch die Stelle, wo der Scherkopf hinsurrte. Dann glitt das von Stärke knisternde Hemd zum zweiten Mal über seine Haut, wurde zwischen den Kragenspitzen mit einem geblümten Seidenpropeller behängt und in die träumerisch leichte Hose gezogen. Der Rücken schauerte Beifall. Mama zu Hause legte eine Patience; Papa tauschte mit leitenden Herren humanistische Aperçus und unterschrieb dazu, ohne sich im Gespräch zu unterbrechen, einen Vertrag, der nicht einmal Zahlen nannte. Es gab nur einen blinden Fleck in der Welt: Ulrich würde heute abend in der Bar daran gehen, ihn mittels Aktenstudium zu erleuchten. Aber erst war ein Diner fällig.

Der Speisesaal lag, durch Glas separiert, hinter dem Café, in dem Ulrich, leicht duftend, einen Augenblick innehielt und seinen Duft vergaß. Ja, hier. Der bekannte Fensterplatz. Weil in der Ecke, neben ihm Raoul, dann ich. Dann Andres, mit dem Rücken schief zum Fenster. Ulrich blickte die spiegelnde Scheibenwand auf und ab: keine Fliege war mehr auszumachen. Die Fliegen des Sommers verflogen, der Vater zwar nicht im Krieg, aber in Ingelheim am Rhein, das Orchester abgebrannt; nur die glitzernden Trümmer der Instrumente standen noch in der fernen Ecke, zusammengeräumt, unbespielbar. Die Pauke hieß Leonessa.

Ulrich setzte sich im Eßsaal, der karg belegt, also doppelt leer war, an den siebenten Tisch. Aus einem Lautsprecher tropfte schwacher

Klavierjazz. Eine Gruppe mit Pudel: Herrchen, Frauchen und zwei Söhne, der kleinere davon ausgestopft, besetzten den dritten – vierten – fünften Platz auf der Fensterseite. Sie kamen Ulrich augenblicklich sympathischer vor, wenn er sie probeweise nicht als Deutsche betrachtete; der schwerbefestigte Bonze wurde dann zum südlichen Charakterkopf. Wahrscheinlich war der Gipspatriarch dennoch vom Rhein, aus Ingelheim, einer von denen, die man Papa nicht zeigen durfte, wenn man das Geschäft machen wollte. Manchmal redeten sie, indem sie die Lippen bewegten. Die Akustik schluckte jeden Laut; die Kristalleuchter ließen sich von nichts Menschlichem stören, Lachen von Einsamkeit bildeten sich zwischen den Tischen. Am übernächsten Tisch ein Liebespaar, das nicht ruhig sitzen konnte.

Er übertrieb nicht. Erst ein paar arglose Spargeln zu entfärbtem Rohschinken; dann Scampi vom Grill an gut geheizter Sauce; dazu trockenen Reis und einen Hauch verschiedener Salate. Einzelheiten, die ohne Aufhebens verschwanden, Pausen gestatteten. Übrigens saß am hintersten Tisch der Gegenseite noch eine weitere Einzelheit, langhaarig, mit Augen; sie hob die Augen von Zeit zu Zeit über das Magazin, das ihr den Zugang zu ihrem Apéritif erschwerte: gedehnt kam ihre Hand hinter dem Papier hervor und entführte das Glas. Manchmal spielte sie nur mit ihm, wobei ihr Finger den oberen Rand bevorzugte. Die Bedienung fand Ulrichs Beifall, den er natürlich nicht verriet. Zwei junge Männer im Purpurjackett überwachten diskret den Fortschritt seiner Mahlzeit und stießen im richtigen Augenblick mit einer neuen Platte nach. Die Schönheit des blumigen Propellers blieb nicht ohne Eindruck auf sie, den sie natürlich ebensowenig verrieten.

Für ein Aktenstudium war Ulrich nach dem Zabaione zu satt. Mit dem behaglichen Gefühl, daß es sich nur um einen Aufschub handeln konnte, zog er einen dünnen Paperback aus dem Busen und legte ihn, Titel nach unten – der Titel war zu bunt, konnte ihn bei den falschen Leuten disqualifizieren –, neben dem am Purpurärmel anschwebenden Espresso auf den Tisch. Merkwürdig, dachte er, daß die Leute auch in einem dichtgemachten Eßsaal dem Drang zum Fenster folgen. Ich bin der einzige an der Wand. Nach dieser Betrachtung, die ihm fein und passend vorkam, griff er den Band auf und begann, beim schalen Licht der Kronleuchter, mit der (englischen) Lektüre des Schriftstellers Ian Fleming.

Er kam langsam vorwärts; einige Stellen erriet er nur, da sein drittes Jahr Englisch nicht für alle Konversation der großen Welt aufkommen wollte. Nach einiger Zeit erhob er sich mit dem dumpfen Gefühl, im Speisesaal als Lesender nicht mehr am Platze zu sein; es war gegen neun Uhr, der Raum hatte sich bevölkert, ohne deswegen viel von seiner Lautlosigkeit einzubüßen. Vornehme Leute essen spät; rasch und diskret, wie in einem Operationssaal oder einer Messe, wischten die Purpurjacken hin und her und ließen sanftes Silber klirren. Ulrich erhob sich plötzlich etwas stumpfsinnig (während des Lesens war ein Vorhang gefallen); ohne sich umzublicken, setzte er sich drüben im Restaurant auf den Platz, der schon einmal der seine gewesen war, und ließ sich eine Flasche Malvoisie bringen, um seine Arbeit an James Bond fortzusetzen.

Als die Musiker im Hintergrund an ihren Instrumenten zu rücken begannen, hob er einmal kurz den Kopf. Sollten sie. Mit Musik lief es dem geheimdienstlichen Mörder besser. Das Hotelvolk hatte sich gleichfalls herüber verschoben. Es rottete sich um die Bar und breitete sich an den Tischen aus. Als Musik anfing, tanzte es sogar.

7

Die Musik wurde laut; man sang La Bostella und kauerte dazu, bis der Bandleader einen wieder in Stellung schrie. Ulrich ließ den Fleming sinken. Nun wurde es Zeit für die Unterlagen. Er zog eine Agenda aus der Tasche und legte die Füllfeder darauf. Dann trank er ein halbes Glas Malvoisie mit einem Zug und schrieb »1. Andres« auf die erste für Notizen vorgesehene Seite der Agenda. Dann füllte er Malvoisie nach, trank und malte etwas später das e und das A von Andres aus. Später auch den Bauch des d. Dann das s. Andres war jetzt kaum mehr zu entziffern. Ulrich trank zum dritten Mal, dann erhob er sich. Tango konnte er.

Die Langhaarige strich sich das lange Haar leicht aus der Stirn und kam, segelte hinter ihm her; er gab sich Mühe, eine gewisse Befangenheit seines Schrittes zu betäuben. In einer Ecke der Tanzfläche griff der Arm um den andern Körper, entschlossen, mit der Kürze der Ungewohnheit. Dann bewegten sie sich. Die tanzte ja eng, aber soweit ganz schön unaufdringlich. Ihr Haar hatte genau jene verdammte Distanz zu seinem Ohr, die zum Kurzschluß einlud. Die Tuchfühlung erleichterte, gaukelte einem eine bereinigte Situation vor. Aber Ulrich vergaß, trotz Malvoisie, keinen Augenblick, daß die Front weiterbestand, auch wenn er das Ding jetzt im Arm hatte; man hielt sich, das heißt, man versperrte sich jetzt auf subtilere Weise den Weg; das war immer noch feindliche Intimität, und wenn Ulrich daran Gefallen fand, blieb unsicher, ob er damit nicht besonders allein war. Da blieb noch viel Spiel, auch wenn ihre Körper kaum Spiel hatten; weiß der Himmel, wem sie über seine Schulter ein Auge kniff, oder auch bloß Augen machte. Wer solche Augen hat, macht sie auch. Und doch, es entspannte zwar nicht, o nein, aber es tat gut.

Er sprach sie englisch an; sie antwortete deutsch; er fand es dennoch ganz gut, daß er sie englisch angesprochen hatte. Er machte an ihrem naheliegenden Ohr vorbei ein Kompliment, daß sie deutsch sei und doch sei, wie sie sei; sie antwortete nichts darauf, und er tanzte befangen. Nach dem dritten Tanz setzten sie sich an die Bar.

Sie hieß Uschi und noch etwas, was er nicht verstand, und sie stammte aus Oberursel. Als er mitteilte, er heiße Ulrich, musterte sie ihn mit Interesse. Sie war hier, weil sie nach einem Party-Sommer Ruhe brauchte, im Hinblick auf einen Party-Winter. Ihr Kleid, das ihren Leib auf dem Barstuhl in eine nicht übertriebene Birnenform spannte, war schwarz-grün, aus einem Stück geschnitten, und ließ hinter dem Nacken, von dem es, seiner Strenge ungeachtet, weich abrutschte, noch ein Stück Rückendämmerung frei. Sie war verlobt. Auch das war ein Grund zur Erholung. Und er?

Ulrich trank langsam eine Whiskyschicht ab, ehe er antwortete, und ließ träumerisch die giftige Kühle der Eisstücke gegen seine Zähne spielen. Er, Ulrich, war hier, um einen Freund zu suchen.

Ob er keinen Freund habe?

Keinen neuen Freund. Einen alten, einen verschwundenen.

Verschwunden? Uschi, die geschlossene Form, machte Augen. Ja, diese Augen waren genau, was er sich gedacht hatte. Beim nächsten Tanz würde er ihr die Herablassung austreiben. Durchscheuern das Stück bis auf den Selbstschutz. Den mochte sie dann spöttisch tragen, wenn sie wollte. Er blickte abwesend durchs Fenster. Auch hier waren die Fenster jetzt durch Vorhänge verkleidet.

»Mein Freund wurde entführt«, sagte er und gab durch Kinnstellung zu erkennen, daß er die Zähne zusammenbiß.

»Das ist aber aufregend«, sagte sie. »Ist Ihr Freund noch ein Junge? So jung wie Sie?«

»Gegen die vierzig, wie Sie«, sagte er höflich.

»Das ist eine schöne Musik«, sagte sie, »tanzen wir dazu.«

Sie tanzten enger als zuvor, aber Ulrich hatte den Verdacht, sie tat es zum Vergnügen, nicht, weil sie aufgeregt war. Er hielt sich sehr zurück. Am Schluß legte sie lachend den Kopf an seine Schulter, die Tante.

»Wer hat Ihren Freund entführt?« fragte sie beim nächsten Tanz.

»Ich weiß nicht. Es ist eine Theorie.«

»Sie lesen James Bond«, sagte sie.

Er ließ sie ein paar Figuren tanzen. Sie zog ihre Hand aus der seinen und tanzte allein, wobei sie starke, rhythmisch gehemmte Bewegungen mit den Hüften durchführte. Als er sie einfing, war sie wieder ein flaches Blütenblatt, schmiegsam, duftend und neutral.

Als sie wieder an der Bar waren, hielt er die Zeit für gekommen, ein ernstes Wort zu sprechen.

»Mein Freund ist nämlich tot«, sagte er mit vom Whisky verdunkelter Stimme.

»Ach«, sagte Uschi und schob ihr Haar zurück. »Das gibt es doch gar nicht. Ihr Freund, so jung und schon tot.«

»Wenn Sie wollen, zeige ich Ihnen die Brücke, über die er gestürzt ist«, antwortete er, ohne sie anzusehen, »keine zwei Kilometer von hier. Hundertfünfzig Meter senkrecht. Das schafft keiner lebendig. Man hat keine Spur von ihm gefunden, nur zwei Schuhe. Eustach war sein Name.«

»Ein schöner schweizerischer Name«, sagte Uschi betrübt. »Dabei ist er entführt worden und gar nicht über die Wand gefallen.«

»Das ist nicht offiziell«, antwortete Ulrich scharf und drehte am Whiskyglas. »Das ist meine Vermutung. Eine Theorie.«

»Ich liebe Theorien«, sagte Uschi ernsthaft. »Und wegen Ihrer Theorie sind Sie also hier, Ulrich.«

Ulrich bestellte einen weiteren Whisky.

»Ich verstehe«, sagte sie. »Ein Freund ist etwas Kostbares, und ein verlorener Freund etwas Ärgerliches. Man sollte es erst gar nicht soweit kommen lassen, und wenn sie es doch versuchen, zu verschwinden, unter dem Vorwand, tot zu sein, dann muß man sie suchen. Das ist man sich schuldig.« Sie tanzten wieder. Im Geiste fuhr Ulrich fort, am Whiskyglas zu drehen. Aber diesmal hielt er Uschi fest, die Ratte; er betanzte sie sozusagen brutal. Sie ging darauf ein, indem sie sich weich machte, aber das sind eben diese Tricks.

»Wer hat denn Eustach entführt?« fragte sie an seinem Hals. Ihr Atem schien keinen Whisky anzunehmen. Er sprach von ihr weg, immerhin hielt er dabei ein paar ihrer freien Haare unter Wind.

»Das ist unerheblich«, sagte er.

»Ulrich«, sagte sie schmollend, »Sie wissen nicht einmal, wie er aussieht, Ihr Entführer, der Entführer unseres Eustach?«

»Nein«, sagte Ulrich und tanzte hart.

»Aber Sie können ihn sich vorstellen«, sagte sie, nahm seine Hand hinter ihrem Rücken hervor, behielt sie aber und zog ihn daran zur Bar zurück. Die Musik war keineswegs zu Ende. Als sie wieder saßen, nahm sie ihr Täschchen – es war ein strenges, aber mit altertümlichem Kofferschloß – und kramte darin. Dann brachte sie einen Notizblock in Goldstanniol und einen feinen Drehstift zutage und legte beides vor Ulrich hin.

»Zeichnen Sie Eustachs Entführer, Ulrich«, sagte sie.

Ulrich starrte auf die kleine Papierfläche und dann auf Uschis Lippen, soweit seine vom Whisky getrübten Augen ihn ließen. Die Lippen arbeiteten schwer und zögernd, unter besonderer Berücksichtigung der Mundwinkel. Die Jesuiten dürfen ihren weltlichen Gesprächspartnern nie in die Augen sehen, nur auf den Mund. Wie unschicklich. Dann zeichnete er einen dicken Zuchthäuslerkörper mit warzigen Knien, dessen gestreifte Brust er schwellte; die gewaltigen Füße standen total auswärts. Auf das Ganze zeichnete er einen zarten Baronskopf mit ausschweifendem Schnurr- und ebenmäßigem Spitzbart. Er war delikat gescheitelt und hatte nur ein Auge, und dieses verklebte ein Monokel. Auf die Halskrause, einen duftigen Teller, verwandte Ulrich viel Mühe; sie geriet plastisch wie auf einer Fotografie.

»Danke, Ulrich, das genügt für heute«, sagte sie und zog ihm den Notizblock weg. Sie betrachtete den Entführer und steckte ihn in die Tasche, die sofort schnappte. Dann neigte sie sich auf ihrem Barhocker schräg hinüber, fuhr mit den Spitzen ihrer Lippen über seine verdutzte Wange, und dann packte sie mit den Lippen die seinen, schlürfte sie kurz ein und ließ sie dann vollplastisch wieder los, schnell und gedehnt zugleich. Er hielt sich lächerlicherweise mit beiden Händen an seinem Stuhl fest, der durch den Lippendruck etwas ins Bocken kam. Dann glitt sie vom Hocker und wandelte zwischen den Tischen dem Ausgang zu.

Ulrich drehte länger am Glas als zuvor; dann trank er aus und bezahlte; es geschah mit zu wenig Routine und hinterließ Unsicherheit beim Barkeeper, die auch ein bedeutendes Trinkgeld nicht ganz beheben konnte. Ulrich erinnerte sich an seinen Tisch, Andres' Tisch. Er ging nicht besonders sicher an den Tisch zurück. Die Agenda lag noch da, aber jemand hatte das Wort »Andres« durchgestrichen, offenbar mit Ulrichs Füllfeder. Diese war weg, Ulrich tastete, beschämend heftig, nach seinem Herzen: da stak sie auch nicht. Definitiv weg. Ulrich steckte die Agenda ein. Den James Bond ließ er liegen. Der konnte ihm nun auch gestohlen werden.

In seiner Suite hielt er sich nicht lange auf. Er zog sich rasch aus, wusch sich das Nötigste vom Gesicht und krümmte sich, nicht mehr nach Uschi duftend, zum Häkchen unter der uferlosen Decke. Das Gefühl, versagt zu haben, war mit dem Whisky/Malvoisie-Gemisch zusammen ein heftiges Schlafmittel.

8

Als er erwachte, konnte er nicht glauben, daß es Morgen war. Sein Kopf benahm sich noch mitternächtlich, und in der Vorhangritze stand eisblaues Dunkel. Aber das Klimpern von Eimern irgendwo, die Fetzen respektlos lauter (fremder) Mundart im Korridor hatten die Melancholie begonnener Arbeit, die Herausforderung des Werktags. Ulrichs Glieder hätten noch gern etwas Sonntagmorgen gespielt, aber er hatte nicht einmal etwas zu lesen. Die verwaschene Zeitung: nein, das ging nicht mehr. Ulrich sprang aus dem Bett. Mochte Uschi in dem ihren liegenbleiben, in einem andern Gang, hinter einer andern Tür, Verlobungskater ausschlafen, egal mit welchem Kater. Nicht mit ihm.

Kaum hatte er am Frühstückstisch Platz genommen, die alte Zeitung aufgeschlagen und sich zum Warten auf Hörnchen und Ei zurechtgesetzt, erschien sie in der gläsernen Tür. Wer? Eine auf Reise getrimmte, sportlich verwandelte Uschi im zweiteiligen kamelfarbenen Jackettkleid. Die Zeitung bot keinerlei Schutz. Ulrich ließ sie sinken.

Der Tisch war für mindestens zwei Personen gedacht; die zweite nahm ohne Umstände Platz, lobte die Frühe draußen (prickelnd wie Sekt) und dann ihren Schlaf, worauf sie sich langhaarig nach dem seinen erkundigte. Schlecht geschlafen zu haben, empfahl sich jetzt nicht mehr, wäre Mißdeutungen ausgesetzt gewesen; also hatte er gut geschlafen. Der Kellner brachte das zweite Frühstück mit einer andern Nuance, einem lächelnden Schatten von Mitwissen und Zudienerei; ein abgeschmacktes Aha-Erlebnis hatte in seinem brillantinenen Kopf stattgefunden, offenbar hatte das Frühstück jetzt seine Ordnung, wie er sie verstand. Er wußte, wie weit ihre Zimmer auseinander lagen, eine Kleinigkeit bei abgelöschten Korridoren; Ulrich wußte es nicht, aber das war seiner Nase von dem Garçonblick, den Dolce-vita-Routine trübte, nicht anzusehen. Ulrich ärgerte sich zu Marmelade und doppeltem Espresso.

Er ärgerte sich über Sprachliches. Was Sekt heißen solle. In einem anständigen Land gebe es keinen Sekt. Ob sie eine Ahnung habe, was man ihr in Deutschland unter dem Namen Sekt verkaufe? Einen Saft aus Schwefel und Zucker und Kohlensäure, dem keine Traubenbeere auch nur von ferne zugewinkt habe. Es sei denn eine jugoslawische, oder eine bulgarische; sie mit ihrem Osthandel und ihrer ganzen verlogenen Politik. Man müsse in einem Land Wein trinken, das von Römern wirklich kultiviert worden sei; besiedelt, nicht nur angeleckt und dann unter Schaudern wieder ausgespien. Er sei sicher, Oberursel liege nördlich des Limes, stundenweit. In der Schweiz gebe es keinen Sekt, sondern nur Champagner. Ein für allemal.

»Veuve Cliquót«, sagte Uschi und machte dazu nicht nur Augen, sondern auch Lippen, und das alles um acht Uhr früh, mitten in der Nacht. Ulrich fuhr ihr denn auch gleich über dieselben, nicht mit dem Finger, worauf es Uschi vielleicht angelegt hatte, sondern zum zweitenmal mit Kultur.

»Veuve Clíquot«, betonte er heftig. Was habe er gesagt: angeleckt und wieder ausgespien. Bordeaúx! Racíne! Es wäre zum Lachen, wenn es nicht zum Heulen wäre. Nur weil die Deutschen Erstsilbenbetonung – pflegten, möge er nicht gern sagen, also durchführten, bildeten sie sich ein, daß es sich im Französischen irgendwie umgekehrt verhielte. Womit sie ja ganz recht hätten, denn im Französischen gehe wirklich alles sehr anders zu, aber in diesem Fall erweise sich die teutonische Konsequenz doch wieder als zu plump. Denn Französisch töne nicht einfach umgekehrt wie Deutsch, sondern anders, nämlich wie eine Sprache, die die Römer wirklich einmal im Mund gehabt hätten, und mit ein bißchen Kompensationsbedürfnis sei da eben nicht durchzukommen. Die in der Schweiz gebräuchliche Erstsilbenbetonung sei zwar auch falsch, denn im Französischen schwebe der Akzent, aber sie sei weniger falsch, ehrlicher falsch, sozusagen.

»Wenn Sie weiterreden, wird Ihr Káffee kalt«, sagte Uschi sanft, »und wir erwischen das Flugzeug nach Bérlin nicht mehr.«

»Wohin?« fragte Ulrich mißtrauisch.

»Nach Bérlin«, sagte Uschi. »Das ist eine deutsche Kleinstadt, in der die Erstsilbenbetonung am konsequentesten durchgeführt ist. Aus Betonungsgründen hat man dort statt Polizísten Vólkspolizisten eingeführt, und natürlich auch zur Förderung des Osthandels. Wissen Sie, daß alle Deutschen Nazis geblieben sind?«

»Wieso?« fragte Ulrich verdutzt.

»Aus teutonischer Konsequenz«, sagte Uschi, »Sie sind auch gar nicht informiert in Ihrer schönen Schweiz. Da es nachweislich immer noch Nazis gibt, müssen doch alle Deutschen Nazis geblieben sein. Die Konsequenz kann so weit gehen, daß man es nicht einmal selbst bemerkt, weil es so selbstverständlich ist. Mein Onkel zum Beispiel wollte es einfach nicht bemerken und mußte von einem Exekutionspeloton der SS darüber belehrt werden. Das war nach dem sogenannten 20. Juli – an das Jahr erinnere ich mich nicht mehr genau. Wir Deutschen sind ja auch so ekelhaft vergeßlich. Sie haben das nur nicht erwähnt, weil Sie nett sein wollten.«

Ulrich schmeckte das Frühstück nicht mehr. Er kränkte sich. Es war ganz unnötig, daß dieses Weib schweres Geschütz auffuhr und ihn wegen einer Neckerei über die Grenze in die Rolle des Unmenschen drängte.

»Ich finde, Sie bewältigen zu sichtbar«, sagte er, »Ihr Gewissen macht zuviel Geräusch. Sie wollen immer andere in Ihre Probleme verwickeln. Das ist auch Größenwahn. Wenn euch doch das Gefühl dafür verginge, daß ihr etwas besonders Fatales seid. Wenn man euch eine Fluse abzupft, kriegt man immer gleich den Schicksalsfaden in die Hand.«

»Sie täuschen sich, Ulrich«, sagte Uschi. »Als Wirtschaftswunderprodukt hätte ich viel Verständnis dafür, wenn Sie bloß zupften. Aber Zupfen will gelernt sein. Fragen Sie nur einmal bei Ihren Römern nach. Aber beginnen Sie mit einfacherem Latein. Ovid zum Beispiel.«

Auch ein Frühstück geht vorbei. Ulrich wollte bereits, durch Schmollen gedeckt, einen zweiten Blick auf seine Zeitung werfen, da erhob sich Uschi.

»Gehen wir«, sagte sie kurz.

Ulrich starrte sie an.

»Wohin?« fragte er.

»Sie wollten mir gestern die Brücke zeigen«, sagte sie, »über die Ihr Freund Eustach gestürzt ist. Oder nicht gestürzt ist, da er eigentlich entführt wurde. Ich möchte die Brücke sehen.«

Ulrich erhob sich, vor den Kopf geschlagen. Er hatte nicht Zeit, den Kellnerblick unter der Tür zu würdigen, dessen Verständnis schon keine Grenze mehr kannte.

Draußen sagte sie: »Sie hatten vollkommen recht, es prickelt nicht wie Sekt, sondern es ist kalt. Sie holen besser Ihren Mantel.«

Als er mit dem Mantel wiederkam – er hatte sich mit dem Holen Zeit gelassen –, machte er ein verstocktes Gesicht, aber er konnte es nicht anbringen. Uschi war unsichtbar. Er wollte aufatmen, aber wurde dabei unterbrochen. Die langen Haare kamen unten aus einem heruntergekurbelten Wagenfenster zum Vorschein. Aus den Haaren pfiff es, nicht befehlshaberisch, eher leise, ein ganzes Motiv.

Die Überraschung hatte sein verstocktes Gesicht weggeblasen; was darunter zum Vorschein kam, gab sich Mühe, gute Miene zu machen. Ulrich schlenderte hinüber. Der neue Porsche. Man mußte ihn einmal gefahren haben. Was für ein schlechter Film.

»Mein Wagen heizt rascher auf«, sagte sie, als er neben ihr saß, tief, Knie empor; ihre Knie waren frei. »Außerdem«, sagte sie, indem sie den Anlasser betätigte, »macht er weniger Geräusch.«

Der Motor heulte auf, nicht leise, aber gesammelt. Ohne daß man viel bemerkte, lag das Kurviertel hinter einem. Ein Fahrgefühl.

Natürlich kannte das Stück den Weg. Ihre fleischfarbenen Strumpfknie rückten leise am Armaturenbrett, wenn sie mit Gas und Kupplung spielte. Bremsen kam in ihrem Repertoire nicht vor. Auch in spitzen Dorfkurven schaltete sie aus dem Vollgas hinunter, mit knappem Druck auf den Hebel. Der Porsche hielt weich und heulend die beste Linie. Da die Fliehkraft parallel wirkte, kamen sie einander nie nahe; die Versuchung, etwas dagegen zu tun, lag nicht mehr so ferne. Zweifellos ritt die auch. Untreuegefühle gegenüber dem Citroën.

Die Straßenperspektive vor ihnen verengte sich stürmisch, der Porsche glitt auf eine Betonnaht, die zwei Leeren trennte: die Brücke. Uschi nahm Tempo zurück. Die Geländer auf beiden Seiten erlaubten keinen Blick; im Porsche saß man zu tief.

»Fahren Sie hinüber«, sagte Ulrich leise. »Hier können Sie nicht halten. Es war auch drüben.«

Unmittelbar nach der Brücke folgte, zur Linken, eine kleine Kanzel, ein kiesbestreuter Brückenkopf. Der Porsche glitt zwischen die abgeblühten Weidenrosen, silberne Bärte, und knickte mehrere davon. Sie stiegen aus, Uschi vorsichtig, indem sie sich am Wagen hielt, auf ihrer Seite war nicht mehr viel Raum. Die silbernen Fingernägel in die Dachrinne geklemmt, blickte sie über die Kamelhaarschulter hinunter.

»Gib mir die Hand, Ulrich«, sagte sie und schüttelte vorsichtig die Schultern. Er reichte ihr die Hand über den Wagen; sie zog sich daran, den Bauch einziehend, um den flachen Kühler herum.

»Es soll weiter oben stattgefunden haben«, sagte er.

Sie gingen auf der Straße hundert Meter höher; der Beton wurde Katzenkopf und beschrieb einen Bogen nach links, vom Bergwald gesäumt, der in Abgrundnähe dürftig wirkte; bei der nächsten spitzen Rechtskurve sagte Ulrich:

»Hier. Hier soll Andres heruntergefahren und gerade weitergeschossen sein. Auf dem Rad.«

»Eustach«, sagte sie und preßte seine Hand, die sie nicht losgelassen hatte. An dieser Hand zog sie ihn nach sich ins Gebüsch. Dürre Tannenzweige fingen sich in ihren Haaren; lichtarmes Gehölz, das auch die winterliche Lockerung der Kronen nicht mehr begrünen konnte.

Der Boden wich für Ulrichs Gefühl ein wenig zu stürmisch. Uschi, die ängstliche, war diesmal nicht zu halten; sie mußte an den Rand, auch, wenn da kaum ein Rand mehr war. Ulrich stemmte seine Füße ein und machte sich stark gegen ihren Zug zur Tiefe. Schließlich hing sie mehr als sie stand unter den letzten entlaubten Gebüschen. Dahinter war nichts mehr.

»Armer Eustach«, sagte sie, »oder hieß er Andres?«

»Eustach«, sagte er.

»Das macht die Sache doppelt schlimm«, sagte sie.

Dann kroch sie an seinem Griff zurück. Sie stiegen wieder auf die Straße. Das weiche Erdreich zeigte, wenn man über die Schulter sah, keine Spuren als die ihren. Andres' Spur war verschollen, eingetrunken von der Nässe des Herbstes. Ulrich versuchte, sich auf Andres zu konzentrieren; es ging schlecht mit dieser Hand in seiner Hand, die etwas feucht war. Zog sie deshalb die ihre zurück? Von nichts gehalten auf dem Katzenkopf im Bergwald, auf Andres' verschwundener Spur, kamen ihm wider Willen Verlassenheitsgefühle.

»Zum Glück stimmt das alles nicht«, sagte Uschi und sah sich um, suchte sogar die Baumwipfel ab, aus denen eine Elster brach und sich in Kreisen gegen die Schlucht absetzte, »und Eustach ist noch am Leben. Wo stand er, der Entführer?«

»Hier, wo ich stehe«, sagte Ulrich hilflos.

Uschi musterte ihn; aber ihre Augen waren so eingestellt, als blickte sie durch ihn hindurch.

»Du hast nicht einmal eine Halskrause«, sagte sie und wiegte sich vorsichtig mit den Hüften. Dann drehte sie sich um und ging den Berg hinunter.

Ulrich war sicher, daß er stehenbleiben wollte. Dann folgte er ihr.

Diesmal wurden seine Dienste am Porsche nicht benötigt. Uschi ging ohne Umstände auf ihrer Kante dem Abgrund entlang, öffnete den Schlag, neigte sich in ihrem Futteral hinüber, um den seinen zu öffnen, drehte den Schlüssel, schnellte, so daß es ihn ins Polster drückte, die Kupplung und katapultierte den Porsche auf die Straße zurück. Ulrich hatte den Porsche in Verdacht, daß er Luft unter den Rädern gehabt habe.

»Das war frech«, sagte sie sachlich, als er schwieg.

Sie summten die Bergstraße hinauf. Ulrich schwieg bis zur Baumgrenze. Dann sagte er:

»Wohin fahren Sie eigentlich?«

»Nach Buffalora«, sagte sie. »Der Name klingt so gut. Schöner als Eustach und nicht einmal erfunden. Da kommt schon die Kirche.«

Sie schwenkte den Porsche auf den knirschenden Kirchenvorplatz; die Schnauze vor den ersten Gräbern, kam er zum Stehen. Hier hatten die Leute Peer, Pult, Flütsch oder sonst einsilbig geheißen; von den Lebenden zeigte sich keiner. Es zog auf dieser Höhe; selbst der windschlüpfige Porsche wiegte sich im Stand und sang sanfte Schwelltöne. Unter ihnen lag, hinter den Grabkreuzen, ein topographischer Trichter, die Streusiedlung namens Buffalora; es war ihr anzusehen, daß sie vor einigen Jahrzehnten nichts weiter als eine Alp gewesen war. Da und dort verriet ein langgezogenes Dach mit den bekannten Moraststellen Viehbestand, doch das Vieh war längst im Tal; selbst am Kirchhof breitete sich Huflattich aus und Brennessel. Die Gräber lebten noch mit wenigen Blumen; Wacholder drückte sich um die Aufschüttungen, Alpenrosengestrüpp, hie und da eine Legföhre, und im Schutz der unteren Mauer trug eine dürftige Lärchengruppe stark gebräuntes Gelb; es war dieselbe Flora, die sich durch kleine Schlüfte und Rinnen aus der Tiefe in den Buffaloratrichter vortastete, karges Schamhaar, eine abnehmende Prozession Grün, die letzten Metastasen des Waldes, der sich unterhalb der Siedlung erst zaghaft, dann immer dunkler formierte. Die Chalets, die in jener Gegend zu sehen waren, soweit nicht die Bäume sie verbargen, strahlten von frisch lackiertem Gelb; die Entdeckung, daß Buffalora sonnenexponiert war, konnte noch nicht lange her sein. Noch schien sich die Zuwanderung auf besinnliche, rückzugsbedürftige Gäste zu beschränken, denn Ulrich, der seine Sonnenbrille probeweise aufgesetzt hatte, konnte weder ein Schwimmbad ausmachen noch einen Tennisplatz; die zwei, drei Hotels waren noch längst nicht so gut wie ihre Namen, die sie auf simple Schindelwände gemalt hatten, und ein einziger Skilift zog seine Spinnenfährte über den linksseitigen Hang ins weiß Gemaserte hinauf. Da Zwischensaison war, funktionierte die Sonnenexposition nicht nach Wunsch, ließ die Sonnenbrille drückend werden; der Kessel und das Haupttal dahinter lagen unter einem eisenfarbenen Himmel, den auch die Sonnenbrille nicht munterer färbte, und bald würde die Maserung talwärts Fortschritte machen und dicht werden. Besonders die Gräber, schien es Ulrich, warteten auf Schnee. Mit Uschi hier eingeschneit werden und morgen nicht zur Schule gehen ... morgen zur Schule, wie weit weg, wie unvorstellbar. Was für ein harter Schnitt. Ulrich nahm die Sonnenbrille ab.

»Und nun?« sagte Ulrich.

»Wie weiter?« fragte Uschi.

Da sie den Motor abgestellt hatte, konnte sich Kälte anschleichen: sie tat es. Ulrich sah auf die Uhr.

»In zehn Minuten werde ich zu einem Besuch erwartet.«

»Wo?«

»In Buffalora.«

»Hier?«

»Ja.«

»Fahren wir«, sagte Uschi und ließ den Motor anlaufen. »Wohin?«

»Tiefer.«

Der Porsche löste sich von den Gräbern, drehte und fuhr tiefer.

»Wie weit?« fragte Uschi.

»Ich weiß nicht.«

»Frag.«

Sie rollten behutsam zu einem alpinen Menschen hin, der sich lange nicht umdrehte. Danach kniff er dem Paar zwar zwei Augen, aber wollte durchaus nicht wissen, wo Frau Gabriele Schmutz wohnte. Aber wo die Schriftstellerin wohnte, wußte er nach längerem Blinzeln. Dort unten. Im dritta Hüs bi sälla Tannä. Er wurde nicht fertig mit Nachsehen. Der Sauschwab war seinen Lippen auf große Distanz abzulesen.

»Sie sollten unseren Bergbauern ins Auge blicken«, sagte Ulrich.

»Wozu, wenn ich es ihnen doch nicht recht machen kann«, sagte sie heiter. »Kulturvölker bewahren uns gegenüber nun einmal ihre Reserve.«

Der Porsche heizte gerade schön, als sie über einen lückenhaften Weg auf das alleinstehende Chalet zuhoppelten. Sie wurden erwartet. Unter der Tür stand eine Frauensperson mit ägyptischem Haarschnitt und winkte hitzig.

»Kommen Sie!« rief sie, im geschlossenen Wagen bei laufendem Motor mühelos hörbar. »Kommen Sie! Sie kommen ja gleich zu zweit! wie schön!«

Eine solche Stimme zwang zur Kameradschaft. Ulrich begegnete Uschis Blick seit – na, seit der Kurve zum ersten Mal. Unter gellenden Begrüßungsschreien wurden die beiden in den getäfelten Gang und dann in eine Art alpines Studierzimmer geführt. Es war wie in einer Volière. Aber man sah sich vergebens nach einem Vogel um.

»Wohin blicken Sie?« forschte die Frau mit blitzenden Zähnen. »Gemütlich, nicht? Warum setzen Sie sich nicht? Machen Sie es doch gemütlich! Noch gemütlicher! Nehmen Sie einen Kognak? Oder lieber Tee bei Kälte? Aber Kognak wärmt auch! Nicht? Nicht wahr! Sie haben mich auf soviel Besuch gar nicht vorbereitet! Ja, diese jungen Menschen. Sie sind eben gewöhnt, daß man improvisiert. Also improvisieren wir! Sie sitzen ja gar nicht bequem, Fräulein! Entschuldigen Sie, ich höre etwas schlecht. Bequem? Bequem! Sitzen Sie bequem? Vorzüglich. Improvisieren ist etwas Schönes. Als ich jung war – wie bitte? Sie sind ein Spaßvogel, junger Mann! – als ich jung war, da war mir Improvisation alles. Als ich meinen Doktor machte. In Bern. Kannten Sie Herrn Professor Lautensack? Ist ja auch gestorben. Alle meine Doktorväter sind gestorben. Auf diese Art habe ich drei Dissertationen geschrieben. Lautensack, das war kein Übername, so hieß er tatsächlich, wir nannten ihn Geigenkasten. Hat wenigstens mein Examen überlebt. Mein Summa war sein letztes Wort. Improvisation war uns damals alles. Unvorbereitet zu Freunden hereinbrechen, mit nichts als einer Flasche unter dem Arm, und dann die ganze Nacht durch . . . sitzen Sie bequem, Fräulein? Ja? Wenn Sie wüßten, wie wir alles Konventionelle gehaßt haben. Aber wem sage ich das. Auch Sie hassen doch das Konventionelle, sonst wären Sie nicht hier. Wie lieb. Wie nett. Das Fräulein ist ganz süß. Sitzen Sie bequem? Herr . . .? Nehmen Sie noch einen Kognak? Ich weiß. Kognak ist nicht mehr ›in‹. Was mich betrifft, ich halte daran fest. Kognak kommt wieder. Glauben Sie einer alten Frau. Whisky ist vulgär, aber Kognak hat das Je-ne-sais-quoi. Wie schade, daß Sie mir nicht gesagt haben, daß Sie zu zweit kommen. Darauf *müssen* Sie noch einen Whisky trinken. Ulrich? Ulrich. Ich meine, einen Kognak. Sie auch, Fräulein. Wie flott, daß Sie hier sind. Kennen Sie sich schon lange? Sie sehen, ich frage ganz unkonventionell. Seit gestern? Wie flott. Nichts Menschliches ist mir fremd. Jemandem, den die Kunst bei den Haaren hat, macht man nicht so leicht etwas vor. Aber lassen Sie sich sagen, Florian, man kann zu früh damit anfangen. Man sollte etwas zurücklegen für die reiferen Jahre. Das ist keine Moralpredigt, das ist simple Ökonomie. Junge Leute denken doch heutzutage ökonomisch. Sie müssen Sinn dafür haben. Moral lohnt sich. Wie habe ich Sie eben genannt? Florian? Entzückend. Sie wissen gar nicht warum. Florian heißt der junge Held meiner neuen Arbeit. Ich möchte sie nicht Roman nennen. Arbeit klingt sachlicher. Sie werden lachen: es *ist* eine Arbeit. Diese Einfühlung. Wahre Schwerarbeit. Dabei zart, subtil, scheu. Nur keine großen Worte. Florian sucht seinen Vater, müssen Sie wissen. Immer einen andern. Keiner genügt ihm. Die Jugend hat es heute so schwer, Vorbilder zu finden. Wer hat noch Zeit, Vorbild zu spielen. Ein Stoff. Ich tue mein Möglichstes. Aber ich will Sie damit nicht langweilen. Sie trinken ja gar keinen Kognak. Sitzen Sie bequem? Sie dürfen ruhig anlehnen. Auch aneinander. Wie heißen Sie wirklich? Wie? Wie? Ulrich. Ein schöner Name, aber literarisch gefährlich. Vorbelastet. Das wissen Sie nicht? Ist alles schon gewesen. Ulrich ist schon gewesen. Lesen Sie es. Der Band ist nicht billig, aber lassen Sie ihn sich von der Dame schenken. Überdies unvollendet. Ein gutes Buch, aber zu essayistisch. Mein Florian besteht praktisch aus Gespräch. Wie alt sind Sie? Siebzehn? Wie unkonventionell. Florian ist ein Jahr älter als Sie. Aber er wird nicht weiter altern. Das ist der Trick der Literatur. Gehört der Wagen Ihnen? Der Dame? Aha. Darum. Sitzen Sie bequem? Wie bitte? Sie müssen? Wie schade. Das tun Sie mir nicht an. Wir haben uns ja erst gesetzt. Trinken Sie noch einen Kognak? Nein? Trinken Sie ungescheut. Sie brauchen ja nicht zu fahren. Oder fahren Sie? Ich behalte noch eine Flasche übrig. Dabei sollte ich nicht. Ich schreibe im Wettlauf mit meiner Leber. Müssen Sie wirklich? Bleiben Sie doch noch eine Weile bequem. Was ist es? Würden Sie die Stimme noch etwas heben? Andreas? Reden Sie von Hofmannsthal? Ein überschätzter Autor. Andres? Aha, Andres. Der Arme. Wissen Sie, ich sage immer: man sollte unkonventionell leben, aber sterben sollte man konventionell. Kein Aufwand mit Bergsturz und so. Wenn ich denke, wie schön lebendig er eine Viertelstunde vorher noch vor mir saß. Aber da fehlen eben die Vorbilder. Ein Nachtessen bei der alten Tante kann nicht gutmachen, was in sechzehn Jahren versäumt wurde. Müssen Sie wirklich? Dann gebe ich Ihnen noch eine Herzstärkung mit. Mein bestgehütetes Geheimnis. Weil es mich rührt, wie Sie an Ihrem Freunde hängen, obwohl Sie doch so sehr beschäftigt sind. Denken Sie daran: in der Jugend muß man seine Kräfte zusammenhalten. Übermut ist ein schlechter Ratgeber. Fahren Sie mit Gott, wenn Sie an ihn glauben. Glauben Sie? Die meisten jungen Menschen sind heimlich gläubig. Sie reden nur nicht gerne davon. Mir hätten Sie es sagen können. Wollen Sie es sich nicht nochmals bequem machen? Es ist noch Kognak übrig. Ich habe noch eine ganze Flasche. Nein? Ganz unter uns: Mein Florian ist unserem Andres aus dem Gesicht geschnitten. Sie werden die Ähnlichkeit nicht verkennen, aber Sie sollen jetzt schon Bescheid wissen. Weil Sie so entzückend unkonventionell sind. Aber hüten Sie sich am Morgarten! Ganz unter uns. Das mit Andres, nicht wahr. Adieu! Adieu! Fahren Sie mit Gott! Es war ein entzückendes Plauderstündchen, nicht wahr? Nicht wahr! Glauben Sie mal an ihn, probieren Sie's! Sie werden lachen, es ist modern: Gott kommt wieder, wie der Kognak! Fahren Sie vorsichtig! Auf Wiedersehn! Wie? Wie? Auf herzliches Wiedersehn! Schikken Sie mir Ihre Adresse! Sie kriegen ein Freiexemplar!«

9

Es ist auf Bergstraßen, deren Kurven die Aufmerksamkeit des Lenkers beanspruchen, schlecht möglich, einander anzublicken; Ulrich und Uschi taten es dennoch.

»Weißt du noch, wie sie aussah?« fragte Uschi.

»Nein«, sagte Ulrich, »sie riß ihr Gesicht zu sehr auseinander. Ich weiß nicht einmal, ob sie dick oder mager war.«

»Mager«, tippte Uschi, »Schwarzhaarige sind mager.«

»Wenn das Schwarz stimmt«, sagte Ulrich trübe.
»Na«, sagte Uschi. »Hast du den Vogel gesehen?«
»Gab es wirklich einen Vogel?« fragte Ulrich, »ich dachte, was so pfiff, das sei immer sie.«
»Er pfiff auch nicht«, sagte Uschi, »er kam nicht dazu. Er hing in der Ecke und schwieg.«
»Armer Florian«, sagte Ulrich.
»Armer Eustach«, antwortete Uschi, »mit dem ist es jetzt endgültig aus. Glaubst du, daß es Andres noch gibt?«
»Nein«, sagte Ulrich, »die Tante hat ihn gefressen, zum Abendbrot. Aber sie hat mildernde Umstände. Sie hat es gar nicht gemerkt.«
»Sitzt du bequem?« gellte Uschi. »Wie? wie? Sitzt du bequem? Du kriegst ein Freiexemplar!«
»Ich bin genug gestraft«, sagte Ulrich.
»Informativ war das Plauderstündchen ja nicht«, sagte sie, »aber wahrscheinlich bin ich daran schuld. Sie hatte soviel damit zu tun, mich zuzudecken. Du armes gefährdetes junges Blut.«
Plötzlich, ohne Warnung, platzte die Sonne hervor. Das Gesicht der Landschaft verwandelte sich zum Blinzeln; die Wolkendecke glühte, die beschneite Höhe spielte Platineffekte, und aus dem Tal begann es zu rauchen. Ulrich tastete nach der Sonnenbrille.
»Ich habe sie oben vergessen«, sagte er erschrocken.
Uschi nahm den Fuß vom Pedal. »Soll ich umkehren?« fragte sie.
»Um Gotteswillen«, antwortete Ulrich.
»Wenn sie noch gemerkt hätte, daß ich Deutsche bin«, sagte Uschi und setzte den Fuß wieder an. Nein, ein Füßchen war er nicht.
»Hat sie nicht?« fragte Ulrich.
»Woher«, sagte Uschi, »ich kam ja auch nicht zu Wort, wie der Vogel. Es war übrigens ein Bluthänfling.«
»Sie hat das deutsche Schild gesehen«, sagte Ulrich.
»Glaubst du, daß sie eine Beobachterin ist?« fragte Uschi.
»Eigentlich nicht«, sagte Ulrich, »ihre Romane sprechen nicht dafür.«
»Hast du ihre Romane gelesen?«
»Einen. Hämmerli ließ ihn uns lesen, damit wir die Eigentümlichkeiten des Trivialromans daran studierten.«
»Dabei hofmannsthalte es nur so auf ihren Regalen.«
»So ist das aber«, sagte Ulrich weise. »Es gibt nichts Anspruchsvolleres als den Trivialroman.«

»Wer ist das, Hämmerli?«

»Sie sprechen das i zu lang aus«, sagte er. »Ja, wer ist der Hämmerli.« Ulrich sang mit Kopfstimme: »Ein Mann, ein richtiger Mann.«

»Aha«, sagte Uschi ehrfürchtig. »Dann bin ich ja nicht der erste Abgrund, in den das junge Blut blickt.«

»Ich blicke gar nicht«, sagte Ulrich, »ich möchte bloß nach Italien, denn es herrscht Sonne.«

Sie fauchten über die Brücke. Ulrich packte das Gewissen. Er hatte bei der entscheidenden Kurve nicht aufgepaßt. Andres, dachte er mit einer Art Ingrimm. Jetzt nur noch Andres.

»Bleib sitzen«, sagte Uschi. Sie fuhr wie der Teufel. Die Kursiedlung schnellte zu beiden Seiten der Straße zurück; vor ihnen öffnete sich nichts als Tal, prahlerisch, mit Sonnen- und Wolkenkammern; an einer Stelle spreizte sich ein klassisch flimmerndes Strahlenbündel über die Talflanke. Ulrich dachte an eine wunderschöne Kondolenzkarte, die er kürzlich gesehen hatte: Strahlenfächer aus Gewitterwolke, und darunter ein einziges Wort: Credo. Raoul hatte die Karte gekauft, für Andres' Vater, und mit seiner steifen Kathedralenschrift hineingeschrieben: »Wer auf sein Leid tritt, steht höher.«

»Wenn mein Reisebegleiter in der Tat siebzehn Lenze zählt«, sagte Uschi, »und noch nicht ganz, wie die Verkehrsordnung vorschreibt, deren achtzehn, so dürfte es sich für ihn ohnehin empfehlen, die Grenze in Gesellschaft einer viel älteren Frau zu übertreten.«

Unangenehm, daß unter dem vielen losen Haar so präzise Dinge vorgingen. Er wäre vermutlich auch allein durchgeschlüpft, es war nicht wahrscheinlich, daß die Zöllner darauf bestanden haben würden, außer der grünen Karte auch noch seinen nicht vorhandenen Führerschein zu sehen, aber es war natürlich sicherer so. Sicherheit durch Uschi, Deutschland. Mit hundertachtzig, auf Porsche.

Die Straße lief schnurgerade durch entlaubte Feinobstgärten; fehlte nur, daß der Porsche ein Schiebedach gehabt hätte. Was hätte Uschis Haare flattern lassen können! Ulrich rückte schräg von ihr weg.

»Wieviel älter bist du eigentlich?«

»Jahre«, sagte sie mit zusammengekniffenen Augen, denn die Zugluft war auch bei kaum geöffneten Flügelchen erheblich, »Jahre der Erfahrung und der Verbitterung.«

Sie war sechsundzwanzig und hatte Zoologie studiert. Nur ein bißchen; nicht wesentlich über die Gliederfüßler hinaus. Sie hätte noch gern etwas über Fledermäuse gehört, aber dann war ihr Verlobter dazwischengetreten.

»Wie sieht er aus?« fragte Ulrich.

»Gott, was für eine unkonventionelle Frage«, antwortete Uschi und blickte zu ihm hinüber, trotz Gegenverkehr. »Groß, gebräunt, maskulin und differenziert.«

»Wie schade«, sagte Ulrich.

»Was?«

»Daß er keine Fledermaus ist.«

»Zigarette«, sagte Uschi.

»Ich habe keine, leider.«

»In meiner Tasche hinten.«

Ulrich zog die Tasche am Halfter vom Rücksitz – er war kaum mehr als ein Brett – über die Lehne.

»Genier dich nicht«, sagte Uschi.

Ulrich kramte mit Hemmungen. Lippenstifte, ein paar Knüllstrümpfe, gehaucht, flache Puderdosen, lose Quittungen, Flacons, endlich eine Packung. Aber die Packung enthielt –. Ulrich legte sie nicht besonders geschickt zurück.

»Nichts«, sagte er.

»Greif mal in meine Jacke«, sagte sie.

So spitze Finger gab es gar nicht, wie er in ihre Brusttasche steckte. Sie brachte es fertig, ihm mit leichtem Armdruck die Arbeit zu erschweren. Schließlich waren es Benson and Hedges, Mamas Marke. Ulrich errötete zum ersten Mal. Er hoffte, es lasse sich dem Zugwind zuschreiben.

»Brennen Sie mir dieselbe an?« fragte sie.

Ulrich preßte den Knopf ins Armaturenbrett und nahm das Papier zwischen äußerste Lippen. Der Knopf schnellte. Ulrich zog ihn heraus und hielt das glühende Geäder an die Zigarettenspitze. Er zog zweimal, gleichmäßigkeitshalber, und führte dann das Rauchende hinüber. Sie kam ihm nicht entgegen. Mit *trial* und *error* suchte das dennoch leicht zerknirschte Ende eine passende Lücke. Schließlich hielt die Zigarette von allein und gab Rauch ab. Ulrich legte die Hände in den Schoß.

»Und du?« fragte sie, während die Zigarette wippte.

»Eine Wette mit meinem Alten«, sagte Ulrich. »Nicht vor meinem achtzehnten Geburtstag. Dreitausend Stütze.«

»Was sind Stütze?«

»Franken.«

»Reicht noch für keinen Fiat 500.«

»Nein.«

Uschi kniff die Augen zusammen und fuhr rascher. Er sah nach seiner Seite. Als er etwas sah, war es gewaltig. Mehr als tausend Meter hoch, eine ganze Skala. Unten satte Wiesenfarben, vom Herbstregen gesättigt, kaum unterdrücktes Talgrün durch dürftiges Gezweig, an dem einzelne Blätter hingen. Darüber, am untersten Talhang, eine zarte Lage Gelb, alle Lichter zwischen Schwefel und Zitrone: die Weinparzellen. Dann, mit ein wenig Übergang, Tannenschwarz, eine stärkere Lage. Dann das falsche Frühlingsgelbgrün erschöpfter Hochweiden und dann – Ulrich mußte sich unter den Porscherahmen ducken, um es zu sehen – der platinene Hochglanz, die flimmernde Atemlosigkeit; und dann zartes Blau, gegen den Zenit, dem reinen Nichts zu, heftiger werdend. Was für eine Cassata. Als er, durch einen Federungseffekt aufgestört, den benommenen Kopf wieder nach vorn wandte, kam ihm wie bestellt eine rotweiße Tafel entgegen: Dogana. Uschi ließ den Porsche ausrollen, schaltete ihn sogar auf Leergang. Auf Sammetpfoten rollte sie auf eine graugrüne Mütze zu und an der Mütze vorbei; die blauschwarze Mütze, die sich jetzt aus dem Hausschatten löste – es gab wieder Hausschatten, und Ulrich durfte es als ein italienisches Haus ansehen, o nie ganz verdrängbarer Schauer der Grenzüberschreitung – die blaue Mütze machte etwas mehr Umstände. Das zugehörige Gesicht, ein eher bäurisches als südlich-verschmitztes, nickte ernsthaft durch das niedergekurbelte Seitenfenster. Dann zog es sich zurück. Eine rassige Anfahrt, und sie waren in Italien. Die Häuser wirkten weniger südlich als auf der anderen Seite.

»Der Entführer mahlt gerade zu Mittag«, sagte Uschi. »Benützen auch wir die Pause zur Stärkung. Es soll hier italienische Gerichte geben.«

Treppano war weitläufiger als Trostau, aber es wirkte unauffälliger, verkommener. Das ist immer so, wenn man ins Ausland kommt. Hier war es ja auch nicht, wo sich die italienischen Gäste aufhielten; sie fuhren dahin, wo es nett war, ins fremde Inland. Die Wände der Häuser wurden matt, an manchen machten sich Flecken breit; die Altäre wirkten weniger gepflegt, die Blumen daran weniger blumig, die Gitterfenster weniger vergittert. Es gab sogar etwas Industrie, die, selbst am Sonntag, zarte Schleier über das Stadtbild hängte, Schwüle vortäuschte. Der Eindruck wich, sobald sie aus der geheizten Karosserie stiegen. Es war frisch und sauste ein bißchen; Ulrich griff nach dem Mantel zurück und durfte den Schlag zum zweiten Mal zuschlagen. Vor ihnen stand an ockerer Wand ALBER. O; im efeuverzäunten Vorgärtchen saß kein Gast mehr. Uschi nahm leicht seinen Arm, löste ihn wieder, als sie das Türzeremoniell absolvierten. Fliesen, richtige, ungedämpfte Fliesen, Rauch aus Zigaretten, aus echt einheimischen Frühschoppengesichtern, die sich kurz zur Tür drehten, Langhaar würdigten und dann, über Ulrich nur hinstreifend, wieder in Zeitungen versanken. Klappermobiliar, Tische und Stühlchen aus dunkelbraunem Holz, aus nichts als Holz. Spiegel an der Wand, Suppendüfte, Unterschiede.

Sie waren noch früh; halb ein Uhr. Sie setzten sich an einen Fenstertisch, der nicht ganz im Sonnenlicht war. Der Kellner verwandelte ihn ohne Umstände in einen Eßtisch, der, steifweiß auf den Fliesen, etwas besonders Reinliches hatte. Hie und da kamen die Blicke aus den Zeitungen wieder herüber, aber immer seltener; als sie ihre Piccata aßen, gar nicht mehr. Nach einer halben Stunde gehörte man dazu; man kann seinerseits die Eintretenden mustern. Es kamen noch viele, gescheitelte Sonntagsfamilien; die wußten, was man hier bestellen sollte, und kannten die kürzesten Namen dafür. Ulrich und Uschi betrachteten eifersüchtig, was auf den fremden Tellern erschien und in keiner Karte stand. Sie waren Fremde; sie hatten genau das gegessen, was es in Frankfurt (Zürich) in einem italienischen Restaurant zu essen gab. Der Orvieto, den sie dazu tranken, machte sie schwersinnig. Das Weiß des Tisches begann ein wenig zu zwinkern.

Beim Espresso fragte Ulrich den Cameriere, wo es hier Autos zu vermieten gebe.

Der Cameriere antwortete, zu Ulrichs Beschämung, auf deutsch.

O ja, freilich gebe es in Treppano Autos zu vermieten. Treppano lag an einer internationalen Zugsverbindung – wie sollte es in Treppano keine Autos zu vermieten geben. Es sei unverständlich, daß es noch Orte, selbst größere als Treppano, gebe, an denen diese Annehmlichkeit nicht zur Verfügung stehe. Treppano habe in den letzten Jahren einen eminenten Zuzug zu verzeichnen gehabt. Die günstige Verkehrslage habe sich herumgesprochen und zur Ansiedlung namhafter Industrien geführt, zumal in der Teigwarenbranche. Dennoch könne man nicht behaupten, daß Treppano seinen italienischen Charakter zu verlieren ernstlich im Begriffe sei. Zur Steuer einer solchen Entwicklung habe sich in Treppano ein Verein

»Pro Paese« gebildet, dem anzugehören er sich beeilt habe. Hier sei die Mitgliedskarte, die Signora könne sich überzeugen.

Auch der Herr bekam, wenn auch beiläufiger, Gelegenheit, sich von der Mitgliedschaft des Kellners zu überzeugen. Zugleich mit dem Ausweis entfielen einige Fotografien der dicken Brieftasche, eine mehrköpfige Kinderversammlung, die der Mann als die seine erläuterte.

Endlich war man in Italien. Uschi genoß die Familienfolklore ernsthaft und sehr ausgiebig. Ulrich kam sich nicht vernachlässigt vor; er *wurde* vernachlässigt. Der Kellner legte seine Schätze so dicht wie möglich neben den langen Haaren auf den Tisch.

»Sie sprechen vorzüglich Deutsch«, bemerkte Ulrich bitter. »Sie sind auch kein Hiesiger?«

Der Mann war in der Nähe von Bolzano geboren, was er vor Uschi einläßlich verantwortete, wobei er sich ans Herz griff und die Formel »schauns'« verwandte. »Schauns'«, er persönlich hatte mit den Umtrieben mancher Leute da oben nichts zu schaffen, deren einziger Lebenszweck es sei, die europäische Atmosphäre zu vergiften, wo man doch gerade angefangen habe, Bruder und Schwester zu sein ... Schauns', das war seine ganz persönliche Meinung. Sein Ton, den er neben Uschis Haar bildete, schummerte allmählich, und bei der Schwester versuchte er ihr tief ins Auge zu blicken. Uschi legte Wert darauf, Ulrichs Spielverderberei nicht gelten zu lassen. Ihr Auge, unter Aufwand von Schmelz, fuhr fort, den Österreicher zum Italiener zu machen. Ulrich griff nach seiner Brieftasche.

»Pagare«, sagte er.

»Der Herr hat's eilig«, sagte der andere nach einem gedehnten Blick nach Uschis Seite, »kein Wunder, kein Wunder.« Dann nahm er dienstliche Haltung an und rechnete auf italienisch. Die Zahlen blühten unter seinen Händen. Vornehm faltete er den Zettel zusammen, Ulrich mußte ihn wieder ausfalten. Bevor er bezahlte, fragte er:

»Und wo können wir einen Wagen mieten?«

»Bei Hertz, links neben dem Bahnhof.«

Der Kellner konnte gehen.

»Willst du fahren?« fragte Uschi draußen am Porsche.

»Nein«, sagte Ulrich.

In fremden Orten sind schwer zu finden: Rathäuser, Apotheken, die richtigen Zeitungen, Toiletten, manchmal sogar Dome. Bahnhöfe sind leicht zu finden. Der Porsche brauchte nur seiner weißen

Nase zu folgen; nach drei Minuten stieß sie in jenes charakteristische Ödland, das Bahnhöfe anzeigt, das zugige, stapel- und pfützenreiche Niemandsland zwischen Durchfahrt und Dableiben, und schob sich nach knapper Volte in eine Reihe mit Bussen und Postautos, Amerikanern, Coupés und Sedans, keiner so weiß wie er. Hertz ließ Buchstaben leuchten. Er hatte offen.

Aber Ulrich ging nicht zu Hertz. Die Hände in den Taschen, heftig angeweht, ging er zehn Schritt fort, nur zehn Schritt vom Porsche weg, bis er, zwischen Kiosk und Abort, auf die Geleise sah. Eben fuhr ein Zug ein, wollte nicht zum Stehen kommen, war lang, stand doch. Ulrich las die Buchstaben: SBB – CFF, las Namen, die auf silbernen Schildern standen, nicht die fetten, zu denen der Zug noch wollte, sondern die kleineren, wo er her kam: las Zürich. Das Schwarzgrün der Wagen war stumpf vor Nässe, Tau vom Tunnel; der Zug hatte geschwitzt. »Zürich«, las Ulrich nochmals, ohne hinzusehen; er fröstelte. Dann wandte er sich um. Was hatte er mit dem Wesen zu schaffen, das dort Windschutzscheiben striegelte.

»Und jetzt?« sagte Uschi.

»Nichts«, sagte Ulrich.

»Gehst du hinein?« sagte Uschi. »Ich bleibe solange im Wagen.«

Ulrich ging drei Schritte auf Hertz zu. Dann drehte er sich um.

»Wozu«, sagte er, »komm doch mit hinein.«

Uschi betrachtete ihn und ließ ihr Feuerzeug wieder zuschnappen. Dann legte sie die Benson and Hedges auf den Sitz zurück und stieg aus dem Schlag.

»Weißt du, was du ihnen sagen willst?« fragte sie.

Ulrich gab keine Antwort. Sie traten durch Glas, nochmals Glas; der Raum hatte sterile Helligkeit, duftete nach frischem, aber billigem Parkett und einem Desinfektionsmittel; Reflexe quirlten an der Decke. Hinter dem Schalter saß eine Dame, blond wie Uschi, aber mit Locken; klein, als sie sich erhob. Ihr anerkannt hübsches Gesicht machte auf ground-hostess, aber es war ihr anzusehen, daß sie von Natur träge war, wohl auch etwas melancholisch. Ulrich lehnte sich mit einem Arm auf den Marmor, leicht schräg, mit der gedämpften Zudringlichkeit des Weltenbummlers.

»You speak English?« fragte er.

»What can I do for you.« Nicht einmal ein Frageton.

»It's because of my father«, sagte er und nahm den Arm wieder zurück. Als er merkte, daß sich seine Hände verknoteten, ließ er sie sinken; schließlich hielt er sich damit an der Marmorkante. Wo war er, und was sollte das. Er sehnte sich nach Mamas Lachsschinkenbroten. Er schluckte und starrte dazu auf die mißtrauische Kosmetik vor ihm.

»My father was here two months ago«, sagte er rauh. »He – he rented one of your cars, for a business trip. He lost something important in the car ... a kind of ...«

Was konnte er liegengelassen haben? Was hieß Brieftasche auf englisch?

»A kind of a passport«, sagte er schließlich.

Die Figur gegenüber rührte sich nicht.

»When was that?« fragte sie.

»Exactly on the 1st of July«, sagte er rasch und versuchte sich nochmals aufzustützen. Es mißriet.

»No passport has been left behind«, sagte sie immer noch unbeweglich.

»But there must!« sagte Ulrich plötzlich aufgeregt. »There must absolutely! It can be in no other place – – nowhere else.«

Die Kleine musterte das Schauspiel seines Gesichts. Dann wandte sie sich gedehnt ab und zockelte zu einer Reihe von Aktenordnern. Sie zog einen heraus und setzte sich damit an ihren Schreibtisch, wohltuend weit weg.

»What was the name?« fragte sie.

»Hämmerli«, sagte er. »Dr. Hämmerli. A Swiss name.«

Sie wandte wortlos ganze Bündel von Papier um und konzentrierte sich dann auf eine Seite.

»I'm sorry. We had nobody by that name on that particular date.«

»That can be«, sagte Ulrich eifrig. »Sometimes my father – my father travels with another name ... I mean a different name. Perhaps you could read me all the names ... that you have there, on the 1st of July.«

»Sorry, I can't do that«, sagte sie.

Ulrich starrte sie an. Er vergaß die Distanz, vergaß Uschi im Rücken.

Dann ließ er den Kopf sinken.

»I have«, sagte er leise, »I have come here because of that only ... all the way. It is important, very.«

Nach einer Pause sagte die Stimme:

»Mr. Evans and daughter from Toronto. They rented an Opel Caravan for three days. Signora Montecuccoli, di Torino ... this can't be it either. Mr. and Mrs. Magerkurth, from Düsseldorf, with two daughters, they booked for a full week, una Fiat. Monsieur Perrier, from Cho-Chod –«

»Chaux-de-Fonds«, sagte Ulrich leise.

»Can this be your father?« fragte die Stimme.

»I don't know«, sagte Ulrich. »How long did he have the car?«

»Two days«, sagte sie.

»No, then it can't be him«, sagte Ulrich. »My father had a car only for one day, and he rented it in the afternoon.«

»We have only one Mrs. Hickenlooper and Mrs. Hablitzel in the afternoon», sagte sie, »two ladies from Jericho, Australia, and they had their car for a two week's trip to Venice.«

»Then I'm sorry«, sagte Ulrich und blickte erstmals wieder auf. »I'm really sorry.«

Die Stille war sehr tief. Uschi fragte vom Gummibaum her:

»Is there anybody else renting cars in this place?«

Die ground-hostess betrachtete sie mit einer Nuance sittlicher Mißbilligung.

»No«, sagte sie entschieden; dann nach einer Weile, da Ulrich sich von seinem Marmor nicht lösen wollte, fügte sie hinzu: »Not officially. There is a guy who makes an odd job of it occasionally, but he won't last long.«

»What's his name?« fragte Ulrich eifrig.

»I wouldn't know«, sagte sie. »They call him Peppo or something. You better ask in the Osteria round the corner.«

»Thank you«, sagte Ulrich und strahlte verzweifelt. »Thank you very much.«

Das Fräulein sah ihnen nach. Dann griff sie zum Telefon. Ulrich ließ sich nicht halten. Kaum daß er Uschi den Vortritt durch die Glastür ließ. Da er unter der Tür der Osteria zögerte, holte sie ihn wieder ein.

»Diesmal müssen wir es besser machen«, sagte sie.

10

Sie brauchten Peppo nicht zu suchen. Der Wirt nickte zu einem Tisch hinüber, an dem ihrer vier Männer saßen und in Wirbeln von Rauch Karten spielten. Peppo war der unrasierte. Vereinzelte Pfiffe waren schon bei ihrem Eintritt zu hören gewesen; als die Langhaarige sich dem Tisch näherte, nach Peppo fragte, da erhob man das Glas auf ihn. Unübersetzbare Glückwünsche erklangen und lösten Gelächter aus; Uschi setzte sich in ein Nest von züngelnden Blicken, die sie auseinandernahmen und wieder zusammensetzten.

Sie schlug die Beine übereinander.

»Reden Sie nur Deutsch, Signora«, sagte Peppo, legte die Karten ab und wandte sich dem Leckerbissen zu. Das Lokal wurde zur Arena; die Zuschauer warteten gespannt. Uschi bog den Hals zurück und zeigte den Männern ihr Gebiß. Lippen und Zunge arbeiteten vor aller Augen. Mühsam hörte Ulrich zu. Uschi erzählte den Männern von Italien: Ciao, Ciao, Bambina; Ein Gläschen Vino; Sul mare luccica; Lo sai che i papaveri; La donna è mobile.

Die alten Papagalli rückten näher und hörten sich hungrig an ihrem Lob. Der eine oder andere trällerte eine Figur mit. Ulrich bemerkte ein Pfäfflein unter ihnen, das auf seinem Stühlchen die Bewegung mitmachte. Es konnte nicht wesentlich älter sein als Ulrich und hatte eine Hasenscharte in seinem lückenhaften blassen Gesicht, die sich zu einem eckigen Lächeln verzog, wenn ihm einer auf die Schulter klopfte und Padrone nannte.

Schon hatten sich einige Greise zwischen Ulrich und Uschi geschoben. Hie und da trat sie nach einem verbeulten Hosenbein. Gleich würde die Runde über die Klatschrose aus Oberursel herfallen und sie ausweiden. Da entstand eine Stockung; der und jener wandte sich um. Der Dorfpolizist war eingetreten und sprach an der Theke leise mit dem Wirt, während er seine gekniffenen Augen auf der Uschi-Runde ruhen ließ.

»Eh, Rosso«, rief einer der Alten heiser in die Stille. Der Polizist kam langsam herüber und hob einen Finger an die Mütze. Er ließ ihn nicht wieder sinken, sondern drehte damit an seinem Schnauzende. Die alten Männer rückten auseinander.

»Scusi, Signora«, sagte er und fixierte seine Sehschlitze auf die plötzlich einsame Uschi, »vuole accompagnarmi un momento. Anche lei, Signore«, fügte er hinzu, während seine kaum sichtbaren Augen unverkennbar Ulrichs Richtung anpeilten. »E tu, Peppo«, sagte er dann, während er wegtrat und seine Schultern einmal Richtung Hintertür zucken ließ. Peppo erhob sich schwerfällig von seinem Tisch, grinste und rückte die Achsel; Uschi und Ulrich folgten. Zu Ulrichs Erstaunen schloß sich auch der Priester ihrem Züglein an. Man ging am Wirt vorbei durch die Tür, dann durch eine zweite, die der Polizist, als er seine Vögel im Käfig hatte, mit

Bedacht verschloß. Man setzte sich um einen ovalen Wackeltisch, der von einer Fransendecke unvollständig bedeckt war, Uschi und Ulrich an die längere Rundung, wo ihnen Fransen über die Knie strichen, Peppo ein wenig vom Tisch zurück zu ihrer Linken; als sich auch der Priester setzen wollte, sah ihn der Polizist forschend an.

»Padre?« fragte er.

»Parlo tedesco«, sagte der Hasenschartige; dann zu Uschi gewandt: »Ich spreche Deutsch.«

Ulrich stellte fest, daß der junge Mann bebte. Der Raum enthielt ein schmales, geblümtes Ruhebett, ein Buffet mit geschliffenem Fenster, in dem, unter zylindrischen Glasstürzen, wächserne Blumen blühten und silbernes, zu christlichen Symbolen gezwirbeltes Drahtzeug, ferner ein Stehpult, auf dem ein Telefon alter Machart stand. An der Wand hingen zwei Kruzifixe (eines mit angebautem Weihwasserbehälter), ein Öldruck nach Guido Reni und die Fotografie eines jungen Mädchens auf dem Totenbett. Auf den roten Bodenfliesen streckte sich ein durchgescheuerter Kokosläufer. Der Polizist nahm Uschi und Ulrich gegenüber Platz, atmete und zog aus seiner verbeulten Brust ein dickes Buch, dem er einen Tintenstift entnahm. Dann legte er beides auf den Tisch. Kälte schlich um die Füße.

Der Polizist begann damit, daß er Personalien aufnahm, auch diejenigen des Peppo. Nur beim Priester sah er von Details ab. Der hieß Eusebio. Ulrich fragte sich, was in diesem Notizbuch aus seinem Namen geworden sein mochte. Der Rotschnäuzige malte lange daran. Dann räusperte er sich und begann zu reden, kehlig und mit starker Brauenarbeit, unterbrach sich aber immer wieder, um seine Malerei fortzusetzen. Der Priester übersetzte, immerzu bebend.

»Er fragt, weswegen Sie hier seien«, sagte der Priester.

»Fragen Sie ihn«, sagte Uschi, »mit welchem Recht wir hier festgehalten und verhört werden. Wir sind Touristen, freie Menschen. Dem Ansehen Treppanos kann eine solche Maßnahme kaum zuträglich sein.«

Palaver; dann sagte der Priester:

»Sie haben die Dame im ›Hertz‹ bedroht, ihr Auskünfte abgepreßt und reisen unter falschem Namen.«

»Das ist Unsinn«, sagte Uschi kalt. »Hier sind meine Papiere. Sie können sich vergewissern, daß sie in Ordnung sind. Wir haben der Dame im ›Hertz‹ keinerlei Auskünfte abgepreßt, sondern sie um eine einfache Auskunft gebeten. An Ihrer Stelle würde ich den Geisteszustand dieser Dame überprüfen lassen, statt Gäste Ihres Landes zu schikanieren. Ihr Schritt kann Sie teuer zu stehen kommen.«

Uschi hob die Nase in die Luft, ein paar Grade zu hoch, fürchtete Ulrich. Die Wirkung ihrer Worte war nicht die gewünschte. Man betrachtete sie mit anerkennender Faszination, der Priester inbegriffen. Wenn nicht alles täuschte, versuchte ihr Peppo sogar in die Nasenlöcher zu sehen; wenigstens hielt er den Kopf etwas schräg.

Der Priester fragte nach einer ehrfürchtigen Pause: »Welche Auskunft war es denn, die Sie von Hertz haben wollten?«

»Das ist vollständig unsere Privatsache«, sagte Uschi. Die Faszination wuchs. Der Priester übersetzte.

»Wozu sind Sie an Herrn Pietro Quadri herangetreten?«

»Ich kenne die Herrschaften gar nicht«, sagte Peppo und hob die Hände einen Augenblick, statt sie zu reiben.

»Herr Polizeichef!« sagte Uschi. »Ich möchte den hier Beteiligten, denen diese Szene vielleicht weniger erquicklich ist als Ihnen, den Tag nicht weiter stehlen. Hören Sie darum –«

»*Was* wollten Sie stehlen?« fragte der Priester behutsam. Der Polizist neigte sich vor. Uschi geriet aus dem Tritt.

»*Nichts* will ich stehlen! Sehen wir aus wie Strizzi? Mein Vater hat eine Fabrik! Er könnte Ihr ganzes Nest aufkaufen! Und was Hertz und Herrn Peppo betrifft: ich wollte wissen, ob mein Mann am 1. Juli beim einen oder beim andern ein Auto gemietet hat, weiter nichts!«

»Suo marito«, sagte die Runde ehrfürchtig und nickte einander zu, »è una signora.« Der Ring an Uschis rechtem Finger versammelte sämtliche Blicke auf sich, dann ihr Busen; dann, wie auf ein Signal, wanderten die Blicke zu Ulrich hinüber.

»È molto giovane«, sagte Peppo schwermütig. Man setzte sich bequemer.

»Warum fragen Sie nicht Ihren Mann?« wollte der priesterliche Jüngling wissen. Er rückte stark.

»Auch das dürfte meine Privatsache sein«, lächelte Uschi traurig.

Die Runde nickte. Das Aha-Erlebnis verstärkte sich. »Sie sucht Material gegen ihn«, sagte Peppo in seinem alpin gefärbten Italienisch. »Er will sich nicht scheiden lassen.« Dann neigte er sich über den Tisch zum Priester. »Fragen Sie, wie ihr Mann aussieht«, sagte er.

»Wie sieht Ihr Mann aus?« fragte die Hasenscharte.

Ulrich straffte sich. »Schlank«, sagte er, »und stark gebräunt. Etwa fünfzig. Er trägt eine Brille. Oder Sonnenbrille. Und lockiges Haar, aber nicht mehr viel. Er sieht aus wie – wie ein Gelehrter.«

Der Priester übersetzte. Peppo fragte: »Bergkleidung? Knickerbocker?«

Ulrich wartete die Übersetzung nicht ab. »Vielleicht«, sagte er, »das ist sehr gut möglich.«

Peppo hatte, während das Pfäfflein übersetzte, seinerseits eine Agenda aus der Tasche gezogen. Sie stand hinter derjenigen des Polizisten wenig zurück. »Am 1. Juli?« forschte er. »Da, am 1. Juli. Signor Mühlhaupt, di Zurigo. Lancia Nr. 3, vermietet um 18 Uhr, zurückgebracht um 23.40 Uhr, am selben Abend. Ich erinnere mich an ihn. Ein nervöser Herr, ja, gewiß ein Gelehrter.«

Ulrich lehnte sich zurück. Sein Herz schlug bis zum Hals. Er spürte nichts von der etwas degoutierten Teilnahme, die auf ihm und Uschi ruhte, hörte nur von weither, was gesagt wurde. »La stessa sera«, wiederholte Peppo und schüttelte ergriffen den Kopf. Der Fall war klar. Nur der Polizist besann sich noch einmal auf das amtlich gebotene Mißtrauen.

»Aber sein Name war nicht Mühlhaupt«, ließ er den Priester übersetzen, »und er kam nicht aus Zürich? È tedesco?«

»Das muß mein Mann mit seinem Gewissen abmachen«, antwortete Uschi.

Die Runde verstand. Die Dame mußte dies und das gelitten haben, bevor sie sich mit diesem Jungen einließ. Ulrich riß sich nochmals zusammen. Er mußte ganz gewiß sein.

»Fragen Sie ihn«, sagte er dem Priester und wies gegen Peppo, »ob er die Papiere dieses Mannes gesehen hat, bevor er ihm die Lancia vermietete.«

Peppo breitete die Arme aus und sah pathetisch zum Polizisten hinüber.

»Ich kenne die Gesetze«, sagte er, »ich würde keinen Wagen aus der Hand geben, ohne die vorgeschriebenen Formalitäten peinlich zu beobachten.«

»Und auf dem Papier stand: Mühlhaupt?« fragte Ulrich.

»Ich habe den Namen aus dem Führerschein übertragen«, beteuerte Peppo mit Würde.

»Würden Sie in der Lage sein, den Mann vor Gericht zu identifizieren, Herr Pietro Quadri?« fragte Ulrich leise.

»Vor Gericht? Sicher, wenn es sein muß«, sagte Peppo. »Ich pflege mir meine Kunden genau anzusehen.«

Ulrich atmete tief und rückte vom Tisch ab. Das war das. Er war nicht vergeblich nach Trostau gefahren, nach Treppano. Er blickte auf die Uhr. Es war 16.45 Uhr Ortszeit, eine große Stunde. Von der Kruzifixecke her begann es schon zu dunkeln; das tote Mädchen war nur noch mit Mühe zu erkennen. Das fromme Gerümpel in den Vitrinen dagegen briet honiggelb in einem fernen Abendschein.

Die Nennung des Gerichts hatte entspannend auf den Hüter der Ordnung gewirkt. Wer selbst das Gericht ins Spiel brachte, konnte von ihm nichts zu fürchten haben; ein gewöhnlicher Dorfpolizist durfte zurücktreten, und er tat es, symbolisch, indem er unter die letzte Malerei in seinem Buch einen sorgfältigen Strich zog und das Konvolut wieder in seinem Busen verpackte. Peppo ließ das seine noch ein wenig liegen und betrachtete das Paar jetzt mit einer gewissen Scheu, der Reverenz des kleinen Sünders vor den Irrgärten der großen Welt.

Nur die Teilnahme des jungen Geistlichen war noch nicht erschöpft. Im Schutz der Dämmerung rückte er an Uschi heran, die sich eine Zigarette angezündet hatte und, Peppo für das offerierte Feuer matt dankend, den glühenden Punkt auf- und abschwellen ließ. Der Priester Eusebio sah sich mit großen Augen an diesem Fünklein fest.

»Und Sie«, sagte er rauh, »können Sie es mit Ihrem Gewissen verantworten?«

»Was denn?« fragte Uschi und blies den Rauch ganz langsam aus der Lunge.

»Was Sie zu verantworten haben«, sagte Eusebio mit einem scheuen Blick auf Ulrich.

»Was ich ganz allein zu verantworten habe«, sagte Uschi vergnügt. Peppo und der Polizist hörten wieder her.

»Hier irren Sie«, sagte der junge Mann bewegt. »Oh, wie Sie irren. Ihre Seele ist unsterblich, und auch über Ihren Leib verfügen nicht Sie allein.«

»Wer soll denn noch darüber verfügen?«

»Oh«, sagte Eusebio, und jetzt bebte auch seine Stimme, »sehen Sie zu, sehen Sie zu. Ihr Leib ist ein Tempel des Herrn.«

»Sie wissen mir schmeichelhafte Dinge zu sagen«, ermunterte ihn Uschi.

»Verstehen Sie mich recht«, sagte der Jüngling, »jetzt mögen Sie einen gewissen Spaß an diesen Dingen haben...«

»Wer sagt Ihnen, daß ich Spaß daran habe?«

»Sehen Sie«, bettelte der Priester mit bitterer Genugtuung, »Sie sehen es schon selbst.«

»Ich habe Spaß daran«, sagte Uschi.

»Ist Ihr Spaß groß?« fragte er. Uschi drehte langsam den Kopf zu ihm. Der Jüngling ließ es einen Augenblick darauf ankommen. Dann sagte er rasch, mit niedergeschlagenen Augen:

»Ist Ihr Spaß groß genug, daß Sie dafür bereit sind, Ihre Seele der ewigen Verdammnis anheimzugeben?«

»Erzählen Sie mir von der ewigen Verdammnis, Monsignore«, sagte Uschi, drückte die Zigarette aus, packte die Schachtel in ihr Täschchen und erhob sich. »Aber tun Sie es ein andermal. Es würde Sie heute zu sehr anstrengen. Sagen Sie den Herren, daß ich ihnen für ihr Interesse danke und einen guten Abend wünsche.« Sie strich sich das Haar hinters Ohr. »Kommen Sie, Ulrich.«

Der junge Priester hatte sich gleichfalls erhoben. Er kämpfte heftig mit seinem Mund. Unter der Tür sagte er:

»Ich werde für Ihre Seele beten.«

»Aber nicht zu wild«, sagte Uschi ruhig und pickte ihm einen Faden von der schwarzen Schulter. In der Wirtsstube saß man noch vollzählig und drehte sich sofort nach ihnen um; als man bemerkte, daß sie nicht Miene machten, sich aufzuhalten, erklangen Zurufe und drohende Pfiffe. Ulrich kam nicht mehr dazu, die Tür vor Uschi her aufzuschieben; sie stieß sie mit einem heftigen Ruck selber auf und ließ ihn kaum nachschlüpfen. Als sie den Schlag aufriegelte, sagte er:

»Ich muß noch zum Bahnhof.«

Ohne sich umzusehen, trabte er davon. Vor dem Eingang hörte er, wie sie den Motor anließ. Erschrocken wandte er sich um. Der Porsche drehte rückwärts aus der Reihe heraus.

»Blasius!« sagte Ulrich brüsk und verschwand im Gebäude. Neben dem Schalter fand er die Tafel, die er suchte. Da: der TEE Rheingold, Ankunft in Treppano 17.55 Uhr, Zürich ab: 14.10 Uhr. Soviel war klar. Weiter: Treppano ab 00.14. Zürich an 04.15. Wie das alles aufging. Um fünf Uhr konnte sich der Mörder die Bettdekke über die Ohren gezogen haben.

Erschüttert trat Ulrich wieder ins Freie. Ein Novemberabend in Treppano war nicht wesentlich anders als einer in Zürich. Bloß auf den Bergen gegenüber lag ein Rot, das nicht ganz von hier war – Ulrich meinte: nicht ganz von zu Hause. Wenn nur der Citroën nicht gewesen wäre... er hätte gleich in den Zug steigen können.

11

Nein, sie hatte sich doch nicht getraut. Vorne stand der Porsche am Straßenrand, mit leise an- und abschwellendem Motor. Sie konnte den Fuß nicht ruhig halten. Oh, er hätte gern auch das Postauto genommen. Er ging in einem Bogen hinüber und blickte sich ein paarmal nach dem Bahnhof um. Der Glühpunkt war das erste, was er durchs Fenster sah. Uschi rauchte zuviel.

Er hatte den Schlag noch nicht zugezogen, da fuhr sie an. Wollte sie ihm Angst machen? Die Reifen pfiffen in den Kurven. Sie zeigte ihm, daß sie von ihm wegfuhr, auch wenn er neben ihr saß. Sie hatte genug vom Film. Nun, er auch.

»Kannst du nicht schneller?« fragte er nach der Grenzkontrolle. Sie antwortete nicht. Aber es bereitete ihr offenbar eine gewisse Mühe, weder schneller zu fahren noch langsamer, sondern genau gleich schnell: 150.

Das Schweigen wurde dick; dann vergaß er es. Er schrak auf, als sie sprach.

»Jetzt hast du ja, was du willst«, sagte sie.

»Ja«, sagte er.

»Wie gut«, antwortete sie.

»Ich muß gleich nach Hause telefonieren«, sagte er.

Und nach einer Weile:

»Ich danke Ihnen, Uschi.«

Was sich so hell und finster aus jener Berglücke hob, war der Nair. Es hatte Mühe gekostet, den ganzen Tag am Nair vorbeizusehen, aber er hatte es fertiggebracht. Wenn Andres gerächt war, wollte er hinaufsteigen. Ulrich legte den Arm um die Lehne und zog ihn erst zurück, als er merkte, daß Uschi die Schultern raffte.

»Schade«, sagten sie gleichzeitig. Dann lachten sie, nicht ungezwungen.

»Was wollten *Sie* sagen?« fragte Ulrich.

»Nichts. Schade, daß nicht alle Männer Priester werden.«

»In Thailand werden sie«, beteuerte Ulrich. »Alle jungen Männer zwischen achtzehn und zwanzig laufen in orangegelben Fahnen herum, und kriegen auf alles Rabatt, sogar auf Füllfedern.«

»Warum auf Füllfedern?«

»Ich weiß nicht, warum gerade auf Füllfedern«, sagte Ulrich.

»Schreiben sie Liebesbriefe?«

»Vielleicht. Jedenfalls heiraten sie später. Kein Mädchen würde einen jungen Mann nehmen, wenn er kein Mönch gewesen ist.«

»Ulrich«, sagte sie, »wissen Sie, was Sie sind?«

Ulrich schwieg.

»Sie sind ein hoffnungslos verwöhntes kleines Stinktier.«

Ulrich schwieg immer noch, bis die Häuser von Trostau ganz groß wurden. Noch eine Kurve. Da stand er ja noch, der Citroën.

»Was sagten Sie?«

»Sagte ich etwas?«

»Was wollten *Sie* sagen, als Sie schade sagten?«

Ulrich sah den Nair immer noch.

»Wirklich gar nichts«, sagte er, »ich wollte gar nichts sagen.«

»Schade«, meinte sie, »ich erwarte soviel von Ihnen. Nachdem Sie mir meinen Gatten so genau beschrieben haben. Aber freilich, alle Männer sehen gleich aus.«

Als sie ausgestiegen waren, versuchte er sie anzusehen; es mißriet. Sein Blick haftete nicht auf ihr; sie hatte sich antimagnetisiert. Es war ihm peinlich, und doch auch erleichternd, daß jetzt alles, Bewegung und Hemmung, von ihr ausging; er durfte sich mit seinem Mißbehagen zurücklehnen, und bald in die blauen Polster des Citroën. Das unglückliche Gesicht, das er machte, um sie zu schonen, war abnehmbar; als er in der Telefonkabine stand, fiel es ab.

»Mama?« sagte er, ganz in eine Ecke gedreht. »Wenn du wüßtest, wie es geht. Phantastisch einfach. Ja, erholt. Erholt, wie seit langem nicht. Ich esse nur noch etwas. Es kann etwas später werden. Wart nicht auf mich. Hörst du? Natürlich paß ich auf. Hast du von Papa gehört? Wenn er anruft, sag ihm, ich sei noch ein wenig ausgegangen. Ja? Schlaf schön. Du auch. Kenn ich nicht. Muß man? Dann lies doch etwas Schläfrigeres. Nur keine Unruhe. Spätestens morgen beim Frühstück, ja? Sei mal groß und tapfer. Ich werde ganz feige fahren. OK? Tschau-tschau.«

Aufatmend kam er aus der Zelle. Es war kurz vor sieben. Uschis Stummel rauchte noch im Aschenbecher bei der Sitzgruppe;

Uschi war nicht mehr da. Ulrich blickte sich um. Dann trat er an die Theke.

»Die Rechnung«, sagte er leise. Er mußte die angefangene Nacht mitbezahlen. Dann fuhr er im Lift hoch und räumte seine Sachen zusammen. Als der Diplomatenkoffer bei der Tür stand, sah das Zimmer wieder unbetreten aus. Das letzte war, daß er den Deckenzipfel, der aufgeschlagen war, wieder zurückzog. Dann ergriff er den Hörer.

»Si?« fragte es.

»Können Sie mir sagen, ob der Lawinerpaß offen ist?« fragte er.

»Ja, ich habe Winter-Pneus«, sagte er.

Er hatte eben den Koffer mit dem Mantel dem Concierge hinter die Theke gereicht, da kam Uschi die Treppe herab. Sie hatte ein ärmelloses kognakfarbenes Kleid an; es verschob sich nach links und rechts bei ihren Schritten. Ihre Augen waren verändert. Er war einen Schritt von der Theke weggetreten.

»Wohin gehst du?« fragte sie.

»Nirgends«, sagte er. »Essen. Du auch?« Er wollte noch sagen: das trifft sich gut. Aber dann unterließ er es. Als er hinter ihr her durch das Café in den Eßsaal ging, entdeckte er, daß er Fäuste in der Tasche machte. Gleich würde er ihr sagen, daß er im Begriff war, abzufahren.

Nach dem Essen waren sie drei Viertelstunden weiter, und er hatte es nicht gesagt.

»Bestell mir noch was«, sagte sie.

»Was denn?«

»Was magst du gern?«

»Was mag ich gern ... was magst du eigentlich gern?«

»Ich weiß es nicht«, sagte sie.

Mit gerunzelten Brauen starrte er in die Ecke. Ihm fiel nichts weiter ein als »Veuve Cliquot«. Gerade das durfte er jetzt um keinen Preis sagen.

»Veuve Cliquot«, sagte er.

»Veuve Cl*i*quot«, sagte sie, und blickte auf den Teller. Es war möglich, sie rasch anzusehen. Sie war doch eher klein; er bemerkte es zum ersten Mal; sie sah ja aus wie ein –. Zwei Falten liefen aus der Achselhöhle in die Schultern empor und verschwanden darauf, glätteten sich in der nicht ganz mühelosen, still haltenden Rundung.

»Nein«, sagte sie. »Es macht keinen Spaß, das Zeug zu trinken, bloß weil es teuer ist.«

»Du hast es richtig ausgesprochen«, sagte er.

»Ich möchte einen weißen Wein«, sagte sie, »vielleicht aus dem Wallis. Oder möchtest du wirklich Champagner?«

»Nein, gern«, sagte er. »Ich meine, den Walliser.«

Ulrich schrak auf, als er den Wein kosten sollte. Er nickte. Der Wein rann sanft in die Gläser; es war ein Schauspiel, aber es dauerte nur wenige Sekunden. Dann ging der Kellner wieder fort.

»Prost«, sagte er. Sie hoben das Glas. Mit einem Glas in der Hand sieht man sich an; beim Trinken ist das schwieriger. Ihre Augen glitten nach der gleichen Richtung voneinander weg. Ulrich zog die Lippen in den Mund.

»*Caves de Chamoson«,* sagte er.

»Wo liegt das eigentlich, Oberursel«, fragte er dann.

»An der Autobahn.«

»Ich meine: in welcher Landschaft.«

»In einer gewöhnlichen.«

Ulrich schwieg. Dann sagte er:

»Ich finde immer, alle Landschaften werden gewöhnlich, wenn eine Autobahn hindurchfährt. Die Autobahn verändert ihre Umgebung. Stark«, fügte er hinzu. Wo war ihm der Gedanke schon einmal vorgekommen?

»Ja, es macht einen Unterschied«, sagte sie.

»Das ist in Hessen, nicht wahr«, sagte er, »ich finde, du hast gar keinen Akzent. In Hessen redet man doch mit einem Akzent.«

»Das ist verschieden«, sagte sie.

»Das ist der Unterschied«, sagte er, »bei uns ist das nicht verschieden. Das heißt, die Dialekte sind sogar ganz besonders verschieden, eigentlich von einem Dorf zum andern. Aber alle reden Dialekt, in jeder Situation, das ist nicht verschieden.«

»Ich habe davon gehört«, sagte Uschi.

»Wir müssen das Hochdeutsche wie eine Fremdsprache lernen«, sagte er. »Hämmerli sagt, das sei sogar Gottfried Keller noch anzumerken.«

»Sogar dem«, sagte Uschi.

»Und Gotthelf natürlich erst recht«, fügte er eifrig hinzu. »Ich sage dir, Gotthelf. Als seine Bücher erschienen, mußte man unten an der Seite jedes zweite Wort auf hochdeutsch erklären. Zum Beispiel Müntschi, das hieß – das ist eine mundartliche Form aus dem Emmental, verstehst du. Oder Miuchmäuchterli.«

»Das hat euch Hämmerli alles erklärt«, sagte Uschi und fuhr mit dem Glas an ihrer Unterlippe hin und her.

»Ja«, sagte Ulrich. »Aber seine Bücher erschienen in Berlin. Alle bedeutenden Schweizer Schriftsteller sind in Deutschland verlegt worden.«

»Dichtest du auch?« fragte Uschi.

»Nein«, sagte Ulrich. »Ganz bestimmt nicht.«

»Vielleicht überlegst du es dir noch«, sagte sie, bückte sich nach ihrem Täschchen, zog einen Gegenstand daraus hervor und legte ihn neben sein Glas. Es war seine Füllfeder. »Du hast sie gestern liegenlassen.«

»Danke«, sagte er. Die Überraschung erlaubte, daß er in ihre Augen blickte. Sie waren weich, aber noch etwas, nicht müde; sie waren sehr lebendig, aber doch wieder nicht sehr. Um die Augen herum war die Haut braun geschminkt, aber gegen die Schläfen wurde sie etwas hart und gegen die Wangen flach und flaumig. Schuldbewußt blickte er nochmals in ihre Augen, bevor er wieder sein Glas betrachtete. Es war fast leer. Er steckte den Füller ein.

»Wann hast du das in meinem Notizbuch durchgestrichen?«

»Ich wußte nicht, daß das dein Freund war«, sagte sie. »Ich dachte, er hieße Eustach.«

»Man konnte es doch nicht mehr lesen«, sagte er.

»O doch«, sagte sie. »Es ist schön, einen Freund zu haben, der Andres heißt.«

Er trank sein Glas aus.

»Entschuldige mich«, sagte er und erhob sich. Mit jedem zweiten Schritt ließ er eine Tischgruppe hinter sich. Die Toilette war durchgehend. Er ging an vier Kabinen mit angelehnten Türen vorbei und trat neben der Theke in die Lobby hinaus. Mit einer einzigen Bewegung – er mußte dennoch nachfassen – nahm er Mantel und Diplomatenkoffer in Empfang. Er hielt sich nicht damit auf, den Mantel anzuziehen. Es waren nur vierzig Schritte bis zum Citroën. Der Wagen trug ihm nichts nach; er sprang nach kurzem Schüttern an. Langsam löste sich die Froschschnauze aus den andern; mit einer zögernden Wendung, während die Scheinwerfer aufschienen, gewann sie das Freie. Die Beschleunigung des Citroën könnte besser sein; gegen seine Reisegeschwindigkeit ist nichts einzuwenden. Trostau verglomm im Rückspiegel. Ulrich ließ auch Milvers hinter sich, dann, da es in einem ging, nahm er auch den Anstieg zum Gletscherdorf noch mit. Vor dem Berghotel tankte er, BP; da kann man sich die Mischung oktangerecht einlaufen lassen. Während das Benzin plätscherte, trat er von einem Fuß auf den andern. In der Rampe zum eigentlichen Paß, vor der ersten Spitzkurve, stellte er den Wagen auf einen Kiesplatz aus und den Motor ab; Parklichter ließ er. Er schloß den Schlag und stellte sich an einen Rand, unter dem Wald toste. Ein alpiner Wind prallte stoßweise gegen seine Stirn, die feucht sein mußte. Er stand nervös vertieft; das Tosen verstärkte sich sanft, wurde unzusammenhängend; seine Augen, die sich gewöhnt hatten, sahen eine kleine Dampfwolke aus dem Nachtkraut steigen. Jetzt war ihm leichter. »Andres«, sagte er und wußte, daß er log. Das war es nicht gewesen. Sondern die Falte an der Schulter und die mürbe Stelle an der Schläfe. Und ihre Augen, die nicht mehr sicher wirkten. Er konnte jetzt niemanden brauchen, dem etwas naheging. Da war es besser, hier zu stehen. Und viel leichter. Und viel besser. Wenn man noch eine lange Fahrt vor sich hatte, mit einem Paß. Als er die Hand wieder frei hatte, blickte er auf die Uhr. Sie zeigte zehn Uhr, fünf nach. Nicht im Sternenlicht, es waren keine Sterne draußen, sondern der Phosphor hatte noch Hotellicht gespeichert, und außerdem gaben die Standlichter etwas her. Viel besser, sagte Ulrich. Im Wagen drehte er das Radio an. Erst als er Radio Luxemburg gefunden und sorgfältig eingestellt hatte, fuhr er an. Es war ein phantastisches Radio. Man bekam Luxemburg damit auch hinter dem Berg. Bald würde der Empfang immer besser werden.

12

Einmal im späten Januar, morgens um Viertel vor neun Uhr am »Pfauen«, erschrak Ulrich aufs heftigste. Er ging neben einer Autokolonne her, die stand, vom zweiten Kreuzungspolizisten blockiert war; da tat neben ihm ein Auto einen Schrei und öffnete ein haariges Handgelenk den Schlag; dazu fächelte es in Ulrichs Richtung. Ulrich saß im Polster, er wußte nicht wie; da saß er neben Dr. Hämmerli.

»Morgen, Gautschi«, sagte der Mann. »Haben wir nicht gleich Deutsch zusammen? Du lieber Gott.«

Die Morgenleute auf der Straße gingen mit eingezogenen Köpfen und Hüten wie gegen einen Wind, obwohl gar kein Wind war; das Himmelsgemäuer stand regungslos und undurchdringlich hinter Häusern, die aus löchrigem Gemäuer bestanden, aus triefendem

Tuff, und in unbegangenen Winkeln der Trottoirs hielten sich Schneereste, gefleckt mit Ruß und Rost, und Hämmerli war ein Mörder. Aber das war schon lange her, das Vogelauge dieser Tat hatte sich halb geschlossen, prüfte nur manchmal, wie jetzt eben, die Wimpern gegen Ulrichs Zwerchfell, wetzte das Zwerchfell scharf mit seinen halb geöffneten Wimpern; aber das spielte sich unter dem wunderbaren Mercedes-Armaturenbrett ab, und Hämmerli mußte die Stoßstange seines Vorderwagens fixieren, um immer den gleichen Abstand zu ihr zu halten, und viele Deutschstunden waren ins Land gegangen, keine wie die andere und doch alle gleich, eine einzige lange Deutschstunde voll kunstvoller Sätze, die sich am Kathederrand bildeten und eine Schleife über die Köpfe zogen, bevor sie ermüdeten und sich verloren, und man war praktisch schon am Schulhauseingang, und Ulrich wartete, wartete immer noch, ehe er die Schnur um den Hals neben ihm zusammenzog. Worauf wartete er? Auf den Frühling? Auf den Sommer? Wollte er Hämmerli im Sonnenbad erwürgen, wenn am Himmel wieder etwas los war, unter den Augen eines Gewitters?

»Gautschi«, sagte Hämmerli, als er die Handbremse zog, »was ich sagen wollte: kennen Sie den kleinen Urfer? Bleich, picklig, Brillenträger, ein ewig gejagtes Wild. Ich habe ihn zwei Klassen unter Ihnen, im 2c. Ich glaube, er ist nicht dumm, aber er hat den Dreh nicht erwischt, er schwimmt. Nehmen Sie ihn doch einmal zwei Nachmittage her und geben Sie ihm eine Spritze. Er ist so eine Art Verwandter von mir, und seine Eltern zittern wie die Gräser auf dem Felde. Sie können sich ein Taschengeld verdienen. Haben Sie ja nicht nötig. Dann tun Sie's für mich. Ich schicke Ihnen den Kleinen in der Pause vorbei.«

Fünf Minuten später saß Hämmerli am Rand des Katheders. Mit dem Klassenbuch hielt er sich nicht auf; seit vielen Monaten stand sein Zeichen neben keiner Deutschstunde mehr. Auch die Abwesenden wurden ihm nicht mehr gemeldet – er winkte ab, wenn man ihre Namen ausrief.

»Lassen Sie diese Feldweibelsachen«, sagte er, oder: »Was machen Sie für ein Wesen, John, sind Sie ein Austrommler, ein Büttel? Wo wähnen Sie sich? Im Heimatschutztheater?«

Heute fehlte keiner. John erhob sich und sagte: »Würden Sie wenigstens noch für die letzten sieben Wochen unterschreiben, Herr Doktor?«

Zu jedem Wochenende wurde eine Abrechnung der aufgewendeten Aufgabenzeit erstellt, und zwar in zweifacher Ausfertigung. Die beiden Summen differierten etwas, aus kosmetischen Gründen; gemeinsam war ihnen, daß sie von horrender Höhe und darum von einem Kasten anklägerischen Rots eingerahmt waren. Die wöchentliche Aufgabenbelastung jeder Klasse war regelmäßig unzumutbar, und der Klassenlehrer hatte die rot geränderte Zahl durch Unterschrift zu quittieren.

Hämmerli setzte sich auf beide Hände, ohne die Klasse anzusehen.

»Lernen Sie meine Unterschrift fälschen«, sagte er.

Dann blieb er eine Weile sitzen und stierte auf den Boden.

»Wovon war denn in der letzten Stunde die Rede?« fragte er. Die Klasse schwieg.

»War von nichts die Rede?« fragte er abwesend. »Das gibt es nicht. Von irgend etwas ist immer die Rede.«

»Von Kleist«, schlug jemand vor.

»Wir kommen der Sache näher«, sagte Hämmerli. »Also von Kleist. Das ist schön. Von Kleist. Ein wichtiger Autor, aber nicht unbedenklich. Hoffentlich ist es uns heute gegeben, von Kleist zu sprechen. Man kann nicht immer. Man soll nicht immer. Kleist ist zu schade für irgendeine Stunde zwischen neun und zehn Uhr morgens. Schweigen wir mal erst ein bißchen über Kleist.«

Hämmerli rutschte vom Katheder und stellte sich ans Fenster. Er starrte hinaus. Drüben war die Gerichtsmedizin. Die untersten Quadrate jedes Fensters waren aus Milchglas.

»Wozu schreiben die Leute eigentlich?« fragte Hämmerli leise, »Kleist, und ein paar andere? Wie kommt einer dazu, daß er schreibt? Sagen Sie doch etwas, Gautschi.«

Ulrich setzte sich etwas auf. Seine Glieder waren eben bequem geworden, hatten sich mit Frieden vollgesogen. Dumm, daß er mit Hämmerli gefahren war; jetzt mußte er seriös reagieren.

»Würden Sie bitte Ihre Frage wiederholen«, sagte er. Hämmerli schwieg.

»Um ein Dichter zu werden? Um sich auszudrücken?« sagte er dann. »Um etwas zu verändern, um ins reine zu kommen? Was für gewaltige, putzige Vorstellungen. Was sich die kleinen Moritze so denken.«

Hämmerli lehnte seinen Bauch gegen Zentralheizung und Fensterglas und legte die Hände wie Scheuklappen links und rechts neben die Schläfen. So blieb er eine ganze Weile; vielleicht wiegte er sich etwas. Als er sich zurückstemmte, blieb ein beschlagener Fleck auf der Scheibe zurück, der sich langsam, unter Hämmerlis trüb versonnenem Blick, von den Rändern her wieder klärte.

»Sondern«, sagte er, »sondern.«

Dann begann er den Fenstern entlang zu gehen, schnellte seine Hand pochend von einem Pültchen zum andern, kam ans hintere Ende des Raums, wendete, indem er kurz den sich rekelnden Kopf gegen die Decke warf, schritt wieder die Bänkchen zurück zum Podest, wendete wieder, und lange so weiter, immer redend, bis er einmal bei irgend einem Bänkchen in der Mitte fertig war, weil ihm die Worte ausgingen, ohne daß er darauf zu achten schien:

»Sondern um nicht tapfer sein zu müssen, wenn es einmal so weit ist, weil man es auf ein paar Seiten guter Prosa, an denen man ein Leben lang schreibt, zuvor bedacht hat, zuvor gekaut bis auf den Punkt einer gewissen Süße, die allenfalls Gewohnheit wird, so daß der Tod, wenn er kommt, nichts Apartes ist, wie bei den meisten Leuten, die nur so Tee trinken, ein Geschäft machen, eine Freundin treffen, ans Fenster hauchen, und eines Tages nicht mehr, weil sie sich eines Tages hinlegen und zum größten Erstaunen ihrer Umgebung, wenn sie Umgebung haben, nicht mehr aufstehen, sondern vorbei sind, vorbei ohne jedes Verhältnis zu der Erscheinung, die man an ihnen gekannt hat, so gut gekannt, daß man sie nicht mehr bedacht, sondern einfach eingebaut hat. Und auch der Erscheinende selbst, manchmal mag es ihn in der Herzgrube gejuckt haben, aber er hat's wieder vorbeigeschoben beim Tee, beim Toast, und im Grunde hat er sich eingebaut, und zu keinem andern Zweck aß er die zweite Schnitte Toast und machte sich täglich eine Viertelstunde Bewegung. Und plötzlich ist da eine Lücke, und der Verstand steht davor still. Nun weiß natürlich jeder, daß Erscheinungen vorübergehen, aber das gilt nur für Erscheinungen im allgemeinen, nicht für die eigene. Wenn aber die Lücke klafft, blödsinnigerweise, wird sie mit Blumen gestopft, eine ungenügende Füllung, denn die Lücke kommt wieder zum Vorschein, und man wendet sich weiter in der Hoffnung, daß alles vorübergeht, auch eine Lücke. Und daß da unter allen Lücken eine sein wird, die auf einen selbst zukommt, in die man mit großartiger Spurlosigkeit eingeht, ist kein Fall, der zu bedenken wäre. Mir ist es immer merkwürdig gewesen, wie große Verlegenheit um einen Toten herrscht, welche Mühe man sich gibt, ihn nicht auf der Stelle aus Abschied und Traktanden fallen zu lassen, wie man sich bemitleidet, daß man sich nicht zu benehmen weiß, denn niemand hat einem beigebracht, wie man sich vor einem

Toten benimmt, das macht, niemand kann sich an seine Stelle versetzen. Und das ist es, warum einer schreibt, und es ist das einzige: daß er, wenn ihm die Lücke blüht, oder bevor er zur Lücke wird, dann nicht tapfer zu sein braucht, oder nicht verlegen vor seinem eigenen Tod, daß der Tod nichts Apartes zu sein braucht, kein Anlaß für Zylinder, sondern eine Bekanntschaft: deswegen schreibt er Sätze, die gut sein müssen, denn wenn sie gut sind, führen sie der Linie des Todes entlang und machen die Lücke zwischen zwei Sätzen zu etwas, das schon längst vor dem Tod definitiv ist wie der Tod, aber genau, nämlich ohne Verlegenheit vor dem Definitiven, also eine Art Einsicht, ein Durchblick nicht größer als ein Satzzeichen, ein Punkt, aber ein Punkt am richtigen Ort, ein Punkt zwischen richtigen Worten. Wer schreibt, hält Musterung über den Tod, auch wenn er weiß, daß er ihm gerade im Schreiben näherkommt, aber es ist ein anderes Näherkommen als das gewöhnliche, nämlich ein kostendes. Denn daß einer schreibt, das kommt aus Mitleid mit der eigenen Blindheit, aus Erbarmen mit dem, was man sich antut bei Tag und bei Nacht, eine Zigarette an der andern ansteckend, und immer so weiter, mit bleiern klopfendem Herzen, und wer schreibt, tut sich viel mehr an als ein anderer. Darum, wenn dir ein Furz entfährt, läßt du ihn weichen, und die Tränen wollen dir kommen, daß du Eingeweide hast, auch wenn du ihnen keine Bewegung gönnst, sondern sie behandelst wie einen Hund, so daß sie selber zucken müssen, und alles nur, um nicht wie ein Hund zu sterben, obwohl man durch beides, die Mißhandlung und das Mitleid über die Mißhandlung, seinen Tod befördert, und obwohl die andern nicht wissen werden, daß man anders gestorben ist als ein Hund, eine Spur anders. Man schreibt, um beiläufig sterben zu können, um die Lücke wohnlicher zu machen, wenn auch nicht für die, denen man sie hinterläßt, sondern nur für sich, während man noch lebt; nicht um zu wissen, warum man lebt, und was man tut, und warum man es tut, sondern um es auf bessere Art nicht zu wissen, um einverstanden zu sein, auch wenn man nicht versteht womit. Man schreibt nicht, damit etwas bleibe, denn das ist ganz eitel, sondern um ohne Verlegenheit zu sterben, wenn es möglich ist; und ein guter geschriebener Satz beweist, daß es bis zu einem ganz merkwürdigen Grad möglich ist, denn jeder gute geschriebene Satz stößt an den Tod, ohne zu gefrieren, ist eine Behauptung, der nicht widersprochen werden kann, weil sie so deutlich besser, ich sage nicht tröstlicher, aber besser ist als nichts. Man würde nicht glauben, wie sehr man sich an dieser Spanne erheitern kann, die fast nichts trennt von gar nichts, und wie sie hilft gegen die Verlegenheit, auch wenn sie die Verlegenheit tiefer macht.«

Die Klasse hörte nicht zu; Hämmerli mochte seinen Moment haben, aber es fühlte sich keiner befugt, seinen Moment mit ihm zu teilen. Müller etwa, der Cellist von Andres' Trauerfeier, half sich damit, daß er sein Lineal längere Zeit auf der Spitze balancierte, bis es mit üppigem Gepolter zwischen den Bänken auf den Boden stürzte; mehrere lösten Mathematikaufgaben. Ulrich, der nicht mehr fürchtete, aufgerufen zu werden, mummelte sich in seine Trägheit ein und schloß die Augen. Der rote Blatter schlief. Er weigerte sich aufzuwachen, als sich Hämmerli neben ihn auf die Bankklappe setzte und ihn betrachtete. Blatter lag wie ein Stück Schwemmholz in seinem violetten Strickpullover, an dem sich die rötlichen langen Nackenhaare stauten, und ein paar Flusen des Ärmels, auf den er seinen Kopf gelegt hatte, rührten sich im Hauch. Blatter atmete mit offenem Mund, den der Druck des Ärmels verschoben hatte, und man sah einen spitzen gefleckten Zahn.

Hämmerli sagte: »Ein Lehrer ist, was Säue vor die Perlen wirft.«

Dann schwieg er lange.

»Kleist«, sagte er dann, »ja, ja, Kleist.«

Dann setzte er sich in die Schulbank neben den schlafenden Blatter. Die Schüler begannen wieder aufzupassen. Sie empfanden Hämmerlis Nähe als Einmischung, als Unanständigkeit, ihr Unbehagen erwachte intensiv und drückte; sogar Blatter erwachte, legte erst den Kopf anders und schlug endlich die Augen auf. Einen Augenblick hielt er sie starr offen; dann zwinkerte er und richtete sich auf, blickte sich sogar rasch um, wie jemand, der in den Tropen neben einem Löwen erwacht und merkt, daß das Gewehr zu weit entfernt liegt. Hämmerli hatte ihm zugesehen; er steckte die Hände in die Taschen und rutschte etwas tiefer in die Bank.

»Jetzt will ich's mal genau wissen«, sagte er. »Nicht wahr, ihr seid die Schüler und ich bin der Lehrer, ihr seid dreiundzwanzig, weil ich ein paar von euch am Fliegen gehindert habe, und ich bin einer.

»Dreiundzwanzig gegen eins. Das ist ein schlechtes Verhältnis. Aber wenn ich ein richtiger Lehrer bin, so habe ich allerhand hinter mir, Amt und Würde und eine Stimme im Konvent, und im Notfall sogar die Staatsgewalt. Ein Tropenhelm gegen dreiundzwanzig Eingeborene, damit kann ich euch Beine machen. Und wenn ich euch Beine mache? Wenn ich euch mit einem Hausaufsatz den

Sonntag verderbe, wenn ich euch mit Hilfe der schönen Literatur, die ich an der Universität studiert habe, zur Sau mache, wenn ich meine Peitsche über euch schwinge, dann bin ich ein Schinder. Aber wißt ihr, was ich dann auch noch bin? Ein harter Bruder bin ich dann, und wenn ich's nur ein bißchen gut anstelle, bin ich auch ein toller Lehrer. Er verlangt etwas, aber man lernt auch was bei ihm. Er verlangt etwas, aber er verlangt noch mehr von sich selbst. Wir haben's damals nicht bemerkt, aber heute wissen wir, was wir ihm verdanken. Meine Herren, es ist leicht, ein toller Lehrer zu sein. Es ist lernbar. Viel Gewitterwand aufziehen und es dann unvermutet darin aufscheinen lassen, ein Sonnenstrahl Menschlichkeit, ein bißchen zuckend, damit man die Menschlichkeit glaubt, damit seid ihr zu gewinnen, das reißt euch am Seelchen, und das Seelchen schmilzt. Eine Schulreise in die Berge, ihr voraus wie die Böcklein, der Lehrer im gereiften Berggang hinterdrein, und dann langsam und männlich steigern und die Böcklein überrunden, und dann der Erste auf dem Gipfel sein, unterwegs auch schön hilfsbereit, womöglich mit drei Rucksäcken auf dem Buckel, unter denen die Böcklein unterwegs zusammengebrochen sind, und dann das knappe Männerlächeln unter Schweiß: damit laßt ihr euch imponieren, damit ist bei euch ein Rennen zu machen. Streng aber gerecht, scharf aber fair. Er weiß was er will. Die Gruppe, die Klasse: lauter Feminina, man muß euch nehmen, man muß euch zu nehmen wissen. Gibt es hier einen, der sich für Kleist interessiert? Einen Dreck interessiert ihr euch für Kleist. Aber weil ihr eine Gruppe seid, Femininum, wollt ihr, daß ich das grausame Spiel Kleist mit euch spiele. Ich soll euch den Kleist aufpressen, damit ihr eines Tages sagen könnt: der Hämmerli hat uns den Kleist in der Schule vermiest, aber da ist er mir kürzlich wieder in die Hände gefallen, an dem Kleist ist ja was dran, und eigentlich bin ich dem Hämmerli dankbar. Man muß nur ein toller Lehrer sein und verstehen, seine Schüler anzustinken, damit sie zurückstinken können; eines Tages werden sie dann wohlriechend und Persönlichkeiten. Und jetzt will ich euch noch etwas sagen:

Ich schäme mich, diesen Befruchtungszauber mitzumachen. Ich weigere mich, euch die Faszination eines Kasernenhoffeldweibels zu bieten. Ich mache nicht mit, wenn ihr nach dem geistigen Prügelstock hungert und nach den süßen Qualen der Autorität. Ich lasse mich von euch nicht aufs Katheder setzen, nur damit ihr den Spaß habt, gegen einen Stachel zu löken, der keiner ist, oder der falsche. Wenn ihr frustriert werden müßt, um etwas zu werden, dann werdet lieber gar nichts, oder sucht euch einen andern Erzieher, einen, der weiß, was das ist, und weiß, was aus euch werden soll, was er aus euch machen will. Ich bin kein Charakterdarsteller. In mir findet ihr ein für allemal nicht den Widerstand, den ihr für eure Entwicklung braucht, um eure Söhne wieder nach demselben Schema zu entwickeln. Wißt ihr, wie ich das finde? Zum Kotzen. Ich denke nicht daran, euch zu nehmen. Ich bin nämlich ein weicher Lehrer.«

Raoul hatte seit einiger Zeit den Arm aufgehalten. Da er zwei Reihen hinter Hämmerli saß, merkte der nichts davon, bis Raoul mit den Fingern schnippte. Hämmerli drehte sich halb um.

»Darf ich hinaus?« sagte Raoul und war käsebleich. »Mir ist schlecht.«

Hämmerli grinste. Raoul verschwand wie ein Geist; das Schwingen der Tür erzeugte einen schwachen Luftzug. Hämmerli grinste immer noch.

»Warum besucht ein weicher Lehrer den Unterricht?« fragte er. »Ich will es euch sagen. Weil das gesund für ihn ist. Er raucht dann nämlich nicht den ganzen Tag.«

Hämmerli erhob sich nicht ohne Mühe aus seiner Bank.

»Soviel zu Kleist«, sagte er und schlenderte schleppend durch den Mittelgang nach vorn. Er sah keinen an. Dann machte er wieder kehrt und ging an den leeren Platz zurück, blieb davor stehen und spielte mit der Pultklappe. Leise sagte er:

»Schade, daß er nicht mehr da sitzt, der war nämlich ein Maskulinus. Er mochte die Feldweibel nicht und wollte keiner werden. Er hatte ein Gefühl dafür, daß sich das nicht lohnt. Schade, daß er fehlt.«

Er blickte auf seine Uhr, dann auf Ulrich. Wo hatte er plötzlich die Kreide her?

»Gautschi«, sagte er und hielt ihm die Kreide hin, »ist Ihnen auch schlecht? Nein? Dann zeichnen Sie bitte mal den Handlungsverlauf der Penthesilea an die Tafel. Sie wissen nicht, wie? Mathematisch, Gautschi. Erst ein Koordinaten-Kreuz. So. Auf der Abszisse teilen sie die Akte ab. Auf der Abszisse, sage ich. Aha. Bis fünf. Schön. Und auf der Ordinate messen wir Gefühle. Haß negativ, Liebe positiv. Unterscheiden wir erst einmal, so lang es geht. Die Penthesileagefühle mit durchgezogenem Strich. Zuck, zuck, rauf, runter, wie auf der Fieberkurve. Den Achilles ... nein, punktieren Sie den bloß, das gibt die Kontrastkurve. Liebenswürdig und kalkulabel. Rein positiv, Gautschi. Wenn er nicht von Penthesilea gefressen worden wäre, dann wäre es gar nichts mit ihm.«

13

Der zweite Nachmittag mit dem kleinen Urfer verlief entspannter als der erste. Ulrich hatte Urfers Krankheitsbild aufgenommen, lieb und unauffällig, denn der Brillenträger war wirklich sehr verschüchtert. Ulrich merkte es daran, daß er in seinem Verhalten zwischen Erwachsenen und Beinahe-Altersgenossen keinen Unterschied machte; es genügte, daß Ulrich von der Schule anfing, um ihn in die Haltung des geduckten Hasen zu scheuchen, Bodenfarbe suchen zu lassen, sein bißchen Geistesgegenwart zu verhexen. Damit, entschied Ulrich, fing natürlich alles an. Urfer duckte sich, um es nicht erst darauf ankommen zu lassen, um gleich versagen zu dürfen; es war eine Schutzstellung, wenn auch eine absurde, unergiebige, die einzige Form der Willensäußerung, der heimlichen Sabotage, die dem Stolz seiner Eltern übrigblieb. Ob Urfer klug war oder nicht, konnte sich auf diese Weise nicht herausstellen. Er lief absichtlich mit Handbremse, wurde lieber heiß, als seine Leistung kennenzulernen, hatte es aufgegeben, neugierig auf sich zu sein, bog mit Anstrengung den Augenblick der Wahrheit von sich ab. Möglicherweise war diese Anstrengung, diese Zurückgebliebenheit die größere Lüge. Das mußte man dem kleinen Urfer beibringen.

Esel von Eltern, dachte Ulrich. Jede Wette, daß die Eltern kategorische Esel sind. Ein verbissenes Väterchen, das nur seiner Redlichkeit lebt, für die ihm außer Geringschätzung niemand einen Heller gibt, und ein verhuschtes Mütterchen, das nur für diesen Sohn lebt, der das Pech hat, der einzige zu sein. Jeder lebt für den andern, keiner für sich, keiner hat für sich zu leben gelernt; was für ein grausamer, tierischer, atemloser Haushalt. Ulrichs älterer Bruder Hugo, der Mediziner, hatte ihm kürzlich einen Sektionsbericht seines Instituts gezeigt. Es handelte sich um eine Wasserleiche. Der Beschrieb fing mit folgenden Worten an: »Kleine männliche Leiche, leptosom ...« Urfers liebende kleine Eltern waren im Begriff, aus ihrem Alfred eben dies zu machen, und bei Lebzeiten: eine kleine männliche Leiche, leptosom. Ulrich nahm sich vor, Alfred nächstens in den Zoo mitzunehmen, wo sich die Tiere begatten, die

Zuschauer schauen nur so, aber die Tiere lassen sich nicht hindern. Noch zehn Jahre, und Alfred, das einmalige Produkt vollbehinderter Eltern, hatte es so weit gebracht wie sie. Vielleicht war es gut, wenn er flog; aber wie Ulrich diese Eltern einschätzte, würden sie den zerschlagenen Käfig unter Tränen in ihren schlaflosen Nächten wieder leimen und Alfred repetieren lassen. Man mußte ihm helfen.

Letztes Mal hatte Ulrich Privatlehrer gespielt, Fach um Fach abgetastet und die Lücken geschätzt; trotz aller Aufmunterung, mit der es Ulrich ernst war, denn Urfer war nicht dumm, bloß verbaut, hatte der ihn bleicher verlassen, als er gekommen war, klein und leptosom. Diesmal war von Schule keine Rede. Ulrich hatte eine Platte aufgelegt (»It could be the last time«) und stellte Gläser auf den Rauchtisch: es war der jüngste aus dem Salon abgeschobene mit dem Japanporzellan. Seit Papa Generaldirektor war, hatte er sich strenger eingerichtet. Die meisten Möbel im Salon waren jetzt durchsichtige Gerüste.

»Mit Eis?« fragte Ulrich und wiegte die Flasche.

»Nein, nein«, sagte der Brillenträger zwinkernd.

»Ich nehme Eis«, sagte Ulrich, »und an deiner Stelle würde ich es auch probieren. Dummerweise habe ich nämlich den Whisky draußen gelassen.«

Der linke Schreibtischfuß enthielt eine kleine Eisbox. Ulrich spürte den Brillenblick auf seinen Schultern, entgeistert und hingerissen; da war ein Priester, der den Wohlstand zelebrierte. Ulrich schämte sich nicht, in der Phantasie des kleinen Urfer Bedürfnisse zu schaffen. Besser, einer wird ein Hochstapler, als ein Ergebener. Das Eis knackte; dann nickte es sanft im honiggelben Gegengift und bildete Schlieren.

»Magst du die Stones?« fragte er nach einer Weile.

»Ich mag auch Beethoven«, sagte der kleine Urfer.

»Ich auch, aber Beethoven hätte die Stones auch gemocht«, antwortete Ulrich. »Die Reklame sagt es selbst. Da, auf dem Plattenumschlag.«

Der kleine Urfer hielt den Plattenumschlag wie eine Landkarte. Ganz fremdes Gelände.

Ulrich blickte durchs Fenster, in dem es märzte, obwohl erst Februar war; ein elektrisches schwaches Blau war in die blasse Luft gemischt, die Baumgruppen hatten wieder Tiefe. »Wenn dir der Whisky geschmeckt hat, so schlage ich vor, wir nehmen in einer Stunde noch einen. Und inzwischen erzählst du mir, was du aufhast.«

Der kleine Urfer bezog wieder Schülerstellung, aber sie war, wenn nicht alles täuschte, eine Spur kecker. Und er sagte auch: »Ach, der Mist.«

Ulrich wälzte sich einmal herum, schlenderte zum Fenster und stellte sich dann vor die Tür, wo er die Arme ausbreitete. »Ob du es hinkriegst, mir die Arme an die Wand zu drücken?«

Erst blieb Urfer sitzen. Dann stand er auf und drückte, zaghaft erst, dann mächtig, ein gekrümmter junger Hund, der sich in Ulrichs Arme spannte. Ulrich wurde rot; dann ließ Urfer Atem fahren. Die Wand hatte Laut gegeben.

»Und so?« sagte Ulrich.

Er stützte einen Ellbogen auf den Kaffeetisch. Urfer setzte sich neben ihn auf die Coch und versuchte den Unterarm niederzudrücken. Dazwischen riß er unvermittelt daran; Ulrich parierte. Urfer konnte nicht verhindern, daß ihm die wunderlichsten Töne entfuhren. In dem Augenblick, wo Ulrich ein wenig locker ließ, drückte der kleine Urfer nach und legte Ulrichs Arm flach. Ulrich krümmte sich wie im Schmerz.

»Du bist ein Hinterrücksler«, sagte er.

Dann machten sie eine Stunde lang Mathematik. Anfangs fiel sich Urfer immer selbst ins Wort, wenn er Ulrichs Gesicht Skepsis entnahm. Allmählich aber rechneten sie kollegial, Kopf an Kopf, schlugen vor, verwarfen und akzeptierten gemeinsam. Die Nachrechnungen gaben ihnen recht.

»Und jetzt den Whisky«, sagte der Brillenträger.

»Und jetzt die englischen Vokabeln«, sagte Ulrich und füllte Whisky nach. Es war ein Spiel unter Kavalieren; beide saßen weit zurückgelehnt, mit übereinandergeschlagenen Beinen; der kleine Urfer umklammerte das Glas und blickte gegen die Decke. Nur zu, dachte Ulrich. Du hast doch ein Bankschaltergesicht.

»Noch Chemie«, sagte Urfer mit glänzenden Augen.

Zum Glück verstand sich Ulrich auf anorganische Chemie, konnte sich sogar leisten, vor Urfers Augen bedeutungsvolle Fehler zu begehen, die auf höheren Prämissen beruhten und, während Ulrich sie locker korrigierte, Urfers Ehrfurcht erweckten. Sie öffneten Formelringe, um sie, vorteilhaft ergänzt, wieder zu schließen, und bildeten dabei immer nuanciertere und komplexere Verbände.

»Noch was?« fragte Ulrich im Ton eines Preisgewichtshebers, der nicht zu überfordern ist.

»Eigentlich nein ...«, sagte er, »oder doch, aber das kann ich selber machen. Einen Hausaufsatz.«

»Einen Hausaufsatz!« stöhnte Ulrich. Er hätte nach dem Thema fragen können, aber Themen waren nicht wichtig; sie hatten nur den Zweck, daß der Lehrer sich pädagogische Findigkeit bestätigte und fein dazu lächelte. Also fragte er: »Auf wann?«

»Auf morgen.«

»Dann hast du ja noch viel Zeit«, sagte Ulrich.

»Oh, das macht nichts«, sagte Urfer, und zum ersten Mal färbte Stolz seine gerade gebrochene Stimme, der Stolz über Verbindungen. »Mit dem Hämmerli bin ich verwandt. Ich kann den Aufsatz auch später abgeben, bei ihm zu Hause. Ich habe das schon einmal getan, als er krank war. Er hat nichts gesagt.«

Ulrich stellte sich die Frage, ob Hämmerli aus demselben Milieu kam wie der kleine Leptosome hier. Dann schoß er auf, erschütterte den Tisch und warf sein Whiskyglas um. Zum Glück war es beinahe leer.

»Was hast du?« fragte der kleine Urfer.

»Oh«, sagte Ulrich. »Au, oh. Dieser Krampf in der Wade. Warte, ich nehme das Zeug auf. Moment.«

Er zog sein Taschentuch hervor und fuhr damit vorsichtig über das japanische Porzellanmosaik. Er wischte noch, als der Glanz der Steinchen wieder natürlich wirkte.

»Höre«, sagte er leise, »wann war das?«

»Was?«

»Daß du Hämmerli deinen Aufsatz nach Hause brachtest, als er krank war.«

»Ich weiß nicht mehr«, sagte der Kleine. »Es ist schon lange her. Im letzten Sommer.«

»Versuch dich zu erinnern. War es während der Schulreise?«

»Stimmt«, sagte der kleine Urfer. »Hämmerli konnte deswegen nicht mit. Er hatte ... er hatte eine Halsgeschichte. Er sah ganz wild aus.«

»Du hast ihn gesehen?« fragte Ulrich beherrscht.

»Ich bin doch verwandt«, sagte der andere, »ich gehe da einfach hinein. Tarzan kennt mich.«

»Tarzan ist der Hund«, sagte Ulrich.

»Ein Schäfer«, sagte Urfer stolz.

»Ich bin noch nie bei Hämmerli gewesen«, sagte Ulrich. »Ich möchte wohl gern wissen, wie man da hineinkommt und wie es darin aussieht. Erzähl doch bitte, wie es war, als du zu Hämmerli hineingingst.«

»Ganz einfach«, sagte der kleine Urfer. »Hämmerli wohnt im Dachstock. Du läutest unten, und dann wird dir aufgemacht. Die Tür öffnet sich elektrisch.«

»Aha«, sagte Ulrich. Er entnahm Urfers Worten, daß dieses System bei ihm zu Hause unbekannt war. »Und dann hast du da gedrückt.«

»Genau«, sagte Urfer.

»Das war an einem Nachmittag«, schlug Ulrich vor.

»Schon Abend«, sagte der kleine Urfer, »nach halb sieben Uhr. Das weiß ich, weil ich vorher noch einkaufen mußte. Eine Glühbirne und Batterien für meinen Transistor. Es pressierte. Das Elektrogeschäft, in dem ich mich normalerweise eindecke, hatte geschlossen, wegen Todesfalls, und darum ...«

»Und wer öffnete dir?« unterbrach ihn Ulrich.

»Ich ging dann zu Elektro-Maag«, sagte Urfer.

»Unsinn«, sagte Ulrich scharf, »ich meine, das ist nicht so interessant, verstehst du, ich möchte mehr von Hämmerli hören, er ist auch mein Klassenlehrer. Wer hat dir bei Hämmerli geöffnet, an jenem Abend, nach halb sieben?«

»Tarzan«, sagte der kleine Urfer.

»Der Hund?« fragte Ulrich und hörte auf zu wischen.

»Tarzan ist auf den Türöffner dressiert«, sagte er, »wenn die Haushälterin nicht da ist, öffnet er. Er stellt sich auf die Hinterbeine und drückt die Pfote auf den Knopf ...«

»Ach«, sagte Ulrich, wußte nicht, wohin mit dem Taschentuch und schenkte sich einen Whisky ein, »und so war es bei dir? Die Haushälterin war nicht da, und Tarzan drückte auf den Knopf?«

»Genau«, sagte der kleine Urfer. »Aber ich sage dir, für einen Fremden kann das ungemütlich werden. Tarzan öffnet zwar, er kann auch die Wohnungstür von innen öffnen. Aber wenn dann jemand kommt, den er nicht kennt, dann führt er sich auf wie ein Rasender, und wenn man Angst hat, beißt er. Er geht scharf auf den Mann. Bloß, mich kennt er, der Tarzan.«

»Und dann?« fragte Ulrich, »dann bist du also hochgestiegen und eingetreten, an Tarzan vorbei?«

»Genau«, sagte Urfer.

»Und dann?«

»Dann klopfte ich erst am Studierzimmer, aber da antwortete keiner, und ich dachte mir, Hämmerli ist Patient, er wird wohl im Schlafzimmer sein. Weil wieder niemand antwortete, öffnete ich die Tür einen Spalt, und da lag Hämmerli und schlief, ich wollte sie schon wieder schließen, da fing der Hund wieder an zu bellen und wollte hinein. Hämmerli hob den Kopf, er hatte mich gesehen, und da blieb mir nichts übrig, als ins Zimmer zu treten. Den Hund drängte ich zurück, er bellte, er wollte unbedingt zu seinem Herrn ...«

»Konnte er die Tür nicht selber öffnen?« fragte Ulrich lauernd. »Die Tür zum Schlafzimmer?«

»Wie ...?« fragte Urfer, aus dem Tritt gebracht. »Nein, natürlich nicht. Es ist eine Schiebetür. Hämmerli hat in seiner Wohnung nur Schiebetüren. Es ist moderner so ... japanisch«, sagte Urfer herablassend.

»Und dann bist du ins Zimmer getreten, und da lag also der Hämmerli. Wie sah er denn aus?«

»Bös«, sagte Urfer. »Er hatte den Kopf eingebunden und blickte mich mit geschwollenen Augen an. Es war wohl eine Art Mumps. Er hob auch gleich die Hand, als ich hereinkam. ›Nicht zu nahe‹, flüsterte er. Er konnte nämlich nicht mehr laut sprechen. Der Mumps hatte sogar die Stimmbänder angegriffen. Onkel Hanspeter, sagte ich, ich wollte dir nur den Aufsatz bringen. Ich nenne ihn nämlich Onkel Hanspeter.«

»Aber du hast ihn erkannt«, sagte Ulrich langsam, »ich meine, er war noch zu erkennen.«

»Aber höre«, sagte der kleine Urfer, »ich kenne doch meinen Onkel, auch wenn er krank ist.«

»Und dann?« sagte Ulrich.

»Nicht mehr viel«, sagte Urfer. »Ich legte das Heft auf den Tisch und wünschte ihm gute Besserung. Du siehst, ich kann den Aufsatz später abgeben. Damals habe ich auch 5–6 gekriegt.«

»Ich sehe«, sagte Ulrich. »Nun möchte ich ganz genau wissen, wann du bei Hämmerli warst. An welchem Wochentag.«

»Das interessiert dich so sehr?« sagte Urfer und machte kleine Augen.

Ulrich betrachtete ihn; dann erwiderte er den Mausblick des Leptosomen mit Gleichmut.

»Gut«, sagte er, »machen wir noch ein wenig Physik, und dann gehst du nach Hause und schreibst deinen Aufsatz. Ich finde es unfein, wenn du dich darauf verläßt, daß Hämmerli dein Onkel ist.«

Ulrich schenkte dem kleinen Urfer, dem Neffen, nichts in der Physik. Um sechs Uhr sagte Ulrich wie ein Lehrer:

»Wir wollen es für heute genug sein lassen. Ich habe noch zu tun. Komm am Freitagnachmittag wieder.«

Unter der Tür sagte er: »Alfred, was ich noch sagen wollte, meine Transistorbatterien pfeifen aus dem letzten Loch. Wo kriegst du deine her, du hast mir vorher eine Adresse genannt ... nicht den Maag ...«

»Loosli«, sagte Urfer, »Loosli an der Kreuzstraße.«

»Hat der auch japanische?« fragte Ulrich höhnisch.

»Klar«, sagte der kleine Urfer.

Ulrich schloß die Tür hinter ihm. Dann ging er langsam die Treppe in sein Zimmer hinauf.

»Kommst du zum Essen, Schatz?« sagte Mama unter der Salontür.

Ulrich fand, daß er keinen Appetit habe.

»Gleich, Mama«, sagte er, »ich mache nur noch ein Telefon.« –

»Loosli«, sagte eine weibliche Stimme am andern Ende.

»Hier Füllemann, Gewerbepolizei«, sagte er mit männlicher Stimme. »Frau Loosli selbst?«

»Ja«, sagte die Stimme besorgt.

»Tag, Frau Loosli. Hören Sie, Sie haben letzten Sommer einmal Ihr Geschäft geschlossen gehabt, wegen Todesfalls, nicht wahr. Unsere Akten sind nicht ganz klar. Können Sie uns nochmals das genaue Datum nennen?«

»Mein Mann ist am 26. Juni gestorben«, sagte die Stimme, »er ist unter ein Auto gekommen. Das war ein Samstag. Am Montag hat meine Schwiegertochter das Geschäft geführt. Es war nur einen einzigen Tag geschlossen, Herr, am Donnerstag, als mein Mann begraben wurde.«

»Das war der erste Juli«, sagte Ulrich mit der Stimme eines Herrn Füllemann.

»Ja«, sagte die Frau, »ich glaube. Es war nur ein einziger Tag ...«

»Schon gut, Frau Füllemann«, sagte Ulrich mit begütigendem Baß. »Es ist Ihr Geschäft. Es war nur eine Formalität unsrerseits.«

Hatte er Füllemann gesagt oder Loosli? Er erschrak. Aber am andern Drahtende schnupfte es, sentimental und erleichtert.

»Frau Loosli«, sagte er stark. »Können Sie es denn machen, Sie allein?«

»Es geht«, sagte die Frauenstimme leise. »Es muß ja gehen. Danke der Nachfrage, Herr ...«

»Bitte, bitte«, sagte Ulrich und schämte sich. »Ich schaue einmal bei Ihnen herein. Nicht dienstlich. Auf Wiedersehen, Frau Fü – Loosli.«

Er hängte auf und atmete zweimal durch. Wahrscheinlich war er bleich.

»Du hast dir heute zuwenig Bewegung gemacht, Ueli«, sagte die Mutter über den Tisch.

Er legte sich die Serviette auf die Knie. Die Stube war ein abendlich schimmerndes Glashaus. Nie mehr würde er Steine werfen. Das Mädchen trug auf und verschwand geräuschlos. Mama fuhr, während sie gepflegt kaute, fort, ihn unter dem Rand der Kupferlampe hindurch zu mustern.

»Es kam ein Anruf für dich«, sagte Mama, »ich habe ihn nicht hinaufgeleitet. Ich dachte, du wolltest nicht gestört werden. Von Yvonne.«

»Was will das Stück nun schon wieder«, murrte er.

»Ueli«, sagte sie, »so kannst du nicht reden.« Ulrich schwieg.

»Sie fragte bloß«, sagte Mama lächelnd, »ob ihre Klasse die eure zu einem Fest einladen darf. Zu einem Maskenball, glaube ich. Und weil du Klassenchef bist ...«

»Zu einem Maskenball«, schnaubte Ulrich. »Damit sie sich wieder einschmusen kann. Die schneidet sich ganz gewaltig.«

Mama sagte lächelnd: »Yvonne ist doch kein leides Mädchen ...«

»Wenn überhaupt, gehe ich mit Esther.«

»Zu meiner Zeit war es nicht Brauch, *mit* jemandem an einen Maskenball zu gehen. Man ging als Gruppe oder allein.«

»Wenn ich mit Esther gehen will, so ist das meine Sache«, sagte er und riß vom Brot ab.

»Natürlich«, sagte Mama.

»Andres ist tot«, sagte Ulrich mit großen Augen, in denen sich Glasreflexe verwischten, »Andres ist tot.«

»Das ist wohl leider so«, sagte Mama.

»Jemand muß sich um Esther kümmern.«

Keine Miene in Mamas Gesicht verriet, daß sie den Gedanken, einen Maskenball zur Tröstung Esthers zu benützen, die einmal mit

Andres auf den Uetliberg spaziert war, belustigend fand.

»Esther ist doch jetzt in Yvonnes Klasse«, sagte sie. Und als Ulrich auf seinem Schweigen bestand: »Noch etwas, Ueli. Yvonne sagt, jede Klasse müsse einen Lehrer mitnehmen. Du mußt dir noch einen eurer Lehrer besorgen.«

»Hämmerli«, sagte Ulrich, ohne sie anzublicken. »Nur noch Hämmerli.«

»Ist an dem so viel dran?« fragte Mama vorsichtig. »Mir schien, du habest immer so starke Reserven gegenüber Hämmerli gehabt.«

Ulrich schüttelte den Kopf. »Er macht sich in letzter Zeit.«

14

Er erkannte sie am Druck ihrer Hand. Sie tanzte eigensüchtig, nicht recht abgestimmt, aber auf zierliche, appetitliche Art; der leise Ärger, den man beim Tanzen empfand, nahm einen für sie ein. Dieser Händedruck, der nicht ihm galt, sondern der Arbeit des Tanzes, diese Hingegebenheit anhand seiner erinnerte an jene zwei Schritte an der Pfütze vorbei; »wer ist Ché?« hatte das gefragt.

Esther tanzte mit der grausamen Sicherheit der Hausherrin, die das Eis brechen will und sich auskennt. Man war hier bei ihr in der Villa ihrer Eltern, die sie ins Ausland geschickt hatte, in einem Vorort namens Zollikon, ziemlich hoch am Berg, mit nächtlichem Überblick auf Land und Gebirge. Ihre Augen wanderten wachsam nach rechts und links, bereit, den Tanz zu unterbrechen, um irgendwo Knoten Zögernder aufzulösen, Flaschenhälse durchzuschütteln, Weichen zu stellen, Massierungen zu durchdringen, mit Schreien der Begeisterung eine neue Maske zu begrüßen. Ulrich tanzte mit seiner Gastgeberin. Wer ihr dieses Kostüm beigebracht hatte? Sie war teilweise nackt, in Ocker getüncht, teilweise in Pelze verschiedener Herkunft verpackt, Souvenirs an Mamas weniger noble Tage; unter der feierlich entblößten Schulter winkte ein Zipfelchen von natürlichem Pelz. Esther war eine Höhlenbewohnerin. Wer es nicht glaubte, mußte es sich von der Kette aus Tierzähnen sagen lassen, die an langer Schnur um ihren Hals hingen und sich beim Schmusen – Ulrich dachte nicht daran – bemerkbar machen würden.

Ulrichs Gesicht war unter der weißen Schminke zum Lächeln verfestigt, aber sein Leib fluchte. Er war doppelt an diesen Maskenball gekommen. Auf den Rücken gebunden trug er einen Zweiten, der war wie er: weiß geschminkt, mit gelber Staubwischerperücke, im blauen engen Trainingsanzug, mit schwarzen Turnschuhen; der Unterschied war, daß der andere, die Vogelscheuche, die Arme mit den gelben, schlaff wedelnden Gummihänden ausgereckt trug wie ein Gekreuzigter, während er die seinen um das Höhlenweib schlang; außerdem hatte der andere einen Strick um den nach allen Seiten nickenden Hals gewunden und baumelte mit seinen Schuhen an Ulrichs Kniekehlen herum. Vor der Brust trug Ulrich eine Tafel und eine Heilsarmeesammelbüchse; auf der Tafel stand: »Give Freely for a Decent Burial of My Poor Twin Brother.« Der Galgenzwilling hatte es gut. Er hielt sich, von den Armen abgesehen, mit denen er steif und gummihändig unter den feixenden Masken herumfuhr, prachtvoll locker und erregte Mitleid, das sich ab und zu in einer Münze oder einem Knopf für die Sparbüchse auszahlte; Ulrich, dem der Bursche anhing, erregte keines, der Ballast machte ihn unlustig, er schwitzte und spürte den gehemmten Zug der Tropfen auf seiner Stirn: sie krochen wie Maden durch Mehl. Er war froh, als ihn Esther mit Händedruck, Ocker auf Gummi, entließ, um einer neuen Maske die Honneurs zu machen.

Es war eine klassische, es war ein Pierrot, oder ein Pulchinell, oder ein Harlekin; wer weiß das genau. Weißes weites Hosenwerk, weitärmliges Hemd, das ein schwarzer Gürtel raffte, riesige schwarze Knöpfe, sieben an der Zahl; der Kopf war bis auf den Mund schwarz maskiert, mit einem hohen Zuckerhut besteckt und drehte sich auf der steifen Halskrause wie auf einem Servierplateau. Auffällig war, daß Leute, die hinter der Maske standen, sich die Hand vor den Mund schoben; eine konnte den Schrei nicht unterdrücken. Der Pierrot wandte sich nach dem Schrei um: nun sah es auch Ulrich, und er mußte sich zusammennehmen. Im schneeweißen Rücken des Pierrots, etwas gegen die linke Schulter hin, öffnete sich ein Loch, eine riesige, aufgeschnittene Beule; aus merkwürdiger Tiefe, scheinbar aus dem Innern des Pierrotleibes, wippten einige rostige Bettfedern. Als sich der Pierrot wieder umdrehte, um die Begrüßung des Höhlenweibes entgegenzunehmen, sah er, daß es diesem den Atem verschlagen hatte; der Mund unter der Eulenmaske bildete ein schwaches Lächeln, sprach aber kein Wort.

Andres, durchfuhr es Ulrich; sein Galgenbruder auf dem Rücken geriet ins Schlottern, das ist ja Andres. Die Maske ging ruhig, mit wiegenden Federn im Rücken, an Ulrich vorbei, setzte sich im Hintergrund auf den Klavierstuhl und blieb sehr senkrecht.

Die Musik war verstummt. Eine Dame, die aussah wie Sappho und auch eine kleine Leier unter den Ellbogen klemmte, ging zum Grammophon und machte sich zu schaffen. Man erkannte den dürftigen Ton eines Hammerklaviers, im Hintergrund das Mahlgeräusch der Zwanziger Jahre. Der Pierrot drehte sich auf dem Stuhl um, öffnete den Flügel und begleitete Jelly Roll Morton erst zögernd, dann immer geschickter und variantenreicher mit dem weichen Konzertton. Ein Pluderhosenbein stampfte im Takt; die Rückenfedern züngelten.

Der Ton lockte weitere Verkleidete herein. Ein Männchen im rot gestreiften zuchthäuslerischen Badetrikot war sofort als John zu erkennen; der kleine Hund war barfuß gekommen. Er ergriff sogleich eine bläulich Verschleierte und drehte sie im Ragtime-Tempo; er war einen Kopf kleiner als sie. Der kleine John ließ sich von den Schleiern nicht stören und rauhte, wo er hinsprang, mit munteren Zehen den schönen Chinateppich auf. Ulrichs Augen wanderten immer wieder zu dem Pianisten mit der Wunde hinüber. Konnte Andres denn Klavier spielen?

Der Salon füllte sich; das Höhlenweib begann, mit Hilfe eines jungen Mannes im Décolleté, in dem Ulrich Müller erkannte, den Chinateppich mit allen Fasanen und Papageien aufzurollen, um ihn vor Johns Fußtritten zu schützen und das widerstandsfähigere Parkett zum Tanz freizugeben. Die Wickelei, an der sich, das Höhlenweib galant weg drängend, noch ein engbrüstiger Theologiekandidat und ein Mephisto beteiligten, trieb die Paare, die zu Jelly Roll Morton getanzt hatten, an die Wand, gegen die John, der sich keineswegs hindern ließ, das hilflose Schleierweib in immer bübischeren Figuren drängte; die drei Teppichwickler arbeiteten sich dem Flügel entgegen, wo der Pierrot keine Miene machte, zu rücken; so blieb der Chinawulst hinter seinem Stuhl liegen, und sein Fuß klopfte weiterhin ins tiefe seidige Blau. Jelly Roll Morton hatte aufgehört, aber das fiel lange nicht auf, denn der Pierrot imitierte ihn nun vorzüglich; erst als die Sappho am Plattenschrank Edith Piaf aufgelegt hatte, ermatteten seine Hände, versuchten noch einige Begleitakkorde und gaben endlich, von der bekennerischen Chanson-Rauheit überwältigt, auf. Der Pierrot drehte sich auf dem Stuhl um und setzte die Schnallenschuhe auf den Teppichwulst.

Ulrich trat vor ihn hin; es war schwierig, ihn mit der Schulter, über die Teppichgrenze hinweg, anzustoßen.

»Bruder«, sagte er, »du hast ja einen *sound.*« Der Pierrot erwiderte den Puff nicht, zog auch nicht die Schnur zurück, lächelte nicht einmal. Dann legte sich ein Schatten auf sein Maskengesicht.

»Gut gespielt, Herr Doktor«, sagte der Urheber des Schattens.

Er war ein hoher, magerer Kerl, überhaupt nicht verkleidet, trug nur eine spitze silberne Mütze auf dem Kopf. Wo hatte Ulrich diese Augen schon gesehen? Das war ja Weil, der Begleiter von der Schulreise. Wer hatte ihn mitgebracht?

Ulrich schlenderte ins Nebenzimmer hinüber. Er hätte es wissen können, als der Weiße sich nicht anstoßen ließ. Ulrich schob alles auf seine Rückenlast. Er nahm sich vor, den Galgenvogel abzustoßen.

»Ich finde sie phantastisch«, hörte er im Vorbeigehen die schleierhafte Odaliske sagen. »Allez, dancez, Mylord.« Der kleine John schien viel Lust verloren zu haben. Er sah sich reflexschnell nach Ulrich um.

»Schaurig, Ulrich«, schrie er ihn an, packte ihn an der Schulter und ließ sich ins Nebenzimmer ziehen, »du bist ja schaurig, prima, sag ich dir.«

»Was war das, was du da betanztest?« fragte Ulrich beim Hinübergehen.

»Das Falsche«, sagte John kichernd. »Als sie scharf wurde, trat sie mich auf die Füße. Das war keinesfalls zu dulden.« Er betrachtete seine Zehen voller Mitleid, dann bückte er sich und massierte sie der Reihe nach.

Hinter zwei zusammengeschobenen Tischen stand ein Henker und rührte in der Bowle. Orangen und Orangenblätter strudelten über den Schöpflöffel; die Flüssigkeit schien zu kochen, aber sie war kühl. Ulrich ließ sich ein Glas herüberreichen; der Henker nahm beide Hände dazu.

»Haben sie dir endlich das Maul verbunden, Blatter«, sagte Ulrich zwischen einem leeren und einem vollen Glas.

»Im Dienst trinke ich nicht«, sagte es dumpf hinter dem schwarzen Tuch.

»Ganze Arbeit«, sagte Ulrich und wies mit dem Daumen auf seinen Galgenbruder im Rücken.

»Bald kommst du dran«, sagte der Henker. »Hast du noch ein Wünschchen?«

»Die Rolling Stones«, sagte Ulrich, setzte das Glas ab und wischte sich den Mund.

»Nur Geduld«, girrte der Henker, »nur Geduld.«

»Bist du Hausherr geworden, Blatter?« fragte Ulrich. »Du machst dich so gut an der Theke.«

»Wo ein Henker ist«, sagte Blatter, »da ist immer ein Hals.«

Hinter Ulrich warteten neue Masken auf Orangenbowle. Es war noch nicht soweit, daß man sich etwas herausnahm; die Bowle war noch zu voll. Aber die Kundschaft drängte sich zum Henker; sie wünschte, losgebunden zu werden. Ulrich trat mit dem Glas in der Hand wieder ins Flügelzimmer. Es war voller geworden, aber der Stuhl am Flügel war leer. Ulrich sah sich nicht nach dem Pierrot um. Etwas in ihm reagierte gereizt darauf, daß Hämmerli mit einer Wunde auf dem Rücken erschien, oder mit der Karrikatur einer Wunde. Das Höhlenweib stand etwas verloren herum. Jetzt, wo die Gruppe vollständig war, hatte die Gastgeberin keine Rolle mehr. Ulrich ging auf sie zu. Erst tanzte jeder für sich, aber dann zog Ulrich sie heran. Er wollte reden.

»Die Musik ist nicht langsam«, sagte sie vorwurfsvoll, aber Ulrich ließ den Pelz nicht los. Merkwürdig, daß Mädchen nichts dabei zu finden scheinen, daß sie welche sind.

»Wer ist die Alte mit der Leier?« fragte er.

»Fräulein Dr. Zimmerli«, antwortete sie gekränkt.

»Sie trägt ihre fünfzig Lenze schneidig.«

Esther lachte wider Willen. »Du bist nicht fair«, sagte sie.

»Wo sie doch einmal jung sein will mit den Jungen«, schnödete er mit Kopfstimme. »Was soll sie vorstellen?«

»Sappho«, sagte sie, »es ist ein bißchen peinlich.«

»Warum? Ich bin nicht gebildet.«

»Wir haben eben Sappho bei ihr gelesen. Die von Grillparzer. Sie geht wegen eines jungen Mannes in den Tod ...«

»Wieder eine Deutschlehrerin«, sagte Ulrich bitter. »Zimmerli, Hämmerli. Zuviel Verkleinerungsformen. Wie geht sie denn in den Tod?«

»Sie springt von einem Felsen hinunter.«

»Ausgerechnet«, sagte Ulrich.

»Was sagst du?« fragte sie.

In diesem Augenblick brach die Musik ab.

»Alle Deutschlehrer springen eines Tages über einen Felsen«, sagte Ulrich hoffnungsvoll.

»Schön«, sagte sie und sah sich um.

Man hörte zwei Takte eines English Waltz. Sofort brach ein Protestgeheul los. Der Englischwalzer versackte.

»Das wünschen wir uns dann zur Eisernen Hochzeit«, sagte der kleine John mit zitternder Stimme und wackelte mit dem Kopf. Er hatte schon die Piaf nur knapp vertragen.

»Sapphos Leier«, grinste Ulrich schadenfroh. Esther quittierte nicht, kein halbes Lächeln. Er fand es absurd, daß Töchterschülerinnen Solidarität mit dem Geschmack ihrer Deutschlehrerinnen demonstrierten. Dieser Artigkeitsbetrieb. Er schob das Höhlenweib weg. Es war schneller Beat. Woher der Weil Beat tanzen konnte ... Er ruderte versonnen und ohne Anstrengung, mit einer Körperbeherrschung, die locker und spielerisch wirkte und dennoch Konzentration verriet. Die anderen Figuren wirkten bäuerisch neben ihm ... Auch Ulrich tanzte schlecht, weil er Weil zusah. Da wandte Weil blitzartig den Kopf und streckte ihm die Zunge heraus. Ulrich wurde rot unter dem Puder und drehte sich ab.

»Ich hätte als Ché kommen sollen«, rief er Esther zu, lauter als nötig. Es war gegen die Regel, aber er mußte jetzt irgend etwas sagen, und er schrie, weil es neben dem Lautsprecher war.

»Als was?«

»Als Ché. Ché Guevara.«

»Du? Warum denn du?« Er hörte es kaum, aber er las es ihren erstaunten Lippen ab. Jetzt konnten sie ja auch schweigend tanzen. Er mußte den Tanz beenden. Aber dann ging er, ohne sich umzusehen, zu seinem Glas. Es war nicht mehr der Henker – der Henker tanzte –, sondern ein Mädchen der anderen Klasse, das am Schöpflöffel stand. Es hätte sich nicht als Lazzarone zu verkleiden brauchen. Es war dürftig so oder so. Was sollte Ulrich der Zauber. Ihm, der eine Uschi hätte um den Finger wickeln können ... Esther war zu jung. Das war es. Esther war zu jung für ihn. Er brauchte eine ältere Frau. Eine, die zu würdigen verstand, was man ihr bot. Ulrich trank ein weiteres Glas. Es war das sechste.

»Habt ihr keine härteren Sachen?« fragte er mit noch gehendem Atem. »Nur das schwache Orangenwasser hier?«

»Zu dienen«, sagte das Bettlermädchen. »Was möchtet ihr denn trinken, ihr beiden?«

Mein Gott, sie machte Theater. Mein Gott, sie konnte es nicht.

»Einen Wodka«, sagte er.

Sie trieb es weit. Sie füllte ein Gläschen mit gutem Wodka, streckte es über seine Schulter, so daß er ein paar geschorene Borsten unter ihrem Arm sehen mußte, und hielt es dem gemalten Mund des Gekreuzigten hin.

»Lustig«, sagte Ulrich.

Das Mädchen zog das Gläschen zurück und blickte ihn an. Dann ließ es das Gläschen mit dem guten Wodka auf den Boden fallen und weinte.

Ulrich, stark angewidert, mußte feststellen, daß er zugleich erschüttert war. Es ging nicht, daß er jetzt fortlief. Die hatte ja niemanden.

»Bitte, gib mir jetzt einen Wodka«, sagte er und hob das Gläschen auf. Es war ganz geblieben. Sie füllte es aus zitternder Flasche.

»Ich muß noch ...«, sagte er und ging rasch ins andere Zimmer hinüber. Dort blieb er stehen, unschlüssig, etwas angegriffen. Unterdessen hatte man die Tür zum Flur geöffnet, einer großen Wohndiele, wo es nicht so hell war. Auch dort wurde getanzt; mehr und mehr verzog sich der Tanz hinüber. Das Musikzimmer war schon ziemlich leer. Auf dem großen Antilopenledersofa saß der Pierrot allein. Er hatte die Gesichtsmaske auf die Stirn geschoben; der Zuckerhut lag neben ihm. Ulrich setzte sich ebenfalls neben ihn, den Zuckerhut inmitten.

»Wir sind auch noch da«, sagte Ulrich mit nicht ganz gehorsamer Zunge.

»Ich sehe«, sagte Hämmerli freundlich.

»Sie sehen nichts«, sagte Ulrich. »Ich meine: weil Sie damals in der Kleiststunde so ein Jammerlied auf Andres anstimmten. Wir –«, er deutete hinter seine Schulter, »wir haben ihn auch gemocht, und wir sind auch noch da.«

»Daran ist nicht zu rütteln«, sagte Hämmerli. Schien es nur so, oder federte er sich leicht mit seinem Federbuckel vom Sofa ab, hin und zurück, auf und ab?

»Sitzt er noch?« fragte Ulrich mit einer Kopfbewegung über die Schulter.

»Ich glaube«, sagte Hämmerli mit einem prüfenden Blick über die Mühlradkrause. »Natürlich sitzt er ein wenig eng, solange Sie auch sitzen.«

»Sie kriegen mich da nicht weg.«

»Das will ich doch nicht, Ulrich. Ich bin froh, daß Sie hier sind. Dann kann ich Ihnen einmal danken.«

»Für was?«

»Urfer hat begeistert von Ihnen berichtet und seither ein paar befriedigende Arbeiten geschrieben. Sie haben ihm sehr gut getan.«

»Ach was«, sagte Ulrich und stützte dazu seinen Arm auf den Arm der Puppe. Es war ein Besenstiel. Der hintere Teil bohrte sich irgendwo ins Antilopenleder ein; Ulrich war es egal, Antilopenleder mußte eine Strapaze ertragen.

»Ich möchte mich entschuldigen«, sagte er und richtete einen verschwommenen Augenwinkel auf den Pierrot.

»Wofür?« fragte Hämmerli.

»Ach, so. Für dies und das. Man findet immer etwas, wenn man abbitten möchte.«

Hämmerli sah ihn prüfend an. »Und Sie möchten abbitten«, sagte er.

»Wenn Sie mir helfen, den Kerl abzuschnallen«, sagte Ulrich mit schwankender Stimme. »Er stört mich. Stört er Sie auch?«

»Nein«, sagte Hämmerli, während er Ulrich mit einer Hand nesteln half. Ulrich hatte sich vorgebeugt. Nach kurzer Zeit glitt die Puppe von seinem Rücken an den Rücken des Antilopenledersofas, blieb eingesunken liegen und streckte die Arme. Die Beine schmiegten sich der Rundung des Sofas an. Ulrich stand auf und räumte sie beiseite. Dann setzte er sich wieder, aber nur auf die Kante, als trüge er die Puppe noch.

»Den lasse ich hier bei Ihnen.«

»Das ist sehr freundlich«, sagte Hämmerli ohne Ironie.

»Mir ist jetzt wohler«, sagte Ulrich.

»Darauf kommt es an«, sagte Hämmerli.

»Tanzen Sie nicht?«

»Nein«, sagte der Pierrot. Und nach einer Weile: »Aber gehen Sie tanzen. Die Gesellschaft vermißt Sie.«

Ulrich blieb noch eine Weile sitzen. Er sagte nichts. Aber dann sagte er:

»Dann muß ich wohl. Tanzen.«

»Es ist einfacher«, sagte Hämmerli mit undurchdringlicher Stimme.

Ulrich erhob sich langsam und schlenderte weg, nickte aber nochmals zurück. Er sah den Pierrot nicht genau.

In der Wohndiele war viel Bewegung. Die Tänzer bewegten sich einzeln, einige besser geölt, andere mit Widerständen. Man hatte die Diele leergefegt; einzelne Möbel, ein Schiefertisch, einige Truhen und Stabellen standen an der Wand. Links im Winkel, neben dem Hauseingang, schimmerte eine Standuhr. Ulrichs Augen gewöhnten sich an die Dämmerung. Der Raum erhielt Licht aus der offenen Salontür; gegen hinten verlor es sich; dort glomm nur das Signal des Tonbandgeräts. Links führte eine Treppe mit schwachem Schwung in die vollständig dunkle Höhe, wahrscheinlich ins Schlafzimmergeschoß. Wenn die Uhr, deren Zeiger sich oben zu decken anfingen, richtig ging, war es jetzt Mitternacht. Die Zeiger krochen übereinander; die Uhr mußte schlagen, aber man hörte es nicht, man tanzte zu sehr. Blatter tanzte, wie er sich vorstellte, daß ein Henker tanzt; sein roter Behang flog wie ein Segel. Er tanzte mit dem Bettlermädchen, das von einem Fuß auf den andern trat, als fröre es oder müsse austreten. Sappho gab sich mit dem kleinen John ab; er litt, auch im Dunkel sichtbar, unter dem Foxtrottzeug, das sie mit ihren Füßen anstellte, aber er konnte nicht gut ausscheren, denn unter der klassischen Hülle stak eine Lehrerin. Müller in seinem Décolleté hielt sich nicht an die Bräuche. Er machte Tanzkonversation mit der Odaliske, die schon recht verwühlt aussah. »Ein Römer«, hörte Ulrich. Hatte sie ihn für einen Bademeister gehalten? Sie gab zu erkennen, daß sie unter ihrem Niveau tanzte. Geschmust wurde nirgends. Der Theologiekandidat, der es versucht hatte, wurde stehengelassen; aber er war in Ordnung, er gab's nicht auf, er tanzte allein gegen die Standuhr, er hatte das Examen bestanden und würde bald wieder ein Mädchen finden. Pech, es kam langsamer Beat, die Paare vereinigten sich sofort, legten Arme um Hälse und Schultern, und der Theologe war überzählig. Er versuchte es mit der Uhr, umfaßte sie, scheuerte seinen Bauch an ihr, da drohte sie ihm entgegenzukommen; grinsend drehte er sie wieder senkrecht, der Perpendikel schlingerte eine Weile außer Tritt, dann erholte er sich, und der Theologe gab es auf. Ulrich, sagte er im Vorbeigehen, und ihre steifen Handflächen strichen übereinander. Der Theologe drehte sich um und begann die Schrift auf Ulrichs Brust zu entziffern.

»Wo hast du deinen Zwilling?« fragte er.

»Abgeworfen«, sagte Ulrich.

»Und was stellst du jetzt vor?«

»Nichts mehr, eigentlich«, grinste Ulrich und kratzte sich unter der gelben Perücke.

»Als Stenz gehst du noch«, sagte der Kandidat, »mit deinen gelben Handschuhen.«

»Als Theologe hast du einen Blick dafür«, sagte Ulrich, zog sich den Karton mit der Büchse über den Kopf und stellte das Wärlein neben den Heizkörper an die Wand. Dann zog er die Handschuhe aus, zäh, er mußte sie halb umwenden und die Finger zurückblasen. Seine Finger atmeten den lang zurückgestauten Schweiß aus. Ein verdrücktes Gähnen ließ seine Backenmuskulatur vibrieren. Es ging nicht, daß er ewig nur herumstand.

Was war denn das, dort hinten neben der Uhr, im stillen Winkel? Da saß doch etwas, oder einer. Ulrich machte Ellbogen und begann, sich durch die Tanzenden zu pflügen. Die Musik war plötzlich schneller geworden, die Paare fuhren auseinander und schufen Platznot. Ulrich kam nur langsam vorwärts.

Eine kleine Figur saß da auf einer hohen handgeschnitzten Truhe und bewegte die Augen. Sie hatte Stiefelchen an den kleinen Füßen, mit denen sie den Boden schlecht erreichte, und schien in einer Art Tropenhemd oder Overall zu stecken, den ein Gürtel mit großer Schnalle in der Mitte raffte. Die Hände hielt sie im Schoß, eher zusammengekrampft als gefaltet; manchmal rieb sie die Knöchel der einen Hand am weichen Innern der andern. Um den rechten Arm lag eine Binde mit einem Zeichen. Die Kopfhaare hatte sie auf eine Seite gekämmt, und unter dem Schnurrbart stand der Mund ein wenig offen. Ulrich ging nicht mehr näher. Er betrachtete die Figur, schüttelte den Kopf und wandte sich um. Die Odaliske war unbeschäftigt. Ulrich begann in ihrer Nähe den Takt mitzutreten; ohne hinzusehen, geriet ihr Körper in Bewegung, und allmählich wandten sie sich einander zu. Yvonne. *On revient toujours à ses premières amours.*

Die Unruhe entstand kurz nach ein Uhr. Sappho rüstete sich zum Aufbruch; der Pierrot stand an ihrer Seite. Über die Höhle in seinem Rücken hatte er einen weißen Umhang angelegt, eine Art Stola. Schalkhaftigkeit herrschte; Sapphos Gesichtsfalten zitterten humorvoll drohend und mahnend, und der Neid stand ihr bis über die Ohren. »Macht's gut miteinander und benehmt euch!« rief sie und schüttelte ihre Mundwinkel. »Seid nicht zu traurig, wenn wir alten Leute euch jetzt verlassen!« Der Pierrot lächelte schwach. Niemand hatte ihn tanzen sehen. Auch die besoffeneren unter den Masken kamen herbei und waren artig. Die Erleichterung erlaubte, für diese drei Minuten Schüler zu spielen, sich kindlich zu rotten. Sappho warf ihre kleine Leier in die Gruppe und raffte ihr Gewandzeug. Man konnte sehen, daß sich die Beine am Knöchel nicht sehr verjüngten, aber Beine und Knöchel zogen endlich ab. Hämmerli öffnete die Windfangtür und ging voraus zur Haustür; während er sie hielt, Sappho ins Freie ließ, warf er einen Blick auf Ulrich zurück. Ulrich senkte den Kopf. Er hob ihn erst wieder, als er draußen den Mercedes anspringen hörte, der Touren übte, beschleunigte, mit schwächer werdendem Häuserecho spielte, auf immer größerem Gang verklang.

Der Henker sprang auf die Theke und hob die schwere Bowlenschüssel unters Tuch an den Mund, während Orangenblätter und Orangenschalen über seinen scharlachroten Habit rannen. Der kleine John ging auf Händen von der Diele in den Salon und brach erst zusammen, als ihn das Bettelweib an den Fußsohlen kitzelte. Der Theolog setzte sich an den Flügel und spielte Sindings Frühlingsrauschen, worauf ihm der römische Bademeister den Kastendeckel auf die Finger war, vermutlich einen davon brach und der Theolog verbunden werden mußte; das Höhlenweib erhöhte die Wirkung des Verbands durch gelbes Kreppapier, auf das die Odaliske mit ihrem Lippenstift Blutflecke malte. Jemand warf ein besticktes Kissen nach Ulrichs Kopf, das seine gelbe Perücke herunterfegte, und ging in Deckung. Ulrich grinste nur: er trug unter der Perücke schilfgrünes Haar. Der Tumult legte sich erst, als John eine neue Platte auflegte. Die Musik schuf sich augenblicklich Gehorsam. Einzig die Figur neben der Uhr, das Stiefelmännchen, rührte sich auch jetzt nicht aus seiner Ecke und fuhr fort, die Fäuste im Schoß zu reiben.

Ein Paar hatte es schon versucht. Aber als sie die Treppenbiegung hinter sich hatten und aus dem mäßigen Dunkel ins tiefere tappten, stolperten sie über ein vorgehaltenes Bein. Und eine Stimme vom Ende des Beines her fragte:

»Haben Sie die Pille genommen?«

Das Paar war sehr erschrocken und sagte nichts.

»Im Zweifel: nie«, sagte die Stimme, »das ist die erste Verkehrsregel. Sie sind nicht hinreichend aufgeklärt. Gehen Sie wieder tanzen.«

Das Paar blieb einen Augenblick stehen. Dann tastete sich der rundlichere Schatten am Treppengeländer zurück. Der längere Schatten folgte erleichtert.

15

Raoul fragte nicht mehr, was mit ihm los war. Er saß und saß. Er war sitzengeblieben. Wie man den Dreh verpassen kann. Erst ist es zu früh, man brodelt innerlich, hat Sätze parat, die sich hören lassen, aber dann spart man sie noch ein bißchen auf, wartet zu, macht ein Gesicht, das immer noch voll gestauter Reserve ist, und die Dinge kommen in Gang, und der Tanz beginnt, und man schont sich immer noch und ist immer noch ziemlich sicher, daß da etwas zu schonen ist, und dann merkt man plötzlich, daß die Leute da drüben schon für sich zu sein anfangen, versiegelt in ihre Atmosphäre, undurchdringlich, und daß man für sich ist; und einen letzten verzweifelten Moment traut man sich zu, daß man aus der Isolation heraus besonders wirksam operiert und mit einem alle erleichternden Lachen den Tritt noch kriegen, ja den Tritt bestimmen wird, die andern warten wohl nur darauf, und man wartet selbst noch einen Augenblick, und schluckt, und dann ist es vorbei, die Batterie entladen, die Wucht verschollen, die Stimme mit der man sich räuspert, kleinlaut geworden. Erhöbe man sich jetzt, man stieße gegen Glas, die Hände würden zittern, und kein Mensch würde hinsehen, und so bleibt man sitzen, hat es passieren lassen, es ist vorbei, man ist zu spät. Lange hatte ihn sein Kostüm geniert, es war schließlich ein Einfall, die Geniertheit war vom Stolz genährt, bereit, mit großen Hallos fertigzuwerden, auch mit dem zu erwartenden Schock, denn so war noch nie jemand auf einen Maskenball gekommen; seine Hand würde mit einem Schauder ergriffen werden, und auch wenn der Schauder mit einem Auflachen getarnt war, Raoul würde ihn empfinden und mit Güte honorieren, mit verblüffender Zartheit, mit Selbstironie ohnegleichen; er würde die Blicke vertraulich machen, die sich auf seinem Schnurrbart, seinem schiefen Haar nicht zu befestigen wagten, er würde sie immer wieder locken und begütigen und hinter der gräßlichen Maske sein Lächeln erkennen lassen, ihn selbst, seine ununterdrückbare Liebenswürdigkeit, seine Menschenart. Aber mit den Blicken war es nichts, sie versuchten sich nicht einmal an ihm, sie prüften höchstens kurz und drehten ab wie Fische von der Wand, ohne Scheu aufzuwenden; seine Geniertheit festigte sich zum Kloß, er fand sich fest eingebakken in Überflüssigkeit, wurde angesehen und nicht wahrgenommen, er wunderte sich, daß er noch eine Form hatte.

Raouls Augen verloren sich im Geschiebe der Menschenformen,

die sich nicht genierten, schamlos waren durch die unstörbare Vollkommenheit ihres Daseins; Geschiebe kostümierter Fleischmassen, das seinen grimmig versonnenen Horizont verengte, manchmal achtlos blockierte, ihm solche Rückenpartien zuwandte, als säße da keiner mehr, wo er saß. Die hatten es alle fertiggebracht, drinnen zu sein. Manchmal streifte einer der Körper seine Knie, seinen Ellbogen, seine Nase, blieb so und so duftend vor seiner Nase stehen, der Körper berührte ihn, doch hätte er nur die Hand gehoben, um zurückzuberühren, die Hand wäre verdorrt. Nein, das Schulterstück da, das Lendenstück dort hätte die Berührung nicht einmal wahrgenommen, man war eben an eine Ecke gestoßen, das kommt vor. Die Toleranz dieser Tänzer da drinnen war mörderisch. Raoul saß in einem Film, der Film hatte Tiefe und eine übertriebene Plastik, er duftete sogar, aber er lief gegen ihn, nicht einmal gegen ihn, Raoul war nichts weiter als ein Stück unbespielbare Leinwand, der blinde Fleck eines Geschehens. Raoul saß in größter Spannung, aber die Spannung war übergeschnappt oder irgendwo eingerastet, sie bot keine auffällige Oberfläche mehr; Raoul, das überspannte Stück Zeug neben der Standuhr, Raoul, das Ding. Der Zug in seinem Hirn, die Dehnung seiner Nerven sang; zwei Millimeter von seiner Haut entfernt hörte keiner einen Ton. Verpaßt. Raoul saß im falschen Dampfer, und doch, wie in bösen Träumen, rührte sich keine Strömung, bewegte ihn nicht weg, die Ufer ringsum standen wie gemalt, nichts entfernte sich, es war bloß unnahbar. Diese zum Bersten gefüllten Hinterfrüchte, die im Tanze arbeiteten, wie gewaltig waren sie, wenn man sie für sich betrachtete; welche Bollwerke. Hier war nicht durchzudringen, nie im Leben. In Raouls Kopf brannte die Gewißheit, daß es nichts Unmöglicheres und Trostloseres gebe, als hier zu sein, außer dem einen: nicht hier zu sein. So saß er, ein gebanntes Nichts zwischen zwei Etwasen, von denen das eine sich anfühlte wie eine Wand und das andere aussah wie ein Getanze.

Einmal ging durch Raouls heiße Leere eine starke Erschütterung. Eine Figur mit schwarzgrünem Haar, die aussah wie Ulrich, blickte ihn an und machte Miene, das Dickicht in seiner Richtung zu durchdringen; er machte sogar Ellbogen und hatte eine gelbe Perücke in der Hand. Aber er kam nicht bis zu ihm; als er die Stelle, wo Raoul saß, gemustert hatte und einsehen mußte, daß da eigentlich nichts war, ließ er sich abtreiben und gliederte sich wieder in den Film ein.

Oder war Raoul auserwählt? Sprach irgendetwas in ihm, wenigstens der Keim eines Trotzes dafür, daß er, der Sitzende, das Schauspiel war und die andern der Schein; daß sie ihn nicht sahen, weil sie die Gespenster waren, er aber wirklich und von zu viel Gewicht für ihre Augen?

Raoul versuchte, Spuren der Verachtung, der Herablassung in seinem Gesicht zu lesen, das er nicht sah. Aber es gelang nicht; er wußte nicht, ob er ein Gesicht hatte. Wenn er mit der Zunge an seine Oberlippe leckte, spürte er nur das fremde Schnäuzchen, die gesträubte Faser. Warum sprach ihn keiner an? Nur ein Wort; und er würde einen elektrischen Schlag spüren, sich vielleicht überschlagen vor Verlegenheit, vor falscher Reaktion, aber dann wieder da sein, kläglich, irgendwie, aber da, drinnen, ein Idiot, aber kein Ding.

Raoul kannte das, oh, er kannte das. Es war auch in der Schulstunde so. Erst sagte man nichts, weil man zu viel zu sagen hatte; und das Verschwiegene wuchs um einen und wurde erdrückend und ließ einen verstummen, und dann schlug die Fülle um, man saß in blanker Abwesenheit, in einer Pfütze Leere, dann durfte man auch das Einfachste nicht mehr gefragt werden, denn auch das Einfachste kam von zu weit her, man hatte nichts mehr zu sagen, und dann konnte nur noch ein Wunder helfen, und das Wunder kam nicht, und Ulrich hatte sich abtreiben lassen, und der Film war abendfüllend.

Es war schwierig, auserwählt zu sein und sich allgemeine Gedanken machen zu müssen, während die andern sich damit begnügten, zu tanzen. Raoul hatte einen gestörten Blick: er sah nur die Mädchen. Er hätte gern gewußt, welche Idee ihnen zugrunde lag. Sie waren doch durch und durch *reagierende* Wesen: in einem wichtigen Punkt wußten selbst die resoluten nicht, was sie wollten. Sie wurden Krankenschwestern oder meldeten sich zum Frauenhilfsdienst, sprachen über Le Corbusier und Antonioni, nähten für einen älteren Bruder und waren gewissenhaft im Lösen von Mathematikaufgaben, denselben, die man in Raouls Klasse aufhatte; aber im Grunde war das alles Firlefanz. Wo es wirklich darauf ankam, waren sie offen, wollten sie erst bestimmt sein, hatten sie keinen Schimmer; dort mußte man's ihnen machen, und davon erwarteten sie alles und wurden Hexen, wenn sie's nicht kriegten. Raoul fiel der Ausdruck ein, der in seinem Ohr immer etwas Miauendes hatte, nach Katzenfebruar klang: das und das gibt mir keine Befriedigung. Das wurde regelmäßig vom Beruf gesagt. Sie verschoben das schlimme Wort ins Neutrale: wo es eigentlich hingehörte, da wollten sie es nicht wahrhaben, erkannten es aber wohl, machten pikierte Augen und blickten anderswo hin.

Das war es ja: diese Wesen gingen nicht auf. Entweder war ihnen die Befriedigung so wichtig, wie es in den Büchern hieß, dann mochten sie es doch gleich sagen und keine Schwierigkeiten machen. Oder sie bedeutete ihnen nichts, wie sie sich die Miene gaben, dann mochte es aber bitte ein für allemal dabei bleiben, und das Kichern hatte aufzuhören. In Hämmerlis »Faust« standen Worte, die Raoul sehr beschäftigten: »Wählerinnen sind sie nicht, aber Kennerinnen«; und: »Es ist der Weiber Weh und Ach gar leicht aus einem Punkte zu kurieren.« Wenn das so einfach war, warum ließen sie sich nicht? Warum die Umstände? Warum konnte er nicht auf eins der Bollwerke zugehen, es umdrehen und sagen: wie gut, daß es dich gibt, daß du dafür da bist, komm, machen wir keine Sprüche, machen wir's kurz? Raoul wußte, daß es so nicht stattfinden konnte, daß das Bollwerk auf Handstreiche nicht einging, und daß er den Handstreich auch nicht hätte führen können. Es mußte *unterlaufen*, sich ergeben, und Raoul, der Auserwählte, wußte nicht, wie man es unterlaufen macht. Finster blickte Raoul auf Blatter, oder auf Müller, oder sogar auf den lächerlichen John, die mit ihren Partnerinnen, die sie mochten oder auch weniger mochten, über Eishockey redeten oder Hölderlin oder das Wetter an Pfingsten oder ein Ferienhäuschen im Malcantone. War das ungeheure List oder ungeheure Dummheit, oder beides? Wußten die Mädchen, die darauf antworteten und ernsthaft gegenschwätzten, denn nicht, was mit ihnen los war und daß bei ihnen alles auf eins hinauslief? Sie wußten es nicht; wo hätten sie sonst diese täuschende, zur Verzweiflung treibende Sachlichkeit hergenommen und ihre Masse bewegt, als wäre das nichts, als wäre nichts dahinter, als wäre nicht das Simpelste von der Welt dahinter? Warum nahmen sie es übel, wenn man sie auf das ansprach, was sie im Grunde waren? Raoul hatte es immer wieder versucht, er hatte auch vom Häuschen im Malcantone geredet, aber keine Antwort darauf erhalten, bloß einen befremdeten Blick: ihm glaubte man kein Häuschen im Malcantone, der Luganer See kam nicht zum Tragen, wenn er ihn beschritt, in seiner Stimme krümmte sich jedes Thema und starb.

Es hängt alles daran, dachte Raoul, daß ich keine Schwester gehabt habe. Eine kleine Schwester, dachte er, wie zwanglos und wunderbar. Wenn man erlebt, wie da Windeln allmählich in Höschen und noch speziellere Höschen übergehen, wenn die Stelle, über die man mit dem Badeschwamm gestrichen hatte, sich zurückzieht, ohne daß man davon ein Aufhebens zu machen braucht, denn es ist die Schwester; wenn man mit den Jahren dazu kommt, ein bißchen gutmütig zu spotten, weil sich da Dinge tun, ohne daß es das ganze Ding einem übel nimmt, denn man ist der Bruder, höchstens kriegt man mit der Stricknadel eins über die Hand; wenn da Reifekomplikationen eintreten und man darüber nicht vergißt, daß sie einem Ganzen widerfahren und nicht bloß einem Punkt voll Weh und Ach, weil man mit dem Ganzen aufgewachsen ist und mit ihm Ostereier getauscht und Bergwanderungen gemacht hat; wenn dann junge Männer ins Haus kommen, denen das Ganze wichtig ist, aber auch der Punkt, die von allem keine Ahnung haben und im Alltäglichen das Abenteuerlichste finden, und man die Schwester damit aufziehen darf, und sie wird rot, und man kriegt wieder eins über die Hand, aber manchmal lehnt sie sich an und erholt sich bei einem an der Schulter von all dem Umtrieb ums Ganze und um den Punkt, denn man ist der Bruder; und wenn man selbst ein Mädchen hat, dann interessiert sie sich und neckt ihrerseits und hilft mit zusammengezogenen Brauen mitprüfen, denn sie steht, obwohl sie ein Mädchen ist, *auf meiner Seite,* die Fronten sind vertauscht; wenn einer das gehabt hat, dann hat er's einfach, dann kann er gefahrlos über ein Häuschen im Malcantone reden, dann braucht er nicht gleich den Punkt anzusprechen, dann ist das ein Häuschen im Malcantone, nichts weiter, und gerade weil es nichts weiter ist, hört auch der Punkt mit, läßt auch der Punkt mit sich reden. Man darf nicht gleich gespannt sein und es ernst meinen; wer spielen gelernt hat, wer unabsichtlich zu leben gelernt hat, dem fällt auch alles andere zu. Man wird gestraft, wenn man einsam gewesen ist. Man darf kein übertriebenes Bewußtsein von sich selbst haben, wenn man selbstbewußt wirken will; es ist ganz müßig, wenn sich Raoul die Mühe nimmt, das Selbstbewußtsein dieser Mädchen unmöglich zu finden, um zu sagen: es können nur Dinger sein, alles andere ist Schein. Unmöglich ist *er*, der Selbstbewußte; er, der sich anstrengen muß dazusein, ist das Ding, das nicht mitgemischt, sondern ausgeschieden wird wie etwas Unverdauliches; *er* ist der Schein, der glühend verkrampfte Schein neben der dunklen Standuhr, unsichtbarer als diese.

Nur ein einziges Mal, denkt Raoul. Nur ein einziges Mal flirten zu dürfen, statt gleich lieben zu müssen. Nur ein einziges Mal mit kleinem Einsatz spielen und großer Reserve. Die Wesen, die sich da bewegen wie am Schnürchen, wollen das Gefühl haben, nicht so wichtig zu sein, um wichtig werden zu wollen. Davon absehen lernen, daß sie es nur auf das eine angelegt haben. Vielleicht stimmt das mit dem Punkt, aber es stimmt erst in der dritten Instanz, nicht in der ersten: *einmal* den Prozeß, diesen fast unmöglichen Prozeß der Annäherung, über die erste Instanz weiterschleppen; sich nicht da festlegen, wo sie sich nicht betreffen lassen. Nur der Böse wird belohnt, der Spieler, dem der Lohn gleichgültig scheint: ihm werfen sich die Punkte nach, er steht in einem Regen von Konfetti, und wenn er dazu die Schulter zuckt und den Hut in die Stirn zieht, wird der Regen dichter. Davon absehen, daß man selbst nichts ist; etwas scheinen, ein Sportflieger, ein Briefmarkensammler, ein Marxist. Mit sich selbst beschäftigt sein. Dann sticht sie die Neugier, dann pirschen sie sich freiwillig an; keinen Finger rühren, dann rührt sich der Finger von selbst. Beschäftigt sein. Dann kann man den Punkt im Vorübergehen besetzen, wenn man will; man kann es auch lassen, dann wird man sogar erleben, endlich *einmal*, nein, immer erleben, daß der Punkt hartnäckig bleibt, rastlos wird und sich fixiert: dann wird man die Liebe einer Frau erleben. Der Gleichgültige wird belohnt; nur der Gleichgültige kann ein Liebhaber sein. Keine wird Erdnüsse auf deinem Rücken zerpflücken, wenn du dazu die Pfeife im Mund behältst; sie wird alles tun, um dir die Pfeife aus dem Mund zu hexen. Sie werden sich anstrengen, wenn du zeigst, daß du es noch lange aushältst, daß sie dir das und jenes sind, aber nicht die Hauptsache, ein geduldeter Unterbruch zwischen deinen Geschäften. Und wenn du ihnen für ihre Liebesmüh das Haar lockerst, ein bißchen abwesend, dann hast du sie gleich für das nächste Mal: sie wollen es besser machen. (Warte: Ich muß bloß noch diesen Nagel einschlagen, oder diesen Satz fertigschreiben. Dreh für alle Fälle den Schlüssel um.) Raoul hat große Fehler gemacht, darum sitzt er jetzt hier. Er hat Esther, um bloß Esther zu nennen, Sorge verraten, er hat zu verstehen gegeben, daß es für ihn nicht selbstverständlich ist, eine Freundin zu haben. Er hat mit dem Aufwand, den er trieb, seine Angst preisgegeben; sie hat nach kurzer Zeit nur noch seine Angst gespürt und sich weggeduckt, und jetzt macht sie das Höhlenweib und tanzt mit dem lächerlichen Barfüßler John, jetzt schon mit Ulrich. Nie aufs Ganze gehen. Nur wer sie läßt, den segnen sie vielleicht.

Warum braucht Ulrich nicht mit Esther zu reden?

16

Zweimal berühren sich ihre Knie; Ulrich wußte, daß er diesem Knie nicht entgegen gekommen war. Esthers Höhlenweibfarben waren etwas malerisch geworden, das eine nachgezogene Brauenende verschmiert.

»Wir machen eine Polonaise«, sagte sie, »durchs ganze Haus.«

»Huh fein«, sagte er. »Das geht übrigens nicht. Oder ihr müßt den Weil erst wegräumen.«

»Sitzt er noch oben auf der Treppe?« fragte sie.

»Sitzt er auf der Treppe?« fragte Ulrich. »Sieh an. Woher weißt denn du das?«

»Bist du noch sauer?« fragte sie.

»Wegen was?«

»Wegen Ché.«

»Was ist mit dem?« fragte er.

»Du bist eklig«, sagte sie und tat, als wollte sie sich ihm entwinden. Er ließ sie sofort los.

»Was war das?« fragte er und drehte das Gesicht gegen die Treppe. »Gautschi«, rief es nochmals halblaut von oben.

»Weil«, sagte Ulrich und drehte sich nicht mehr nach Esther um. Tritt um Tritt ging er die Treppe empor. Erst rasch ins Halbdunkel, dann tastend ins tiefere Dunkel. Dann zündete ihm ein Taschenlampenlicht in die Augen; als er sie wieder aufschlug, war das Gesicht Weils hell, eine weiße Maske mit starkem Relief, Bändern und Falten, aus denen die Augen vollkommen leer leuchteten wie diejenigen einer Katze auf der Straße.

»Ich bin's«, sagte das Gesicht. »Da ist noch jemand. Sie wollten ihn kennenlernen.«

Das Licht huschte hinüber auf ein zweites Gesicht. Es war blaß, aber auch die seitlich darauf gerichtete Lampe brachte kaum Licht und Schatten auf ihm hervor; es war ein flaches, fettes, fast nasenloses Gesicht, das von struppigem langem Haar bis unter die Ohren gesäumt war. Die Augen blickten verschwollen und ohne Festigkeit auf Ulrich, aber es waren bekannte Augen, was war denn mit diesen Augen –

Ulrich erschrak; im selben Augenblick sah er nichts mehr. Das Licht war wie ein Schmerz in seine Augen zurückgesprungen.

»Wenn ich mich nicht irre, fragten Sie nach ihm«, sagte Weil und bewegte den Lichtkegel, in dem etwas Rauch wolkte, hin und her, »er heißt Mühlhaupt und steht Ihnen zur Verfügung.«

Langsam glitt der Lichtkegel von Ulrich ab an die Wand und blieb auf einem Stück Tapete liegen, einer hellen Stofftapete mit Lilienmustern. Einige lose Fäden krümmten sich wie Insektenbeine in der scharfen Helligkeit.

Die Figur neben Weil rappelte sich auf und kam Ulrich die obersten zwei Tritte der Treppe entgegen. Das Licht erlosch. Die Musik aus der Halle war wieder laut: Merci, chérie.

»Gehen wir«, sagte Mühlhaupt.

Er ging die Treppe hinunter; Ulrich folgte. Er wußte jetzt, wo er den Menschen schon gesehen hatte: bei Andres' Abdankung. Er hatte eine der farbigen Gitarren gespielt. Mühlhaupt war nicht groß, aber er hatte einen gewaltigen Oberkörper, der in einer dunkelgrünen glänzenden Jacke stak, den Oberkörper eines schweren erwachsenen Mannes. Unter der Jacke arbeiteten kurze Beine, die dadurch, daß sie in weiten karierten Beinkleidern steckten, kaum an Masse gewannen. Von Mühlhaupts Hals war nichts zu sehen: hinten stand sein fettiges Haar dem Kragen auf. Mühlhaupt glitt auf seinen kurzen Beinen durch das Gedränge der Tanzenden, eilig und etwas nervös wie ein Wasserläufer; er schien, leicht nach links und rechts sich wendend, die Pärchen zu verscheuchen, ohne sie zu berühren. Trotzdem fiel er kaum auf, vermutlich betrachtete man ihn als Verkleideten. Ulrich folgte ihm dicht; in der Gasse, die sich nur zögernd hinter ihnen schloß, hing ein leichter Duft, den Ulrich Moschus nannte. Mühlhaupt stieß die Flurtür auf, dann die Haustür. Es schien ihn nicht zu kümmern, ob Ulrich ihm folgte, der kaum Zeit hatte, die Türen ordentlich zu schließen. Merci chérie wurde verschwommen, ein rasch dünner werdendes Rumoren in einem fremden Haus. Sie sprangen die Granitplatten hinunter; immer noch hatte Mühlhaupt diese nach rechts und links wiegende Bewegung, als ginge er durch Meere von Bekannten und hätte nach beiden Seiten unaufhörlich zu grüßen. Unten auf der Straße blieb er stehen. Ulrich war es nicht kalt, aber er spürte Kälte; die Frühe drang scharf und stoßweise durch seinen dünnen Trainingsanzug.

Die Forsythien, die über das vereinzelte Straßenlicht hingen, nickten heftig; sie hatten winzige Knospen angesetzt.

»Hast du einen Wagen«, sagte Mühlhaupt ohne Frageton.

Ulrich nickte und ging voraus. Mühlhaupt federte ihm nach, seine Mähne hob und senkte sich dazu. Er hatte auch von vorn kaum einen Hals. Aber sein flaches Gesicht war nicht älter als siebzehn Jahre. Ulrich fror beim Gedanken, daß dieser Mensch wahrscheinlich jünger war als er selbst.

Ulrich legte sich über die eisigen Polster des Morris und öffnete die Gegentür. Mühlhaupt setzte sich ausgiebig zurecht und erhob das Kinn; er hatte auch wenig Kinn, eine Seelöwenvisage mit flach gepreßter, ölig genäßter Mähne. Ulrich erinnerte sie an eine Figur aus dem Struwwelpeter, aber er wußte nicht, welche. Seit Ulrich am Steuer saß, fühlte er sich sicherer.

»Zu dir?« fragte der Mund. Auch der Mund war nur ein Loch.

»Geht nicht«, sagte Ulrich und fuhr an.

»Also zu mir«, sagte Mühlhaupt.

Die Straßen waren leer; nur jede dritte Lampe brannte. Die Nacht war schwer und trübe, von keinem Morgenschimmer aufgelockert; ein Wolkenmonstrum mit orangegelb angestrahltem Bauch lag über der Stadt; hie und da fuhren sie durch einen Schleier Bodennebel.

»Immer geradeaus«, sagte Mühlhaupt.

Sie bogen in die Forchstraße ein; ein Rudel Taxis wartete beim Kiosk. Ulrich reckte sich am Steuer. Er konnte jederzeit die Weiterfahrt verweigern. Die Tramdrähte verspannen das rötliche Natriumdampflicht; Schatten wanderten in genauen Abständen über den Kühler und wurden von neuen Schüben Helligkeit abgelöst, in der auch ihre Gesichter aufschienen.

»Geradeaus«, sagte Mühlhaupt. Der Morris rollte über den Kreuzplatz, am Gebäude der Christlichen Wissenschaften vorbei, dann warf die hohe Mauer vor dem Bahnhof Stadelhofen sein Geräusch zurück. Auf dem Bellevue standen sieben Menschen wie auf einer leeren Bühne; die Signalanlagen warfen einander ihr Zucken zu, einige Lichtreklamen ließen die Fassaden, an denen sie schwebten, noch erloschener erscheinen. Ulrich hatte freie Fahrt über die Quaibrücke; die Türme spiegelten stumpfe Schwärze im Fluß. Vor dem Baur au Lac stand ein Rolls Royce mit zart schütterndem Motor; die Einfahrt erinnerte Ulrich an eine Leichenhalle. Sie fuhren durch die Talstraße; manchmal war eine Kolonne Fenster hell, bräunliche Pflichthelligkeit von Lichtschächten, Korridoren. Auch die Sihlporte war ausgestorben; die Uhr zeigte auf fünf vor halb vier. Sihlbrücke, Jakobskirche, Badenerstraße; hier wurden die Kommandi Mühlhaupts häufiger. Ulrich kannte sich nicht mehr aus; weiter als bis zum Bezirksgebäude war er nie gekommen. Der Morris heizte jetzt stark; erst in der Wärme, dieser fiebrig faulen Motorenwärme, begann Ulrich zu frieren.

»Hier«, sagte Mühlhaupt. Vor Ulrich stand ein einzelnes Haus, viel höher als breit: scheinbar nur noch eine Backsteinfassade zwischen zwei vergitterten Baugruben. Er fuhr langsam auf die krustige Rampe bis zu einem Schild, das Betreten durch Unbefugte unter Strafe stellte. Während er die Handbremse anzog, spürte er das rechte Vorderrad einsinken.

»Hier wird morgen nicht gearbeitet«, sagte Mühlhaupt. »Du kannst ihn stehenlassen.«

Sie stiegen auf Mühlhaupts Seite aus.

17

Die einzige Birne fing Feuer. Das Zimmer war leer bis auf ein Bett, einen Stuhl und eine Toilettenschüssel. An einigen Stellen hingen Tapetenlappen herunter und gaben teils ältere Tapeten, teils Mauerwerk frei. Auf dem Fenstersims eine Reihe von Büchsen und Gläsern; am Fensterknauf hing über einem hellen Hemd ein dunkler Anzug. Ulrich steckte die Hände in die Tasche. Dann ging er langsam zum Fenster und hielt die Hände an die Schläfen, um durch das Glas etwas zu sehen. Vor ihm gähnte Dunkelheit mit Beton- und Grundwasserschimmer, die Baustelle. Dahinter, etwa hundert Meter entfernt, einige Blöcke, wahrscheinlich aus den zwanziger Jahren. Einzelne Lichtquadrate, Krankenzimmer, dachte Ulrich; darüber der entzündete morsche Himmel.

Ulrich blieb stehen, Fäuste in der Tasche, eine Minute, zwei Minuten. Dann raschelte es hinter ihm, und er hielt es nicht mehr aus.

Als er sich umdrehte, hatte Mühlhaupt die Jacke abgelegt und breitete sie sorgsam auf dem Bett aus. Darunter trug er einen schwarzen Pullover; mit einer gewissen Förmlichkeit zog er ihn sich über den Kopf. Darunter kam ein weinroter Pullover zum Vorschein und dann noch ein heller kurzärmeliger Pullover; der Torso war geschrumpft, aber fest war er immer noch, nur die Arme kamen Ulrich dünn vor, sehnige, zerbrechliche Stäbe, die Arme eines Hampelmanns. Mühlhaupts Fleisch schimmerte hellgelb, beinahe zitronengelb, unter der starken Birne. Den kurzärmeligen Pullover, kamelfarben, das Unterhemd eines Clowns, behielt er an. Der Kopf wirkte jetzt übertrieben, wie aufgesetzt, ein Kaninchenkopf ohne Ohren. Aus der Nase fuhren zwei kleine Ströme Dunst; es war kalt, Außentemperatur. Mühlhaupt machte ein paar Drehungen mit den Hüften, wie beim Skitraining; seine Hose schaukelte. Dann warf er den Oberkörper vornüber und ließ die Arme auspendeln; als er sich wieder aufgerichtet hatte, atmete er durch den Mund: mehr Dunst.

»Nein«, sagte Ulrich am Fenster.

Aber Mühlhaupt hatte das Licht schon gelöscht. Ulrich preßte den Rücken gegen den Fensterrahmen. Die Finger seiner rechten Faust formten sich zur Waffe. Aber als das Dunkel sich etwas lichtete, stand Mühlhaupt immer noch am selben Ort. Das Gitter des Bettes stand deutlich gegen die hellere Wand, deren Flecken im Dunkel hervortraten.

»Hast du Geld bei dir?« fragte Mühlhaupt.

Ulrich schüttelte denKopf. Dann fiel ihm ein, daß die Bewegung vielleicht nicht zu sehen war. »Nein«, sagte er.

»Aha«, sagte Mühlhaupt leise, aber ohne Drohung. »Was möchtest du mir denn geben.«

»Ich habe nur meine Uhr«, sagte er.

»Ist das Gold echt?«

»Ja.«

»Leg sie auf den Stuhl.«

»Laß mich gehen«, sagte Ulrich.

»Dir ist kalt«, sagte Mühlhaupt. »Man kann nicht mehr heizen. Du kannst dich unter die Decke legen.«

»Nein«, sagte Ulrich. »Laß mich sofort gehen, oder ich rufe.«

Bis zur Tür waren vier Schritte. Die Klinke war verschlossen. Ulrich biß auf die Zähne, um nicht daran zu rütteln. Er sagte: »Mach auf, sofort.« Aber ehe Mühlhaupt eine Bewegung ausführen konnte, begann Ulrich zu schreien. Er wußte nicht, was er schrie. Dann rüttelte er auch, rüttelte und schrie. Die Tür machte sein Rütteln nicht mit. Mühlhaupt war stehen geblieben. Als Ulrich Luft schöpfen mußte, sah er, daß der andere wieder Rumpfbeuge machte und die Arme schlenkerte.

»Ist niemand im Haus?« fragte Ulrich.

»Mühlhaupt«, sagte Ulrich und atmete, »was wollen Sie? Wollen Sie Geld? Ich bringe es Ihnen morgen. Bestimmt. Lassen Sie mich gehen.«

»Ich möchte«, sagte Mühlhaupt gedankenvoll, »was möchte ich denn. Ich möchte eine Zuckerzange zum Kaffee. Oder Handschuhe mit großen Löchern am Gelenk. Ich möchte einmal auf die Insel Krk reisen. Hast du gewußt, daß es so eine gibt? In Jugoslawien. Krk. An den Strand von Krk.«

»Mühlhaupt«, sagte Ulrich, »Mühlhaupt, das können Sie doch haben. Eine Reise nach Jugoslawien... Das sind 500 Franken...«

»Zu teuer«, sagte Mühlhaupt, »so viel würde ich nie bezahlen. Es gibt billigere Reisen. Gruppenreisen. Bloß nicht nach Krk.«

»Mühlhaupt«, sagte Ulrich, »ich bringe Ihnen das Geld. Das ist auch besser als die Uhr. Sie ist ein Konfirmationsgeschenk. Mein Name ist hineingraviert. Sie würden damit nur Scherereien kriegen.«

Ulrich schluckte.

»Herr Mühlhaupt«, sagte er. »Das ist kein menschenwürdiges Quartier, in dem Sie wohnen. Ich verstehe nicht, warum die Stadt nicht einschreitet.«

»Ich wohne nicht hier«, sagte Mühlhaupt.

»Sie sind intelligent«, sagte Ulrich mit hoher, schwankender Stimme. »Sie sollten sich bilden.«

»Gehört das dazu?« fragte Mühlhaupt, öffnete den Gürtel, dessen Schnalle schimmerte, streifte die Hosen von den Hüften und setzte sich aufs Bett. Dann zog er seine Füße aus der Hose und warf sie auf den Stuhl. Die Erloschenheit des Raumes machte Mühlhaupts Bewegungen überdeutlich: sie erinnerten Ulrich plötzlich an frühe, warme Einschlafdunkelheiten der Kinderzeit, fast noch Nachmittagsbräune bei geschlossenen Fensterläden, die ihre Lamellen in hellem Gelb an die Wand malten, alles in der Beleuchtung von Krankheit, von fiebernden Augen.

Mühlhaupt blieb eine Weile auf dem Bett sitzen, ein altmodischer Turner mit halblangen schwarzen Socken an den Füßen, als wären es Stiefel; dann streifte er auch die Socken ab, zog die Beine hoch und steckte sie unter die Decke. Eine Weile rappelte er mit den Knien unter der Decke, so daß sich die ausgebreitete Jacke schüttelte; dann verschränkte er die bloßen Arme unter dem Kopf und blickte zur Decke. Draußen konnte kein Mond sein, kein sichtbares Licht zündete herein; dennoch lag das Zimmer jetzt klar wie in einem dünneren Tag. Nur die Farben fehlten. Grautöne spielten gegeneinander, das weiche Grau der Decke, das wimmelnde Grau der Wand, das beinahe bunte Grau des Bettzeugs, und, hart hineinkopiert, das blinde Weiß der Arme.

Mühlhaupt ließ etwas Luft durch seine Zähne streichen; Hauchskizzen einer Melodie. Dann sagte er nicht unfreundlich: »Setz dich aufs Bett.«

Ulrich kam herbei und setzte sich auf die Kante. Sie schwiegen, ein Schweigen ohne Drohung, aber voller Mißverständnisse. Ulrich schämte sich, daß er geschrien hatte. Die Dunkelheit pulsierte mit seinen Augen; es fiel ihm beim besten Willen nichts mehr ein.

»Mit einer Seele kann ich nicht dienen«, sagte Mühlhaupt. »Du frierst. Schlüpf in meine Jacke.«

Ulrich ging zum Fenster, löste die Jacke vom Bügel und legte sie sich über die Schulter. Da er nicht weiter wußte, setzte er sich wieder auf die Bettkante. »Es ist deine Sonntagsjacke«, sagte er dann, und seine Stimme war rauh. Er räusperte sich.

»Das macht nichts«, sagte Mühlhaupt. »Du gehst ja sorgfältig damit um.«

Mühlhaupt zog die Arme unter dem Kopf hervor und steckte sie unter die Decke. Nur noch sein großer Kopf lag auf dem Kissen.

»Und jetzt?« fragte der Kopf.

Ulrich räusperte sich wieder. »Erzähl mir von dir«, sagte er.

Mühlhaupt keckerte leise. »Erzähl mir von dir«, sagte er. »Du willst Einblicke tun. Aber du mußt schon sehr entschuldigen. Ich habe keinen Lebenslauf.«

»Wo wohnst du, richtig?« fragte Ulrich.

»Ich wohne nicht richtig«, sagte Mühlhaupt. »Augenblicklich hüte ich die Villa eines Freundes. Er ist verreist, nach den Kanarischen Inseln. Ein Kunstsammler.«

Ulrich schwieg. Dann sagte er: »Man muß die Zeit nützen, so lange man jung ist, nicht wahr?«

»Eben«, sagte Mühlhaupt höhnisch.

»Ich hatte auch einen Freund«, sagte Ulrich nach einer Weile. Und da der andere schwieg, fuhr er fort. »Er ist zu Tode gestürzt.«

»Das bekümmert dich«, sagte Mühlhaupt, »bist du sentimental?«

»Ich weiß nicht«, sagte Ulrich.

»Ja, du bist sentimental«, entschied Mühlhaupt. »Du entdeckst deine Gefühle, wenn sie nichts mehr kosten. Das nenne ich sentimental. Wieviel verdient dein Vater im Jahr?«

»Ich weiß nicht«, sagte Ulrich.

»Gegen die Hunderttausend«, sagte Mühlhaupt. »In dieser Preisklasse kann man sich Sentimentalität leisten.«

Ulrich schwieg.

»Du bist rasch beleidigt«, sagte Mühlhaupt zufrieden. »Auch das gehört zu den Hunderttausend. Man hat dann gleich eine Persönlichkeit, und die kann verletzt werden.«

»Ich verstehe dich nicht«, sagte Ulrich.

»Möchtest du das denn?«

Ulrich schwieg.

»Was willst du dir deinen toten Freund kosten lassen?«

Ulrich schwieg.

»Du langweilst mich«, sagte Mühlhaupt und gähnte. »Glaubst du, daß sich Geschäfte von selber machen? Nicht in den unteren Bevölkerungsschichten.«

»Kannst du Auto fahren?« fragte Ulrich.

»Wir kommen der Sache näher«, sagte Mühlhaupt. »Ja, ich habe einen Führerschein. Greif mal dort in die Tasche. Die linke.«

Ulrich griff sich mit der Rechten unter dem linken Arm durch. Dabei glitt ihm der Rock von der Schulter. Er fing ihn gerade noch, aber konnte nicht verhindern, daß der Rock den Boden streifte.

»Paß auf!« sagte Mühlhaupt scharf. »Es wäre einfacher gewesen, wenn du richtig hineingeschlüpft wärst. Gib her.«

Mühlhaupts Stabarme fuhren unter der Decke hervor, seine Hände ergriffen die Jacke mit Heftigkeit und begannen zu nesteln.

»Da«, sagte er.

Ulrich nahm den Führerschein entgegen. Die Schrift war bei dieser Beleuchtung nicht zu lesen. Aber das Foto war deutlich. Das flache Gesicht zu einem Viertel vom Stempel angefressen. Ulrich gab es zurück.

Mühlhaupt faltete den Rock sorgsam und legte ihn neben den andern auf die Decke. Dann rekelte er sich.

»Ich habe nicht die geringste Lust, meine ganze gute Nacht in diesem Zimmer mit dir zu verbringen. Ich will vor Tag zu Hause sein.«

»Was willst du von mir«, fragte Ulrich.

»Ich?« fragte Mühlhaupt.

Sie schwiegen wieder.

»Geh mal wieder zum Fenster«, sagte Mühlhaupt.

Ulrich erhob sich. Am Fenster drehte er sich um.

»Ich schlage dir jetzt einen Handel vor«, sagte Mühlhaupt. »Du brauchst Stoff für deinen Kriminalroman. Ich warte auf dein Angebot.«

»Ich habe von meinem Vater zweitausend Franken zugut«, sagte Ulrich. »Ich wäre bereit, sie mit dir zu teilen.«

»Sieh an«, sagte Mühlhaupt. »Weil du dir das Rauchen verkniffen hast?«

Ulrich nickte.

»Hübsch«, sagte Mühlhaupt. »Du bist ja ein willensstarker junger Mensch. Solche Abmachungen unter richtigen Leuten haben für mich immer etwas Erhebendes gehabt.«

Ulrich schwieg verbissen.

»Also tausend«, sagte Mühlhaupt. »Dafür kann ich mir den Anzug reinigen lassen, den du verschmutzt hast, und nach Krk reisen. Aber die Zuckerzange ist nicht drin.«

Ulrich schluckte. »Fünfzehnhundert«, sagte er.

Mühlhaupt wog den Kopf, ohne ihn vom Kissen zu erheben. »Und die Handschuhe?« sagte er. »Die Handschuhe, die ich gesehen habe, kosten allein vierhundert. Und mein Kunstsammler ist neulich knauserig geworden. Die Konjunktur flaut ab. In meiner Lage muß man vorsorgen.«

»Dann nimm die zweitausend«, sagte Ulrich bitter.

»Ich finde nicht«, sagte Mühlhaupt, »daß sich der Papa bei der Sorge für deine Gesundheit übernommen hat. Bei hunderttausend im Jahr. Und er ist in der Farbenbranche. Die ist nicht so konjunkturempfindlich. Bist du sicher, daß er dir bloß zweitausend versprochen hat? Ich finde das mäßig.«

Ulrich schwieg. Es war absurd, daß er Wasser in seine Augen steigen fühlte. Er hatte Mitleid mit... mit Mama, die er in diesem Augenblick vor sich sah, wie sie Ulrichs Schuhe von unten betrachtete. »Es lohnt sich, sie noch einmal zu sohlen«, hörte er sie sagen. »Das Oberleder ist noch ganz gut.« Ulrich sah Mühlhaupts Kopf, unter dem wieder diese Arme gefaltet waren, durch einen Schleier hilflosen Hasses und bittender Beschwörung; er schämte sich, aber er sah Mühlhaupt zunehmend undeutlich.

»Tanz mal«, sagte Mühlhaupt, »tanz mir was vor. Wenigstens etwas Unterhaltung wird man verlangen dürfen für das Geld, das ich nicht kriege.«

Ulrich rührte sich nicht.

»Wäre dir leichter, wenn du mit mir tanzen könntest?« fragte Mühlhaupt sanft und stützte sich im Bett auf.

»Der Mensch hat keine Lebensart und besucht das Gymnasium«, flüsterte er traurig. Dann sagte er: »Umdrehen sollst du dich, Kerl. Wo ich mich anziehe.«

Ulrich drehte sich um.

»Schon besser«, sagte Mühlhaupt. »Jetzt guck wieder her.«

Ulrich gehorchte. Mühlhaupts Kopf hockte immer noch aufgebockt auf den beiden starren Ärmchen.

»Umdrehen!« schrie der Kopf.

Ulrich rührte sich nicht. Aber als der Kopf jetzt aus dem Bett stieg, Beine bekam und Anstalten traf, in seine Hose zu steigen, packte Ulrich ein Ekel, und er drehte sich halb weg, um die Wand zu sehen, einen Fleck an der Wand.

»Schon besser«, sagte Mühlhaupt und knisterte mit seinem Zeug. »Aber nicht so gut wie ein Tanzbär.«

Es wurde still. Ulrich schielte hinüber; da stand Mühlhaupts Oberkörper schon neben ihm.

»Ich möchte dir was sagen«, sagte Mühlhaupt.

Ulrich spürte, wie ihm ein einzelner Finger über den Rücken strich, etwas links der Wirbelsäule; erst über dem Gesäß wurde es die ganze Hand.

»Guter Stoff«, sagte Mühlhaupt. »Aber dünn. Ich könnte sagen, ich meine den Trainingsanzug. Bloß: ich bin nicht schwul, ich meine dich. Ich finde dich ein bißchen dünn.«

Mühlhaupt ließ los und blickte zum Fenster hinaus. Er lutschte jetzt einen Kräuterbonbon. Wenn er sprach, spürte Ulrich seinen Hauch. Im Block drüben ging ein Licht an und nach einer Weile wieder aus.

»Leben«, sagte Mühlhaupt nach einer Weile, »da drüben findet Leben statt, das große vibrierende Leben. Jemand wickelt das Baby neu oder wischt sich Rotz von den Beinen. Jemand kann nicht schlafen und mustert sein Gebiß in der Schüssel oder kriegt einen Herzanfall. Ein Haus voller Schüsseln, Ulrich. Schüsseln zum Einweichen, zum Spülen, zum Auffangen von Tropfwasser, von Erbrochenem, Schüsseln unter leckenden Wasserbecken, Fleischschüsseln, Nachtschüsseln, Teigschüsseln, Rührschüsseln. Es gibt Schüsseln, in denen sie weiße Mäuse halten, und Schüsseln, in denen sie einen Fötus schwimmen lassen. Medizinisch nicht einwandfrei, aber Leben, Ulrich, das große fremde Leben. Kolossal wirklich. Frag nur mal, die Leute geraten dir rasch ins Schwärmen.«

Mühlhaupt zog hörbar an seinem Bonbon.

»Du frierst«, sagte Mühlhaupt, »das kommt davon, daß du dich zuwenig um das Seelische kümmerst. Wir armen Leute wollen gar kein Geld, wir wollen bloß Verständnis. Das steht doch in allen Lesebüchern. Du bist ein wenig dünn, darum hast du nicht aufgepaßt. Nicht einmal die arme Seele deines Deutschlehrers interessiert dich. Du willst bloß wissen, ob er Pott raucht und deinen Freund umgebracht hat. Du sammelst bloß Sensationen, so ein oberflächlicher Mensch bist du. Was willst du von Hämmerli? Die Klassen 2c und 3a und 4b und 4h könnten ihn nicht hinreichend beschäftigt haben. Weil er sich leidtat, könnte ich ihm leid getan haben; er könnte sich das Pech meines Körpers zu Herzen genommen haben, sein Pech. Ich sage nicht: es ist so gewesen, aber es könnte so gewesen sein, und ein nuancierter Mensch könnte daran denken. Aber das wären Feinheiten gewesen und keine Sensationen. Du warst überfordert, Ulrich.«

»Mein Freund war auch nicht verwöhnt«, sagte Ulrich wütend, »er hatte Sinn für Feinheiten.«

»Und es geht dir um deinen Freund«, sagte Mühlhaupt, »und nicht um deinen Kriminalroman.«

Ulrich schwieg.

»Meine Geschichte ist unverkäuflich«, sagte Mühlhaupt, »aber ich bin zu einem Tausch bereit. Ich tausche sie gegen deinen Mumm.«

Ulrich erschrak sofort.

»Ich nehme meine Sachen mit und lasse dich in diesem Zimmer allein«, sagte Mühlhaupt. »Die Tür wird abgeschlossen. Dein einziger Ausweg ist das Fenster.«

Er öffnete das Fenster.

»Du überblickst die Situation«, sagte er, »wir befinden uns in einer Mansarde. Wenn du dich hinauslehnst«, sagte er, während ihnen der Wind in die Haare fuhr, »siehst du dort den Dachkennel, auch Fallrohr genannt. Er ist über diesen Mauersims zu erreichen; du hältst dich beim Traversieren oben an der Dachrinne. Dann schließest du deine Beine um das Fallrohr und gleitest hinunter. Am Nair, höre ich, sind schwierigere Klettereien zu haben.«

»Das Haus ist ein Abbruchobjekt«, sagte Ulrich und zitterte stark. Der Wind war kräftiger geworden; die Stöße folgten einander unaufhörlich. Unten hatte sich die Baugrubenlandschaft schwach geklärt. Grundwasserpfützen mit scharf abgestochenen Rändern stierten herauf. Das Gelb der Baumaschinen, die ihre Greifer hängen ließen, war deutlicher geworden.

»Kaum zu fassen, nicht wahr«, sagte Mühlhaupt, »ein Haus mit dem guten Jahrgang 1910. Man kann sich auf die Dachrinnen verlassen wie am ersten Tag.«

Er schloß das Fenster und begann die Büchsen und Gläser, die auf dem Sims standen, in eine Pappschachtel zu räumen. Dann zog er dem Bett die Decke ab und legte sie sich über den Arm; darauf bettete er seinen guten Anzug, nicht ohne zuvor die Taschen geräumt zu haben. Dann sah er sich um. Bis auf eine Bierflasche in der Ecke war der Raum leer.

»Bleib wo du bist und rühr dich nicht«, sagte er und faßte die Klinke.

»Da du mit Sensationen zufrieden bist«, fuhr er fort, »darfst du mir jetzt Fragen stellen. Aber machs kurz. Meine Zeit ist bemessen.«

Ulrich zog einmal lange Luft ein und ließ das Herz dagegen schlagen; es geriet zwei, drei Schläge lang aus dem Tritt, flatterte, dann ging es langsam.

»Du kennst Dr. Hämmerli«, sagte Ulrich mit hoher Stimme.

»Ist das eine Frage?«

»Du hast letztes Jahr am 1. Juli bei ihm geschlafen.«

»Siehst du«, grinste Mühlhaupt. »Aber nicht nur. Schon vorher. Ich war dort wie zu Hause.«

»Wieviel Tage vorher?« fragte Ulrich.

Mühlhaupt hob die Augen zur Decke und zwinkerte mit ihnen. Er hob auch eine Hand: zögernd löste sich ein Finger nach dem andern und schnellte in die Höhe. Sein Mund bildete die Zahlen mit. Als die Schwurhand erreicht war, warf er Ulrich einen prüfenden Blick zu.

»Drei«, sagte er schließlich. »Drei Tage. Besinn dich gut. Du hast schon drei Fragen gestellt.«

»Also vom 29. Juni an. Und in der ganzen Zeit war Hämmerli zu Hause.«

»Was denkst du von mir«, antwortete Mühlhaupt unwirsch. »In der ganzen Zeit war Hämmerli keine Minute zu Hause.«

»Aber der Arzt hat ihn besucht«, sagte Ulrich, »Dr. Tegerloh.«

»Dr. Tegerloh hat *mich* besucht«, sagte Mühlhaupt.

»Und er hat dich für Dr. Hämmerli gehalten?« fragte Ulrich und behielt die Lippen offen. Er hatte den Abstieg über die Dachrinne vergessen.

»Ich werde leicht unterschätzt«, sagte Mühlhaupt.

»Er hat bei Hämmerli eine Drüsenkrankheit festgestellt«, sagte Ulrich, »einen Pfeiffer.«

»Schau dir bloß meine Drüsen an«, sagte Mühlhaupt, hob das Kinn und befühlte die Stelle, wo es, ohne jeden Haarwuchs, in das Halsfleisch überging.

»Du hast Hämmerlis Augen«, sagte Ulrich.

»Die Beobachtung gebe ich gratis«, grinste Mühlhaupt.

Ulrich schluckte. Er mußte eine Fangfrage finden.

»Hat dir Hämmerli keinen Auftrag gegeben?«

»Massenhaft«, lächelte Mühlhaupt. »Ich solle mich endlich wieder einmal pflegen und ausschlafen. Kein Telefon abnehmen, Tee trinken, den die Haushälterin brachte. Die Antibiotika durfte ich mir aufheben, für Notfälle. Sparsam mit dem Pott umgehen ...«

»Hämmerli rauchte Pott?« fragte Ulrich rasch.

»... keine Besuche empfangen. Das war leicht. Es kam in der ganzen Zeit – drei Tage? – nie Besuch. Hämmerli führt kein geselliges Leben.«

»Bist du sicher?« fragte Ulrich. »Kein Besuch?«

Mühlhaupt sah Ulrich unbeweglich an. Dann sagte er zögernd: »Laß mich nachdenken ... stimmt ... ein Schüler. Ein Schüler kam vorbei. Er brachte ... eine Arbeit, wenn ich mich nicht irre. Ein Aufsatz? Ein kleines ängstliches Schülerlein ... mit einer Brille, nicht wahr? Natürlich. Mit einer Brille.«

»Wann war das?«

»Oh, abends«, sagte Mühlhaupt rasch, »ich glaube, abends. Ich schlief viel, weißt du. Ich schlief mich aus. Da verliert man das Gefühl für Tageszeiten.«

Ulrich schwieg. Dann sagte er: »Und sonst gab dir Hämmerli keinen Auftrag.«

»Nein«, sagte Mühlhaupt. »Nicht direkt. Außer du meinst, daß ich dichtete. Ja, ich dichtete. Ich hatte Zeit: also dichtete ich. Die Gedichte, die Hämmerli von seinen Schülern bekommt, sind immer nicht gut genug, nicht trocken genug, wenn du weißt, was ich meine. Wenn ich nicht schlief, machte ich mir den Spaß, sie zu verbessern, und dann schickte ich sie den Schülern zurück. Mit ernsten pädagogischen Briefen. Ich hatte keinen Auftrag, aber wenn man Dr. Hämmerli etwas abnehmen kann ...«

»Wovon handelten die Gedichte?« fragte Ulrich heftig.

»Da du aus menschlichem Interesse fragst«, sagte Mühlhaupt, »macht der Künstler eine Zugabe. Die Gedichte der Schüler – ach, das ist mir entfallen. Grünes Zeug, viel Sex und Rauschgift, viel seelischer Luxus, halt die Probleme höherer Söhne. Aber meine Gedichte ... Ich liebe das Einfache, siehst du. Die Berge. Schluchten und Wettertannen. Der Tod in den Bergen.«

»Und Hämmerli hat dir dabei nicht ... geholfen?« fragte Ulrich.

»Ein bißchen schon«, sagte Mühlhaupt beschämt. »Aber nur ein bißchen. Dichten ist schwierig, siehst du. Darum hat er mir erlaubt, keine Reime zu machen.«

»Du konntest die Gedichte nicht zur Post tragen«, sagte Ulrich lauernd, »du warst krank.«

»Es wäre etwas viel für mich gewesen«, antwortete Mühlhaupt ernsthaft. »Aber wozu hat man eine Haushälterin.«

»Du gibst mir nicht an«, fuhr Ulrich auf, »daß dich die Haushälterin die ganze Zeit für Dr. Hämmerli gehalten hat.«

»Vielleicht nicht«, sagte Mühlhaupt gedankenvoll. »Aber nachdem erst der Arzt dagewesen war, sah sie einen Kranken im Bett. Der Kranke mit den Drüsen war Dr. Hämmerli für sie, blind, sozusagen. Das macht die Treue.«

»Und der Hund?« fragte Ulrich.

»Tarzan liebt mich«, antwortete Mühlhaupt. »Ich habe noch keinen Hund enttäuscht.«

»Und wo war Hämmerli die ganze Zeit?« fragte Ulrich.

Mühlhaupt zögerte; dann reagierte er wie ein Kind, dem ein rettender Einfall kommt. »Hier. Genau, wo du stehst.«

»Hier, allein, die ganze Zeit?« fragte Ulrich. »Warum?«

»Wir wollen nicht forschen«, sagte Mühlhaupt genießerisch. »Akademiker haben schreckliche Bedürfnisse. Vielleicht wollte er das große Leben kosten, wie du, oder die Armut, oder die Einsamkeit. Sicher die Einsamkeit. Er zog sich in die Berge zurück, sozusagen wie ein Heiliger, wie Nikolaus von Flüe. Deine Frage war menschlich so spontan, daß du noch eine stellen darfst. Die letzte.«

»Warum erzählst du mir das alles?« fragte Ulrich.

»Ich möchte in einer Geschichte vorkommen«, sagte Mühlhaupt.

Sie schwiegen. Mühlhaupt spielte mit der Klinke in der Hand.

»Hast du mir ein einziges wahres Wort gesagt?«

»Diese Frage ist zuviel«, sagte Mühlhaupt. »Viel Glück, von uns sieht einer den andern nicht wieder. Wir wollen uns nur an das

Schöne erinnern, was zwischen uns gewesen ist: an nichts.«

Er verschwand wie ein Taschenspieler: Tür auf, Tür zu, ein Schlüsselknacken und rasch verklingende Schritte auf der Treppe. Zögernd beruhigte sich der Luftzug, der in die Mansarde geschossen war. Sekundenlang sah Ulrich noch die kleine gelbe Kralle auf der Klinke liegen. Aber die Klinke war leer. Er ging vom Fenster weg, versuchte sich zu strecken. Als er vor dem Bett stand, sah er auf der Matratze einen Knäuel Papier. Er nahm ihn auf; er enthielt etwas Hartes. Ein Fünffrankenstück. Als er das Papier glattstrich, glaubte er zu erkennen, daß es mit Gekritzel bedeckt war. Am Fenster war es bereits zu lesen:

»Für das anständige Begräbnis deines armen Zwillingsbruders.«

Er sah zum Fenster hinaus. Es war viel zu hoch.

18

Besonders neben einer Standuhr können einem, den das Fest vergessen hat, ohne daß er das Fest vergessen kann, die Stunden lang werden. Raoul war der einzige, der das Werk schlagen hören konnte; er saß mit dem Ohr daran. Manchmal war es minutenlang still; dann sah er reden, auch lachen. Er hätte das Tonbandgerät bedienen können, aber keiner fragte ihn drum. Knapp nach vier Uhr stand Weil vor ihm, den spitzen Hut auf dem Kopf, zwei Gläser in der Hand. Weils Gesicht war verfinstert; aber das rührte daher, daß Raoul im Dunkeln saß.

»Der letzte Orangensaft, de Dardel«, sagte Weil. »Lassen Sie uns denselben teilen. Aber drüben.«

Als Raoul auf seinen Füßen stand, merkte er, daß sein ganzer Körper erstarrt war. Weil bewegte sich wie eine Schlange, dirigierte beim Gehen mit dem Glas in der Hand; Raoul stolperte auf Holzfüßen hinterher, über die Ameisen hasteten, und verschüttete aus dem überfüllten Glas. In der Diele herrschte eine Art Pause; aus den Nischen – woher kamen da Nischen? – betrachteten ihn die Paare. Er hörte eine männliche Stimme fragen: »Was soll das sein?« »Kenne ich nicht«, seufzte eine weibliche Singstimme. »Charlie Chaplin«, sagte eine andere, »schau, wie der Saft verliert.«

Der Salon war nur noch halbhell und wenig bevölkert.

»Macht nichts«, beruhigte Weil, als sie vor dem Divan standen und Raoul einen Guß Saft darauf hatte tropfen lassen, »Antilopenleder wirft man in die Waschmaschine. Aber trinken Sie endlich was ab.«

Sie setzten sich. Weil nahm die Puppe Ulrichs auf den Schoß und legte sich ihren Kopf auf die Schulter. Dann lehnte er sich zurück, schlug die Beine übereinander, bewegte das Glas vor der Brust und hielt den Kopf schräg.

»Wie geht es Ihnen?« fragte er. Raoul fuhr sich mit einer Hand über die Augen, vorsichtig, um die Stirnsträhnen nicht zu verrücken.

»Das falsche Kostüm, *hein*?« fragte Weil. »In der Periode vergriffen?«

Dann hielt er ihm die Hand vor den Mund. »Sagen Sie doch etwas«, bat er.

»Was soll ich denn sagen«, fragte Raoul mit eingerosteter Stimme. Gleichzeitig fuhr er zusammen. Viele Köpfe waren um ihn her in die Höhe gefahren; Paare setzten sich zurecht und blickten suchend gegen die Decke. »Was soll ich denn sagen«, hatte jemand im Donnerhall gefragt. Der Schatten der Worte zitterte noch im Raum. Weil lächelte und zog das Mikrophon zurück.

»Sie haben sich bemerkbar gemacht«, sagte Weil. »Das waren Sie. Wollen Sie nochmals? Denken Sie an Ihre Tracht. Schreien Sie.«

Raoul schüttelte den Kopf. Weil trank und blickte über den Glasrand in die Runde.

»Wie Katzen«, säuselte er. »Sehen Sie, wie sich das wieder beruhigt, sich zusammenrüttelt, schmuddelig wird und kuschlig und gar. Schlafkatzen, die auf kleinem Feuer schmoren, man riecht's bis hierher. Frühlingsleichen, de Dardel, Scheintote von wegen Pubertät. Machen einander heiß, spinnen ihre Zellwolle, führt aber zu gar nichts als zu ein bißchen Schmerz in der Leistengegend. Die Klügeren liegen längst oben in ihren Bettchen. Was wollen Sie, ich kann nicht die ganze Nacht Staudamm spielen auf der Treppe, bedenken Sie, einer allein gegen so viel Frühling.«

Raoul sagte immer noch nichts. Er mußte ja zufrieden sein. Die Optik hatte sich verbessert. Er saß neben einem andern Menschen auf dem Sofa und schien sich zu unterhalten.

»So geht das nicht weiter, de Dardel«, sagte Weil und erhob sich, »wir müssen Sie tanzen lassen.«

Er ging zum Tonbandgerät und knöpfte daran. Einige Töne Beat erklangen, die er sofort abwürgte. Plötzlich Marschmusik. Weil drehte sie so laut, daß die Wände pochten. Aber seine Stimme durchs Mikrophon war noch lauter.

»Polonaise«, donnerte er. »Auf.«

Weil stand in der Mitte des Raumes. Er sah sich nicht einmal nach ihnen um. Aber sie kamen. Aus der Diele schlichen sie heran; ein Mädchen rieb sich die Augen. John kroch aus dem Flügel. Der Henker rappelte sich auf die Knie, dann auf die Füße und schüttelte sein rotes Tuch. Allmählich waren es ein Dutzend; sie vermehrten sich tropfenweise. Weil begann den Marschtritt zu treten; dazu ergriff er die Bettlerin am Handgelenk. Dann drehte er sich halb um, schwang den freien Arm gegen Raoul und deutete scharf auf einen Punkt vor seinen Füßen. Raoul erhob sich, durfte gehorchen, sogar Widerwillen vortäuschen, da auch alle anderen Mühe hatten. Paare, die man seit zwei Stunden nicht mehr gesehen hatte, tauchten in den Türen auf und gaben sich Mühe, nicht ganz gleichzeitig einzutreffen. Man nahm sich bei der Hand. Raoul bekam Esthers Hand zu fassen. Er hatte es nicht kommen sehen, deshalb gelang es, sie ohne Zittern zu halten.

»Los«, befahl Weil.

Und sie marschierten. Einmal im Kreis durch den Salon, Spitze und Nachhut verschmolzen. Dann über den Flügel, sein Dröhnen ging unter. Dann durch die Diele. Marsch und Kontermarsch durch die Sackgasse vor der Toilette. Dann durch Flurtür und Haustür ins Freie. Die Marschmusik war durch die Fenster mühelos hörbar, schwitzte kaum gedämpft durch die Hauswände. Da man in der Kühle fröstelte, geriet man ins Galoppieren; man hielt sich zu dritt und zu viert bei den Händen, einige rannten rückwärts, wurden im Stolpern aufgefangen. Die Gesichter färbten sich in der heftigen Kühle, Esthers Hand wurde lebendig. Dann das große Hieven: Figur um Figur verschwand, teils sich schwingend, teils unter Gekreisch geschwungen, in einem der Hochparterre-Fenster. Noch leeres Spaliergezweig knackte, nackte Schenkel strampelten am rauhen Bewurf und kamen blutig in der Küche an, die Augen tränten, die ihnen nachsahen. Weil stand spitzhütig im Küchenfenster und riß mit einer Hand, Zug um Zug, die Zappler ins Innere. Als letzter schwang sich der Henker; der brauchte keine Hilfe. Weil nahm wieder die Spitze, die Bettlerin hatte er verloren; mit aufgeblasenen Backen führte er den Zug durch die Küche und zum zweitenmal in die Diele, dann übers Geländer auf die Treppe und ins erste Schlafzimmer. Das Elternbett war zerrüttet, aber leer, man warf sich darauf und kroch über das Elternbett, unter dem Elternbett durch ins nächste Zimmer, warf sich über das Bett von Esthers Bruder, dann über Esthers eigenes Bett, der ganze Zug wälzte sich durch Esthers Zimmer und lüftete die ausgeschnittenen Köpfe an der Wand, gelangte ins Badezimmer, wo einer in der Wanne lag, man warf die Odaliske über ihn und stellte die Dusche an, die Schleier sogen sich voll und bildeten Fleisch ab, die Dusche begann auszuschlagen, das Geschrei nahm kein Ende und übertönte jetzt auch den Marsch, obwohl der ins Finale wuchtete. Weil teilte mit mächtigen Ärmeln die Badezimmerverstopfung, fiel im Korridor draußen in Stechschritt, der aufgenommen wurde, Paar um durchnäßtes Paar fand sich wieder im Stechschritt, sie stachen die Treppe hinunter, einigen gelang es, von der obersten Stufe aus mit dem Fuß die Decke zu berühren. Raoul wich nicht von Weils Seite, schleppte Esther erbarmungslos nach, beim Handgelenk, da ihre Hand längst nicht mehr mitmachte; nie hatte er mehr Gewalt in den Fingern gehabt, ihr Protest fand keinen Atem mehr. Da man wieder auf ebenem Boden war, wurde der Zug präziser, stampfte, um seine ganze Länge zu entfalten, in den Salon weiter, trat, da der Marsch immer noch eine Figur zugab, den Stechschritt am Ort zu Ende, erlaubte den letzten Paaren aufzuschließen. Weil ging jetzt rückwärts an der Spitze, markierte den Takt nur; als der letzte Paukenschlag verklungen war, schrie er: Halt! Der Zug rührte sich noch ein bißchen, hauptsächlich wegen der Mädchen. Weil lächelte schief und sagte in die Stille hinein: Abtreten. Ohne sich umzublicken, schlenderte er zum Antilopensofa zurück, hob sein Glas und betrachtete es, aber das Glas war leer.

Man tanzte wieder, und gar nicht unartig. Raoul tanzte mit Esther. Viel Eis war durch die Polonaise gebrochen worden. Es kam nicht mehr auf jeden Schritt an. Sie war naß, aber sie bewegte sich in seinen Armen. Raoul fühlte sich erleichtert, zur Gleichgültigkeit befähigt; seine Gedanken erlaubten sich sogar zu wandern. Wenn ich mich in die Reihe gestellt habe, dachte er, um Soft Ice zu kaufen, und der sympathische Junge vor mir kriegt sein Soft Ice, und die Verkäuferin findet mich unsympathisch, so kriege ich als der nächste trotzdem Soft Ice; viel weniger als bei meinem Vorgänger kann es nicht sein, dafür sorgt die Maschine und die Zeitnot des Mädchens, ich kriege meinen Berg fast ebenso hoch und ebenso schaumig geschlagen, und wenn ich wieder auf der Straße stehe, kann man sehen, daß ich Soft Ice gekriegt habe wie die andern: es war nicht Zeit, Verkäuferin und Maschine gegen mich einzunehmen, mein Erröten machte keinen Unterschied zu meinen Ungunsten, ich wurde richtig bedient. Esther hatte keine Wahl, und wenn sie bloß schlecht und recht tanzte, so brauchte es nicht an ihrem mangelnden Entgegenkommen, es konnte auch an seiner Gleichgültigkeit liegen. Es war besser, als der Sitzplatz hinter der Uhr, und wenn Esther nicht bereit war zu schmusen, vielleicht konnte man sie wenigstens fertigmachen.

»Wo ist eigentlich der Ulrich?« fragte er an ihre Backe hinunter. Sie war etwas gestriemt, von der Brause.

»Weiß ich«, sagte Esther.

»Abgeschwommen«, sagte Raoul. »Es hat ihn nicht gereizt.« Esther schwieg.

»Ich möchte dich bloß warnen«, sagte er und zog sie näher, »damit du nicht falsch investierst. Ulrich ist schwul.«

Esther sah wieder weg.

»Er ist mit einem jungen Mann weggegangen«, sagte er, »einem stadtbekannten Zuhälter.«

Esther lächelte zu der Odaliske hinüber, die den kleinen John umfangen hielt; das Lächeln hatte den Sinn, Raouls Gerede sich selbst zu überlassen. Raoul lächelte auch.

»Ich habe Nachricht von Andres«, sagte Raoul.

Nun endlich blickte sie ihn an. Sie hätte fragen können: Was? oder: Wie geht es ihm? oder sogar: Nein! Aber sie fragte:

»Du?«

Es tat weh, und er zog sie an sich. Sie ließ es geschehen. Ein paar Takte lang ließ sie es geschehen, so angestrengt dachte sie nach. Er konnte sogar sein Bein zwischen ihre Knie schieben; sie spürte es nicht einmal. Sie war einmal seine Freundin gewesen. Als er die Berührung spürte, die nicht mehr galt, erinnerte er sich, daß es gemeinsame Stellen zwischen ihnen gegeben hatte; warum kam es ihm nur noch wie eine Lüge vor?

»Das ist nicht wahr!« sagte sie, stieß ihre Hände ab und stand still.

»Wie du meinst«, sagte er und drehte sich um. Die Musik lief noch. Er hatte es ihr unmöglich gemacht, Yvonne zuzulächeln. Das war etwas. Es gab an diesem Abend eine Spur von ihm; er existierte.

Er goß sich ein Gläschen Williamine ein, leerte es und schlenderte, Husten verbeißend, zum Antilopensofa zurück. Ein Paar saß vor Weil auf dem Boden; das Mädchen, eine aufgeblätterte Butterblume, ließ sich vom Theologen anschwatzen und lehnte sich an Weils übereinandergeschlagene Beine, der durchs Fenster hinausgrinste.

»Ich bin Gottvater, und das sind Adam und Eva«, sagte Weil.

Raoul setzte sich auf das Sofa und nahm Ulrichs Vogelscheuche auf den Schoß.

»Toller Marsch, vorhin«, sagte er. »Wie hieß der eigentlich?«

»Badenweiler«, sagte Weil, »ich dachte, Sie könnten ihn kennen. Eine flotte Weise. Sie begleitete meine Eltern in die Gaskammer.«

Raoul schaltete nicht sofort; zuerst lachte er sogar. Dann sagte er nichts mehr. Er legte die Vogelscheuche wieder beiseite. Er richtete ihr sogar die schlappen Beine aus. Die Butterblume, die nicht zugehört hatte, setzte sich auf und küßte den Kandidaten umständlich hinters Ohr, das sie mit der einen Hand etwas abspreizte.

»Haben Sie unsere Gastgeberin glücklich gemacht?« fragte Weil.

»Ich habe sie fertiggemacht«, sagte Raoul leise.

»Aha«, sagte Weil, »einfach fertiggemacht. Wer das so könnte. Komisch. Sieht aber gar nicht richtig fertig aus.«

Raoul folgte seinem Blick mit Mühe. Esther quälte sich zwischen den Tanzenden durch, einmal mit einem Aschenbecher, den sie vom Flügel geholt hatte und draußen auf dem Schiefertisch abstellte, einmal mit einem Tablett Gläser, die teils leer, teils noch voll waren; einmal rollte sie den Teppich noch näher an den Flügel heran, aber sie war zu schwach dazu. Aufforderungen zum Tanz beachtete sie nicht.

»Nur angeschossen, de Dardel«, sagte Weil bösartig. »Das kann man ja nicht mit ansehen. Machen Sie, daß Sie von diesem Sofa wegkommen.«

Raoul blieb sitzen.

»Weg«, sagte Weil mit ruhiger Stimme.

Raoul erhob sich, er tat zwei Schritte.

»Ich kenne das doch«, sagte er schwach, »Sie machen es wieder wie mit den Schuhen, wie damals mit den Schuhen.«

Aber Weil war schon in der Mitte des Zimmers. Der Butterblumenkopf sank auf den Sofarand und rollte darauf hin und her; der Theologe putzte sich die Nägel. Raoul sah, wie Weil seinen rechten Arm unter Esthers linkem Arm durchführte, den sie hängen ließ; dann hielt er sie bei der Schulter und ergriff mit der linken Hand ihre rechte Hand. Sie tanzten. Esther stolperte erst, sie war betrunken oder müde, dann lehnte sie in seinen gebogenen Armen, weit von ihm weg. Weil führte sie ein paar Schritte im Kreis, nicht viel; sie betraten nur eine kleine Fläche des Parketts. Die Deutlichkeit des Paars in Raouls Augen nahm zu, dann wieder ab.

Weil lächelte, oder so etwas; Esther wirkte ernsthaft, sie hatte die zögernde Trauer einer Maschine. Sah es Raoul nur, oder war es so? Raoul sah plötzlich Esthers ockerfarbene Beine sich um Weils Knie klammern; da faßte Weil die ganze Gestalt mit einem raschen, Schlimmes verhütenden Schwung, hob sie auf und trug sie zum Sofa hinüber. Über den eingeschlafenen Butterblumenkopf hinweg legte er sie auf das nackte Leder, wo sie sich zur Seite legte, halb rollte und mit geschlossenen Augen tief zu atmen begann. Weil verschwand in der Diele; einen Augenblick später stellte die Musik ab.

Weil kam zurück; die verschlafenen Tanzpaare machten ihm Platz. Er ging zum Fenster und zog den Vorhang beiseite. Von weitem, aus scheinbaren Wäldern, hörte man die Vögel. Es war nicht mehr dunkel.

»Es wird Tag, meine Damen und Herren«, sagte Weil und hielt noch den Vorhang wie ein Schausteller. »Unsere Gastgeberin ist müde. Wir bedanken uns. Wer heute nachmittag wiederkommen will, um sich mit dem Geschirr und den verbliebenen Brötchen zu beschäftigen, ist dazu freundlich eingeladen. Aber erst nehmen Sie Ihre Autos unter den Arm und gehen nach Hause.«

Einige reckten die Arme; andere, denen die Idiotie großer Müdigkeit ins Gesicht geschrieben war, erhoben sich. Schwerfällig wichen sie zur Seite, als ein paar Pflichtbewußte, der Henker voran, den Teppich wieder ausrollten. Müller setzte sich an den Flügel und griff matte, aber feierliche Akkorde. Einige elektrische Lichter gingen zusätzlich wieder an; an der Art, wie sie brannten, merkte man am besten: es war morgen früh. Heute, sagten die schweren Augen, heute durfte es noch nicht sein. Die Uhr draußen zeigte sechs Uhr. Wo waren die letzten Stunden hingekommen? John stand schon in der offenen Tür und wackelte mit dem Kopf. »Eine Amsul«, sagte er, »eine Amsul.« In Gruppen, die sich schwerfällig sammelten, wurden Autoplätze verteilt.

Weil legte eine Decke über Esther. Als Raoul an ihm vorbeikam, fragte er abwesend: »Können Sie irgendwo mitfahren, de Dardel?«

Raoul nickte.

»Sehr gut«, sagte Weil und schnippte mit einer einzigen Bewegung, als wär's ein Ungeziefer, das Bärtchen von Raouls Oberlippe. »Sie wollen doch nicht als Hitler schlafen gehen.«

19

Es war vier Uhr nachmittags, an einem milden Märzensonntag. Viele Spaziergänger, ärmlich, aber sauber gekleidet, hielten den Kinderwagen an, als das Feuerwehrauto an ihnen vorbeifuhr. Es hornte nicht, das war ein Mangel, aber sein Blaulicht spielte, schnellte Erwartung in ihre Augen; sie waren nicht wenig verblüfft, als es gegen die Baugrube der Zeindler A.G. einbog und vor der sonntäglich vergitterten Zufahrt zum Stehen kam. Zutritt für Unberechtigte verboten, stand sichtbar auf der Tafel, und zum Zeichen, daß da nicht gespaßt wurde, stellte ein städtisches Amt bei Zuwiderhandlung eine Buße von 100 Franken in Aussicht. Die Baugruben, deren Grundwasser man durch einige Gucklöcher in der massiven, von der Plakatwerbung stark benutzten Abschrankung schielen sehen konnte, waren entsetzlich tief; man mußte die Kinder davor in acht nehmen. Die Feuerwehr schien das Verbot nicht zu kümmern. Einige Behelmte rückten das Gitter aus seiner Halterung, und die schön geputzte rote Maschine rückte im Schritttempo in die Gruben vor. Wo brannte es? Viele Blicke richteten sich in die Höhe; wer sichergehen wollte, schnupperte auch mit der Nase, aber die Luft hatte nichts zu melden als Spuren von sonntäglich erheitertem Staub, Zement, der im Frühling trocknete, vielleicht ein bißchen Karbol und Ammoniak, auch das Parfüm der Nachbarin. Man rückte nach; wenn man schon nicht sah, was die Feuerwehr unter diesem bläulichen Himmel zu löschen hatte, so war es doch wahrscheinlich, daß sie Hilfe benötigte. Kinder übersprangen die Schwelle als erste, und die Maschen hüpften auf ihren Köpfen; die Erwachsenen ermahnten die Kinder unzulänglich, waren von ihrer eigenen Neugier abgelenkt, schoben ihre Kinderwagen gleichfalls über die verhärteten Spuren der Traxe und Lastwagen ins Innere des Gevierts. Die Frauen hoben ihre Absätze höher, die Männer kniffen die Augen zusammen; manche redeten italienisch.

Vor der ersten Tiefe blieb man stehen und sah dem Feuerwehrwagen zu, wie er sich auf einer Deichkrone zwischen zwei Austeufungen weitertastete, von Glanzlichtern geschmückt wie eine Hochzeitskarosse, mit viel Gas, das von der Kupplung häufig im Stich gelassen wurde, was auf Vorsicht deutete. Noch war kein Ziel des Wagens zu erkennen. Er war einzig damit beschäftigt, in keine Grube zu fallen; dem Fahrer fehlte die Baustellenroutine. Einige Beobachter äußerten die Vermutung, es handle sich um eine Testfahrt, andere tippten auf eine Wette; vielleicht sollte auch eine der Baugruben ausgepumpt werden, aber dagegen sprach, wie ein deutscher Fachmann bemerkte, daß es sich nicht um ein Pumpenfahrzeug, sondern eine Kraftfahrdrehleiter handelte. Jetzt sahen es auch die Frauen; natürlich, da war eine Leiter angebracht, und keine kleine; man hatte sie nur übersehen können, weil das Ganze so schön rot war. Die Kraftfahrdrehleiter manövrierte wieder atembeklemmend, so daß sogar die Kinder Ruhe gaben; es war zu erkennen, daß sie einen zweiten rechten Winkel zu beschreiben und in Richtung der Betrachtergruppe Front zu machen beabsichtigte, von ihr jetzt durch zwei Grundwasserbassins getrennt: Front gegen ein einzelnes, offenbar geräumtes Backsteinhaus, dessen untere Fenster vernagelt waren und das der deutsche Fachmann ein »Objekt« nannte. Man sah sich gezwungen, zwischen diesem Manne, einem sprachmächtigen Vierziger mit Schnurrbärtchen, und dem Feuerwehrauto seine Aufmerksamkeit zu teilen, denn der Mann sah mehr als die andern. »Eine Rettung«, nickte er und stützte einen Fuß auf eine federnde Lage Betonarmaturen, »es ist ein Mann im Objekt.« Nun sahen ihn auch die andern. Ganz oben in dem verlassenen Gebäude, in der Mansarde, stand eine Figur im Fenster, nicht allzu deutlich, etwas im Schatten; ob Mann oder Frau, war nicht auszumachen.

»Von innen kommen sie nicht ran«, sagte der Fachmann. »Das Treppenhaus ist eingestürzt.«

»Ein Kind!« sagte eine junge Mutter schwermütig, und man war sich bald einig, daß man einer Kindsmißhandlung auf die Schliche gekommen war. »Es muß halb verhungert sein«, entrüstete sich eine ältere Dame. »Und geschlagen!« ergänzte man von anderer Seite. Die Behauptung eines Spaziergängerkindes, daß die Figur grünes Haar habe, wurde mit nachsichtigem Lächeln quittiert; Kinder lieben das Bunte, und eben fackelte ein Zitronenfalter, vom zarten Wind verblasen, über die Baustelle dem roten Feuerwehrwagen zu, den er wohl für eine Pfingstrose hielt;

da der Himmel blau war, mußte es hier auch etwas Grünes geben, man hungert ja so sehr nach Grün um diese Jahreszeit.

Aber als die Figur sich einmal aus dem Fenster neigte, wollten auch einige ernstzunehmende Leute Grün gesehen haben. »Eine Frau!« schloß eine ältere Krankenschwester und preßte die Lippen zusammen. Die Atmosphäre wurde gespannter, sättigte sich mit Mißbilligung: welche Lüste mochten dort oben um sich gegriffen haben, wo man das ganze leere Haus für sich hatte! War der Liebhaber entseelt? Von welcher Waffe war Gebrauch gemacht worden? Oder war die Grünhaarige, die sich dort oben eher verbarg als zeigte, die letzte Überlebende? Was mochte sie gelitten haben! Aber Mitleid war hier ganz fehl am Platz. Hätte die Behörde das Dirnenunwesen an der Quelle verstopft, wäre sie zum Durchgreifen entschlossen, so hätte jetzt nicht die Feuerwehr auszurücken brauchen. In welchem Zustand sie sein mochte, die Person? Nun, man würde gleich sehen. Vertreiben würde man sich nicht mehr lassen. Hier war Wachsamkeit am Platze. Auch zweihundert Meter weiter, jenseits der Grube, wo die Blöcke der Rückversicherungsanstalt standen, war jeder Fensterplatz besetzt. Der Zitronenfalter, vom Feuerwehrauto enttäuscht, zuckelte wieder herbei.

»Die Abstützspindel«, sagte der Fachmann und nahm den Fuß von den Armaturen, behielt aber die Arme verschränkt. Aus dem Rumpf des Feuerwehrautos sank eine teleskopartige Stütze nieder und faßte mit ihrem flachen Fuß Grund. Dann hob sich der Leiteraufsatz, eine wahre Brücke, vom Dach der Kabine, wo er aufgelegen hatte, bäumte sich zu Motorengewieher höher, peilte die Mansarde an und fuhr dann aus seinem Rahmen ein zweites kleineres Leitergestänge aus, das dem Mansardenrand entgegenkroch. Schneller, als es kroch, stieg jetzt ein Helmmännchen auf dem Brückensystem empor und ließ sich, als die Spitze erreicht war, das letzte Stück fahren.

»Die mechanische Leiter!« sagte der Fachmann.

Die Leiterspitze war durch das offene Fenster ein Stück in die Mansarde eingedrungen. Man erkannte, wie der Feuerwehrmann der Figur auf die Leiter half und sie dann, indem er seine blauen Arme ausspannte, rücksärts gehend vor sich die Sprossen hinuntergeleitete. Die Figur hatte wirklich grünes Haar, es gleißte ein wenig, wie der Panzer einer Schmeißfliege; der Körper stak in einem blaugrauen Trainingsanzug. Sogar auf diese Distanz konnte man endgültig feststellen: es war ein Mann, vielmehr: ein Junge.

»Ein Strichjunge!« nickten die hilfswilligen Familienväter. »Ein Schwuler. Casanova Heck.« Jemand vermutete, es sei wieder eine Aktion im Gang wie kürzlich die ›Doppelpunkt‹ genannte; bei der Feuerwehr handle es sich um getarnte Sittenpolizei. Jemand anders stellte dies in Frage. Ein dritter wußte nichts Näheres. Aus einem Transistorradio drang gequetschtes Torgeschrei.

»Zürich gewinnt!« grinste der junge Mann, der sich das Kästchen ans Ohr drückte. Die Batterien waren schon schwach. Die Figur war in der Führerkabine verschwunden; die Feuerwehr zog sanft ihre Leiter ein und schickte sich an, auf kleinem Raum zu wenden. Man sah noch zu; es konnte immer noch etwas passieren. Aber als sich das Gefährt in Bewegung setzte, begann man die Baustelle zu verlassen. Vielleicht war an der getarnten Polizei doch was dran, Hilfe war jetzt keine mehr vonnöten, und einen Blick in die Kabine konnte man auch von der Straße aus werfen.

So kam es, daß Ulrich einer großen Menge begegnete, als er aus dem Feuerwehrauto stieg. Man musterte sein erschöpftes, mit Schminkspuren bedecktes Gesicht, sein grünes Haar und seinen knappen Trainingsanzug aus großer Nähe und mit Blicken, denen faszinierte Geringschätzung zu entnehmen war. Aber man gab ihm den Weg zu seinem roten Morris frei. Aha, das war sein Wagen. Mit welchem Geld er wohl bezahlt war? Man konnte es sich denken. Warum ihn die Feuerwehr so ohne weiteres laufen ließ? Etwas war faul an der Sache. Aber man hatte den Kindern, die große Augen machten, die Augen nicht verbunden. Es konnte nicht schaden, wenn sie schon früh einen Blick ins Leben taten, wie es wirklich war.

Der Morris sprang an. In einem Tempo, das den Spaziergängern übersetzt vorkam, verschwand die Figur mit den grünen Haaren in ihrem roten Auto um die Ecke. Der Himmel war immer noch hellblau, aber der gelbe Zitronenfalter ließ sich nicht mehr blicken.

20

Nichts Feineres auf Erden, als ein Vaterhaus, wenn es eine nicht einsehbare, weiß geschlämmte Sonnenterrasse besitzt und die letzten Märztage so schön sind wie dieses Jahr: fast schon sommerlich. Die Pflaumen blühten, aber Ulrich ließ sie hinter der Brüstung blühen, er wollte allein sein. Er saß in seinem Liegestuhl mit nichts an als einer Badehose, über sich nichts als einen Himmel von fast schon verwegener Bläue, neben sich nichts als einen taktierenden Transistorradio, eine Sonnenschutzflasche und ein Glas mit Whisky, in dem sich zart, wie Öl, die Schlieren des schmelzenden Eises ausbreiteten. Ulrich hielt seine Schläfen mit den Händen fest und ließ seine Finger immer wieder das zundertrockene Haar lockern; seine Aufmerksamkeit galt dem weißen Papierblock, der zwischen seinen gespreizten Knien lag und Leere blinken ließ. Der Stift wollte sich nicht auf das schöne Papier locken lassen.

Ulrich war zufrieden. Eines Tages wurde es zu mühsam, sich dagegen zu wehren, daß man im Grunde wohlbehalten war, und heute war ein solcher Tag. Es gab Figuren wie Mühlhaupt oder Weil; es war möglich, sich von ihnen beirren zu lassen, wenn man sich in ihre Sphäre begab und dort einspinnen ließ. Aber hierher kamen sie nicht. Hier war zuviel hellichter Tag, ein zu gepflegter Anmarschweg. Hier würde sich erweisen, daß sie im Grunde stark übertrieben waren. Papa hatte die Rechnung der Feuerwehr geregelt, ohne Fragen zu stellen und ohne sich welche stellen zu lassen. Ein Jungenstreich, ein amüsiertes Blinzeln: so hatten die Stützen der Gesellschaft, die behördliche und die freiwirtschaftliche, den Fall zwischen sich abgemacht. Nach einem Maskenball tut sich halt dies und das, und es sind Teenager, keine unwichtige Gruppe. Verworrene Familienverhältnisse ließen sich schwerlich unterstellen, nicht wahr, Herr Feuerwehrobrist, wenn man vor einem solchen Vater und seinem in internationalen Verhandlungen bewährten Lächeln stand.

Auch Ulrich lächelte. War er blamiert? Da fragte es sich immerhin, in wessen Augen. Eine Type wie Mühlhaupt war keinen gebrochenen Hals wert. Es war geradezu mutig, hier keinen Mut zu zeigen. Gegen Mühlhaupt half nur die Feuerwehr. Nachdem man aus ihm herausbekommen hatte, was man brauchte.

Ja, Mühlhaupt, es geht mir nur um meinen Kriminalroman.

Dann schrieb Ulrich auf, was er wußte, Punkt für Punkt, von jenem Nachmittag im Strandbad bis zum angespülten Schuh im Rechen von Treppano. So macht man das. Es wurden drei Blätter voll, mit Absätzen und Unterabsätzen, und fast zwei Stunden.

Dann zitterte der Stift in der Hitze, und Ulrich rappelte sich auf. Er wollte nach Andres' Gedichten sehen. Er brauchte den Wortlaut für ein Zitat.

Im Salon saß Mama und öffnete die Nachmittagspost; man nickte einander zu. Dann stieg Ulrich seine Treppe hoch; das Dunkel tat wohl wie eine kühle Kompresse. Sein Zimmer war wieder hell. Ein Hemd getraute er sich nicht überzuziehen; seine Haut tat schon bei dem Gedanken daran weh, aber er schlug zwei Löcher in eine Büchse Grapefruitsaft, öffnete den Kühlschrank, brockte sich Eis ins Glas und begoß es mit der Saftsträhne; langsam hob es sich dem Rand entgegen. Während er trank, öffnete er die oberste Schreibtischschublade; Andres' Blätter ließen sich nicht gleich finden. Seine freie Hand blätterte tiefer, wo sie gar nicht sein konnten; sie waren auch nicht da. Weil das Glas in seiner Hand zitterte, stellte er es ab und suchte mit beiden Händen. Das Konvolut fehlte. Andres' Verse waren weg.

So sah eine Schublade aus, in der fremde Hände gewühlt hatten. Bekannte Hände, gepflegte Hände, die den Rotstift gewohnt waren. Ulrich blickte um sich. So sah ein Raum aus, in dem man damit rechnen mußte, eines Tages, eines Nachts nicht mehr allein zu sein. Plötzlich wurde auch die Aussicht aus dem Fenster bösartig: die Stadt dort unten lauerte. Andres, dachte er. Andres, ich könnte der nächste sein. Er sah sich auf der Terrasse in der Sonne liegen: wie einsam die Terrasse gewesen war, wie trügerisch die Sicherheit der geschlämmten Backsteinwehr. Während er einen Mörder auf dem Papier überführte, hätte der Mörder aus der weißen Wand hinter seinen Liegestuhl treten und die Hände um seinen Hals schließen können, ohne daß Mama hinter den duftenden Briefen ihrer Freundinnen einen Laut gehört hätte. Von heute an wußte er, daß er nicht mehr in einem gut gestalteten Landhaus wohnte, sondern in einer Falle ... Daß er darin gelebt hatte, seit er angefangen hatte, Detektiv zu spielen. Er durfte keine falsche Bewegung machen, sonst klappte sie zu.

Er zwang sich, ruhig zu denken, und nahm zu diesem Zweck das Glas wieder in die Hand. Woher wußte Hämmerli, daß die Manuskripte hier waren? Das war nicht schwer. Hämmerli war bei Andres' Vater gewesen, wie er selbst; er hatte sich die Gedichte ausgebeten, nicht um Andres' Andenken zu bewahren, sondern um es zu tilgen. Er hatte erfahren, wo sie waren, und dann war er, oder Mühlhaupt, oder wer immer, in diesem Raum gewesen. Nun hatte Ulrich keinen Beweis mehr in der Hand ... und nun mußte er mit bloßen Händen kämpfen ... aber mußte er denn kämpfen? Ging es jetzt um ihn?

Eine versucherische Erleichterung durchfuhr ihn: Hämmerli hat sich die Papiere besorgt; bedeutete dies aber auch, daß er annahm,

Ulrich habe sie gesehen, verglichen und sich den bösen Vers darauf gemacht? Ja, sagte sich Ulrich, das bedeutete es ohne allen Zweifel, Hämmerli wußte jetzt, daß Ulrich wußte. Der Detektiv stand im Licht: aus einer verdeckten Quelle tastete ihn der Verdacht, die Angst des Mörders ab und suchte die richtige Stelle. Ulrich drehte sich rasch um: hatte er Schritte gehört? Das Haus rührte sich nicht. Aber seine Stille beruhigte nicht: sie lauerte. Ulrich setzte das Glas wieder ab, seine Knie waren weich. Eine kindliche Anwandlung nahm von ihm Besitz: hinlaufen zu seinem Klassenlehrer und alles sagen. Alles – was? Lieber Herr Doktor, ich weiß, daß Sie ein Mörder sind, aber ich werde es nicht weitererzählen; ich habe solche Angst, daß es sich nicht lohnt, mir etwas zu tun? ›Mit ihm reden‹ – worüber? Herr Doktor, ich kann nichts dafür, daß ich etwas gemerkt habe, ich beschwöre Sie, wir sind doch Menschen, reden wir wie Menschen miteinander, das kann doch vorkommen, daß Sie einen Ihrer Schüler über die Brücke werfen oder daß Sie nachts ins Zimmer eines andern Schülers steigen, um belastende Dokumente daraus zu entwenden, das ist mehr als verständlich, im übrigen habe ich es nicht gesehen, und ich will nichts davon wissen, bitte ziehen Sie keinerlei Konsequenzen daraus, ich bin durch meinen Sonnenbrand ohnehin handicapiert; da haben Sie meine Kehle, bitte beißen Sie nicht?

Ulrich schenkte sich ein weiteres Glas ein und leerte es in einem Zug.

»Nein«, sagte er und wußte erst nach drei Atemzügen, was er meinte. Von allen Rollen, die mir jetzt noch zu spielen bleiben, ist der Vogel Strauß die unmöglichste. Was für ein eigenartiges Gefühl: bedroht zu sein. Was für ein Umschlag des Bewußtseins: vom Romandetektiv, der sich in einen Fall hineinspinnt, zum Opfer, das in seinem eigenen Netz gefangen sitzt ... Wie unsäglich absurd, daß es keine Hypothese mehr ist: mein Deutschlehrer ist allen Ernstes ein Mörder, und auf mich, Ulrich Gautschi, hat er es abgesehen ... und das nicht in der Zeitung, in keinerlei Groschenroman, sondern hier, in meinem eigenen Haus, im späten März 1966, an einem Frühlingstag, wo man sich einen Sonnenbrand holt ... Ein erwachsener gepflegter Mensch hat ein Mordmotiv gegen mich – seit wann? Seit einer Woche; denn vor einer Woche habe ich Andres' Gedichte zum letztenmal angesehen; in dieser Woche hat er sie geholt, und das war nur der erste Schritt seiner Verzweiflung, denn seit er Andres' Eltern besucht hat, weiß er Bescheid, seit längerer

Zeit weiß er, daß ich weiß. Und seit er annehmen kann, daß mir die Gedichte fehlen, weiß er auch, daß ich weiß, daß er weiß. Er weiß also, daß ich mich bedroht fühle, und in der ganzen Zeit habe ich in seinen Deutschstunden gesessen, und der nächste Schritt seiner Verzweiflung geht mir an den Kragen. Dr. Hämmerli, man kann doch nicht plötzlich tot sein, was muten Sie mir zu? Die merkwürdige Deutschstunde kommt Ulrich wieder in den Sinn, in der Hämmerli vom Tod sprach und von der Verlegenheit vor dem Tod und von der Lücke, die man mit Blumen nicht stopfen kann, und von den Sätzen, die vor dem Tod besser seien als gar nichts... Oder das Gespräch mit dem durchlöcherten Pierrot, als Ulrich seinen Galgenvogel vom Rücken geschnallt und diese halbbetrunkene Abbitte geleistet hatte, weil er nach dem Gespräch mit Urfer sicher gewesen war, Hämmerli habe mit Andres' Verschwinden nichts zu tun und der Kriminalroman sei zu Ende...

»Aber gehen Sie tanzen«, hatte er gesagt, »die Gesellschaft vermißt Sie.« Unter Ulrichs Füßen schwankte der Boden; er mußte sich setzen. Auf welchem Seil hatte er da getanzt! Ulrich, Reiter auf dem Bodensee, aber der Bodensee war noch nicht zu Ende, im Gegenteil, die offenste Stelle kam noch, und er konnte sehen, mit weit offenen Augen, daß sie ihn nicht trug... das gab es doch nicht! Da hatte ein Mensch ein Motiv gegen ihn, mit jedem Wort hatte er ihm selbst ein stärkeres Motiv gegeben, und es fehlte diesem Menschen jetzt nichts mehr als die Gelegenheit, und auch diese fehlte ihm ja nicht: es gab den Schulweg, es gab die Schulstunde oder die Pause zwischen zwei Schulstunden, es gab hie und da einen Spaziergang, mit oder ohne Esther, es gab abends ein erleuchtetes Fenster mit seiner Silhouette hinter der Gardine... Ulrich war ein Ziel geworden. Die nächste Deutschstunde handelte nicht mehr von Penthesilea, und vielleicht gab es keine nächste Deutschstunde mehr. Das gab es doch nicht.

Ulrich starrte gegen die Wand, ohne eine Wand zu sehen, und führte den Rand seines Glases am Mund hin und her. Diese Bewegung erinnerte ihn an etwas, und da seine Gedanken flüssig waren, spülten sie es heran: an Uschi; so hatte sie noch mit dem Glasrand gespielt, fünf Minuten, bevor er sich durch die Toilette gedrückt hatte. Ihre Lippen hatten den Abschied berührt, der von seiner Seite eine Bequemlichkeit gewesen war, ein Abenteuer, das er schon am Steuer des Citroën in Tempo abgebogen hatte, von ihrer Seite vielleicht ernst, ein Abschied, der mit mehr zu tun gehabt hatte, als mit ihm... War es nun soweit, daß seine Lippen dieses Glas berührten? War einmal etwas ernst mit ihm?

Er trank, sehr langsam, einen Schluck, ließ ihn im Mund warm werden und spürte, wie der herbe zarte Weizenhauch sich entband; er hatte noch nie Whisky getrunken. Wie fern das war in seiner präzisen mikroskopischen Farbigkeit, wie sehr von ihm abgetrennt: der Citroën, die Modellandschaft der Paßberge, der Postkartenschönheit Nair, Uschi, Esther, dieses Haus, diese Requisiten, die nicht mehr dienten; wie rührend, weil sie ihm nun genommen waren. Eine neue, unvorhersehbare Nummer war in den Film geschnitten worden: seine Unrettbarkeit. Es war schon etwas von ihr dagewesen, als er in der Ecke von Mühlhaupts Zimmer den Übungen dieses verwachsenen Körpers zusah; aber sie hatte sich wieder zerstreuen lassen, er hatte auf sie nicht ganz einzugehen brauchen: es genügte, als es Tag war, zum Fenster hinauszuschreien, und die Feuerwehr kam und holte ihn auf ihrer Leiter mitsamt seinem grünen Haar in die Vergeßlichkeit, in seinen Kriminalroman zurück. Er hatte der Einsamkeit nicht Wort zu halten brauchen, so wenig wie diesem Mühlhaupt. Gegen Mühlhaupt hatte die Feuerwehr geholfen. Aber half gegen Hämmerli nicht die Polizei? Brauchte er etwas anderes zu tun, als zu warten, bis der Vater nach Hause kam, um ihm den Fall auseinanderzusetzen und jede menschenmögliche Sicherheit zu haben, daß der Vater die Sache in die Hände nahm, besorgt, geschäftstüchtig und effektiv? Er brauchte nichts weiter zu tun, um die Gesellschaft für sich zu bewaffnen und die Drohungen eines Deutschlehrers zum Spott zu machen. Oder gab es einmal eine Zeit, wo auch das mit dem Vater nicht mehr funktionierte? Dann besser gleich. Jetzt.

Ulrich trat ans Fenster, an sein Fenster. Ja, es war wieder das seine, der Berg gegenüber war wieder schön, erkennbar und hatte eine Linie. Denn Ulrich wußte, daß er auf Schutz schon verzichtet hatte. Diesmal wollte er seine Angst schlucken. Es ging jetzt nicht um Hämmerli, auch nicht einmal um Andres; es ging um ihn; gut, es sollte nur um ihn gehen. Es sollte gelten, daß er allein war. Er verbot sich den Ausweg durch die Toilette, er biß sich auf die Lippe, statt der Feuerwehr zu rufen. Sollte gespielt werden, gut, hier war sein Einsatz. Keine Abstriche mehr.

Ulrich spürte den Druck seiner Oberschenkel gegen die harte Wand unter dem Fenster, das Lebendige am Unlebendigen, und Zärtlichkeit, ja Mitleid erfüllte ihn – nicht eigentlich mit sich, sondern mit allem, was sich rührte und darum verletzbar war. Er war ruhig geworden, dem Brennen seines Rückens setzte er keinen Widerstand entgegen; er dachte vielmehr – und sagte es beinahe –: nur zu. Er dachte an Hämmerli, und sein Mitleid nahm eine andere, ungewohnte Färbung an; Ulrich wunderte sich, daß es sich nicht verscheuchen ließ. Der arme Hund, dachte er, er ist ja nie bei sich. Ja, der arme Hund, denn es ist tierisch, töten zu müssen, weil man sich nicht finden kann – wenn man einen fremden Menschen dafür straßen muß, daß man sich verloren hat; und ganz unmenschlich ist es, wenn man seine Verzweiflung mit schöner Literatur illustrieren muß, wenn einen die bürgerliche Stellung daran hindert, nein, wenn man sich, von täglicher Scham und Selbstverachtung zerfressen, durch sie daran hindern läßt, so verzweifelt sein zu dürfen, wie man ist. Wenn man zum Mörder werden muß, um die Tracht des Erziehers weitertragen zu können. Wenn man auch jetzt noch, noch immer nicht, den Mut findet, zu verkommen. Wenn man die Wahrhaftigkeit seinen Schülern als belletristisches Ereignis empfehlen muß, zu der man als Person den Mut nicht findet. Fehlte nur noch, daß ich Ihrer Angst meine eigene entgegensetzte. Nein, Dr. H.: seien Sie ein Mörder, wenn Sie müssen, ich werde nicht die Polizei gegen Sie aufbieten, sondern ab sofort Ihr ganz besonders korrekter Schüler sein.

Hier war es, daß Ulrich Schritte auf der Treppe hörte. Er drehte sich nicht um. Er prägte sich die empfindliche Albiskette ein, Erhöhung um buschige Erhöhung; seine Augen leuchteten. Die Schritte blieben in seiner Tür stehen.

»Ueli?« sagte die Mutter. Etwas in ihrer Stimme ließ ihn aufhorchen, und er drehte sich jetzt doch um.

»Ist dir nicht gut?« fragte die Mutter. »Du bist blaß.«

Das war es offensichtlich nicht, was sie ihm hatte sagen wollen. Sie hielt die knitternde Zeitung in einer Hand erhoben und war selber blaß.

»Ich habe zu lange in der Sonne gelegen, Mama«, sagte er.

»Ueli«, sagte Mama, »weißt du es schon, wegen Raoul?«

Ulrich musterte die Zeitung, die sie ihm entgegenhielt, und schüttelte den Kopf.

»Er hat sich der Polizei gestellt«, sagte Mama, »er hat Andres umgebracht.«

Mit einem Schritt war Ulrich bei ihr und nahm ihr die Zeitung aus der Hand. Er hatte Mühe, die Buchstaben zu lesen; er las die Passage dreimal.

Andres Platten Opfer eines Schülerduells?
Ein unerwartetes Geständnis.
Die Bezirksanwaltschaft teilt mit:
Freitag, den 25. März, um 17.30 Uhr meldete sich auf der Hauptwache der Stadtpolizei der siebzehnjährige Raoul de Dardel und gab an, er habe zum Verschwinden seines Klassenkameraden Andres Platten eine wichtige Aussage zu machen. Er wies ein von ihm und Platten unterzeichnetes Schriftstück vor, aus dem hervorging, daß die beiden Schüler überein gekommen waren, am 1. Juli, dem zweiten Schulreisetag, einen zwischen ihnen schwebenden Streit in einer Art Duell gegeneinander auszufechten. Die Unterzeichneten erklären im selben Schriftstück, über die Lebensgefährlichkeit ihres Vorhabens im Bilde zu sein und den ›Gegner‹ von allfälligen Folgen im voraus zu entlasten. Nach der Darstellung de Dardels hat sich das ›Duell‹ wie folgt abgespielt:
Die Jugendlichen hatten am Vortage während eines Marschhaltes das ›Dokument‹ unterzeichnet und vereinbart, einander am 1. Juli um 10 Uhr abends auf der Salgina-Brücke, einem Viadukt außerhalb der Gemeinde Trostau, wo die nächste Übernachtung geplant war, zu treffen. Platten hatte früher von seinem Klassenlehrer Dr. Hämmerli, der krankheitshalber verhindert war, an der Schulreise teilzunehmen, die Erlaubnis erwirkt, am 1. Juli von Trostau aus seine Tante zu besuchen, die in Buffalora, einer Berggemeinde oberhalb Trostaus, ein Chalet besitzt. Aus früheren Untersuchungen des Falles stand bereits fest, daß Andres Platten seine Tante besucht und mit ihr das Nachtessen eingenommen hatte; um 21.45 war er in Buffalora aufgebrochen, um auf einem geliehenen Rad die Talfahrt nach Trostau anzutreten. Nach Aussage Raoul de Dardels traf Andres Platten kurz vor 22 Uhr an der Salgina-Brücke ein, wo ihn de Dardel bereits erwartete; die Schulklasse befand sich an diesem Abend im Ausgang und hatte Order, vor halb zwölf Uhr wieder in der Herberge zurück zu sein. De Dardel gibt an, daß die ›Duellanten‹ nach förmlicher Begrüßung das talseitige Geländer der Brücke erstiegen hätten, eine fünfzig Zentimeter breite Betonbrüstung; de Dardel habe sich zu diesem Zweck an das westliche Brücken-

ende begeben, Platten an das östliche. Auf ein verabredetes Pfeifsignal seien die beiden auf dem schmalen Geländer aufeinanderzugegangen, bis sie sich in der Mitte getroffen hätten. Dort sei es zu einem Abtausch von Püffen gekommen, in dessen Verlauf Platten das Gleichgewicht verloren habe und über das Geländer in die Tiefe gestürzt sei.

Hier blickte Ulrich kurz auf, ohne seine Mutter zu sehen.

»Nein«, sagte er, »nein, nein.« Als seine Augen die Zeile wieder fanden, las er:

De Dardel will daraufhin das Fahrrad seines abgestürzten Kameraden hundert Meter weit die Straße gegen Buffalora hinauf gestoßen und bei der Kurve im Gebüsch deponiert haben, um einen Unfall vorzutäuschen; zu diesem Zweck habe er Beschädigungen am Rad angebracht und eine Bremsspur durch das Gebüsch gelegt. Es sollte scheinen, als sei Andres Platten in scharfer Talfahrt über die Kurve hinausgeschossen, habe die Herrschaft über sein Rad verloren und sei über die Lenkstange desselben in die Tiefe geschleudert worden. Als Grund für sein Manöver gibt de Dardel eine Schockreaktion an, die durch den tödlichen Ausgang des Abenteuers in ihm ausgelöst worden sei. Danach habe er seine Kenntnis von Plattens Todesumständen geheimgehalten, bis der psychische Druck unerträglich geworden sei und ihn bewogen habe, ein Geständnis abzulegen. De Dardels Darstellung enthält bisher keinen Widerspruch zu den polizeilichen Ermittlungen, die im Zusammenhang mit dem Verschwinden Plattens schon angestellt worden sind, doch bedürfen einige Unklarheiten in seinem Geständnis noch der Aufhellung. Er wird vorläufig in Gewahrsam gehalten.

Ulrich starrte auf das Blatt, aber er las nicht mehr.

Was? Was war das? Wie bitte? Er schüttelte die Zeitung, aber sie war immer noch da; er schüttelte den Kopf, der Kopf blieb fest. War er im Traum das Ekel aus Paraguay gewesen, im Traum Citroën gefahren nach Trostau und ins benachbarte Italien; hatte er die Rumpfbeuge des Mannes Mühlhaupt halluziniert? Der Verdacht hatte bestanden – aber nur, weil die Bilder so gespenstisch wirklich gewesen waren, plastisch durch das Licht eines ungeheuren Verdachtes, der über ihnen lag; weil sie das Bild eines Menschen hatten durchscheinen lassen, der Aufsatznoten in ein Heft schrieb, aber in Wirklichkeit ein Mann war, der krähte wie ein Hahn und ihm anvertraute Knaben fraß. Wenn man diese Ahnung abzog, diese Witterung zu Luft machte, was blieb? Ein paar Fahrten, die, des Haltes im Bösen und Nötigen beraubt, plötzlich zu Vergnügungsreisen wurden, ein paar schief und unelegant bestandene Abenteuer, eine unbenutzte Strähne von Uschis Langhaar. Wollte ihn seine Geschichte jetzt ad absurdum führen, zum überspannten Halbwüchsigen machen, zum Playboy ohne Reichweite, zur komischen Figur? Schlußbild, Großaufnahme: ein verdienter, etwas exzentrischer Deutschlehrer, der erstaunt von seinen Heften aufsah und ein verständnisvolles Lächeln bildete.

Ulrich schluckte. Darum war es vielleicht nicht schade. Aber um die Fassung, die er angesichts der leeren Schublade gewonnen hatte, um die gleichgültig gewordene Todesangst, um die Unrettbarkeit, mit der er gerade fertig geworden war. Darum war es schade. Die brauchte er sich nicht nehmen zu lassen. Das hatte es gegeben. Das war keine Schau, die ihm Raoul stehlen konnte. Dagegen war mit der Räubergeschichte, die Raoul der Polizei erzählt hatte, nicht aufzukommen. Der Polizei! Raoul war in dem Augenblick zur Polizei gelaufen, in dem er, Ulrich, darauf verzichtet hatte. Und Ulrich hätte Grund dazu gehabt: er war bedroht. Nein. Raoul konnte Andres nicht von der Brücke gestoßen haben. Er sah Raoul neben der Standuhr sitzen, ein falsches Schnäuzchen im Gesicht, mit Füßen, die den Boden nicht erreichten. Der durfte es nicht sein. Andres war nicht Raouls, sondern Ulrichs Freund gewesen.

Ulrich warf die Zeitung weg.

»Mama«, sagte er wütend, »daran ist kein wahres Wort. Raoul will sich wichtig machen, das ist alles.«

Drittes Buch

Endlich ein Mord

1

»Kommen Sie einen heben?« fragte es hinter Ulrich. »Auf den Schreck.«

Ulrich wußte schon, wer da sprach. Er drehte sich um. Weil hatte einen kamelfarbenen Pullover an mit ungeheuer großen Maschen, eine weiße Waschhose, dunkelrote Socken und schwarze Schuhe mit stumpfer Spitze.

Sie gingen über die Rämistraße zum »Odeon«. Da das Frühlingswetter anhielt, hatte der Wirt Tische und Stühle auf das Trottoir vorrücken lassen und orangefarbene Marquisen darübergezogen. Es saß sich hier grell, aber nicht unangenehm. Sie fanden noch zwei freie Plätze und blickten einander mit orange verfärbten Gesichtern an; Weils grüne Augen kamen zu starker Wirkung.

»Schach?« fragte Weil und zog ein schwarzes Etui aus seiner Hintertasche. Er klappte es auf und schob die etwas verwirrten Steine auf ihre Plätze, wo sie magnetisch festgehalten wurden. Der Kellner Ottokar, dessen schleppender Gang zu seinem Adlai-Stevenson-Kopf in so merkwürdigem Kontrast stand, daß es Mühe bereitete, ihn mit Vornamen anzureden (viele ausländische Gäste wagten es nur, weil sie Max Frisch gelesen hatten), brachte ihnen zwei Flaschen Dreikönigs-Bier. Ulrich nahm die weißen Steine. Doppelschritt mit dem Königsbauern. Im übrigen löste er sogleich die Goldkrause vom Flaschenhals und begann die Plissage auseinanderzuzupfen. Behutsamkeit war geboten.

»Zwischenstunde?« fragte Weil und antwortete mit c7–c5.

»Aus«, sagte Ulrich, »Deutsch fällt aus.« Jetzt empfahl sich wohl Sg–f3.

»Aha«, antwortete Weil. »Hämmerli wird vernommen, haben Sie's gelesen?« während sein Nagel den Damenbauern ein Feld weiterschob. Ulrich dachte nach. Natürlich hatte er's gelesen. Es war in der Morgenzeitung nicht zu übersehen gewesen. Hämmerli hatte zu Protokoll gegeben, daß er in den Besitz der Duellabmachung gekommen sei; ein Vergleich mit dem Papier, das Raoul vorgezeigt hatte, erwies die Richtigkeit seiner Angabe. Daran, daß Andres' Unterschrift echt war, konnte auf Grund graphologischer Gutachten nicht mehr gezweifelt werden. Ulrich antwortete mit einem Doppelschritt seines Damenbauern. Weil schlug ihn sofort c5–d4; Ulrich schlug mit dem Springer zurück. Das Morgenblatt ließ die Frage offen, ob sich Dr. Hämmerli wegen Hehlerei, beziehungsweise Unterschlagung von Information, die zur Aufklärung des Falles hätte führen müssen, würde zu verantworten haben. Dr. Hämmerli rechtfertigte sich damit, daß er das Papier als Kinderei angesehen habe; später korrigierte er sich: er habe sich verpflichtet gefühlt, die Gewissensnot des Schülers de Dardel nicht dadurch zu vermehren, daß er ihn der Polizei preisgab. Die Öffentlichkeit reagierte darauf teils mit Kopfschütteln, teils aber auch mit Sympathie. Dr. Hämmerli gewann an menschlicher Statur. Weil hatte sich bedacht. Dann holte er seinen Springer aus dem Hinterhalt und setzte ihn auf f6. Ulrich löste behutsam einen weiteren Kniff in der Folie, dann antwortete er gegengleich mit dem Damenspringer. Der Bauer e4 war wieder gedeckt.

»Ja«, sagte er, »ich kann Ihre Tips nicht loben, Weil. Mühlhaupt war eine Niete.«

Weil grinste und zog a7–a6.

»Sie sind undankbar, Ulrich«, sagte er. »Nicht jeder tut soviele Einblicke und wird dann noch mit der Feuerwehr abgeholt. Es liegt nur an Ihnen, was Sie daraus machen.«

»Sie haben mich irregeführt», sagte Ulrich verbissen und ließ seinen schwarzen Läufer nach g5 fahren. Weil pfiff durch die Zähne.

»Forscher junger Mann«, sagte er. »Was tut man jetzt in seiner Angst. Da hilft ja nur noch das eine.« Und ließ den Königsbauern ein einziges Feld vorrücken.

Das sah nicht nach einer mutigen Parade aus. Ulrich ging jetzt aufs Ganze. Sein f-Bauer tat einen großen Sprung nach vorn.

»Gambit«, fragte Weil und wich mit seiner Dame nach b6 aus.

»O.K.«, sagte Ulrich und bewegte seine Dame nach d2.

»Raoul macht das Rennen, Ulrich«, sagte Weil und leckte sich Schaum von den Lippen. Gleichzeitig schlug er den ungeschützten Bauern b2. »Wollen Sie nicht aufgeben?«

»Nein«, antwortete Ulrich und schob seinen Turm auf b1.

»Sie gönnen Ihrem Kameraden auch gar nichts«, sagte Weil ernsthaft und zog die Dame auf a3 zurück. »Passen Sie auf, jetzt haben Sie einen Riß gemacht.«

Die Folienkrone hatte unter Ulrichs Fingern zu sehr nachgegeben; er hatte es verpfuscht. Aber auf dem Brett war noch etwas zu machen: Bauer f4–f5, ein scharfer Zug.

»Sie kümmern sich nicht um die Dame«, sagte Weil bedauernd,

»apropos. Haben Sie von Esther gehört? Das Mädchen ist zu bedauern. Lesen Sie BLICK? Schade. BLICK war bei ihr, und am nächsten Tag lautete die schönste aller Schlagzeilen: 17jährige Töchterschülerin bricht zusammen: Ich war der Grund.« Er ließ den Springer nach c6 hüpfen. »›Esther Weidmann: sie machten es unter sich aus‹. Ich finde, Sie sollten sich um die Dame kümmern.«

Ulrich schwieg. Nur jetzt keine Ablenkungen. Er hatte die Flaschenmanschette wieder aufgenommen. Ein Riß – in Gottes Namen. Das Ganze konnte immer noch schön flach werden. Er war am Zug. Sein Bauer schlug zu: auf e6.

»Das mußte so kommen«, sagte Weil leichthin, »tauschen wir ab.«

f7 schlug e6. Ulrich erledigte den Springer auf c6 und wurde vom Bauern b7 geschlagen. Nur die Initiative nicht aus der Hand geben: die schwarze Bauernmassierung zerbrechen, auch wenn man dabei im Augenblick Haare ließ. Ulrich schob seinen Bauern nach e5.

»Raoul gewinnt trotzdem«, sagte Weil. »Haben Sie das Gespräch eben mitangehört? Nein? So hingegeben sind Sie? Die beiden jungen Damen unterhielten sich über das einzig Mögliche: das Duell auf der Brücke. Ein mystischer Unterton war nicht zu überhören. Ach ja, was machen wir nun? Machen wir mal sowas.« Der schwarze Springer entkam der Bedrohung nach d5.

»Sie greifen nicht mit dem Bauern zu?« fragte Ulrich erstaunt.

»Abwarten«, sagte Weil. »Judo. The soft way.«

Ulrich dachte scharf nach. Er mochte den Springer nicht, wo er war. Ich so, dann er so, dann ich nur noch so – das würde fatal. Der Springer mußte weg. Sc3–d5.

»Sie trinken ja nicht einmal«, sagte Weil. »Ich würde mich übrigens nicht wundern, wenn sich die jungen Leute bald wie Andres kämmten. Haben Sie sein Bild im ›MATCH‹ gesehen? Dasselbe, das damals auf dem Podest stand, in der Aula. Es scheint nur das einzige zu geben. Erinnern Sie sich?«

»Sie sind am Zug«, sagte Ulrich.

»Ich soll nicht einmal nachdenken dürfen«, sagte Weil. »Sieh an, ich bin also am Zug. Dann tue ich diesen«, artikulierte er pedantisch und schob mit dem Bauern c6 das weiße Roß weg. »Und nun? Passen Sie auf. Andres' Verschwinden war ein obskurer Zwischenfall; das Duell wird eine internationale Sensation. Es wird Schule machen. Denken Sie an mich. Nu nu. Verbeißen Sie Ihr Gesicht nicht so. Wer ist dran? Sie? Das ist doch kein Grund zur Erbitterung.«

Ulrich ließ sich nicht jagen. Es kam jetzt auf jeden Zug an. Ulrich schien es, der Zusammenhang seiner Figuren habe sich arg gelokkert, er wußte nicht wie. Er gab sich Mühe, Weils Gerede nicht zuzuhören.

»Ulrich«, sagte Weil, »denken Sie an mich. Wissen Sie, was passiert? Das Duell wird wiederholt werden. Nicht immer wird man so extreme Kampfplätze wählen, vielleicht bloß Teppichstangen oder niedere Firste, aber glauben Sie mir: es wird auch tödliche Ausgänge geben. Eltern werden besorgt sein, Pfarrer predigen, Schulmänner eifern, und die Rechtsgelehrten werden große Mühe haben. Bedenken Sie: jedesmal wird das schriftliche Einverständnis der Kontrahenten vorliegen; es mag vor dem Gesetz ungültig sein, dennoch wird es, im Falle eines unglücklichen Ausgangs, die Urteilsfindung menschlich erschweren. Haben Sie gezogen?«

Ulrich hatte seinen weißen Läufer nach e2 verschoben; ohne zu zögern, erledigte Weil den exponierten Bauern auf e5.

»Man wird, hoffe ich, zu drakonischen Strafen greifen«, sagte er, »aber was werden sie nützen? Sie werden den Anreiz zum Duell nur erhöhen. Weit entfernt, als ehrenrührig zu gelten, werden sie den Betroffenen unter ihresgleichen die Krone des Martyriums verschaffen. Je mehr Schaden, desto mehr Prestige. Ich sage Ihnen, Ulrich: Schulklassen kleinerer und größerer Städte im In- und Ausland werden nächstens von Hinkenden bevölkert sein, von Behinderten, Ulrich: am Gebrauch von Feder und Tinte Gehinderten. Klassenlehrer aller Länder werden auf die Durchführung schriftlicher Arbeiten verzichten müssen. Ihr Ansehen wird leiden – es sei denn, sie hätten sich zu Komplizen gemacht und selbst mit einer Art Duellruhm bedeckt, wie unser Dr. Hämmerli. Solchen Lehrern wird die Jugend folgen.«

Ulrich rochierte; das war bitter, denn er verlor Druck, aber unumgänglich. Wenigstens kam jetzt der zweite Turm ins Spiel. Weil bot ihm sofort Schach, mit dem schwarzen Läufer auf c5. Ulrich nahm seinen vorgepreschten Läufer nicht zurück; lieber schob er den König in die Ecke.

Weil lächelte, klaubte seinen Turm auf, schob ihn nach f8.

»Das Unwesen wird auf die Dörfer übergreifen«, sagte er froh. »Denken Sie, was ihm da für ein Betätigungsfeld eröffnet ist.

Heubühnen, Kanalränder, Scheunendächer, Holzlager. Es wird berühmte Kampfplätze geben, notorisch durch ihre Gefährlichkeit oder durch landschaftliche Reize. Man wird sie unter polizeiliche Bewachung stellen, aber die Duellwilligen werden Mittel finden, die Polizei zu täuschen. Verantwortliche Stellen werden die Presse bitten, dem Duell ihre Spalten zu verschließen und dadurch den Boden zu entziehen. Glauben Sie auch nur einen Augenblick, daß sich BLICK daran halten wird? Er wird sich das schöne Sujet nicht nehmen lassen. Und wer BLICK nicht liest, der wird doch die warnenden Erlasse lesen und davon inspiriert werden. Zur Entrüstung? zur Teilnahme, Ulrich! Bedenken Sie, daß es neben den gereizten Stimmen auch verständnisvolle geben wird. Sie werden dem Duell eine nützliche Ventilfunktion bescheinigen. Sie werden darauf hinweisen, daß der Wohlfahrtsstaat, die vollzivilisierte Gesellschaft, arm an agonalen Reizen ist. Aber nicht einmal dem Verständnis wird es gelingen, den Duellwilligen ihr Vergnügen zu vermiesen.«

»Sie sind am Zug«, sagte Ulrich.

»Was haben Sie getan? c2–c4? Schon wieder ein Angriffszug? Sie lassen sich auch gar nicht hindern. Ich verspeise so lange Ihren Turm. Und Sie wieder meinen. So geht es im Leben.«

Weil schien zu studieren. »Wissen Sie«, sagte er und schob unauffällig seinen weißen Läufer nach b7, »ich sage dem Duell eine große Zukunft voraus. Die Fachliteratur wird es als Buffalorasyndrom beschreiben; für einfachere Teilnehmer schlage ich die Bezeichnung ›Down the Drain‹ vor. Wie finden Sie das? Oder ›Shake 'n Bake‹? ›Shake 'n Bake‹ ist besser. Ich habe übrigens gezogen.«

Ulrich hatte es schon gesehen; er mochte den Zug nicht. Er war ihm zu unauffällig. Brüsk schob er seinen weißen Läufer nach g4: verzweifelte Offensive, Angriffe auf Zusehen.

»Shake 'n Bake«, sagte Weil, »das ist besser, das ist gut.« Mit spitzen Fingern nahm er den weißen Bauern auf c4 vom Feld und schob seinen eigenen an die Stelle. War das der große Fehler? Ulrichs Kopf begann zu ticken. Seine Dame hatte jetzt freie Bahn ... oder schien es nur so? Je länger er aufs Feld blickte, desto gefangener kam er sich vor. Die Löcher im System seines Feindes waren so viele Fallen ...

»Es wird bald Leute geben, die hinter Shake 'n Bake das große Geschäft wittern«, sagte Weil. »Es ist der geborene Schausport. Auch die gesellschaftliche Seite ist nicht zu übersehen. Schwierige

Dreiecksverhältnisse sind plötzlich lösbar. Die Dame braucht ihre Kavaliere nur auf die Brücke zu bitten. Es wird Shake 'n Bake-Trachten geben; am liebsten sähe ich die Kämpfer im Frack. Sehen Sie das vor sich, Ulrich? Bärtige Halbwüchsige mit Frack und in Stiefeln, die auf einem Dachfirst abgemessenen Schrittes aufeinander zugehen und dann: Hoppla!«

Ulrich hatte das merkwürdige Gefühl, daß er gut spiele und Weil keineswegs besser, und daß trotzdem jeder gute Zug Weiß nur tiefer in sein Pech verstricke. Der Durchbruch! Aber wo und wie? Mit schwerer Hand führte er seinen weißen Läufer über das Feld und schlug den Bauern auf e6. Er hatte den Zug bedacht, und trotzdem kam er sich vor wie ein Elefant, der mit schwerem Fuß nach einer Mücke tritt.

»Schön«, sagte Weil. »Das war die romantische Variante. Man kann Shake 'n Bake aber auch technisch spielen. Mit Autos: haben Sie eine Ahnung, wieviele Menschen ihre Angst vor der Karambolage gern in einer echten Karambolage loswürden? Autofahren ist für den Zeitgenossen eine unerträgliche Belastung geworden. Man kann ihn nicht zum Kauf eines Wagens ermuntern und ihn dann bestrafen, wenn er ihn benützt. Und genau das geschieht. Jede Fahrt eine Buße. Sie sind dem Gefängnis niemals näher, als wenn Sie die Handbremse lösen. Wozu lösen Sie sie überhaupt? Sie kommen ja doch nicht von der Stelle. Das Auto: das ist Immobilismus mit Chrom, steuerpflichtig und strafbar. Das Statussymbol ist zugleich Frustrationssymbol. Glauben Sie, daß das Unterbewußte sowas auf die Dauer aushält? Der große finale Eklat, Kühler auf Kühler, welche Erleichterung! Man ist mit einem Schlag den Wagen los und sich selbst.«

»Ziehen Sie!« murrte Ulrich.

»Ich habe gezogen«, sagte Weil demütig und deutete auf seine Dame. Sie stand auf d3, Auge in Auge mit derjenigen Ulrichs. Ulrich hatte aufs Feld gestarrt und den Zug nicht gesehen.

»Ich verstehe Ihre Ungeduld«, sagte Weil, »das Auto ist in der Tat nur noch historisch interessant. Die Anachronismus unserer Siedlungen hat es seinerseits zum Aussterben verurteilt. Es ist Romantik, wie die bärtigen Jünglinge. Schade, daß sich das so quälend langsam herumspricht. Für Paßfahrten ist das Automobil übrigens nach wie vor zu empfehlen, wenigstens außerhalb der Saison.«

Knirschend zog Ulrich seine Dame nach e1 zurück. Er konnte sich keinen Tausch mehr leisten.

»Ihre Läufer hängen jetzt ein wenig in der Luft«, sagte Weil, »aber das gibt sich eventuell wieder. Ich mobilisiere einstweilen die meinigen.« Sein Läufer fuhr nach e4.

»Würde unsere Partie in einem Fachjournal gedruckt«, sagte Weil, »dann müßte der Setzer auf diesen Zug ein Ausrufezeichen verwenden.«

Ulrich zupfte wieder an der Biermanschette. Dann führte er seinen weißen Läufer nach g4 zurück.

»Ich kann meine Gedanken noch immer nicht von Raoul de Dardel lösen«, sagte Weil mit einem Seufzer. »Wer hätte ihm das zugetraut. Sie etwa?«

»Nein«, sagte Ulrich.

»Jetzt sprechen leider die Tatsachen für sich«, sagte Weil und schob mit leichter Hand seinen Turm auf der Grundlinie ein Feld nach innen.

»Meinen Sie?« sagte Ulrich.

»Aber Ulrich«, antwortete Weil abwesend und blickte auf die Straße hinaus, gerade rechtzeitig, um einen ihm bekannten Literaten zu grüßen, »aber Ulrich, Sie sollten dem armen Tropf auch etwas gönnen. Er ist von Natur handicapiert und Sie, Sie haben doch Ihren Spaß schon gehabt. Seien Sie einmal ein bißchen fair und nicht so verwöhnt.«

Ulrich zog seinen weißen Läufer nach d1 zurück. »Herr Weil«, sagte er mit einer Stimme, deren Zittern ihn überraschte, »wissen Sie, warum Sie mir so gleichgültig sind, obwohl Sie mich so aufregen? Weil Sie damals nichts mehr zu sagen hatten, als Sie Andres mit einer Hand gegen den Stein beförderte. Er hatte so verdammt recht, Herr Weil.«

»Übernehmen Sie sich nicht«, sagte Weil ruhig und führte seinen König nach d7.

»Schach«, flüsterte Ulrich und schluckte. Einmal mußte das noch gesagt sein. Sein Turm war nach f7 vorgeprescht.

»Geben Sie auf, Ulrich«, sagte Weil ernst und schob seinen König mit dem Handrücken nach e6 vor.

Ulrich starrte lange auf das Brett. Dann auf die Folienkrause, die sein Daumennagel zum flachen Goldblatt ausgestrichen hatte: zum vollständigen Ring fehlte die Stelle, an der Ulrich das Ding vom Flaschenhals gekratzt hatte. Den Riß konnte man übersehen. Dann trank er sein Glas aus; dann begann er die weißen Steine zusammen-

zuklauben und auf den beiden Grundlinien neu aufzureihen.
»Nein«, sagte er und sah nicht auf.

2

»Eine halbe Stunde«, sagte der Beamte, bevor er sich zurückzog und die Tür hinter Ulrich schloß. Ein Riegel klirrte umständlich. Ulrich blieb auf der Schwelle stehen.

Der Raum war sonst nicht unfreundlich; er roch nach frischem Firnis, dem cremefarbenen Weiß der Betteinfassung, des einzigen Stuhls, des Tischchens; das Weiß des Waschbeckens war kreidiger, der Zahnbecher aus Kunststoff. Der Bodenbelag täuschte grünen Marmor vor; auf dem Tisch stand ein Bukett gelber Rosen. Wäre das Gitter vor dem Fenster nicht gewesen, Ulrich hätte an Altersasyl denken müssen, an ein Bürgerheim für unbemittelte Betagte, an denen man spart, ohne es ihnen deutlich zu zeigen.

Aber da war auch noch Raoul. Eine Art Scheu zwang Ulrich, ihn nicht so direkt anzusehen; er sah trotzdem, daß sich Raoul über dem Rollkragenpullover einen Bart hatte stehen lassen und hager geworden war. Er schien auch gewachsen.

»Tag, Raoul«, sagte er und hielt ein Paket vor sich hin. »Ich bringe dir hier eine Kleinigkeit, etwas Süßes. Mit Grüßen von der Klasse.«

»Schön von euch«, sagte Raoul. »Leider mußt du es draußen abgeben. Ich bekomme Süßigkeiten nur zum Wochenende.«

»Er hat mich aber damit hineingehen lassen«, sagte Ulrich, »er hatte nichts dagegen.«

»Er weiß noch nicht Bescheid«, antwortete Raoul, »er ist neu hier. Ich bekomme ohnehin zuviel Süßigkeiten.«

»Aha«, sagte Ulrich. Und nach einer Weile: »Du hast dir ja einen Bart wachsen lassen. Geht das denn?«

Raoul machte eine unbestimmte Bewegung mit der Hand.

»Kann man hier leben?« fragte Ulrich.

»Das muß jetzt so sein«, antwortete Raoul nicht ohne Strenge.

Ulrich sah sich nach einer Sitzgelegenheit um.

»Es gibt hier nur einen Stuhl«, sagte Raoul, »wenn du willst, kannst du dich aufs Bett setzen. Unten, bitte.«

Ulrich setzte sich folgsam. Sie schwiegen.

»Die Rosen«, sagte er. »Schön.«

»Von einem Fan«, antwortete Raoul, ohne sich auf dem Stuhl

nach Ulrich umzusehen. »Es gibt mehr davon, aber ich kann nicht das ganze Zimmer verstellen. Ich habe sie den Wärtern überlassen.«

Ulrich nickte langsam. »Es geht dir also gut«, sagte er.

»Das kann man wohl nicht sagen«, antwortete Raoul, und wieder war in seiner Stimme jene Strenge hörbar, die Ulrich aufsehen ließ.

»Was treibst du immer? Darfst du Bücher lesen?«

»Nicht nötig, ich ordne Zeitungsausschnitte.«

Ulrich schaltete nicht gleich. »Zeitungsausschnitte?« fragte er.

»Vom Vorkommnis.«

Ulrich sah ihn jetzt voll an.

»Von welchem Vorkommnis«, fragte er.

Raoul erwiderte seinen Blick fast mitleidig; dann schlug er die Lider nieder und betrachtete seine Nägel. »Ich bitte dich«, sagte er.

»Raoul«, sagte Ulrich mit Schärfe, »laß den Unsinn. Du weißt genau, daß das Duell auf der Brücke niemals stattgefunden hat.«

Raoul hob langsam den Kopf, als lausche er. Ulrich beobachtete ihn genau. Raoul zwinkerte dreimal hintereinander und wurde ein wenig steif; sonst zeigte er keinerlei Symptome. Er senkte den Kopf wieder und lächelte.

»Nicht? Also nicht. Komisch, daß es in all diesen Zeitungen steht.« Bei diesen Worten hob er ein Bündel Papiere auf und ließ es wieder fallen. Das hätte er nicht tun sollen. Seine Hand zitterte.

Obwohl seine Zeit kostbar war, hatte Ulrich die Nerven, eine Reihe von Sekunden zu warten.

»Du weißt am besten, warum es in den Zeitungen steht«, sagte er mit aller Ruhe, die er aufbrachte.

»Hat dich Weil geschickt?« fragte Raoul; seine Stimme klang eine Spur lauter, auch heiserer als zuvor.

»Nein. Ich bin so gekommen.«

»Das ist nicht möglich. Man läßt keinen ohne weiteres zu mir.«

»Das tut jetzt nichts zur Sache.«

»Du hast es natürlich hinter deinen Vater gesteckt«, sagte Raoul bitter und erhob sich. Mit zwei Schritten war er beim Fenster. Er öffnete es – es ließ sich öffnen – und schloß seine Hände um das Gitter. Der Anblick hatte etwas merkwürdig Rührendes; als klammere sich ein Gejagter an die Hörner seines Altars. »Ich habe keinen Vater«, sagte er.

»Raoul«, sagte Ulrich verstimmt, »entweder erzählst du mir jetzt, was sich in jener Nacht wirklich zugetragen hat, oder ...«

»Oder?« fragte Raoul zum Fenster hinaus.

»Oder ich erzähle es dir«, sagte Ulrich.

Raoul stieß sich vom Gitter ab und schlenderte zu seinem Stuhl zurück. Er war blaß. Aber seine Augen leuchteten. Er setzte sich und blickte auf die Uhr.

»Dann erzähl es mir einmal.«

»Raoul«, sagte Ulrich beschwörend, »mach's nicht auf die lässige Tour. Das ist jetzt ganz schlecht. Wir müssen nämlich einen wirklichen Mörder zur Strecke bringen, Raoul, und ohne dich geht es nicht.«

»Du wolltest mir eine Geschichte erzählen«, sagte Raoul, »ich höre.«

Ulrich schluckte. »Du bist also vor zehn an der Brücke gewesen«, sagte er leise. »Du hast auf Andres gewartet. Es war dir nämlich ernst mit dem Duell.«

»Vollkommen richtig«, sagte Raoul süffisant. Aber die Spannung in seinem Gesicht war nicht zu übersehen. Er leckte sich ein paarmal die Lippen.

»Ich finde das ungeheuer tapfer«, sagte Ulrich ohne Spott. »Stimmt es, daß du auf der westlichen Seite der Brücke gewartet hast, gegen Trostau zu?«

»Natürlich«, sagte Raoul, »das habe ich auch zu Protokoll gegeben.«

»Dann hast du auf der anderen Talseite ein Licht kommen sehen«, sagte Ulrich, »das Licht eines Fahrrades. Andres' Fahrrad. Und nun ist zweierlei möglich, Raoul. Bitte hör mir ganz genau zu. Entweder du hörtest oben in der Haarnadelkurve, wo wir später das Rad gefunden haben, einen Aufprall oder sonst einen heftigen Lärm, wahrscheinlich einen Schrei und die Geräusche eines Kampfes. Oder –«

Er blickte Raoul an und traf in seine entgeisterten Augen: Raoul zitterte unübersehbar. Ulrich sah es und spürte dasselbe Zittern in seinen Beinen. Er schlug sie übereinander. Aber es gelang ihm, seine Stimme zu beherrschen.

»Oder Andres fuhr ohne Zwischenfall bis zur Brücke und verlangsamte wohl seine Fahrt, und dann –« er schluckte heftig – »dann sahst du, wie sich ein Mann auf ihn warf und ihn über das Geländer in die Schlucht stieß.«

Raoul atmete jetzt mit offenem Mund. Er verwandte kein Auge von Ulrich.

»Es war dunkel, abnehmender Mond«, fuhr Ulrich fort, »dennoch ist es in beiden Fällen wahrscheinlich, daß du den Mann gesehen hast, der Andres' Mörder ist. Und ich glaube, du hast ihn erkannt.«

Die beiden schwiegen. Dann fuhr Ulrich leiser fort: »Nehmen wir an, du hast dich im Gebüsch versteckt, es gab Gebüsch auf deiner Seite der Brücke. Nehmen wir an, meine zweite Version trifft zu; dann hat sich alles so abgespielt, wie du es der Polizei angegeben hast. Der Täter hat Andres' Fahrrad wieder zur Kurve hinaufgeschleppt und im Dickicht abgelegt, um einen Unfall vorzutäuschen. Aber nicht du warst der Täter, sondern ein ganz anderer. Und dann«, sagte Ulrich mit erhobener Stimme, »dann ist der Mann an dir vorübergegangen, und du hast sein Gesicht gesehen.«

Er schwieg und wartete, den Blick auf den falschen Marmor geheftet. Nach einer Weile sah er auf. Raoul zuckte mit den Schultern. Dann stieß er einen Schmerzlaut aus, einen heiseren Katzenhusten, der seinen Körper schüttelte und allmählich in ein Gelächter überging, das Ulrich als hysterisch empfand. Endlich fand der Geschüttelte die Sprache wieder. Die Augen voll Wasser, schluchzte er: »Nein, nein, Ulrich, so ist es nicht gewesen. Das war die falsche Geschichte. Du mußt schon erlauben, daß ich bei der meinen bleibe.«

Ulrich betrachtete ihn mit offener Wut und heimlicher Entgeisterung. Er wußte – er hatte es *gesehen* –, daß er getroffen hatte. Aber nicht ganz. An irgendeiner Wendung, die er nicht fixieren konnte, war es Raoul möglich gewesen, auszuscheren, die Spannung zu lösen, sich erleichtert zu fühlen. Sein Gelächter stimmte hinten und vorn nicht – aber etwas stimmte daran. Raoul war getroffen und entkommen.

»Deine Geschichte ist erfunden, und du weißt es«, sagte Ulrich leiser, als ihm lieb war.

Raouls Gesicht hatte sich erholt; es trug jetzt die Miene des Gastgebers, beinahe etwas wie Bonhomie zur Schau.

»Ulrich«, sagte er, »ich habe damit drei Untersuchungsrichter hinter mich gebracht, davon einen psychiatrischen Doktor. Weißt du, was das bedeutet? Fünfzehn Stunden Vernehmung täglich, oft mehr, und manchmal in der Nacht. Es geht nicht unmenschlich zu dabei – ich beklage mich nicht –, aber es hängt an, Ulrich. Meine Geschichte hat es durchgestanden. Ich habe den Rorschachtest mitgemacht, den Szonditest und Bäume gezeichnet noch und noch. Auch mein Unterbewußtsein hat dichtgehalten. Und weißt du, warum? Du wirst lachen: weil ich die Wahrheit gesagt habe. Und jetzt kommst du daher mit deinen blauen Augen, verkaufst mir eine Räubergeschichte und erwartest Unterstützung. Du hast viel Humor, Ulrich.«

Ulrich durfte sich nicht verrückt machen lassen.

»Das war eine Leistung, mit dem Psychiater und den Verhören«, sagte er, »ich hätte sie nicht fertiggebracht.« Raoul wartete auf den nächsten Satz, aber es kam keiner mehr.

»Mein IQ beträgt 132 Punkte «, sagte Raoul mit zugekniffenen Augen, die offenbar Selbstironie anzeigen sollten.

»Ich habe dich nie für dumm gehalten«, sagte Ulrich, »darum verstehe ich dich jetzt nicht. Du weißt, was die Zeitungsberichte dort wert sind. Und du weißt, was Dr. Hämmerlis Aussage wert ist.«

»Er hat sich fein benommen«, sagte Raoul.

»Vielleicht weiß er, warum.«

»Warum bist du damals umgekehrt?«

Zum ersten Mal war Ulrich platt.

»Was? Wieso?« fragte er.

»Du weißt es genau«, sagte Raoul. »Damals am Maskenball, bei Esther. Du kamst auf mich zu, und dann warst du plötzlich verschwunden.«

Ulrich dämmerte es langsam; aber dann wurde es ganz besonders hell bei ihm.

»Aber hör einmal«, sagte er, »Raoul ...«

»Ich verstehe nicht, wie du behaupten kannst, du wüßtest meine Intelligenz zu schätzen ... wenn du mich bei der ersten Gelegenheit im Stich läßt.«

»Du hast recht«, sagte Ulrich, »vielleicht schreckte mich deine Uniform ab. Ich habe nie ... etwas so Grauenerregendes gesehen. Du darfst nicht damit rechnen, daß man sich an dieses braune Hemd wirft.«

»Du hast also gemerkt, worum es sich handelte«, sagte Raoul, »das haben nämlich nicht viele.«

»Quatsch«, sagte Ulrich. »Das war doch der einzige Grund, warum du nicht ins Spiel kamst.«

Sie schwiegen.

»Esther überlasse ich dir übrigens mit Handkuß«, sagte Raoul dann, »die hat sich weggeworfen, du hättest sehen sollen, wie sie in diesen Weil hineinkroch. Wo warst du überhaupt die ganze Nacht, von zwei Uhr an?«

»An einem merkwürdigen Ort«, antwortete Ulrich, »der mir immerhin die Gewißheit verschaffte, daß Dr. Hämmerli Andres ermordet hat.«

Wie von ungefähr betrachtete er wieder Raouls Gesicht, jede Muskelbewegung: es zuckte nicht einmal.

»Nein, Ulrich«, sagte Raoul, »du hättest nicht so deutlich zu werden brauchen. Ich habe längst gemerkt, wo du hinaus willst. Es stimmt nicht. Ein für allemal: vergiß den Unsinn, wenn ich dir raten darf.«

Wieder beschlich Ulrich die unangenehme, schwer zu betäubende Ahnung, daß Raoul die Wahrheit sprach.

»Raoul«, sagte er, »ich lege meine Karten auf den Tisch. Vor der Schulreise hat Andres dem Hämmerli seine Gedichte zur Begutachtung zugeschickt; sie kamen am ersten Schulreisetag zurück, also zu einer Zeit, wo Hämmerli die Gewähr hatte, daß Andres die Sendung nicht mehr öffnen würde. Weißt du, warum? Hämmerli hatte einige der Gedichte durch Fälschungen ersetzt, die einen Hinweis auf Andres' Selbstmordabsichten enthielten. Du siehst den Zusammenhang. Hämmerli baute sich im voraus ein Alibi: wenn Andres verschwand, so würde man die Gedichte finden und auf seinen zerrütteten Zustand schließen. Aber Hämmerli hatte Pech. Nicht die Polizei fand die Gedichte: ich fand sie. Und nicht nur die getippten Gedichte, sondern auch die handschriftlichen Vorlagen. Aus denen war leicht zu rekonstruieren, daß Andres Hämmerli keinerlei Selbstmordgedichte geschickt hatte, sondern solche mit ganz anderem Inhalt.«

»Mit welchem Inhalt?«

Ulrich sah Raoul fest an. »Gut gefragt«, sagte er. »Diese von Hämmerli beseitigten und durch Eigenfabrikate ersetzten Gedichte gaben zu erkennen, daß Andres Hämmerlis Neigung zum Rauschgift auf die Spur gekommen war.«

Raoul dachte nach.

»Und du glaubst, Hämmerli habe sich durch diese Entdeckung bedroht gefühlt.«

»Sie stellten seine bürgerliche Existenz in Frage.«

»Nein«, sagte Raoul sofort, »nicht bei Hämmerli. Dem wäre es vollkommen egal, wenn das von ihm publik würde. Im Gegenteil, er würde sich etwas darauf zugute tun. So ein bißchen Pott oder LSD, das nimmt sich längst in guter Gesellschaft. Hämmerli hätte diese

Entdeckung nicht gefürchtet, und nie im Leben hätte sie ein Motiv für einen Mord abgegeben. Bei einem verdrückten Kleinbürger vielleicht, aber nicht bei Hämmerli.«

»Vielleicht hast du recht«, sagte Ulrich.

»Verlaß dich drauf«, sagte Raoul. »Ich habe in den letzten Tagen über Motive und ihre Träger dies und das zugelernt. Ich kenne die Motive meiner Psychiater längst besser als sie die meinen.«

»Höre«, sagte Ulrich und hatte plötzlich das Gefühl, daß man mit Raoul reden könne, »das mit dem Motiv wird sich finden. Ich nenne dir jetzt die Fakten. Ich kann beweisen, daß Hämmerli seine Krankheit simuliert hat, um zur Zeit der Schulreise freie Hand zu haben und dabei ärztlich gedeckt zu sein. Ich weiß nicht, ob er dazu den Arzt – sein Name ist mir bekannt – bestochen hat, aber ich weiß, daß er am kritischen Datum einen Ersatzmann in sein Bett gelegt hat, mit dem TEE-Zug nach Treppano gefahren ist, unter falschem Namen einen Wagen gemietet hat und damit nach Trostau hinübergefahren ist. Um zehn Uhr stand er bei der Brücke bereit. Was dann geschehen sein muß, habe ich dir angedeutet. Ich rechnete fest auf dich und deine Aussage, und ich rechne immer noch darauf. Denn euer Duell war von Hämmerli nicht einkalkuliert. Deine Gegenwart an der Brücke war der Fehler in seiner Rechnung. Du mußt Augenzeuge eines Verbrechens gewesen sein, Raoul. Was hast du gesehen? Es geht jetzt um die Wahrheit, nein, Raoul: es geht um Andres, wenn dir das lieber ist. Ich beschwöre dich: sag mir was du gesehen hast. Sonst ...«

»Sonst?« fragte Raoul mit erhobenen Augenbrauen.

»Sonst muß ich annehmen, daß du mit in dem Ding bist, und ich kann keine Rücksicht mehr auf dich nehmen, wenn ich auspacke.«

»Du willst also auspacken«, sagte Raoul wieder höhnisch. »Bitte, wenn du glaubst, daß du es dir leisten kannst. Ich habe gesagt, was dazu zu sagen ist. Andres und ich haben uns auf der Brücke getroffen und –«

»Quatsch nicht«, schrie ihn Ulrich plötzlich an, »ich habe keinen Grund, gering von deinem Geltungsbedürfnis zu denken, ich verstehe, daß du kompensieren mußt, ich verstehe von Herzen, daß es dir verdammt wohl täte, Andres den Meister gezeigt zu haben, und daß es dich am Bauch kitzelt, deinem Bild, dem Bild eines verfluchten Kerls, in allen Zeitungen zu begegnen. Aber *getan*, mein Freund, hast du es nicht, sonst sähest du ein bißchen anders aus und nähmst die Worte anders in den Mund und hättest dir keinen Bart stehen lassen, sondern hättest einen Kameraden für nichts und wieder nichts in den Himmel geschickt und würdest deswegen einen Cafard bauen, gegen den die verfluchteste Großmeierei einen großen Dreck hülfe, verstehst du mich. Ich sage dir, Raoul, weil ich dich achte, so würdest du jetzt nicht vor mir sitzen, so nicht.«

»Du willst nur sagen, daß ich es gegen Andres nicht geschafft hätte«, sagte Raoul.

Ulrich war im Begriff zu antworten, dann kniff er die Lippen zusammen.

»Du hast die Zeit schon um fünf Minuten überschritten, und ich will dich nicht länger aufhalten«, sagte Raoul. »Ich wollte dich nur noch eins fragen. Was schon? Sag doch, war denn ein Brief von Hämmerli dabei, bei der Rücksendung mit den Gedichten?«

Ulrich faßte sich. Er zwang sich zur Redlichkeit. Die Frage kam von einem, gegen den jetzt nur noch Totschlagen half, aber sie war berechtigt.

»Nein«, sagte er.

»Das ist nicht möglich. Wenn Hämmerli glauben machen wollte, Andres werde sich das Leben nehmen, und den Eindruck erwecken wollte, er habe das ernst genommen, dann müßte er auch glauben machen, er sei ganz ungeheuer besorgt gewesen. Er müßte einen beschwörenden Brief aufgesetzt haben, von Lehrer zu Schüler, direkt ins Herz; wo ist dieser Brief?«

Wenn du bloß nicht recht hättest, stöhnte Ulrich im stillen. Laut sagte er:

»Ich weiß nicht. Ich weiß nur, daß mir die ganzen Manuskripte in der letzten Woche gestohlen wurden. Aus dem Zimmer gestohlen.«

»Aha«, sagte Raoul gespannt und erleichtert. »Ich sagte es ja. Eine richtige Räubergeschichte.«

In diesem Augenblick wurde der Schlüssel in der Tür gedreht. Raoul erhob sich.

»Wir sind gerade fertig, Hubacher«, sagte er und streckte Ulrich die Hand hin.

Ulrich schämte sich noch im Korridor draußen, daß er sie ergriffen hatte. Es war ein Reflex gewesen.

3

Zwei Tage später wurde Raoul auf freien Fuß gesetzt; nachdem die Untersuchung seine Darstellung in allen wichtigen Punkten bestätigt hatte, gab es keinen vernünftigen Grund, ihn bis zur Gerichtsverhandlung in Gewahrsam zu halten. Es herrschte kaum Zweifel darüber, daß er Strafe zu gewärtigen hatte, deren erzieherischer Charakter indessen vorauszusehen war; ob er im strengen Sinn als Jugendkrimineller zu gelten habe, darüber waren die Meinungen geteilt; die meisten Kommentatoren – und es gab ihrer beinahe so viele wie Einwohner – wiesen auf sein Alter hin und darauf, daß er schon »genug gestraft« sei.

Viele hielten eine praktisch-tätige Sühneleistung für angemessen; man schlug etwa vor, Raoul solle zur Bergbauernhilfe angehalten werden oder zum Dienst in einer Unfallstation. Nirgends würde ihm drastischer vor Augen geführt, was ein Menschenleben wert sei, und er erhalte zum Denkzettel hinzu eine Lehre fürs Leben. Dagegen plädierte man in Kreisen, wo die einfacheren Leute verkehrten, eher für drakonische Maßnahmen: das kleinbürgerliche Ressentiment wies auf den Sittenverfall am Gymnasium hin, auf die müßiggängerischen Exzesse der Herrensöhnchen, und wollte ein Exempel statuiert wissen; es ließ sich auch nicht durch den Hinweis beschwichtigen, daß sowohl der Täter Raoul wie das Opfer Andres Halbwaisen seien und aus Familien stammten, die wirtschaftlich zu kämpfen hatten. Raouls Vormund wollte seinen Schützling aus dem Gefängnis heraus in ein abgelegenes Internat stecken – ein Groschenblatt, das der Fall seit Wochen beschäftigte, hätte die Finanzierung sichergestellt –, aber Dr. Hämmerli verwandte sich aufs energischste dagegen und vielmehr dafür, daß Raoul in seine frühere Klasse zurückkehren müsse. Das war pädagogische Delikatesse, und sie setzte sich schließlich durch. Dabei war Dr. Hämmerlis Stellung weder an seiner Schule noch in der öffentlichen Meinung die festeste. Man verzieh es dem verantwortlichen Erzieher nicht überall, daß er sein Wissen über Andres' Todesumstände solange verschwiegen hatte, und manchem wurde es schwer, in dieser Zurückhaltung nicht die Hehlerei zu sehen, die es juristisch am Ende war, sondern Noblesse gegenüber einem ohnehin schwer geprüften Halbwüchsigen, als welche es sich einem aufgeklärteren Lesepublikum darstellte. Mit einem scharfen Verweis und wahrscheinlich einer Schadenersatzforderung der Polizei an Dr. Hämmerlis Adresse war freilich zu rechnen. Aber dieser hatte sich bereits in einem viel zitierten, wegen seiner gleichsam nervösen Hochherzigkeit und auch wegen seiner geschliffenen Formulierung hochgelobten Interview bereit erklärt, alle auf ihn fallenden Folgen zu tragen. Außerdem stellte sich der Rektor, eine leise, aber giftige Opposition im Lehrerzimmer ignorierend, schützend vor seinen Hauptlehrer, und so kam es, daß Raoul zu Schulanfang wieder in der Klasse saß. Das Vorkommnis an der Salgina-Brücke glitt allmählich, vom Lärm der Schwarzen in Watts/Los Angeles, vom Ticken eine H-Bombe bei Palomares und von einem Redeversuch der SPD (mit der SED) überlagert, aus dem Bewußtsein des weiteren Publikums. Es wurde Mai, ein Mai, der geradezu überschwenglich hielt, was der April versprochen hatte, und über die Eisheiligen glatt wegging. Schon Ende Mai meldeten sich Gewitter aus sommerlicher Schwüle, und die Badeanstalten sahen keinen Grund mehr, ihre Tore geschlossen zu halten. Vorübergehend belebte sich das Interesse am »Vorkommnis« wieder, als Raoul Ende Mai vor dem Jugendgericht erscheinen mußte. Aber es war heiß, niemand ereiferte sich, als Raouls Strafe mit Bewährung ausgesprochen wurde, dergestalt, daß er über ein Jahr jedes Wochenende und über die Ferien unentgeltlich in einem Tößtaler Dorf beim Aufarbeiten des vielen im Februar sturmgefallenen Holzes eingesetzt wurde. Selbst in den Arbeiterkreisen löste es grollende Genugtuung aus, daß sich das Herrensöhnchen nun Schwielen an die zarten Hände würde arbeiten müssen. Umstritten war freilich eine weitere Maßnahme des Gerichts, die Dr. Hämmerli zum Bewährungshelfer seines Schülers bestellte; aber bald behielten auch hier die Stimmen die Oberhand, die darin eine besondere Feinheit und beinahe höhere Gerechtigkeit zu sehen vermochten. Hatte sich Dr. Hämmerli schon zu einer Art Komplizen seines Schülers gemacht, so war es nur billig, daß er seinerseits an der tätigen Reue beteiligt wurde und seine Wochenenden vielleicht sogar mit der Axt in der Hand statt, beispielsweise, im Strandbad zubrachte. Denn, wie gesagt, es war unterdessen heiß geworden.

Seltsam hatte sich die Deutschstunde entwickelt. Niemand mit Ausnahme Ulrichs, möglicherweise auch Raouls, aber das war schwer abzuschätzen – hatte etwas gegen Dr. Hämmerli einzuwenden. Nicht mehr, als immer zuvor, heißt das; denn natürlich hatte man seine Stunden immer komisch gefunden, um sie heimlich ernstnehmen zu können. Aber das war es eben: komische Stunden fanden nicht mehr statt. Seit diesem Frühjahr, auf den Tag datierbar, war Hämmerli ein bis zur Peinlichkeit korrekter Lehrer geworden – immer noch ungewöhnlich durch das, was er Stunde für Stunde präpariert anbot, aber nie mehr ungewöhnlich in der Präsentation, niemals exzentrisch durch Laune und Manier. Keine zynischen Rösselsprünge mehr, keine genüßlichen Improvisationen, keinen Koller am Fenster angesichts der Gerichtsmedizin. Sondern die strengste Choreographie: ein tadelloser Lehrer am Pult, der eine tadellose Klasse vor sich hatte, sonst wehe demjenigen. Anfangs war man geneigt, obwohl zu Leichtfertigkeiten damals noch wenig aufgelegt, diese Umstellung im Fach Deutsch für eine Masche zu halten, übrigens, in Anbetracht alles Vorgefallenen, keine besonders geschmackvolle: der Leichenbitter am Katheder setzte sich dem Verdacht böser Parodie aus. Aber es blieb bei der Masche, sie wurde zum Stil, zum harten neuen Stil; es gab plötzlich Späße, die dieser Mensch nicht mehr verstand, wenn er auch durch die Art, wie er sie abklopfte, zu verstehen gab, daß er sie zwar für möglich hielt, aber nicht mehr für möglich bei ihm. Man zuckte in der Pause die Achsel, aber man lenkte ein; was blieb einem anderes übrig. Daß die neue Disziplin so rasch um sich greifen konnte, lag wohl auch an einzelnen Schülern, die sie als Wohltat empfanden und Hämmerli dafür heimlich dankbar waren – und es waren merkwürdigerweise dieselben, die für Hämmerlis Ausgelassenheiten den meisten Sinn gehabt hatten. Ulrich gehörte zu ihnen. Dr. Hämmerli bekam in seinem Gesicht keine Finsternis zu lesen, keine andere Herausforderung als diejenige äußerster Korrektheit; seine Antworten ließen die zusammengebissenen Zähne nicht durchblikken, mit denen er sie gab. Er war ein Schüler und war da, etwas zu lernen. Das konnte man bei Dr. Hämmerli. Nichts sprach dagegen, daß das noch ein Jahr so weitergehen würde: das Reifezeugnis würde dann das Siegel auf die endgültige Verjährung sein, und der Freibrief für – wofür, das brauchte Ulrich noch nicht zu kümmern. Vorläufig war es genug, wenn Hämmerli jede Stunde weniger aussah wie ein Mörder, weniger wie ein Mensch, der in die Häuser von Schülern einsteigt und ihre Manuskripte entwendet. Hatte so etwas je stattgefunden? Ulrich bestand nicht mehr darauf.

4

Ganz früher Juni, nicht mehr ganz früh am Tag, einem Mittwoch – Ulrich wird sich den Tag merken. Vorläufig steht er noch ein wenig entschlußlos fünf Meter innerhalb der Gittertür, die große Zeichenmappe unter dem Arm, läßt im andern Arm sein Feldstühlchen hangen und mustert den Himmel über den Flamingos. Er traut ihm nicht; der Spätvormittagshimmel ist hinter seinem Bleistiftgrau in Bewegung und scheint, in Abständen murrend, ein Gewitter auszukochen. Auch die Flamingos spüren seine Nähe, denn sie können sich auf ihren Ständern nicht ruhig halten, schlängeln die Hälse und staken auf der deckweiß verfärbten Grünmatte umher, wissen aber auch nicht recht wohin; nur ein paar Langjährige, wenn die Abgeschossenheit ihrer Federn nicht trügt, behalten ihre Hakenköpfe ins blaßrosa Gefieder gewunden und bleiben als künstliche Tierbäumchen stehen. Sie nehmen sich gut aus, die verschiedenen Rosa, von Lachs bis Apfelblüte, vor dem bleistiftgrauen Himmel, aber Ulrich hat keinen Malkasten bei sich, kann das Sujet nicht wahrnehmen; er hat die Flamingofarben in Verdacht, daß sie, zu Hause reproduziert, weiter abschießen würden. Aber er hat, wie die ganze Klasse, eine Chemieklausur hinter sich und ist noch ziemlich taub davon, das hysterische Gezeter aus der Volière dahinter klingt noch zu weit her; er kann sich nicht entschließen, seine Zeichenmappe irgendwo aufzuschlagen.

Raoul, Müller und ein gewisser Meyer sind mit demselben Tram hergekommen. Sie fuhren natürlich auf derselben Plattform, aber gleich hinter dem Eingang haben sie sich getrennt, ein jeglicher zu seinem Tier. Der Zoo ist menschenleer; die Besucher rechnen wohl schon mit dem Gewitter, das groß am Himmel geschrieben steht, und auch Ulrich muß sich bald entschließen, welches Tier es heute bei ihm sein soll.

Er setzt sich in Gang. An den farbigen Kleinvögeln vorbei, der Kolonie von Mönch-Sittichen, die teils Pärchen bilden, sich teils dabei stören; an den bösen roten Augen der Pelikane vorbei, die ihn durch Fallenlassen ihres Lids beschämen; vorbei am Restaurant zur Linken, obwohl mühsamer vorbei, denn eigentlich möchte er sich am liebsten auf eins der Gartenstühlchen setzen und den Zoo hinter einem Coca-Cola seinen Gewitterrüstungen überlassen. Bei den Känguruhs findet er Müller, der sich mit den Hüpfern plagt und das Blatt mit immer neuen und sofort überholten Känguruh-Andeutungen bedeckt. Nie wird er bis zu jenem Täschchen kommen, in dem tatsächlich ein Junges mehr zwängerisch als putzig den Kopf dreht, denn die australische Landplage ist unruhig und illustriert das Gewittergrollen mit zu nichts führenden Sprüngen; Ulrich geht weiter. Bei den Affen würde er Raoul finden, also verzichtet er auch auf das neue Nashornhaus, obwohl das Nashornhaus Zürichs fortschrittlichster Beton ist, aber es liegt zu nahe am Affenhaus, und Raoul will er nicht treffen.

Ja, ja, die Giraffe. Schlecht im Format, und ebenfalls unruhig – lächerlich, die müßte von ihrer Heimat doch ganz andere Gewitter gewöhnt sein, lächerlich überhaupt, das Zeitlupengetrabe. Man nimmt diesen Beinen den Schreck nicht ab; sie treffen zuviele Anstalten, wenn sie sich bewegen. Aus dem Bärengraben schaut ihn Mühlhaupt an: einer der Bären hat Mühlhaupts Physiognomie, sein Pelzbüschel im Nacken. Als der Bär sich auf die Schinken setzt und mit den Armen zu betteln anfängt, geht Ulrich weiter. Gnus sollen bissig sein; da Füttern verboten ist, können sie es nicht mehr beweisen. Auf dem Asphalt dreht sich ein Tauber; er verliert die Richtung dabei und dadurch die Frau; mit krampfhaft gestrecktem Hals trippelnd, läuft er eine neue an. Wo hat Ulrich gelesen, daß Tauben monogam sind? Ihr täuscht euch, sagt er, während er eine Taube hetzt, die sich einfach nicht seitwärts schlagen will, ihr gehört überhaupt nicht in den Zoo. Oben, durch Betongräben von ihm getrennt, vor einer treuherzigen Buchenwand, zeichnen sich federnde Andeutungen von Raubtieren ab. Ulrich steigt nicht hinauf, er läßt es bei den Andeutungen, denn obwohl ihn die zugehörigen Luchse und Tiger zweifellos überzeugen, verlangen sie doch zuviel für eine fakultative Zeichenstunde; notfalls kann er sie zu Hause aus dem Brehm abzeichnen. Die Kamele und die Dromedare stehen alle in einer Richtung und heben ihre höhnischen schaumigen Mäuler dem Gewitter entgegen, womit sie recht haben: es kommt nicht. Daß die treuherzigen Buchen zu schauern angefangen haben, sind leere Versprechungen. Immerhin, es ist sicherer, jetzt in Hausnähe zu bleiben. Das Elefantenhaus ist das nächste.

Ulrich klappt sein Stühlchen auf und schiebt es mit dem Fuß – denn bücken mag er sich nicht – unter ein Goldregenbäumchen, dessen Regen dürftig geworden ist. Vorsichtig und erst zum Ächzen bereit, als er sicher ist, der Sitz hält, hockt er sich darauf nieder. Dann klaubt er ein großes Blatt aus dem Karton heraus; es ist nicht mehr ganz weiß, aber das schadet der Kunst nichts, schließlich ist man im

Felde. Ein grauer Reiher mit Kopfputz tritt einen Schritt näher und behält dabei eine Kralle gerafft. Gib dir keine Mühe, sagt Ulrich, du bist mir nämlich zu fein. Ich gebe mich mit Elefanten ab.

Der Elefant steht im Freien, am Rand seines Burggrabens, über den einer seiner Vorderfüße zu kippen droht; nachhaltig wedelt er mit seinem Rüssel über die Tiefe, um den einzelnen Besucher, der diesseits am Gitter steht, zur Fortsetzung seiner Mildtätigkeit zu bewegen, in humanen Abständen, mit einem offenbar herzlichen Druck, kriegt er, dem Fütterungsverbot zum Trotz, eine Rübe mit seiner Rüsselhand zu fassen und wirft sie seinem Maule zu. Zu kauen braucht er nicht, überhaupt steht der Aufwand in einem erheiternden Mißverhältnis zum Gewinn, aber der Elefant blickt vergnügt und wiegt dazu sein Hinterteil hin und her. Ein Idyll, warum nicht. Ulrich beginnt zu zeichnen. Ein Filzstift, wenn er eine breite Spitze hat, macht sofort künstlerisch; er nimmt einem das meiste ab, verzeiht Fehlstriche, ja verherrlicht sie; er eilt sozusagen der Hand voraus und findet die Kontur von selbst. Der friedlich weitergefütterte Elefant füllt das Blatt im Nu und macht ihm, findet Ulrich, keine Unehre. Sogar das Schlenkern des Hinterteils ist durch eine gewisse Nervosität des Strichs eingefangen, und über diesen Hintern richtet sich das Tier zu plattohriger Höhe auf; es hat übrigens schlankere Beine, als man aus dem Gedächtnis annehmen möchte. Ulrich beschließt, noch einige Skizzen nachzuliefern; zuvor bringt er aber, warum nicht, noch die menschliche Figur ins Bild. Der bettelnde Rüssel fordert das Gegengewicht heraus, es ist auch noch eine Ecke unter dem Rüssel frei – ein Gruppenbild, warum nicht, auf einen Elefanten kann man immer zurückkommen, er läßt einem Zeit.

Ulrichs Stift umfliegt die Figur des ausdauernden Fütterers, eines noch jungen Mannes; er freut sich seiner Routine, die Person springt förmlich aufs Blatt und hat gleich die gekonnte Schlankheit einer Vordergrundfigur auf Architekturskizzen. Ulrich rührt nicht mehr daran; bloß das Haar will er noch einfärben, so schwarz wie drüben in Wirklichkeit, mit zwei Filzstrichen –

Ulrich läßt den Stift fallen und legt die Schreibmappe mit zitternden Händen auf den Boden. Dann steht er auf. Der Goldregen streift ihm übers Gesicht.

Das ist Andres.

Andres, sagt er, aber der andere kann es nicht hören. Dann steht er neben der Figur. Der Elefant ist jetzt sehr groß, aber Ulrich sieht ihn nicht. Andres füttert den Elefanten weiter, den Ulrich nicht sieht.

»Wir sind gleich fertig«, sagt die Figur mit Andres' Stimme. Sie hat auch Andres' kleine Narbe über den Augen; die Haut sieht so aus, als wäre sie vor nicht langer Zeit braun gewesen. Sogar die Hose erkennt Ulrich wieder, die vertragenen Jeans; sie sind nicht viel vertragener als vor einem Jahr, aber das Hemd ist neu, das heißt, es ist auch vertragen, aber Ulrich kennt es nicht. Unter dem Hemd trägt Andres ein schwarzes Leibchen mit Rollkragen.

Der Elefant schwenkt noch seinen Rüssel her, aber er findet keine Rübe mehr, denn Andres hat sich jetzt umgedreht. Ulrich stellt fest, daß er in Andres' Augen schaut.

»Grüß dich«, sagt Andres.

Ulrich blickt zu Boden. »Du lebst«, sagt er.

Andres grinst. Ulrich sieht es nicht, aber Andres muß ja wohl grinsen.

»Dann war ja alles Unsinn«, sagt Ulrich.

»Findest du?« sagt Andres, und jetzt kann Ulrich das Grinsen hören.

In der Volière schreit es, und der Elefant tritt ab. Sie schweigen eine Weile. Vielleicht ist jetzt Andres auch etwas verlegen. Er sagt:

»Ich finde es richtig, daß du den Elefanten gezeichnet hast. Er ist groß und dankbar, er frißt selbst Karotten.«

»Seit wann bist du hier?«

»Seit heute morgen.«

»Und da bist du erst in den Zoo gegangen.«

»Wer dachte denn, daß ich hier schon jemanden treffen würde.«

»Wen hast du gesehen?«

»Müller, und Blatter, glaube ich, und noch einen, den ich nicht kannte.«

»Meyer, ein Neuer. Er sitzt auf deinem Platz. Die haben dich alle schon gesehen.«

»Keine Spur. Sie sahen zwar manchmal vom Blatt auf und an die Stelle, wo ich stand. Aber weiß der Himmel, was sie da sahen. Mich nicht. Sie blickten durch mich hindurch, aber sie sahen mich nicht. Es war ein eigenartiges Gefühl.«

»Ich habe dich zu zeichnen angefangen, und da habe ich es gemerkt.«

»Zeig«, sagt Andres und geht zum Hocker hinüber. Vor der Zeichnung, die am Boden liegt, kauert er nieder. Er ist nicht schlanker geworden, bloß magerer; die Arbeit seines Gesichts ist deutlicher, aber mit seinen Augen kennt man sich weniger aus. Er steht lächelnd auf.

»Der Elefant ist gut«, sagt er.

»Weißt du nicht, daß du tot bist, Andres?«

»So tot, daß ihr freibekommen habt und der Dr. Hämmerli eine schwarze Krawatte trug?«

»Ja«, sagt Ulrich.

»Das ist ja aufregend«, sagt Andres vergnügt, »das will ich alles wissen.«

»Weißt du nicht, daß du von der Salgina-Brücke gefallen bist?«

»Daran bewahre ich eine Art Erinnerung. Von Maillard? Es ist so lange her.«

»Wir waren in der ›Casa Nair‹, und dann mieteten wir zusammen ein Fahrrad, und dann ließest du es auf der Straße liegen.«

»Und ich habe dir noch immer nicht für die Brötchen gedankt. Ich habe eine lange Zeit nichts Besseres gehabt.«

»Ja, es ist fast ein Jahr her. Hast du Raoul schon gesehen?«

»Hier? Ist Raoul hier im Zoo und zeichnet?«

»Affen«, sagt Ulrich. »Er ist wegen Totschlags verurteilt worden.«

»An wem?«

»An dir.«

Andres läßt sich wieder auf die Knie nieder, packt mit den Händen das Feldstühlchen und läßt den Kopf darauf rollen; seine Schultern zucken; als er den Kopf hebt, stehen seine Augen voll Wasser. »Der Lecker«, sagt er im Knien. »Oh, der Lecker.«

»Da kommt er«, sagt Ulrich.

Andres späht über seine Hände. »Er ist älter geworden«, sagt er »er geht ja wie ein alter Mann.«

Raoul kommt über den Weg; er grüßt rechts einen Kranich, trägt Mappe und Stühlchen und ist seiner Sache sicher. Vielleicht eilt es ein wenig; er blickt an Mappe und Stühlchen vorbei auf die Uhr. Die Zwischenstunde wird knapp, und er geht schneller. So kommt er schneller an Andres und Ulrich heran; noch deckt sie der Goldregenbusch, aber dann sieht er sie. Er bleibt nicht einfach stehen, er fängt noch einen Schritt an, aber den Schritt macht er nicht fertig. Er macht Augen. Er macht größere Augen. Aber er läßt weder Mappe noch Stühlchen fallen.

»Nein«, sagt er.

Andres erhebt sich und streift die Hände an der Hose ab.

»Doch, doch«, sagt er.

Raoul steht immer noch da; er muß den Eindruck haben, daß Andres immer noch dasteht. Raoul schwitzt, und dann bricht es ihm aus den Augen. Er weint nur mit dem Kopf; langsam, gedehnt, ihm selbst offenbar unverständlich, stößt das Weinen seinen Kopf aus der Fassung, nickt mit dem bloßen Kopf, während sein Hals nicht schluckt und sein Rumpf ruhig bleibt und sein Arm Mappe und Stühlchen immer noch hält.

Andres ist mit einem Schritt bei Raoul, preßt seine Schultern, nimmt sie in den Arm und reißt den ganzen stolpernden Raoul mit sich fort, zehn Schritte, dann muß er nachfassen, zwanzig Schritte, dann sind sie beim alten Affenhaus, für die gewöhnlichen, nicht für die Menschenaffen, und Andres schiebt Raoul vor sich hin und hinein.

Ulrich ist langsam gefolgt. Und als er das Affenhaus betritt –

Im Affenhaus ist die Hölle los. Andres hält Raoul wie ein Stück Holz im Arm und wiehert, und die Affen rasen die Gitter auf und ab, und Raouls Zitterfrost hat aufgehört, und Andres beugt sich mit Raoul über das Eisengeländer gegen die Affen, die dreistöckig an ihren Gittern reißen, und Andres heult vor Lachen, und die Affen heulen zurück, und die Mongoz-Makis gegenüber schnellen wie Bälle gegen alle Wände und miauen, ein Mohrenmakake schwingt an einem Arm an der Decke und keckert und dann am andern Arm, und eine altjüngferliche Rasse drängt zum Gitter und weitet nur die Augen, aber sie können es erschreckend, eine Meerkatze hämmert mit Fäusten gegen ihr Glas, und der große Pavian mißt seinen Käfig ab und nickt hundertmal hintereinander, und sein Weib hat das Maul geöffnet, aber es ist nicht sie, die schreit, es ist der untersetzte Drill, der seinen Käfig bespringt wie ein Tollhäusler und die Affenkinder an die Brüste ihrer Mütter scheucht und die Mütter an die Decke, und Andres kann nicht mehr, aber der Tollhäusler kann noch, auch wenn er jetzt auf dem Kopf steht und auch mit dem Schwanz rüttelt, und die Makis schnellen haushoch, und der Pavian zeigt seinen farbigen Hintern und nickt fürchterlich, und Andres kann jetzt wieder, er dreht eine Pirouette mit Raoul im Arm und scheucht damit auch eine seit Monaten zur Lethargie entschlossene

Kolonie die Wände empor, wo sie mit vorwurfsvoll entzündeten Augen herunterglost, und die Meerkatzen freuen sich, und die Mohrenmakaken rasen, und Andres lacht nur noch, lacht und lacht und hat Tränen in den Augen, während der Schreck die Augen Raouls wieder getrocknet hat. Schließlich steht Raoul auf eigenen Füßen, Andres dreht sich nur noch einmal um seine Achse, die Affen warten noch ab, keckern noch warnend da- und dorther, die Vorwurfsvollen trauen dem Frieden noch nicht, die Affenkinder äugen noch bange, aber dann macht die Pavianin das Maul zu und holt sich den Mann heran, um den Wippenden zu lausen, was er sich nicht gleich gefallen läßt, aber als sie ihm mit weicher zögernder Hand unter den Hals fährt, lassen Wippen und Nicken nach, wer will nicht gern gelaust sein, selbst im Alarmzustand. Die Makis pendeln aus, die Melancholiker rotten sich wieder, schmiegen ihre Rücken aneinander zurecht und kramen die Hände hervor, die Mohrenmakaken nehmen ihre Plätze ein, nur die Meerkatzen bestehen auf ihrem Gespringe, aber denen hat es von Anfang an bloß Spaß gemacht.

»Gehen wir spazieren?« fragt Andres und trocknet sich die Augen mit dem Hemdärmel, »jetzt müssen wir unbedingt spazieren gehen.«

»Wir haben noch Stunde«, sagt Ulrich, »Biologie.«

»Es gab doch da früher einen Landgasthof in der Nähe, irgendwo hinter dem Wald?« sagt Andres. »Ich habe Hunger.«

»Und das Gewitter«, sagt Raoul.

»Und erst noch das Gewitter«, sagt Andres, »das wollen wir uns nicht entgehen lassen.«

Sie treten aus dem Affenhaus ins Freie und müssen gleich eine Pfütze überspringen. Das Gewitter hat soeben stattgefunden. Auf der Pfütze sprüht es noch etwas nach, sommerliche, halb schwebende Tropfen; sattere fallen aus dem Laub, das die Nässe hörbar verarbeitet, aber schon wieder Lichtstellen zeigt; es duftet, sogar der Goldlack erinnert sich an seinen alten Atem. Böen, die verspätetes Wasser mitführen, prasseln ins Laub und täuschen nochmals Regen vor, wehen übrigens auch Raubtierschärfe heran, Spuren warmen Mistes, Witterung dampfender Felle, aber gegen die Horizonte grollt es ab, zuckt nicht mehr sichtbar in den hellen Tag; das Wetter wandert Schwamendingen zu, der See blendet stärker als üblich, das ist alles.

»Darum waren die Tiere so unruhig«, sagt Andres. Ibisse, Sekretäre und Schuhschnäbel, die es getroffen hat, rütteln sich und ziehen lange Federn einzeln durch die Schnäbel, bewegen sich in der Sonne und lassen das nasse Gras um ihre Füße saften. Der Goldregen hat Blüten und sogar Zweige gelassen, aber was oben blieb, glänzt ein wenig.

»Aber die Mappen«, sagt Ulrich.

»Deponiert ihr beim Kiosk«, entscheidet Andres.

Sie schlendern zum Kiosk hinüber und tauschen die Zeichenmappen gegen drei Beutel Erdnüsse. Sie begegnen keinem Kameraden mehr; die sind schon der Tramstation zugewandert, um ihre Biologiestunde nicht zu versäumen. Hinter dem Raubvogelhaus überklettern sie das Gehege und schlendern unter die triefenden Bäume, ohne feste Ordnung, aber doch etwa so: Andres in der Mitte, Raoul links und Ulrich rechts. Meist behalten sie die Hände in den Taschen oder knacken mürbe Erdnußhülsen zwischen den Zähnen.

»Was für ein Wald«, sagt Ulrich, »man könnte geradezu einem Reh begegnen.«

»Wozu, nach dem Zoo«, meint Andres.

Wo der Wald aufhört, würden andere Leute stillhalten, denn es gibt etwas zu sehen. Die drei fressen bloß ihre Nüsse weiter. Unten liegt der Greifensee; seine Fischform ist zu erkennen, ebenfalls der Kiesel des Schlößchens Greifensee, der seinen winzigen Schliff in der Mittagssonne spiegelt. Das Land senkt sich mit seiner Dreifelderwirtschaft von Wiesen, flirrendem jungem Getreide und gelbem Raps vor ihre Füße; immer wieder schiebt sich ein Waldriegel quer, aus dem es raucht; die Dächer der Siedlungen und Einzelgehöfte treten erfrischt aus der grünen Fracht.

»Immer noch keine Hochhäuser«, bemerkt Andres, während sie nicht innehalten, aber auch nicht wegblicken; manchmal sehen sie rasch auf Andres; er wirft Erdnußhülsen in den Straßengraben. Einmal sagt er:

»Ihr habt es zu grün hier.«

Möglicherweise sagt er es zu den Kühen, die schwermütig die Köpfe nach ihnen drehen und diese unerschütterlichen Augen haben.

»Seht, wie sie schmachten«, sagt er, »sie sind die schönsten Kühe der Welt, man kann es beweisen, aber sie geben zu wenig Milch.«

»Dort drüben liegt Deutschland«, sagt Raoul. Dazu ist nichts zu bemerken.

Je weiter sie in das Land hinauskommen, desto mehr verliert es Tiefe und rückt auf den Leib; die Häuser, an denen sie vorbeikommen, stehen gleich unter dem Himmel. Manchmal sind es noch Bauernhöfe, die Vorgärten duften nach Phlox und ausgeruhtem Holz; einmal ist es eine Sägerei, und sie hören das schrille Aufweinen, spüren beinahe die Hitze des gezähnten Blattes, wenn es mit dem Holz fertiggeworden ist. Traktoren schüttern im Stehen und würden ihre Gespräche unterbrechen, wenn sie Gespräche führten. Hühner punktieren eine Halde mit frisch gemähtem Gras; jedes einzelne Huhn beschäftigt die Augen eine Weile, bis es von einem wachsam kollernden Hahn zurückgetrieben wird. Das Gras duftet immer noch, und manchmal ist es eine Linde. Sie gehen, die Nüsse sind alle, die Zunge tastet nach den Resten; sie riechen braun aus dem Mund. Sie hören hinter Hügeln von Salbei und Skabiose die Türme einander den Mittagsschlag weiterreichen, und bald taucht ein einzelnes Dach auf mit einer Fensterzeile, einer Anschrift und Spuren von Suppenküche schon auf dem kochenden Vorplatz. Ein paar Kastanien plustern sich und haben einen weißen Zaun um sich laufen, der sie kaum faßt; im schweren unbeweglichen Schatten sind Stühle und Tische zu erraten. Ulrich steuert darauf zu.

»Drinnen«, bittet Andres, »ich möchte in einem geschlossenen Raum essen.«

Einen Augenblick stehen sie still, dann ziehen sie sich, einer hinter dem andern, am Geländer die Sandsteintreppe empor.

6

Es ist sofort erleichternd, drinnen zu sein; einen Augenblick verstärkt die helle Dämmerung den Druck über den Augen, aber dann erholen sie sich, und man kann einander ansehen. Ulrich ertappt sich dabei, wie er festliche Dinge mit dem Bauerngasthof verbindet, eine ländliche Verlobung oder eine Hochzeit; gleich tritt die Braut mit vielen Kindern und Blumen durch die Tür. Der Raum hat eine unebene Decke aus mürben gelben Holzkassetten und ist leer bis auf eine Gruppe Arbeiter am Fenster, die von der Baustelle herüber gekommen sind. Der Suppengeruch ist stärker. Sie setzen sich in den halbhellen Winkel unter die Garderobe; Mäntel sind keine mehr zu befürchten. Raoul nimmt den »Glattaler« vom Haken und studiert die Anzeigenseite.

Er blickt von der Zeitung auf.

»Ich muß rasch anrufen, daß ich nicht komme«, sagt er.

Auch Ulrich telefoniert; Mama klingt schön und besorgt wie immer.

»Was darf es sein«, fragt die Kellnerin.

Es darf Gesottenes sein. Die Stube riecht nach Samstag, dann der Mund, und viele Fasern setzen sich zwischen den Zähnen fest; das zweite Bier trinken sie mit kleinen Schlucken.

»Ob ich wieder in so ein kantonales Gymnasium komme?« fragt Andres.

»Erst kommst du vor Gericht«, sagt Ulrich gemütlich.

Andres bestellt Kaffee; dann ruft er das Mädchen zurück und bestellt noch einen Kirsch dazu.

»Wo ist jetzt dein Duell?« fragt Ulrich.

»Und wo ist dein Mord?« fragt Raoul.

»Nicht einmal ein Mörder bist du«, sagt Ulrich.

»Und du nicht einmal ein Detektiv«, sagt Raoul.

»Doch«, behauptet Ulrich und schlägt auf den Tisch.

»Aber ich bin vorbestraft«, sagt Raoul und schlägt auch auf den Tisch.

»Erschlichen«, sagt Ulrich, »und auch damit ist es jetzt aus, wo Andres wieder da ist. Du wirst rehabilitiert und hast das Nachsehen. Schluß mit dem Holzhauergeschäft im Tößtal.«

»Haut nicht so auf den Tisch«, sagt Andres, »es ist gutes Geschirr.«

Er zieht ein Paket Gauloises aus der Tasche und bietet sie an; Raoul nimmt, aber Ulrich schüttelt den Kopf.

»Immer noch nicht?« fragt Andres.

»Original französische«, sagt Ulrich.

»Guter Detektiv«, lächelt Andres und zieht Feuer in die Zigarettenspitze. »Erzähl.«

Ulrich erzählt. Andres paßt auf und nickt an verschiedenen Stellen. »Gut«, sagt er, »sehr gut.« Er unterbricht selten. Einmal sagt er:

»Nein, Ulrich. Den Umschlag habe ich noch selbst aufgemacht.«

»Du?!« fragt Ulrich. »Das ist nicht möglich. Du kannst ihn vor der Schulreise nicht mehr erhalten haben.«

»Doch. Ich ging noch auf der Post vorbei. Dort gab mir Leo Hämmerlis Sendung. Du siehst, meine proletarischen Verbindungen haben mich gerettet«, sagt er spöttisch.

»Also du hast die Gedichte gelesen«, sagt Ulrich erregt, »du hast den Austausch der Gedichte bemerkt.«

»Ich habe mir gleich meinen Vers gemacht«, grinst Andres. »Ich habe gedacht: du willst mich verschwinden lassen? Das ist ja die Gelegenheit, die ich gesucht habe. Dann verschwinde ich.«

»Dann hast du an jenem Abend den Sack gepackt?« sagt Ulrich.

»Jetzt möchtest du wohl wissen, was drin war«, lächelt Andres.

»Und dann hast du mir noch telefoniert«, sagt Ulrich ergriffen.

»Nachdem ich Hämmerli angerufen hatte.«

»Du hast Hämmerli angerufen?«

»Ich wollte wissen, wie er tönt. Ich wollte noch einmal die Stimme meines Klassenlehrers hören, bevor er mich in die Schlucht warf.«

»Und dann hast du gesagt, daß du Hunger hast.«

»Das ist lange her«, entscheidet Andres. »Ich habe keinen Hunger mehr.«

»Weißt du noch«, fragt Ulrich, »wie du zurückranntest, in Trostau, weil du den Sack oben vergessen hattest? Du legtest das Rad mitten auf die Straße.«

Sie sehen auf den Tisch; auf dem Tisch ist aber nichts, als einige noch kaum berührte Kaffeetassen.

»Du kamst bös dazwischen, Raoul«, sagt Andres und trinkt endlich einen Schluck. »Du warst um zehn Uhr bei der Brücke. Oder etwa nicht?«

Raoul blickte ihn mit weit offenen Augen an.

»Ich sagte dir, du solltest dich im Gebüsch verstecken. Hast du es getan?«

Raoul richtet sich auf und wird rot. »Sonst säße ich vielleicht nicht hier«, sagt er.

»Siehst du«, sagt Andres, »das habe ich mir doch gedacht.«

Jetzt wird Raoul verwegen. Er fragt: »Warum hast du mich nicht gewarnt? Warum hast du mich an die Brücke gehen lassen?«

Andres besinnt sich ein bißchen. »Ich wollte einen Zeugen«, sagt er dann. »Ich war sicher, daß dir nichts passieren würde.«

»Ich war nicht so sicher«, flüstert Raoul, »verdammt nochmal, ich war nicht so sicher.«

»Du wolltest dein Risiko haben«, sagt Andres. »Und du hast ja dann ganz üppig davon gelebt, wie ich höre.«

»Ich dachte, du seiest tot«, sagt Raoul.

»Hätte ja gut sein können«, sagt Andres. »Als ich da vor zehn auf die Brücke losfuhr, die von oben so still aussah, so verdammt still, da wußte ich auch nicht, wie es gehen würde.« Er bläst die Backen auf.

»Warum bist du überhaupt zur Brücke gefahren?« fragt Ulrich. »Warum hast du dich nicht gleich über die Berge verdrückt?«

»Ja, warum schon wieder?« grinst Andres. »Ich wollte es wohl elegant machen. Ich dachte mir: da unten stehen gleich zwei Leute, die keinen andern Wunsch haben, als dich in die Schlucht zu werfen. Beide setzen dabei ihre Karriere aufs Spiel. Denen mußt du doch etwas bieten. Was ist das Schlimmste, was ihnen passieren kann, nachdem sie sich in solche Unkosten gestürzt haben? Daß ihnen ihre Tat erspart bleibt. Ich fiel von selbst hinunter.«

Andres mustert Raoul. »Ich habe dich unterschätzt, du Schuft. Du hast aus jener Nacht noch mehr gemacht als ich. Hat es Esther sehr beeindruckt?«

Raoul schüttelt den Kopf.

»Esther muß ja auch Weil heiraten«, sagt Andres. »Trotzdem. Ganz große Geschichte. Schade, daß sie jetzt auffliegt und ich dich entlasten muß. Oder«, sagt er, und es könnte ihm ernst sein, »oder sollte ich mich gleich wieder verdrücken? Es ist so schade um unser Duell, Raoul. Ich bin dafür, daß es stattgefunden hat.«

»Nein«, sagt Raoul, »bleib hier, geh nicht mehr weg.«

Sie spielen mit den Tassenhenkeln; als sie sehen, daß alle das gleiche tun, hören sie auf, aber leider wieder gleichzeitig.

»Ihr vergeßt«, sagt Andres laut, »ich habe mit meiner Tante gegessen. Ich war drei, in Worten: drei Stunden bei meiner Tante zu Besuch. Du hast meine Tante kennengelernt, Ulrich.«

»Fulminant«, sagt Ulrich.

»Du verstehst, daß ich danach eine Talfahrt nötig hatte«, lacht Andres, »je rasanter, je besser. Frische Bergluft auf die Visage.«

»Und dann hast du die Brücke von oben gesehen«, sagt Ulrich, »durch den Wald.«

»Sie schien verdammt leer«, sagt Andres, »und einen Augenblick, der Mensch ist schwach, hoffte ich, meine Nummer würde für die Katz sein.«

»Nein, er war da«, sagt Raoul. »Ich habe mich versteckt, aber erst als ich ihn kommen sah. Ich erkannte ihn nicht. Ich dachte, es sei ein Bergbauer. Und dann blieb er stehen, hinter dem Sockel am Brükkenende ... und dann hörte ich dich kommen.«

»Erzähl«, sagt Andres mit halb geschlossenen Augen.

»Ich sah dein Licht oben auf der Straße kommen und dachte: der fährt ja schnell. Und dann verschwand es in der Kurve. Und dann–«

Raoul schluckte.

»Das Licht funktionierte nicht«, sagt Andres, »aber das sind Einzelheiten.«

»Dann hörte ich es splittern, und dann einen gellenden Schrei, wie von einem Tier –«

»Ich hatte den Schrei geübt«, grinst Andres, »er sollte plötzlich abschnappen. Schnappte er?«

»Ja«, sagt Raoul.

»Theater«, sagt Andres, »aber beinahe wäre die Szene mit mir durchgegangen. Der Brocken, auf den ich sprang, nachdem ich mich vom Rad geworfen hatte, begann zu fahren. Beinahe wäre mein Schrei echt geworden.«

»Die Absturzstelle sah böse aus«, sagt Ulrich. Andres fragt:

»Ist das Rad sehr kaputt?«

»Etwas«, sagt Ulrich, »aber mach dir keine Sorgen. Der Garagist ist interviewt worden. Er ist auf seine Kosten gekommen.«

»Sag, Raoul«, grinst Andres, »was habt ihr getan, du und Hämmerli, in all der Zeit als ich vom Rad sprang und mich in die Büsche schlug?«

Raoul ist wieder rot geworden. »Hämmerli ging in Deckung«, sagt er, »als du schriest, rannte er ins Gebüsch. In mein Gebüsch. Er hockte drei Meter von mir entfernt. Ich konnte ihn atmen hören.«

»Du atmetest natürlich nicht?« fragt Andres.

»Wenig«, sagt Raoul, »wenig. Und als wir dich in die Schlucht fallen hörten, oder was wir für dich hielten, dieses Gepolter von Stufe zu Stufe und immer leiser und schließlich den Aufschlag im Wasser, da atmete er auch nicht mehr. Und dann hörte ich ihn wimmern.«

»Wimmern?« fragen Ulrich und Andres gleichzeitig.

»Und dann stand er auf und drückte sich aus dem Gebüsch und stolperte wie betrunken auf die Straße hinaus. Und da erkannte ich ihn. Er wimmerte immer noch.«

»Er übertreibt«, sagt Andres, zu Ulrich gewendet. »Bisher war seine Geschichte gut, aber jetzt gibt er an.«

»Und da hast du es riskiert, die Sache mit dem Duell aufzutischen«, murrt Ulrich. »Wo du einen Zeugen hattest.«

»Ich wußte, daß mein Zeuge nicht reden würde«, sagt Raoul stolz.

Andres schüttelt den Kopf. »Du mußt dichten, Raoul«, sagt er. »Gegen dich bin ich ja ein Waisenknabe.«

»Und du bist also über alle Berge«, sagt Ulrich mißtrauisch.

»Über einige.«

»Wohin?«

»Das, mein Lieber, hast du schon im Zoo nicht gefragt, obwohl es dir auf der Zunge lag; ich habe das sehr gebilligt.«

Ulrich ist unglücklich, genauer betrachtet, steigt die kalte Wut in ihm hoch.

»Und mich hast du zappeln und den Detektiv spielen lassen und hast die ganze Zeit gewußt, daß das zu nichts führt.«

Die Bedienerin, Saaltochter genannt, tritt an ihren Tisch.

»Zimmerstunde?« fragt Andres, da sie ihn am liebsten sieht, »dann wünsche ich, daß Sie heute besonders gut ruhen. Dieser Herr« – er deutet auf Ulrich – »kommt für die Kosten auf. Bringen Sie uns aber, bevor Sie uns verlassen, noch einen Kaffee!«

Ulrich zahlt, und Andres sagt zu ihm:

»Mein Lieber, woher sollte ich wissen, daß du den Detektiv spielst. Bedenke immerhin, wieviel Spaß du dabei gehabt hast. Schon allein die Abdankung – was gäbe ich drum, wenn ich dabei gewesen wäre! – und dann die Bestätigungen deines Scharfsinns, die vielen, vielen Erfolgserlebnisse! Oder ist das kein Erfolgserlebnis für einen Detektiv, wenn er zwar keinen Mörder erlegt, aber ein Opfer wieder beigebracht hat? Welchem Detektiv passiert das schon? Unter Hunderten kaum einem!«

»Ich habe dich nicht beigebracht«, sagt Ulrich bitter, »du bist von selbst gekommen.«

»Das ist auch unverzeihlich«, entgegnet Andres nicht ohne Förmlichkeit. »Aber ich habe euch schon einmal angeboten, zu gehen, damit eure Geschichten wieder stimmen.«

»Untersteh dich«, murrt Ulrich. »Und im übrigen habe ich durchaus einen Mörder zur Strecke gebracht.«

»Siehst du«, strahlt Andres, »das ist genau, was ich meine. Wenn es mit rechten Dingen zugegangen wäre, hättest du durchaus einen Mörder zur Strecke gebracht. Aber jetzt bin ich dran. Ich werde meine Strafe verbüßen.«

»Strafe?« fragt Raoul.

»Was glaubst du denn, was ich auf dem Kerbholz habe?« lächelt Andres. »Wenn es euch ernst ist, daß ich dableibe, so werde ich mich verantworten müssen. Ich habe die Rechtspflege irregeführt, indem ich es unterließ, mich bei ihr abzumelden. Ich habe ihr große Unkosten beschert. Ich erwarte nicht, daß sie das hinnimmt. Wieder leben, das heißt für mich: ertappt sein. Ich stelle mich lieber selbst. Was glaubt ihr, warum ich erst in den Zoo gegangen bin? Ich wollte nochmals einen Käfig von außen betrachten.«

»Vielleicht schicken sie dich auch zum Holzen«, grinst Raoul. Er ist nicht mehr so rot.

»Nicht einmal das bißchen Ruhe gönnt er mir«, grinst Andres zurück. »Nein, nein. Ich möchte jetzt etwas Unbedingtes. – Warst du auch in Kuba, Raoul?«

»Wie kommst du drauf?« fragt Raoul. Ulrich sieht eifersüchtig, daß Raoul wieder rot wird.

»Ich sehe deinen Bart«, sagt Andres.

»Im Gefängnis stehen lassen«, antwortet Raoul, und jetzt ist er auch noch verschämt.

»Und sie ließen dich?« schnödet Andres. »Schau an. Der fortschrittliche Strafvollzug. Mein autoritäres Klischee gerät ja ins Wanken.«

Ulrich rückt auf seinem Sitz. Er sagt: »Ich möchte wissen, warum Hämmerli meine Gedichte gestohlen hat.«

»Immer noch Detektiv?« fragt Andres. »Gut, laßt mich auch einmal. Das ist doch sonnenklar. Hämmerli hatte gar keine Wahl, nachdem Raoul seinen Totschlag gestanden hatte. Das verschaffte ihm das endgültige Alibi; genau so wie du sicher warst, Raoul, daß er deine Duelltheorie nicht desavouieren würde, konnte er sich auf deine Verschwiegenheit verlassen. Der einzige, dessen menschliches Bedürfnis nicht auf seine Kosten gekommen war, der warst du, Ulrich: du warst im Besitz meiner Manuskripte und damit einer Version, die Hämmerli jederzeit belasten konnte; er hatte gar keine Wahl, als dir diese Waffe aus der Hand zu schlagen.«

»Ausreichend, Platten«, sagt Ulrich. »Setzen.«

»Watson«, grinst Andres. »Watson, Ihr ganz ergebener Diener.« Raoul hat sich die Zeitung wieder gefischt.

»Ich möchte wissen: warum«, sagt Raoul mit gerunzelter Stirn.

»Warum was?« sagt Andres.

»Warum er dich hätte umbringen sollen«, sagt Raoul und hält sich an der Zeitung fest.

»Ich hatte einmal eine Theorie«, sagt Andres. »Aber damals war ich jünger. Ich möchte es auch gerne wissen. Gehen wir jetzt zu Hämmerli. An meinem letzten freien Tag möchte ich mit euch und Hämmerli Tee trinken.«

Ulrich schaut ihn entgeistert an. Andres steht auf.

»Wir sind unser drei«, lächelt er. »Oder mögt ihr keinen Tee?«

7

Raoul ist es, der auf den Knopf drückt, und Ulrich ist es, der auf die Uhr schaut.

»Halb fünf«, sagt er.

»Eine gute Zeit für Tee«, sagt Andres. Er lehnt im Türrahmen und hält einen Kuchen im Arm. »Oder möchtest du nochmals Kaffee? Ich finde, dreimal Kaffee, das ist zuviel an einem Tag. Das kann dem Herz nicht gut tun.«

»Er ist nicht zu Hause«, flüstert Raoul.

»Drück vielleicht nochmal«, sagt Andres.

Raoul hebt den Finger und zuckt wie gestochen zurück. Der Summer.

»Also, auf«, sagt Andres und lehnt gegen die Tür, so daß sie aufschwingt. Er läßt die andern vorgehen.

»Keine Umstände«, flüstert er, »benehmt euch nur wie zu Hause.«

Die andern gehen sehr langsam auf der steinernen Treppe; er muß sie wieder überholen. An den Wendeplätzen der Treppe zieht er sich an der freien Hand um die Kurve. Wenn oben einer steht und hinunterblickt, kann er diese Hand sehen; hören wird er wenig, denn die Treppe ächzt nicht wie eine hölzerne, und die Jungen reden nicht mehr. Die Trachtenbilder hangen immer noch an der Wand: je höher sie steigen, desto näher kommen sie den Urkantonen, desto wärmer wird es, desto schwerer und kälter fühlen sie sich.

Noch zweimal an einer Milchglastür vorbei, dann ist es die richtige. Ulrich fixiert das Pflanzenmuster in der Türfüllung; er kann es nicht festhalten, denn seine Füße tragen ihn höher, aber er dreht seinen Kopf danach um. In diesem Augenblick geschieht es. Ein paar tierische Sprünge über ihren Köpfen, ein federnder Ausfall, in den sich Knurren mischt, und dann ein schiefer, scharfer Schrei, mit dem das hohle Treppenecho spielt; die Explosion hat in ihren überspannten Nervenbäumen stattgefunden, ist sofort in ihre Fußkehlen gefahren, und sie lehnen sich an die Wand. Das regelmäßige Bellen erleichtert sie, macht die Drohung faßbar.

»Tarzan«, befiehlt eine nicht laute Stimme, »Fuß«.

Der Hund erwartet sie am Gipfel der Treppe; sie sehen seine flockig gewölbte Brust von unten und sehen, weil er jetzt hechelt, die schwarzen Rippen seines oberen Gaumens; die Zunge hängt halb, halb schleift sie schräg über die porzellanenen Stachel; sie steigen diesem Maul entgegen, geben sich jetzt Mühe, nicht langsam und eingeschüchtert zu gehen, gehen also unaufhaltsam; das Maul schließt sich manchmal kurz, unterbricht den Hechelrhythmus, der Hund reckt den Kopf flach dem Kopf Andres' entgegen.

»Ja, Tarzan«, sagt Andres, »ja, natürlich.«

Der Hund läßt ihn an seinem Maul vorbeigehen; er läßt sich sogar abdrängen, da die Treppe hier enger ist; auf knappstem Raum, mit Druck gegen Andres' Hüften, wendet er den Oberkörper und stößt die Schnauze gegen Andres' Lenden. Die andern sind jetzt auch oben, Andres hört ihre letzten gleichsam aufatmenden Treppenschritte hinter sich, er dreht sich nicht um. Die Tür vor ihm bleibt angelehnt, aber ungeöffnet; Andres wartet einen Augenblick, während Tarzan ihn rundum anschnuppert und sich dann an ihn drängt. In diesem Augenblick geht die Tür auf. Weder Andres noch die andern können sehen, wer sie geöffnet hat; der Luftzug war es nicht.

»Kommt herein«, sagt es halb neben, halb hinter der jetzt ganz geöffneten Tür, »ich habe euch kommen sehen.«

Sie haben nicht Zeit, daran zu denken, was es bedeutet, daß Dr. Hämmerli sie kommen sehen hat. Sie gehen wortlos an ihm vorbei. Sie können nicht erschrecken, er ist zu nahe; sie gehen dicht an seinem Körper vorbei durch den Gang zum offenen Wohnzimmer. Aber sie meinen zu sehen, daß es kleiner ist als gedacht, was da im Halbdunkel steht, ein wenig gebeugt wie ein Diener, und daß es ein sehr helles Hemd anhat und vielleicht eine schwarze Hose. Tarzan springt voran ins Offene, wo türkisblaue Polster leuchten, und sie folgen.

So sitzen sie um den Rauchtisch herum: Andres und Raoul im Sofa, Dr. Hämmerli und Ulrich in je einem Stuhl, zu den Füßen Dr. Hämmerlis hat sich der Hund gelegt, den Kopf auf einer Pfote, und rollt ein Auge empor, was angestrengt aussieht; manchmal hebt er den Oberkörper ganz und beginnt zögernd zu hecheln, dann streckt er sich wieder aus. Dr. Hämmerli hat nicht einmal die Beine übereinandergeschlagen. Er sitzt, als wäre er hier nicht besonders zu Hause, in seiner Sitzmaschine und hat die Hände auf die Knie gelegt. Sie zittern merklich; auch der Kopf würde vermutlich zittern, wenn man ihn fest und lange hintereinander ansähe. Aber sie heben den Blick selten höher als zum Hals, der faltig und leise vibrierend, wie durch die Resonanz einer Maschine, aus dem offenen Kragen steigt.

Andres schiebt Dr. Hämmerli den Kuchen zu; während er redet, bleibt er über den Glastisch gestützt; er redet laut, als wäre Dr. Hämmerli taub oder ein wenig blöd.

»Wir haben Ihnen englischen Fruchtkuchen gebracht. Sie hatten keinen andern.«

»Aha«, sagt Dr. Hämmerli, »aha, ja, besten Dank. Habt ihr sonst noch einen Wunsch?«

»Tee«, sagt Ulrich und hebt bloß die Augenlider.

»Meine Haushälterin ist nicht hier«, sagt Dr. Hämmerli, »sie hat mir gekündigt. Aber ich kann den Tee selbst bereiten, wenn es euch recht ist.«

Die drei bewegen sich nicht, während Dr. Hämmerli hinausgeht. Raoul fährt mit dem Finger über die Bücherleiste hinter ihm und hebt dann den Finger hoch. Er zeigt einen schwarzen Staubfleck. Die andern nicken.

»Ich möchte zusehen, wie er den Tee bereitet«, sagt Ulrich. Sie nicken wieder. Tarzan steht auf, schüttelt sich, dehnt die Hinterläufe und schleppt sich dabei drei Schritte gegen Andres. Andres droht ihm; Tarzan betrachtet ihn hell und aufmerksam. Dann legt er sich vor Andres nieder und paßt auf, daß er mit Andres' Fuß Fühlung hat. Er verschiebt sich auch nicht mehr, als Hämmerli mit dem Tee zurückkommt.

»Er soll noch etwas ziehen«, sagt Hämmerli und setzt sich wieder; aber sie schweigen die ganze Zeit.

»Sie könnten noch etwas für uns tun«, sagt Ulrich.

»Gern«, sagt Dr. Hämmerli und blickt auf den Boden.

»Wir haben heute morgen die Biologiestunde geschwänzt«, sagt Ulrich, »Sie werden verstehn: Andres ist gekommen.«

»Selbstverständlich«, beeilt sich Hämmerli zu sagen.

»Sie freuen sich doch auch, Herr Doktor«, sagt Ulrich. »Wenn ich bedenke: Sie wiesen uns doch immer wieder auf Andres hin, und wie sehr er Ihnen fehlte.«

»Sie werden lachen: er fehlte mir«, sagt Hämmerli zu Ulrich, als ob Andres gar nicht da wäre; und zum ersten Male spüren sie etwas Lebendiges in Hämmerlis Gesicht, auch wenn es verzogen ist, eine Spur vergangener Ironie.

»Dann ist ja alles bestens«, sagt Ulrich. Er betrachtet das Gesicht jetzt aufmerksam. Diesen zerrütteten, vollkommen überblickbaren Platz, nicht viel größer als eine offene Hand und ebenso gekerbt: unvorstellbar, was von diesem Gesicht ausgegangen sein soll. Es ist leicht, es zu betrachten; es wehrt sich nicht gegen den Blick, schaut immer noch nicht auf. Ulrich fragt sich trotzdem, was er sieht: etwas an dieser Figur ist nicht mehr dasselbe. Ist der Hals noch so sehnig, wie er war? Er ist fester geworden, fast prall, und wenn nicht alles täuscht, leicht gerötet. Auch das Gesicht; es ist leer geblieben, aber voller geworden.

»Der Tee ist jetzt wohl so weit«, sagt Dr. Hämmerli, zieht sich an den Stützen hoch und beginnt eine Tasse nach der andern zu füllen, sorgsam und etwas geknickt.

»Glauben Sie, daß wir diesen Tee trinken können?« fragt Ulrich.

»Verlassen Sie sich drauf«, sagt der Diener. Er schneidet noch den Kuchen; dann richtet er sich auf. Sein Gesicht hat sich entschieden verändert. Nicht nur der Hals, auch die Wangen sind dicklich geworden; um die Augen dagegen hat sich die Haut nicht gestrafft, sie wirken versunken, alt, blaß, wie diejenigen eines kranken Kahlgeiers; auch die Lider, die er oft niederschlägt, sind gerunzelt. Ulrich kommt es vor, als ob auch Hämmerlis Rumpf schwerer geworden sei, nicht schwerer: gedunsener; als ob er Hämmerlis Hemd knacken hörte. Und er sieht einen Augenblick Mühlhaupts erbarmungslos entblößte Figur vor sich, weiß gegen den Rechen schaukelnd, durch den breites Wasser zieht, ohne ihn mitzunehmen, das verschlossene und verwaschene Gesicht von immer noch fettem Haar überspült.

Der Tee bleibt eine Weile stehen. Dann ist Andres der erste, der die Tasse aufnimmt: er bläst einen schwachen Schleier Hitze weg und trinkt. Auch die andern nehmen die Tasse in die Hand.

»Der Tee ist gut«, sagt Raoul.

»Bitte, bedienen Sie sich«, sagt Hämmerli und deutet auf den Kuchen. Seine Finger zittern nicht mehr. Der Hund hebt die Nase und wittert. Andres drückt ihm einen Viertelskuchen ins Maul; der Hund frißt auffällig und schaut wieder auf. Aber Andres kümmert sich nicht mehr um ihn; da dreht er sich einmal um und legt sich wieder, aber ohne den Kontakt mit Andres zu verlieren.

»Wir waren im Zoo«, sagt Andres. Dr. Hämmerli nickt; er nickt beinahe dankbar. Dann kauen und trinken sie schweigend. Man hört jeden Laut der Gabeln und der Zungen.

»Ich rauche«, sagt Raoul und zieht eine Pfeife aus der Tasche. Dr. Hämmerli schiebt ihm sofort eine Glasschale voller Zigarettenpakkungen hin: Gauloises, Winston, Kool, Benson and Hedges ...

»Haben Sie keinen Pott mehr?« fragt Andres.

»Ich glaube«, sagt Dr. Hämmerli.

Er erhebt sich und holt eine Schachtel aus dem Schreibtisch, auf dem Hofmannsthals Werke aufgeschlagen sind. Er öffnet die Schachtel. Da liegen sie auf drei Etagen, keine wie die nächste, alle etwas verdreht, ein dürftiger Zigarettenkrüppel beim andern. Raoul deutet auf die Pfeife, die er gerade stopft; Ulrich schüttelt nur den Kopf.

»Also nur wir«, sagt Dr. Hämmerli. Er klaubt sich ein Stengelchen heraus, läßt die Papierkrone Feuer fangen und zieht den Rauch ein; während er seinen Atem in der Lunge festhält, reicht er den Stengel Andres hinüber. Andres nimmt einen Zug und reicht den Stengel zurück.

»Nichts weiter«, sagt Dr. Hämmerli mit gepreßter Stimme um keinen Rauch aus der Lunge zu lassen. Andres atmet aus und nickt kaum merklich. Der Hund zittert mit den Läufen im Schlaf.

»Herr Dr. Hämmerli«, sagt Ulrich jetzt, »darf ich repetieren?«

Dr. Hämmerli blickt ihn von unten an. Sein Gesicht ist jetzt voll wie ein Mond; auch die Tränensäcke haben sich gefüllt. »Bitte«, sagt er kurz.

Ulrich erzählt seine Geschichte, und was er von Dr. Hämmerli hält.

Dr. Hämmerli lächelt; sie lächeln alle.

»Wie gut Sie reden«, sagt Dr. Hämmerli.

»Man könnte stundenlang zuhören«, sagt Andres.

Raoul saugt seine Pfeife.

»Sie mögen mich also nicht besonders, Ulrich«, sagt Dr. Hämmerli. »Dann muß ich Sie etwas fragen: Was soll ich jetzt tun?«

»Nichts«, sagt Raoul.

»Nichts«, bekräftigt Andres. »Wir sind wirklich nur zum Tee gekommen. Darf ich?« Er zieht noch ein Stück Kuchen auf seinen Teller.

»Man wird erklären müssen, warum Sie wieder da sind«, sagt Hämmerli zu Andres, »wie wollen Sie das erklären?«

»Sehr einfach«, sagt Andres, »ich hatte Angst vor dem Duell mit Raoul. Ich hatte aber noch mehr Angst davor, mich zu drücken und vor Ihnen zu blamieren, denn Sie haben ja Kenntnis von unserem angeblichen Duell erhalten. So inszenierte ich den Coup an der Haarnadelkurve und traf damit zwei Fliegen auf einen Schlag: ich behielt mein Gesicht – denn einen tödlich Verunglückten wird man nicht feige nennen –, und ich gewann die Freiheit. Drückende häusliche Umstände, Abenteuerlust.«

»Und ich?« fragt Dr. Hämmerli.

»Sie kommen in der Geschichte nicht vor«, sagt Andres mit Bestimmtheit.

Dr. Hämmerli lächelt.

»Es wird ein Wiederaufnahmeverfahren geben«, sagt Andres. »Ich werde wohl eine zeitlang auf öffentliche Kosten erzogen werden müssen und später eine Klasse zurückversetzt werden, vorausgesetzt, Sie verwenden sich dafür, daß ich wieder an die Schule komme. Ich würde Sie eigentlich darum bitten. Vorausgesetzt, Sie können es mit Ihrem Gewissen verantworten. Ich habe den Wert einer guten Ausbildung schätzen gelernt. Raoul wird hoffentlich entlastet werden.«

»Ich lege keinerlei Wert darauf«, sagt Raoul.

Hämmerli sagt gar nichts, er blickt zum Fenster hinaus. Auf dem Baum plustert sich eine Amsel und beginnt dann mit großem Aufwand der kleinen Kehle zu flöten. Der Hund setzt sich auf die Keulen und gähnt. Er muß von einer Hündin geträumt haben. Er leckt sich mit Sorgfalt. Es ist friedlich. Dr. Hämmerli klaubt den Zigarettenrest auseinander und läßt den Inhalt in ein Schälchen rinnen.

»Ich glaube«, sagt Andres, »es wird Zeit, daß wir gehen. Haben Sie schönen Dank für den Tee.«

Aber Hämmerli hat sich schon erhoben. Er geht mitten zwischen ihnen hindurch zum Fenster und betrachtet, wenn die Einstellung seiner Augen stimmt, die Amsel. Er macht es ihnen schwer, ihm die Hand zu geben; sie versuchen es nicht.

»Adieu, Herr Doktor«, sagen sie.

Er dreht sich nicht um.

Der Hund galoppiert ihnen voran durch den Korridor, stellt sich an der Tür hoch und läßt, indem er zurückrutscht, die Klinke aufschnellen. Ganz langsam, unter dem Druck des Zugwindes im Korridor, schwingt die Tür auf.

»Gut, Tarzan«, lobt Andres, und während sie durch die offene Tür gehen, denkt Ulrich: wenn er schießen will, ist das der Moment. Raoul sieht sich noch einmal um, aber Dr. Hämmerli rührt sich nicht.

Tarzan läßt sich nicht in die Wohnung zurückschicken; er bleibt auf dem Treppenabsatz stehen und wedelt, offenbar erwartungsvoll. Aber sie können ihn nicht mitnehmen; sie können nun auch die Tür nicht schließen. Gemessen, Tritt um Tritt gehen sie von der offenen Tür weg, abwärts. Sie sind schon eine Etage tiefer, um die Ecke, da sagt hinter ihnen eine Stimme: »Andres.«

Sie blicken empor und sehen in ein Gesicht, das aus dieser Perspektive kaum zu erkennen ist: viel Hals, viel weiches Kinn, in dem sich der Mund nach unten krümmt und Dunkel in den Winkeln zeigt, und darüber geschrumpfte Andeutungen von Gefaser, Wimpern, ein Haarbüschel.

»Geh nicht«, flüstert Ulrich. »Wir gehen mit.«

Aber Andres hat Ulrichs Arm schon beiseite gedrückt und geht die Treppe hinauf: erstarrt sieht Ulrich, wie seine Turnschuhe Stufe um Stufe nehmen, wie auch sein Gesicht sich verkürzt.

»Wartet einen Moment«, sagt Andres von oben. Hämmerli läßt ihn vor sich in die Wohnung gehen und läßt immer noch die Tür offen. Er ist viel kleiner als Andres, denkt Ulrich. Aber er fühlt sich nicht erleichtert. Auch Raoul ist blaß.

»Er will es doch noch tun«, sagt Ulrich.

»Warte noch«, sagt Raoul, aber Ulrich hat gar nicht hinaufgehen wollen. Sie halten sich am Geländer fest. Sie hören nichts als das unruhige Getrappel des Hundes auf dem Parkett.

»Wir geben ihnen noch eine halbe Minute«, sagt Ulrich und hält sich fester am Geländer. Raoul blickt auf seine Uhr. Warum wohl der Hund so läuft...

»Jetzt«, sagt Ulrich. Die beiden schieben einander bergauf; sie stolpern, aber sie kommen vorwärts. Noch zwei Stufen, dann haben sie den Absatz erreicht, aber sie erreichen ihn nicht. Ein schartiger, ganz vernunftloser Schrei trifft sie wie ein Schlag und wirft sie an die Treppenwand, eine durchdringende Ohnmacht von einem Schrei, die plötzliche, wilde Hörbarkeit eines eingesessenen Schweigens, eine Verzweiflung nicht von gestern und heute, nicht von fünf oder zehn Jahren.

Raoul und Ulrich schämen sich nicht, daß sie sich aneinander festhalten. Der Schrei ist noch da, obwohl sie ihn nicht mehr hören. Ulrich rappelt sich auf, wie ein Boxer unter dem Gefuchtel des Schiedsrichters. Irgendwo, scheint ihm, werde gezählt; er hört die Zahlen nicht. Er will nur noch hinauf, er will nur noch, wovor er sich am meisten fürchtet.

Aber er braucht es nicht zu tun. Andres kommt schnell aus der Tür. Er dreht sich um und preßt die Tür ins Schloß. Er läßt sogar die Hand darauf liegen. Er atmet.

»Er hat dem Hund die Kehle durchgeschnitten«, sagt er. »Hat der

Hund geschrien?« fragt Raoul.

»Wer sonst?« sagt Andres.

Er packt die Fäuste in die Taschen und schlendert die Stufen hinunter, manchmal scharrt er mit einem Fuß.

Sie gehen Schritt um Schritt; die Verstörung hält sie zusammen, zugleich wehren sie sich dagegen; ein unwissender Beobachter hätte annehmen können, sie gingen in normalem Abstand. Höchstens treffen ihre Füße die Stufen nicht immer genau.

»Und jetzt?« fragt Raoul und deutet mit dem Kopf die Treppe hinauf. Sie sind aber schon unten an der Haustür.

»Weiß ich«, antwortet Andres, öffnet die Tür und atmet tief ein. Sie stehen noch eine Weile herum. Sie können nicht dableiben, aber was sollen sie anderswo? Schließlich setzen sie sich in Bewegung. Die Straße ist schmal und nicht befahren. Sie gehen in merkwürdigen Formationen, bald in der Straßenmitte, bald drängen sie sich auf dem zu schmalen Trottoir; manchmal geht einer allein auf einer Seite. Ulrich dreht sich einmal um. Dem obersten Stock ist nichts anzusehen, nur ein loser Fensterflügel, wahrscheinlich in der Küche, wird vom Wind hin- und hergestoßen und wirft manchmal einen Lichtreflex herüber; er schmerzt die Augen kaum, die Sonne ist schon tief.

Als sie das Haus nicht mehr sehen können, bleiben sie stehen. Sie stehen unter einem baumhohen Rhododendron, dessen flächige rosa Blüten stark verwittert sind.

»Und jetzt«, fragt Ulrich.

»Nach Hause«, sagt Andres.

»Willst du nicht lieber bei mir übernachten?« fragt Ulrich. »Diese eine Nacht ... wenn dich jetzt dein Vater sieht ... ich habe noch ein Zimmer frei.«

Andres lächelt. »Ich danke dir, Ulrich, aber es macht mir doch nichts mehr aus, bei diesen Leuten zu wohnen.«

Aber sie bleiben immer noch stehen.

»Morgen haben wir Deutsch«, sagt Raoul.

»Dann werdet ihr ja sehen«, sagt Andres.

Sie stehen immer noch unter dem Rhododendronbaum; von Zeit zu Zeit verliert er eine morsche Blüte; man hört es, wenn sie aufs Trottoir fällt.

»Moment«, sagt Andres. »Vergeßt dann nicht, eure Zeichnungsmappen im Zoo abzuholen.«

Und damit geht er.

Ulrich sieht ihn kleiner werden.

»Halt!« schreit er. »Andres!«

Andres dreht sich um. Mit ein paar Schritten ist Ulrich bei ihm. »Andres«, keucht er, »hast du gesagt, daß du mit Hämmerli telefoniert hast? Am Vorabend der Schulreise?«

»Willst du mich schon verhaften?« sagt Andres. Mit einem Schlag fegt er Ulrichs Hände weg, die unwillkürlich an Andres' Hemd Halt gesucht haben.

»Du Detektiv«, sagt er über die Schulter. Und geht endgültig. Als sich Ulrich umdreht, ist auch Raoul verschwunden.

8

Als Ulrichs Hand nach dem Hausschlüssel tastete, in der rechten Jackentasche, schon unbeherrschter in der linken, wütend vor Hilflosigkeit in den Hosentaschen, merkte er, daß er etwas verloren hatte. Nicht den Schlüssel, der ließ sich aus den Falten des Geldbeutels herausklauben, herauskratzen, eine tückisch ruhige Beute, der seine jagenden Finger schließlich beikamen; auch der stumpfsinnige Widerstand, den das Schloß leistete, war mit einem Ruck überwindbar, die Tür gab nach; nein, der Schlüssel war es nicht. Mama stand hinter der offenen Tür. Ihre Haltung verriet, daß sie gerade hatte helfen wollen.

»Mama«, sagte Ulrich. Er wußte gar nicht, daß er einen Vogel in der Stimme hatte. Jetzt konnte er von Mamas zart geneigter Wange keinen Gebrauch machen. Nur einen Augenblick Orangenblüte. Es war so viel los gewesen.

»Du bist ja außer Atem.«

»Quatsch«, sagte Ulrich. »Abend Mama.«

»Der Tee ist bereit, wenn du willst.«

»Gleich.«

Ulrich setzte sich in Gang. Die Treppe nahm seinen Schritt wieder an, die generöse Treppenleiter, die unmerklich in seine Höhe führte und deren hängende Stufen durchsichtig waren auf dem Gobelin dahinter. Er hing seit gestern hier und war von Lurçat. Das böse bunte Frühlingsfest von Sonne, Mond und Sternen, Fisch- und Krautzeug sank, während er stieg, blieb in der zart räumlichen Helle des Flures hängen, den eine Architekturzeitschrift gelobt hatte. Ulrich, auf Zweidrittelhöhe (es war genau die richtige Höhe, aber was konnte er dafür?), dreht sich um.

»Ja, Mama?«

»Hilfst du mir nachher?« fragte Mama und legte die Hände auf dem kurzen Kleid zusammen. »Es sind Vorschläge von der Bank gekommen, und Papa ist weg, bis übermorgen. Er läßt dich grüßen.«

»Sektor?« fragte Ulrich.

»Ein Kraftwerk, glaube ich«, sagte Mama mit einer Spur von Stolz. »Wasserkraft.«

»Überholt«, sagte Ulrich. »Wasser hat keine Zukunft.«

»Es ist aber die Südostschweizerische, für einen Stausee. Im Erchtal. Du weißt vielleicht... Der Naturschutz ist natürlich dagegen...«

»Aha«, sagte Ulrich und drehte sich um. »Das Erchtal. Da könnte man ja zeichnen.« Und hiemit stieg er weiter.

»Ich habe dir das Expreßpaket auf dein Pult gelegt«, sagte Mama.

Das Expreßpaket war von Andres Platten, Absender. Es enthielt ein zweites Paket, in Geschenkpapier gewickelt, in dem ein Kärtchen steckte. Das Kärtchen zeigte einen Osterhasen mit Pinsel, sein schartiges Grinsen aufpflanzend vor einem hasengroßen Osterei, das er eben fertig gemalt hatte: es zeigte denselben Osterhasen mit demselben schartigen Grinsen und von derselben unangenehmen Putzigkeit und so immer weiter bis ins Mikroskopische, bis zum Versagen des billigen Kunstdrucks. Ulrich öffnete das Kärtchen. Andres schrieb:

»Ulrich Gautschi, dem Verwalter meines Nachlasses,
vollständigkeitshalber A.«

Ulrich blätterte das Buntpapier auf. Ein Stoß Papiere erschien und fächerte beim leisesten Druck auseinander, wie Karten, mit denen noch kaum gespielt worden war, oder nur sehr reinlich. Es waren Andres' Gedichte: oben das maschinengeschriebene Bündel, darunter, ein wenig stärker abgestoßen, das handschriftliche. Irgendwo steckten, halb verdrückt, zwei Lesezeichen. Ulrichs Daumen zitterte weniger als der Zeigefinger; er hätte die Stelle auch ohne Lesezeichen gefunden. Er las, in Andres' Maschinenschrift:

Tarzan, unsere Reise war
unsere Reise hierher.
Wir wollen nicht mehr nach Ithaka.
Die Freier würden uns so müde machen, daß

wir Penelope nicht erkennen könnten, und Tarzan,
wozu
sollten wir sie erkennen, Penelope?
Die Frau strickt am falschen Teppich, und
den falschen trennt sie auf. Ihre Farben
sind unsere Farben nicht. Ithaka,
ewiges Entwicklungsland, jetzt
wollen wir stehen bleiben.
Kau deinen Lotus, Tarzan, manchmal
schmeckt er wie Fleisch, mir
treibt er etwas ins Aug, daß ich sehe:
Nichts. Türkisenes Nichts, aus dem
sich ihre Griechenländer erheben, Nichts aus Kobalt,
in dem sie verglimmen. Dies
ist die letzte Zeit, warm zu sein, Tarzan.
Gib deine Pfote, und jetzt:
Streck dich, Tarzan.

Bei »letzte Zeit« war »letzte« durchgestrichen; darüber hatte Andres mit seiner Schulschrift »jüngste« geflickt, dann »höchste«; dann waren, mit Grünstift, auch diese beiden wieder durchgestrichen, und Punkte unter »letzte« gesetzt, sorgloser werdende Punkte, die sich verliefen.

»Ja, ja«, sagte Ulrich laut. Er kannte das Gedicht bisher nur handschriftlich. Und es kostete keine Mühe, es als solches im untern Stoß aufzuschlagen, wo es ein paar zitternde Bleistiftspuren begleiteten, Ulrichs Spuren, Spuren einer phantastischen Entdeckung und eines großartigen Verdachts. Es gehörte zu den unterdrückten Gedichten, auf deren Unterdrückung Ulrich gereist war, auf einer harten Theorie und einem weichen Citroën, einem unzuverlässigen Mörder entgegen, der mit Bestimmtheit bloß einen Hund abgetan hatte, außer Andres log, außer Ulrichs Ohren hatten ihm einen Streich gespielt, außer es war alles nicht ganz richtig.

Ulrich prüfte unwillkürlich: hier hatte es noch »jüngste Zeit« geheißen. Er las das Gedicht, das übrigens »Dressur« überschrieben war, zum zweiten Mal, nicht mehr aufgeregt, mit dem leise gebrochenen Blick der Reife, den Augen eines wichtigen Mannes, der ab und zu ein Gedicht liest, weil Gedichte dazu gehören, weil es schön ist, daß es noch junge Menschen gibt, die an Gedichte glauben. Wie würde Papa es lesen? Er würde es spielerisch lesen, um es gelesen zu haben (wer es ernst nimmt, nimmt es nicht ernst genug); er würde sich überlegen, ob der Autor eine kleine Zuwendung verdiene. Andres, oder war es Mühlhaupt, oder Hämmerli, mit einem Wort: der Dichter war vielleicht nicht unbegabt. Das nächste Gedicht, »Mary Juana« betitelt, hatte etwas, was Neckisches, ein Gefühl für offene Stellen, die empfindliche Kargheit dessen, der es aufgegeben hat, Erklärungen zu fordern; aber dichten, dichten kann er noch: ein harmloser Mensch. Er konnte gelobt werden, vielleicht beim Autowaschen (Papa wusch den Citroën selbst: Kreislauf!) ließ sich mit ihm darüber reden, bald würde sich finden, daß er nur hatte reden wollen, im Grunde, und weiter nichts. Bloß Ulrich, der Idiot, der mittelgute Deutschschüler, war so humorlos gewesen, sich an den Wortlaut zu halten und nach einem Gedicht, oder der Differenz zwischen zwei Gedichten, zu handeln, und das einen Winter lang.

Ulrich sah das obere Erchtal deutlich vor sich: es bestand aus drei Kammern, und jede eignete sich zum Verschluß. Ein Stausee mit trockenen Rändern; wenn man bald damit anfing, konnte er sich noch vor dem Ausbruch der allgemeinen Atomenergie amortisieren. Milvers konnte man schonen, warum nicht, es war auch ein Stück Poesie. Mama, wir zeichnen.

Ulrich schloß die Gedichte und legte sie in die Schublade an den alten Platz. Jetzt, wo sie ihm gestohlen werden konnten, würden sie da bleiben. Nicht mehr nachträgerisch, fast mit Neugier musterte er die Albiskette vor dem Fenster, die lange Linie von zarter Unsicherheit. So waren sie, die Linien. Ulrich war zum letzten Mal der Dumme gewesen. In diesem Augenblick beschloß er, vielleicht Jurist zu werden.

9

Am nächsten Tag, an dem wieder keine Wolke am Himmel stand, hielt Dr. Hämmerli drei Deutschstunden, davon eine im 5h, in welcher er Ulrich, Raoul und andern Hugo von Hofmannsthal nahe brachte und das Motto verwendete: »Der du ein Märchen kamst und eine Wahrheit scheidest.« Schon um elf Uhr – der Unterricht beginnt unmenschlich früh – ging er ins Strandbad Tiefenbrunnen und streckte sich in einer Reihe bereits Liegender aus. Die Anlieger wechselten, die Sonne stieg unbarmherzig, die schönen prallen Geräusche des Wassers drangen nur aus einer gewissen Ferne herüber; er blieb, er blieb auch noch den Nachmittag; manchmal ging eine Gruppe seiner Schüler vorbei und zeigte diskret auf ihn. Er hatte seinen Kopf über die gekreuzten Arme gelegt und achtete nicht auf sie. Bremsen, später Fliegen setzten sich auf seinen Rücken, und er verjagte sie nicht. Nach sieben Uhr begann sich die Reihe, in der er lag, zu verdünnen; das Licht harrte aus, die Sonne hing noch beträchtlich über dem Uetliberg, und so blieb Dr. Hämmerli auch. Um acht Uhr, als er allein lag und die Sonne so gut wie keine Wirkung mehr entfaltete, es sei denn die ästhetische eines großen, einen schönen Morgen verheißenden Abendrots, rief der Bademeister den Einsamen durch zwei hohle Hände zum Verlassen des Bades auf, aber Dr. Hämmerli leistete keine Folge, er benahm sich, als hätte er nichts gehört. Der Bademeister tat zehn Schritte gegen den Liegenden und rief abermals, abermals ohne Erfolg; da konnte er sich den Weg nicht mehr sparen.

»Sie, he«, sagte er und berührte die Schulter des Badegastes, von der sich ein paar verspätete Fliegen erhoben. Unter der durch Hitzeeinwirkung rot geborstenen Schulterhaut fühlte der Bademeister Kälte; als er den Ellbogen anhob, mußte er der unerwarteten Hebelwirkung entnehmen, daß eine gewisse Starre bereits eingetreten war. Blasser als der Tote, tat er ein paar Schritte rückwärts und sah sich um; die Sonne machte endlich Miene, über der merkwürdigen, unserem Stadtbild eigentlich fremden Kuppel der Kirche Enge unterzugehen. Mit langen, gedehnten Schritten, einen noch längeren äffischen Schatten werfend, mit einer unfrei wirkenden Armhaltung und sozusagen den Atem anhaltend, schritt der Bademeister zu seinen Kabinen zurück, um die Polizei zu benachrichtigen. Als sie eintraf, hatte sie wenig Mühe mit Dr. Hämmerli. Der Polizeiarzt stellte einen Hitzschlag mit selten gewordenem tödlichem Ausgang fest; die Beamten hoben die Leiche mit ein paar Griffen an; sei es, daß die Sonne sie ausgetrocknet hatte, sei es, daß Dr. Hämmerli von Natur besonders leicht gebaut gewesen war: er ließ sich ohne Aufwand bewegen; die drei Beamten, die dafür zur Verfügung standen, waren eigentlich zuviel für ihn. Da selbst diese sein gedunsenes Gesicht ungern betrachteten, legten sie ihn auf die Bahre, wie sie ihn gefunden hatten, mit immer noch gespreizten Ellbogen und Händen, die Mund und Augen bedecken zu wollen schienen; an der Bahre waren nur noch zwei Männer notwendig. Und nachdem sie die Bahre auf einer dafür vorgesehenen Schiene in die Ambulanz eingeführt und festgestellt hatten, brauchte gar keiner bei ihr sitzen zu bleiben. Der Fond wirkte leer, als sich die Kavalkade, ohne Blaulicht zu betätigen und also unauffällig, beinahe undienstlich dem abendlichen Verkehr eingliederte. Er war in der Nähe der Oper besonders intensiv; man gab den »Rosenkavalier«. Die Beamten am Steuer zeigten keine Ungeduld.

10

Da es Sommer ist, eine einzige lange Hitzewelle lang, in der die Tage am Fleck schaukeln, mag es nochmals derselbe Tag sein, an dem Dr. Hämmerli draußen unter den Badenden lag – vielleicht schon für sich lag, abgerufen, ohne daß einer seiner flüchtigen und am Spieß der Sonne gedrehten Nachbarn einen Ton gehört hätte. Auch Andres und Mühlhaupt hörten nur ein vages Läuten vom Tiefenbrunnen herüber. Sie saßen fünfhundert Meter weiter unten am gleichen See, und er war lau; Andres hatte die Füße darin und den Kopf auf den Knien, Mühlhaupt kauerte auf einem höheren Stein, und sein fetter Haarpanzer war vom Baumschatten gescheckt. Er war bis zum Hals mit Leder verkleidet, das schwarz und getragen aussah; die vielen Taschen waren mit hellen Rändern nachgezeichnet. Die Bewegungen seiner Kiefer schoben ein Hölzchen zwischen seinen Zähnen hin und her. Er starrte, so weit man seine Augen zwischen breiten braunen Sonnengläsern ausmachen konnte, auf seine Füße; die waren einwärts gestellt und staken, trotz der Wärme, in hoch geschnürten Stiefelchen.

Das Zürichhorn ist eine Anlage. Es blühen darin zu verschiedenen Jahreszeiten Magnolien, Glyzinien, Flieder, Jasmin und Kerrien, die gefüllten gelb, die gewöhnlichen weiß. Zu Andres' und Mühlhaupts Zeit blühte noch die eine oder andere Linde, wenn der Duft nicht trog, der, einen Luftwechsel benützend, durch die Uferbüsche Illusionen eines ländlichen Landes herantrug. Meist aber kam die Luft – ein Wind war sie kaum zu nennen – vom See her und führte zarte Fäulnis mit, frisch zerfallenes Eiweiß, Helle, etwas Teer und Chlor. Auf dem Wasser lief ein ewiger Werbespot ab, für ein erfrischendes Mund- oder Mineralwasser; durch die ruhigen Segel bewegte sich plötzlich ein lebhafteres, streckte seine Zunge nach der ertappten und rasch flüchtigen Brise und ließ beim Wenden zwei Figuren sehen, die ihm, weit über die Kante gelehnt, ihr winziges stolzes Gegengewicht hielten und es an unsichtbaren Fäden aufrichteten; schon erlahmte es wieder. Die näheren Motorboote waren immer die schnelleren, dafür hatte man bei den entfernten das Gefühl, daß sie ein schöneres Ziel verfolgten. Sie federten mit ihren Polyesterschnauzen und hoben glitzernde Furchen aus, auf denen die Enten ritten, ohne ihr strenges eines Auge von Andres und Mühlhaupt abzuwenden.

Andres hob den Kopf nicht und dachte: die gute alte Zeit, und: wie gut, sie geht zu Ende.

»Also so war das bei Hämmerli«, sagte Mühlhaupt. »Den Hund. Für nichts und wieder nichts.«

»Das Tier wollte was von mir, das konnte er nicht mitansehen.«

»Ich sagte ja: für nichts und wieder nichts.«

»Wie lange hast du ihn eigentlich gekannt?«

»Jahre. Ungleichmäßig. Weißt du, wenn Leute wie ich einmal aus der Schule sind und nicht recht hinsehen, so kommen sie bald zu einer Vergangenheit.«

Nach einer Weile fragte Andres: »Du hast ihn nie erpreßt.«

Mühlhaupt drehte seine Stiefelfüßchen aus und ein. »Viel schlimmer. Er mußte eines Tages entdecken, daß wir in derselben Gruppe waren, du und ich. Es war ein Schock. Er hatte nie damit gerechnet, in meinen Kreisen einem seiner Schüler zu begegnen.«

»Und?«

»Stell dir vor, da gehst du hin und lädst ihn ein, bei uns zusprechen. In aller Unschuld, denn du wußtest ja nicht, diskret wie ich bin, daß es in seinem Leben einen gab wie mich.« Er hüstelte geziert. »Zähl mal auf drei: was muß er sich bei deiner Einladung gedacht haben?«

Andres schwieg.

»Eben«, sagte Mühlhaupt. »Daß *du* ihn erpressen wolltest, mein Schatz. Daß du seine Nase in der Schande reiben wolltest, die da heißt Mühlhaupt Alois.«

»Das tu ich aber nie.«

»Woher soll er das wissen? Denk, was du in seinen Augen für ein böses feines Kind warst.«

»So hätte er mich also doch umbringen können«, sagte Andres.

»Nein. Nie. Mich vielleicht. Oder sich. Aber doch nicht dich. Du glaubst nicht, wie er mich ins Gebet nahm. Ob ich Hund dir etwas von ihm gesagt habe? Ob ich Tier auch nur eine Andeutung habe fallen lassen? Das Tier hatte nicht daran gedacht. Aber es mußte schwören. Es war nicht leicht, etwas zu finden, was mir heilig war, und so schwor ich« – er kicherte – »bei meiner Mutter.«

»Das hast du mir noch nie erzählt.«

»Meine Mutter, siehst du, war nichts Besonderes«, sagte Mühlhaupt. »Ich habe es dir auch jetzt nicht erzählt. Stecks in die Pfeife und rauchs, aber behalt den Mund zu, es ist nur fürs Gefängnis.«

Andres blickte ins Wasser; da schaukelte ein Ölfleck heran. »Hätte Goethe gefreut«, sagte Mühlhaupt.

»Da war nämlich ein Unterschied, siehst du«, sagte Mühlhaupt. »Alois Mühlhaupt war ein Strichjunge, ein für die Notdurft gebautes Stück Außersihl. Es hatte seinen Preis, außerdem eine Art Ehre, und wenn man gnädig war, und damit es nicht so aussah, gab man manchmal noch ein Stück schöne Bildung zu. Man hatte eine Art Verhältnis gewonnen, siehst du, zwar nicht zu Alois Mühlhaupt, aber zu der Vollkommenheit der Niederlage, die er bedeutete. Aber Alois Mühlhaupt war ersetzbar, und wenn man ihn nicht ersetzte, so nur, weil man sich ein wenig vor ihm fürchtete und weil ein Wechsel immer Scherereien bringt. Stell dir immerhin vor, wie da ein Andres Platten im Vergleich aussah! Streng genommen gab es da keinen Vergleich. Andres Platten, ob du's glaubst oder nicht, war eine Lichtgestalt. Man klemmte die Lippen zusammen und rührte nicht dran. Hämmerli, ich weiß, es klingt nicht schön, hatte keinen Wunsch, als dich zu lassen, wie du warst.«

Andres war rot geworden.

»Warum er nicht zu unsern Meetings kam: er hätte es nicht überlebt, dich und mich nebeneinander zu sehen.«

»Er wird sich dran gewöhnen müssen.«

»Wozu«, sagte Mühlhaupt, »laß ihm doch seinen Kummer.«

»Nachher kam er«, kicherte Mühlhaupt in seine Lederbrust, »kam zweimal hintereinander, um, wie er betonte, von uns zu lernen. Als du tot warst, da fiel der Vergleich weg. Wir gaben dem freundlichen Mann zu verstehen, daß sein Niveau unsere Sitzungen wirkungslos mache. Da kam er nicht mehr. Aber was tut er? Bestellt mich wieder zu sich. Und spricht von dir, du holdes Gerücht. Oh, nicht gleich. Erst gibt es ein wenig politisches Hors d'œuvre, etwas Melancholie über den Lauf der Zeit, auch höfliches Interesse für mein neues Hemd. Aber dann bist du dran. Dann ist es Andres hinten und vorn. Was hätte Andres zu diesem Skandal gesagt, und zu dieser Neuerscheinung, und zu diesem frischen Hummersalat. Er las sogar Frantz Fanon deinetwegen, und Roger Garaudy. Während wir anfingen, Musik zu machen, bildete er sich zum Revolutionär aus. Als könntest du eines Tages wiederkommen und ihn abfragen. Du sauberer Gottessohn. Und was tust du die ganze Zeit? Hockst in der Bude dort und drehst die Daumen.«

»Wo sollte ich hin? Als sie die Kühe im Tal hatten, brauchten sie keinen Italiener mehr.«

»Und ich, ich hab nicht nur das Risiko, ich schäme mich auch noch beim Hämmerli für dich. Wo er jeden Tag eine schönere Leiche aus dir macht.«

»Du bist auf deine Kosten gekommen«, sagte Andres nach einer Weile. »Bringt der Mensch doch mir nichts dir nichts den Gautschi Ueli auf die Bude, und mitten in der Nacht.«

»Das war nur, damit du auch noch was hattest vom Klassenfest. Gib zu, es war aufregend.«

»Es war eng. Zwölf Stunden in der Rumpelkammer. Und zu mir kam keine Feuerwehr. *Ich* mußte über den Dachkennel ausziehen.«

»Das war die Idee«, sagte Mühlhaupt. »Wir waren noch nicht quitt. Erst der Schreck an der Brücke. Einfach abzustürzen, und dann nicht einmal das.«

»Woher sollte ich wissen, daß du den Brief geschrieben hattest und so ein guter Dichter warst.«

»Und dann der Schreck, wie du wieder da standest«, sagte Mühlhaupt höhnisch. Pause.

»Du wolltest es einfach wissen.«

Mühlhaupt nahm die Sonnenbrille ab. »Ja«, sagte er.

»Es war wichtiger als die Revolution.«

»Muß es gewesen sein.«

»Und jetzt weißt du's?«

»Ja«, sagte Mühlhaupt. »Du bist einer wie die andern.«

»Einverstanden«, sagte Andres.

Sie hörten das Gespräch eines Pärchens mit, das draußen Pedalo trabte. Es machte keine Pause; sie kannten sich noch nicht lange genug. Das Wasser trug den Ton.

»Lieb«, sagte Andres. Die beiden drehten den Kopf. Dann legte der Junge den Arm um die Schulter des Mädchens. Sie sahen zu.

»Die Natur«, sagte Mühlhaupt. »Da kommt Leo.«

Leo blieb vor den Büschen stehen. Er war im guten Anzug und kniff die Brauen im magern Gesicht zusammen, so hell war das Wasser. Dann hob er einen flachen Stein auf und schoß ihn aus dem Handgelenk. Der Stein hüpfte einmal, dann schlitterte er und schlug am Schwimmer des Pedalos auf.

»Arbeiten!« rief Leo. Der Junge im Boot dreht ihm eine Nase.

Dann begann er zu treten. Die Enten sammelten sich wieder.

»Du hättest einen Menschen treffen können«, sagte Mühlhaupt vorwurfsvoll.

Leo zerrte seine Arme aus der Jacke und legte sie sorgfältig auf einen größeren Stein. Dann zog er ein Butterbrotpaket aus der Tasche und setzte sich neben Andres ans Wasser.

»Ja, heute ist der Tag«, sagte Mühlhaupt nach einer Weile. »Iß schön langsam, Leo, und denk an die Hose.«

Leo legte sich zurück, fingerte nochmals in seiner Rocktasche, grub eine Orange hervor und ließ sie zu Mühlhaupt hinüberrollen.

»Aber so viel!« sagte Mühlhaupt. Er fischte ein Messer aus seiner ledernen Brust und begann zu schnitzen. Dann zog er einen Lappen nach dem andern herunter. Die Orange blätterte appetitlich auf, wie eine Blüte. »United Fruit«, sagte er liebevoll und schaukelte sie in der flachen Hand.

»Hast du schon gegessen, Andres?« fragte Leo im Kauen.

Andres hob den Kopf, weil es unbequem ist, mit dem Kopf auf den Knien zu lachen. »Zuckermelone und Corn Flakes«, sagte er. »Gegauf fütterte mich von Hand. Während mein Vater der Polizei telefonierte. Er wollte schon gestern, aber ich sagte: laßt mich noch einmal im eigenen Bett schlafen. Es war nicht nett von mir. Sie taten die ganze Nacht kein Auge zu.«

»Müssen gestaunt haben.«

»›Und jetzt lebt er, Herr Wachtmeister! Und jetzt lebt er!‹ Ich tröstete, so gut ich konnte. Was könnt ihr denn dafür, sagte ich.«

»Wie bist du weggekommen?«

»Durchs Badezimmer. Wir haben jetzt nämlich eins. Sie sahen nicht gern, daß ich dahin mußte. Vater stellte sich vor die Tür, auf alle Fälle. Aber ich spülte ganz laut und sprang aus dem Fenster. Warum haben sie es größer machen lassen.«

»Schön, dich nochmals zu sehen«, sagte Mühlhaupt. »Wir liefern ihn doch mit einer gesunden Farbe ab. Wenn ich dich daneben ansehe, Leo. Ich weiß nicht, du hast einfach so etwas Farbloses. Es muß von innen kommen.«

»Ich konnte nicht jeden Nachmittag hocken bleiben, wie ihr.«

»Wir hatten einen schönen Frühling«, sagte Mühlhaupt. »Ist es nicht wunderbar. Da ist man ein schwer toter Mann und liegt jeden Tag zwischen Kinderwagen und Liebespaaren am See, und jeden Tag kommt Polizei in die Nähe, und man macht die Augen zu, und die Polizei geht vorüber.«

»Heute nicht«, sagte Andres.

»Zu blöd«, sagte Mühlhaupt, »ich habe wieder Sitzung um eins. Ich hätte so gerne gesehen, wie sie dich verhaften.« Mühlhaupt saß zwei Mittage in der Woche im Kaufmännischen Verein einer Gruppe künstlerisch interessierter Bürolisten als Aktmodell.

»Anderseits«, sagte er, »werden sie erst alle Ausfallstraßen *blokkieren,* die Grenzübergänge *abriegeln* und Interpol *verständigen.*« Er gab den Verben administratives Gewicht. »Es kann Feierabend werden, bis sie aufs Zürichhorn kommen. Die Sittenpolizei ist deine einzige Chance.« Mühlhaupt lehnte sich auf einen Arm und steckte Andres den letzten Orangenschnitz in den Mund. »Wer weiß, wann du wieder frisches Obst siehst.«

Andres kaute, dann grub er sich die Kerne aus den Lippen und schnellte sie zwischen den Fingern aufs Wasser hinaus.

»Der Hämmerli«, sagte er. »Wie soll ich da in die Schule zurück.«

»Du willst in die Schule zurück?« fragte Leo.

»Auf alle Fälle.«

»Er will sich nämlich verbessern«, sagte Mühlhaupt.

»Ich will, daß die Schule verbessert wird.«

»Als Schüler?«

»Von den Schülern. Ich muß wieder Schüler werden.«

»Gewaltig«, sagte Leo.

»Leo«, sagte Andres, »weißt du, warum es vorher nicht ging? Weil wir es gleich gewaltig haben wollten.«

»Wir müssen ganz klein anfangen«, sagte Leo sauer.

»Noch kleiner«, sagte Andres. »Bei den guten Söhnen und Töchtern. Das sind heute die einzigen, die genug haben. Bei euch haben sie noch lange nicht genug.«

»Vielleicht leiht dir der Gautschi einmal seinen Citroën«, sagte Leo.

»Andres«, sagte Mühlhaupt, »red mit dem Mann hier. Er kann's nämlich einfach nicht vergessen.«

»Was?«

»Daß du ihn bei der Abdankung Gitarre spielen ließest. Das ging zu weit, du hättest uns eine Postkarte schreiben können.«

»Im Ernst«, sagte Leo.

»Im Ernst?« antwortete Andres, »Leo, was heißt im Ernst. Damit fangen wir doch erst jetzt an.«

»Viel Vergnügen«, sagte Leo. »Wir sprechen uns noch.«

»Sobald ich entlassen bin«, sagte Andres, »sprechen wir uns jeden Tag.«

»Amen«, sagte Mühlhaupt. »Jetzt muß ich aber.«

In diesem Augenblick strich eine Möwe vorbei, dann rutschte sie über einen Flügel ab, zog dicht übers Wasser und ließ sich, ohne die Flügel zu strecken, vom eigenen Schwung wieder in einen höheren Kreis treiben. Sie wackelte leise, als wäre sie am Himmel aufgehängt. Sie ließ auch etwas fallen.

»Schlecht gezielt«, sagte Leo.

»Nicht möglich«, sagte Andres. »Sie muß verirrt sein.«

»Eine Möwe macht noch keinen Winter«, sagte Mühlhaupt. Dazu erhob er sich. »Wo hast du eigentlich deine Bräune geholt, Andres? Es ist nur, wenn einer fragt. In welchem schönen Entwicklungsland? Kuba oder Afghanistan?«

»In einem dazwischen«, sagte Andres. »Ihr braucht nichts zu wissen. Überlaßt das Land mir.«

»Denkste«, sagte Leo.

»Gut«, sagte Andres.

»Dann bleib jetzt schön brav und geh nicht an den Wind«, sagte Mühlhaupt und begann an seinen Taschen zu klopfen. »Noch eine Frage. Du hattest Schiß, als du den Brief bekamst, das ist doch richtig? Du hattest die Schiß deines Lebens, damals bei der Brücke?«

»Damit sich die Fahrt für dich gelohnt hat«, sagte Andres. »Und was hast du getan, als du mich in die Schlucht fallen hörtest?«

»Was habe ich getan?«

»Gewimmert.«

»Gewimmert?«

»Aus bester Quelle.«

»Gewiehert«, sagte Mühlhaupt. »Dieser Raoul hat nur kein Ohr dafür. Da ist ja der Schlüssel.«

»Auch eine Frage, Alois«, sagte Andres. »Du hattest es nötig, mir die Schiß meines Lebens einzujagen?«

»Du drücktest auf den Haushalt, du Lichtgestalt«, sagte Mühlhaupt, »du solltest mal was erleben.«

Andres pfiff, ohne den Mund zu spitzen. »Alois«, sagte er. »Fahr langsam. Jetzt, wo sie uns haben, dürfen sie uns nicht erwischen. Jetzt sind sie dran, verstehst du. Jetzt werden sie es uns zeigen. Und wenn sie es uns fünf Jahre gezeigt haben ... dann werden sie merken, daß man uns nicht zeigen darf, was sie uns zeigen. Weil es nicht mehr zu zeigen ist. Wir tun ihnen nicht den Gefallen, sie aufzugeben.«

»Daß du mir nur nicht zu schnell reif wirst«, sagte Mühlhaupt. Dann lächelte er freundlich und pfiff die erste Zeile eines alten Schlagers, die auf Zürichdeutsch übersetzt lautet: Känschtu de Song vom Heiri Peschtalozzi.

»Genau«, sagte Andres.

»Dann darf ich mich jetzt endlich ausziehen«, sagte Mühlhaupt, und indem er sich umdrehte, schlug er zart mit den dicken Lederhüften aus, einmal links, einmal rechts. Bald darauf sprang hinter dem blühenden Busch das Motorrad an, jaulte ein paarmal im Stand und setzte seinen höllischen Lärm in Bewegung; kaum daß er abklang durch die Tiefe des Parks, ja, weit hinten fand er nochmals eine Frequenz, die das Ohr sirren machte. Leo und Andres konnten den scharfen, Gänge knackenden Spielzeugton noch hören, als der entfernte Verkehr ihn eingesponnen hatte: als meckerte ein Ziegenbock in undenklichem Galopp durch eine hohle Gasse nach der andern einem mörderischen, aber unhörbaren Zusammenstoß zu. Dann strömte, wie entzaubert, der luftige Lärm der Nähe wieder herbei, man hörte die Wellen schwätzen, humoristisch herausgerissene Fetzen aus dem Spaziergängergespräch und das gedehnte Gurren des Strandbades.

11

Und jetzt, was noch? Worauf warteten Andres und Leo, wenn nicht auf die Verhaftung? Worauf wollte es hinaus? Stand es am Himmel geschrieben? Der Himmel hing voller Mittagsstaub, was kochte er aus? Zwinkerte es einmal vom andern Ufer des Sees? Was stand plötzlich so still über dem Wasser, als hätte es sich grade gerührt? Was hielt den Atem an und war also wach? Was rieselte da, nicht lauter als ein Tropfen Schweiß auf der nassen Haut? Wohin war die Schwalbe geflogen, die keinen Winter machte und eine Möwe war?

Andres hatte sich zurückgelegt und die Augen geschlossen, vor denen, dem Druck der Lider gehorchend, berühmte Farben sich malten. Er atmete. Er brauchte nicht tiefer zu atmen, um es zu finden. Es fing nicht erst am Ende des Atems an, es kam ihm entgegen, während er es durchzog und sich damit sättigte, das knisternde Ozon, die Schadenfreude, hier zu sein, da. Es war draußen und drinnen; es war eine Leichtigkeit, die seine Augen dem

Licht unterlegten, ob er sie zu hatte oder offen. Jetzt wurde es satt, eine Farbe in der Nähe des Bernsteins und der frühen Kindheit, ein Schatten von Ferne, der sich hätte berühren lassen, aber er hob die Hand nicht dazu, die Hand lag so gut auf dem Kies.

»Andres«, sagte Leo leise, die Augen seitwärts gerichtet. »Paß auf.«

Andres richtete sich halb auf. Ein blaugrauer Fleck stand hinter dem Ahorn, der, seine Händchen bewegend, den Umriß eines Polizisten zu erkennen gab, jetzt ganz deutlich die Mütze mit dem Wäppchen, weniger deutlich das Gesicht.

»Vielleicht ist er einsam«, sagte Andres.

Der Polizist trat langsam zwischen den Blättern hervor. Er hatte ein sonnengebräuntes, straffes, aber nicht scharfes Gesicht, wenig Nase, weiche Wangen und einen kleinen Schnurrbart auf der Oberlippe. Er war kaum älter als Leo und Andres.

»Ihren Ausweis, bitte«, sagte der Polizist und stand in der Sonne.

»Das hört man gern«, sagte Leo.

»Leo«, sagte Andres in strafendem Ton und legte den Kopf auf die Knie, »er hat dich um eine Gefälligkeit gebeten. Er hat bitte gesagt. Vielleicht zeigt er uns nachher seinen.«

Andres reichte seinen Paß aus der Hintertasche. Der Polizist wartete, bis Leo mit dem Auskramen seiner Legitimationskarte fertig war. Er drehte sie einmal um und gab sie zurück.

»Siehst du«, sagte Andres. »Er meint es nicht böse.«

Dann blätterte der Polizist in Andres' Paß. Die erste Seite beschäftigte ihn lange. Die mittleren Seiten studierte er kürzer. Einmal drehte er das Dokument im Kreis, vielleicht, um einen Stempel zu entziffern, kam aber bald auf das Titelblatt zurück.

»Sie sind Andreas Platten«, sagte er.

»Das haben Sie fein herausgekriegt.«

Der junge Mann schlug die Augen zur Erde. Dann hob er sie wieder, eine Spur zu hoch. Dazu steckte er den Paß in seine Herztasche.

»Sie müssen ihm Sorge tragen«, sagte Andres. »Er ist mein einziger. «

»Kommen Sie mit«, sagte der junge Mann.

»Sind Sie sicher, daß wir den gleichen Weg haben?«

Der junge Mann musterte ihn finster.

»Vielleicht haben Sie Gründe«, sagte Andres ruhig. »Sie müssen mir's nur erklären. Am Anfang stört die Uniform, wissen Sie. Aber vielleicht können Sie gar nichts dafür. Es erwischt einen heutzutage so leicht.«

»Sie wissen genau, daß Sie gesucht werden.«

»Und jetzt haben Sie mich gefunden. Ist das nicht ein schöner Tag?«

»Andres«, sagte Leo halblaut. »Er heißt Louis. Er war drei Klassen über mir, im Hofacker. Er kam mir gleich bekannt vor.«

»Sag ihm das doch selbst«, sagte Andres.

Louis war nicht zu beneiden. Da stand er, hatte sich einen kleinen Schnurrbart wachsen lassen, war ein Polizist, vor sich zwei junge Männer, mit denen er vor nicht vielen Jahren Schneebälle geworfen hatte, und dahinter nichts als den See.

»Louis, wie noch?« fragte Andres.

Louis tat einen einzigen scharfen Schritt. »Los jetzt. Marsch.«

»Er kann nichts dafür, Leo«, sagte Andres, ohne auf den Schritt einzugehen. »Mein Vater hat mich angezeigt.«

Leo fischte das Wachspapierschiff wieder aus den Steinen und setzte es sich auf den Kopf. Vom Land her, Richtung Höschgasse, klingelte etwa zehn Mal hintereinander ein Tram, hart, hysterisch.

»Muß das eine Verkehrssituation sein«, sagte Andres und schüttelte den Kopf. »Da hätten Sie alle Hände voll zu tun, Louis.«

»Keine Geschichten jetzt«, sagte der junge Mann.

Er tat drei weitere Schritte, diesmal sehr rasch. Aber Andres war schon aufgesprungen und hinter einen Findling geschlüpft, den ein gedankenvoller Landschaftsgestalter auf diesem Fleck hatte absetzen lassen.

»Verleumdung, ist gar nicht wahr«, sagte er über den Findling und atmete, »ich will's auch ganz sicher nicht wieder tun. Nie wieder.« Der junge Polizist stand auf der andern Seite des Findlings und öffnete leicht und drohend die Arme. Es sah nach Krebsfang aus, oder nach jenen Jagden im Schulzimmer, bei denen man dem Verfolger ein Pult in den Weg schleudert. Andres war schnell und barfuß, und der Polizist hatte seine Montur. Aber Leo sah mit Besorgnis das kleine Etui am Gürtel.

»Louis«, warnte er leise. Er blieb sitzen; er wollte dem Polizisten nicht das Gefühl geben, eingekreist zu sein. Der junge Polizist drehte sich um. Sein Gesicht war blaß, und der eine Mundwinkel zuckte.

»Scheißer«, sagte er, »ihr blöden Scheißer. Bloß weil ihr studiert habt – «

»Andres, komm hervor«, sagte Leo.

Andres gehorchte und wischte sich die Hände an den Hosen ab. Jetzt war Leo doch aufgestanden. Jeder hätte den andern anfassen können. Es herrschte gerade kein Bootslärm; der Wind trug deutlich das vage, hohle Gurren des vollen Strandbades herüber, aus dem sich hie und da, dumpf und genau, ein einzelner Schrei löste. Draußen zog die Dampfschwalbe vorbei, oder die Dieselschwalbe, ein mit Winkern vollgepacktes Vergnügungsboot, das schwach rauschend sein bißchen Majestät durch das ganze Blickfeld führte. Andres winkte vorsichtig zurück. Die Welle kam durch Beete von Enten und machte die Schuhspitzen des Polizisten naß.

»Louis«, sagte Leo, »ich bin kein Student, ohne Kohl. Ich stifte bei der Post. Und Andres wird garantiert von der Schule geschmissen.«

»Wenn das kein Trost ist«, sagte Andres.

Der Polizist nahm die Mütze ab und fuhr sich mit der Hand durchs Haar. Nicht über die Stirn, obwohl die naß war, nur durchs Haar. Er hatte ähnliches Haar wie Leo, ebenfalls kraus und ein wenig dünn. Man sah die Form seines Kopfes. Dann setzte er die Mütze wieder auf.

»Können Sie nicht weitergehen und uns nicht gesehen haben?« fragte Andres und kratzte sich seinerseits am Kopf. »Wir haben Sie auch nicht gesehen. Ehrenwort.«

Nein, das ging nicht. Der junge Mann war in Uniform und damit verurteilt, Andres gesehen zu haben und auf dem Platze zu sein. Er konnte nicht wieder durch den Ahorn zurückkriechen, sich unter die Spaziergänger mischen und etwas anderes kontrollieren. Das würde ihm jede Diensthandlung seines Lebens vergiften. Aber durchgreifen, zupacken, gefänglich einziehen, das konnte er jetzt auch nicht mehr. Er war sich durchs Haar gefahren und konnte sich nicht mehr wie ein Organ benehmen. Andres, der nur noch da stand, wußte seinen Namen. Er konnte auch nicht Verstärkung anfordern oder um Hilfe rufen. Er war dazu verurteilt, das Komische seiner Lage zu sehen. Zugleich war sie heikel wie ein asiatischer Ehrenhandel. Er war der einzige, der hier ein Gesicht zu verlieren hatte, und eine Mütze. Er konnte sich nicht einmal mehr bloß hinsetzen.

Einen phantastischen Augenblick lang dachte Leo, er würde es doch tun. Die Phantasie machte einen Ruck und überschritt den Schatten einer Schwelle: dahinter saßen sie zu dritt, vielleicht in Badehosen oder nackt, an einem angenehm grünen Platz am Wasser, diesem etwa nachgebildet, nur ein wenig leerer, und unterhielten sich über vergangene Sommer wie diesen. Und im selben Augenblick sah er es kommen. Das Gegenteil, den Kurzschluß. Er kroch vom Nacken her über das gesenkte Gesicht des Polizisten, der sich Mühe gegeben hatte, nicht hinzusehen; jetzt konnte er nicht mehr. Es geschah mit Gewalt. Es rötete seine Ohren und machte sein Kinn zittern.

»Andres!« rief Leo.

Andres hatte es schon gesehen. Mit zwei Sprüngen war er im Wasser. Den dritten brauchte er nicht mehr zu tun: das Wasser trug. Es war klar genug, daß man Andres' Hosenbeine, die verkürzt wedelten, während der ersten kräftigen Stöße Blasen ansetzen und dann grau werden sah vor Nässe und das blaue Leibchen schwarz. Er legte sich halb auf den Rücken, breitete die Arme aus und pflügte sich vom Ufer weg. Er schüttelte den Kopf, schien davon schwindlig zu werden, tauchte unter; dann kam der Kopf, unkenntlich verhangen, wieder zum Vorschein.

Der junge Polizist stützte die Hände in die Hüften. Er hatte wieder eine Stellung. Er brauchte sich nicht mehr durchs Haar zu fahren. Andres hatte sich entfernt. Er war ein bewegliches Ziel geworden, dessen Unordentlichkeit in die Augen sprang. Der Polizist wippte. Leo wurde es ungemütlich. Wer wippt, dem ist auch zuzutrauen, daß er schießt.

»Es ist ganz warm! Sind Sie Stadtpolizei, Louis? Dann dürfen Sie nicht mit der Uniform ins Wasser! Das Wasser gehört der Kantonspolizei. Ziehen Sie die Uniform aus! Kommen Sie baden!«

Das Geschrei brachte Spaziergänger auf der Promenade zum Stillstand.

Sie sahen einen jungen Mann in voller Kleidung und darum nicht ganz mühelos im Wasser strudeln. Einige kletterten durch die Hecke und über Gestein auf die Kiesbank hinaus. Leo und der Polizist standen bald nicht mehr allein. Von der Seeseite näherte sich das eine oder andere Ruderboot; auch das Pedalo hatte jetzt wieder ein Ziel. Aber das Pärchen strampelte sich vorsichtig heran. Schließlich stand eine Uniform am Ufer.

Der Polizist (zu Leo, durch die Zähne): Sagen Sie ihm, er soll sofort hereinkommen.

Andres (aus dem Wasser): Sag ihm, Leo, er kann mit mir direkt verkehren.

Leo (nicht besonders laut, wegen der Leute): Deine Kleider werden zu schwer. Komm ans Land.

Andres: Das war es überhaupt. (Er beginnt, vorsichtig zappelnd, die Hose abzustreifen; es ist keine leichte Operation, das knappe Tuch spannt und klebt natürlich mehr als gewöhnlich, mehrere Male geht Andres unter Wasser. Schließlich taucht er auf, das graue Knäuel in der Hand. Die Bewegung des Wassers verspielt seine Beine zu elastischen Reflexen. Es stehen jetzt etwa ein halbes Dutzend Leute am Ufer, darunter, von ihrer kleinen Tochter bis ans Wasser gezerrt, eine noch jugendliche Mutter mit frisch gelegtem Haar. Andres, schreiend:)

Wo kann ich sie ablegen? Es ist wegen der Bügelfalte.

Der junge Polizist (äußerst geniert): Zum letzten Mal. Sie kommen jetzt an Land.

Andres (entrüstet): Ohne Hose? Was sollen da die vielen Leute von mir denken?

Es werden tatsächlich immer mehr Leute. Der Polizist ist jetzt über und über rot und verzweifelt. Er läßt sich zu einer Unklugheit hinreißen. »Zurücktreten!« zischt er, ohne jemand anzusehen. Ein bißchen läßt sich das Publikum kommandieren, schließlich ist er in Uniform, aber nicht weit. Der freie Raum, kaum drei Schritt, genügt nur, den jungen Polizisten so einsam erscheinen zu lassen, wie er ist, viel einsamer als Andres draußen im Wasser.

»Danke!« ruft Andres. Gleich darauf klatscht das graue Bündel genau in die Lücke auf dem Kies. Die junge Mutter, zwei Jünglinge mit Baderollen unter dem Arm und ein älterer Mann, der die Mühe nicht gescheut hat, kriegen trotzdem etwas ab. Dem kleinen Kind macht das natürlich nichts aus, es quietscht und möchte noch mehr Spritzer.

»Gut, daß der Paß nicht mehr drin war«, bellt Andres. »Jetzt ist mir wohler.«

Er schwimmt fast ohne etwas zu bewegen, wedelt nur schwach mit den Flossen, ein suhlender Seehund; das Wasser fächert das Haar in seinem Nacken auf. Das Pedalo ist nur noch zwei Längen entfernt.

»Der junge Schnuderbub«, sagt der Polizist. Der Ausdruck stößt beim Publikum, auch beim reiferen – es stehen schon zwei ältere Männer und ein Greis auf dem Kies –, erst auf zögernde Zeichen von Solidarität. Der Zischlaut hat sie erschreckt.

»Selber jung«, ruft Andres.

Das Publikum prüft den Einwand auf dem Gesicht des Polizisten nach und findet ihn triftig. Er ist noch nicht fünfundzwanzig, sagt die Gewellte zur Nachbarin, die sie inzwischen bekommen hat.

Was die Frauen miteinander verbindet, ist der Anblick von Andres' Schutzlosigkeit; seine Beine pendeln sanft wie helle Gewächse unter dem nassen Leibchen und lassen an kindliche Blöße denken, wie sie junge Mütter von der Säuglingspflege gewohnt sind, bloß: Andres ist kein Säugling.

Hier teilt sich die Szene, ohne für den Polizisten erträglicher zu werden. Das Pedalo hat sich an Andres herangemacht. »Wollen Sie einsteigen?« fragt das Mädchen. Der Junge nickt tapfer. Andres hält sich am Schwimmer fest. Er sagt: »Ihr sitzt zu zweit schon eng genug.« Der Junge: »Aber wir können dich abschleppen.« Andres: »Das laßt ihr lieber, denn der Mann dort will mich verhaften, und er darf das. Er ist ein richtiger Polizist.«

Unterdessen wird Louis, der Polizist, vom ältesten der mittlerweile vier älteren Herren behindert, der auf ihn zutritt, sozusagen den Kopf um die Ecke streckt und fragt: »Ist der dort ein Krimineller?«

»Er wird vermißt«, sagt der Polizist streng.

»Aber er ist doch da.«

Der Polizist blickt geradeaus.

»Aha«, sagt der ältere Herr und zieht den Kopf zurück.

»Leo«, schreit Andres, wieder klar vom Pedalo, »was ist mit der Post?«

Leo macht eine kurze Bewegung mit dem Arm, in dem er das Hosenknäuel hält. Wo er es an den Leib drückt, breitet sich ein nasser Fleck aus und macht ihm warm. Er schiebt mit dem Fuß den Papierhut weg, den er wieder abgelegt hat. Er schämt sich, wie der Polizist. Manchmal schielt er nach dem Brocken, auf dem sein Rock liegt. Ja, da liegt er noch. Höher gehen seine Augen nicht mehr. Als sie es doch einmal versuchen, stellen sie etwas Unangenehmes fest. Der junge Polizist zittert.

Leo hatte noch nicht weitergedacht, da war es schon geschehen. Gleichzeitig fuhren die Leute zurück wie unter einem plötzlichen Windstoß. Die Waffe in der Hand des Polizisten zuckte nochmals, und nochmals; es war, als schlenkerte er nur mit dem Handgelenk. Kein Lüftchen spielte mit den Detonationen; sie wurden verschluckt, ohne weg zu sein, blieben einen starren Augenblick lang im Ohr hängen, das nicht recht gehört haben wollte und doch mitgezählt hatte: sechs Schüsse. Jemand schrie in die Stille hinein; es konnte nicht Andres sein, denn Andres war verschwunden. Ein paar Dutzend Augenpaare bezeichneten die Stelle, wo sie ihn zuletzt gesehen hatten.

»Louis, du wirst Scherereien kriegen«, sagte Leo. Louis betrachtete die Pistole; sie räuchelte zart, er zitterte nicht mehr. Dann sicherte er sie und schob sie ins Etui zurück. Einer der älteren Herren machte auf den Blutfleck aufmerksam, der sich an einer bestimmten Stelle bildete, aber da sie schlecht zu beschreiben war, teilte niemand seinen Eindruck. Er wurde auch von der Blondine mit Kind darauf aufmerksam gemacht, daß Blut schwerer sei als Wasser. Sie hatte es irgendwo gelesen.

»Es waren Warnschüsse«, sagte ein junger Mann und wandte sich geschäftig zu seinen Nachbarn, als wäre er der Sprecher des Polizisten. »Das nächste Mal wird scharf geschossen.« Die Gruppe rückte wieder näher.

»Holen Sie ihn heraus! Holen Sie ihn jetzt wenigstens heraus!« jauchzte eine junge Büroangestellte und hob und senkte die Arme wie eine Turnerin; sie schien nicht anders zu können, es war ihre Erschütterung, die wie Jauchzen klang. Von draußen hüpfte, Schwaden aufwerfend und durchfräsend, ein besonders weißes Boot näher.

Aber da war Andres schon wieder. Blasenstürme, dann ein Haarschopf, der noch etwas auf dem Wasser liegenblieb; dann mußte Andres Luft schnappen. Kaum hatte er sie, rief er:

»Leo«, rief er, »es hat angefangen!« Holte Luft und war wieder weg. Das weiße Boot kam im Bogen heran. Es war ein schöner Bogen. Wer scharfe Augen hatte oder schon ein wenig weitsichtig war, konnte am Bug die Buchstaben lesen: Seepolizei. Aber auch die andern konnten schon kompetentes Weiß und Blau an Bord hantieren sehen. Es war auf drei Figuren verteilt. Sie brauchten keine Hand vor die Augen zu heben, obwohl das gut ausgesehen hätte. Sie hatten die Sonne im Rücken, und außerdem trugen sie dunkle Brillen.

»Haalt!« schrie Louis vom Ufer her. »Motor abstellen! Er ist unter Wasser!« Eine Bewegung ging durch die Menge – man durfte jetzt getrost von einer Menge sprechen. Kiesstrand und Gebüsch waren mit Zuschauern gepackt; einige Kinder hatten die Bäume erklettert. Es war, vom Wasser her gesehen, ein großes Gruppenbild. Aber sie lächelten nicht. Andres war wieder aufgetaucht. Viele hörten, wie er sagte: »Leo, hast du eine Ahnung? Aber ich, ich habe eine Ahnung.« Und tauchte wieder.

Beim nächsten Mal schaukelte das Boot der Seepolizei dicht bei seinem Kopf.

»Da sind Sie ja«, sagte Andres. »Ihr Boot klingelt so schön.«
»Was ist hier los?« rief ein weißer Polizist über das Wasser.

Eine Frau sagte bst zu ihrem Kleinkind, das in die Stille hineinredete. Es war nicht die blonde; viele Frauen mit Kindern standen jetzt in der Nähe des Polizisten. Mitten im Kies schaukelte ein Mädchen mit sehr kurzem Rock einen Kinderwagen hin und her. Er war hoch wie eine Kutsche; es konnte keine kleine Mühe gewesen sein, ihn durch das Gebüsch zu schaffen.

»Es ist der Platten«, sagte der Polizist an Land.

Die Leute fingen an zu reden. Es gab nur einen Platten – wie konnte es dieser sein? Da war keiner, der es nicht miterlebt hatte: die Vermißtmeldung, die Nachforschungen, dann das aufregende Geständnis des Schulkameraden, der ihn von der Brücke gestoßen hatte, die Gerichtsverhandlung, den merkwürdigen Freispruch – doch, auf einen Freispruch war es hinausgelaufen! Und jetzt –? Jemand aus dem Boot stellte die richtige Zusatzfrage: »Andreas?«

»Hier«, sagte Andres und war eben wieder aufgetaucht, nur drei Schritt vom Ufer entfernt, was den Einblick fernerstehender Beobachter beeinträchtigte; die Bäume bekamen jetzt auch erwachsene Kundschaft, auf der Kiesbank standen sie viele Glieder dick. Andres hätte stehen können, aber er paddelte im schalen Wasser und drehte den Kopf nach beiden Seiten. Er war gefangen. »Call me Ishmael«, sagte er.

Das Boot der Seepolizei schaukelte in seinen eigenen Wellen, die ihm vom Ufer wieder zugespielt wurden; aber es schaukelte mit einer Heftigkeit, die mit Physik und einem Klassikerzitat nicht zu erklären war.

»Steigen Sie ins Boot«, sagte der vorderste Seepolizist. Er war beleibt und für ein Werbeplakat kaum zu verwenden, aber vermutlich konnte er gut schwimmen.

»Aber, aber«, sagte Andres und planschte auf der Stelle. »Zu wildfremden Menschen?«

»Laß die blöden Witze, Bürschchen«, sagte der Seepolizist.

Einige jüngere Leute am Ufer hatten bereits gelacht. Sie wurden von den andern durch Kopfschütteln sofort isoliert. Wenn das hier Andres Platten war, gab es nichts zu lachen. Unbotmäßig verschwinden, und dann einfach wieder da sein, im Zürichsee mir nichts dir nichts auftauchen, in vollen Kleidern, oder vielmehr ohne Kleider, wenn man genau zusah – das paßte zu ihm, das sah ihm gleich. Und jetzt noch Umstände machen. Der Polizist Louis stand jetzt nicht mehr allein; er wagte sein Gewicht von einem Fuß auf den andern zu verlegen.

Andres, ernst, zum Ufer gewendet: »Ich kenne die Männer wirklich nicht.«

»Du wirst sie gleich kennenlernen!« schrie ein Spaßvogel zurück. Er erntete ein Murren der Zustimmung und der Vorfreude.

Aber das Boot konnte nicht näher; das Ufer war zu steinig, man mußte für den schönen Kiel fürchten. Louis konnte nicht ins Wasser, wegen der Uniform. Es war eine gespannte Situation, und doch war der Streifen, in dem Andres vorsichtig hin und her schwamm, von keiner Welle bewegt. Manchmal legte er das Gesicht aufs Wasser, als könne er am Grund etwas sehen. Wenn er es wieder aufhob, ließ es die Nässe, die davon ablief, verschlafen erscheinen.

Auch vom See her hatte sich eine kleine Flottille zusammengezogen, fünf bis zehn Pedalos, ein paar Fischer, die würdig auf ihr Ruder drückten, Mietboote, die die ihrigen in der Luft stehen ließen, vereinzelte Segler. Andres war fast der einzige ohne Sonnenbrille. Einmal richtete er sich im Wasser auf und winkte. »Esther!« rief er. »Herr Weil!«

Niemand winkte zurück; wäre er ein Schimpanse gewesen, sie hätten es vielleicht getan. Leo hielt das Hosenknäuel im Arm. Er hatte jetzt Angst, von Andres angesprochen zu werden. Aber auch die Seepolizisten wirkten gehemmt. Sie konnten Andres keine Leine zuwerfen; er hätte sie nicht einmal angefaßt, er wollte ja nicht ertrinken. Sie konnten sich nicht vor aller Augen ihrer Uniformen entledigen und Andres mit Gewalt retten. Und sie konnten den Kollegen am Ufer auch nicht gut dazu auffordern. Nicht einmal der Bordlautsprecher war ihnen etwas nütze. Andres konnte sie ja flüstern hören. Aber er ließ sich nicht erreichen. Er hatte diesen Streifen Untiefe für sich.

»Ihre Pistole hat einen guten Klang, Louis«, sagte er in den Himmel hinauf. Er schwamm jetzt auf dem Rücken. Die Leute begannen offen zu murren. Frauen, die eine Nachbarin hatten, wackelten ihr über die Schulter mit dem Kopf zu und stießen schwache Zischlaute aus, ohne die Augen von Andres zu lösen. Seine rosa durchsichtig genäßte Unterhose war schlimmer, als wenn er gar nichts am Leib gehabt hätte. Andres, nur mit den Pfoten fächelnd, war ein Skandal, unter uns gesagt. Vielen wurde es bewußt, wie sehr sie mit diesem Eindruck unter sich waren. Andres war ausgeschlossen. Ein nackter, vielleicht kranker Mensch, aber gefährlich krank. Man mußte die Kinder an sich ziehen und drükken. Leo bekam Angst.

Er wagte nicht den Mund zu öffnen, als drei Kerle zu Louis, dem Polizisten, hintraten. Louis nickte. Dann hielt er die Hand an den Mützenrand, gegen die Sonne. Die Kerle traten sich die Schuhe von den Füßen und zogen ihre Hemden über den Kopf. Dann öffneten sie ihre Gürtel und stampften aus den Hosen heraus. Sie hatten Badehosen darunter an.

Sie zögerten nur einen Augenblick, um sich sehen zu lassen. Vor ein paar Stunden noch hätten sie vielleicht als Lümmel oder Halbstarke gegolten; jetzt waren sie am Platz, ja, man hatte auf sie gewartet. Sie waren vielleicht zwanzig und hatten Haar auf der Brust. Und jetzt klatschten sie ins Wasser und waren in ein paar Stößen bei Andres, der, noch immer auf dem Rücken, den Kopf nach ihnen umwendete.

»Aha«, sagte er noch. Es war nicht sicher, ob er hatte wegtauchen wollen. Die drei waren schon über ihm. So heftig war der Aufprall, daß ihre Köpfe einen Augenblick mit versanken. Aber dann kamen sie wieder zum Vorschein, nacheinander; sie prusteten, warfen die Haare zurück und strahlten. Zwischen sich drückten sie etwas unter Wasser, was wohl zappelte, denn sie mußten immer wieder ihre Muskeln neu einstellen. Sie taten es mit Kraft und gutem Griff.

Am Ufer und auf den Booten war es still geworden. Nur das Wasser draußen rumorte. Die drei saßen mit einer gewissen Behäbigkeit auf ihrem Fang. Fast sah es aus, als hätten sie einen Wasserball zwischen sich, dessen Auftrieb, wenn man etwas Luft ausließ und zu dritt war, in Schach gehalten werden konnte; er genügte gerade, ihre Körper ein wenig aus dem Wasser zu heben und sichtbarer zu machen. Hie und da fingierte einer einen kleinen Einsatz, um zu beweisen, daß er da draußen nicht müßig schwamm. Dann setzte er sich wieder auf das Spielzeug, und seine Beine verdickten sich unter Wasser.

Einigen begann es ängstlich zu werden, aber sie getrauten sich damit nicht hervor, denn diejenigen, die »So recht!« und »Das war fällig!« und »Gebt's ihm!« riefen, beherrschten die Szene. Einigen erlaubte die nervöse Freude nicht, ruhig zu stehen; sie mußten auf den Zehen wippen. Die meisten aber, zu ihrer Ehre sei es gesagt, sahen nur zu, auch die Polizisten.

»Schämt euch!« rief Leo und zitterte. »Wollt ihr ihn umbringen?«

»Sei ruhig, Bürschchen«, sagte ein älterer Mann und klopfte mit seinem Stock auf den Stein, »aber ganz ruhig!«

Louis fiel es nicht ganz leicht, sich an den Glückswechsel zu gewöhnen und Haltung zu bewahren. Einmal stellte er ein Bein etwas vor, dann wiederum rekelte er die linke Schulter. Wer Sympathie genießt, kann sich Großmut leisten. Die Prozesse der Menschlichkeit verlaufen ganz einfach.

»Es tut's«, rief er, nachdem er nach Leos Zwischenruf ein paar Sekunden hatte verstreichen lassen. »Holt ihn heraus.« Er blickte sich nach seiner Mehrheit um und nickte.

Auch die im Wasser ließen noch ein bißchen Zeit vergehen. Das Rappeln unter Wasser war so schwach geworden, sie fanden nichts mehr zu tun. Sie begannen zu rudern, jeder mit einem Arm. Mit dem andern ließen sie nicht fahren, was sie mit gespannten Sehnen festhielten. Wo das Wasser nur noch knietief war, richteten sie sich auf und zerrten mit vereinter Kraft ihre Beute auf die Beine. Andres machte die merkwürdigsten Gesichter. Einen Augenblick stand er wirklich. Seine Flanken zitterten in einem Krampf, der sie hohl einsog und nicht recht wieder hinausließ; dazu hielt er den Kopf so hoch, als wolle er niesen und könne nicht. Dann wäre er gefallen, wenn sie ihn nicht gestoßen hätten. So fiel er mit dem Gesicht auf die Steine, wo er besser Luft schnappen konnte. Er warf sich dazu hin und her; sein nasses Leibchen rieb sich auf dem Kies, und seine Schenkel, auf denen die Hose pappte, zitterten. Dann erbrach er sich. Es schien ihm Schmerzen zu bereiten, daß er sich dazu krümmen mußte. In den Pausen jappte er, sein Atem scheuerte an allen möglichen Widerständen; dann griff er wieder in die Steine, verkrampfte sich und setzte die Quälerei fort. Die drei jungen Männer traten ins Glied zurück. Sie waren jetzt ein wenig verlegen, aber man streckte ihnen Tücher entgegen, mit denen sie sich abtrocknen konnten.

»Wer nicht hören will«, sagte jemand.

Andres hustete weiter in die Steine hinein, aber er brachte nichts mehr heraus. Dann dreht er sich auf den Rücken, mit leicht angezogenen Knien, so daß sein Unterleib sich aufrichtete. Er schüttelte den Kopf, der Kopf schlenkerte den ganzen Leib hin und her. Die Bauchhaut jagte in kurzen unregelmäßigen Stößen.

»Was ist das?« fragte ein kleines Mädchen und zeigte.

»Nichts, nichts«, zischte die Mutter, zog das Dumme an sich und nahm Farbe an.

»Nichts?« fragte Andres mit rostiger Stimme. »Ich hoffe, da täuschen Sie sich, Madame.«

Er saß jetzt, in seinen Armen mehr hängend als von ihnen gestützt. Die Flanken arbeiteten immer noch, und ein gelber Striemen hing von seinem einen Mundwinkel. Dann flog etwas. Ein Stein? nein, ein Badetuch. Genau auf seinen Schoß. Es war hellblau.

»Ich bedanke mich«, sagte er. »Es paßt gut zu meinem Hemd.«

»Alles klar?« rief es aus dem Polizeiboot herüber.

»In Ordnung«, rief Polizist Louis zurück.

Hinter dem Polizeiboot begann der See zu kochen. Dann heulte es warnend auf, die andern Boote setzten sich in Bewegung, wurden aber vom Kielwasser der Polizei scharf geschüttelt; dann zog sie ihre Spur ins Offene, weiß und schön wie sie gekommen war.

Andres blickte zu Leo auf und streckte die Hand aus. Er grinste, aber der gelbe Striemen war immer noch da. Leo zog ihn hoch und hielt ihn bei der Schulter, während er sich das Badetuch um die Hüfte band; beim Feststecken mußte er sich helfen lassen. Er konnte jetzt wieder frei stehen, schwankte nur, war sehr blaß. Ein blasser Eingeborener, bei zivilisierten Menschen angespült. Er ging einen Schritt auf den Polzisten zu, der gerade den Mund öffnen wollte.

»Kommen Sie, Louis«, sagte er. »Gehen wir.«

Louis behielt den Mund offen.

»Ihr Wagen ist schon da«, sagte Andres.

Der Streifenwagen, offenbar von der Menschenversammlung angezogen, hielt am Fußgängerweg; vielleicht witterte er den Friedensapostel Dätwyler oder sonst einen unsaubern Auflauf. Man sah das neue Weiß durch die Büsche und konnte deutlich das zarte Papageien des Funkgeräts hören. Zwei Polizeimänner stiegen aus und traten durch die bekannten Hindernisse näher.

»Wie gerufen«, sagte Andres und faßte den Polizisten Louis unter dem Arm.

Der drehte sich sofort weg. »Auch mitkommen, aber marsch!« brüllte er Leo an. Er vermied die Anredeform. Aber Leo hielt sich nicht daran.

»Du brauchst mich nicht anzufassen!« brüllte er zurück.

»Manieren, Leo, was sollen diese Menschen von uns denken«, sagte Andres und wischte sich endlich über den Mund. Leo fischte seine Jacke auf.

Sie nahmen den Polizisten in die Mitte und gingen etwas schneller als er; einmal mußte sich Andres kurz auf seine Schulter stützen.

Bevor sie die wartenden Kollegen erreicht hatten, trafen Andres' Augen in diejenigen Weils. Weil hielt Esther bei der Hand.

Ausgespielt, was? sagten Weils Augen. Esther zog ihn näher an sich heran.

Andres blickte auf das Händchen, mit dem sie Weil beim Hemd hielt. Jetzt sind Sie dran, Weil, gab er mit den Augen zurück. Sie kommen in feine Kreise. Machen Sie rasch Ihr Examen.

»Weitergehen!« sagte Louis. Man konnte ihm anhören, wie sehr er darauf gewartet hatte, ein starkes Wort zu sprechen. Schließlich, er hatte den Fang aufs Trockene gebracht. Er dachte an die Pressekonferenz.

»Moment!« sagte Andres und drehte sich um. »Wem darf ich das Badetuch zurückgeben?«

Unwillkürlich drehte sich auch Louis nach den Leuten um. Aber sie begannen sich schon zu verlaufen. Niemand meldete sich, niemand wollte so freundlich gewesen sein.

»Dann ist es ja ein Geschenk«, strahlte Andres und blickte an sich hinunter. Er war immer noch blaß. Die neuen Polizisten musterten ihn finster. Mit ein paar Sprüngen war er zwischen ihnen durch. Sie wollten sich schon in Trab setzen. Aber Andres hatte nur den Schlag des Polizeiwagens geöffnet. Louis nahm ihm sofort den Griff aus der Hand. Der erste Polizist stieg ein und zog Leo neben sich, der immer noch sein nasses Bündel hielt. »Los, los«, sagte Louis.

Andres winkte noch einmal zum See hinüber, aber diesmal zeigte sich keine Dieselschwalbe mehr. Trotzdem zog eine Reihe breiterer Wellen ans Ufer und begann, eine nach der andern, an dem Häufchen Erbrochenem zu lecken. Das Papierschiffchen war nicht mehr da. Hoffentlich, dachte Andres, hat es das Kind mitgenommen. Hoffentlich hat es sich nicht hindern lassen.

Dann stieg er in das schöne weiße Auto zu den andern, und Louis in seiner Uniform hielt den Schlag, ohne ein Trinkgeld zu erwarten.

INHALT

Von Adolf Muschg
erschienen im Suhrkamp Verlag
(Stand 2. Hj. 1984)

Liebesgeschichten. *Erzählungen.* 1972, und
suhrkamp taschenbuch 164, 1974

Albissers Grund. *Roman.* 1974, und
suhrkamp taschenbuch 334, 1976

Im Sommer des Hasen. *Roman.* 1975
suhrkamp taschenbuch 263

Entfernte Bekannte. *Erzählungen.* 1976, und
suhrkamp taschenbuch 510, 1979

Noch ein Wunsch. *Erzählung.* 1979, und
suhrkamp taschenbuch 735, 1981

Baiyun oder die Freundschaftsgesellschaft. *Roman.* 1980, und
suhrkamp taschenbuch 902, 1983

Gottfried Keller. 1980
suhrkamp taschenbuch 617

Gegenzauber. *Roman.* 1981
suhrkamp taschenbuch 665

Literatur als Therapie? Ein Exkurs über das Heilsame
und das Unheilbare. 1981
edition suhrkamp 1065

Leib und Leben. *Erzählungen.* 1982
224 S. Leinen

Das Licht und der Schlüssel. *Erziehungsroman eines Vampirs.* 1984
523 S. Leinen

Über Adolf Muschg. Herausgegeben von Judith Ricker-
Abderhalden. 1979, 368 S.
edition suhrkamp 686

st 813 Robert Walser
Der Gehülfe
Roman
292 Seiten
»Die Prosa Robert Walsers ist auf arglose Weise hinterhältig. Gefeit gegen jede schnelle Lektüre, verlangt sie eine unendlich rege Aufmerksamkeit, denn erst im Wieder- und Wiederlesen zeigt sie ihre wahre Gestalt. Was zuerst wie Unvermögen und Verwahrlosung, wenn nicht gar wie Kitsch aussieht, entpuppt sich im Nachhinein als Raffinesse. ... Jedes Klischee gerät ihm zur Demonstration gegen den gefälligen Effekt, seine Komik ist freiwillig.« *Wolf Wondratschek*

st 815 Hans Christoph Buch
Jammerschoner
Sieben Nacherzählungen
162 Seiten
»Hintergründig und scheinbar sadistisch entlarvt der Autor soziale, politische, historische Verhältnisse, er verschränkt spielerisch, doch mit deutlichem Hinweis, verschiedene Epochen, Zeiten, ja Kulturen. Er tut dies mit den Mitteln einer Sprache, die parodistisch zitierend den Figuren ihr eigenes Urteil spricht.«

st 816 Natalia Ginzburg
Ein Mann und eine Frau
Aus dem Italienischen von Arianna Giachi
190 Seiten
»Aus diesen gleichmütigen, fast teilnahmslosen Mitteilungen entsteht unversehens ein unentrinnbares Lebensge-

füge, in das man selbst, lesend, hineingerät, dem man in alle Einzelheiten folgt.« *Süddeutsche Zeitung*

st 817 Igor Strawinsky
Aufsätze, Kritiken, Erinnerungen
Ausgewählt und herausgegeben von Heinrich Lindlar
226 Seiten
Was über Werden und Wirken, über Weg und Werk des russisch-französisch-amerikanischen Komponisten und Kosmopoliten Strawinsky vom Aufbruch unseres Jahrhunderts im Reflex seiner Mitarbeiter, Freunde und Mäzene, aber auch seiner eingeschworenen Gegner aus dem Umfeld der Neuen Wiener Schule Schönbergs – was da an Erinnerungen, an Huldigungen und Attacken von Belang war, findet sich in diesem Auswahlband wie in einem Brennspiegel.

st 818 J. G. Ballard
Kristallwelt
Roman
Aus dem Englischen übersetzt von Margarete Bormann
Phantastische Bibliothek Band 75
178 Seiten
»Am Tage flogen phantastische Vögel durch den erstarrten Wald, und edelsteinbesetzte Krokodile glitzerten wie heraldische Salamander an den Ufern des kristallenen Flusses. Nachts jagte der leuchtende Mann unter den Bäumen dahin, die Arme wie goldene Wagenräder, der Kopf wie eine gespenstische Krone . . .«

st 819 Peter Schattschneider
Zeitstopp
Science-fiction-Geschichten
Phantastische Bibliothek Band 76
230 Seiten
»Mit einemmal sah er nur noch Atome und Moleküle, die keinen Bezug zueinander hatten. Nichts veränderte sich. Die Naturgesetze zerfielen, weil es in der Zeitlosigkeit nichts gab, das sie beschreiben konnten, und mit ihnen zerfielen die Objekte. Bäume, Sträucher, das verdorrte Gras, Erde und Gestein, selbst die Sonne und der in der Luft erstarrte Vogel: Alles verlor sich in Bedeutungslosigkeit.«

st 821 Hans Carossa
Der Arzt Gion
Eine Erzählung
256 Seiten
»Die Lauterkeit seiner Gesinnung, die Tiefe seiner so bescheiden auftretenden Problematik, und mehr als alles der Adel seiner Sprache, seines schönen, wie eine Quelle fließenden Deutsch machen dies ernste Buch unausschöpflich, wie alle echte Dichtung es ist.« *Hermann Hesse*

st 822 Marcel Proust
Sodom und Gomorra
Auf der Suche nach der verlorenen Zeit
Vierter Teil
Deutsch von Eva Rechel-Mertens
2 Bände, zus. 724 Seiten
»Von der Erfahrung Prousts in Deutschland verspreche ich mir Entscheidendes, nicht im Sinne der Nachahmung, sondern in dem des Maßstabes. ... Angesichts des desorientierten Zustandes der deutschen Prosa, wenn nicht der Krisis der Sprache überhaupt, ist Rettendes zu hoffen von der Rezeption eines Dichters, der das Exemplarische vereint mit dem Avancierten.«
Theodor W. Adorno

st 823 Sylvia Beach
Shakespeare and Company
Ein Buchladen in Paris
Aus dem Amerikanischen von Lilly v. Sauter
Mit Abbildungen
248 Seiten
»*Shakespeare and Company* ist kein gelehrtes Buch, es ist ein ganz persönlicher Bericht. In Sylvia Beachs Erinnerungen kommen nahezu alle vor, die in den zwanziger Jahren eine Rolle spielten, und Sylvia Beach zählte sie alle zu ihren Bekannten.« *The New Yorker*

st 824 Erik H. Erikson
Lebensgeschichte und historischer Augenblick
Übersetzt von Thomas Lindquist
296 Seiten
Die Frage, um die es Erikson in diesem Buch geht, lautet: Psychoanalyse – Anpassung oder Freiheit? Erikson plä-

diert für eine Form von Adaption, die den Patienten befähigt, die Realität so zu sehen, wie sie ist, was nicht bedeutet, sie in ihrer Faktizität einfach hinzunehmen. Eriksons »goldene Regel« für seine eigene Praxis ist ein Begriff von Anpassung, der auf Gegenseitigkeit und Anerkennung basiert.

st 825 Volker Erbes
Die blauen Hunde
Erzählung
190 Seiten
Die blauen Hunde erzählt die Geschichte einer Krankheit. Scheinbar unangekündigt trifft sie eine junge Frau. Die Vorgeschichte zeigt, daß die Formen ihres Wahns nicht zufällig sind oder abstrus, sondern bis in die absonderlichen Details biographisch bestimmt. Auch der Erzähler, der ehemalige Freund dieser Frau, wird von dem Wahn, der der Wahn einer Epoche ist, erfaßt. Indem er ihre Geschichte erzählt, entdeckt er betroffen die Rolle, die er darin spielt.

st 826 Phantasma
Polnische Geschichten aus dieser und jener Welt
Herausgegeben und übersetzt von Klaus Staemmler
Phantastische Bibliothek Band 77
282 Seiten
Zwanzig Erzählungen von neunzehn Autoren stellt dieser Band vor, utopische und phantastische Geschichten, heitere und ernste, amüsante und besinnliche; Spekulationen über die Zukunft stehen neben satirischen Seitenhieben auf die wenig vollkommene Gegenwart. Und es gibt auch gar schauerliche, diabolische und unheimliche Geschichten.

st 828 Hermann Lenz
Die Begegnung
Roman
204 Seiten
»Ein wundersames und wunderbares Buch . . . ein Roman, der ganz unwichtig tut und doch voll Weisheit ist; der beiläufig erzählt wirkt und doch Existentiellem auf den Grund geht; der in geschichtlicher Zeit spielt und uns die eigene Zeit und unsere eigene Zerrissenheit besser wahrnehmen läßt.« *Deutsche Zeitung*

st 829 Pablo Neruda
Liebesbriefe an Albertina Rosa
Zusammengestellt, eingeführt und mit Anmerkungen versehen
von Sergio Fernández Larraín
Aus dem Spanischen von Curt Meyer-Clason
Mit Abbildungen
338 Seiten
Wer die Memoiren Nerudas gelesen hat, kennt seine Erzählhaltung. Das Schreiben sei für ihn wie das Schuhemachen – und so urpersönlich, sympathisch warm und menschlich ist auch der Ton dieser Briefe. Sie befassen sich mit Zuneigung und alltäglichen Sorgen, mit Hoffnungen und Enttäuschungen.

st 831 Helm Stierlin
Delegation und Familie
Beiträge zum Heidelberger familiendynamischen Konzept
258 Seiten
»Die Beiträge des Bandes verarbeiten eine Fülle von Fallbeispielen und therapeutischen Erfahrungsdaten vor dem Hintergrund der psychoanalytischen Grundannahmen zu einem komplexen System von Hilfestellung für die unterschiedlichsten familiären Konstellationen. Lesenswert für jeden, der an Einsicht in ein komplexes Gefüge von Zusammenhängen interessiert ist.«
Wissenschaftlicher Literaturanzeiger

st 833 J. G. Ballard
Die Tausend Träume von Stellavista
und andere Vermilion-Sands-Stories
Aus dem Englischen von Alfred Scholz
Phantastische Bibliothek Band 79
204 Seiten
Vermilion Sands, ein Wüstenkurort zur Erfüllung der ausgefallensten Träume der gelangweilten Reichen, jetzt Künstlerkolonie für Maler, Literaten, bildende Künstler und Musiker, ist in einem langsamen, aber unaufhaltsamen Verfall begriffen. Dichter drücken lediglich auf die Knöpfe ihrer Computer, die automatisch für sie dichten; tönende Skulpturen wachsen aus dem Boden, und empfindsame Pflanzen reagieren auf die Töne der Musik.

Alphabetisches Gesamtverzeichnis der suhrkamp taschenbücher

2